MOEWIG BEI Ullstein

ÜBER DAS BUCH:

Der Preis des Bewahrers
Darkover ist schon lange mehr als nur ein Roman-Zyklus. In dem Bewußtsein der *Friends of Darkover*, einer Fan-Vereinigung in den USA und inzwischen auch in Deutschland, ist die Welt unter der roten Sonne ein eigenständiges Universum. Freunde und Liebhaber der Darkover-Romane haben eigene Erzählungen verfaßt und sie an Marion Zimmer Bradley geschickt. Aus diesem Fundus hat die Autorin persönlich die besten Arbeiten ausgesucht und in diesem Band zusammengestellt.

Freie Amazonen von Darkover
Auch hier haben Marion Zimmer Bradley und die *Friends of Darkover* eine Reihe von Erzählungen zusammengestellt, die alle auf dem Planeten unter der blutroten Sonne spielen. Im Mittelpunkt stehen diesmal die Kämpferinnen aus der Gilde der Entsagenden. Die ausschließlich von Autorinnen stammenden Kurzgeschichten stehen den Werken Marion Zimmer Bradleys in nichts nach und zeigen die unterschiedlichsten Aspekte der Gesellschaft von Darkover.

DIE HERAUSGEBERIN:

Marion Zimmer Bradley, Jahrgang 1930, entdeckte ihre Liebe zur Science-Fiction-Literatur bereits im Alter von 16 Jahren. Ihre erste eigene Story erschien 1953 in dem Magazin *Vortex SF*, und schon ihr erster Kurzroman *Bird of Prey* (1957) war nicht nur ein Volltreffer – er legte auch den Grundstein für den großangelegten Zyklus um *Darkover*, den Planeten der blutroten Sonne, mit dem die Autorin zu Weltruhm gelangte.
Mit zunehmendem Erfolg und der damit verbundenen Selbständigkeit, dem Zwang zur SF-Massenproduktion entronnen, konnte Marion Zimmer Bradley die Qualität ihrer Romane immer weiter verbessern und auf die Probleme eingehen, die ihr am Herzen liegen – so die Stellung der Frau in der SF und die Beziehungen der Geschlechter unter völlig neuen Bedingungen. Heute ist Marion Zimmer Bradley die mit Abstand bekannteste, erfolgreichste und beliebteste SF-Autorin der Welt. Um ihre *Darkover*-Romane hat sich längst ein regelrechter Kult gebildet, der auch in Deutschland immer mehr Anhänger gewinnt.

MARION ZIMMER BRADLEY

Der Preis des Bewahrers

Freie Amazonen von Darkover

MOEWIG BEI Ullstein

Moewig bei Ullstein
Amerikanische Originaltitel:
»The Keeper's Price«
Übersetzt von Rosemarie Hundertmarck
Die Erzählung »Der Sohn des Falkenmeisters«
wurde übersetzt von Martin Eisele
»Free Amazons of Darkover«
Übersetzt von Rosemarie Hundertmarck

Ungekürzte Ausgabe

Umschlagentwurf:
Theodor Bayer-Eynck
Illustration:
Silvia Christoph

Printed in Germany 1994
Druck und Verarbeitung:
Ebner Ulm
ISBN 3 8118 2874 6

Oktober 1994
Gedruckt auf alterungsbeständigem Papier mit
chlorfrei gebleichtem Zellstoff

Von derselben Autorin
in der Reihe
Moewig bei Ullstein:

Hasturs Erbe (63515)
Die Flüchtlinge des Roten Mondes (63540)
Reise ohne Ende (63548)
Der verbotene Turm (63553)
Die Zeit der hundert Königreiche (63584)
Landung auf Darkover (63653)
Zauberschwestern (63884)
Die Monde von Darkover (63883)
Herrin der Falken (63886)
Das Schwert des Chaos (63702)
Die Winde von Darkover (62803)
Das Zauberschwert (62807)
Die blutige Sonne (62822)
Rote Sonne über Darkover (62827)

Die Deutsche Bibliothek –
CIP-Einheitsaufnahme

Bradley, Marion Zimmer:
Der Preis des Bewahrers / Marion Zimmer Bradley. [Übers. von Rosemarie Hundertmarck ; Martin Eisele]. – Rastatt : Moewig bei Ullstein, 1994
ISBN 3-8118-2874-6

Marion Zimmer Bradley

Der Preis des Bewahrers

Inhalt

Einführung

Ein Wort von der Schöpferin Darkovers

Zu den vielen falschen Vorstellungen junger Autoren, die den Durchbruch zur Veröffentlichung anstreben, gehört das Bild des Verlegers als harter, grausamer, gefühlloser und von Vorurteilen besessener Mensch, der einen sadistischen Spaß darin findet, Manuskripte mit unpersönlichen Vordrucken abzulehnen, der sich nur herabläßt, ein ihm eingesandtes Werk zu lesen, wenn der Verfasser einen „großen Namen" hat, und der im allgemeinen versucht, jungen, zukünftigen Schriftstellern so viele Steine wie möglich in den Weg zu legen.

Das stimmt einfach nicht. Ich bin selbst eine Reihe von Jahren Verlegerin gewesen und habe mit vielen Verlegern zusammengearbeitet, einschließlich Donald A. Wollheim, dem Verleger der DAW-Bücher. Deshalb kann ich sagen, daß sich die meisten Verleger ihre Begeisterungsfähigkeit für gute Science Fiction bewahrt haben und einen Großteil ihrer dem Beruf gewidmeten Zeit auf der Suche nach guten neuen Autoren verbringen. Ganz gleich, wie viele berühmte Namen ein Verleger in seinem (oder ihrem) „Stall" haben mag, er darf sich niemals allein auf „Namen" verlassen. Autoren sterben. Sie werden krank und versäumen Termine. Sie gehen für ein Jahr nach Europa, Afrika oder Katmandu. Fassen den Entschluß, die nächsten drei Jahre auf Vorarbeiten für den Großen amerikanischen Roman zu verwenden. Aus welchem Grund auch immer, der Verleger hat dann nichts zu veröffentlichen, und wenn er nichts veröffentlicht, verdient er kein Geld.

Und deshalb läßt der Verleger keinen Stein unumgewendet, um neue Autoren zu finden und zu ermutigen. Einer der Steine, die Don Wollheim umwendete, war *Starstone,* die Zeitschrift der Freunde Darkovers für Darkover-Apokryphen. Ich habe junge Schriftsteller stets ermutigt, in meiner Welt zu schreiben; ich finde, das macht Spaß. Außerdem, auf welche andere Weise könnte ich Darkover-Geschichten zu lesen bekommen, ohne daß ich mir erst die Mühe machen muß, sie zu schreiben?

Don war meine Gewohnheit bekannt, in *Starstone* verschiedene Einfälle über Darkover zu veröffentlichen, die ich für zu kurz oder zu bruchstückhaft hielt, um sie zu Romanen zu entwickeln. Einmal schlug er mir vor, eine Anthologie aus Darkover-Kurzgeschichten zusammenzustellen, und als ich antwortete, von diesen kurzen Sachen seien für ein Paperback nicht genug vorhanden, meinte er, ich könne doch die besten Erzählungen der Freunde Darkovers dazunehmen, von denen einige großes Talent zeigten.

Zufällig besteht diese Anthologie ausschließlich aus Beiträgen von Frauen. Ich hatte gehofft, daß sich zumindest mein Bruder Paul Zimmer (der einige der besten Szenen zu *Das Zauberschwert* beisteuerte) oder mein Sohn David Bradley, der ein kleines, halb-professionelles Fantasy-Magazin herausgibt, beteiligen würden, aber beide waren mit ihren eigenen Projekten beschäftigt.

Und dann fiel mir ein, daß auch die Amateur-Fiction für „Raumschiff Enterprise“ hauptsächlich von Frauen geschrieben ist. Im großen und ganzen ist ebenso das Phänomen Darkover ein weibliches Phänomen.

Also freue ich mich und fühle mich geehrt, daß so viele talentierte junge Frauen mein Darkover-Universum als Schrittstein benutzen, um zu eigenständiger Arbeit auf literarischem Gebiet zu gelangen. Zugegeben, ein großer Teil der Darkover-Geschichten ist nicht sehr gut. Aber auch von der Amateur-Musik, die für die Gedichte und Lieder in Tolkiens *Herr der Ringe* geschrieben wurde, ist vieles nicht sehr gut. In einem Vortrag über Tolkiens Verse sagte ich einmal (das war lange, bevor die Darkover-Serie bekannt wurde), das erstaunlichste daran sei für mich, daß sie so viele, viele Leute anregten, Musik zu schreiben! Fast jeden, so kam es mir vor, der je daran gedacht hatte zu komponieren, überkam das Verlangen, Tolkiens Verse zu vertonen.

Mit demütigem Staunen sehe ich, daß das Konzept „Darkover“ so viele junge Frauen, die bisher nicht geschrieben hatten, dazu ermutigte, ihre Begabung im Erschaffen neuer Personen und neuer Situationen auf Darkover zu erproben. Im Jargon des Feminismus könnte man sagen, Darkover habe ihnen „einen Freiraum zu kreativen Versuchen“ gegeben. Von einer für sie vorgefertigten Welt umgeben, war es ihnen möglich, sich auf Personen und Handlung zu konzentrieren, ohne erst selbst ein ganzes Universum ins Leben rufen zu müssen.

Einige dieser Frauen sind, nachdem sie ihre Schwingen in der dünnen Luft von Darkover erprobt hatten, dazu übergegangen, anderes zu schreiben. Einige haben Darkover dazu benutzt – und benutzen es noch –, um die Dimensionen ihrer eigenen Weltanschauung zu erkunden und gleichzeitig ihr Geschick und ihre Technik zu vervollkommnen.

Diese Anthologie dient teils der Anerkennung ihres Talents, teils der Anerkennung meiner Schuld ihnen gegenüber. Denn die meisten dieser Frauen haben sich zum Schreiben von Kurzgeschichten entschlossen. Das ist nie meine Stärke gewesen. Aber indem ich die Darkover-Kurzgeschichten meiner jungen Fans las und manchmal kritisierte und ihnen erklärte, was daran falsch war, habe ich irgendwie gelernt, selbst Kurzgeschichten zu schreiben, und bin ermutigt worden, mich in dieser subtilsten literarischen Form zu versuchen. Ich finde, meine Beiträge zu diesem Band gehören zu den besten meiner Kurzgeschichten, und sie wurden geschrieben, weil ich die Fehler zu vermeiden gelernt hatte, die ich in den Kurzgeschichten anderer Leute fähig war zu erkennen. Deshalb habe ich über die Kunst des Schreibens von meinen Fans ebensoviel gelernt wie sie, wie ich hoffe, von mir.

Manche Kritiker haben sich daran gestoßen, ich könnte meine Fans ausnutzen oder ihre Ideen stehlen oder ihre Arbeiten für meine zukünftigen Romane verwenden. Das gilt nur insofern, als alles, was ich lese, irgendwie einen Weg in mein Unterbewußtsein findet und dort die Umwälzung erfährt, die aus einer bloßen Idee einen Roman macht. Das kann ebenso mit einem Buch von Roger Zelazny – oder Daphne du Maurier – oder Agatha Christie – oder Pearl S. Buck geschehen.

Natürlich erhalte ich Ideen von meinen jungen Fans, genauso wie ich ihnen Ideen *gebe*. Doch was das Stehlen ihrer Ideen betrifft – ich habe *reichlich* genug eigene!

Ich fühle mich auch nicht bedroht, wenn die Geschichten anderer nicht mit meiner persönlichen Vision von Darkover übereinstimmen. Ich stelle mir vor, daß sie in einer Parallelwelt zu „meinem" Darkover spielen beziehungsweise in *einer* der Parallelwelten, die meinem eigenen Darkover sehr ähnlich sehen oder sich stark davon unterscheiden können, ganz wie es die junge Autorin wünscht.

Denn in einem sehr realen Sinn betrachte ich mich nicht als die „Erfinderin" Darkovers, sondern als seine Entdeckerin. Wenn andere in meiner Phantasie-Welt spielen möchten, wer bin ich, daß ich die Tür zuschlage und von ihnen verlange, sie sollten sich eine eigene bauen? Sind sie dazu fähig, werden sie es eines Tages tun. Wollen sie inzwischen über Darkover schreiben, freue ich mich darüber. Die ganze selbstsüchtige Exklusivität des Conan-Doyle-Nachlasses hat es nicht verhindern können, daß Freunde Sherlocks ihre eigenen Geschichten geschrieben und heimlich ausgetauscht haben. Warum sollte ich mir das Vergnügen versagen, jungen Talenten zuzusehen, wie sie sich auf meiner Welt einüben?

Betrachten wir es einmal auf diese Weise: Als ich ein kleines Kind war, liebte ich es über alles, „So tun, als ob" zu spielen. Doch mit neun oder zehn fand ich niemanden mehr, der es mit mir spielen wollte. Meine Freundinnen wuchsen darüber hinaus – ich nie. Und jetzt habe ich viele Fans und Freunde, die in meinen Zaubergarten kommen und das alte „So tun, als ob" mit mir spielen.

Weit, weit entfernt, irgendwo in der Mitte der Galaxis und etwa viertausend Jahre in der Zukunft, gibt es eine Welt mit einer großen roten Sonne und vier Monden. Wollt ihr nicht mitkommen und dort mit mir spielen?

Marion Zimmer Bradley

Diana Paxson ist nicht nur eine der in der Einführung erwähnten Schwestern, sie ist auch noch meine Schwägerin, verheiratet mit meinem Bruder Don, der unter dem Namen Jon de Cles schreibt. Wenn ihre Erzählung in dieser Sammlung an erster Stelle steht, so ist nicht Nepotismus der Grund, sondern die Tatsache, daß sie, chronologisch gesehen, die früheste in der aufgezeichneten darkovanischen Geschichte ist und nur wenige Generationen nach Landung auf Darkover spielt.

Wie viele hier vertretene Autorinnen – tatsächlich ist es typisch für die Frauen in dieser Anthologie – bewältigt Diana einen Haushalt, kleine Kinder, eine Ganztagsstellung und eine ernsthafte künstlerische Laufbahn gleichzeitig. Sie hat Kinderbücher illustriert (und zugestimmt, die Karte für die Hardcover-Ausgabe der Darkover-Bücher zu zeichnen), war wesentlich an der Gründung der Gesellschaft für kreativen Anachronismus beteiligt und hat Kurzgeschichten an Isaac Asimov's Science Fiction Magazine *und Anthologien wie* Millennial Women *und* Swords Against Darkness *verkauft. Außerdem schreibt sie an einem großartigen vierbändigen Werk für Kinder, das noch einen Verleger sucht (ich erinnere sie immer wieder daran, daß Madeleine L'Engles* A Wrinkle in Time, *das dann Geschichte machte, von mehreren Verlegern abgelehnt wurde, bevor es den Newberry-Preis gewann, und* The Earthstone *ist meiner Meinung nach ein mindestens ebenso gutes Kinderbuch).*

Bei allem, was sie zu tun hat, bin ich gerührt und fühle mich besonders geehrt, daß eine Autorin von Dianas Klasse meine Welt besucht, um „Vai Dom" zu schreiben.

Ich finde, Dianas Beruf paßt genau zu Darkover, denn Diana arbeitet für das Office of Education und stellt Lehrpläne für Indianerkinder zusammen. Navajo- und Hopikindern dabei zu helfen, daß sie sich in einer technologischen Gesellschaft zu-*

* Far West Laboratory for Educational Research and Development

rechtfinden, die den Mond erreicht hat, und doch die Verbindung mit ihrem eigenen Erbe nicht zu verlieren, hat in meinen Augen große Ähnlichkeit mit den Problemen Darkovers bei der Konfrontation mit dem Imperium.

In dieser Geschichte befaßt Diana sich mit der Frage, wie auf Darkover eine Kolonie, gegründet von Bürgern einer technologischen, demokratischen Gesellschaft, so schnell mittelalterlich und feudal werden konnte.

Diana L. Paxson

Vai Dom

VAI DOM

Obwohl die politische Geschichte Darkovers den Wissenschaftlern in den letzten Jahren in größerem Umfang zugänglich gemacht worden ist, werden einige Fragen wahrscheinlich unbeantwortet bleiben. Für den Historiker muß eine der frustrierendsten die nach dem Prozeß sein, mittels dessen Menschen, deren politischer Hintergrund durch eine Regierung aus Volksvertretern, eine zentralisierte Behörde und eine auf Verdiensten basierende Verwaltungshierarchie charakterisiert war, die lockere Föderation feudaler Staaten entwickelten, die heute auf dem Planeten dominieren.

John Wilkes Reade
Darkover – Probleme und Prämissen

Schweigend hoben die Trauergäste ihre Zinnkrüge vor dem leeren Stuhl am Kopf der langen Tafel, leerten sie und stellten sie nieder. Darriel di Asturien schluckte den letzten Rest Met hinunter. Die Säure in seinem Magen und die Ablenkung durch die Visionen, die hinter seinen Augen flackerten, machten ihm zu schaffen. Und dabei begann seine Schwester Kierestelli, die Krüge von neuem zu füllen! Er war das älteste Kind. Gleich mußte er den Trinkspruch auf das Gedächtnis seines Vaters ausbringen. Er durfte der alten Schwäche nicht nachgeben!

Heute abend würden viele Gelübde ausgesprochen und die Metfässer geleert werden, als hätten sie im Vorratsraum noch Dutzende davon. Aber vielleicht war es ein gerechter Austausch. Wo die Fässer gelegen hatten, ruhte nun Darriels Vater unverweslich in der Kälte. Sie würden ihn begraben, wenn der Frühling kam. Falls der Frühling kam ...

Darriel bedeckte seine Augen, versuchte, sich den Frühling vorzustellen, die zur Hochebene führenden Hänge blau von Blüten zu sehen. Aber sein Geist betrog ihn mit dem schwindelerregenden Duft von *Kireseth;* Farben wirbelten vor ihm, das Blau verfärbte sich zu dem roten Blut seines Vaters auf dem Schnee.

Man rief ihn. Irgendwie gelang es Darriel aufzustehen. Er hörte sich die Worte sprechen, die er zu einer Litanei gemacht hatte, um in den dunklen Nächten seit seines Vaters Tod seine Gedanken zu bändigen:

„Auf Dawyd di Asturien, der glaubte, daß die Ebene an diesem Fluß es wert sei, geliebt zu werden. Für sie gab er sein Leben, und ich nenne ihn, wie er den Fluß nannte – *Valeron.*" Zum Schluß bebte seine Stimme.

Sein Halbbruder Loryn erhob sich. „Ich trinke auf meinen Pflegevater, der die von ihm urbar gemachten fruchtbaren Felder nicht verlassen wollte, als die Ratsmitglieder von Dellerey uns nach dem ersten Angriff der Ya-Männer in die Stadt zurückbefahlen. Wir werden seinen Traum nicht verraten."

Ein zustimmendes Brummen kam von Beltran, dem dritten di-Asturien-Bruder. Auch er trank auf das Andenken eines Vaters, der manchmal übereilt gehandelt hatte, aber niemals ungerecht gewesen war.

Nun wollte der alte Gabriel Ross seinen Trinkspruch ausbringen und stellte sich auf die Füße. Die rauhen Dielen knarrten. „Auf Dawyd, einen würdigen Enkel des Mannes, der vor erst siebzig Jahren Dellerey gründete." Gabriel war mit Dawyd gekommen, um die Ebene an der Flußmündung zu besiedeln und einen halben Tagesritt stromaufwärts von ihnen eine Farm aufzubauen.

Wieder und wieder trank Darriel, und die Kälte in seinem Bauch schwand. Achtunddreißig menschliche Wesen lebten heute am Ufer des Valeron, und alle waren sie zu Dawyd di Asturiens Leichenschmaus gekommen. Ein Säugling schrie.

Seine Mutter legte ihn an die Brust, und er verstummte. Darriels Blick wanderte über den unfertigen Wandfries von Gedenktafeln, an denen Dawyd des Winters geschnitzt hatte, über die kräftigen Gesichter rings um ihn, die gerötet waren vom Licht des lodernden Feuers. Es machte den Raum taghell. Der Schein der Flammen spielte über die hölzernen Köpfe der Hirsch-Ponys hin, umkränzt von Blättern und Blüten, blitzte auf dem Messer, das auf Haken über dem Kamin hing.

Dies Messer war das kostbarste Erbe der di Asturiens. Sein Metall sollte von der Hülle des Sternenschiffs stammen, das vor fast einem Jahrhundert ihre Ahnen nach Darkover gebracht hatte. Tatsache war, daß die Schmiede in New Skye heute die Kunst, solches Metall herzustellen, nicht mehr besaßen.

Darriels Visionen verblaßten jetzt, *gratia Dios!* Auch sie waren ein Erbe. Aber wie sein rotes Haar stammte die Macht von Vergangenheit und Zukunft, die Wahrnehmung der Gegenwart zu überwältigen, von der Familie seiner Mutter. Sie war eine Nachkommin von Elorie Lovat gewesen, die die Legende das Kind des Chieri nannte.

Darriel richtete den Blick wieder auf seine Gäste. Robard Macrae schob seine Bank zurück, und Darriel fuhr zusammen. In der Ewigkeit, die der junge Robard zum Aufstehen brauchte – er zögerte, als suche er nach Worten – zermalmte die Wucht der Visionen Darriel von neuem:

Robard, das helle Haar aus dem Gesicht schüttelnd, verteidigte Darriel in dessen sechzehntem Sommer, als die Krankheit fast jeden Tag kam, gegen den Hohn seiner Brüder...

Robard widersetzte sich mit gleicher Hartnäckigkeit dem Wunsch von Darriels Vater, mit seiner Familie in El Haleine zu wohnen, bis der Winter und die Gefahr, von Ya-Männern angegriffen zu werden, vorüber waren...

Dawyd di Asturien fiel unter den Keulen und Schnäbeln der Ya-Männer, während eine große Überzahl seinen Söhnen so zu schaffen machte, daß sie ihm nicht zu Hilfe eilen konnten. Zu viele – es waren für nur vier Mann zu viele gewesen. Dann kam der Blizzard, und hinterher waren die Ya-Männer in irgendeiner ihrer Festungen verschwunden, aus denen sie der Hunger zuvor herausgetrieben hatte. Aber da war es zu spät gewesen . . .

Robards ruhiger Blick traf den Darriels über einem Lagerfeuer . . . seines Vaters Röcheln, als sie ihn endlich in einem Durcheinander von ausgemergelten Ya-Mann-Leichen und schmutzigen Federn fanden . . .

„Nein!" rief Darriel laut. „Deine Heucheleien sollen das Gedächtnis meines Vaters nicht entehren. Wärest du zu uns gekommen, wie mein Vater dich bat, hätten wir sie ohne Verlust zurückschlagen können, und Dawyd di Asturien wäre nicht gefallen!"

Robard wehrte Darriels Worte mit einem Heben der Hand ab. „Ein Mann muß selbst entscheiden, wo seine Pflicht liegt, oder er ist kein Mann! Ich hielt meine Familie da, wo sie war, für sicherer."

Das rote Glühen des Mets, das rote Glühen des Feuers, das rote Flackern des Messers über dem Herd brannten den Nebel der Vision weg. Darriel richtete die Augen auf Robard und erblickte anstelle seines leuchtenden Haars die Federn eines Ya-Mannes.

Er sprang auf, und die Bank fiel hinter ihm krachend um. Er lief zum unteren Ende des Tisches. Dort blieb er stehen und starrte Robard über die Platte hinweg an. Das Gemurmel der Gäste verstummte.

Robards Schwester legte ihm die Hand auf den Arm. Behutsam nahm er sie weg, schob die Frau und ihren kleinen Sohn hinter sich. Den Blick immer noch auf Darriel gerichtet, ging er um den Tisch. Wortlos nahmen die beiden jungen Männer die gleiche Haltung ein, die Füße auseinander, die Knie gebeugt, die Hände offen. Schon viele Male hatten sie das getan. Aber nicht so wie heute . . .

Die Vorfreude ließ Darriels Rückgrat kribbeln und spannte die Muskeln von Hals und Armen. Er war sich nur seiner wachsenden Lust bewußt, das Schnabelgesicht vor ihm zu zerschmettern. Er hörte ein Stöhnen und wußte nicht, daß es aus seiner eigenen Kehle kam. Die Spannung baute sich auf, zerriß. Er sprang seinen Feind an.

Ihre Hände suchten nach Ansatzpunkten am Körper des anderen, Füße scharrten. Darriel verstärkte die Hebelwirkung. Eine Böe warf Schnee gegen die geölten Tierhäute vor den Fenstern. Die Kämpfer schwankten, atmeten in harten Stößen, verharrten dann unbeweglich. Kraft traf auf so gleichwertige Kraft, daß nur das Zucken eines Muskels, das Pulsieren einer Ader Leben verriet.

Das Reißen der Schulternaht von Robards Jacke brach die Stille. Darriels Griff lockerte sich. Robard wand sich und hakte den Fuß hinter das Knie seines Gegners. Darriel warf die Arme in die Höhe, konnte aber das Gleichgewicht nicht halten. Beide Männer krachten auf den Boden und schlugen wütend um sich. Der Instinkt lenkte Darriels Finger an Robards Hals.

Die Gäste umstanden die Kämpfenden im Kreis, die Gesichter angespannt.

„Junge Narren!" brummte Gabriel.

„Aber Darriel hat die Wahrheit gesprochen ...", erwiderte Beltran di Asturien.

Wieder bewegten sich die aneinandergeklammerten Gestalten, rollten über die Dielenbretter. Robard, der Herr seiner Muskeln wie seines Verstandes war, manövrierte sie auf die erhöhte Steinplattform des Herdes zu. Die Leiber bäumten sich auf. Ein Geräusch wie von einem brechenden Stock war zu hören. Robard riß sich aus Darriels Umarmung los.

Ein brennender Schmerz durchfuhr Darriels rechten Arm, und Darriel war sich vage bewußt, daß es die Qual verstärken würde, wenn er versuchte, ihn zu benutzen. Aber sein Feind entrann! Er mühte sich auf die Füße. Sein Bruder Loryn tat einen Schritt in seine Richtung. Der Schatten lenkte ihn ab. Er drehte sich ein bißchen, und sein Auge fing das rote Glitzern des Messers über dem Herd auf. Eine einzige fließende Bewegung brachte ihn zu dem Messer und das Messer in seine Hand.

Er schritt auf seinen Feind zu, und die Stille dröhnte in seinen Ohren. Robard wich zurück und beobachtete ihn mit verzweifeltem Mitleid.

Darriel blieb stehen.

Eine graue Schwäche kämpfte mit dem Feuer in seinem

Kopf. Er hob das Messer, zeichnete ein Muster damit in die Luft, um den Blick seines Gegners zu verwirren, aber als er ihn bewegte, packte der Schmerz seinen anderen Arm. Er sah abwechselnd das Gesicht des Ya-Mannes und das seines Freundes vor sich. Dann schwankte er, und plötzlich faßte ihn Loryn von hinten.

Er taumelte. Gabriel Ross packte sein Handgelenk mit der ganzen knorrigen Kraft seiner sechzig Jahre. Darriels Finger wurden schwach. Das Messer wurde ihm entrissen. Er wimmerte. Jetzt waren rings um ihn Leute, füllten den Raum zwischen ihm und seinem Feind.

Seinem Feind ...

Darriels Augen richteten sich auf Robards blasses Gesicht.

„Verräter! Verräter! Bist du von dem ganzen Rat von Dellerey gezeugt worden?" flüsterte er, gegen den stärker werdenden Schmerz ankämpfend. „Lauf, solange du es noch kannst – das nächste Mal werde ich meine Hand nicht zurückhalten."

Robard richtete sich auf. „Ich nenne dich nicht einen Bastard, sondern den echten Sohn eines vor Stolz wahnsinnigen Tyrannen. Ob du verrückt bist oder nicht, Darriel di Asturien, es wird Tod zwischen uns sein, bevor du mich wiedersiehst."

Robards Gesicht schien zu verschwimmen. Darriel hörte ihn nach seinem jüngeren Bruder Rickard rufen, den Rest seiner Familie um sich versammeln. Dann wurde der Nebel um ihn dichter, und er fiel.

Darriel erwachte von dem Geräusch fließenden Wassers, dem stetigen Tropf-Tropf der Eiszapfen, dem Rieseln des von den Dachbalken abschmelzenden Schnees. Er rührte sich nicht, genoß die weiche Daunenmatratze, die Wärme der Wolldecken und der Zudecke, die Kierestelli aus Streifen von Rabbithorn-Fellen gewebt hatte. Ein Luftzug von einem offenen Fenster berührte sein Gesicht – kühl, aber nicht eisig, und so rein, als sei die Luft neu geschaffen worden. Sein Kopf war zu seiner Freude klar.

Sein Vater war tot. Er selbst hatte Stahl gegen seinen Freund gezogen.

Aber die Wucht dieser Erinnerungen wurde gedämpft von

den Bildern ängstlicher Gesichter, dem Rauschen starker Winde und seinen Träumen. Waren es wirklich nur Träume gewesen? Er konnte sie immer noch hinter seinen Augenlidern sehen – massive Steinmauern und Palisadenzäune um El Haleine und verhungernde Ya-Männer, die vergebens gegen sie anrannten.

Darriel hörte einen gedämpften Fluch und das Rascheln von Stoff. Er schlug die Augen auf und sah den bronzebraunen Schimmer auf dem gesenkten Kopf seiner Schwester vor dem rosigen Licht des Mittags.

„Kierestelli?"

Sie richtete sich auf, in der Hand die Nadel, die sie fallen gelassen hatte. Jetzt steckte sie sie an dem zerrissenen Hemd auf ihrem Schoß fest.

„Habe ich dich aufgeweckt? Wie fühlst du dich?"

„Gut, nur müde. Wie lange habe ich geschlafen?"

„Geschlafen! Zwei Wochen lang hast du getobt. *Geschlafen* hast du seit gestern nachmittag."

Jetzt fiel ihm auf, daß sie Ringe unter den Augen hatte und ihre Lippen schmal geworden waren. „Es tut mir leid . . ."

Sie seufzte. „Wir dachten, wir würden auch dich verlieren. Es war die Krankheit, nicht wahr?"

Er nickte. Von allen Kindern seiner Mutter kannte außer ihm nur Kierestelli die Qual, wenn die Realität einem entschlüpfte. Sie hatte jedoch nur eine Weile darunter zu leiden gehabt. Es schuf ein besonderes Band zwischen ihnen, und seit dieser Zeit erfaßte sie manchmal seine Gedanken wie er die ihren, ohne daß sie zu sprechen brauchten.

„Beim Leichenschmaus hat die Krankheit gesprochen, nicht du", fuhr sie fort. „Robard weiß, wie das mit dir ist – hättest du nicht . . ." Sie brach ab.

Robard, oh, mein Freund! Darriel schloß kurz die Augen. „Vielleicht, wenn wir unter uns gewesen wären. Aber das ganze Tal hat meine Worte und seine gehört. Auch Vater hat er beleidigt – glaubst du, Loryn und Beltran ließen es zu, daß ich ihm das verzeihe? Man würde uns beide verachten, suchten wir jetzt nach einer Einigung." Er lächelte bitter.

Kierestelli schüttelte den Kopf. Sie wußte, es war sinnlos, mehr zu sagen.

„Kierestelli, als ich krank war, habe ich ... geträumt“, begann er.

Ihre grauen Augen blitzten auf. „Wie dein Traum von dem Waldbrand vor zwei Sommern? Wie der, bevor Mutter starb?“

Er nickte. „Wir müssen die Befestigungen verstärken. Die Ya-Männer kommen wieder – nicht in diesem Jahr, vielleicht auch nicht im nächsten, doch sie kommen.“

„Natürlich ... im Sommer, wenn der Geisterwind weht“, antwortete sie. „Doch dann sind sie berauscht und lassen sich mit Feuer leicht verscheuchen.“

„Nein, im Winter.“

„Dieser Winter war eine Ausnahme! Das Wetter hätte schon vor einem Monat umschlagen müssen. Die Ya-Männer hungerten ...“

„Ja, und sie werden wieder hungern und wieder angreifen. Ich weiß nicht, ob das irgendein Zyklus ist oder ob das Klima sich ständig verschlechtert, aber ist dir nicht aufgefallen, daß es, seit du ein Kind warst, immer kälter geworden ist?“

Sie starrte ihn an und zog ihr Tuch enger um sich.

„Diesmal hatten wir zum erstenmal einen wirklich harten Winter“, fuhr er fort, „aber jedes Jahr ist der Schnee früher gekommen. Bei richtiger Vorausplanung werden wir die Ernte auch weiterhin einbringen können. Anders die Ya-Männer, sie bauen nichts an ...“ Mühsam stützte er sich auf den Kissen hoch, ohne auf das Stechen in seinem geschienten Arm zu achten. „*Breda,* jetzt trage *ich* die Verantwortung für El Haleine! Hilf mir, Loryn und Beltran zu überzeugen, daß wir bereit sein müssen, wenn die Ya-Männer wiederkommen!“

Seine Vision sprang in ihrer ganzen Intensität auf sie über. Ihre Augen waren wie ein Waldsee. Sie spiegelten Unsicherheit, böse Ahnungen und Verzweiflung wider. Ihre Lippen bildeten die gleiche feste Linie wie die seinen.

Sie nickte.

Ungeachtet des Spottes ihrer Nachbarn arbeiteten die di Asturiens in diesem Sommer und dem nächsten angestrengt, verzichteten oft auf Essen und Schlaf, nur um die Mauern zu bauen und gleichzeitig die Ernte einzubringen. Einmal in dieser Zeit reiste Darriel nach Dellerey und heuerte zwei Männer an, die im Austausch für Land für ihn arbeiten wollten, dazu eine Witwe, die Kierestelli half.

Er hörte, Robard Macrae sei ebenfalls in der Stadt gewesen und habe ein Mädchen namens Alyssa Allart als seine Braut mit nach Hause genommen. Die di Asturiens wurden nicht zum Hochzeitsschmaus eingeladen. Später hieß es, sie habe Robard eine kupferhaarige Tochter geboren, die den Namen Margalys erhielt. Darriel schickte kein Geschenk.

Die Mauer von El Haleine wuchs stetig – vier Fuß hoch aus behauenen Steinen, darüber ein zehn Fuß hoher Palisadenzaun. Sie wand sich um die Halle, die Dawyd di Asturien vor zwanzig Jahren gebaut hatte und deren verwitterte Planken jetzt grau gegen das neue Holz abstachen, dann um die Scheune, die Schuppen, den Brunnen. Die Männer hängten gerade das schwere Tor ein, bewehrt und verrammelt unter seinem Steinbogen, als der erste Sturm des dritten Winters losbrach.

Darriel schluckte den letzten Löffel Suppe hinunter und horchte auf das Pfeifen des Windes. Hier an der Flußmündung wehte es immer, weshalb Dawyd den Ort El Haleine genannt hatte. Wie jedesmal, wenn er diesen Wind bemerkte, fiel Darriel ein, daß *alein* auch die Kraft und den Mut eines Mannes bedeutete, und er dachte an seinen Vater.

Obwohl er immer noch hungrig war, bat er nicht um mehr. Kierestelli wußte, wie viele Nüsse in jedem Korb der Vorratskammer lagen, wie viele Wurzeln im Keller, wie viele Fleischstücke im Rauchfang hingen, und sie hatte auf die Unze genau berechnet, was für jede Mahlzeit verbraucht werden durfte, wenn die Vorräte bis zum Frühjahr reichen sollten. Zu Herbstbeginn waren die Felle der Hirsch-Ponys so dicht wie Wolfspelze gewesen. Zumindest diese Voraussage Darriels hatte sich als richtig erwiesen – der Winter würde lange dauern.

Sein Bruder Beltran schnitzte ein Schneidebrett; die Späne

fielen in zarten Locken unter seinem Messer. Loryns dunkler Kopf war über einen Sattel gebeugt, der repariert werden mußte. Nach einer kurzen Überprüfung richtete er sich auf und begann, in dem Beutel mit den Lederabfällen zu stöbern. Rafael Carvalho saß dösend in einem Armsessel am Feuer. Der zweite Mann aus Dellerey war bereits zu Bett gegangen.

Darriel dachte an den unfertigen Stiefel in seinem Arbeitsraum, traf jedoch keine Anstalten, ihn zu holen. Er hatte Kopfschmerzen, und obwohl er eine gestrickte Weste unter seinem Wollhemd und eine Schaffelljacke darüber trug, war ihm kalt. Wenn bloß der Wind nicht so heulen würde!

Er lauschte. Da war etwas Ungewöhnliches an den Geräuschen des Sturms. Unbeholfen versuchte er, sein Wahrnehmungsvermögen so auszudehnen, daß er die störende Note sondieren konnte, und hörte einen schrillen, klagenden Schrei. Keine menschliche Kehle wäre fähig gewesen, ihn hervorzubringen, aber sicher war es nicht der Wind!

Angst und gleichzeitig eine bittere, gleißende Freude durchstachen seine Eingeweide. Kierestelli, die gerade mit einem Tischtuch in der Hand aus der Küche kam, blieb stehen und sah ihn an, und Loryn und Beltran folgten ihrem Blick.

Der Wind setzte für einen Augenblick aus, und ein weiterer Schrei erklang. Er war nicht mehr mißzuverstehen.

„Die Ya-Männer...", keuchte Kierestelli. Beltran sprang auf. Das Schneidebrett fiel klappernd zu Boden.

Der Lärm weckte Darriel aus seiner Trance. Er rief seinen Brüdern und den anderen Männern Befehle zu. Schnell fuhren sie in Jacken und Mäntel, faßten nach den Messern am Gürtel, ergriffen Bogen und Köcher und die schweren Speere mit den Bronzespitzen. Ein kalter Luftzug fegte in die Halle, als sie durch die Tür hinauseilten. Die Männer hörten sie hinter sich zufallen und liefen zu ihren Posten auf der Plattform hinter der Mauer.

Darriel schützte seine Augen mit dem Unterarm vor den beißenden Schneewirbeln. Die Baumstämme neben ihm erzitterten unter einem von unsichtbarer Hand geführten Schlag. Er beugte sich zu der Schießscharte in dem Palisadenzaun nieder, spähte hindurch und erkannte eine dunkle Gestalt, die unten umhersprang. Wie der Schatten eines Schattens schienen die neun Fuß Länge des Ya-Mannes zu ihm emporzuwachsen. Darriel fragte sich, ob selbst vierzehn Fuß hohe Mauern sie draußen halten würden.

Als Waffen benutzten die Wilden nur primitive Keulen, aber sie waren unmenschlich stark und von dem verzweifelten Wunsch nach Nahrung und Wärme besessen, was es beides, wie sie wußten, drinnen gab. Wiederholt bebte die Mauer unter den Schlägen der Ya-Männer. Darriel legte einen Pfeil auf die Sehne, beugte sich über die Palisade und ließ ihn fliegen. Ein Schmerzgeheul war zu hören. Eine der Gestalten verschwand.

Der Wind ließ nach. War es eine Täuschung, oder hatte sich die Wut der Angreifer ebenso erschöpft? Wie lange mochte der Angriff gedauert haben? Darriel und die anderen warteten, spähten in das Schneetreiben. Ihre Glieder erstarrten, und die Welt um sie wurde still.

Als sie endlich ins Haus gingen, verrieten ihnen die Kerzen, daß sie weniger als eine Stunde draußen gewesen waren.

„Kein Ya-Mann weiß genug, um mit Dreifach-Schlägen zu klopfen“, meinte Loryn. Das Klopfen war kaum lauter gewesen als das Knistern des Feuers in der Stille vor Sonnenaufgang. Die Männer erstarrten, warteten, daß es noch einmal kam

Tapp . . . tapp . . . tapp . . . Diesmal waren die Pausen länger. Darriel war bereits auf den Füßen und stürzte zur Tür. Die anderen folgten ihm.

Eine einzige kleine Gestalt war vor dem Tor zusammengebrochen. Schnell trugen sie sie in die Halle.

„Das ist Martin Delangelo von Macraes Hof“, flüsterte Kierestelli, die den Mann erkannte, obwohl sein Gesicht glasig vor Erfrierungen und blutig von einer Kopfwunde war. Rafael machte sich daran, seine Weste aufzuhaken, während Beltran mit den Stiefeln kämpfte.

Martin bewegte sich. Darriel beugte sich über ihn.

„Die Ya-Männer . . .“, keuchte er. Es schüttelte ihn.

„Wir wissen Bescheid.“ Kierestelli hielt ihm einen Becher

Glühwein an die Lippen. „Trinkt das, Ihr müßt warm werden." Er versuchte zu trinken, verschüttete Wein. Sein Kopf sank zurück.

„Sie kamen vor zwei Stunden – eine große Gruppe . . ." Er rang nach Atem, trank von neuem. „Verzweifelter als je zuvor. Sie schlugen die Tür unserer Halle ein . . ." Seine Augen richteten sich auf Darriel, füllten sich mit Schmerz, als die Wärme des Raums seine erfrorenen Glieder durchdrang.

„Sie stürmten die Halle!" wiederholte er. „Sie schlugen den jungen Rickard nieder, während Meister Robard uns übrige in den Keller jagte. Wir ließen Rickard tot auf dem Fußboden seines Vaterhauses zurück . . . ich hoffe, er ist tot. *Ah, Dios!* Ich hoffe, er hat diese Qual jetzt hinter sich!" Martins Kopf rollte hilflos hin und her.

Benommen hob Darriel den Blick. Kierestellis Gesicht war weiß geworden. Er erinnerte sich, daß er einmal gemeint hatte, sie und Robards junger Bruder hegten zärtliche Gefühle füreinander.

„Robard schob mich durch einen Luftschacht hinaus . . .", sprudelte Martin hervor. „Er sagte mir, ich solle Euch aufsuchen, Meister Darriel – er bittet Euch zu kommen! Sie können die Tür nicht für immer verteidigen, und sie haben dort kein Feuer und kein Wasser. Das kleine Kind . . . war schon krank, bevor diese Teufel kamen . . ." Der alte Mann erschauerte und verlor das Bewußtsein.

Beltrans Lachen zerriß das entsetzte Schweigen. „Er *bittet* dich zu kommen, Dari – hast du das gehört? Nun ist das Blut unseres Vaters bezahlt!"

„Sind wir Kaufleute, die mit Leben handeln?" flüsterte Darriel. „Der Preis war zu hoch!"

„Rafael, mach Wasser warm – Martin ist kalt wie Eis – wenn wir ihn nicht sofort aufwärmen, wird er sterben . . ." Kierestellis Stimme hatte die Ruhe der Verzweiflung. Darriel blieb sitzen und ließ sie die Anordnungen treffen. Seines Bruders Worte, Robards Worte erklangen wie eine Litanei in seinem Gehirn.

Es wird ein Tod zwischen uns sein, bevor ich dich wiedersehe . . . Etwas verlagerte sich in Darriels Gehirn. Er stöhnte, suchte an dem Kamin eine Stütze. Seine Schulter schmerzte; er spürte, daß Robard an dieser Stelle verwundet worden war, obwohl Martin nichts davon gesagt hatte, es vielleicht nicht einmal wußte. Es sah Robard ähnlich, seine eigenen Schmerzen zu verheimlichen. Rings um ihn wurde heftig diskutiert. Darriel lehnte sich zurück, hilflos vor der Flut von Wahrnehmungen. Die Bilder in seinem Geist überschlugen sich.

Als seien die letzten drei Jahre nie gewesen, fühlte er Robards Qual, weil er Dawyd di Asturiens Bitte abschlagen mußte. Dann – er wußte es nicht zu deuten – beobachtete Darriel sich selbst. Sein rotes Haar war grau geworden, und er kämpfte Rücken an Rücken mit Robard gegen ein Dutzend zerlumpter Männer ...

Aber die Gegenwart! Was geschah jetzt?

Undeutlich erkannte er Robard in dem dämmerigen Keller, hinter ihm die zusammengedrängten Gestalten seiner Mutter – seiner Schwester und seines Schwagers und deren Sohn – und eine hübsche Frau, die Alyssa sein mußte. Robard hatte die Arme um sein Kind gelegt. Er lauschte auf das Geheul der Ya-Männer, und mehr als seine Wunde peinigte ihn die Verzweiflung. Das kleine Mädchen wimmerte ängstlich und verbarg das Gesicht an ihres Vaters Brust.

Ein Rückstrom von Leid fegte die Vision hinweg. Darriel öffnete die Augen.

„Robard hat mich gebeten", antwortete er Beltran, „und ich werde zu ihm gehen."

„Was?"

„Wir gehen nach Macraes Hof."

„Du bist wahnsinnig! Wer wird El Haleine verteidigen?" rief Loryn aus.

„Warum sollten wir?" fragte Beltran. „Er ist auch nicht zu uns gekommen, als wir ihn baten!"

„Robard Macrae tat, was er für seine Pflicht hielt", gab Darriel zurück. „Er wußte nicht, daß Vater sterben würde. Wir aber wissen, was geschehen wird, wenn wir ihm nicht zu Hilfe eilen. Wenn zwei von euch mit mir gehen, können die anderen El Haleine halten. Die Ya-Männer haben gelernt, daß es ihnen nichts nützt, gegen unsere Mauern anzustürmen – und auch wenn sie es versuchen, kommen sie nicht herein."

Beltran starrte ihn an. Sie alle starrten ihn an. Doch niemand erhob Einspruch, als er sich zum Aufbruch rüstete. Eine halbe Stunde später ritt Darriel mit Beltran und Rafael davon und ließ die Mauern von El Haleine hinter sich.

Auf dem schmalen Pfad durch den Wald, unter einem im ersten Morgenlicht mehr blauen als lavendelfarbenen Himmel trieben sie die Hirsch-Ponys an. Die eine Reitstunde zwischen Robards Heim und El Haleine war ihnen noch nie so lang vorgekommen. Endlich lichteten sich die Bäume. Dahinter schimmerte das Valeron-Tal, weiße Felder bis zu den dunklen Klippen, die das Tiefland von der Hochebene trennten. Die Halle kam in Sicht.

Ya-Männer rannten in das Gebäude hinein und heraus, schleppten Lebensmittel, schlangen sich die blauen Vorhänge mit der gewebten Bordüre aus Granatapfelblüten um die Schultern. Über ihrem hohen Gekicher hörten die di Asturiens dumpfe Schläge gegen Holz und dann das Splittern eines nachgebenden Brettes.

Mit leiser Stimme sprach Darriel zu den anderen. Rasch banden sie die Hirsch-Ponys zwischen den Bäumen an und krochen mit schußbereiten Bogen näher.

Die Sehnen sangen wieder und wieder. Ya-Männer fielen. Das Gekicher ging in pfeifende Schmerzenslaute über. Andere stürmten heulend aus der Halle. Einer von ihnen erkannte, woher die Pfeile kamen, und sprang auf die Bäume zu.

Beltran trat hervor, ihm entgegen, die Speerspitze nach oben gerichtet. Darriel deckte seine Flanke und schoß aus Kernschußweite, als ein zweiter Wilder Beltran mit einem Tannenast angriff, an dem noch die Nadeln hingen. Der Pfeil durchbohrte die hagere Brust des Wesens. Es blieb stehen. Die Überraschung machte das scheußliche Gesicht für einen Augenblick komisch. Dann veränderte sich der Ausdruck, und der Ya-Mann fiel.

Jetzt griffen die übrigen an. Darriel konnte sogar bei dieser

Kälte ihre beißenden Ausdünstungen riechen. Er ließ den Bogen fallen und ergriff seinen Speer. Schritt um Schritt bewegte er sich vorwärts. Beltran und Rafael hielten sich neben und ein kleines Stück hinter ihm.

Eine blasse Gestalt sprang Darriel an. *„Das ist für meinen Vater!"* zischte er. Er spürte, wie die bronzene Speerspitze sich in fremdes Fleisch bohrte, biß die Zähne zusammen und trieb sie tiefer hinein.

Zu seiner Linken erklang ein Schrei. Er sah in die Richtung, spürte etwas seine Schulter streifen, wirbelte herum und erwischte einen weiteren Ya-Mann, bevor dieser seine Keule zu einem zweiten Schlag hochreißen konnte. Beltran lag am Boden. Darriel stellte sich mit gegrätschten Beinen über ihn und versuchte, in alle Richtungen gleichzeitig zu sehen.

Für einen Augenblick nahm er die Wut, den Schmerz, die Furcht der Ya-Männer wahr, und zu seinem Schrecken empfand er Mitleid mit ihrer Not, die sie hierhergetrieben hatte. Sein Leben lang waren sie für ihn zwischen den Bäumen flakkernde körperlose Schatten gewesen, die nur aggressiv wurden, wenn der Geisterwind blies und eine wahnsinnige Ausgelassenheit sie beherrschte.

Wir sind hier die Eindringlinge, dachte er, *aber für die lange Kälte sind wir nicht verantwortlich. Darkover besiegt uns alle . . .*

Es waren nur noch drei Ya-Männer übrig, die sie über die unbeweglichen Körper ihrer Gefährten und die purpurnen Flecken auf dem Schnee unsicher ansahen.

Darriel spürte, daß Beltran sich regte, und blickte nach unten. Sein Bruder war blaß, aber er versuchte zu lächeln. Darriel trat zur Seite, ein Auge immer noch auf die Ya-Männer gerichtet, und half Beltran auf die Füße.

„Bist du verletzt?"

„Ein paar angeknackste Rippen, vermute ich, aber es geht schon . . . Bringen wir diese Arbeit zu Ende!"

Darriel nickte. Langsam rückten die drei von neuem vor. Ihre Feinde gaben ein erschrockenes Zischen von sich, dann stieß einer von ihnen einen langen, klagenden Schrei aus, bei dem sich Darriel die Haare im Nacken sträubten. Keulen wurden gegen die Menschen geschüttelt und dann in den Schnee geworfen. So schnell, als seien sie tatsächlich Geister, machten die Ya-Männer kehrt und glitten über die weißen Felder davon.

Die Männer folgten ihnen nicht.

„Margalys wäre gestorben“, wiederholte Robard. „Sie hätten sie *gefressen!*“

„Sie sind fort – es ist jetzt vorbei“, beruhigte Darriel ihn. „Laß Alyssa nach deiner Schulter sehen und versuche dann zu schlafen.“ Er drückte ihn zurück auf das Bett. Die übrigen Familienmitglieder machten sich rings um sie eifrig zu schaffen, stellten Möbel wieder auf, zündeten Feuer an. Rickards Leiche war entfernt worden.

„Ich war nicht fähig, sie zu schützen, Darriel – ich konnte nichts für die Meinen tun ...“

Darriel sah auf seinen Freund nieder. Das war es, was ihn nicht zur Ruhe kommen ließ, aber auch Darriel fand keine Antwort auf seine Qual. Als sie Jungen gewesen waren, hatte Robard *ihn* beschützt.

Margalys weinte krampfhaft. Alyssa beugte sich über die Wiege und summte ein Lied, das keine Worte hatte. Nach einer Weile wurde das Schluchzen des Kindes zum Aufstoßen, und auch das verging.

„Hör mir zu, Dari ...“, begann Robard von neuem. Seine Augen unter den zusammengekniffenen Brauen blickten konzentriert. „Du hattest recht mit den Ya-Männern und mit dem Wetter. Um meine Familie zu retten, mußte ich dich um Hilfe bitten. Nun denke ich, es könnte wieder so kommen ...“

„Nein!“ flüsterte Darriel, noch ohne zu wissen, was er abstritt.

„Deine ‚Verrücktheit‘, die dich belastet, verstehe ich immer noch nicht.“ Robard lächelte bitter. „Aber siehst du nicht, daß wir eine solche Verrücktheit jetzt brauchen? Sie ist eine Gabe – halte sie in Ehren, meistere sie, *benutze* sie! Ich will dir folgen, wohin du mich führst ...“

Verständnislos betrachtete Darriel ihn und sah das Spiegelbild seines Gesichts in Robards grauen Augen.

„Du glaubst mir nicht? Wie solltest du auch – wir sind beide stolze Männer. Ich will dir einen Eid darauf leisten, Darriel di Asturien.“ Robards Lächeln wurde kläglich. „Das muß ich wohl, damit ich nicht vergesse, was ich heute gelernt habe.“

„Einen Eid des Gehorsams?“ Das Entsetzen machte Darriels Stimme dünn. „Wir sind von Dellerey herübergekommen, weil der Rat uns Vorschriften über unser Leben machen wollte. Wie kann ich dir befehlen, Robard? Du bist mein Freund!“

„Wir haben keine Zeit abzustimmen, wenn die Ya-Männer uns die Tür einbrechen“, erwiderte Robard. „Meine Pflicht gegenüber der Familie verlangt das von mir. Deine Pflicht gegenüber jenen, die an dem von deinem Vater erwählten Platz leben, fordert es von dir.“

Darriel warf verzweifelte Blicke um sich. Alyssa hielt das Kind in den Armen und ging mit ihm auf und ab, während Robards Mutter Beltrans Rippen verband. Robards Neffe war Rafael auf den Schoß geklettert, um seinen Speer zu betrachten. Über die Meilen hinweg nahm Darriel in El Haleine Kierestelli wahr, die voller Angst wartete, und, schwächer, das Entsetzen der sich zurückziehenden Ya-Männer.

Etwas Kaltes berührte Darriels Handfläche. Er blickte darauf nieder. Robard hatte sein eigenes, selbstgeschmiedetes Messer gezogen und legte ihm das Heft in die Hand.

„Darriel – nimm meine Klinge und meinen Eid... bitte...“

Eisig lief es von dem Messer Darriels Arm hinauf und durchbohrte sein Herz. Er hörte, wie Robards Worte von einer Vielzahl Stimmen wiederholt wurden, sah das Schimmern des primitiven Messers von Myriaden Klingen reflektiert. Wie aus eigenem Willen zog seine Hand das di-Asturien-Messer. Er erinnerte sich an das letzte Mal, als er diese Klinge in Robards Augen gesehen hatte. Aber jetzt zeigte die Spitze auf Darriel.

Robard legte seine Hand auf das Heft. „Bei der Hand, die ich auf dein Messer lege, verpflichte ich mich dir mit meinem Leben.“

Darriels Hand schloß sich über der seines Freundes, als vereinigten sich ihrer beider Leben durch diese Berührung, durch dies Metall, das zwischen den Sternen gereist war.

„Sei dann mein Schutz...“ Seine Stimme bebte. „Und möge diese Klinge mein Herz finden, wenn ich nicht der deine bin und wenn ich mich dir nicht als...“ *Domine*... Geschichten aus seiner Kinderzeit steuerten das alte Wort bei. „...wenn ich mich dir nicht als würdiger Herr erweise. Ich rufe die Götter, die uns an diesen Ort geführt haben, als Zeugen an!“

Die Klingen lagen vereint in ihren Händen. Um nichts in der Welt fähig, mehr zu sagen, nahm Darriel das Messer, das Robard ihm gegeben hatte, und schob es unbeholfen in die Scheide an seinem Gürtel. Robards Finger schlossen sich um das di-Asturien-Messer. Er zögerte, dann steckte auch er es ein.

„*Vai dom*...“, wiederholte er leise. Er ließ sich in die Kissen zurücksinken, und endlich entspannte sich sein Gesicht.

Darriel strich Robard das verworrene Haar aus der Stirn und sah zu, wie die Augenlider des Freundes sich schlossen und er tiefer atmete, als sei es jetzt sicher zu schlafen.

Darriel war sich des Gewichts der neuen Klinge an seiner Seite mit übernatürlicher Schärfe bewußt. Ihm war, als sei die Welt unter ihm ruhig geworden. Aber die Leere in ihrer Mitte, gewachsen in den drei Jahren, als er und Robard Feinde gewesen waren, bestand immer noch.

„Robard, Robard, was hast du getan?“ flüsterte er. „Wenn du wirklich wüßtest, was es bedeutet, so wie ich Dinge zu sehen, hättest du es keine Gabe genannt!“ Gab es irgendwo irgend jemanden, der es ganz verstehen konnte? Darriel seufzte. „Ich wollte nicht dein Herr sein, Robard, sondern dein Freund!“

Auf meinem Schreibtisch in Berkeley steht eine fröhliche kleine Skulptur – eine Kugel mit einem bezaubernden, pausbäckigen Gesicht, auf dessen kahlem Schädel die Buchstaben TUIT *eingraviert sind. Sie stammt von meiner ersten Begegnung mit Cynthia McQuillin, die diese und andere entzückende kleine Schöpfungen auf irgendeinem Konvent verkaufte. Als ich die junge Dame besser kennenlernte (und Cynthia ist sehr jung, Anfang Zwanzig – möglicherweise ist sie die jüngste Autorin, die einen Beitrag zu dieser Anthologie lieferte), fühlte ich mich gedrängt, auf den Seiten von* Starstone *zu fragen: „Gibt es irgend etwas, das diese junge Frau nicht kann?" Später bei diesem Konvent hörte ich sie singen und Gitarre spielen. Sie sagt, sie habe mehr als 450 Lieder komponiert, und ich bin zwar kein Fachmann, aber sie scheint eine gewandte Liedermacherin mit echter lyrischer Begabung zu sein. Sie stellt sowohl „ernste" Skulpturen und Zeichnungen als auch amüsante wie den „runden Tuit" auf meinem Schreibtisch her. Augenblicklich, so verriet sie mir, arbeitet sie mit einigen Freunden an einer musikalischen Komödie und wirkt an einem illustrierten Kinderbuch und einem Buch mit Karikaturen mit, an dem ein Verleger Interesse gezeigt hat. Sie singt mit einem süßen, etwas verschleierten Mezzosopran hauptsächlich Volkslieder. Sie ist aktiv in Darkover-Fanclubs, in dem neuen Andre-Norten-„Hexenwelt"-Fanclub und anderen. Und außerdem hat sie, wie Sie an der Geschichte „Der Wald" erkennen werden, ein empfindsames Ohr für das geschriebene Wort und ein Gefühl für die Schöpfung von fremden Lebewesen.*

Sie ist parapsychisch begabt, hat zwei Jahre als Forschungsassistentin für einen Parapsychologen gearbeitet und war Hilfslehrerin und Laborantin in einem hiesigen College für ESP.

„Der Wald" gehörte zu den Einsendungen bei unserm jüngst stattgefundenen Kurzgeschichten-Wettbewerb. Zwar erhielt er keinen Preis und landete nicht einmal auf einem sehr vorderen

Rang – der Wettbewerb war scharf, es nahmen verschiedene professionelle Schriftsteller teil, und die Geschichten wurden am Maßstab kommerzieller Techniken streng beurteilt –, aber mich persönlich beeindruckte das Geschick, mit dem Cynthia fremde Lebewesen beschrieb und aus meinen furchterregenden, skizzenhaft umrissenen Ya-Männern (aus Die Winde von Darkover*) glaubwürdige Personen machte. Die Standard-Techniken des Schreibens kann man ohne große Mühe lernen; die Fähigkeit, eine Geschichte zu erzählen und den Leser daran glauben zu machen, ist etwas, das einem jungen Autor angeboren sein muß. Und Cindy McQuillin besitzt dies Talent, wie ich fest glaube, in vollem Maß. Der Leser dieser Anthologie wird mir sicher beipflichten.*

Zeitlich ist die Geschichte, obwohl es nicht ausdrücklich erwähnt wird, kurz nach der in Landung auf Darkover *beschriebenen Kolonisierung Darkovers angesiedelt und folgt daher logischerweise auf „Vai Dom".*

Cynthia McQuillin

Der Wald

THE FOREST

Die Sonne stand hoch und schien warm. Caselin ging über die Wiese. Ein Sack voll mit süßen Hochgebirgsbeeren schwang an ihrer Seite. Gedankenverloren blieb das Mädchen stehen und sah einem Rabbithorn zu, das ein Stückchen weiter bergab graste. Sie liebte Tiere. Ein heimliches Lächeln des Vergnügens wärmte sie, als sie ihre Zehen tief in das kühle Gras bohrte und eine Strähne dunklen Haars aus den Augen strich.

Schließlich legte sie ihren Sack beiseite, raffte ihren Rock aus grobem Stoff zusammen, damit er nicht raschelte, und schlich dem nichtsahnenden Rabbithorn nach. In seiner Nähe angekommen, sank sie geschmeidig auf die Knie und gab einen leisen, summenden Laut von sich. Erschrocken blickte das Tier hoch, sah sie und wollte fliehen, aber sie sprach ihm sanft zu. Wie von einem Zauber festgehalten, blieb das scheue Geschöpf fluchtbereit stehen. Sein Herz klopfte. Immerzu freundlich mit ihm redend, zog das Kind etwas aus der Tasche seines Rocks. Es war eine süße Knolle, bei Pferden und Chervines ebenso beliebt wie bei Kindern. Caselin hielt sie dem Rabbithorn hin. Das Tierchen beschnüffelte die Gabe zart und mußte wohl zu dem Schluß gekommen sein, Caselin sei harmlos. Es entspannte sich und begann, an dem Leckerbissen zu knabbern. Caselin kicherte. Das Nagetier suchte nach mehr, und das weiche Fell an seiner Schnauze kitzelte ihre Handfläche.

„Alle, alle“, sagte sie und zeigte ihm die leeren Handflächen.

Das Rabbithorn blickte etwas enttäuscht drein, erlaubte ihr

aber, es zu streicheln, bevor es sich wieder an sein Geschäft begab, Futter zu finden, solange die Weide sicher war.

Das Dorfmädchen sah ihm nach und lachte vor Entzücken. Dann stand es auf und rannte leichtfüßig dahin zurück, wo es die an diesem Vormittag gesammelten Beeren gelassen hatte.

Margali würde zufrieden mit ihr sein, denn sie war richtig wild auf diese Beeren, und Caselin hatte ein ganzes Dickicht mit ihnen gefunden. Zwar war es bis dahin vom Dorf aus gut zwei Stunden bergauf zu gehen, aber die anderen Kinder freuten sich bestimmt, wenn sie einen Tag lang beim Beerensuchen in aller Freiheit über Berg und Tal streifen durften. Das Leben war hart in Les Owen. Doch andererseits, wo war es das in den Hellers nicht?

Caselin blieb kurz an einem Bächlein stehen und trank. Das Wasser war eiskalt und betäubte ihre Zunge, aber sie mochte das Gefühl. Sie war ein glückliches Kind. Margali, die weise Frau, die sie seit ihrer Geburt betreut hatte, war großzügig und gütigen Herzens, und mit zehn Jahren wurde Caselin von großen und kleinen Dorfbewohnern gleicherweise wegen ihres sanften Wesens und ihrer Gefälligkeit geliebt. Sie mochte verwöhnt sein, doch sie war nicht nachtragend oder grausam, und ihr erwiesene Freundlichkeiten gab sie auf ihre eigene Art zurück.

Versonnen betrachtete sie das silberne Glitzern des Baches und dachte, wie schön es wäre, den ganzen Nachmittag faulenzend in dem kühlen, feuchten Gras zu liegen und den flinken, glänzenden Fischen zuzusehen, die durch das Spiel von Licht und Schatten schossen. Sie seufzte. Ihr fiel ein, daß Margali sie ausgeschickt hatte, nach Pflanzen und Blumen zu suchen, mit denen sie ihren Vorrat an Heilkräutern ergänzen wollte. Im kommenden Winter würde sie sie dringend brauchen, und es war eine recht angenehme Aufgabe, um damit einen Nachmittag zu füllen.

Caselin hatte gerade den anderen Sack von ihrem Gürtel gelöst und sich gebückt, um an einem schattigen Platz neben dem Bach eine Handvoll Fieberwurz zu pflücken, als sie einen scharfen, jammernden Schrei hörte. Er war schwach und schien aus der Tiefe des Waldes jenseits des Baches zu kommen. Langsam richtete Caselin sich auf und lauschte auf einen zweiten Schrei, aber statt dessen hörte sie ein ganz leises, klägliches Wimmern. Irgendein Geschöpf mußte schreckliche Schmerzen leiden.

Unentschlossen blieb sie stehen. Wie alle Kinder war sie wiederholt gewarnt worden, sie dürfe niemals in den tiefen Wald eindringen. Dort lauerten Gefahren in der Gestalt großer fleischfressender Tiere oder noch Schlimmeres, so daß sich nicht einmal die Erwachsenen freiwillig hineinwagten. Caselin, die ihr ganzes Leben in seinem unheimlichen Schatten verbracht hatte, fürchtete sich sehr vor dem Wald. Trotzdem brachte sie es nicht über sich, die Schmerzenslaute zu ignorieren.

Endlich faßte sie in ihrem Herzchen einen Entschluß. Sie durfte das Schmerzen leidende Geschöpf nicht im Stich lassen, weil sie Angst hatte oder auf ihre eigene Sicherheit bedacht war. Dann würde sie nie wieder der gleiche Mensch sein wie zuvor, und sie wußte, sie würde das schwache Ding hassen, das aus ihr geworden war. Eine seltene Einsicht für ein Kind von zehn Jahren!

Mit einem tiefen Atemzug stopfte Caselin den Sack wieder in den Gürtel. Sie ließ die Beeren liegen, raffte ihre Röcke zusammen, überquerte den Bach und betrat den Wald. Leichtfüßig bewegte sie sich unter den alten Bäumen und traute sich kaum zu atmen, damit sie die hochragenden Koniferen nicht störte und auch nicht die Gefahren herauslockte, die in ihrem Schatten lauern mochten. Alle paar Schritte hielt sie an und lauschte nach den Lauten der Qual, die ihr die Richtung wiesen. Nach einiger Zeit begann sie zu zittern. Die Bäume, dunkle, harzige Säulen mit dichten, blaugrauen Zweigen, schnitten die Wärme der rötlichen Sommersonne ab. Langsam und leise zog Caselin den groben Sack hervor, den sie im Gürtel stecken hatte, wikkelte ihn, so gut sie konnte, um sich und verknotete ihn, um die Hände frei zu haben.

Mittlerweile war sie ein gutes Stück vorangekommen. Die Laute waren näher, wenn auch schwächer, als sei das Wesen am

Ende seiner Kraft. Mit einer Entschlossenheit, die viele nur einer älteren Person zugetraut hätten, eilte sie weiter, schneller und weniger vorsichtig. In ihrem Unterbewußtsein wuchs der Gedanke, daß sie sich nicht im Wald von der Nacht überraschen lassen durfte. Im Dunkeln konnte sie dem Wesen und sich selbst nicht von Nutzen sein. Dieser Gedanke weckte ihre Furcht vor dem düsteren Wald, bis sie fast daran erstickte. Sie begann zu rennen.

Das Unterholz wurde dichter und immer undurchdringlicher, so daß Caselin sich ihren Weg mit Gewalt hindurchbahnen mußte. Die Zweige griffen nach ihrem Haar und ihrer Kleidung, bis ihre vorher ordentlich geflochtenen Zöpfe gelöst und ihre Kleider unordentlich und von Harz und Schmutz befleckt waren. Trotzdem mühte sie sich weiter voran, getrieben von einem Gefühl der Dringlichkeit.

Dann blieb sie stehen, außer Atem und der Verzweiflung nahe. Sie mußte die Richtung verloren haben, denn sonst hätte sie doch längst gefunden, was sie suchte! Caselin wischte Tränen der Enttäuschung von ihren geröteten, schmutzigen Wangen und sank auf den duftenden Teppich aus Tannennadeln nieder. *Vielleicht,* dachte sie, *wenn ich mich ausruhe und dann ganz ruhig nachdenke, werde ich einen Weg finden.* Das hatte Margali ihr immer gesagt, und sie hatte großen Respekt vor dem Rat ihrer Pflegemutter. Deshalb setzte sie sich hin, strich sich das Haar aus dem Gesicht und dachte nach.

Es dauerte eine oder zwei Minuten, bis Caselin auffiel, daß sie die Laute, die sie hergeführt hatten, nicht mehr hörte. Panik wollte sie überwältigen, aber das schob sie schnell beiseite. *Nein,* sagte sie streng zu sich selbst. Sie würde den Weg finden. *In der ganzen Zeit, die ich ihnen gefolgt bin, haben die Laute nie die Richtung gewechselt. Wenn ich also in der gleichen Richtung weitergehe,* überlegte sie, *werde ich das Wesen finden.* Wieder ruhig geworden, stand sie auf, brachte Kleider und Haar in Ordnung, so gut sie konnte, und ging weiter. Sie merkte nicht, daß es im Wald beträchtlich dunkler geworden war.

Als sie das nächste Mal anhielt, um auszuruhen, lauschte sie angespannt, überzeugt davon, daß sie in der Nähe sein mußte.

Diesmal war sie langsamer gegangen, weil sie fürchtete, in ihrer Hast das, was sie suchte, zu übersehen. Ihre Geduld wurde belohnt. Sie hörte ein Scharren und dann wieder den Schrei, schwächer, aber deutlich genug, um ihr zu verraten, daß sie wirklich schon ganz in der Nähe war. Der Göttin dankend, stand sie auf. Erleichtert und mit neuem Mut ging sie weiter. Mit einem Gefühl des Triumphes drängte sie sich durch das letzte Dickicht. Es war eine kurzlebige Freude. Caselin erstarrte vor Entsetzen.

Zuerst sah sie nur die grotesk gefiederte Gestalt mit den vor Schmerz wie wahnsinnig blickenden Augen. Caselins Herz klopfte wie das des Rabbithorns, mit dem sie vorhin gespielt hatte. Alle ihre Instinkte rieten ihr zu fliehen, aber sie konnte sich nicht bewegen. Als das Wesen sie nicht angriff, entspannte sie sich ein wenig und betrachtete es genauer. Es war tatsächlich ein Ya-Mann – aber dem hier fehlte die Körpergröße der Dämonen, die das Dorf in wilder Wut angegriffen hatten, als der Geisterwind wehte. Nein, dies Wesen war nur ein bißchen größer als sie, wenn auch wild und vogelähnlich.

Es regte sich nicht, stand nur da und sah sie an, so daß Caselin schließlich einen Schritt näher trat. Mit einem leisen Aufschrei schlug das Vogelwesen schwach um sich. Dann war es still.

Vorsichtig näherte sich das Mädchen und entdeckte, daß das Wesen in eine der Schlingen gestolpert war, mit denen die Waldbewohner Tiere fingen, deren Pelze sie verkauften. Von neuem begann das Wesen zu toben, und Caselin wich erschrokken zurück. *Nun, es bleibt mir nichts anderes übrig.* Sie mußte es befreien, oder es würde sterben. Ihren ganzen Mut zusammennehmend, holte sie tief Atem, trat vor und legte dem Wesen fest eine Hand auf die Schulter, damit es nicht um sich schlug, während sie die Falle untersuchte.

„Halt still“, sagte sie so ruhig sie konnte und gab sich Mühe, es mit ihrer Stimme zu beschwichtigen, wie sie es bei einem verletzten Hund getan hätte. „Ich will dir nichts tun.“ Es sah sie unentwegt an, den Schnabel zum Hacken erhoben – aber es hackte sie nicht. Vielmehr lief ein Zittern durch seinen zerbrechlich wirkenden Körper.

Caselins Hand zuckte vor den blutverklebten Federn zurück, doch sie überwand sich und prüfte das Bollwerk aus Holz und Eisen, in dem das Wesen festsaß. Die Falle war nicht für etwas so Großes wie einen Vogelmenschen gedacht, und so war das Wesen zwischen die Tür und den Rahmen geraten, als sie zuschnappte. Der Riegel hatte sich verklemmt, sonst hätte es sich längst losreißen können. Unglücklicherweise hatte es sich in einem Wirrwarr aus Holz und Draht verfangen, der ihm erbarmungslos die Brust und eine Schulter zusammendrückte, so daß es langsam erstickte. Sein Toben verschaffte ihm immer für Augenblicke Raum zum Atmen, aber schon war es zu schwach zum Kämpfen.

Caselin ließ ihre Hand von der Schulter des Ya-Mannes gleiten, bückte sich und untersuchte den Mechanismus des Riegels. Das Wesen beobachtete sie jetzt ohne Furcht.

„Nichts zu machen." Caselin schüttelte den Kopf. „Der Riegel hat sich tatsächlich verklemmt." Eine Sekunde lang hielt sie nachdenkend Umschau, dann hob sie einen kräftigen Ast hoch, prüfte ihn an ihrem Bein und trieb ihn in die Arretierung.

Es war schwere Arbeit für ein Kind, und einmal brach ihre improvisierte Brechstange und mußte ersetzt werden, aber endlich gab der Riegel unter dem Geräusch brechenden Holzes nach. Langsam schwang die Tür auf.

Schwitzend vor Anstrengung trat das Mädchen zurück. Halbwegs rechnete sie damit, daß der Ya-Mann sie angreifen werde, doch nach allem war sie zu müde, um sich Sorgen zu machen. Das Wesen sank zu Boden, schwache Pfeiflaute ausstoßend. Caselin setzte sich erschöpft daneben. Sie fühlte sich naß und schmutzig, und es tat ihr alles weh. *Was nun?* dachte sie und blickte in die zunehmende Dunkelheit. Es war zu spät zum Umkehren, und deshalb blieb sie einfach sitzen.

Als sie sich ein bißchen ausgeruht hatte, kniete sie sich müde hin und untersuchte die Schulter ihres Gefährten. Sie hatte aufgehört zu bluten, und die Wunde war mit einer Kruste bedeckt. *Das ist gut,* dachte Caselin. Margali hatte ihr gesagt, daß man sterben konnte, wenn man zu sehr blutete. Sanft legte sie ihre Hand auf die Brust des Wesens und spürte, daß sein

Herz kräftig und langsam schlug und sein Atem, immer noch etwas mühsam, leichter ging. Sie wünschte, mehr für ihn tun zu können, aber ohne einen Bach oder eine Quelle in der Nähe war es ihr nicht einmal möglich, Wasser für ihn zu holen.

Der Gedanke erweckte ihren eigenen Durst und mit ihm den Hunger. Überlegend sah sie sich in der Lichtung um. Es gab Beeren in Fülle, so daß die Nahrung kein Problem darstellte. Langsam, um ihren Patienten nicht zu beunruhigen, stand sie auf und begann, die dunklen Kugeln von den Zweigen zu streifen und sich in den Mund zu stopfen. Der süße, klebrige Saft rann ihr übers Kinn. Die Feuchtigkeit stillte ihren Durst, wie die Beeren ihren Magen füllten. Sie aß sich satt. Dann sammelte sie ein paar Handvoll in ihren Rock und brachte sie dem Ya-Mann. Er gab sehnsüchtige Laute von sich, als er die Beeren roch, und erlaubte ihr, ihn zu füttern. Das war eine langsame Prozedur, aber Caselin, die das Vogelwesen stützte, um eine halb sitzende Position einzunehmen, blieb geduldig dabei. Zu ihrer Überraschung war der Ya-Mann leichter, als er aussah.

Die Beeren waren alle, und der Ya-Mann legte sich wieder hin. Caselin setzte sich mit dem Rücken an einen Baumstamm, von wo aus sie das Wesen im Auge behalten konnte. Mittlerweile war es auf der Lichtung ganz dunkel und kalt geworden. Erschauernd zog Caselin den Sack dichter zusammen. Ängstlich auf die Geräusche horchend, die die Nacht durchgeisterten, wartete sie auf den Morgen.

Caselin erwachte von einem pfeifenden Ruf. Das neblige Morgenlicht schien ihr in die Augen. Sie sah, daß der Ya-Mann vor ihr stand, und fuhr mit einem Ruck in die Höhe – aber seine Aufmerksamkeit richtete sich auf etwas anderes. Benommen stand sie auf und schüttelte ihren Rock aus. Wieder erschrak sie über einen dieser vogelähnlichen Rufe, der diesmal von außerhalb der Lichtung kam. Caselin stand still wie eine Statue und wagte kaum zu atmen. Eine zweite hagere, gefiederte Gestalt betrat den offenen Raum. Der Neuankömmling, offensichtlich ein Erwachsener, war volle sieben Fuß groß und so furchterregend wie die Wesen, die das Dorf angegriffen hatten. Damals hatte Caselin durch eine Ritze im Fensterladen beobachtet, wie sie draußen wüteten und heulten. Der hier, der sie bei seinem verletzten Nestling entdeckte, machte wahrlich einen grimmigen Eindruck.

Caselin wollte entsetzt weglaufen, aber der junge Ya-Mann, den sie gepflegt hatte, faßte ihren Arm mit seiner Klauenhand. So zart die Hand aussah, hatte sie doch die Kraft eines voll erwachsenen Menschen. Der Kleine stieß eine Reihe von heiseren Trillern aus. Der Ältere antwortete und betrachtete Caselin mit einem Ausdruck, der, wie sie meinte, eine gewisse Neugier verriet. Sie atmete jetzt leichter, und als der Kleine ihren Arm losließ, traf sie keine Anstalten zur Flucht, sondern beobachtete interessiert, wie er zu dem Erwachsenen hinüberging. Dann sahen beide sie an, nickten auf merkwürdig menschliche Art mit den Köpfen und wandten sich zum Gehen. Der Große stützte den Kleinen, dessen einer Arm schlaff herunterhing. Sie hatten eine schlängelnde Art, sich fortzubewegen.

„Lebt wohl“, rief Caselin ihnen leise nach, und irgendwie tat es ihr leid, daß sie gingen. Lange Zeit stand sie da und sah in die Richtung, wo sie verschwunden waren. Dann verließ auch sie die Lichtung und schlug den Weg ein, auf dem sie gekommen war.

Die Sonne schien hell, und sie war überzeugt, wenn sie ihrer Führung folgte, würde sie den Weg an den Waldrand ohne Mühe finden. Wacker schritt sie aus, ohne die Angst, die sie am Tag zuvor gehemmt hatte. An diesem seltsamen dunklen Ort gab es Schönheit ebenso wie Gefahr, und sie wußte, daß sie eines Tages zurückkehren würde. Vielleicht sah sie sogar ihren seltsamen Gefährten dieser Nacht wieder, obwohl sie das bezweifelte.

Wer mir diese Geschichte wohl glauben wird? fragte sie sich im Gehen. *Wahrscheinlich niemand,* entschied sie, *ausgenommen Margali.* Aber auch ihrer Pflegemutter wollte sie nichts erzählen, denn tief in ihrem Inneren erkannte sie, daß das, was zwischen ihr und dem Vogelwesen geschehen war, am besten verschwiegen wurde. Es war ein Geheimnis, das sie für immer wahren und in Ehren halten wollte.

Wieder dachte sie an ihre Pflegemutter und beschleunigte den Schritt. Margali würde sich Sorgen machen, und es gab so viel zu tun. Sie sah die dräuenden Riesen des Waldes an und konnte ein leises Lachen über ihre neugewonnene Freiheit nicht unterdrücken. Mit etwas Glück war sie rechtzeitig zum Mittagessen zu Hause. Frohgemut wanderte sie weiter.

Wahrscheinlich ist das größte von den Freunden Darkovers entdeckte schriftstellerische Talent das von Patricia Mathews. Sie lebt in Albuquerque und ist eine der in der Einführung erwähnten Frauen, die gleichzeitig mit einem Haushalt, kleinen Töchtern, einer Ganztagsstellung und dem Streben nach einer Karriere als Schriftstellerin jonglieren.

In dieser Geschichte benutzt sie ihr Konzept der Freien Amazonen, um ihre Ansicht von der Welt, in der wir leben, und der Stellung der Frau in dieser und allen anderen möglichen Welten klarzumachen. Eine der Hauptfunktionen der Science Fiction ist, wie ich es sehe, das Experimentieren – in Sicherheit und auf dem Papier – mit dem Entwerfen anderer Welten und anderer Gesellschaftsformen. „Es gibt immer eine Alternative" nimmt den Titel und das Thema von einem kurzen Gedankenaustausch in Die zerbrochene Kette: *Magda, die Heldin, ist mit einer Gruppe von Amazonen zusammengetroffen, die über die zwei Prostituierten zuteil gewordene Strafe diskutieren. Sie hatten versucht, sich als Freie Amazonen auszugeben, und dadurch hätten die Amazonen in schlechten Ruf kommen können.*

Magda sagte: „Ich habe immer sagen hören, eine grezalis *übe ihren Beruf aus, weil sie zu dumm ist, einen anderen zu erlernen. Deshalb mag ihnen die Lehre umsonst erteilt worden sein."*

„Ihr wart zu hart mit ihnen", bemerkte Sherna. „So hätte ich den perversen alten Bordellbesitzer behandelt. Er hat die schmutzige Darbietung auf die Bühne gebracht; es war nicht Schuld der Frauen."

„Ich denke ganz im Gegenteil, daß ihr mit ihnen zu milde verfahren seid", meldete sich Jaelle. „Solche Frauen in Schande zu bringen, ist sinnlos. Wenn sie gegen Schande nicht unempfindlich wären, würden sie sich ja nicht an einem solchen Ort befinden."

„Nicht alle Huren sind es freiwillig geworden“, wandte Sherna ein. „Sie müssen sich irgendwie ihr Brot verdienen.“

Camillas Stimme kratzte wie eine Feile. „Es gibt immer eine Alternative.“ Und damit war die Diskussion beendet.

Diese Geschichte ist eine der ganz wenigen offen feministischen Darstellungen Darkovers (denn die meisten ernsthaften Feministinnen betrachten Darkover als eine für ihre Aufmerksamkeit zu erstickend patriarchalische Gesellschaft). Patricia Mathews erzählt darin von der Panikreaktion eines äußerst engstirnigen Mannes, als Frauen ihre traditionelle Rolle abschütteln, und deutet eine Möglichkeit an, wie die Gilde der Entsagenden, auch die Gilde der Freien Amazonen genannt, entstanden sein könnte.

Patricia Mathews

Es gibt immer eine Alternative

THERE IS ALWAYS AN ALTERNATIVE

Wir trieben den kreischenden Mob zurück, und ich dachte: Es sind schwere Zeiten für einen Gardisten. Der Anführer, eine wildäugige Mißgeburt mit kahlrasiertem Schädel, stand auf einer Kiste und heulte Obszönitäten, die plötzlich zu unzusammenhängendem Gefasel wurden. Die Zauberin hatte nämlich in seinem Geist nach den Archetypen gesucht, die die meiste Macht über ihn hatten, und sie in ihrer wirksamsten Form auf ihn zurückgespiegelt.

Wir räumten hinter dem Mob auf. Was wollen diese Menschen eigentlich? Die Zerstörung der Gesellschaft, die Zerstörung von allem, was gut und anständig ist, von allem, was uns groß gemacht hat, das wollen sie, sagte ich bitter zu mir selbst. Wie schön würde es sein, nach Hause zu gehen, meinen kleinen Bruder wiederzusehen und die Stiefel auszuziehen. Ich hatte gehört, er habe geheiratet, ein Mädchen aus guter Familie von irgendwo aus dem Norden, deren Familie von Unglück betroffen worden war. So hatte er es erzählt; ich hoffte nur, es bedeutete nicht, daß sie einen großen Anhang von habgierigen Verwandten hatte. Wir sind nicht reich, aber wir kommen sehr gut zurecht.

Ich sorgte dafür, daß die Arbeit beendet wurde, und machte mich zu Rafe auf den Weg, ohne Nachricht vorauszuschicken. Ich wollte ihn überraschen und hatte keine Lust, Zeit darauf zu verschwenden. Ich war total erschöpft und voller Heimweh.

Rafe besaß ein Haus halbwegs zwischen dem Stadtzentrum

und den Außenbezirken, ein gutes, solides Haus mit einer schweren, geschnitzten Tür und gepflegten Pflanzen ringsherum. Entweder hatte er einen guten Gärtner oder eine gute Frau. Das Haus und alles, was ich sah, war ordentlich und sauber und wirkte gemütlich. Ich sehnte mich danach, im Herrschaftsbereich dieser neuen Schwägerin auszuruhen.

Ein kleines Mädchen kam mir als erste entgegen. „Ich bin Maellen“, sagte sie und sah mich mit den ernsten Augen einer Vierjährigen an. „Meine Mama kommt gleich.“

Als nächstes kam eine Frau, die hier vorzufinden ich nie geglaubt hätte. Mein Mund öffnete sich, ich wollte sprechen, aber mein Bruder folgte ihr und sah so glücklich aus wie ein junger Hund. „Dan, Dan, meine Frau Annilda und ihre Tochter Maellen. Sie war Witwe“, setzte er hinzu. Nun, irgend etwas hatte sie ihm ja erzählen müssen, wie ich mir vorstellen kann.

Annilda ist kein gebräuchlicher Name. Man hört ihn an der Küste, und dort war ich ihr begegnet. Vielleicht war sie wirklich Witwe, bestimmt aber verdiente sie sich selbst ihr Brot.

Ich beobachtete Annilda beim Abendessen, während Rafe ahnungslos plauderte. Er hielt sie für eine gute Frau; er hielt sie für eine gute Gattin. Ganz gewiß war sie eine gute Schauspielerin. Ihr Talent ging sogar so weit, daß sie ihm vortäuschte, sie schaffe ihm ein schönes Heim und sei dem Bastardbalg, das sie ihm angehängt hatte, eine gute Mutter. Ich beobachtete und lauschte und hörte sie im Ton einer Ehefrau antworten. Auch gab sie sich Mühe, mich in die Unterhaltung einzubeziehen, wie es jede Gastgeberin tun würde. Sie beriet ihn sogar in geschäftlichen Angelegenheiten. Mir wäre beinahe übel geworden.

„Was fehlt dir, lieber Schwager? Du bist so still“, wandte sie sich an mich, und in meinem Kopf schrie es: *Lügnerin! Lügnerin! Du weißt verdammt gut, was hier nicht stimmt, Hure! Willst du es mir auch noch frech unter die Nase reiben?*

Im Laufe des Abends gelang es mir einmal, sie abzufangen. Sie maß mich mit einem kalten und hochmütigen Blick. „Laß deine Hände von mir“, sagte sie mit leiser Stimme.

„Woher nehmt Ihr das Recht, einem Mann zu befehlen, er solle die Hände von Euch lassen, Mistress Annilda?“ Ich betonte den Titel so, daß sie mich nicht mißverstehen konnte.

Kühl und unverschämt wie alle von ihrer Sorte antwortete sie, immer noch leise: „Weil ich das stets verabscheut habe – Sir.“ Sie tat etwas mit ihrer Hand, das sie nur an der Küste gelernt haben konnte, und in auflodderndem Schmerz griff ich nach ihr.

„Dan, bist du verrückt geworden?“ rief mein Bruder aus und faßte meinen Arm. „Annilda, bitte, verzeih ihm, er hat in diesem Bürgerkrieg, den jeder Teil unserer Welt gegen die anderen führt, an der Front gekämpft. Manchmal denke ich, das einzige, was uns daran hindert, einander in Fetzen zu reißen, ist die Familie.“

„Alle revoltieren, ausgenommen die Frauen“, bemerkte Annilda mit einem eigentümlichen Lächeln.

Rafe lachte nachsichtig. „Ihr Frauen habt nichts, gegen oder für das ihr revoltieren könntet! Abgesehen von mehr liebevoller Aufmerksamkeit seitens eures armen, euch vernachlässigenden Männervolks!“

Annilda berührte Maellens Haar, und ich sah, wie sich der höhnische Ausdruck auf ihrem Gesicht, verbittert wie das einer alten Hure, in Süßigkeit verwandelte. *Hure! Lügnerin! Balg!*

Am nächsten Tag stellte ich sie zur Rede. Ich flammte vor Entrüstung über die Art, wie sie sich in meine Familie eingeschlichen hatte, und ich war entschlossen, sie als das zu entlarven, was sie war. Mein armer Bruder! Sie wimmerte nicht, und sie flehte nicht um Gnade. Nein, natürlich versuchte sie, alles abzuleugnen. Schließlich hing ihr ganzes angenehmes Leben hier davon ab.

„Ich glaube, deine Kriegserfahrungen haben dir den Verstand zerrüttet“, erklärte sie, wieder ganz leise, obwohl ihre Stimme am Eßtisch nicht besonders leise war. „Vermutlich täuscht dich eine zufällige Ähnlichkeit. Ich habe kein ungewöhnliches Aussehen.“

„Und ich, Mistress, kann an jedem Ort zehn Gardisten zusammenbringen, die beschwören werden, was du bist.“

„War. Früher einmal war. Und was ich jetzt nicht mehr bin, weder in Taten noch im Geist. Bist du, was du mit achtzehn warst? Können Menschen sich nicht ändern? Müssen sie für immer in das eingeschlossen bleiben, was sie verabscheuen?"

„Also was du warst, wenn du das vorziehst. Und wenn mein Bruder es erfährt, wird es ihm das Herz brechen. Ich lasse dir die Wahl, Mistress. Verschwinde, erfinde irgendeine Geschichte, oder du zwingst mich, es ihm zu sagen."

„Von jetzt an", erwiderte sie mit schwerer Betonung, „tue ich nichts mehr, wozu ich nicht gezwungen werde. Sprich, du bösartiges Tier, zerstöre sein Glück und meins, zwinge ein hilfloses Kind, die Mutter oder den Vater zu verlieren."

„Ich bezweifele, ob das Balg, das du ihm angehängt hast, weiß, wer sein Vater ist", fuhr ich sie an. Ich war entschlossen, dem widerspenstigen Weib den Platz zuzuweisen, den sie von Rechts wegen verdiente.

Eine solche Szene möchte ich nie wieder erleben. Der arme Rafe bettelte, vom Schock wie betäubt. Die Hure, die er geheiratet hatte, erklärte mit dieser leisen Stimme, die sie bisher nur mir gegenüber benutzt hatte: „Für mich gab es nur das, stehlen oder verhungern. Ich versuchte es mit allen dreien. Ich arbeitete als Kellnerin, die einzige Stellung, die eine Frau bekommen kann, wenn sie keine Verwandten hat, die sie beschäftigen. Ich war keusch. Habt ihr jemals von einer keuschen Kellnerin gehört? Jetzt weiß ich, warum nicht. Die groben Witze, die brutale Behandlung – ich beschwerte mich darüber und wurde unter Verhöhnungen als eine kleine Schlampe, die nichts als Ärger macht, entlassen. Dann bekam ich Maellen."

„Dein namenloses Balg!"

„Gibt es einen Namen für *Kind eines bewaffneten Gardisten?* Oh, ich saß in der Falle, und welcher Ausweg blieb mir, wenn ich nicht sie und mich umbringen wollte? O ja, es ist wahr. Und anscheinend kann ich es nicht hinter mir lassen, was zu tun ich mich so sehne."

Maellen ging zu Rafe hinüber und bat: „Weine nicht, Papa!"

Er schob sie weg und brüllte: „Wie kannst du es wagen, dein Hurenbalg zu lehren, daß es mich Papa nennt?"

Annilda zog Maellen an sich. Dann griff sie sich mit einer einzigen schnellen Bewegung meinen Dolch. Ich schnappte nach Luft und rief: „Bist du wahnsinnig?“

„Du meinst, ich wolle ihr und mir vor euren Augen den Hals durchschneiden? Ich sollte es tun! Und was bleibt mir sonst? Wir hätten Männer und Jungen sein sollen, um ... Hat dein Diener ein Hemd und eine Hose übrig? Einfache Arbeitskleidung genügt.“ Sie nahm den Dolch und begann, dem Kind das Haar abzuhacken.

Diese Geschichten, in denen Frauen sich die Zöpfe abschneiden, damit Bogensehnen daraus gemacht werden können, übersehen, wie lange so etwas dauert. Mein Bruder reichte ihr mit Bewegungen wie ein wandelnder Toter eine Schere. Sie beendete die Arbeit und machte sich an ihr eigenes Haar. Ich nahm den Dolch wieder an mich. Rafe kehrte mit der Männerkleidung zurück, auch mit Sachen, die einem Kind paßten. Der Himmel allein weiß, woher er sie hatte. Sie waren zerlumpt, von der Art, wie Arbeiter sie tragen. Die Frau zog sich vor mir aus und legte sie an. Rafe war entsetzt.

„Mein Bruder, Annilda!“ protestierte er.

„Er kann ruhig sehen, für was er einen Penny hingeworfen hat“, fuhr sie ihn an. „Gnädige Avarra, was bist du für ein widerlicher Heuchler, Danvar von der Garde! Stell dir deine Tochter als Hure vor, ihrer Kleider beraubt und blutend und von jedem Mistkerl mißbraucht, der des Weges kommt, und später von denselben Mistkerlen angespien! Träume davon des Nachts, denn irgendwo, innerhalb weniger Jahre wird dieser Traum wahr werden, und du wirst die unvergeßlichen Einzelheiten wiedererkennen.“

Sie kleidete sich und das Kind an, nahm allen ihren Schmuck ab und ging barfuß hinaus in die Welt. Mein Bruder brach weinend zusammen. Ich wollte ihn trösten.

„Geh weg! Ich will dein Gesicht nie mehr sehen!“ schrie er mich unter Schluchzen an. „Oh, du hast getan, was du mußtest, aber – geh weg!“

Ich ging, und innerlich weinte auch ich um den jüngeren Bruder, der so betrogen worden war. Ihr Götter da oben, die

Frau hatte sich benommen, als sei ihr Unrecht geschehen, nicht uns! „Was soll aus mir werden?" winselte sie, typisch Hure. „Was soll aus meinem Kind werden?" Als ob uns das etwas anginge! „Was kann ich tun, was könnte ich tun? Sag mir, welchen Ausweg es für mich gibt!" sagte sie. Dann: „Wenigstens sichert das Männern deiner Sorte eine endlose Reihe von verzweifelten Mädchen, die ihr mißbrauchen könnt! Aber nicht mich, niemals wieder, *niemals wieder!*"

Und dann belegte sie mich mit dem Fluch, als hätte ich eine Tochter oder würde irgendwann einmal eine haben.

Einmal sah ich sie inmitten einer Rotte von Männern arbeiten. Sie benahm sich wie ein Kerl und wurde für einen Kerl gehalten, und mir drehte sich der Magen um. Ich ging zu dem Rottenführer und sagte ihm, was sie war. Später kam sie zu mir und schimpfte: „Warum verfolgst du mich? Bist du entschlossen, mich in der Jauchegrube festzuhalten, die du für mich geschaffen hast?"

Ihr Fluch hatte sein Werk an mir getan, und so fragte ich: „Wessen Kind ist Maellen?"

„Meins! Sie ist Maellen, Tochter Annildas, und sonst nichts! Jetzt geh; ich habe ein Messer, und an der Küste habe ich gelernt, es zu benutzen! Ay! Ein Schwein!" rief sie, und drei der widerwärtigsten Weiber, die ich je gesehen hatte, näherten sich mir von hinten, bewaffnet mit Messern. Eine war ein zähes, muskulöses Fischweib mit entstelltem Gesicht, eine eine bemalte Hure in Männerkleidung. „Meine Zimmergefährtinnen", stellte sie knapp vor. Ich ging.

Später hörte ich Gerüchte, im elendesten Viertel der Stadt nehme eine Frau Säuferinnen und Rauchgiftsüchtige und Huren und Bettlerinnen und dergleichen auf und organisiere sie. Die meisten Männer hielten das für einen guten Witz und stellten lachend Mutmaßungen über die Folgen eines Streiks der städtischen Huren an. Natürlich wußten sie genau, wie der Streik zu brechen war, und ich wußte es auch. Außerdem nahm bei all dem Hin und Her im Land, das immer Zerstörung zum Ziel hatte, niemand das Geplapper einer Handvoll Frauen ernst – und noch dazu dieser Sorte von Frauen!

Dann wurde berichtet, sie seien dabei, eine Gesellschaft von Amazonen zu gründen, die ohne Männer leben und sich an den Männern für alles, was sie von Männerhänden gelitten hatten, rächen wollten. *Sie* hatten gelitten! Bedenkt doch, wie eine von ihnen die einzige Familie, die ich je besaß, auseinandergerissen und meinem armen Bruder das Herz gebrochen hatte! Was für rachsüchtige, erbarmungslose Weiber mußten das sein!

Bald darauf wurde ich wieder in den Norden geschickt; mein Kommandeur sagte mir, es sei für alle Beteiligten das beste. Erst zwei Jahre später kehrte ich zurück, und da geriet ich gleich in einen neuen Aufstand. Frauen marschierten die Straße entlang, einfach gewandete Hausfrauen und Fischweiber in groben Arbeitsröcken und -jacken und ein paar Edelfrauen in Reitkleidung, und viele, viele von ihnen trugen die Tracht von Männern oder Knaben oder einen seltsamen Kompromiß zwischen der Kleidung von Frauen und der von Männern. Sie sangen.

„Was hat das alles zu bedeuten?“ fragte ich den ranghöchsten Diensthabenden.

„Sie wollen mit den Männern regieren und wie Männer zur Arbeit angestellt werden“, antwortete er, sie betrachtend. „Sie wollen frei von Vergewaltigung, Verführung und der Beherrschung durch Männer sein. Der Haufen da ist nicht in Gefahr.“

Wirklich, attraktiv waren sie nicht. Keine von ihnen hatte sich das Gesicht bemalt oder sich mit Juwelen geschmückt, und im allgemeinen zeigten sie den Ausdruck einer zornigen Pflegemutter, die einen Rohrstock bereithält. Mir grauste.

„Wir wollen unsere Rechte, und wir wollen sie jetzt!“ sangen sie. *„Wir wollen unsere Rechte, und es ist uns gleich, wie!“*

Als wir auf sie eindrangen, begannen sie, Steine zu werfen. Die Zauberin sondierte die Gedanken der Anführerin, einer hochgewachsenen, magnetisch wirkenden Frau in Männerkleidung. Plötzlich riß sie sich den Schleier ab, rief: „O nein! Oh, meine Schwestern!“ und rannte auf die Straße hinaus. Niemand konnte sie aufhalten; niemand würde eine Zauberin anfassen.

Wir zerstreuten diesen Mob. Nicht den nächsten. Wie greift man eine Horde von Frauen an?

Es endete damit, daß ausgerechnet Annilda eingeladen wurde, zu den Herren des Landes zu sprechen und ihnen ihre Forderungen vorzulegen. Ich schüttelte mich bei dem Gedanken, daß eine Hure im hohen Rat unserer Regierung sitzen könne. Damals reichte ich mein Abschiedsgesuch ein und zog mich auf das Landgut unserer Familie in den fernen Bergen zurück. Soll sich die Welt ohne mich auf den Kopf stellen!

Warum nur nickte Annilda mir zu, als sie die Ratskammer verließ, und sagte: „Wir haben auch Hauptmann Danvar hierfür zu danken, meine Schwestern." Warum?

Ich schwöre, die Frau muß verrückt sein.

Eileen Ledbetter war eine der ersten Freunde Darkovers, die Apokryphen zu Darkover schrieben. „Darkover-Sommerschnee“ war ein Versuch, die erste Begegnung zwischen Lew Alton und Regis Hastur, Personen aus Hasturs Erbe, *neu zu gestalten. Sie hatte meine eigene Ansicht über diese Personen so geschickt aufgegriffen, daß die Darstellung sogar für mich unheimlich zwingend war. Ich mußte mir vor Augen halten, daß ich die Geschichte ihrer Begegnung, die nicht veröffentlicht wurde, anders geschrieben hatte. Und jetzt ist Eileens Geschichte trotzdem so sehr Teil „meines“ Darkover geworden, daß ich, wenn ich an Lew und Regis denke, als selbstverständlich voraussetze, sie hätten sich auf die von Eileen geschilderte Art kennengelernt und Freundschaft geschlossen.*

Natürlich war der erste Rat, den ich Eileen gab, als sie ein paar Monate später nach San Franzisko kam und mich besuchte, sie solle mit der Arbeit an ihren eigenen Geschichten anfangen, statt über die Welt von jemand anders zu schreiben. Das tat sie auch, aber mittendrin (ich habe die Geschichte, die ihrer eigenen Phantasiewelt entstammt, noch nicht gesehen) schrieb sie mir eines Tages: „Sehen Sie mal, was ich gefunden habe.“ Beim Lesen von Eileens Geschichte über Durraman und seinen Esel kicherte ich unaufhörlich. Grundlage ist ein in meinen Büchern ein- oder zweimal zitiertes Sprichwort des Sinnes, jemand sei so dumm – oder so tot – wie Durramans Esel.

Für mich war die Redensart nur eine Methode gewesen, fremdartiges Kolorit zu schaffen. Ich hatte, wie ich in einem Artikel über die Darkover-Bücher gestand, „keine Ahnung, wer Durraman gewesen sein könnte oder warum er Esel hielt.“ Später meinte Walter Breen, mein Mann, der dumme und lange tote Esel Durramans sei vielleicht jener gewesen, der zwischen zwei Heuballen verhungerte, weil er sich nicht entscheiden konnte, welchen er zuerst fressen sollte!

Eileen hatte eine andere Idee, und das ist eine andere Geschichte . . . die ich entzückt bin, hier zu präsentieren!

Über Eileen persönlich weiß ich nur: Sie ist Mitte Zwanzig, eine hübsche, dunkelhaarige und lebhafte junge Frau, und sie war einmal Stewardeß bei Allegheny Airlines. Sie ist aktiv in Arilinn, dem ersten Rat der Darkover-Fans, gelegen in New England, und nahm an dem ersten Darkover-Konvent im Kostüm einer Freien Amazone teil.

Und ich weiß außerdem, daß sie die Gabe hat, eine amüsante Geschichte zu erzählen! Nur zu viele der jungen Schriftsteller, die mit dem Schreiben von Darkover-Apokryphen ihre Schwingen erproben, neigen zu grimmigen Tragödien, ja Melodramen. Das ist auf seine Weise auch gut, aber ich finde, Humor und eine leichte Hand sind seltenere Talente und für einen Schriftsteller beinahe unbezahlbar. Ich bin überzeugt, Eileen wird weiterschreiben; ein solches Talent darf nicht vergeudet werden!

Eileen Ledbetter

Die Geschichte von Durramans Esel

(Wie sie die Kinder der Domänen von ihren Kinderfrauen erzählt bekommen)

THE TALE OF DURRAMAN'S DONKEY

Trage falsches Geld für Diebe bei dir
Überliefertes Sprichwort

Vor vielen Jahren lebte im Land der Sieben Domänen ein junger Comyn-Lord, der als Damar Aillard bekannt war. Eines Tages gelangte ein Gerücht über ein fernes Dorf an der Grenze der Domänen namens Candermay an seine Ohren. Es war ein hübscher, idyllischer Ort, in dem Damar als Kind auf Jagdausflügen mit seinem Vater viele glückliche Stunden verbracht hatte. Aber man tuschelte davon, daß der Frieden des Dorfes jetzt gestört sei. Damar hörte es mit Betrüben, und da er ein wackerer und einfallsreicher junger Lord war, entschloß er sich, den langen Ritt nach Candermay zu unternehmen und dem heimgesuchten Dorf seine Hilfe anzubieten.

Es war eine lange, mühselige Reise, aber endlich kam das kleine Dorf in Sicht. Damar zügelte sein Reittier und starrte es entsetzt und erschrocken an. Das einst so schmucke, blühende Dorf war zu einem Ort der Armut und des Verfalls geworden. Die hübschen kleinen Werkstätten und Häuser waren schäbig und lange nicht mehr repariert, die Gärten erstickten unter Unkraut, und kleine Kinder, barfuß und zerlumpt, spielten mit räudigen Hunden auf der schlammigen Straße.

Damar ritt in das Dorf ein, schön und prächtig in seinem Comyn-Staat und seinem im Sonnenlicht leuchtenden roten Haar. Die Kinder unterbrachen ihre Spiele und sahen in stummer Ehrfurcht zu ihm hoch. Er schämte sich plötzlich seines Reichtums und seines glücklichen Geschicks und dachte: *Ich will alles tun, was ich kann, um diesen guten Leuten zu helfen, denn bestimmt hat sie ein Unglück getroffen.*

Er hörte das Knarren sich öffnender Türen, und einen Augenblick darauf kamen alle Männer des Dorfes aus ihren Häusern gerannt, die Straße hinauf und ihm entgegen. Sie waren ebenso zerlumpt wie die Kinder, aber sie jubelten und hießen ihn mit ausgestreckten Armen willkommen. Zum erstenmal seit vielen Tagen glomm Hoffnung in ihren gequälten Augen auf.

Damar erkannte ein ihm aus seiner Kinderzeit vertrautes Gesicht wieder und winkte den Mann heran. Es war Ferrick, der gewählte Bürgermeister von Candermay.

„Ferrick", sagte Damar, „berichte mir schnell, was hier Schreckliches geschehen ist, denn ich erinnere mich, daß die Schönheit deines Dorfes die Quelle deines größten Stolzes war."

„Oh, Lord Damar, es ist furchtbar – einfach furchtbar!" rief Ferrick und rang verzweifelt die Hände. „Schon seit vielen Monden sind wir einem bösen, gräßlichen Mann ausgeliefert, Durraman von den Trockenstädten heißt er – möge Zandru tausend Skorpionpeitschen schicken, die ihn stechen! Er nennt sich einen Händler, wo er in Wahrheit doch ein Dieb, ein Pirat, ein Plünderer ist! Er reitet mit seiner großen Schar von Männern in unser Dorf und nimmt, was er will: unser Essen, unser Geld, sogar ..." Die Stimme des armen Mannes brach. „Sogar unsere Frauen. Und wir sind nicht fähig, ihn daran zu hindern. Seine Leute sind Halsabschneider, geübt in den Kriegskünsten – während wir immer eine friedliche Gemeinde gewesen sind, sicher an unserem abgelegenen Ort. Beim zweitenmal, das er kam, versuchten unsere Männer, ihm Widerstand zu leisten, aber in weniger als einer Minute betrug unsere Zahl nur noch die Hälfte, und wir waren gezwungen, uns zu ergeben. Und er kommt wieder und wieder, als wolle er Blut aus einem Stein pressen! Wir halten es nicht länger aus, *vai dom,* und jetzt – jetzt . . ." Ferrick wurde noch aufgeregter, seine Stimme stieg in beinahe hysterische Höhen. „Wir haben gehört, daß Durraman und seine Bande von neuem diesen Weg reiten und noch vor dem Nachmittag hier sein werden. Oh, *vai dom,* was sollen wir tun? Ihr müßt uns helfen! Bitte!"

Bei dieser Geschichte preßte sich Damars Mund zu einer harten, schmalen Linie zusammen, und in seinen grauen Augen glitzerte es wie von Stahl. „Ja, ich werde Euch helfen, Ferrick, mit Freuden! Ihr müßt folgendes tun." Er hob die Stimme und sprach zu den wartenden Männern. „Ihr alle geht in eure Häuser. Nehmt eure Frauen, Kinder und Tiere mit und schließt euch ein. Kommt nicht heraus, bevor ich es euch sage. Ferrick, nimm zwei deiner Männer und gehe mit ihnen Durraman entgegen, wenn er in das Dorf einreitet. Sag ihm, ein Comyn-Lord sei angekommen, allein und unbewaffnet, der sich mit ihm treffen und ihm alles, was er wünscht, im Austausch dafür geben will, daß er das Dorf in Frieden läßt. Der Preis sollte hoch genug sein, um seinen gierigen Appetit zu wecken! Sag ihm, ich werde im Hof des alten Gasthauses auf ihn warten, und auch er müsse allein und unbewaffnet kommen. Ich gebe ihm mein Wort als Comyn-Lord, daß ihm kein Hinterhalt gelegt wird. Sag ihm, seine Leute könnten euch drei als Geiseln festhalten, bis ihr Anführer unverletzt zurückkehrt." Er lächelte ihnen ermutigend zu. „Vertraut mir, liebe Freunde, denn ich habe einen Plan, und vielleicht werdet ihr von diesem Durraman ein für allemal freiwerden. Jetzt geht schnell!"

Die Männer taten, wie ihnen geheißen worden war. Sie liefen in ihre Häuser und sammelten auf dem Weg Kinder, Hunde und Hühner ein. In Sekunden lag die Straße verlassen da bis auf den alten Ferrick und Damar.

„Bevor du deine Männer auswählst, alter Freund", sagte Damar, „beantworte mir eine Frage, so seltsam sie klingen mag. Gibt es hier im Dorf ein Tier – vielleicht ein altes und nutzloses –, das geschlachtet werden soll?"

Mit verwirrtem Gesicht dachte Ferrick nach. Dann plötzlich hellte sich seine Miene auf. „Aye, es gibt eins, *vai dom!* Piedro der Fallensteller hat einen alten Esel, den er zum Futter für die Hunde schlachten wollte. Ich verstehe Euer Interesse nicht, denn das Tier könnte niemandem mehr von irgendeinem anderen Nutzen sein. Seit dem Tag seiner Geburt hat es ein bösartiges Temperament, und jetzt, wo es alt, blind und lahm ist, benimmt es sich noch schlimmer. Gestern schlug es mit seinen Hufen nach einem kleinen Jungen aus und brach ihm den Arm. Da erkannte Piedro, daß die Zeit gekommen ist, den Esel abzutun. Er ist so alt, ich bezweifle, ob ihm überhaupt noch viele Tage geblieben wären. Doch warum fragt Ihr, *vai dom?* Wie kann ein alter Esel irgendeinen Wert für Euch haben?"

Langsam breitete sich ein Lächeln auf Damars hübschem Gesicht aus. „Nun, das ist besser, als ich gehofft hatte! Ich werde dir all deine Fragen später beantworten, Ferrick. Im Augenblick beeile dich und beschaffe mir diesen Esel. Bringe ihn in den Hof des Gasthauses, wo ich auf dich warten will, und sage Piedro, ich werde ihn gut bezahlen."

Ferrick rannte los, aber Damar bemerkte seinen besorgten Blick und dachte: *Der arme alte Bursche glaubt, ich sei verrückt geworden. Ich hoffe nur, mein Plan funktioniert.*

Kurze Zeit später lagerte Damar im Hof des Gasthauses, und alle seine Besitztümer waren rings um ihn ausgebreitet. Plötzlich beleidigte ein furchterregendes I-aah! seine Ohren, und aufblickend entdeckte er Ferrick, der den Esel brachte – die kläglichste Kreatur, die Damar je gesehen hatte. Es war ein grauer, zottiger Esel, knickebeinig und triefäugig. Lange, bösartig aussehende Zähne ragten über die schlaffen Lippen, und er hatte ein lächerliches Hohlkreuz.

„Er gehört Euch, *vai dom*", meldete Ferrick und reichte Damar den Führungsstrick. „Aber bei der gesegneten Cassilda – *warum?*"

„Später, Ferrick, später", lachte Damar. Er klopfte dem zottigen Tier den Hals, hielt sich dabei aber weislich von den bösartigen Zähnen fern. „Alter Junge", flüsterte er in die hängenden Ohren, „vielleicht kannst du uns einen letzten Dienst erweisen ..."

Die Sonne hatte ihren Scheitelpunkt erreicht, als Damar endlich angeberisches Gelärm auf der Straße hörte. Also war der berüchtigte Durraman eingetroffen! Damar brauchte nicht lange zu warten, bis ein riesiger, brutal wirkender Mann mit sandfarbenem Haar durch das Tor in den Hof trat und höhnend brüllte: „Ich habe gehört, es ist ein Comyn-Lord da, der mit mir handeln will!"

„Hier, Trockenstädter!" Damar erhob sich und stand hochgewachsen und furchtlos vor seinem Gegner.

Durraman musterte ihn von oben bis unten. Dann verzog sich sein häßliches Narbengesicht zu einer angewiderten Grimasse. „Das ist also ein großer Comyn-Lord! Du bist ja kaum mehr als ein bartloser Knabe! Hat man einen Jungen geschickt, um die Arbeit eines Mannes zu tun? Wo ist der Rest Eurer Männer ... Lord?" Er sprach das Wort wie eine Beleidigung aus.

„Es sind keine anderen Männer da, Trockenstädter. Ich bin allein in dies Dorf gekommen, wie man es dir berichtet hat. Mein Wort gilt, und ich möchte nur, daß du mit mir einen Handel abschließt und das Dorf in Frieden läßt."

Durramans Augen glitzerten argwöhnisch. „Ich habe einiges über euch Comyn gehört. Es geht das Gerücht, die Leute eurer Kaste seien so etwas wie Zauberer, aber ich bin immer viel zu intelligent gewesen, um solchen abergläubischen Quatsch zu glauben. Wie ist es damit, mein Lord? Steckt Wahrheit hinter den Gerüchten? Vielleicht wollt Ihr mich mit einem Zaubertrick töten?"

Damar lächelte liebenswürdig. „Ich habe nicht die Absicht, dich zu töten, Trockenstädter, und ich bezweifele, ob ich es könnte, selbst wenn ich es wollte, denn leider befassen sich die Leute meiner Art mehr mit Wissenschaft als mit Zauberei. Ich möchte nur mit dir um die Freiheit dieses Dorfes handeln. Sein Elend hat mein Herz gerührt." Seine Stimme wurde plötzlich streng und hart. „Es ist schlecht und böse, was du hier tust, Durraman!"

Durraman ballte die Hände zu zwei gewaltigen, fleischigen Fäusten. „Ich bin nicht in der Stimmung für deine Moralpredigten, Comyn-Welpe!“ schnaubte er drohend. „Ich kann tun, was ich will! Macht geht vor Recht – ich habe die Macht, deshalb habe ich auch das Recht. Ganz einfach, nicht wahr?“

„Ja“, antwortete Damar, und seine Stimme klang sehr leise. „Ich erkenne die Regeln deines Spiels an, Trockenstädter, und ich beabsichtige, mich an sie zu halten.“

Durramans Gesicht strahlte in triumphierender Verachtung auf. „Wenn wir uns also einig sind, wollen wir zur Sache kommen. Ich denke, es wird mir Spaß machen! Und welche Reichtümer hat ein törichter Comyn-Lord mir anzubieten – denn töricht bist du in der Tat!“

Damar wies auf seine Besitztümer, die auf dem Boden ausgebreitet waren. „Wie du siehst, habe ich eine große Menge Kupfer, und ich könnte mehr besorgen. Juwelen habe ich auch, und ein edles Reittier. Alles zusammen hat mehr Wert als du diesem ausgesogenen kleinen Dorf abzupressen vermagst, Trockenstädter. Und du kannst es alles haben – alles, heißt das, bis auf diesen alten grauen Esel, der dort drüben in der Ecke angebunden ist.“

Durraman blickte einen Moment verdutzt drein, dann warf er den Kopf in den Nacken und brüllte vor Lachen. „Was würde ich denn mit der armseligen Kreatur anfangen, Comyn?“ keuchte er schließlich unter Prusten hervor. „Hast du dein bißchen Verstand jetzt ganz verloren?“

„Oh, lache nicht voreilig, Trockenstädter“, erklärte Damar ganz ernsthaft. „Zufällig besitzt die ‚Kreatur‘, wie du sie nennst, ein höchst wunderbares Geheimnis.“

Die Gier machte Durramans Gesicht plötzlich hart. „Was für ein Geheimnis, Comyn?“

Damar trat verlegen von einem Fuß auf den anderen. „Das darf ich nicht sagen.“

„Warum nicht?“

„Meine Familie hat es verboten. Das Wissen über ihre verborgenen Kräfte und Talente soll nicht herumposaunt werden.“

Durraman ragte drohend über dem jüngeren Mann auf. „Trotzdem glaube ich, daß du es mir sagen wirst!“

Damar kaute nervös auf seiner Unterlippe und grub die Fußspitze in den Boden. Endlich seufzte er. „Ich sehe ein, in welcher Lage ich mich befinde. Nun gut, Trockenstädter, ich will es dir sagen.“ Er warf einen flüchtigen Blick über die Schulter, als lauerten Spione in jedem Schatten. Dann beugte er sich vor, fast bis an Durramans Ohr, und flüsterte: „Er kann fliegen.“

Durraman durchbohrte ihn mit einem mißtrauischen Blick. „Wie war das, Comyn?“

„Ich sagte, das Tier – kann fliegen.“

Wieder warf der riesige Trockenstädter den Kopf in den Nacken und heulte. „Du mutest mir zu, das zu glauben? Diese knickbeinige, abgewirtschaftete Kreatur kann ja kaum noch laufen! Du bist noch dümmer, als ich anfangs dachte.“

Damar zuckte die Schultern und wandte sich ab. „Also gut, dann glaubst du mir eben nicht.“

Schnell wie eine zuschlagende Schlange schoß Durramans Hand hervor und schloß sich um Damars Handgelenk. Der Griff hatte die Kraft einer Stahlklammer. Der Trockenstädter riß den jüngeren Mann an sich heran und zischte ihm ins Gesicht: „Du denkst, du kannst mich mit Tricks hereinlegen, Comyn? Du hast deine schönen Worte gesprochen, nun beweise sie!“

Damar wich bestürzt zurück. „Ehrlich, ich kann es nicht! Das Geheimnis seiner Kraft wird seit Jahren in meinem Clan bewahrt. Ich kann es nicht enthüllen – ich habe es geschworen!“

„Du wirst es enthüllen, Comyn, oder es werden auf ein Wort von mir drei Männer sterben – und du wirst ihnen bald darauf folgen.“

Damar kniff die Augen zusammen, und seine Mundwinkel verzogen sich zu einem dünnen, gepreßten Lächeln. „Du bist ein harter und überzeugender Mann, Durraman – ich habe es nicht anders von dir erwartet. Anscheinend habe ich keine Wahl. Gut. Aber du mußt genau aufpassen.“ Schnell ging er zu dem Esel, band den Strick los, schritt langsam zurück und intonierte mit feierlicher Stimme: „Trockenstädter, dieses Tier stammt von edlen Vorfahren ab, die seit Jahren an geheimen

Orten unserer Domänen gezüchtet und trainiert wurden. Seine Talente darf man nicht leichtfertig leugnen. Hör mir zu, wenn ich die magischen Worte spreche!“

Durramans gierige Augen hingen an dem Esel, und deshalb bemerkte er nicht, wie Damars Hand sich über sein reichbesticktes Hemd nach oben stahl, in den Ausschnitt glitt und ein Juwel umfaßte, das mit einem merkwürdigen blauen Licht an seiner Brust schimmerte.

„Evanda erhebe dich Avarra!“ rief der junge Lord.

Und vor ihren Augen erhob sich der Esel langsam in die Luft, höher und höher, bis seine vier Beine drei Fuß über dem Boden baumelten. Das dumme Tier begann, wie verrückt zu schreien und um sich zu schlagen, und gleichzeitig beschrieb es einen weiten Kreis um den Hof. Es flog schneller und schneller dahin, bis nichts mehr zu sehen war als ein verwischter grauer Streifen hoch über dem Hof. Es war ein höchst wundersamer und erschreckender Anblick.

Durramans Augen waren groß und ungläubig. Er blieb eisern stehen, als der Esel an ihm vorübersauste, aber heimlich machte er ein abergläubisches Zeichen mit seinen Fingern. Schließlich hatte das Geschrei des armen Tiers eine markerschütternde Lautstärke erreicht. Durraman schlug die Hände über die Ohren und rief: „Genug! Ich habe genug gesehen! Du bist ein Zauberer, Comyn!“

„Avarra senke dich Evanda“, sagte Damar, das blaue Juwel betastend. Langsam hörte der Esel auf zu kreisen, dann fiel er mit hörbarem Plumps auf die Erde zurück. Er keuchte und schwankte leicht, dann schüttelte er sich entrüstet und trottete davon. Seine Ohren zuckten gereizt.

„Zuerst habe ich dir nicht geglaubt, Comyn, aber jetzt, wo ich sein Talent gesehen habe, erkenne ich, daß es in Wahrheit ein wunderschönes Tier ist.“ Durraman konzentrierte sich immer noch so auf den Esel, daß er Damars blasse, schweißbedeckte Stirn nicht sah. „Vielleicht habe ich dich unterschätzt. Von nun an gibt es keine Spielchen mehr zwischen uns.“ Gierig leckte er sich die Lippen. „Du sagtest, du wollest um das Dorf handeln. Gilt dein Wort noch?“

„Natürlich. Du verschwendest deinen Atem, indem du fragst."

„Dann will ich den Esel haben."

„Aber ich habe dich aufgefordert, alles, nur den Esel nicht, zu nehmen!" japste Damar.

Durraman lachte. „Was sind dein Kupfer und deine Juwelen, Comyn? Mit diesem Tier brauche ich keine Schätze mehr. Dies ist mein Angebot: Gib mir den Esel, und das Dorf ist frei – für immer!"

„Oh, wie ungern tue ich das!" jammerte der junge Lord. „Mein Clan wird mich verstoßen, wenn ich ohne das Tier zurückkehre! Und doch – ich möchte das Dorf von einem Räuber wie dir befreit sehen."

„Sei vorsichtig mit deinen Worten, Comyn! Ich empfinde – im Augenblick – einige Achtung für dich, doch vergiß nicht, ich habe drei Männer in meiner Gewalt!"

„Nun, vielleicht bin ich ein Narr. Aber ich nehme dich beim Wort, Trockenstädter. Der Esel gehört dir, Durraman, im Austausch für das Dorf. Versuche bloß nicht, mehr zu nehmen, als wir ausgemacht haben. Meine Familie wird sich mit dem Verlust des Tieres um dieser Sache willen abfinden. Begehst du jedoch Verrat, hast du meine Verwandten als Rächer auf dem Hals."

„Ich weiß, wann ich ein gutes Geschäft gemacht habe, Comyn", erwiderte Durraman. „Der Handel ist also perfekt. Aber erzähle mir mehr über dieses wunderbare Tier. Was frißt es?"

„Das gleiche wie jeder andere Esel. Doch wie du siehst, ist er bei Jahren, deshalb mußt du ihn mit Respekt behandeln und ihm nicht zuviel aufladen. Mehr als dein Gewicht könnte er beim Fliegen nicht ohne Mühe tragen. Und du darfst sein Talent niemals leichtfertig einsetzen. Zwischen den Demonstrationen muß er sich ausruhen. Nach ein paar Stunden ist er dann wieder bereit. Und vergiß nicht, die Worte lauten ‚Evanda erhebe dich Avarra' und ‚Avarra senke dich Evanda'."

„Ah, Comyn!" rief Durraman herzlich. Eine fleischige Hand fiel auf Damars Schulter nieder und faßte sie mit hartem Griff. „Es war ein Vergnügen, mit dir Geschäfte zu machen! Ich hatte aus dem Dorf hier bereits alles weggeholt, was ich wollte, und nur eine merkwürdige Ahnung ließ mich von neuem diesen Weg einschlagen. Das war ein glücklicher Tag für mich, ein weniger glücklicher für dich – obwohl wir wenigstens beide bekommen haben, was wir uns wünschten! Lebe wohl, Comyn! Mögen wir uns wiedersehen – nur nicht zu bald!" Prahlerisch lachend ergriff er den Strick des Esels und führte ihn triumphierend aus dem Hof.

Damar sah ihm nach, dann ließ er sich erschöpft vornüber sinken. Ein paar Augenblicke später stürzten Ferrick und seine beiden Männer in den Hof, keuchend und ungläubig plappernd. „Sie ziehen ab, *vai dom*", rief der Bürgermeister, „nur mit dem grauen Esel und ohne jede andere Beute! Und Durraman – Zandru hole mich in seine kälteste Hölle, wenn ich lüge –, Durraman lacht, als wolle er nie wieder damit aufhören! Wie habt Ihr das gemacht, Lord Damar?"

„Es ist eine lange Geschichte, Ferrick." Müde fuhr sich Damar mit der Hand über sein junges Gesicht. „Doch komm! Ich stelle fest, daß ich einen nahrhaften Imbiß brauche, und dabei werde ich dir alles erzählen." In einer kameradschaftlichen Geste legte er Ferrick den Arm um die Schultern. „Mein Freund, ich glaube, bald werden wir alle über Durraman lachen. Denn wenn sich jemals zwei gegenseitig verdient haben, sind es Durraman und sein Esel!"

Als Durraman mit nichts als einem knickbeinigen, räudigen alten Esel aus dem Hof auftauchte, dachten seine Männer natürlich, er sei verrückt geworden.

„Wo ist unser Schatz, Lord?" riefen sie und sahen hierhin und dahin.

„Habt ihr denn keine Augen im Kopf, ihr dummes Wolfsrudel?" schnauzte Durraman. „Hier ist der Schatz! Und ich warne euch, der erste, der seine Hand gegen dies Tier hebt, wird seinen Kopf auf einer Stange wiederfinden!"

„Ja, Durraman", flüsterten sie ehrerbietig, denn sie hatten schon vor langer Zeit gelernt, sich vor seinen Wutanfällen in acht zu nehmen. Aber einige tippten sich hinter seinem Rükken an die Stirn.

Sie verließen Candermay und zogen die Straße entlang, Durraman voraus, der Esel, der bei jedem Schritt kriegerisch schrie, hinter ihm. Als die Männer erkannten, in welche Richtung es ging, kam einer von ihnen nach vorn und fragte: „Lord Durraman, gehen wir nicht nach Trilltan, wie geplant?"

„Natürlich nicht, Dummkopf! Ich habe es nicht mehr nötig, Ortschaften zu plündern! Ich habe alles, was ich will. Wir kehren gleich nach Shainsa zurück." Drohend hob er seine Reitpeitsche. „Hast du irgendwelche Einwände dagegen?" Es gab natürlich keine, die der Mann auszusprechen wagte. Schweigend zog er sich zurück.

Der Weg war steil und tückisch, und weil Durraman darauf bestand, ritten sie langsam, damit der alte, blinde Esel sich nicht den Fuß vertrat. Zweimal legte er sich mitten auf der Straße nieder und weigerte sich weiterzugehen, bis er sich ausgeruht hatte, und als die Männer versuchten, ihn anzutreiben, schnappte er mit den Zähnen nach ihnen.

Die Männer begannen zu murren. „Bei diesem Tempo wird uns der Winterschnee auf den Pfaden im Hochgebirge überraschen!" Aber sie trauten sich nicht, Durraman noch einmal anzureden, denn sie wußten, irgendwie hatte dieser armselige Esel ihrem Anführer das Gehirn erweicht.

Immer wieder anhaltend, brachten sie drei Tagesritte hinter sich. Der vierte Tag war schon zu einem guten Teil vorüber und sie ritten einen unebenen, schmalen Sims entlang, als der Weg fast unter ihren Füßen bröckelte und verschwand. Sie blieben auf einem Felsvorsprung zurück, und vor ihnen fiel die Wand tausend Fuß zu dem Tal tief unten ab.

Die Männer drängten sich fluchend am Rand des Abgrunds zusammen.

„Der Pfad ist weggespült worden!"

„Seht, auf der anderen Seite beginnt er von neuem – zu weit zum Springen!"

„Jetzt müssen wir auf der eigenen Spur umkehren!"

„Bei allen Göttern, ich wußte doch, wir würden Shainsa nie vor dem Schnee erreichen!“

Da begann Durraman zu lachen. Für seine Männer war es ein furchterregendes, dämonisches Geräusch. „Ihr werdet Shainsa vor dem Schnee vielleicht nicht erreichen – aber ich werde morgen dort sein, warm und reich!“ Ungeduldig winkte er einem der Männer. „Bring mir meinen Esel!“

Mit offenem Mund sahen die Männer zu, wie ihr Anführer – der jetzt, so dachten sie, vollständig verrückt geworden sein mußte – den häßlichen grauen Esel bis an den äußersten Rand des Felsvorsprungs führte und auf seinen Rücken sprang. Es war ein lächerlicher Anblick: der riesige bärtige Trockenstädter, dessen Beine fast bis auf den Boden reichten, auf dem hohlrückigen, jämmerlichen Esel. Der Unterkiefer sackte ihnen noch weiter herunter und ihre Augen wurden rund, als Durraman seine Peitsche erhob, sie dreimal fest auf den Rumpf des Esels niedersausen ließ und dazu rief: „Evanda erhebe dich Avarra!“

Mit einem wütenden Aufschrei bockte der Esel, dann sprang er vorwärts – hinein in den Abgrund! Einen Augenblick lang schien er in der Luft zu schweben. Dann fielen Tier und Reiter wie ein Stein auf das Tal unten zu – und die Männer auf der Klippe meinten, eine hysterische Stimme immer wieder und wieder und wieder „Evanda erhebe dich Avarra!“ brüllen zu hören...

Ein paar Minuten standen sie schweigend da und lauschten auf die letzten ersterbenden Echos. Dann zuckten sie wie *ein* Mann mit den Schultern und ritten den Weg zurück, den sie gekommen waren, ohne sich noch einmal umzublicken.

All dies geschah vor vielen Jahren. Aber es heißt, wenn man an einem kalten Winterabend durch das blühende kleine Dorf Candermay kommt, kann man hören, wie sie sich um das Feuer versammeln und die Geschichte von dem edlen jungen Comyn-Lord erzählen, der einen Trockenstädter mit Hilfe eines nutzlosen alten Esels überlistete. Zweifellos wächst die Geschichte bei jedem Erzählen, doch man nennt sie die Geschichte von Durramans Esel, und sie lachen immer noch darüber.

Susan Shwartz sagt von sich, sie habe „angefangen, Mythologie zu lesen, als ich sieben war, und SF mit zwölf". Sie wuchs in Youngstown, Ohio, auf, was auf den ersten Blick kein Science Fiction-Zentrum zu sein scheint. Aber sie war als junges Mädchen mit einer Schwester von Edmond Hamilton bekannt, und der aufmerksame Leser wird in dieser ihrer ersten veröffentlichten Geschichte den Einfluß des Schriftstellers spüren, den seine Fans liebevoll „den alten Planetenvernichter" nannten. Sie besuchte das Mount Holyoke College – „einem Gildenhaus der Freien Amazonen so nahe, wie ich kommen konnte", machte 1972 ihren Abschluß und verbrachte mehrere Sommer am Trinity College, Oxford. Dann erwarb sie in Harvard ihren Dr. phil. in Englisch. Ihre Dissertation behandelt die Prophezeiungen Merlins. Zur Zeit ist sie Dozentin für Englisch am Ithaca-College oben im Staat New York. Sie hält Vorlesungen über Chaucer und König-Artus-Literatur sowie Kurse in Fantasy und Science Fiction. Wie sie sagt, versucht sie „meine Studenten gleichzeitig in die Literaturkritik und in das Fantum einzuführen." Einmal bemerkte sie, sie würde „alles lesen, was mich nicht zuerst erwischt", einschließlich Manuskripte aus dem vierzehnten Jahrhundert!

Bei einer Kennerin des Mittelalters ist es vielleicht nicht verwunderlich, daß Ms. Shwartz sich für die Geschichte des „Mittelalters" auf Darkover und das Zeitalter des Chaos entschieden hat. Das Thema der Geschichte „Das Feuer ihrer Rache" stammt aus dem Zauberschwert *(Seite 97), wo eine Bewahrerin Mirella Hastur heißt. In* Hasturs Erbe *erzählt Lew Alton wortwörtlich die gleiche Geschichte, nennt die Bewahrerin aber Marelie (was zeigt, wie sich mündliche Überlieferungen schon in wenigen Generationen durch die Wiederholung verändern). Susan Shwartz meint ergänzend dazu:*

„Man halte sich vor Augen, daß die Geschichte von Marelie

Hastur eigentlich in Versen mit Rryl-*Begleitung vorgetragen werden muß und daß das eine gute Lyrik-Interpretin erfordert. Ich habe sie in die englische Prosa des späten 20. Jahrhunderts übersetzt und in die Form der Ritterromane Gottfried von Straßburgs gegossen. Alle darin enthaltenen Fehler gehen auf das Konto der Übersetzerin, nicht auf das der ursprünglichen Sängerinnen, von denen Damon und Lew die Geschichte hörten. Wenn ich jemals in die Archive der Comyn-Burg gelange und dort die Manuskripte studieren kann, werde ich versuchen, eine verbesserte Auflage herauszubringen. Bekäme ich doch nur ein Reisestipendium von der Interstellaren Stifung für klassische Philologie! Ich sehe es direkt vor mir, wie man mir eine Rückfahrkarte für eine Raumschiffkoje nach Cottman IV überreicht...“*

Dazu kann man nur sagen: „Wenn das klappt, würden wir gern mitkommen!“

Susan M. Shwartz

Das Feuer ihrer Rache

THE FIRES OF HER VENGEANCE

„Marelie, Marelie! Wehe über dich, wenn du nicht töten kannst! Und wehe, wehe, wenn du dir jemals wünschen solltest zu töten!“

„Cleindori!“ rief Marelie. Der Name entrang sich Lippen, die zerbissen und von Erbrochenem beschmutzt waren. „Verlaß mich nicht.“

Aber die Erscheinung der alten *Leronis* verlöschte. Da waren nur Bäume und Schnee, Wolken und das wilde Licht der blutigen Sonne. Blut schändete den Schnee. Das ihre: Cleindori hatte richtig vorhergesagt, daß Marelie Esyllt, Prinzessin von Hastur und Lady von Arilinn, nicht töten konnte, nicht einmal, um sich selbst zu retten, als *er,* der Schwarzbärtige, sie von den übrigen Kilghard-Räubern wegzerrte und ... und ...

„Jetzt zeige dich den Hali'imyn als ein Symbol ihres Untergangs!“ hatte er gebrüllt.

Die Bewahrerin, die sich gegen die Vergewaltigung nicht verteidigen konnte oder wollte, würden die Leute flüstern. *Aber Bewahrerin ist sie nicht mehr.*

Marelie würgte trocken, schmeckte Blut, Schmutz und Schnee. Ihre Augen brannten von unvergossenen Tränen, und ihre Wangen glühten im Fieber von der Freveltat, die über eine Demütigung hinausging. Immer noch lag sie mit dem Gesicht nach unten auf dem eisigen Boden. Ihre Lenden schmerzten. Jeder Muskel war von dem Kampf überanstrengt, den sie geliefert hatte (obwohl sie davor zurückgescheut war, die Blitze heraufzubeschwören), von dem Kampf, der geendet hatte, als ein Hieb gegen ihr Kinn sie bewußtlos schlug. Und sobald sie in sicherer Ohnmacht lag, hatte er sie vergewaltigt.

Gnädige Evanda, vergib mir. Wie konnte ich Laran benutzen, um zu töten?

Verächtlich hatte jemand einen Mantel über sie geworfen, bevor die Räuber sich in ihre Kilghard-*Forst* und zu dem Kriegsherrn, der Arilinn überfallen hatte, zurückzogen. Zandru lasse ihre Mannheit verdorren! Marelie war es entsetzlich, daß sie ihr Leben ihrer Gnade verdankte. Aber warum nicht? Vergewaltige die Bewahrerin, und die Frau ist entwaffnet. Unnötig, sie erfrieren zu lassen.

Erst gestern morgen war Marelie mit einer Eskorte von Stadtgardisten zu den Aschenhaufen geritten, die einmal ein auf Hastur eingeschworenes Dorf gewesen waren. Überlebende, so schrecklich verbrannt, daß das Fleisch an ihren sterbenden Gliedern verkohlt war, berichteten stöhnend von Flammen, die aus dem Nichts hochsprangen und ihre Häuser in Brand steckten. Dann hatten die Räuber angegriffen, Räuber, die grinsend Kinder zwangen, in das Feuer zurückzulaufen. Und über das Prasseln der Flammen und die Schreie der Sterbenden war das wahnsinnige, verdammte Lachen aufgestiegen: „Wie Naotalba, *vai leronis,* wenn sie sich in Zandrus Armen windet!“

Das war kein gewöhnlicher Krieg. Irgend jemand verfügte über eine der riesigen künstlichen Matrices und einen Matrix-Kreis, der geschickt und pervers genug war, sie so zu mißbrauchen. Die meisten Matrices der zehnten Ebene und noch stärker waren vernichtet worden; ein paar, überwacht und fast nie benutzt, blieben in den Türmen isoliert. Trotzdem hatten die Comyn immer gefürchtet, eine illegale Matrix könne das Zeitalter des Chaos überlebt haben und in die Hände eines wahnsinnigen *Laranzu* fallen, der sie für Kriegszwecke einsetzte. Marelie, die geschworen hatte, die Domänen mit ihrem Leben gegen einen solchen Angriff zu verteidigen, war ausgeritten, um der Sache auf den Grund zu gehen.

Die Räuber hatten auf Befehl ihres Anführers im Hinterhalt auf sie gelauert. Messer und Fackeln schwingend, griffen sie an.

Die Fackeln machten die Chervines scheu, versengten die Männer ihrer Eskorte. Während sie sich auf dem Boden vor Schmerzen krümmten, erstachen die Räuber sie. Mehrere andere hatten Marelies Reittier überwältigt und sie niedergeworfen. Dann warteten sie auf ihren Hauptmann.

Schreie und Flammen verbrannten ihre Ohren, und darüber kreischte das wahnsinnige verdammte Lachen...

Irgend jemand hatte gewußt, daß die Zerstörung des Dorfes und der Mißbrauch von *Laran* sie herlocken würde. Und ohne sie war Arilinn – nun, Janna, die andere Bewahrerin, besaß bei weitem nicht ihre Kraft. Arilinn lag so verwundbar da, wie sie dagelegen hatte, nachdem ihr Angreifer in seiner tierischen Wut ihr die harte Faust ans Kinn geschlagen hatte.

Wer ist es nur, der Arilinn zerstören will? dachte Marelie verzweifelt. *Unter den Lords herrscht Frieden; es muß ein Wahnsinniger sein, ein Ausgestoßener, Zandru vernichte ihn! Aber würde selbst ein Wahnsinniger wünschen, die Türme einzuebnen und sich als Herr über Ruinen aufzuspielen?*

Aldones! Kehrte das Zeitalter des Chaos zurück?

Einen solchen Mann hätte Marelie gern getötet. Noch mehr wünschte sie sich jedoch, nach Arilinn fliehen zu können.

Sie stützte sich mit ihrem steifen Arm auf. So schwer war ihr noch nie eine Aufgabe geworden. Sie betrachtete die Hügel, den Trampelpfad, der durch den Wald führte. Arilinn lag in *dieser* Richtung. Tatsächlich ragten die Stadttore gleich über jener Kuppe auf. Oh, die Räuber waren sich sicher, ganz sicher gewesen, daß sie sie entwaffnet und vernichtet hatten.

Mit aller Willenskraft gelang es Marelie, sich aufzusetzen. Sie zog die Beine unter sich. Der hämmernde Schmerz in ihrem zerrissenen Fleisch machte ihr ein bißchen schwindelig. Wie sie mit der Disziplin ihrer langen Ausbildung andere Qualen bemeistert hatte, bemeisterte sie auch diese. Der Wind wehte, und sie erschauerte. Trotz ihres Abscheus zwang sie sich, den Mantel, den man ihr gegeben hatte – schwere, farblose Wolle, mit schäbigem Pelz besetzt – um ihre zitternden Schultern zu legen. Sie brauchte seine Wärme, wenn sie nach Arilinn gelangen wollte. Und sie war froh, sich bedecken zu können. Es schickte sich nicht, daß die Lady von Arilinn in ihrer Domäne mit zerrissenem Mieder und blutbefleckten Röcken einherging.

War sie denn noch Bewahrerin?

Ah, frohlockte sie, die Unwissenheit ihres Feindes würde ihn vernichten! Eine Zeit der Abgeschiedenheit, des Heilens, des teilweisen Vergessens, und Marelie, Lady von Arilinn, bog die Energon-Ringe von neuem nach ihrem Willen. Janna, die Unterbewahrerin, und Felizia, ihre Cousine und Arilinns *Rikhi*, würden dafür sorgen, daß sie wieder ihr altes Selbst wurde.

Schmerz durchfuhr ihren Bauch. Sie krümmte sich. Durch die zusammengepreßten Lippen entwich Luft in einem dünnen Wimmern. Das Feuer, das Feuer! So viele Leichen hatten unbeerdigt in diesem Dorf gelegen. Mit bebenden, unsicheren Fingern zog Marelie die Matrix aus ihrem zerfetzten Gewand. *(Gelobt sei Avanda, daß sie sie ihr nicht abgenommen hatten, sonst wäre sie an dem Schock gestorben!)* Fast fürchtete sie sich, in die flackernden Tiefen des Steins zu blicken. Sie schloß die Hand darum. Der Sternenstein erwärmte sich, pulsierte unter der Berührung im Rhythmus ihres Herzschlags. Sie sah hinein, versuchte, ihr Ziel – Arilinn – zu visualisieren.

Der Turm – belagert! Erschöpft, wie sie war, gelang es ihr nicht, seine geschlossenen Verteidigungsschirme zu durchdringen. Also stand Arilinn noch. Jetzt zu ihrer eigenen Person. Rasch überprüfte sie ihren Körper. Sie unterdrückte einen Laut des Entsetzens, als sie entdeckte, daß die Nervenkanäle und Knoten ihrer Beckenregion rot und träge pulsierten. Ihre Kanäle, einst so klar, wie es sich für die Reinheit einer jungfräulichen Bewahrerin ziemte, waren jetzt befleckt. Es war ungerecht. Sie hatte nicht zugestimmt, und doch waren ihre Kanäle von dem Trauma der Vergewaltigung überladen. Die Welt, seufzte sie, ging, wie sie wollte, nicht wie man es sich wünschte. Immerhin stand Arilinn noch. Bald würde sie zu Hause sein.

Marelie Esyllt, Bewahrerin und Lady, mühte sich auf die Füße. Es war ein merkwürdiges Gefühl, über den gefrorenen Boden zu gehen. Jeder Schritt erschütterte ihren wunden Körper, aber sie ging weiter. Wie es sich für eine Zauberin und Prinzessin schickte, betrat sie die Tore von Arilinn hocherhobenen Hauptes. Die blutige Sonne gloste niedrig am Horizont und berührte die fernen Gipfel mit Flammen. Ein Wachposten wollte sie aufhalten, und sie schüttelte sich die Kapuze des ekelhaften Mantels aus dem Gesicht: feingezeichnete, blasse Züge unter dem leuchtenden Feuerrot ihres verwirrten Haars. Der Anruf erstarb dem Mann auf den Lippen. Sie schritt weiter.

Ich bin Marelie Hastur, ich schäme mich nicht, sagte sie sich immer wieder vor. Sie hätte gern wie ein verletztes Kind in den Armen seiner Pflegemutter geschluchzt, aber sie war Bewahrerin, und Bewahrerinnen weinen nicht. Arilinns Schleier, der allen Feinden tödliche Regenbogennebel, zitterte vor ihr, und sie ging hindurch. Die Haare an ihren Armen sträubten sich, denn sie hatte Angst, der Schleier könne sich gegen sie wenden, eine nicht mehr jungfräuliche Bewahrerin, und sie mit seinen Blitzen verbrennen.

Schnelle, entschlossene Schritte hallten auf den Treppenstufen des Turms wider. Obwohl Marelie wußte, daß ein Mann im Arilinn-Turm nichts anderes als ein Verwandter von ihr sein konnte, der ihr den Treueeid geleistet hatte, drückte sie sich in eine Ecke. Doch des Mannes *Laran* verriet ihm ihre Anwesenheit.

„Marelie! Oh, Dank sei dem Herrn des Lichts, daß du noch lebst!“ Amaury Ridenow-Elhalyn, Sohn eines Prinzen, kam mit ausgestreckten Händen auf sie zu, als wolle er sie umarmen. Sie war Bewahrerin; kein Mann durfte sie berühren. Als sie an die Wand zurückwich, erinnerte er sich und blieb stehen. Marelie hob die Hand und streifte seine Fingerspitzen.

„Räuber entführten mich“, berichtete sie leise in dem kristallinen Ton einer Bewahrerin, die einen Techniker anredet. „Meine Eskorte wurde getötet, aber mir gelang es zu fliehen.“

Evanda, laß ihn nicht am Wort einer Hastur zweifeln! Amaury war Techniker und stand im Rang unmittelbar unter ihr, Janna und der jungen Felizia. Er brauchte sie nur zu sondieren, und schon würde er es wissen. Sie mußte ihn ablenken.

„Sie besitzen eine nicht überwachte Matrix der zehnten Ebene oder noch stärker“, fuhr sie fort. „Haben sie sie gegen den Turm eingesetzt?“

„O ihr Götter, du kannst es ja nicht wissen“, stöhnte Amaury. Sein Gesicht wurde blaß. „Wir haben gekämpft, und wie wir gekämpft haben! Janna – du wärest stolz auf sie gewesen. Aber Janna . . . sie ist tot, brannte sich selbst aus, und wir konnten sie nicht retten . . .“

Also keine Abgeschiedenheit, keine Hilfe einer Bewahrerin für Marelie! Was sie brauchte, konne Felizia allein ihr nicht geben. Und Marelie konnte sie nicht guten Gewissens aus dem Kreis abziehen, damit sie den vergeblichen Versuch machte, sie zu heilen. Gegen eine Matrix der zehnten Ebene brauchte Arilinn seine Bewahrerin.

„Avarra gebe ihr Frieden“, murmelte Marelie. Sie sah die Erschöpfung, die Amaurys Augen beschattete. „Und die anderen – Felizia, Damon, Arnaud . . .“

„Als Janna zusammenbrach, wurde Arnaud, der ihr helfen wollte, von einem tödlichen Rückstrom getroffen“, berichtete Amaury. „Die Überwacherinnen versuchten, ihn von ihr zu lösen; sie sind immer noch bewußtlos. Wir hoffen, daß sie am Leben bleiben. Aber die Götter mögen uns beistehen, wenn wir heute nacht von neuem angegriffen werden. Ich fürchte, das wird geschehen.“

Sohn eines Prinzen, Techniker, stolz wie alle Elhalyns, sah er Marelie an. *Sei stark, sei Bewahrerin und beschütze uns,* flehten die grauen Augen. Sie waren gerötet, sie brannten . . .

Marelie wandte den Blick ab und ignorierte höflich seinen Selbstverrat.

„Die Stadt. Erzähle es mir“, befahl sie. Bald konnte sie sich in das Sanktuarium ihrer eigenen Räume zurückziehen, sich von ihren schmutzigen Kleidern befreien, baden und schlafen. Doch als erstes kam ihre Verantwortung gegenüber ihren Gefolgsleuten, dem Turmkreis und der Stadt.

„Hauptmann Marius fiel beim ersten Ansturm. Die Räuber griffen an, während wir . . . durch den feindlichen Kreis abgelenkt waren. Duvic, *Teniente* der Garde, hat jetzt den Befehl“, teilte er ihr mit. Seine Augen blitzten; auch er war einmal

Gardist gewesen, ein Krieger, bevor er ein Zauberer wurde. „Er spricht von *Geilt*..."

Das Wort, einem obskuren Dialekt der Hellers entstammend, war Marelie fremd. Amaury übersetzte es. „Von Berserkern. Sie fürchten nichts, spüren keine Wunde, keinen Schmerz. Hackt man ihnen die Schwerthand ab, ziehen sie den Dolch mit der Rechten. Die Männer haben beinahe allen Mut verloren, aber Duvic versucht, sie heute abend zu einem Angriff zu sammeln."

Er schüttelte den Kopf, fuhr sich mit der Hand durch das lange, kupfer-goldene Haar. „Da du nicht da warst, hatten wir nach Jannas Tod kaum noch Hoffnung, den Schleier oder Arilinn selbst halten zu können." Seine Stimme schwankte. „Es war wie ein Duell zwischen zwei Türmen, Lady. Aldones, kehrt das Zeitalter des Chaos zurück?"

Marelie, die schon vor der üblichen Berührung der Fingerspitzen zurückgeschauert war, strich ihm über die Schulter. Auch sie hatte sich diese Frage gestellt. Aber Amaury erwartete von ihr eine Antwort. „Ich bete darum, daß es nicht geschieht, Verwandter", sagte sie. „Wir werden sie aufhalten. Niemals sollen Räuber die Domänen beherrschen."

Damon kam hereingerannt, und sein Gesicht leuchtete wie die Sonne, wenn sie nach einem Schneesturm den Scaravel-Paß bescheint. Zwei Männer im Raum! Marelie hielt sich steif aufrecht. Sie unterdrückte die Angst und dann die Erleichterung, die sie erfüllte, als Felizia nach Damon eintrat.

Das Mädchen, die älteste Tochter ihres Bruders, keuchte auf und wollte auf sie losstürmen.

„Langsam, Kind!" befahl Marelie. „Eine Bewahrerin beherrscht sich." Felizia versuchte, ihre Panik und ihre Freude unter Kontrolle zu bringen; ihr Mund arbeitete, und ihr Gesicht zuckte. Es war zuviel für sie, und sie brach in halb hysterisches Schluchzen aus. Niemand berührte sie. Eine Bewahrerin ist sakrosankt.

„Verwandte, die Garde muß von deiner Rückkehr benachrichtigt werden", meinte Damon, ein Mechaniker, zu dessen erworbenem Wissen die angeborene Alton-Robustheit kam.

„Dann werden die Männer besser kämpfen. ‚Höher fliegen die Gedanken, kühner schlagen unsre Herzen, immer stärker wächst der Mut, wenn die Kraft uns schwindet'", zitierte er im Sprechgesang aus seiner Lieblingsballade. „Darf ich es ihnen ..."

„Ja", nickte Marelie. Sie straffte sich, eine hochgewachsene, schlanke Frau, königlich in der *Präsenz,* die die Kinder Hasturs, des Sohnes Aldones', der der Herr des Lichts ist, mehr als menschlich zu machen scheint. „Sage Duvic und unseren tapferen Gardisten, daß Marelie Esyllt, Lady von Arilinn –" das Schluchzen würgte sie in der Kehle, und sie atmete tief durch „– sie sieht und segnet. Sie sollen nicht besiegt werden, das gelobe ich!" Sie hob eine schmutzige Hand. „Die Götter sind Zeugen, und die heiligen Gegenstände zu Hali!"

„Eure Worte erhellen den Himmel, *vai leronis*", flüsterte Damon die rituelle Antwort, verbeugte sich tief und ging.

Habe ich eine andere Wahl? dachte sie. *Mein Eid verpflichtet mich, den Turm und die Domänen mit meinem Leben zu verteidigen. Und jetzt währt mein Leben nicht mehr länger, als eine Kerze brennt.*

„Geh, Amaury", sagte sie. „Der Kreis soll sich bereithalten. Wenn Liriel am Himmel aufsteigt, werden wir uns in der Matrix-Kammer zum Krieg versammeln. Felizia, *chiya,* du ziehst dich auf dein Zimmer zurück, um zu meditieren und dich zu beruhigen. Da Janna tot ist, muß ich mich auf dich verlassen."

„Aber du bist müde", wagte Felizia zu widersprechen. „Siehst du – du hinkst ja!"

Marelie blieb auf dem Weg zu ihren Räumen stehen. „Ich brauche jetzt weder deine Hilfe noch deinen Ungehorsam", wies sie das Mädchen zurecht. „Die *Kyrri* werden mir bringen, was ich brauche."

Jemand – wahrscheinlich Amaury – versuchte, ihre Gedanken zu berühren. Sie blockte den Kontakt ab. Zu stark war die Erinnerung an die Brutalität und den Schmerz, an die Explosion in ihrem Kiefer, die ihr das Bewußtsein geraubt hatte. In ihrem Gesicht zeigte sich nichts; der Schaden lag tiefer. Ihre Kanäle waren vergiftet, und der Drang zu töten brannte in ihrem Herzen, wühlte in ihrem Bauch wie ein Feuerdrache.

Obwohl der Raum jetzt leer war, meinte Marelie, sie spüre die Anwesenheit Cleindoris, so lange schon tot, die Arilinn vor ihr regiert hatte, und höre ihre Worte:

„Wehe dir, Marelie, wenn du dir jemals wünschen solltest zu töten!“

Das *Kyrri* kam in den Garten des Duftes getrippelt, wo Marelie unter einem Baum stand. Schnee und seine violetten Blüten rieselten auf ihr aufgelöstes Haar. Der Nichtmensch gab ihr zu verstehen, daß ihr Bad bereit sei.

„Ich danke dir.“ Mit der starken Empathie seiner Rasse sah das *Kyrri* sie an, etwas wie Besorgnis in seinen grünen Augen, bevor es sich abwandte.

Marelie führte eine schmutzige Hand zum Mund. Eine Blüte lag darauf, und sie berührte sie sacht. *Niemals mehr sollte sie ihren Garten in Blüte sehen und riechen*...

Sie hatte versprochen, in der Matrix-Kammer einen Kriegskreis zu versammeln. Bewahrerin, aber keine Jungfrau: Ihre Kanäle unrein, aber keine Möglichkeit, keine Zeit, sie zu säubern. Nicht jetzt, wo Janna tot war, und Amaury – sie konnte Amaury nicht enthüllen, was dieser viehische Räuber ihr angetan hatte. Sie war allein und hatte große Angst. Die Kraft der Energon-Ringe, erzeugt von den Matrices ihres Kreises, flossen durch ihren Körper in die Schirme und Relais, eine Kraft, die sie allein zur Waffe schmieden mußte. Es ist immer gefährlich, *Laran* zu benutzen, um zu töten, aber besonders jetzt... jetzt verstand sie Cleindoris Prophezeiung.

Marelie wollte töten. Doch das bedeutete ihren eigenen Tod. Nur die Kanäle einer Jungfrau sind der Energie gewachsen, mit der eine Bewahrerin umgeht. Sicher, es gab Geschichten, Fragmente aus dem Zeitalter des Chaos, Märchen, um sich an den langen Abenden vor dem Mittwinter-Fest die Zeit zu vertreiben, über Bewahrerinnen, die geradewegs von ihren Liebhabern an ihre Arbeit im Kreis gingen. Aber die rituelle Jungfräulichkeit der Bewahrerin war sakrosankt, seit Frauen vor Jahrhunderten den Platz der *Tenerézuin* aus der Zeit Varzils des Guten eingenommen hatten. Niemand ließ sich einfallen, nicht daran zu glauben. Die unkeusche Bewahrerin war keine Bewahrerin. Ungeachtet ihrer Entschlossenheit entsetzte Marelie sich.

Und ihr war so kalt, sie war so schmutzig.

Sie betrat ihre Räume, zog sich aus und bündelte den Mantel, die zerrissene rote Robe und ihre Unterwäsche hastig zusammen.

„Verbrenne das", sagte sie zu dem Kyrri. Es ging.

Das Badewasser war warm und zart parfümiert, und es tat ihrem zerschlagenen Körper unendlich wohl. Es stillte sogar den Schmerz zwischen ihren Beinen. Sie lag lang ausgestreckt in der Wanne, weichte sich ein und schrubbte sich, als könne sie die Erinnerung ebenso abwaschen wie den Dreck. Das *Kyrri* kam, um sie zu bedienen, aber sie winkte es weg. Nacktheit war verwundbar. Marelie, Prinzessin von Hastur, wollte in den wenigen Stunden, die ihr blieben, nicht noch einmal verwundbar sein. Ihr Sternenstein lag, befreit von der seidenen Umhüllung und dem Lederbeutel, zwischen ihren Brüsten unter dem Wasser, und sie starrte ihn an.

Feuer, Feuer in seinen Tiefen.

Was hatte sie sonst noch zu erwarten? Eine Schlacht und einen Sieg. Aber sie wünschte sich, zu leben und weder das Mitleid der Frauen noch das Getuschel der Männer ertragen zu müssen. Auch wollte sie den Turm nicht verlassen, den sie gerettet hatte. Hasturs leisteten einen Eid für das ganze Leben. Marelie hatte geschworen, bis zu ihrem Tod Lady von Arilinn zu sein.

Nach geraumer Zeit stieg sie aus der Wanne und trocknete sich mit den dicken, vorgewärmten Handtüchern ab, die das *Kyrri* für sie bereitgelegt hatte. Sie wickelte sich in einen Bademantel. Auf dem kleinen Tisch am Feuer wartete Essen auf sie. Mechanisch setzte sie sich hin und aß. Jetzt erst merkte sie, wie hungrig sie war, und sie genoß die Speisen wie seit Jahren nicht mehr. Das Baden, das Essen, das Ausruhen, auf Kissen gestützt, um eine Stunde zu meditieren, nahmen beinahe rituelle Bedeutung an.

Denn alles war zum letztenmal...

Die blutige Sonne glühte wie eine Kohle hinter den Kilghardbergen, als Marelie Esyllt sich anzukleiden begann. Süßes, parfümiertes Öl auf ihre wunde Haut, frische Unterwäsche und darüber die rote Robe der Bewahrerin. Rot für Blut, rot für Feuer. Das Kupfer und Gold der Stickereien und der Ornamente an Ausschnitt und Gürtel glitzerten wie Funken, der Edelstein auf ihrer Stirn flammte. Sie erlaubte ihrem Sternenstein, an ihrer Kehle zu strahlen.

Ich bin Feuer und Luft, flüsterte sie ihrem Bild in dem Silberspiegel zu. Die grauen Augen brannten auf sie zurück. Sie bürstete ihr langes Haar. Statische Elektrizität ließ es knistern; es floß in roten Wolken über ihre schmalen Schultern. Der Körper hat für eine Bewahrerin nur Bedeutung als Werkzeug, mit dem sie ihre Arbeit verrichtet, aber Marelie, die dem Tod entgegenging, zollte ihm Aufmerksamkeit.

Sie war schön. Schön wie die Flammenhaarige, bevor der Sohn Hasturs sie in Ketten legte. Jetzt mußte sie, Hasturs Tochter, den Brand herbeirufen.

Sie kämmte ihr Haar zurück, steckte es fest und stand auf. Liriel schimmerte über ihrem stillen, versiegelten Garten. Es war Zeit.

Marelie Hasturs Schritte hallten in der Stille der gewölbten Matrix-Kammer wider.

„Ich stelle für unsere Sicherheit die Dämpfer auf", hörte sie Felizia sagen. „Aber jetzt, wo Arnaud tot ist, haben wir keinen Überwacher, und aus dem Kreis können wir niemanden entbehren."

„Dann werden wir ohne Überwacher arbeiten", erklärte Marelie. Ein Überwacher würde den Aufruhr in ihren Kanälen entdecken, erkennen, was ihr angetan worden war, sie zurückhalten, sie bedauern. Das ertrug sie nicht. Sie wagte nicht, es zuzulassen, denn Arilinn mußte verteidigt werden. Sie hob die Hand, Proteste erstickend.

„Damon, die Garde?"

„Duvic kann die Tore kurze Zeit gegen die Räuber halten, falls er nicht mit Zauberei angegriffen wird."

„Wir werden ihn schnell entsetzen."

Die violette Nacht schien durch den Lichtgaden unter dem alten Holzgewölbe. Sonst erhellte nur das unheimliche Flakkern der Matrix-Schirme und -Gitter den Raum, ein Glosen in der Dunkelheit, das Marelies Kreis zu heftigem Leben anfachen mußte. Sie hob die Hand, und das Überlicht schimmerte von ihren sechs Fingerspitzen, tanzte wie verrückt in dem riesigen künstlichen Sternenstein, den sie enthüllte und auf den massiven Tisch stellte.

Sie nahm ihren erhöhten Platz ein, sah, wie die anderen sich die Hände reichten, und blickte dann krampfhaft zur Seite. Das magische Licht der Matrices und Gitter fiel auf das dunkle Holzwerk der Schränke und machte aus den darauf geschnitzten Figuren Hochreliefs. Marelie ertappte sich dabei, daß sie die Figuren intensiv studierte, und riß ihren Blick davon los.

„Fangt an", befahl sie.

Die neun Überlebenden des Kreises, eine jämmerlich kleine Gruppe, um die große Matrix zu meistern, fiel in Rapport wie die Schichten eines Kristalls, auf den man mit Feuerstein schlägt, um Funken zu erzeugen. Mit der einzigen Intimität, die sie in ihrem Leben je kennengelernt hatte, berührte Marelie jeden Geist.

Sie hob die linke Hand. Ihr Geist erweiterte sich, bereitete sich vor, die Energon-Flüsse aus dem Rapport-Kreis zu empfangen und zu ergreifen. Tief im Innern des riesigen Kristalls begann die blaue Flamme zu beben und zu pulsieren. Die altehrwürdigen Schirme erwachten zu heftigem Leben.

Dann schwang sich Marelies Geist von ihrem Körper hoch wie Funken von einem in Flammen stehenden Harzbaum.

Unter ihr kämpfte Teniente *Duvic. Sein Schwert war schartig und gerötet bis zum Griff. Er stolperte und fiel. Sofort sprangen Räuber auf ihn ein, ohne ihrer Wunden zu achten, und der weißlippige Kadett, der sich mit gespreizten Beinen über ihn stellte . . .*

Über dem Schlachtfeld fliegend, streckte Marelie eine „Hand" aus. Blitze entsprangen ihr. Räuber verbrannten schreiend. Noch einmal! Und die im Hintergrund lauernden Reservetruppen zuckten und jammerten, als die Blitze auch sie verzehrten.

Dann flog Marelie über die Tore und die Wälder, vorbei an dem verfluchten Ort, wo sie gelegen hatte – sie unterdrückte die Erinnerung, bevor Felicia sie entdeckte – *in die Vorberge, zu den toten Überresten des Dorfes, das von der wahnsinnigen Matrix verbrannt worden war.* Marelie hätte beim Anblick der verkohlten Leichen, der qualmenden Dächer unter ihr beinahe laut gestöhnt. Ein Bolzen blauen Lichts löschte alles aus. Bald würde der Schnee das frühere Dorf bedecken.

Marelie suchte die Richtung. *Nach Osten.* Die Räuber – der Mann, der sie angegriffen hatte, und der *Laranzu* – hatten eine *Forst* in den östlichen Klippen. Sie richtete ihr Gedanken-Ich nach Osten, fühlte, wie ihr Körper beim schnellen Flug durch die widerstandslose Nachtluft warm wurde.

Noch nicht! betete sie.

Fragen beunruhigten den Kreis, sie sandte ihm Ermutigung zu.

Weiter ging es über die Hügel. Hinter ihnen ragten die Kilghardberge auf, verkrüppelte Bäume und zwischen ihnen hohe Klippen und Gipfel. Dort kreisten die Kyorebni, *und die Banshees kreischten vor Entsetzen über die von blauem Licht erhellte* Forst *neben dem Abgrund. Marelie schleuderte ihre Blitze, immer wieder und wieder. Sie lachte, das feurige Haar ihres Gedanken-Ichs flatterte im Wind. Wer lachte jetzt zuletzt, sie oder ihr Feind?*

Mauern brachen zusammen. Im innersten Turm der Forst *hatte sich der gesetzlose Kreis um eine große, zackige Matrix die Hände gereicht. Der Bewahrer war ein flammenhaariger* Emmasca. *Noch durch die Trance der Konzentration, mit der der* Emmasca *seinen Kreis schützen und die Domänen zerstören wollte, sah Marelie Haß und Wahnsinn wie brennende Säure in sein Gesicht eingeätzt...*

Ganz dicht neben ihm stand unter der Menge hingerissener

Gefolgsleute, die ihm ihre Kraft, ihren Glauben liehen, ein Muskelberg von einem Mann, das bärtige Kinn blau im Matrix-Feuer. Marelie erkannte ihn. Marelie verlangte seinen Tod.

Kurz kehrte sie in ihren Körper und zu dem Kreis in Arilinn zurück. Blitze knisterten und sprangen von den Matrices zu den Schirmen, von den Schirmen zu den Gittern. Die Luft war scharf von Ozon und einer Unruhe, die die Matrix-Trance bedrohte. Marelie überprüfte ihren Körper, sah, welche Zerstörung die Energon-Flüsse, die ihn durchströmten und ihre Nervenbahnen verwüsteten, angerichtet hatten. Ihre Ganglien sahen wie heiße Kohlen aus. Sie würde nicht mehr lange leben.

Es kommt nicht darauf an, es kommt nicht darauf an.

Nein! Das war Amaurys Gedanke.

Doch! befahl sie ihm. *Wir müssen das zu Ende bringen.*

Wehe, wehe, ertönte eine mentale Stimme in herzzerreißender Klage. War es wieder Cleindori, oder war es Amaury? Marelie betrachtete den Techniker. In seinen Gedanken war eine Wahrheit, die sie nie zuvor bemerkt hatte. *Keine Zeit jetzt.*

Von neuem verließ Marelie ihren schmerzenden Körper, streckte die Hände über ihrem Feind aus. Zuerst der Laranzu, *dann die anderen. Von ihnen als erster der Mann, der sie vergewaltigt hatte. Dann, immer nur einer auf einmal, langsam, langsam, die übrigen, die Zerstörer ihrer Domäne ...*

Eine Flamme durchstach den Sessel des *Laranzu.* Schwarzbart schrie, seine Kleider brannten. Er wollte hinaus und in eine rettende Schneewehe laufen, aber er fiel über den Klippenrand. Marelie spürte die Geschwindigkeit seines Sturzes, als falle sie selbst. Sie hörte ihn gegen die Kälte ankreischen, und sie frohlockte. *Hatte Sharra das in dem Augenblick empfunden, bevor Hasturs Sohn sie mit brennenden Ketten band?*

Marelie lachte. Es war ein schöner wilder Laut, der in der Matrix-Kammer widerhallte. Das Feuer ihrer Rache schien auf den entrückten Gesichtern ihres Kreises zu glühen. Wie still, wie schön sie alle waren! Triumph klang aus ihrem Lachen. Sie, die Befleckte, Besiegte, hatte sie gerettet. Die Befriedigung schleuderte ihr Bewußtsein wie einen Funken im Aufwind hoch über Arilinn hinaus. Rings um die alte Stadt strafften Soldaten ihre Schultern, glücklich, am Leben zu sein. Lachend schwebte Marelie auf ihren Körper hinunter.

Dann spürte ihr Fleisch die Qualen des Verbrennens, aber sie war sich in den letzten Sekunden immer noch jubelnd bewußt, daß Arilinn gerettet war.

Ich lernte Elisabeth Waters unter Umständen kennen, die bei der Besprechung der Titelgeschichte Der Preis des Bewahrers *erzählt werden. Sie ist in der zeitlichen Reihenfolge später eingeordnet.*

Bei unserm kürzlich stattgefundenen Wettbewerb der Freunde Darkovers um die am besten geschriebene Kurzgeschichte gewann „Die Alton-Gabe" einen der Preise. Die Beurteilung erfolgte nach drei Kriterien: Jeweils höchstens zehn Punkte gab es für die Erzähltechnik, die Authentizität des Darkover-Hintergrundes und das reine Lesevergnügen. Von den fünf Richterinnen gaben drei (darunter ich selbst) dieser Geschichte volle dreißig Punkte, was bedeutet, daß sie sie nach jedem der drei Kriterien mit der höchstmöglichen Punktzahl bewerteten. Am ersten Platz fehlten dann knappe zwei Punkte (die Geschichte, die den ersten Preis erhielt, findet sich anderswo in diesem Band), weil einer Richterin der schreckliche, makabre Schluß nicht gefiel. Doch auch sie benotete die Authentizität und die Technik hoch. Keine andere Geschichte erhielt von mehr als zwei der fünf Richterinnen volle dreißig Punkte.

Jedes erläuternde Wort über „Die Alton-Gabe" würde die Wirkung schmälern. Sie spielt im finstersten Zeitalter des Chaos, dieser Zeit der Tyrannei, als die großen Familien Darkovers die Laran-*Gaben züchteten, die später, als sie die Comyn wurden, für ihre Machtstellung so wesentlich waren.*

Ich sollte hinzufügen, daß alle Beiträge zu dem Wettbewerb der Freunde Darkovers anonym eingesandt wurden. Namen und Anschrift der Autoren waren in geschlossenen Umschlägen beigelegt, die erst geöffnet wurden, nachdem *wir alle Geschichten beurteilt und über die Preise entschieden hatten. Lisa Waters hatte sich die Mühe gemacht, eine andere Schreibmaschine als die für ihre Briefe zu benutzen und eine Freundin zu beauftragen, die Geschichte in einem weit entfernten Staat zur Post zu geben, so daß auch die Briefmarke auf dem Umschlag den Richterinnen, von denen zwei (ich selbst und Jacqueline Lichtenberg) zu ihren nahen persönlichen Freunden zählen, die Autorin nicht verriet. Für Jacqueline kann ich nicht sprechen, aber ich besuchte Lisa Waters, als die Ergebnisse schon feststanden, und fragte sie ganz nebenbei, welche Geschichte sie geschrieben habe. Doch halt, zuvor hatte ich ihr erzählt, daß sich in dem Wettbewerb zwar viel* Talent *gezeigt habe, das allgemeine Niveau der Technik aber* beklagenswert *sei. Eine einzige Geschichte stehe nach der Wirkung und der meisterlichen Erzählkunst so weit über allen anderen, daß sie unbedingt einen Preis bekommen müsse. Mein Kompliment, Lisa kann sich ausgezeichnet verstellen! Ihr Gesicht verriet nichts als den genau richtigen Grad von Nachdenklichkeit, als sie laut Überlegungen anstellte, wer eine Geschichte mit einem so merkwürdigen Titel wie „Die Alton-Gabe" wohl geschrieben haben könne . . . Später bei diesem Besuch sagte ich, da die Geschichten alle schon beurteilt worden seien, schade es nichts, wenn sie mir verrate, welche von ihr stamme. Sie antwortete: „Die Alton-Gabe", und ich fiel buchstäblich auf den nächsten Sessel und japste.*

„Das ist nicht wahr! Du machst Witze!"

Ich hatte gewußt, daß die Begabung vorhanden war. Nach „Des Bewahrers Preis" hatte ich nie daran gezweifelt. Aber dem Original von „Des Bewahrers Preis" hatte es, so packend die Schilderung war, fast ganz an Aufbau gefehlt, es war chaotisch, ein bloßes Fragment. Ich hatte keine Ahnung gehabt, daß Lisa fähig war, eine mitreißende Geschichte in meisterhafter Weise auf so knappem Raum unterzubringen. Der schlimmste Fehler von Amateuren ist, daß sie versuchen, einen Roman auf sieben Seiten zu schreiben. Die Geschicklichkeit, sich in einer sehr kurzen Geschichte auszudrücken, wird einem für gewöhnlich erst nach langer Erfahrung zuteil.

Ich besitze sie immer noch nicht; schon ist diese Vorrede fast ebenso lang geworden wie die Geschichte, die sie beschreibt.

Elisabeth Waters

Die Alton-Gabe

THE ALTON GIFT

Caillean Alton schnürte ihr Kleid zu und begann, ihr Haar zu flechten. Sie tat es ziemlich ungeschickt, denn es war erst das dritte Mal, daß sie es allein versuchte. An dem Tag, als mit einem Fest gefeiert wurde, daß Caillean zur Frau geworden war, hatte man ihr das Haar abgeschnitten und Evanda geopfert, und jetzt, wo es gerade eben ihre Schlüsselbeine berührte und lang genug war, wieder geflochten zu werden, sah man sie als voll erwachsen und alt genug an, um zu heiraten. Das war der höfliche Ausdruck dafür, dachte Caillean bitter, daß die *Leroni* bestimmen würden, wo sie sie in ihrem Zuchtprogramm einfügen wollten, und sie würde einem Mann übergeben werden, als sei sie eine Kuh oder ein Schaf – und das nannte man dann „ihre Pflicht gegenüber Verwandten und Clan". Gnädige Avarra!

In diesem Augenblick betrat ihre Mutter das Zimmer, unangemeldet. Bianca Alton hatte neun Kinder geboren, von denen fünf das Säuglingsalter und nur zwei die Pubertät überlebt hatten. Caillean wünschte wirklich, ihre Mutter würde anklopfen oder wenigstens im Flur ein kleines Geräusch machen, statt plötzlich aufzutauchen, so daß man vor Schreck zusammenfuhr. Aber sie wußte, daß nichts ihre Mutter jemals ändern würde.

„Caillean, wieviel Zeit willst du noch brauchen, um dein Haar zu flechten?! Zum Frühstück kommst du schon zu spät, und dein Vater möchte gleich danach mit dir reden!"

Hastig griff Caillean nach ihrer Spange und versuchte, das Ende des Zopfes zu befestigen, aber ihre Hände glitten ab, und das ganze Kunstwerk löste sich wieder auf.

Bianca murmelte etwas über Durramans Esel, das Caillean nicht ganz mitbekam, flocht schnell und geschickt den Zopf ihrer Tochter und brachte die Spange an. „So! Komm, Kind, laß deinen Vater nicht warten."

Nach einem eilig eingenommenen Frühstück fand sich Caillean ihren Eltern in Vaters Arbeitszimmer gegenübersitzend wieder.

„Nun Caillean ..." – ihr Vater lächelte ihr zu – „... du hörst sicher gern, daß ein Gatte für dich ausgewählt worden ist. Du wirst im nächsten Monat Dom Bertin Serrais heiraten."

„Du bist ein sehr glückliches Mädchen", fügte Bianca hinzu. „Eine edle Familie, ein schöner Besitz; es ist eine ausgezeichnete Partie."

„Aber, Mutter, ich mag ihn nicht. Und ich möchte eigentlich gar nicht heiraten."

„Unsinn, jedes Mädchen möchte heiraten! Und es spielt keine Rolle, ob du ihn magst oder nicht – was hat das damit zu tun, daß du ihn heiraten sollst?"

„Ich möchte nicht bis an mein Lebensende mit jemandem zusammenleben, den ich nicht einmal mag!"

„Warum meinst du denn, ihn nicht zu mögen?" Offensichtlich bemühte sich ihr Vater mit begrenztem Erfolg um eine Haltung der Geduld gegenüber mädchenhafter Torheit.

„Er hat mich beim letzten Mittwinterfest geküßt, und das gefiel mir nicht, und ich wollte ihn daran hindern, und er hörte mir nicht einmal zu!"

„Du solltest dich geschmeichelt fühlen, daß er dich attraktiv findet, Kind", sagte ihre Mutter scharf. „Das wird eine große Hilfe sein, wenn ihr verheiratet seid."

„Aber ich will ihn nicht heiraten – und auch sonst niemanden! Denkt doch daran, was Rafaella passiert ist! Sie heiratete, und nicht einmal ein Jahr später war sie tot!"

„Deine Schwester war immer kränklich, das weißt du doch. Die meisten Frauen überstehen das Wochenbett ohne Schaden;

ich habe es immer überstanden. Jetzt beruhige dich, Caillean. Es ist durchaus in Ordnung, wenn eine Braut ein bißchen nervös ist, doch du darfst kein solches Theater machen, daß Dom Bertin, wenn er eintrifft, daran Anstoß nimmt."

„Mutter, ich werde ihn *nicht* heiraten!"

„Sei nicht so kindisch, natürlich wirst du ihn heiraten! Wirklich, Caillean, du solltest dem Schicksal dankbar sein. Dein *Laran* ist ja im Grunde zu nichts nütze, es ist nur etwas, womit die *Leroni* experimentieren möchten – und für dich springt dabei heraus, daß du einen sehr guten Mann bekommst. Deshalb erwarte ich von dir, daß du den Mund hältst und dich wie eine guterzogene junge Dame benimmst!"

„Warum hörst du mir niemals zu? Es kümmert dich überhaupt nicht, wie mir zumute ist – alles, was dich kümmert, ist dein eigenes Ich! Von dir aus kann ich mit Dom Bertin gepaart werden, als sei ich ein Schaf oder so etwas, und wenn ich wie Rafaella sterbe, ist das eben Pech, und dir ist es einerlei!" Caillean begann zu schreien. „Ich hasse dich! Ich wünschte, *du* wärst im Kindbett gestorben!"

Bianca gab ein leises Keuchen von sich, kippte vornüber und fiel von ihrem Stuhl auf den Fußboden. Caillean sprang entsetzt auf. Ihr Vater beugte sich über die Leiche ihrer Mutter. Dann wandte er den Kopf und sah sie voller Zorn an.

„Sie ist tot! Du Abkömmling der Katzenwesen, was hast du ihr angetan?"

Plötzlich begriff Caillean. Das war also das *Laran,* das „eigentlich zu nichts nütze" war, das die *Leroni* aber haben wollten – die Fähigkeit, mit einem zornigen Gedanken zu töten. „Das ist alles, was sie wollen, eine neue Waffe für ihre unaufhörlichen Kriege! Nein! Das lasse ich nicht zu!"

„Was hast du ihr *angetan?*"

„Es war nicht sehr schwer, Vater", antwortete Caillean ruhig. „Nur das." Und sie faßte in ihren eigenen Körper und hielt ihr Herz an.

Die meisten Autoren dieser Anthologie sind mir bekannt, zumindest durch einen Briefwechsel oder eine kurze Begegnung bei den Freunden Darkovers. Kathleen Williams stellt die Ausnahme dar. Vielleicht ist sie einmal bei einem Treffen der Freunde oder bei dem einen oder anderen Konvent gewesen, aber sie hat sich mir nicht vorgestellt – sehr zu meinem Bedauern. Am allerletzten Tag vor Einsendeschluß für Beiträge zu dieser Anthologie wurde ihre Geschichte „Kreis des Lichts" in meiner Abwesenheit an meiner Haustür abgegeben. Ich schrieb der Autorin sofort (ein Versuch, sie telefonisch zu erreichen, war erfolglos), bat sie um die Erlaubnis, die Geschichte zu verwenden, und um eine kurze Biographie. Aber während ich dies schreibe, ist noch keine Antwort eingetroffen, und so kann ich Kathleen Williams nur nach ihrer ausgezeichneten und ergreifenden Geschichte beurteilen. Sie handelt von Alindas, einer jungen Überwacherin im Zeitalter des Chaos, die gegen die Politik ihres Kreises rebelliert und ihr Laran *für die unbekannte Kunst des Heilens einsetzen möchte.*

Kathleen S. Williams

Kreis des Lichts

CIRCLE OF LIGHT

Alindas' Füße fanden die undeutliche weiße Lache ihrer hastig abgeworfenen Überwacherinnen-Robe und die samtenen Hausschuhe daneben, noch bevor der dringende mentale Ruf in ihrem Kopf erstarb. Schnell raffte sie einen Schal an sich, band ihn um ihr verwirrtes blondes Haar und eilte den Flur hinunter, ganz ohne die Würde, die ihr drei Jahre Aufenthalt im Turm von Hali eigentlich hätten einprägen müssen.

Sich auf ihre Matrix konzentrierend, schoß sie den Aufzugschacht so schnell empor, daß sie beim Anhalten hart gegen eine der Wände prallte. Auf dem Weg zu der innersten der drei isolierten Arbeitskammern mäßigte Alindas ihren Schritt und bemühte sich um die Gelassenheit, die sie, wie sie wußte, in den vor ihr liegenden Minuten brauchen würde.

Die Mitglieder des Kreises, die sich um ihren zusammengebrochenen Bewahrer gedrängt hatten, warteten schon auf sie, die ihrer Begabung wegen den höchsten Rang unter den Überwachern Halis einnahm. In resigniertem Schweigen verwandten sie ihre versagenden Kräfte darauf, Damon Leynier, Erstem Bewahrer des Turms von Hali, das Sterben zu erleichern.

Alindas preßte die Lippen fest zusammen und suchte den Blick eines jeden Mitglieds von Damons Kreis. Sie sah Mhari an, Überwacherin dieses Kreises und seit langer Zeit Gefährtin und Geliebte seines Bewahrers, und Mhari starrte herausfordernd zurück. „Wir erleichtern ihm das Sterben, Alindas, wie er es von uns wünschte. Du wurdest nur gerufen, weil er dich gern noch einmal sehen wollte." Mharis Stimme wurde weicher; ihre bernsteinfarbenen Augen füllten sich mit Tränen. „Er liebt dich, *chiya mia,* wie wir alle es tun, und wollte dir sein Hinscheiden ersparen, da er genau wußte, wie tief du es empfinden würdest." Sie winkte Alindas, den Platz neben Damon einzunehmen, und kniete selbst nieder.

Alindas kroch näher heran, zu aufgewühlt, um zu antworten. Jede Technik der Selbstkontrolle heraufbeschwörend, die sie gelernt hatte, streckte sie die Hände über Damon aus, spürte mit ihrem sensiblen Geist den Nervenkanälen, dem Fluß des Blutes und der lebenswichtigen Substanzen in den Organen seines Körpers nach.

Über seinem Herzen angelangt, erkannte sie, daß das, was sie lange hatte kommen sehen, schließlich eingetreten war. Die großen Blutgefäße, die sein Herz versorgten, hatten sich immer mehr zusammengezogen, bis sie nicht mehr genug Blut herantrugen. Alindas hatte sein Herz vor ihren Augen sterben sehen, und jetzt folgte ihm sein Körper. Sie ließ ihr Bewußtsein in ihn einsinken, erleichterte ihm das Atmen und lauschte seinen letzten Gedanken für sie: „Trauere nicht, meine Tochter, denn ich weiß seit langem über Zeitpunkt und Art meines Todes Bescheid. Störe den Frieden nicht, den ich in meinem Herzen festhalte, sondern nimm meine Liebe und laß mich sacht durch den Schleier gehen." In stummer Einwilligung linderte Alindas seine Schmerzen, und als er sich schließlich zu weit von ihr entfernt hatte, als daß sie ihm noch hätte helfen können, stimmte sie leise das Lied an, das ihn an die Seite des Herrn des Lichts führen sollte.

Sie setzte sich mit tränenüberströmten Wangen auf die Fersen zurück und ließ ihrem heftigen Schmerz und ihrem Zorn freien Lauf. „Ich hätte ihm helfen, ihn retten können", jammerte sie. „Ihr alle wißt, daß ich es gekonnt hätte!" Sie stürmte aus der Kammer und aus dem Turm, ohne darauf zu achten, welchen Weg sie einschlug. Mahri wollte ihr folgen, aber Lerrys, der Kreis-Techniker, hielt sie zurück.

„Sie will keinen Trost", sagte er sanft, „und sie will auch nicht glauben, wie gern wir Damon gerettet hätten. Ihr *Laran* ist, wenn es sich wirklich um ein neues Talent handelt, noch unerprobt, und ein solches Heilen widerspricht unserm Glauben. Mit diesen Tatsachen muß sie selbst fertig werden." Er führte die weinende Mhari von dem immer noch betäubten Kreis weg und übergab sie der Fürsorge ihrer Diener.

Alindas floh vor dem Rückstrom ihres eigenen Schmerzes und vor der Hülle des Mannes, in dem sie fast einen Vater gesehen hatte, durch den schützenden Schleier des Turms, fort von dem glitzernden See. Sie war eine *Nedestra* des großen Serrais-Clans, ihre Mutter war eine gefangene Ridenow-Frau aus dem Tiefland gewesen. Damon und Mhari waren die einzige Familie, die sie je gekannt hatte.

Sobald sie die Selbstbeherrschung zurückgewann, würde es ihr leid tun, Mhari Kummer bereitet zu haben. Aber ihr Leid steigerte den Schmerz, den Zorn und die Enttäuschung so, daß Alindas fürchtete, sich unter dem Druck ihrer Emotionen aufzulösen und ein Netzwerk aus pulsierenden Nerven über das Gesicht der Welt zu breiten.

Sie kletterte in einiger Entfernung von dem Turm einen steilen Hügel hinauf und stieg auf der anderen Seite in eine kleine, von Bäumen umstandene Senke ab. Dort lief sie eine Zeitlang hin und her. Ihr Herz raste, ihre Muskeln zuckten, ihre Eingeweide verkrampften sich. So absorbierte ihr eigener Körper die zerstörerischen Gefühle, die sie am liebsten über die anderen Mitglieder des Turms ausgegossen hätte.

Plötzlich stieß ein goldener Falke in die Senke herab, schlug ein Rabbithorn, das ahnungslos vor seinem Bau saß, und flog wieder davon. Sein goldenes Gefieder verdunkelte sich vor der aufgehenden roten Sonne zu dem Braun alten Blutes.

Das Überleben der Tüchtigsten, der Stärksten, sagen die Alten, dachte Alindas bitter. *Sind wir nichts als Tiere, die ihre Tage damit verbringen, dem Wald und den Ebenen Nahrungsmittel abzuringen, ohne jemals den Blick zu erheben und das Licht des Tages zu sehen?*

„Eine etwas veraltete Lehre, aber vielleicht nicht ganz wertlos", erklang eine feste, gelehrtenhafte Stimme hinter ihr.

Alindas drehte sich um und erkannte Krist, der jetzt Erster

Bewahrer im Turm von Hali werden würde. Hochgewachsen, schlank und scheinbar alterslos, war er ein *Emmasca* der Hasturs und der Halbbruder des gegenwärtigen Königs.

Außerdem war er der eine Mensch, der Damon hätte überreden können, ihr zu erlauben, daß sie ihn heilte, und bei seinem Anblick kehrte Alindas' Zorn in voller Stärke zurück und richtete sich gegen ihn.

„Frieden, *Chiya.*" Er lenkte ihren Schlag mit einiger Mühe ab. „Damon glaubte fest an die alten Sitten, und wenn es wahr ist, was du mir über dein *Laran* berichten konntest, erfordert es die Mitarbeit des Patienten." Er hob die Hand und wehrte ihrem Protest. „Auch setzt du die Kraft seines Willens und Geistes herab, wenn du meinst, er hätte in seinem Entschluß von anderen – und wäre ich es gewesen – umgestimmt werden können. Denke darüber nach, was du tun kannst, mein Kind, und habe etwas Geduld mit dem Rad der Zivilisation. Glaubst du, du seist die erste, die mit der Gabe geboren ist, durch die Matrix zu heilen?" Alindas' Überraschung und Ärger darüber, daß sie nicht einzigartig war, wirkten so komisch, daß Krists Ernst nicht standhielt. Sein sympathisches, herzhaftes Lachen drang durch die graugrünen Tannen des kleinen Amphitheaters.

„Ich habe in meinem zugestandenermaßen langen Leben außer dir mindestens noch vier kennengelernt. Sie kehren letzten Endes in ihre Heimat zu Ehemännern und Ehefrauen und Kindern zurück und erforschen Ausmaß und Kraft ihres Talents auf ihre eigene Art. Dabei wissen sie, daß ihre Kinder und Enkel eines Tages fähig sein werden, dies Gleichgewicht zu verlagern. Und dann werden nicht nur höchst wertvolle Menschen wie Damon gerettet werden, sondern für alle Männer und Frauen der Domänen wird es ein längeres und gesünderes Leben bedeuten."

Alindas starrte ihn an, ehrlich entsetzt über seine Einstellung. „Siehst du denn nicht, wieviel mehr wir tun und lernen könnten, wenn wir zusammenarbeiten würden? Findest du es richtig, solche Leute wegzuschicken, damit sie auf Bauernhöfen Kinder großziehen, wenn sie so viel vollbringen könnten?

Einem Kreis mit einem einzigen guten Heiler in jedem Turm wäre es möglich, Tausenden von Leuten im Jahr zu helfen!"

„Bist du dir wirklich darüber im klaren, was du tun könntest, Alindas?" fragte Krist ernst. „Wer weiß es? Wer soll dich unterrichten? Was wäre, wenn du nicht fertigbrächtest, was du dir zutraust? An wem sollen wir dich deiner Meinung nach experimentieren lassen? Die Zeit ist noch nicht reif, mein Kind. Übe dich in Geduld, lerne dich selbst kennen und beherrschen. Komm jetzt, du hast dich heute morgen übermäßig verausgabt; du mußt den Tag mit Ruhen und Meditieren verbringen, damit du für die Arbeit der kommenden Nacht, die für unser Volk ebenfalls wichtig ist, die nötige Kraft und Selbstbeherrschung zurückgewinnst." Er machte kehrt und stieg mit anmutigen, athletischen Schritten den Hang hinauf.

„Erzabbau", zischte Alindas verächtlich einem Felsblock zu und folgte ihm widerstrebend zurück in den Turm.

Krist saß müßig an dem Schreibtisch in der Zimmerecke, die er als Büro für Verwaltungsangelegenheiten und als Empfangsraum für einen gelegentlichen Besucher des Turms benutzte. Seine Gedanken schweiften auf angenehme, entspannte Art umher, und seine schlanken, sechsfingrigen Hände liebkosten das weiche Holz der Gegenstände auf der Tischplatte. Er spürte dabei die Gedanken früherer Bewahrer und genoß die taktilen Freuden, die altes, vielbenutztes Holz bietet. Die Nachmittagssonne verwandelte die durchscheinenden blauen Steinwände in ein tiefes, warmes Amethyst und färbte die zerkratzten Sandsteinfliesen im Rot sehr alten Weins. Die Spätsommerbrise trug den würzigen Geruch des nahen Waldes und die exotischen, unbeschreiblichen Düfte des Sees in sein erweitertes Bewußtsein.

Er hielt in seinen Reflektionen inne, um über das Mädchen Alindas nachzudenken. Jetzt das fünfte Jahr im Turm, hatte sie endlich einen unsicheren Frieden mit den Beschränkungen des Lebens hier und seiner, Krists, Politik gegenüber ihrem *Laran* geschlossen. Über das Begehren der Jugend, die Gesellschaft nach ihren eigenen Erwartungen umzuformen, war sie immer noch nicht hinausgewachsen, und gelegentlich war sie aus keinem ohne weiteres erkennbaren Grund launisch und niedergeschlagen. Krist jedoch ermutigten diese Zeichen. Das richtige Gleichgewicht zwischen Selbstbewußtsein und Demut würde sie zu einem ungewöhnlich starken Menschen machen und ihr bei der Erforschung des für sie so wichtigen *Laran* reiche Früchte bringen.

Krist erlaubte seinem Geist, in jene schmerzlichen Monate und Jahre zurückzuwandern, als er sich mit seinem eigenen Status als *Emmasca* hatte abfinden und akzeptieren müssen, daß er niemals Lord seiner Domäne werden konnte – des Königreichs, das zu regieren er, soweit seine Erinnerungen reichten, erzogen und vorbereitet worden war. Gleichgültig, ein wie guter König er hätte werden können, die Laune der Natur, die ihn der eindeutigen Zugehörigkeit zu dem einen oder anderen Geschlecht beraubt hatte, hatte ihn auch seines Geburtsrechtes beraubt. Er benahm sich und fühlte sich zwar als Mann, doch oft fragte er sich, ob er *wirklich* wisse, was es bedeutete, ein Mann *oder* eine Frau zu sein. Verhielt er sich vielleicht einfach so, wie es jeder von ihm erwartete?

Er wandte sich von diesem Gedankengang ab und wünschte Alindas stumm, sie möge lernen, mit der Natur und den Menschen zusammenzuarbeiten, und aufhören, sich in einem Kampf zu verausgaben, den sie nicht begriff. „Akzeptiere", betete er, „das Wunder deiner Gabe, mein Kind, und laß uns gemeinsam erforschen, welchen Nutzen wir daraus gewinnen können."

Eine gedankliche Bitte um seine Aufmerksamkeit wurde von einem leisen Klopfen an den Rahmen der Tür begleitet. „Herein", rief er, neugierig, wer seine Einsamkeit zu dieser Zeit des Tages stören würde.

Eine der neueren Überwacherinnen trat diskret zurück und ließ Regis Estaban Alton-Hastur, Prinz und Erbe der Sieben Domänen, ein. Krist stand auf und verbeugte sich. „Ihr erweist uns Gnade, Euer Hoheit. Wie können wir Euch dienen?"

Regis' breites Grinsen verlieh seinem mageren, fast fleischlosen Gesicht Helligkeit und Charme. „Ich dachte, solche Formalitäten gebe es im Turm von Hali nicht, Onkel. Wenn ich gewußt hätte, daß man es von mir erwartet, hätte ich einen spektakuläreren Auftritt inszeniert!“

„Ich muß gestehen, daß ich mich habe überraschen lassen, Verwandter. Dein Vater besteht – und das mit Recht – darauf, daß du jederzeit als unser künftiger König behandelt wirst, und die Gewohnheit stirbt schwer, sogar in einem Turm.“ Krist winkte seinen königlichen Neffen zu seinem Sessel und bat das Mädchen, Erfrischungen heraufzuschicken.

Er musterte den Jungen und verbarg seine Traurigkeit. Schwach und zart von Geburt an, war Regis das einzige von vier männlichen Kindern, die die ersten zehn Tage nach der Geburt überlebt hatten. Er wurde bald vierzehn und war designierter Erbe eines immer noch unstabilen Königreichs. Aber Krist zweifelte sehr daran, ob der Junge lange genug leben würde, um einen Erben zu zeugen. Und selbst wenn es ihm gelang, besaß er die Kraft, ein Königreich zusammenzuhalten, das sich in fast ständigem Aufruhr befand? Krists Bruder Stephan war der achte König der Sieben Domänen, die – angeblich – die sieben wichtigsten Familien Darkovers umfaßten, jene mit dem so überaus bedeutungsvollen *Laran.* Doch er war der erste, dem alle sieben gleichzeitig den Treueeid geleistet hatten, und das war ihm nur durch den Schachzug gelungen, daß er eine Prinzessin der Altons heiratete, der Familie, die sich gegen eine Verschmelzung am längsten und erbittertsten gewehrt hatte. Der Verlust des einzigen legalen Erben aus Hastur- wie aus Alton-Blut würde ihre Welt in einen blutigen Bürgerkrieg stürzen.

Krist hatte einmal ernsthaft daran gedacht, seinen Bruder zu bitten, er möge ihrer Halbschwester Melora Hastur-Elhaylan, einer Heilerin von großer potentieller Kraft, erlauben, einen Versuch zu machen, dem Jungen zu helfen. Aber, offen gestanden, die Konsequenzen eines Versagens waren zu gefährlich. „Nun“, dachte er finster, „solange er lebt, müssen wir das Beste hoffen.“ Seine Sorgen verbannend, wandte er sich dem Jungen zu, der etwas ängstlich zu werden schien.

„Was kann ich für dich tun, Verwandter? Bestimmt hat dein

Vater dir in diesen unruhigen Zeiten nicht erlaubt, nur eines Besuchs wegen herüberzukommen."

Regis leckte nervös seine blassen, bläulichen Lippen. „Ich bin gekommen, um getestet zu werden, Onkel", platzte er heraus. Offenbar rechnete er mit einer strengen Prüfung.

Krist lachte leise vor sich hin und stellte erleichtert fest, daß etwas von der Anspannung aus Regis' Gesicht wich. „Bist du dir denn sicher, daß du die Schwellenkrankheit völlig überwunden hast?" erkundigte er sich.

„O ja, Onkel. Keine Schwindelanfälle, seltsamen Stimmen und... seltsamen Gefühle mehr", setzte er heftig errötend hinzu. „Und wenn mein Vater in Gedanken zu mir spricht, höre ich ihn ganz deutlich. Meine Mutter auch, und beide sagen, sie verstehen mich recht gut. Aber sie wollen es mich nicht bei jemand anders versuchen lassen, nicht einmal bei Cathal, und dabei sind wir *Bredin!*" endete er mit einem gewissen Groll.

„Die Entscheidung deiner Eltern ist weise, Regis. Ein unausgebildeter Telepath mit dem hohen Potential eines Hasturs kann in den Gedanken und Gefühlen anderer große Verwüstungen anrichten. Cathal selbst ist nicht getestet oder ausgebildet worden, nicht wahr?"

„Nein, Verwandter, leider nicht", antwortete Regis langsam. „Ich hatte keine Ahnung, daß ich Cathal mit meinen Gedanken weh tun könnte."

„Ich verstehe das, Regis, also mache dir darüber keine Sorgen mehr. Als erstes werden wir dir eine Matrix geben. Sobald du das getan hast, was wir das Einstimmen nennen, das Angleichen der Schwingungen des Kristalls an deine eigenen, wirst du imstande sein, ohne Gefahr für irgend jemanden Gedanken zu hören, soviel du willst. Du bleibst ein paarmal zehn Tage hier, denn du mußt nicht nur lernen, dein *Laran* zu benutzen, sondern auch bestimmte Höflichkeitsformen und Bräuche unter Telepathen."

„Mein Vater sagt, ich solle mich vollständig in deine Hände geben und bleiben, solange du es für notwendig hältst. Wann fangen wir an?" Regis war der Eifer deutlich anzumerken.

„Sofort natürlich, Verwandter. Ich würde mir nie einfallen

lassen, dich hinzuhalten", lachte Krist. „Da die Hasturs sich im *Laran* tummeln wie ein Rabbithorn im Schnee, könnte das sogar gefährlich sein!"

In Krists ansteckendes Lachen einstimmend, wechselte Regis in den näher am Schreibtisch stehenden Sessel über, auf den sein Onkel wies. Krist war richtig aufgeregt. Stephan und Camilla, seine Königin, holten beide aus einer Matrix mehr als die übliche Energie heraus, wie es auch Krist konnte. Wenn Regis dies *Laran* in doppeltem Ausmaß besaß, brannte Krist darauf, festzustellen, was er fertigbrachte.

Krist kniete sich vor Regis, nahm die Hände des Jungen zwischen die seinen und begann, die Schwingungen mit ihm abzustimmen. „Entspanne dich einfach, Regis, und laß dich auf einem See mit warmem, ruhigem Wasser treiben. Atme langsam und tief, entspanne dich." Mit sehr geringen Schwierigkeiten paßten ihre Schwingungen sich einander an. Krist nahm einen unbenutzten Stein aus der Tasche und hielt ihn Regis vor die Augen. Begeistert stellte er fest, daß Regis den Stein instinktiv in ihr kombiniertes Bewußtsein hereinholte. Langsam, mit unendlicher Vorsicht zog sich Krist zurück und entfernte sich von Regis, der wie verzaubert von der Matrix, die er mit den Händen umschloß, dasaß. Der Bewahrer berührte Regis leicht an der Schulter. „Verwandter", fragte er freundlich, „ist alles in Ordnung mit dir?"

Regis blickte hoch. Sein vom blassen blauen Glühen der Matrix beschienenes Gesicht strahlte. „Es ist herrlicher, als ich mir je hätte träumen lassen, Onkel. Ich ... ich fühle, wie die ganze Welt vor Leben pulsiert!" Er starrte in den Stein, ganz versunken in die Betrachtung der neuen Welt, die er entdeckte. Krist ließ ihn eine Weile in Ruhe. Langsam schwand das Sonnenlicht aus dem Arbeitszimmer.

Mit einem äußerst behutsamen mentalen Ruf holte Krist den Prinzen zurück in die Realität des sich verdunkelnden Turmzimmers. Regis blinzelte mehrmals, immer noch überwältigt von dem, was er im Bann der Matrix gesehen und empfunden hatte.

„Paß jetzt auf, Regis", sagte Krist, „ich werde dir die erste

Lektion im Gebrauch dieser Matrix geben.“ Indem er sich ganz kurz konzentrierte, zündete Krist alle Kerzen im Raum an.

Regis keuchte, wie vom Donner gerührt durch diese einfache, aber spektakuläre Demonstration, wie man eine Matrix im täglichen Leben verwenden kann. „War das eine einfache oder eine schwierige Aufgabe, Verwandter?“ erkundigte er sich, ernsthaft besorgt, daß seine ganze Kraft nur dazu reichen würde, Kerzen anzuzünden, so beeindruckend das auf den ersten Blick auch war.

„Das“, erklärte Krist feierlich, „wird von deinem persönlichen Energie-Niveau abhängen. Manche Menschen brauchen dazu viel mehr Konzentration als andere. Ich würde es natürlich nicht tun, wenn es mich große Anstrengung kostete, weil es meine Pflicht ist, mich für die Arbeit in den Kreisen zu schonen. Als nächstes werden wir dein Energie-Potential testen.“ Regis war ganz zappelig vor Verlangen, damit zu beginnen.

„Hör mir aufmerksam zu.“ Krist klopfte mit seinem langen Zeigefinger auf die Schreibtischplatte und nahm eine lehrerhafte Haltung ein. Regis beugte sich vor, bereit, den eifrigen Studenten zu spielen, um die ersehnte Information zu erlangen. Das offensichtliche Bemühen des Jungen um Toleranz entlockte Krist ein Lächeln. Er sagte sich, daß er besser schnell voranmachte.

„Das Gehirn eines menschlichen Wesens ist zu vielen Dingen fähig, und von den meisten wissen wir wenig oder gar nichts. Aber als unsere Vorfahren auf diese Welt kamen, gaben die Weisen des Waldes ihnen die Sternensteine, die wir heute Matrices nennen. Und da sie manchmal mit unsern Leuten zusammenkamen, wurden Kinder geboren, die uns lehrten, wie die Steine zu benutzen sind. Wir sehen die Weisen kaum noch, doch ihre Gaben an uns leben in unserm Volk und in den Steinen selbst. Bei einigen von uns, jenen, die verwandt mit Hastur und der gesegneten Cassilda sind, den Kindern der Sieben Domänen, sind diese Gaben stark und oft bei jedem einzelnen von uns unterschiedlich. Das Wichtigste, was du niemals vergessen darfst, ist jedoch, daß du dies Geschenk der Macht zu respektieren hast. Denke immer daran, daß es dir vertrauensvoll gegeben wurde als Teil deines Erbes und daß es niemals mißbraucht werden darf. Jeder Mensch, der diesen Turm betritt und mit einer Matrix wieder geht, nimmt auch den Eid mit sich, nicht nur seine eigene Kraft ausschließlich zum Guten einzusetzen, sondern auch andere vor jenen zu beschützen, die damit Böses tun wollen. Dich als unsern zukünftigen König wird die Bürde besonders schwer drücken, daß du die Macht niemals offensiv benutzen darfst und den Türmen bei der Bestrafung eines jeden helfen mußt, der sie mißbraucht."

Regis saß ganz still, jede Linie seines dünnen, knochigen Körpers zeugte von Anspannung, sein Gesicht trug den Ausdruck intensiver Konzentration. „Es berührt mich seltsam, Onkel, daß es Menschen gibt, die aus etwas so Wundervollem Böses machen", erklärte er ernst. „Aber mein Wissen ist noch gering. Ich verlasse mich darauf, daß du mich führen wirst, wie es der Wunsch meines Vaters ist und der deine sicher auch." Er endete mit einem fragenden Heben der linken Augenbraue, eine Geste, die Krist stark an seinen Bruder erinnerte.

Krist mußte sich setzen, so überwältigte ihn Regis' Antwort. Wie entschlossen und erwachsen hatte er das Problem erfaßt – und gelöst –, von dem er zuvor nicht die geringste Kenntnis gehabt hatte! Wieder überkam den Bewahrer eine kaum noch zu kontrollierende Traurigkeit bei dem Gedanken an Regis' Gesundheitszustand. Dieses Kind – nein, dieser *junge Mann* – hatte die Anlage zu einem großen König. Regis lächelte seinen Onkel zögernd an, und Krist zwang sich, zurückzulächeln und sich zu entspannen. „Ich werde dir immer zur Verfügung stehen, Verwandter", sagte er leise.

„Und da wir die Formalitäten jetzt hinter uns gebracht haben", fuhr er munter fort, „wollen wir einmal sehen, was du mit diesem Stück Felsgestein fertigbringst!" Die Antwort seines Onkels freute Regis. Er grinste und sprang auf die Füße, froh, daß man jetzt zur Sache kam.

Krist brachte ein kleines Gitterwerk zum Vorschein, bestehend aus vier Steinen vom Umfang der Matrices zum persönlichen Gebrauch, und stellte es auf den Schreibtisch. Es war das größte Gitter, das er bis heute synthetisiert und kontrolliert hatte. Wenn Regis es mit Energie aufladen konnte, bedeutete es, daß er die Hastur-Fähigkeit geerbt hatte, mit mehr als einer Matrix gleichzeitig zu arbeiten.

„Jetzt möchte ich, daß du dich auf dieses Gitter konzentrierst. Versuche nicht, die Kraft zu lenken oder irgend etwas damit zu bewirken. Dazu hast du weder die Ausbildung noch die Erfahrung. Bleibe ganz ruhig, gleiche deine Schwingungen deinem Sternenstein an, wie du es eben schon getan hast, und versuche, das gleiche mit diesem größeren Arrangement von Steinen zu tun. Verstehst du, was ich meine?"

„Ich denke doch, Onkel. Ich soll diese Struktur aktivieren, wie du *meinen* Stein für mich aktiviert hast. Ist das richtig?"

„Vollkommen, Regis", nickte Krist, aufgeregt und befriedigt, daß der Prinz die Technik so rasch begriff. „Jetzt trete ich zurück, und du konzentrierst dich." Mit Hilfe seines eigenen Steins stellte er einen leichten Kontakt her, um Regis' Körperfunktionen zu überwachen und ihm Einhalt zu gebieten, falls er Zeichen von Schwäche zeigen sollte.

Regis starrte in seinen Stein. Eine Zeit, die Krist sehr lang vorkam, konzentrierte Regis sich nur auf den Matrix-Kristall, dessen blasses Leuchten sich über seinen ganzen Körper ausbreitete. Dann spürte Krist, daß Regis' Geist nach dem Matrix-Gitter griff, und ihm stockte der Atem in der Kehle.

Langsam erglühte das Gitter in einem hellen Licht, das für seine Ausdehnung keine Grenzen zu kennen schien. Gebannt sah Krist zu, wie die Energie auf ein Niveau anstieg, das er noch nie zuvor erlebt hatte. Das pulsierende Glühen überschritt die Grenzen des menschlichen Sehvermögens, und mit einem Teil seines Ichs fragte Krist sich, ob er für immer blind bleiben würde. Verzweifelt versuchte er, die hypnotische Verbindung zwischen Regis und dem Gitter zu brechen. In diesem Augenblick wurde die Widerstandskraft des Gitters überschritten, und es zerbrach in tausend geschwärzte Stücke, die als Hagelkörner im Raum herumflogen. Der Rückstrom traf sie beide wie ein auf sie fallender Berg. Mit seiner letzten Kraft strahlte Krist einen panischen Hilferuf ab.

Alindas stürzte ins Zimmer, gefolgt von sechs anderen, und Krist kam halbwegs wieder zu Bewußtsein.

Krists schwache Handbewegung zu Regis hin bemerkend, winkte Alindas einer der jüngeren Überwacherinnen, sich um diesen zu kümmern, und ging selbst zu Krist. „Nein *Chiya*", flüsterte er, „nimm dich zuerst unseres Prinzen an."

Überrascht, aber ohne gleich zu begreifen, war Alindas mit einer einzigen Bewegung bei dem jungen Mann. Er war dem Tod sehr nahe. Schnell ergriff sie seine linke Hand und reichte die ihre der anderen Überwacherin. Miteinander verbunden, ließen sie ihre Kraft in den Prinzen strömen, während Alindas ihn auf einer anderen Ebene ihres Geistes überwachte. Als er wieder regelmäßig atmete und seine Hautfarbe und sein Herzschlag so normal geworden waren, wie sie nach Alindas' Vermutung überhaupt werden konnten, schickte sie die zweite Überwacherin, sich auszuruhen und ihre Kraft zurückzugewinnen. Sie selbst wandte sich Krist zu, der auf einem Diwan ausgestreckt lag und die Farbe von frischgefallenem Schnee zeigte.

„Du siehst aus, als seist du kaum noch am Leben. Mehr konnte Mhari nicht für dich tun?"

„Ich habe sie gebeten, Essen zu besorgen, denn ich möchte nicht, daß zu viele Leute anwesend sind, wenn Regis aufwacht. Er wird starke mentale Rückstromschmerzen haben." Besorgt sah er zu Regis hin, den man auf einen zweiten Diwan gebettet hatte.

„Du meinst, *falls* er aufwacht, nicht wahr?" fragte Alindas bissig. „Was hast du dir nur dabei gedacht, Krist, daß du jemandem in seinem Zustand erlaubtest, zu tun . . . was auch immer ihr angestellt habt?" Sie bezog das ganze verwüstete Zimmer in ihren empörten Blick ein.

Krist umklammerte ihr Handgelenk mit einer Kraft, die sein Aussehen Lügen strafte. „Was meinst du mit ‚jemand in seinem Zustand'?" fragte er besorgt. „Er ist immer schwächlich gewesen, aber er machte heute keinen besonders kranken Eindruck."

Alindas sah ihn erstaunt an. „Das verstehe ich nicht, Krist.

Hast du ihn nicht einmal überwacht? Ehrlich, es überrascht mich , daß er noch am Leben ist. Lange leben wird er nicht mehr, weißt du."

Krist ließ sich auf den Diwan zurücksinken. Tränen sammelten sich in seinen klaren grauen Augen. „Ja, Alindas, ich *habe* ihn überwacht. Nur weiß ich einfach nicht, was mit ihm los ist. Er war immer ein zartes Kind, und offen gestanden, ich hatte nie damit gerechnet, daß er so lange überleben würde. Da er es jedoch tat, hoffte ich, Evanda würde ihn unseres Königreichs wegen, das ihn so sehr braucht, verschonen."

Er weinte leise, den Kopf in ihrem Schoß geborgen, und sie hatte großes Mitleid mit ihm. Die deprimierenden Nachwirkungen schwerer Matrix-Arbeit nahmen ihm die letzte Selbstbeherrschung. „Das betrübt mich sehr, Krist. Ich weiß, wieviel dir deine Domäne und deine Familie bedeuten. Aber ihm ist nicht mehr viel Zeit gegönnt. Die Überwacherinnen in Neskaya wohnen oft Geburten in ihrer Gegend bei, um den Schmerz zu lindern und das Kind zu beruhigen. Als ich ein Jahr dort zum Studium war, entdeckte ich, daß Neugeborene Löcher zwischen den Kammern ihres Herzens haben. Anfangs glaubte ich, sie seien in akuter Lebensgefahr", gestand Alindas. „Man belehrte mich jedoch, daß sich diese Löcher wie eine Wunde innerhalb weniger Tage nach der Geburt schließen. Lauria, deren *Laran* dem meinen sehr ähnlich ist, erzählte, sie habe ein Baby, dessen Löcher sich nicht schlossen, sterben gesehen, bevor es zehn Tage alt war, weil sein Herz nicht fähig war, das Blut an die verschiedenen Stellen im Körper zu pumpen. Deshalb überrascht es mich, daß der Prinz noch lebt, denn die Löcher in seinem Herzen sind immer noch offen."

Krist sah sie in äußerster Verblüffung an. Auch wenn er immer Vertrauen in Alindas' Fähigkeiten gesetzt hatte, fand er diese Demonstration doch fast unglaublich. „Wenn er so lange am Leben geblieben ist, warum kann er dann nicht weiterleben?" fragte er mit beinahe sachlichem Interesse.

„Er ist noch sehr jung, Krist. Wenn er zu seiner endgültigen Größe aufschießt, wie es bei allen jungen Männern seines Alters geschieht, wird sein Körper eine Zeitlang schneller wachsen als sein Herz. In diesem Zustand kann das Herz seinen Körper nicht am Leben erhalten. Die Anstrengung wird ihm zuviel werden, und dann *muß* der Prinz sterben." Alindas' Kummer und Mitleid durchwebten den verwüsteten Raum. Sie faßte ganz fest seine Hände und gab ihm an Kraft, was ihr zu geben noch übrig war. „Ich lasse euch beide nun allein, damit ihr ausruhen und essen könnt; er müßte bald aufwachen. Ruf mich, wenn ich irgend etwas für euch tun kann." Sie ging schnell, denn sie wollte Krists Leid durch die Mahnung, die ihre Anwesenheit darstellte, nicht vergrößern.

Krist lehnte sich zurück und betrachtete einen geschwärzten Matrix-Splitter, der sich in den blauen Stein über seinem Kopf gebohrt hatte. „So viel Kraft", klagte er, „so viel junge, unerprobte Weisheit!" Er fiel in unruhigen Schlaf, und die aufgeregten Gestalten seines Bruders und der Königin bevölkerten seine Träume. Die Königin wurde gezwungen, in die Alton-Domäne zurückzukehren. Lord Alton bereitete sich auf einen Krieg vor, den ihm seine Söhne und die anderen Familien der Domänen aufzwangen. Sein Bruder stand auf einem frisch gepflügten Acker. Erde rieselte durch seine Finger, und Tränen strömten über seine Wangen. „Mein Königreich, mein Sohn, beides verloren", murmelte er immer wieder und wieder, eine schmerzliche Kadenz in Krists Geist.

Er erwachte davon, daß jemand an die Tür klopfte. Sich wundernd, warum jemand in einem Turm etwas so Barbarisches wie Anklopfen tat, setzte er sich schnell auf. Sein schwerer, angeschwollener Kopf blieb auf dem Kissen liegen und folgte dem Körper erst einen Sekundenbruchteil später. Krist kämpfte gegen die Übelkeit und die Erinnerung an den vorigen Abend. „Niemand, der seinen Verstand beieinander hat, würde meinen Rat einholen, solange ich in diesem Zustand bin", dachte er benommen. Er krächzte eine Aufforderung einzutreten und stolperte zu dem Diwan, auf dem Regis lag. Besorgt blickte er auf ihn nieder.

„Geh und leg dich wieder hin, Krist", sagte Alindas. Sie sah an diesem Morgen ungewöhnlich frisch und hübsch aus. „Es ist Nachmittag", stellte sie fest, Krists Gedanken genau lesend,

„und ich habe ihn beobachtet. Er wird bald aufwachen, und wahrscheinlich werden wir ihn füttern müssen. Iß du jetzt." Gehorsam ging Krist zurück, setzte sich und betrachtete angewidert das Essen vor ihm. Um nicht von Alindas ausgeschimpft zu werden, hieb er mit einem Appetit ein, den er nicht spürte. Die gewaltige Mahlzeit tat jedoch die gewünschte Wirkung. Bald hatte er das Gefühl, sein Kopf und sein Magen würden bleiben, wo die Natur sie angebracht hatte, und er legte sich mit echter Erleichterung hin. In der Zwischenzeit war es Alindas gelungen, dem sich schwach widersetzenden Regis ebenso große Portionen einzuflößen. Er war schon wieder eingeschlafen. Alindas kniete sich neben Krists Diwan und ergriff eine seiner Hände mit ihren beiden.

„Fühlst du dich jetzt etwas besser?" fragte sie.

„Mein Körper fühlt sich viel besser, *Chiya.* Ich fürchte, mein Herz wird sich nie mehr erholen." Beide sahen sie zu dem schlafenden Regis hin.

„Krist", begann Alindas vorsichtig, „ich weiß sehr wenig über die Politik der Domänen. Offen gestanden, es gab zu vieles, was mich mehr interessierte. Doch über dies Problem habe ich angefangen, mir Gedanken zu machen. Ich weiß, wie sehr du den Prinzen liebst, aber ich spüre, daß du nicht allein seinen Tod fürchtest. Was ist es noch?"

Er sah sie sehr erstaunt an, und dann seufzte er. „Manchmal ist es schwer, sich vorzustellen, wie wenig die Leute auf die Zustände in ihrem eigenen Königreich achten. Es ist so, Alindas: Seit Doman-Aran Hastur versuchte, allen Sieben Domänen Frieden und Zusammenarbeit zu bringen, weil er glaubt, es sei der göttliche Wille Hasturs und Cassildas, daß ihre Nachkommen eine einzige Familie bilden, haben sich die Alton-Domäne und zur einen oder anderen Zeit fast alle anderen Domänen dem Willen Hasturs widersetzt. Als er Camilla, die Prinzessin der Alton-Domäne, zur Frau nahm, meinten mein Bruder und der alte Dom Lerrys Alton, ein Erbe aus Alton- und aus Hastur-Blut könne der Garant für einen dauerhaften Frieden in den Domänen werden. Alle drei haben schwer daran gearbeitet, den Frieden zu erhalten, denn Dom Lerrys' Söhne würden, sobald sie den geringsten Vorwand fänden, die Alton-Domäne zum Krieg aufrufen, und in verschiedenen Teilen des Königreichs hat es ständig Unruhen gegeben. Dieser sehr zerbrechliche Frieden wird wie ein Rauchwölkchen verpuffen, wenn Regis stirbt, bevor er einen Erben gezeugt hat. Und selbst wenn es ihm gelingt, könnte der Kampf um die Regentschaft ebenso schlimm sein, als wäre kein Erbe vorhanden", seufzte Krist schwer. „Das ist das wichtigste, aber dann ist da noch das, was hier gestern abend geschehen ist."

„Und was ist hier gestern abend geschehen?" fragte Alindas ernst, in Gedanken immer noch bei dem, was Krist ihr erzählt hatte.

„Regis holte genug Energie aus einem Vier-Matrices-Gitter heraus, um es in Splitter zu blasen", stellte Krist trocken fest. Alindas' ungläubigen Blick hatte er vorausgesehen. „Mit seiner Art von *Laran* könnte er es schaffen, große künstliche Matrix-Gitter zu bauen und uns in ihrem Gebrauch zu unterrichten." Seine Stimme erstickte bei dem Gedanken, daß er es nicht erleben würde, wie dies und viele andere Träume Wirklichkeit wurden.

Alindas saß lange Zeit schweigend neben Krist und grübelte über Faktoren und Implikationen nach, die sie in den zweiundzwanzig Jahren ihres Lebens nie berührt hatten, aber in Zukunft für sie und alle Leute, die ihr nahestanden, große Bedeutung gewinnen mochten. Krists Hand fest umfassend, blickte sie zu ihm auf, entschlossen, es von neuem zu versuchen.

„Glaubst du, was ich dir gestern abend erzählt habe?" fragte sie ihn mit ihrer üblichen Direktheit.

„Warum sollte ich dir nicht glauben, Alindas? Du hast mir nie Veranlassung gegeben, an dir zu zweifeln. Warum stellst du mir eine solche Frage?"

Alindas holte tief Atem und machte keine Umschweife mehr... „Er hat so wenig Zeit, Krist, und er wird so nötig gebraucht. Was könnte es schaden, wenn ich versuchte, ihn zu heilen?"

Krist betrachtete sie ausdruckslos und kämpfte gegen die Hoffnung an, die in ihm aufglomm. „Meinst du wirklich, du brächtest es fertig, Alindas? Wenn ja, glaube ich, daß ich meinen Bruder überreden könnte. Er und Camilla haben in der Hoffnung, irgend etwas würde helfen, alles versucht, was ihnen nur einfiel."

Alindas sprang zornig auf und sah böse auf ihn nieder. „Du weißt besser als jeder andere, daß ich gar nichts versprechen kann! Ich sage dir, die Löcher schließen sich wie andere Wunden, und du selbst hast mich Wunden heilen gesehen. Aber dies ist viel komplizierter. Ich fühle in mir die Überzeugung, daß ich helfen kann, aber gerade du weißt, daß ich nicht in der Lage bin, einen Menschen zu benennen, von dem sich sagen läßt, daß ich ihn geheilt habe!"

Krist drückte ihre Hände und versuchte, sie zu besänftigen. „Ich weiß das, Alindas, ich wollte mich nur deiner Zuversicht vergewissern. Bist du dir darüber im klaren, daß, solltest du ihn tatsächlich heilen, es geheimgehalten werden muß? Daß du nie wieder in einem Kreis arbeiten dürftest, damit es nicht durchsickert? Ich bin überzeugt, ich kann Camilla auf unsere Seite bringen. Sie hat früher als Überwacherin gearbeitet, und in gewissen Grenzen wird sie begreifen, was wir vorschlagen. Zusammen werden wir dann meinen Bruder überzeugen, denn sein Sohn und sein Königreich bedeuten ihm alles. Aber mit den Domänen-Lords ist es eine ganz andere Sache. Es hat fast hundert Jahre gebraucht, bis wir sie soweit hatten, daß sie uns äußerliche Wunden heilen und Geburten überwachen lassen, und wir besitzen die Erlaubnis jetzt knapp fünfundzwanzig Jahre. Es muß Geheimnis bleiben. Kannst du damit leben?"

Alindas entsetzte sich. „Den Turm für immer verlassen? Wohin sollte ich gehen? Ich habe keine Familie, meine Mutter starb kurz nach meiner Geburt, und sie war nur eine gefangene Ridenow-Frau. Meine Pflegeeltern wurden dafür bezahlt, mich aufzuziehen, und sie übergaben mich nur zu gern einem Turm. Der Turm ist die einzige Familie, die ich habe!"

„Das weiß ich alles, *Chiya*. Glaub mir, ich würde mein Bestes für dich tun, aber trotzdem müßtest du gehen."

„Nun", sagte sie traurig, „ich habe bereits gesehen, was getan werden muß. Jetzt ist es nur noch zu tun. Ich glaube, daß ich es kann, Krist, und irgendwie meine ich, wenn ich es kann, bin ich auch dazu verpflichtet. Wie du oft gesagt hast, ist mir die Gabe anvertraut worden. Ich würde dies Vertrauen enttäuschen, täte ich *nicht,* wozu ich fähig bin."

Krist küßte sie sanft auf die Stirn. „Der Herr des Lichts wird dich segnen, Alindas. Und nun . . ." – er seufzte – „. . . mußt du auf der Stelle Reisevorbereitungen für mich treffen. Meine alten Knochen sagen mir, daß wir nicht mehr viel Zeit haben."

Alindas lächelte zitterig. Sie sah dieser Reise mit ebensoviel Spannung wie Traurigkeit entgegen. „Schlaft eine Weile, mein Lord, denn *meine* alten Knochen sagen mir, daß ich für die Reisevorbereitungen einige Zeit brauchen werde."

Nachdenklich betrachtete Alindas die flockigen, rosafarbenen Wolken, die auf den Strahlen der aufgehenden Sonne schwebten und die einzige Erinnerung an den leichten Regen der Nacht darstellten. Ihr für gewöhnlich gesetztes Hirsch-Pony hüpfte in der frischen, duftenden Morgenluft. Sie aber suchte im Geist endlos nach Argumenten, mit denen sie den König und die Königin überreden konnte, diese unorthodoxe Behandlung ihres Sohns zu erlauben.

Sie lugte zu Krist hinüber, der von seinem Schwächeanfall immer noch blaß war, und fragte sich, ob sie sich mit dieser Reise nicht beide zum Narren machten. Soviel sie wußte, hatte das Verbot, in irgendeiner Weise mit der Natur herumzupfuschen, schon immer bestanden. Die wenigen Menschen, die die spärlichen Aufzeichnungen ihrer Rasse studiert hatten, konnten keinen Hinweis auf eine Zeit finden, in der eine solche Art zu heilen erlaubt gewesen war. Krist allein von allen, die Alindas kannte, glaubte, wie er ihr erzählt hatte, daß die Matrix-Kraft für ihre Rasse etwas Neues war. Alle akzeptierten, daß die Weisen des Waldes ihnen die Steine geschenkt hatten, aber die meisten glaubten, das *Laran* sei eine Gabe des Herrn des Lichts. Hastur, der von dem eigenen Sohn des Gottes abstammte, habe sieben Söhne gezeugt, jeder davon mit einem bestimmten *Laran* begabt, und diese Söhne seien die Väter der gegenwärtigen Sieben Domänen. Nur wenige vertraten die Ansicht, ihre Rasse sei erst vor relativ kurzer Zeit auf dieser Welt aufgetaucht und die Weisen hätten ihr nicht nur die Steine geschenkt, sondern sie auch das *Laran* gelehrt. Alindas war sich nicht einmal sicher, ob sie es selbst glaubte.

Krists *Laran* hatte einen seltsamen Aspekt. In Augenblicken erweiterten Bewußtseins erstreckte sich die Zeit vor ihm gleichermaßen in die Vergangenheit wie die Zukunft. Diese Augenblicke waren kurz und, wie Alindas miterlebt hatte, häufig frustrierend für ihn. Er war sich jedoch sicher, daß er eine Zeit gesehen hatte, als es unter den Menschen Darkovers kein *Laran* und keine Sternensteine gegeben hatte. Oft quälte ihn ein schwarzer Abschnitt der Vergangenheit, den er nicht durchdringen konnte, und er behauptete, das sei die Zeit vor der Ankunft der Menschheit auf Darkover.

Alindas wußte nicht recht, was sie glaubte, doch eins stand fest: Was Stephan und Camilla Hastur glaubten, mochte einen Wendepunkt in der Geschichte ihres Volkes bedeuten. Sie ließ sich nicht einreden, der Herr des Lichts – oder meinetwegen auch die Weisen des Waldes – hätte ihr ein Talent gegeben, das sie nicht benutzen durfte. Manchmal hatte sie bittere Gedanken, zum Beispiel, sie werde aus irgendeinem unerfindlichen Grund bestraft oder sie sei ein Irrtum der Natur wie ein zweiköpfiges Hirschpony-Fohlen und sollte besser umgebracht werden. Glücklicherweise behielt Krist sie in solchen Zeiten scharf im Auge und erlaubte ihr nicht, sich diesem selbstgeschaffenen Trübsinn hinzugeben.

Alindas' Magen verkrampfte sich bei dem Gedanken, nicht mehr in Krists Nähe sein zu dürfen. Er war das Zentrum ihres Lebens geworden. Getrennt von ihm würde sie sich ganz verloren fühlen.

„Ganz so schlimm wird es nicht werden, *Breda.*“ Er lächelte freundlich, denn seit einiger Zeit war er ihren Gedanken gefolgt. „Du wirst jemanden finden, den du von Herzen liebst, und er und deine Kinder werden deinem Leben eine neue Bedeutung geben. Die Menschen bleiben selten für immer im Turm – du mußt dir doch gesagt haben, daß ich eines Tages einen passenden Gatten für dich finden und dich fortschicken würde. Dein *Laran* muß erhalten bleiben, auch wenn es zur Zeit nicht benutzt werden darf.“ Er faßte über ihren Sattel und nahm ihre Hand mit festem Druck. „Ich habe das nur hinausgezögert, *Chiya,* weil wir dich brauchten und du, glaube ich, uns noch notwendiger brauchtest.

Meine Verwandte Melora hat mich oft gebeten, dich zu ihr zu schicken, denn als du sie vor einem Jahr besuchtest, gewann sie dich lieb. Sie brennt darauf, zu entdecken, was ihr beide zusammen fertigbringt, und insgeheim hofft sie wohl, du wirst mit Wohlgefallen auf einen ihrer Söhne blicken und immer bei ihr bleiben wollen. Wärest du mit diesem Plan einverstanden? Es wird dort nicht so sein wie im Turm, aber vielleicht ist es in vieler Beziehung besser. Da sie mit dem Erben von Elhaylan verheiratet ist, mag der Tag kommen, an dem dir zumindest in jener Domäne gestattet wird, unbeschränkter zu heilen. Und unter uns, wer weiß, wozu du fähig bist?“ Krist musterte Alindas' Gesicht, denn dieser Plan war sorgfältig durchdacht, nicht aus Gründen der Zweckmäßigkeit über Nacht zusammengeträumt worden, und um ihretwillen hoffte er verzweifelt, sie werde zustimmen. Wenn sie einen anderen Weg wählte, sah er keine Möglichkeit, für ihr zukünftiges Glück zu sorgen.

Alindas sah ihn grübelnd an. Sie nahm sich Zeit, seinen Vorschlag zu bedenken. Dann lachte sie leise. „Du hast immer gewünscht, daß ich das tue, nicht wahr, Krist? Lady Melora war sehr freundlich zu mir – meiner Meinung nach freundlicher, als es die *Nedestra*-Tochter (sie gebrauchte das Wort in der obszönen Form, die nichts anderes als ‚Bastard‘ bedeutete) eines Serrais-Lords und einer Gefangenen ohne *Laran* normalerweise erwarten darf. Aber ...“ – sie hob die Hand, um Krists Protest abzuwehren – „... nach einiger Zeit kamen wir uns tatsächlich nahe, mehr wie Schwestern als wie Mutter und Tochter, und ich bin überzeugt, ihr Angebot ist freundlich gemeint. Deshalb werde ich zunächst einmal zu ihr gehen. Ich verspreche jedoch *nicht,* einen ihrer Söhne, die ich alle noch nicht kennengelernt habe, zu heiraten!“ In ihren grünen Augen stand eine Spur von Trotz, ihr Kinn zeugte von Entschlossenheit – lieber wollte sie als vertrocknete alte Jungfer sterben, als heiraten, um Krist einen Gefallen zu tun!

Krist akzeptierte ihre Entscheidung mit stummem Nicken; er freute sich mehr darüber, als er zugeben wollte. In freundschaftlichem Stillschweigen ritten sie auf Burg Hastur zu. Die Sonne stand über ihren Köpfen im Mittagspunkt, und der trübe See, dessen Ufer sie folgten, begann sich in der Wärme zu regen.

Sie kamen am frühen Nachmittag an und ritten in einen Hof voller Geschäftigkeit. Beeindruckt von dem Besucher, der der Bruder ihres Souveräns und, für sie noch wichtiger, Bewahrer von Hali war, nahmen die Stallknechte ihre Ponys, und der *Corydom* sorgte dafür, daß sie sofort vor das Angesicht der Königin geführt wurden.

Camilla Lanart-Hastur, Königin der Sieben Domänen, jetzt Anfang Dreißig, war eine Frau von atemberaubender Schönheit. Hochgewachsen, schlank, mit dunkelrotem Haar, das in schweren Zöpfen um ihren Kopf lag, mit sehr heller Haut und Augen von einem so dunklen Grau, daß sie oft schwarz wirkten, war sie eine Dame von großer Präsenz und aristokratischer Haltung.

So hingerissen war Alindas von ihrer Erscheinung, daß es einige Zeit dauerte, bis sie das elegante, matt beleuchtete Zimmer wahrnahm, in dem sie stand. Weiches, bernsteinfarbenes Licht fiel auf Grün- und Erdtöne, auf dicke Fellteppiche und mehr Möbelstücke aus glänzendem dunklem Holz, als Alindas je zuvor gesehen hatte.

Glücklicherweise fand sie Gelegenheit, sich zu sammeln, während Krist die Königin in aller Form begrüßte. Dann sah Camilla sie fragend an, und Alindas knickste schüchtern.

„Ihr seid wegen Regis gekommen." Ihre Besorgnis verriet sich in ihrer Stimme. „Geht es ihm gut?"

„Er ruht sich jetzt aus, Camilla." Krist sprach mit ihr in einem intimen Ton, der nur sehr wenigen Leuten gestattet war. „Du wärest sehr stolz auf ihn gewesen. Er verfügt über ein höheres Potential als jeder andere Mensch, von dem ich gehört habe. Da ich nicht ahnte, wieviel Energie er aktivieren kann, wurde er von einem sehr starken Rückstrom getroffen. Aber davon erholt er sich zur Zeit. Alindas soll dir erklären, warum wir dich heute aufsuchen, denn sie kennt sich besser aus als ich." Krist winkte Alindas vorzutreten.

Alindas blieb stehen wie vom Donner gerührt. Krist wollte, daß *sie* es der Königin erklärte? Plötzlich kam sich Alindas sehr alt vor. Es war nicht so sehr ihre Scheu vor der Krone als die Erkenntnis, daß Krist ihr die Verantwortung zuschob, die ihre Zunge lähmte. Es war nicht ihre starke Seite, Verantwortung zu übernehmen, und das ängstigte sie über alle Maßen.

„Komm, Kind – Alindas –, was möchtest du mir denn sagen?" forderte Camilla sie geduldig auf.

Alindas war, als habe sie sich in einer dunklen Berghöhle verlaufen, in der ihr nicht der kleinste Lichtschimmer einen Anhaltspunkt gab. Sie nahm an Mut zusammen, was sie hatte, und sank vor der Königin auf die Knie. „Euer Majestät", stieß sie atemlos hervor, „ich glaube, ich kann etwas tun, um die Gesundheit Eures Sohns zu bessern!" Vor Angst, den Augen der Frau zu begegnen, die kerzengerade aufgerichtet vor ihr saß, starrte Alindas unverwandt auf die Füße der Königin.

Bevor Alindas wußte, was geschah, hatte die Königin sich zu Boden geworfen, ihre beiden Hände ergriffen und alles über den Zustand ihres geliebten Sohns und über das, was Alindas für ihn tun könnte, direkt aus ihren Gedanken herausgeholt. Nach einem kurzen instinktiven Kampf gegen dies Eindringen entspannte Alindas sich und ließ jede Tatsache, über die sie verfügte, in Camillas von Ängsten gequältes Gehirn fließen. Es erschreckte sie, wieviel Furcht Camilla jeder Tag brachte, ja, jede Gelegenheit, bei der sie ihren schwächlichen einzigen Sohn ansah.

„Also kann doch noch geschehen, was du gehofft hast, Krist, was wir alle gehofft haben. Ich bin noch nicht wieder fähig, klar zu denken." Die Königin setzte sich wieder. Ihr Gesicht trug einen solchen Ausdruck von Hoffnung, daß Alindas' Körper sich vor Mitgefühl anspannte. Der Rapport war sehr tief gewesen, und Reste davon hingen immer noch in der Atmosphäre des Raums. „Krist, bitte, als ein Mensch, der mehr von diesen

Dingen weiß, sag mir, was *du* davon hältst." Camilla bemühte sich sichtlich, ihre Hoffnungen unter Kontrolle zu behalten.

„Ich kann nur sagen, Camilla, daß ich Alindas nicht hergebracht hätte, wenn ich keine Chance, und sei es auch nur eine geringe, sähe, daß sie fähig ist zu tun, was sie sagt. Ich zweifele nicht daran, daß sie seinen Zustand richtig einschätzt – sie ist bei weitem die beste Überwacherin, die ich kenne. Als Heilerin wird sie wahrscheinlich instinktiv vorgehen, und wie erfolgreich das sein wird, kann ich nicht entscheiden. Ihre Überzeugung, daß sie ihm helfen kann, ist unsere beste Garantie, denn es fehlt uns an Zeit, sie ihr Können an jemand anderem beweisen zu lassen."

Camilla dachte eine Weile nach. Dann schickte sie einen Pagen, den König zu ihr zu bitten. „Krist, würdest du mit Alindas draußen warten? Ich halte es für das Beste, wenn Stephan und ich diese Sache unter vier Augen besprechen." Krist nickte schweigend und verbeugte sich, Alindas gab sich große Mühe mit ihrem Knicks, und sie verließen das Zimmer.

Die nächsten zwei Stunden sollten die längsten ihres Lebens werden. Weder aßen sie noch schliefen sie noch unterhielten sie sich. Aber von Zeit zu Zeit ging Krist oder Alindas für ein paar Minuten auf und ab, sehr darauf bedacht, nicht zufällig etwas an Stimmen oder Gedanken der heftigen Diskussion zu erlauschen, die in der königlichen Kammer stattfand.

Schließlich traten Camilla und Stephan auf den Flur. Beide waren so erschöpft, daß sie sich nicht mehr aufrecht halten konnten. Stephans grimmige, rotgeränderte Augen richteten sich an seinem Bruder vorbei auf Alindas. „Wir werden Euch erlauben, es zu versuchen, denn es ist unsere Überzeugung, daß es unsere einzige Hoffnung darstellt. Ihr müßt jedoch beide einsehen, daß *niemand* außer uns davon erfahren darf. Der Rat wird Regis niemals erlauben, die Regierung zu übernehmen, wenn man dort erfährt, daß an seinem Körper irgendwelche Veränderungen vorgenommen worden sind."

Mit einer Ruhe, die sie sich niemals zugetraut hätte, begegnete Alindas fest dem Blick des Königs. „Nicht einmal Regis selbst braucht es zu wissen, falls Ihr dies wünscht, Euer Majestät. Wenn Ihr und Eure Lady dazu bereit seid, können wir vier genug Energie erzeugen, und niemand sonst wird je etwas davon ahnen."

Stephan lockerte seine verkrampfte Haltung. Ein leichtes Lächeln verzog seine Lippen. Er verbeugte sich tief vor Alindas. „Wir sind Euch dankbar, daß Ihr mit dem Versuch, unserm Sohn zu helfen, ein Risiko auf Euch nehmt, meine Dame. Wißt, daß wir Euch *sehr* dankbar sind." Er wandte sich Krist zu. „Camilla sagt mir, du habest bereits Sorge dafür getragen, daß Regis, euch folgend, nach Hause gebracht wird. Wir alle, denke ich, sollten uns an Schlaf verschaffen, was wir können, damit wir bereit sind anzufangen, sobald er eingetroffen ist und sich ausgeruht hat." Er bot seiner Königin den Arm, ging mit ihr den Korridor hinunter und überließ Krist und Alindas der Obhut seines Haushalts.

Fast einen vollen Tag später saß Alindas auf dem ledergepolsterten Sitz einer tiefen Fensternische. Die untergehende Sonne verwandelte die fernen violetten Berge in schwarze schlafende Riesen. Über diese wunderliche Vorstellung mußte Alindas lachen – ihr Pflegebruder hatte sie gern mit Geschichten über das, was geschah, wenn die Bergriesen erwachten, geängstigt.

Plötzlich sehnte sie sich verzweifelt nach der Sicherheit des Heims ihrer Pflegeeltern, so unglücklich sie sich dort auch gefühlt hatte. Sie gehörte nicht zu den Menschen, denen es leichtfällt, Entscheidungen zu treffen. Alindas betete darum, die Nacht möge gut vorübergehen, und gelobte, für immer demütig dort zu leben, wohin ihr Schicksal sie verschlagen mochte. Nie zuvor war ihr die Komplexität der Welt bewußt geworden, und sie fühlte sich außerstande, es mit ihr aufzunehmen. In der Erinnerung an ihre wütende Ungeduld mit dem Lauf der Welt wand sie sich innerlich, denn erst in diesem Augenblick sah sie ein, wie wenig sie davon wußte.

Die Sonne war untergegangen, und jetzt war es Zeit, zu Regis zu gehen. Man hatte entschieden, ihn, der am Abend zuvor angekommen war, soviel wie möglich schlafen zu lassen. Aber bald mußten sie sich zu ihrem geheimen Kreis vereinigen und das tödliche Risiko auf sich nehmen.

Warm und bequem gekleidet, versammelten sie sich um Regis' Bett. Er nahm ihre offensichtliche Besorgnis mit einiger Belustigung zur Kenntnis. „*So* schwer beschädigt bin ich gar nicht, wißt ihr." In seiner liebenswerten Art grinste er zu ihnen hoch. „Nicht daß ich etwas dagegen hätte, die mir liebsten Menschen um mich zu haben." Er schloß Alindas in sein Lächeln mit ein, und sie dachte bei sich, sein Charme könne den Schnee der Hellers schmelzen lassen.

Camilla erklärte sanft: „Wir haben Alindas und Krist gebeten, dich vor ihrer Heimreise gründlich zu untersuchen, nur um uns zu vergewissern, daß du in Ordnung bist. Schließlich war es nichts Geringes, was du getan hast, und du mußt erst wieder kräftiger werden, bevor du zum Studium in den Turm zurückkehren kannst." Obwohl die ausgebildeten Telepathen im Zimmer ihre Furcht ohne Schwierigkeiten auffingen, war Regis noch zu unerfahren, um zu spüren, wie besorgt seine Mutter wirklich war.

Mit einer für einen jungen, chronisch kranken Menschen ungewöhnlichen Geduld legte er sich zurück und sah sie alle erwartungsvoll an.

Alindas ergriff die Initiative, kniete sich auf die Bettkante und faßte Regis' beide Hände. „Ich werde meine Schwingungen den deinen angleichen, Regis, so wie es dein Onkel neulich getan hat. Nach ein paar Minuten wirst du kaum noch etwas wahrnehmen, aber hab keine Angst. Es ist nur eine Trance, ein leichter Schlaf, der es mir erleichtert, dich zu überwachen." Das war nicht die reine Wahrheit, aber Alindas hatte dem König und der Königin versprochen, Regis werde nicht erfahren, was mit ihm vorgenommen wurde, und ihr schien dies eine Erklärung zu sein, die er akzeptieren konnte. Sie hatte ihn richtig eingeschätzt, denn er entspannte sich völlig, konzentrierte sich auf seine eigene Matrix und tat die Hälfte der Arbeit selbst.

Als die Trance sich vertiefte, verbanden sich die anderen drei mit Alindas, bereit, ihr die Energie, die sie brauchte, auf ihr Zeichen hin zu liefern.

Regis merkte nicht mehr, was um ihn herum vorging. Alindas

prüfte die ihr zur Verfügung stehende Energie. Sich am nächsten spürte sie Camilla, die sowohl Regis als auch Alindas sorgfältig überwachte. Ein bißchen überraschte es Alindas, daß Camilla so besorgt um eine Fremde war, wo das Leben ihres Sohns auf dem Spiel stand, und sie war ihr dankbar dafür.

Dadurch sehr ermutigt, tat Alindas den ersten Schritt: Sie konzentrierte sich auf das schwächlich schlagende Herz und leitete den Prozeß ein, der den Rhythmus verlangsamte, bis Regis' Herz nur noch etwa zweimal in der Minute schlug. Sich bewußt, daß ihr nur sehr wenig Zeit blieb, stellte Alindas ihre instinktive Affinität mit der Struktur von Regis' Körper her.

Zuerst suchte sie die Ränder des kleinen Schlitzes zwischen den beiden oberen Kammern des Herzens. Mit unendlicher Vorsicht beschleunigte sie das Zellenwachstum entlang den Rändern. Wie eine Näherin mit der Nadel verwob sie die langen, flexiblen Zellen der Herzmuskeln miteinander. Dreimal wurde sie vom Schlagen des Herzens unterbrochen und hätte fast die zarte Zellstruktur aus ihrem mentalen Griff verloren. Mit einem tiefen Seufzer und einem leichten Schwanken der Konzentration wandte sie ihre Aufmerksamkeit dem Schlitz zwischen den beiden unteren Herzkammern zu. Jetzt, so glaubte sie, würde es leicht sein, ihn mit neu erzeugten Zellen zu stopfen. Da überraschte sie der nächste Herzschlag und schleuderte sie zurück.

Fast hätte sie die Fassung verloren, als ihr aufging, was sie gemacht hatte: Indem sie zuerst die oberen Kammern reparierte, hatte sie den Blutzustrom erhöht, den jeder Herzschlag in die unteren Kammern leitete. Sie beeilte sich, den Kontakt wiederherzustellen, und sagte sich, daß die Naht fest genug sein mußte, um dem nächsten Herzschlag standzuhalten. Sie spürte ihn kommen, verstärkte ihren mentalen Griff, konzentrierte sich darauf, den Schlitz zuzuhalten. Es gelang ihr. Von neuem webte sie, zog mehr und mehr Energie in dem Bemühen an sich, bis zum nächsten Herzschlag fertig zu sein. In wenigen Sekunden war der Schlitz völlig geschlossen. Alindas beobachtete noch zwei weitere Herzschläge, um sicher zu sein, daß die Reparaturen unter vollem Druck hielten. Dann zog sie sich langsam, vorsichtig, Camilla für ihre Ermutigung dankbar, von Regis' Lebenskraft zurück und erlaubte seinem Herzen, wieder seinen eigenen Rhythmus aufzunehmen.

Es tat weh, außer Phase mit Regis' Schwingungen zu kommen, und Alindas sank gleich darauf in willkommene Bewußtlosigkeit. Die anderen Mitglieder des Kreises waren weder fähig, genug Energie aufzubringen, um Alindas wieder zu sich zu bringen, noch sich allein von dem Zustand des Prinzen zu überzeugen. Deshalb aßen sie hastig und ließen sich in verschiedenen Sesseln überall im Zimmer zu einem tiefen, heilenden Schlaf nieder.

Alindas kehrte so langsam und sacht in die Welt zurück, als erwache sie. Sie stellte fest, daß man sie neben Regis auf sein großes Bett gelegt hatte, glitt lautlos hinab und betrachtete ihn genau. Als sie ihr Bewußtsein erweitern wollte, um ihn zu überwachen, stellte sie zu ihrem Ärger fest, daß sie zu schwach war. Sie schlich sich durchs Zimmer, nahm sich von dem übriggebliebenen Essen und aß heißhungrig.

Camilla spürte den mentalen Aufruhr des Mädchens, erwachte ebenfalls und zog eine niedergeschlagene und jetzt schluchzende Alindas in ihre Arme. „Nicht weinen, *Chiya*", schalt sie sanft. „Du hast dein Äußerstes getan, und obwohl ich die Gabe nicht im gleichen Ausmaß wie du besitze, glaube ich, daß du Erfolg gehabt hast. Komm und sieh ihn dir an."

Widerstandslos ließ sich Alindas an das Bett des Prinzen führen. „Siehst du nicht, wie rosig seine Wangen sind, wie rot die Lippen, die immer blaß und blau waren? Fühlst du nicht, wie kräftig sein Herz schlägt?" fragte die Königin. Alindas legte ihre Hand auf Regis' Brust und spürte einen ruhigen, normalen Herzschlag.

Nachdenklich sah sie in Camillas freundliche Augen. „Ihr meint, es hat *funktioniert?*" fragte sie ungläubig. Zum erstenmal hörte sie Camillas herzliches Lachen. Krist und Stephan kamen zu ihnen, und nun wachte auch Regis auf.

„Ihr seid fertig, ja?" fragte er, und sogar seine Stimme klang in ihren müden, hoffnungsvollen Ohren tiefer und robuster. „Weißt du was, Mutter? Ich fühle mich heute morgen *sehr* gut –

könnte ich nicht gleich mit Onkel Krist nach Hali zurückkehren?“

„Nun, meine Dame ...“ – der König verbeugte sich tief vor Alindas – „... was sagt Ihr dazu?“

Alindas brauchte eine Weile für ihre Antwort, so überraschte sie die ehrerbietige Art des Königs. „Ich bin entschieden dagegen, Euer Majestät“, erklärte sie fest. Sie appellierte an Camilla: „Er muß mindestens zehn Tage im Bett bleiben, bis wir sicher sind, daß sich keine schlimmen Nachwirkungen einstellen.“

Mit sichtlicher Enttäuschung fügte sich Regis der allgemeinen Mißbilligung verfrühter Aktivitäten und schlief wieder ein. Die Mitglieder des Kreises trennten sich und suchten ihre eigenen Zimmer auf.

Zwei Tage später ritt Alindas aus dem Hof der Hastur-Burg, diesmal in Richtung Norden nach Nevarsin und zu ihrem neuen Heim. In ihren Ohren hallte der Dank des königlichen Paares wider: „Wir werden immer für Euch da sein. Wir werden an Euch mit der Zärtlichkeit denken, die wir für eine Tochter hätten. Es ist wenig genug im Vergleich dazu, was Ihr für uns getan habt. Denkt immer daran, daß unsere Gebete und unser Dank mit Euch sind.“

„Aber ich müßte euch danken“, dachte Alindas. Noch schmerzte der neue Abschied sie. „Denn ihr habt mir ebenso ein neues Leben gegeben, wie wir zusammen es Regis gaben. Meine Zweifel sind verschwunden, und mein Herz ist endlich frei.“ Über die entspannte Heiterkeit ihres Geistes und Körpers mußte Alindas immer wieder staunen. „Auf jede Weise geben wir, was wir können, tun wir, wozu wir fähig sind, und erfreuen uns des Lebens, das die Götter uns geschenkt haben.“

Mit einem letzten Blick zurück auf die im ersten Morgenlicht liegende Burg ritt sie hinaus aus ihrem alten Leben.

Zu den Dingen, die ein Herausgeber schnell lernt, gehört, daß Klischees gute Gründe für ihre Existenz haben. Beim Zusammenstellen dieser Einführung versuchte ich lange Zeit, die Feststellung zu vermeiden: „Keine Anthologie von Darkover-Geschichten wäre vollständig ohne einen Beitrag von Jacqueline Lichtenberg." Schließlich gab ich auf, weil das Klischee genau stimmt: Keine *solche Anthologie wäre vollständig... und so weiter. Jacqueline hat mir klargemacht – und darin stand sie nur Don Wollheim, meinem Verleger, nach –, daß Darkover eine eigene, unabhängige Existenz besitze und daß ich mit dem Schreiben fortfahren* müsse. *Jacqueline und ich sind in fast allen Dingen, die man sich vorstellen kann, unterschiedlicher Meinung, vom ästhetischen Wert der Mathematik angefangen (ich bin contra, sie ist pro) bis zur Qualität der Fernsehserie* Raumschiff Enterprise *(und das wollen wir hier nicht vertiefen, danke schön). Bei all diesen Unterschieden sollte man meinen, daß sie die Darkover-Bücher* verabscheut. *Aber sie mag sie, und tatsächlich machte sie mir einmal das Kompliment, der Roman* Die Kräfte der Comyn *habe ihr „den Verstand gerettet", als sie in Übersee ohne Zugang zu amerikanischer Science Fiction festsaß.*

In Jacqueline sehe ich mit verzeihlichem Stolz auch einen Protegé. Ich habe Stapel ihrer früheren Amateur-Fiction gelesen (und ihr der üblichen amateurhaften Fehler wegen, die ich alle – und schlimmere – selbst begangen habe, die Haut in langen, blutigen Streifen abgerissen). Deshalb war ich entzückt, als ihre Arbeit professionelles, zur Veröffentlichung geeignetes Niveau erreichte; sie hat jetzt vier Romane ihrer eigenen Serie verkauft und mit einer neuen begonnen, und ich könnte nicht stolzer darauf sein, wenn ich sie selbst geschrieben hätte.

Jacqueline ist einer der wenigen Fans, die nicht nur selbst Schriftsteller geworden sind, sondern auch persönliche Freunde. Sie ist immer noch sehr aktiv in der Fangemeinde (ebenso wie ich), hat vor kurzem die Leitung des SFWA Speaker's Bureau übernommen (eine Art Leihautoren-Service für Fan-Clubs, Universitäten und dergleichen) und ist die Art von Schwerarbeiterin, der man Erfolg auf jedem dieser Gebiete zutraut. Persönlich ist sie klein, dunkel und dynamisch, und während alle Autorinnen dieser Anthologie manische Typen sind, die mit dem Schreiben, dem Beruf, dem Haushalt und oft auch noch mit Kindern jonglieren, gehört Jacqueline zu den wenigen mir bekannten Menschen, die das Ganze mit Energie und Kompetenz anfassen und dabei nicht einmal abgehetzt wirken. Anscheinend macht es ihr Spaß, achtundzwanzig Stunden in einen terranischen Tag von normaler Länge zu quetschen!

Doch sie hat einen Fehler, sie kann anscheinend nichts Kürzeres schreiben als Romane mit hunderttausend Wörtern. Aus diesem Grund freute ich mich über ihre Zusammenarbeit mit Jean Lorrah. Jean ist Dozentin für Englisch in Kentucky und unter den Fans von Raumschiff Enterprise *als Autorin verschiedener hochintelligenter Kurzgeschichten und Kurzromane wohlbekannt. Jean und Jacqueline haben einen in Zusammenarbeit geschriebenen Roman* (First Channel) *an Doubleday verkauft, und jetzt wird Jeans erster Roman in ihrer eigenen „Savage Empire"-Serie veröffentlicht. Von beiden werden Sie noch hören, einzeln und zusammen. „Die Antwort" ist nur ein Beispiel ihres Werks.*

Auch sie haben sich wie so viele schöpferische Menschen dem Zeitalter des Chaos zugewandt, einem Abschnitt der darkovanischen Geschichte, über den wenige „schriftliche Unterlagen" erhalten geblieben sind. So hat die Autorin freie Hand, zu erschaffen, was sie möchte.

Jacqueline Lichtenberg & Jean Lorrah

Die Antwort

THE ANSWER

Es war kalt.

Allein diese Tatsache war Realität für Velana Hastur, die sich ins Gedächtnis zurückzurufen versuchte, was sie hier tat. Ihr Geist war eingefroren, war so betäubt, daß sie nicht mehr denken, sich nicht erinnern konnte . . .

Nein. Sie mußte sich erinnern. Sie befand sich innerhalb des Gletschers, suchte nach einer Möglichkeit, ihn zu zerstören, ihn für so lange, wie Menschen im Tal lebten, über den Wall um die Welt zurückzuschicken.

Jahr für Jahr war der Gletscher unerbittlich auf ihre Heimat zugerückt, hatte das Hochland in Eis eingeschlossen und bedrohte in diesem Winter Velanas Dorf. Schon kündigte das Frühlingstauwetter Stürme an, und ein ungeheuerlicher Eisblock hing über ihnen, bereit, in das Dorf herabzustürzen.

Im letzten Herbst hatten sie ihre Sachen gepackt, entschlossen, sich in das von Seuchen heimgesuchte Tiefland zu wagen oder, wenn sie dort nicht leben konnten, um das fruchtbare Land im Besitz anderer zu kämpfen. Alle Kriege hätten noch einmal geführt werden müssen, aber darauf waren sie vorbereitet gewesen . . . und dann war das Hustenfieber gekommen.

Den ganzen Winter über legten sich Leute mit Fieber und einem trockenen Husten nieder, der sie weder essen noch trinken oder schlafen ließ, der ihnen für Wochen die Kraft nahm und die Erwachsenen schwach wie Säuglinge zurückließ, während die Kinder . . .

Die Kinder starben.

Fast in jedem Haus hustete ein Kleines sein Leben weg, und man durfte gar nicht an den ständigen Zug kleiner Särge zum Begräbnisplatz denken. Velana und die sechs Frauen, die sie um sich versammelt hatte, benutzten ihre Sternensteine zum Heilen, kämpften Tag und Nacht gegen die Krankheit. Doch sie waren am Ende ihrer Kräfte angelangt, und auf jeden Erfolg kam ein neuer in Lebensgefahr schwebender Patient.

An diesem Morgen war Velana aus dem Haus von Jekker und Marta, deren Sohn sie durch die Krise gebracht hatte, in einen herrlichen Frühlingstag getreten. Sie nahm den Schal ab und ließ die Sonnenwärme in ihre steifen Schultern eindringen. Neue Hoffnung glomm in ihr auf. Sie hob den Kopf – und sah die Sonnenstrahlen auf dem Gletscher glitzern.

Er hatte sich bewegt! In den Wochen, in denen Velana unermüdlich tätig gewesen war, hatte die Eismasse ihren stetigen Weg fortgesetzt, bis jetzt ein Monolith über dem Dorf hing und nur auf den richtigen Augenblick wartete, um abzubrechen und sie alle zu vernichten!

Es konnten noch Wochen vergehen, bevor es den Überlebenden des Hustenfiebers gut genug ging, daß sie transportiert werden konnten, und andere hielt die Krankheit noch fest in ihren Krallen. Aber die Wärme der roten Sonne, die den Frühling verhieß, drohte jetzt den Eisberg ins Tal zu schicken. Irgend etwas mußte unternommen werden.

Ungeachtet ihrer Müdigkeit und der Bitten der Dorfbewohner, zu anderen Kranken zu kommen, eilte Velana zu dem großen Haus der Hastur-Familie zurück. Wie nach jeder Arbeit mit dem Sternenstein hatte sie furchtbaren Hunger. Deshalb ersetzte sie den Schlaf, den sie brauchte, durch eine kräftige Mahlzeit und lief dann auf ihr Zimmer.

Dort beruhigte sie sich. Sie wickelte sich in einen Pelzmantel, setzte sich in einen bequemen Sessel und zog ihren Sternenstein aus dem Beutel. Das Juwel glühte auf ihrer Hand, als lebe es. Velana blickte in seine Tiefen, konzentrierte sich auf den Gletscher. *Ich muß innerhalb des Gletschers suchen. Nur so werde ich erfahren, wie ich verhindern kann, daß er uns vernichtet.*

Langsam dehnte der Sternenstein sich aus, schloß sie ein in blauen Kristall... in blaues Eis. Sie schritt durch festes Eis wie durch Luft. Am Rand ihres Gesichtsfeldes blitzten Sterne auf und verschwanden, wenn sie sich nach ihnen umdrehte. Sie konnte den Druck, das Splittern, das Fließen der festen Masse spüren.

Endlich gelangte sie zum Mittelpunkt des Gletschers. Der Druck war verschwunden. Es gab kein Oben oder Unten, Osten oder Westen; sie hing unbeweglich fest, verwachsen mit dem lebenden Eis, in Kontemplation der leuchtenden Reinheit des glänzenden blauen Kristalls versunken. Sie würde für immer hier bleiben, eingehüllt in Schönheit, Teil dieser Schönheit...

Etwas bewegte sich. Ein Vogel, ebenfalls aus blauem Kristall, flog durch das Eis auf sie zu. Sie streckte die Hand aus. Der Vogel setzte sich darauf nieder – und das Eis sprang! Die kristallene Reinheit barst zu einer Unzahl von Sprüngen, die den Gletscher, den Vogel, Velana selbst durchzogen.

Und sie fror, sie konnte durch das undurchsichtig gewordene Eis nichts mehr sehen. *Ich muß mich erinnern.* Aber sie war nicht fähig, an etwas anderes als an die absolute Kälte zu denken. *Wie soll ich meinen Leuten helfen, wenn ich mir selbst nicht helfen kann?*

Plötzlich erstrahlte ein Licht – dann noch eins. Velana stand unter einem Bogen aus Sternen – oder waren es glühende Sternensteine? Sie hielten in vollkommener Symmetrie genau gleiche Abstände voneinander, und der Bogen mochte der Abschnitt einer Kreislinie sein, die sie ganz einschloß. Doch Velana konnte sich nicht bewegen, um nachzusehen.

Ihr betäubtes Gehirn strengte sich von neuem an. Dies war wichtig...

Die endlose Kälte saugte ihr das Leben aus. Die Sternensteine glühten, aber sie wärmten nicht. Velana sehnte sich nach ihnen, und sie strahlten heller, heller...

Ein sengender Schmerz durchzuckte sie, und als sie die Augen öffnete, war sie wieder in ihrem Zimmer und sah in die besorgten grauen Augen ihrer Cousine Ellonie.

„Es tut mir leid“, sagte Ellonie. „Ich hatte keine andere Möglichkeit, dich aus der Trance zu holen – ich fürchtete, du seist tot!“

Benommen sagte sich Velana, daß Ellonie ihren Sternenstein berührt haben mußte. „Beinahe hätte ich die Antwort gehabt!“ erklärte sie verdrießlich mit klappernden Zähnen.

„Und was würde sie dir nützen, wenn du tot wärst?“ fragte Ellonie. „Sieh dich nur einmal an!“ Sie zog die jüngere Frau auf die Füße, setzte sie auf eine Bank vor dem Feuer und wickelte sie in Decken. Nachdem sie den Dienern geläutet und ihnen befohlen hatte, eine Wanne und heißes Wasser zu bringen, schlang sie auch noch ihre Arme um Velana.

Erst als Velana im Bad lag und langsam Wärme in ihre Glieder kroch, fing sie wieder an zu denken. „Ich wünschte, du hättest mich nicht unterbrochen, Ellonie. Natürlich – du hattest Angst um mich, und ich liebe dich dafür, daß du mich retten wolltest. Aber ich bin keins deiner Kinder, *Breda*.“

„Manchmal benimmst du dich wie ein Kind“, schalt Ellonie. „Da machst du dich ganz allein an ein Experiment mit dem Sternenstein . . .“

„Beinahe hätte ich die Antwort gehabt. Ich bin überzeugt, ich hätte nur noch ein kleines bißchen Zeit gebraucht.“

Ellonie riß die Augen auf. „Die Antwort, wie das Hustenfieber geheilt werden kann?“

„Nein“, antwortete Velana ungeduldig, „der Gletscher! Ich war im Inneren des Gletschers.“

„Kein Wunder, daß du fast erfroren bist! Gletscher, ist es zu glauben, wenn unsere Kinder sterben! Finde *darauf* eine Antwort, Tochter der Götter!“ Die grauen Augen flammten, und Ellonie wandte sich zornig ab. Von hinten sah sie in ihrem karierten Rock und dem schweren Schal viel kräftiger aus, als sie war. Ihre kupfernen Locken entschlüpften wie üblich der Schmetterlingsspange, die so genau von der gleichen Farbe war, daß sie gegen das Haar verschwand. Ellonie war nur zwei Jahre älter als Velana, aber sie war mit vierzehn verheiratet worden und hatte drei Kinder, so daß es der jüngeren Frau vorkam, als gehöre sie einer anderen Generation an.

Die Scham brannte in Velana. Sie stieg aus der Wanne und wickelte sich in einen schweren Bademantel. „Ellonie, es tut mir leid. Dein Sohn – wie geht es ihm?"

„Ich war gekommen, um es dir zu erzählen." Ihre Cousine drehte sich nicht um. „Kyril hat die Krise überwunden."

„Wie wundervoll! Ich bin so froh für dich."

Ellonie kämpfte mit den Tränen. „Wenn meine Kinder überleben, haben wir das deinem Geschick mit dem Sternenstein und dem, was du mich gelehrt hast, zu danken. Verzeih mir, daß ich ärgerlich wurde, Cousine. Es ist nur – sie sind so schwach. Es wird kaum möglich sein, Kyril zu transportieren, und die anderen beiden . . ."

„Ich weiß", sagte Velana. „Auch du bist erschöpft, Cousine. Und ich bin sicher, du hast Hunger. Ich werde etwas zu essen kommen lassen."

„Und du mußt schlafen", seufzte Ellonie. „Warum machst du so etwas, Velana? Die einzige Antwort auf den Gletscher ist, daß wir weggehen, und bevor wir das können, müssen wir die Kranken heilen. Du magst die Enkelin eines Gottes sein, aber das gibt dir nicht das Recht wegzulaufen, um deine Neugier zu befriedigen, wenn deine Fähigkeiten in einer unmittelbaren Krise gebraucht werden."

„Der Gletscher *ist* eine unmittelbare Krise! Vor dem Frühlingstauwetter können wir nicht weggehen, und bis dahin kann er auf uns gestürzt sein . . ."

„Kommt es darauf an, ob Eis das Tal füllt, wenn wir alle am Hustenfieber gestorben sind? Jetzt hast du dich so verausgabt, daß wir auf deine Hilfe bei der Krankenbetreuung verzichten müssen, solange du dich ausschläfst. Wie viele werden sterben, weil du nicht zur Stelle bist?"

„Ich richte mit dem Sternenstein nicht mehr aus als andere auch."

„Aber wir sind nur sieben! Seit diese Epidemie ausgebrochen ist, haben wir kaum noch geschlafen. Velana, deine Entdekkungen haben viele Leben gerettet, doch jetzt ist nicht die richtige Zeit für Experimente."

Von Ellonies Standpunkt aus war das richtig, aber sie verstand es nicht, denn sie hatte nie ihren Körper verlassen, um in das Herz eines Gletschers zu gehen, eine Antwort zu suchen ...

„Warte!" rief Velana. „Ich *habe* eine Antwort gefunden! Ein *Kreis* von Sternensteinen!"

„Was?"

„Wir haben jede für sich gearbeitet, *Breda.*"

„Natürlich – und selbst so sind wir nicht genug für alle Kranken."

„Und angenommen, wir würden alle zusammen arbeiten? Doneva!" rief sie der Dienerin zu, die soeben mit einem Essenstablett eintrat. „Geh ins Dorf hinunter. Alle Kranken sollen in die Große Halle gebracht werden!"

„Velana – was hast du vor?" schrie Ellonie.

„Hole die Frauen zusammen, Cousine. Wir alle sieben in einem Kreis, wie ich die Sternensteine in dem Gletscher gesehen habe. *Beeil dich,* Ellonie! Lauf – suche die anderen Frauen, und bringe sie her, während ich mir etwas anziehe ..."

Velana genoß einen solchen Ruf im Umgang mit dem Sternenstein, daß die Große Halle, als sie nach unten kam, bereits in aller Eile in einen improvisierten Krankensaal umgewandelt wurde. Sobald alles fertig war, versammelte Velana die sechs anderen flammenhaarigen Frauen um sich.

„Wir alle haben uns durch die Sternensteine berührt", sagte sie. „Jetzt werden wir durch sie miteinander arbeiten. Wir wollen uns die Hände reichen und so unsere Kräfte vereinigen. Indem wir uns gegenseitig unterstützen, mögen wir so tief in den Körper eines Kranken eindringen, daß wir ihn vollständig heilen können und uns nicht zurückzuziehen brauchen, weil wir müde sind oder fürchten, uns zu verlieren."

Die Frauen wurden von Furcht ergriffen, besonders die vierzehnjährige Callina, die in diesem schrecklichen Winter gezwungen worden war, ihre Begabung übereilt zu entwickeln. Velana blickte in ihren Sternenstein, der mit dem Schlag ihres Herzens pulsierte, berührte Callinas Geist ermutigend und brachte das Mädchen behutsam unter ihren Einfluß. Callinas Angst löste sich langsam auf, als eine der Frauen nach der anderen in Rapport fiel. Sie saßen nicht im Kreis, aber in

Velanas Vorstellung waren sie jener Kreis aus Sternensteinen geworden, den sie im Inneren des Gletschers gesehen hatte. Glühende Kraftlinien sprangen von einer zur anderen und verschmolzen sie zu einer Einheit. Velana stellte sich den am schwersten kranken Patienten innerhalb des Kreises vor, den Körper durchdrungen von den Kraftlinien. Es war der alte Mordek, der schon lange vor Velanas Geburt für die Hasturs gearbeitet hatte. Wie die Kinder litten auch die sehr Alten besonders unter dem Hustenfieber; Mordeks Frau war zu Mittwinter daran gestorben.

Mordek wurde vom Husten geschüttelt, sein Körper wand sich in Krämpfen, wenn er die Luft ausstieß, er keuchte und röchelte schwach. Sofort versuchten drei Frauen des Kreises gleichzeitig, seine Qualen zu lindern, und stießen zusammen, daß die Funken stoben. *So geht das nicht,* sagte Velana ihnen. *Gebt mir eure Kraft und laßt mich die Arbeit tun.* Sie meinte, Ellonies Arme um sich zu fühlen, die sie stützten, obwohl sich keine von beiden bewegt hatte. Herzlicher Zuspruch kam von den anderen Frauen. Velana suchte tief in den Fibern des kranken Körpers nach den Nerven, die den Hustenimpuls beförderten. Sie fand das funkelnde Netzwerk, und zum erstenmal hatte sie, während die anderen Frauen sich um ihren Körper kümmerten, genug Zeit, eine gründliche Untersuchung durchzuführen, den Fluß zu beobachten, bis ein neuer Hustenkrampf begann, und dann spürte sie den Impuls auf und blokkierte ihn.

Nun, da der Hustenreiz gestillt war, wandte sich Velana dem Heilen zu, wie sie es die ganze Zeit schon getan hatten. Sie beschleunigte den Fluß des Blutes, das die Flüssigkeiten aus der Lunge wegtrug. Da er unfähig war zu husten, würde der alte Mann ertrinken, wenn seine Lungen nicht schnell trockneten. Obwohl sie mit dem Patienten schon länger in Kontakt war, als sie es je zuvor gewagt hatte, stieg Velana noch tiefer, bis auf die zellulare Ebene hinunter. Sie regte die Wände seiner Lungen an, die Flüssigkeit zu absorbieren und in den Blutstrom hinauszuwerfen und dann zusätzlichen Sauerstoff aus der Luft zu saugen, um das Blut für seine Arbeit anzureichern...

Anscheinend mußte Velana den Prozeß in jedem einzelnen Lappen von neuem in Gang setzen. Fand das nie ein Ende? Mußte sie für immer weitermachen, um einen einzigen Patienten auf den Weg der Genesung zu bringen? Gerade als sie verzweifelt dachte, ihr bliebe nie so viel Zeit, um alle Leute mit dieser langsamen Methode zu heilen, übernahm der Körper des alten Mannes plötzlich die Arbeit. Der Prozeß, den sie eingeleitet hatte, wurde spontan fortgesetzt. Velana zog sich ein wenig zurück und entfernte vorsichtig die Nervenblockierung.

Mordek hustete einmal, drehte sich auf die Seite und sank in tiefen, heilenden Schlaf. Velana schwamm ins Bewußtsein hinauf. Das ehrfürchtige Murmeln der anderen Frauen begrüßte sie.

„Früher haben wir zwei Tage gebraucht, um dies Stadium zu erreichen!" rief Felina.

„Und wir haben gesehen, wie es gemacht worden ist!" stellte Ellonie fest. „Velana, brauchst du uns alle? Wenn wir uns in Gruppen von je dreien aufteilen, können wir doppelt soviel schaffen, und die eine, die übrigbleibt, kann aufpassen, ob irgendwo Zeichen von Schwäche zu bemerken sind."

„Du hast recht", stimmte Velana zu, und so teilten sie sich in Dreiergruppen und später in Paare auf, bei denen eine arbeitete und die andere sie unterstützte. Die siebte Frau achtete genau darauf, wer Hilfe brauchte oder sich ausruhen mußte.

Velanas Erregung klang ab und gleichzeitig die aufgeputschte Kraft, die sie ihr verliehen hatte. Sie ging von einem Kranken zum nächsten, und sie begannen miteinander zu verschmelzen, Männer, Frauen, Kinder – nur noch Muster aus Nerven, Adern, Arterien, bedeutungslos . . .

Sie fand sich auf dem Steinfußboden wieder. Ellonie beugte sich über sie. „Du bist ohnmächtig geworden."

„Ich werde gebraucht . . ."

„Nein. Es ist jetzt gut. Horch!"

Velana horchte. „Ich höre nichts."

„Richtig. Kein Husten mehr. Wir haben gewonnen, Velana! Alle schlafen. Schlaf du auch, *Breda*."

Velana schlief auf einem Strohsack in der Großen Halle. Sie

wachte einmal auf, als irgend jemand dampfende Suppe brachte. Verschiedene Patienten rings um sie aßen, und sie hörte nur gelegentlich ein leichtes Husten, nichts von dem tödlichen Röcheln. Ellonie schlief fest nur ein paar Schritte von ihr entfernt. Callina saß am anderen Ende der Halle, konzentrierte sich auf ihren Sternenstein und hielt Wache. Velana ließ sich von neuem in traumlosen Schlaf sinken.

Lautes Donnern weckte sie. Velana fuhr mit klopfendem Herzen in die Höhe, ebenso die Menschen überall in der Großen Halle. Kinder begannen zu weinen.

Ellonie eilte, ihren vierjährigen Sohn zu trösten, der „Mama! Mama!" schrie.

Der kleine Junge klammerte sich an seine Mutter, und sie murmelte: „Ist ja gut, Kyril. Das ist nur Donner."

Diese beiden Lockenköpfe betrachtend, der eine kupfern, der andere golden, lächelte Velana und faßte selbst wieder Mut. Nur Donner. Nichts, wovor man sich fürchten mußte ...

„O nein!" keuchte sie. Ein Blitz zuckte nieder, und ein weiterer Donnerschlag ließ die Halle beben. Die Frühlingsstürme! Der Gletscher! Die Erschütterung durch das heftige Donnern!

„Wir müssen auf der Stelle weg!" rief sie. „Wir alle – greift euch, was ihr könnt, und lauft! Der Gletscher!"

Die Angst machte alle hellwach, aber Ellonie wandte weinend ein: „Das können wir nicht! Velana, viele sind noch zu schwach, um zu reisen."

„Und der hohe Paß wird immer noch von Schnee blockiert", meldete einer der Männer. „Ein starker Mann mit Packtieren kann durchkommen – es ist keine Hoffnung, Frauen und Kinder hinüberzubringen."

„Wir sitzen in der Falle!" schrie jemand. Augen wandten sich Velana zu. „Hilf uns, Tochter der Götter! Du hast das Hustenfieber besiegt. Hilf uns!"

Velana blickte in die flehenden Gesichter. Einen Gletscher zur Umkehr zu zwingen, war schließlich etwas ganz anderes, als den Körper eines Menschen anzuregen, daß er sich selbst heilte. Aber war sie nicht auf der Suche nach einer Antwort im

Innern des Gletschers gewesen? Hatte sie sie nicht beinahe gefunden?

„Ellonie – ruf die anderen Frauen zusammen. Wir müssen zum Gletscher hinaufsteigen.“

„Was? Aber – warum?“

„Weil die Antwort dort ist! An dem Tag, als ich den Gletscher durch meinen Sternenstein erforschte, sah ich andauernd etwas aus dem Augenwinkel. Es ist da, Cousine – aber wir müssen hingehen, um es zu finden.“

Da sie keine andere Hoffnung hatten, verließen sich die Dorfbewohner völlig auf Velana und ihre Frauen. Die besten Bergsteiger kamen, um ihnen beim Klettern zu helfen; andere Frauen packten Essen ein und hüllten die sieben, die den Gletscher herausfordern wollten, in viele Schichten warmer Kleidung.

Trotzdem waren Velana und die anderen Frauen durchgefroren, bis sie das Eisfeld erreichten. Die Tiere konnten nicht weiter, deshalb wies Velana die Männer an, das Lager aufzuschlagen, während sie und die anderen Frauen zum Gletscher hinaufkletterten.

Der Nieselregen der tieferen Lagen hatte sich hier in Graupeln verwandelt. Eis bedeckte die Felsen und machte ihnen den Aufstieg schwer. Velana führte sie – wohin? Donner grollte in der Ferne. Sie hob den Kopf. „Seht! Eine Höhle!“

In ihrer Vision war sie durch das Herz des Gletschers geschritten. Sollte das eine Höhle im Eis bedeuten? Denn es war eine Höhle im Eis, nicht im Fels, die die Frauen betraten, dankbar, aus den Graupelschauern herauszukommen, auch wenn es innerhalb gefrorener Wände war.

Überwältigt betrachteten sie das durchscheinende Eis in seiner Herrlichkeit, weiß, opak, krakeliert, wie Velana es in ihrer Vision gesehen hatte. *Ich muß das reine blaue Eis wiederfinden,* dachte sie und ging tiefer in die Höhle hinein.

Irgendein Spiel des Lichts warf einen Regenbogenschleier über einen schmaleren, in einiger Entfernung weiter hinten liegenden Gang. Heute schien die Sonne nicht . . . es sah aus, als werde dieser Schleier irgendwie von hinten angestrahlt.

„Ich gehe dort hinein", sagte Velana.

„Wir gehen mit dir", erklärte Ellonie.

„Nein – ich muß allein gehen. Ich hatte die Vision, Cousine. Ich muß die Stelle finden."

„Velana – du kannst nicht alles tun. Laß wenigstens zu, daß wir uns mit dir durch die Sternensteine verbinden."

Velana dachte an ihre Vision. „Ja – verbindet euch mit mir durch den Kreis, aber bleibt hier. Kommt nicht näher, bis ich euch rufe – ganz gleich, was geschieht!"

Die Frauen holten ihre Steine hervor. Erst als die sanfte Berührung von sechs Geistern ihre Furcht dämpfte, merkte Velana, wie ängstlich sie war. Trotzdem schritt sie entschlossen auf den geheimnisvollen Regenbogenschleier zu. Der Sternenstein funkelte in ihrer Handfläche.

Der Schleier war so substanzlos, wie er aussah, doch Velana versagte der Atem, jede Pore ihrer Haut schmerzte. Sie stolperte ein paar Schritte vorwärts, als reiße sie sich aus einer Blase der Illusion los, und geriet in eine große kristalline Höhle.

In diesem Augenblick erstarb der Kontakt zu ihrem Kreis. Ihr Sternenstein, der so hell geglüht hatte, wurde aschgrau, undurchsichtig – *wie das Eis in meiner Vision!*

Velana drehte sich um. Die Frauen auf der anderen Seite des Schleiers sahen erschrocken zu ihr hin. Auch sie hatten gespürt, wie der Kontakt abriß. „Nein!" rief sie, als sie in ihre Richtung gehen wollten. „Bleibt dort!" Sie winkte sie zurück, und sie blieben stehen, obwohl Velana die Sorge auf Ellonies Gesicht erkennen konnte. Der letzte Blick, den sie auf ihre Gefährtinnen erhaschte, war ein Schattenriß vor einem niederzuckenden Blitz. Dann dröhnte Donner durch den Eisberg. Velana sagte sich, daß sie das Ziel ihrer Suche bald erreichen mußte, denn der sich nähernde Sturm würde die Gletscherzunge bestimmt abbrechen.

Jetzt, wo ihr Sternenstein tot war, fühlte sie sich nackt, blind . . . und doch war er irgendwie nicht tot. Sie war immer noch darauf abgestimmt . . . oder auf etwas anderes. Sich auf einen Sinn verlassend, von dem sie bisher nichts gewußt hatte, bewegte sie sich durch die Höhle. Das war ein Eiskristallpalast, den eine Lichtquelle, die Velana nicht aufzuspüren vermochte, zu exquisiter Schönheit erweckte. Sie sah Teiche aus gefrorenem Blau – aus dem Kristallblau, das sie suchte – inmitten herrlicher weißer Eis-Skulpturen.

Plötzlich sah sie wie in ihrer Vision aus dem Augenwinkel ein Aufblitzen. Aber als sie sich diesmal umdrehte, entdeckte sie einen gefrorenen Wasserfall mit Streifen von Kobalt und so vielen Tönen von feurigem Rot, wie die Haare der Frauen in ihrem Kreis zeigten.

Nach dem oberen Ende des Wasserfalls suchend, kniete sie sich hin und spähte in das blausternige Gewölbe hinauf. Am höchsten Punkt der geschwungenen Eisdecke erglühte ein Lichtpunkt in Sternenstein-Blau, dann in dunklem Gold und wurde vor ihren Augen heller.

Es war ein Sternenstein, an seinem Geburtsort in dem lebenden Fels eingefangen und von dem Gletscher in die Höhle getragen. Vor Äonen eingefroren, hatte er auf diesen Augenblick gewartet. Er war riesig, mindestens zwei Handspannen breit, der größte Sternenstein, den Velana je gesehen hatte.

Und er gehört mir! Das hat mich in die Höhle gezogen, die Macht in diesem Stein, den ich allein benutzen kann. Die flakkernden Tiefen des gewaltigen Steins erschauerten und veränderten sich und begannen, im Rhythmus ihres Herzschlags zu pulsieren. Gleichzeitig erwachte der kleine Stein in ihrer Hand wieder zum Leben, und Velana spürte von neuem den Kontakt mit den sechs Frauen im Höhleneingang. Ihre Erleichterung und Neugier riß sie fast aus der Konzentration, deshalb teilte sie ihnen mit: *Unterstützt mich. Stört mich nicht. Ich habe die Antwort, wenn ihr mich in Frieden laßt, damit ich sie benutzen kann!*

Dieser große, glühende Sternenstein trug in sich die Erinnerung, wie sich der Gletscher gebildet hatte. Wenn Velana an diese Information gelangte ... dann würde sie wissen, wie er aufzulösen war!

Die Augen auf den Sternenstein gerichtet, konzentrierte sie sich, ließ die anderen Frauen zurück, floß in den Stein, von neuem reiner blauer Kristall, eins mit seinem Muster, eins mit seiner Erinnerung. Durch das Zentrum des Kristalls sank sie hinunter auf seine Grundstruktur – die Struktur jedes Eiskristalls des Gletschers. Sie *sah* es! Sie wußte, wie sie den Gletscher mit einem Fingerschnippen zerstören konnte – nur war sie wieder gefroren, unfähig, sich zu bewegen, und die schreckliche Kälte betäubte alles, sogar ihre Gedanken ...

Ausgenommen einen Fleck glühender Wärme, den kleinen Sternenstein in ihrer Hand, der von der Liebe und Unterstützung der anderen Frauen strahlte. Jetzt wußte Velana, was ihre Vision bedeutete. Der große Sternenstein sollte den Kreis vereinen, sollte ihre Gedanken in einer Matrix zusammenfügen, die weit mächtiger war als die Summe aller ihrer Fähigkeiten. Alle mußten daran teilhaben. Der Stein gehörte nicht Velana – er gehörte dem Kreis.

Helft mir! Vereint euch mit mir!

Sechs Geister vereinten sich mit dem Geist Velanas, und sie befand sich gleichzeitig tief in dem Kristall und in dem Höhleneingang bei den anderen Frauen. Der heulende Wind zerrte an Haar und Kleidern, Donner und Blitz tobten rings um sie.

Velana zog ihre Gefährtinnen in die gefrorene Stille der kristallinen Struktur, zeigte ihnen, wie diese Struktur zerstört werden konnte.

Dann wurden sieben Gehirne zu einem, und die Macht der sieben wurde unendlich durch den einen riesigen Kristall. Alle anderen Sternensteine nahmen den Rhythmus auf, pulsierten wie einer, arbeiteten wie einer daran, zu ändern, zu enden, zu zerreißen, diesen Berg aus sie umschließendem Eis völlig zu vernichten.

Ein Knall schoß vom Mittelpunkt des Kreises, der der Mittelpunkt des riesigen Sternensteins war, nach oben. Einen Augenblick lang gab es nichts als Schwärze, eine Leere, die an ihren Nerven zerrte.

Dann wurde Velana mit einer Gewalt, die sie auf den Bauch warf, in ihren eigenen Körper zurückgeschleudert. Der Kreis zerriß. Der Berg bebte und grollte. Die Frauen rollten wild um sich schlagend ins Lager hinunter.

Die Männer dort waren auch nicht fähig, sich auf den Füßen

zu halten. Sie schrien den Packtieren zu, die sich kreischend aufbäumten, während das Erdbeben sie mit losem Geröll überschüttete, das ohne Unterschied Felsblöcke, Tiere und Menschen traf.

Dann war es vorbei. Drei Frauen und vier Männer lagen tot am Boden. Alle anderen waren kurz davor, wahnsinnig zu werden, denn als sie nach oben blickten, hinein in die zuckenden Blitze des sich zurückziehenden Sturms, entdeckten sie, daß der Gletscher völlig verschwunden war.

Velana mühte sich auf die Füße, behindert durch ihre langen Röcke, die von Steingeröll festgehalten wurden. Als sie sie losriß, zog sie auch den großen Sternenstein hervor. Er war nicht zerbrochen und pulsierte immer noch mit ihrem Herzschlag. *Mein Stein?* dachte sie. *Nein, nicht mein Stein, aber meine Verantwortung.*

Sie steckte ihren eigenen kleinen Sternenstein in seinen Beutel und sah sich nach etwas um, mit dem sie den großen verhüllen könnte, denn die Männer begannen, in ihre Richtung zu blicken und zurückzuschrecken. Ellonie, die stärker als sonst auf ihre Cousine abgestimmt sein mußte, hinkte heran, faßte ungeniert unter ihren Rock und zog einen seidenen Unterrock aus. „Wickle ihn darin ein“, sagte sie. „Ich glaube nicht, daß ich ihn noch einmal ohne Hülle sehen möchte!“

Velana seufzte. Noch war sie nicht bereit, um die Toten zu weinen, so erfüllt war sie von dem Gedanken, daß alle übrigen am Leben bleiben würden. „Du wirst ihn wieder ansehen, *Breda*“, antwortete sie. „Du hattest recht – das ist nichts, womit eine Person allein umgehen kann. Wir müssen andere unterrichten, wieder einen Kreis bilden.“

„Lady Velana!“ rief einer der Männer. „Lady Ellonie! Rafeo ist verletzt, und ich kann die Blutung nicht stillen!“

„Siehst du?“ meinte Velana, als sie und ihre Cousine zu dem Verwundeten eilten. „Das bedeutet es, Töchter der Götter zu sein. Wir müssen die Bürden teilen, oder wir werden alle unter ihnen sterben.“

„Ja, *Breda*“, sagte Ellonie, und Velana wußte, daß ihre Cousine in ihrem Herzen die Antwort längst gekannt hatte.

Seit es Starstone *gibt, haben wir mehr Geschichten über die Gilde der Freien Amazonen erhalten als über alle anderen Themen zusammen.*

Das überrascht mich nicht. Die Darkover-Geschichten haben viele Leserinnen gefunden, und die Freien Amazonen, richtiger die Gilde der Entsagenden, stellen die ehrenhafte Alternative für Frauen dar, die nicht recht in eine Frauen unterdrückende Gesellschaft passen. Frauen, die in unserer *Gesellschaft gelitten haben und noch leiden, identifizieren sich leicht mit Frauen, denen in* ihrer *Gesellschaft Ähnliches widerfahren ist und die entschlossen etwas dagegen unternehmen.*

Die meisten Geschichten über Freie Amazonen sind jedoch eher kathartisch als kreativ. Sie drücken die Unzufriedenheit der Autorinnen aus und sind viel zu grausam und bitter, um guten Lesestoff abzugeben. Das ist nicht verwunderlich. Die Anstrengung, die es jede Frau kostet, sich den Amazonen anzuschließen, bewirkt allein schon, daß jede Amazone ihre eigene Geschichte hat, und oft sind sie tragisch, ohne gut zu sein.

Und wie so oft bei tragischen Geschichten mangelt es auch hier den meisten an Humor und am Sinn für Perspektive. Das trifft nicht auf „Die Rettung" von Linda MacKendrick zu. Auf den ersten Blick rief ich resigniert: „Oje, schon wieder eine Amazonen-Geschichte!" Ich setzte mich pflichtbewußt hin, um eine weitere ätzende Konfession durchzuackern, und hoffte nur, ein Bröckchen Talent zu finden, das ich fördern könnte. Statt dessen kicherte ich bald darauf so schrecklich, daß ich fast vom Sofa rollte. Die Geschichte der jungen Amazone Elana und des Jägers Chadris mag ein bißchen an zu großem Optimismus leiden, aber auf jeden Fall ist sie entzückend.

Linda MacKendrick ist jung und hellhaarig und in darkovanischem Kostüm eine Zierde für viele Zusammenkünfte der Freunde gewesen. Sie ist im Arilinn-Rat tätig.

Linda MacKendrick

Die Rettung

THE RESCUE

Chadris stützte sich auf seinen Bogen und sog den Geruch der morschen Blätter des Vorjahres auf dem Boden ein. Er genoß dies kurze Stück Sonnenschein im Wald. Langsam hob er die Füße und kehrte auf den Weg zurück. Wenn er noch zwei oder drei Tage lang weiterzog, war er tief genug im Wald, um ernsthaft mit der Jagd zu beginnen.

An manchen Stellen lagen Schneeflocken versteckt unter dem Gebüsch, während anderswo schon Blumen blühten. Chadris hinterließ bei seinem Gang durch das frische Grün so gut wie keine Spur. Die Sonne stieg immer noch höher, als er bemerkte, daß hier mehrere Personen durch das Unterholz getrampelt waren. Das war kein Weg, der allgemein benutzt wurde, vor allem nicht von so vielen. Chadris entschloß sich, ihnen vorsichtig zu folgen. Nicht allen Fremden muß man mißtrauen, aber es ist klüger, sich zu überzeugen, wer sonst noch im Wald unterwegs ist. Die Fährte mußte mindestens einen Tag alt sein. Zumindest konnte er daran seine Geschicklichkeit im Spurenlesen erproben. Später fand er die Überreste ihres Lagers, erst vor ein paar Stunden verlassen und sehr nahe an der Hauptstraße durch diese Berge. Eine warnende Glocke läutete in seinem Kopf. In diesem Gebiet kam es oft zu Überfällen, und er hatte keine Lust, in einen hineinzustolpern.

Auf der Hauptstraße angekommen, sah er seinen Verdacht zu seiner Bestürzung bestätigt. Die Leute waren ausgeschwärmt und hatten Posten an der Straße bezogen, zwei Männer auf der einen Seite, drei auf der anderen. Gespannt, was er finden würde, bewegte Chadris sich jetzt sehr vorsichtig. Ihrem Verhalten nach waren die Männer Räuber. Vielleicht eine Stunde verging, bevor die Spuren ihm Recht gaben. Wer auch immer da überfallen worden sein mochte, war nach kurzem Handgemenge mit den Angreifern weitergezogen. Die beiden Pferde der Opfer wurden von den Räubern geführt. Zweifellos ging es ihnen um das Lösegeld. Jetzt, wo Chadris genau wußte, was die Räuber vorhatten, wollte er es nicht riskieren, mit ihnen zusammenzutreffen. Er drang nach rechts in den Wald ein und beabsichtigte, in dieser Richtung weiterzuwandern, als ihm etwas ins Auge fiel. Es war ein leuchtend roter Fleck wie eine Blüte, aber inmitten einer Schneefläche. Das war rotes Blut, und tief im Schatten lag ein Mensch, den man zum Sterben ins Unterholz geworfen hatte. Immer noch floß Blut aus einer Kopfwunde, aber die Kälte mußte die Blutung verlangsamt haben. Das sah nicht gut aus, doch genau ließ es sich nicht sagen; Wunden dieser Art bluten immer sehr stark. Behutsam hob Chadris die schlaffe Gestalt aus dem Schnee, legte einen Druckverband an und begann mit einer sorgfältigen Suche nach anderen Verletzungen. Was hatte ein Junge in dem Alter hier zu suchen? Warum hatte man von zwei Überfallenen einen mitgenommen und den anderen nicht? Chadris fand außer der Kopfwunde nur ein paar Beulen und Kratzer. Mit einem Lächeln tadelte er sich: *Meine Augen sind nicht so gut, wie ich dachte – dieser Junge ist ein Mädchen! Ich hätte es gleich sehen müssen, ihre Kleidung ist die einer Freien Amazone.* Das erklärte wenigstens, warum man sie für tot hatte liegen lassen; wahrscheinlich war sie die Führerin gewesen. Chadris blickte ringsum und sagte sich, daß sie zu nahe an der Straße waren. Er mußte es riskieren, sie allein zu lassen, um einen geschützteren Lagerplatz ausfindig zu machen. Zehn Minuten später kehrte er zurück und trug sie zu einer geeigneteren Stelle neben einem Bach.

Jetzt mußte er sich sehr in acht nehmen vor allen, die sonst noch im Wald umherschleichen mochten. Ihm lag nichts daran, unerwünschte Aufmerksamkeit auf sich zu lenken. Aber andererseits brauchte die Amazone Wärme und Essen, wenn sie überleben sollte. Das war wichtiger als Vorsicht, also zündete er ein kleines Feuer an. Er würde lange warten müssen, bis sie das Bewußtsein zurückgewann. Ohne sie aus den Augen zu lassen, stieg Chadris zum Bach hinunter. Die Zeit verging, während er mit großer Geduld und bloßen Händen mehrere kleine Fische fing. Er säuberte sie, warf sie in einen Topf, ließ sie auf kleinem Feuer kochen und wartete weiter.

Der Tag wurde zur Dämmerung, die Dämmerung zum Abend, bevor sie sich regte. Sie schlug die Augen auf und starrte zuerst ins Leere, dann richtete sie den Blick auf Chadris und das Feuer. Ihre Augen waren von einem beinahe unglaublichen Blau und paßten gut zu ihrem dunklen Haar und ihrer kleinen Gestalt. Mit leiser, weicher Stimme fragte sie ihn: „Wo ist Lady Marissa? Was hast du ... mit ihr gemacht?“ Es sah aus, als wolle sie wieder ohnmächtig werden, aber sie behielt die Kontrolle über sich und wiederholte ihre Fragen.

So behutsam wie möglich teilte er es ihr mit. „Die Leute, die euch überfallen haben, ließen dich als tot liegen, und ich vermute, sie haben Lady Marissa mitgenommen. Du wurdest auf den Kopf geschlagen und hast Blut verloren. Die beste Kur, die ich dir anbieten kann, ist, daß du deinen Kopf so ruhig wie möglich hältst und versuchst, wieder zu Kräften zu kommen, indem du etwas ißt.“ Mit einem Grinsen, das er für ein aufmunterndes Lächeln hielt, setzte er hinzu: „Ich habe Eintopf gekocht. Vom Besten ist er nicht, aber nahrhaft.“

Sie richtete sich auf den Ellbogen hoch, zu schnell – hielt inne, führte eine Hand an den Kopf, die andere an ihren Magen und begann zu würgen. Es waren vor allem trockene Krämpfe, die bald wieder aufhörten. Mit Mühe schluckend, sagte sie: „Ich glaube, ich esse besser nichts.“

„Laß dir Zeit, wenn du dich bewegst, dann wird dir nicht so schwindelig.“ Er hielt ihr den Eintopf hin. „Versuch ein bißchen. Es wird dir helfen.“ Er legte ihr den Arm um den Nacken und stützte ihren Kopf.

Nach zwei Löffeln fragte sie: „Was ist das? Es schmeckt scheußlich!“

Erleichtert stellte er fest, daß sie sich gut genug fühlte, um zu protestieren. „Das ist Eintopf." Aber da er wußte, ein wie schlechter Koch er war, ergänzte er: „Ich hatte nichts anderes als gepökeltes Rindfleisch und Fisch und hielt das für eine gute Kombination." Des Nährwertes wegen ließ sie sich noch ein paar Löffel einflößen. Chadris hatte warten wollen, doch seine Neugier war groß. Deshalb fragte er: „Warum seid ihr nur zu zweit durch die Kilghardberge gereist? Hier oben gibt es eine Menge Räuber."

Sie faßte seine Frage als Herabsetzung ihrer Fähigkeiten auf und antwortete sarkastisch: „Du meinst wohl, zwei Frauen können ohne die Hilfe eines Mannes nicht für sich selbst sorgen?" Mit fester, kräftiger Stimme erklärte sie: „Merke dir, daß ich eine Freie Amazone bin, eine lizenzierte Führerin und Leibwächterin. Ich bin durchaus imstande, für mich selbst zu sorgen."

Chadris seufzte. „Das ist wohl der Grund dafür, daß ich dich verblutend in einer Schneewehe gefunden habe? *Jeder* kann hier oben überfallen werden, und deshalb tragen die meisten Leute Sorge, in möglichst großer Zahl zu reisen, damit die Räuber es sich zweimal überlegen. Warum habt ihr diese Straße genommen, und wer hat euch angegriffen? Ich möchte wissen, ob noch andere von dieser Bande in der Nähe lauern. Ein zweiter Überfall hätte uns gerade noch gefehlt."

„Ich weiß nicht, warum wir überfallen wurden", antwortete sie. „Die Männer nahmen sich nicht die Zeit, sich vorzustellen." Sie legte den Kopf auf die Seite und kniff die Augen zusammen. „Aber ich weiß ebensowenig, wer du bist und warum du mir geholfen hast."

Mit überkreuzten Beinen vor ihr sitzend, gab er lächelnd zurück: „Mein Name ist Chadris, früher bei der Stadt-Garde von Thendara und augenblicklich Jäger für den Haushalt meiner Mutter in der Nähe von Braemore. Ich habe dir geholfen, weil ich dich fand und du noch am Leben warst. Ich will doch hoffen, daß du für mich das gleiche tun würdest. Und wie ist dein Name?"

Sie hob langsam, aber voll Stolz den Kopf. „Ich bin Elana

n'ha Mhari, lizenzierte Führerin und Leibwächterin vom Fendale-Haus. Ich war beauftragt, Lady Marissa Cuerva auf ihrer Rückreise zum Gut ihres Vater zu führen und zu beschützen."

Als der Name der Lady fiel, runzelte Chadris die Stirn, wollte etwas sagen und hielt nachdenklich inne. Er war Lady Marissa Cuerva einmal in Thendara begegnet – bei einem Straßenaufruhr. Sie war eine sehr stolze, arrogante Frau und hatte darauf bestanden, mitten durch die tobenden Haufen zu gehen, einfach weil sie nicht gewillt war, einen Umweg zu machen. Es war ihr gelungen – allein. Chadris verstand nicht, wie. Es war möglich, daß eine solche Frau sich entschlossen hatte, mit nur einer Führerin zu reisen, obwohl er ein großes Gefolge erwartet hätte. Auch hätte er nicht gedacht, daß sie in ihrem Comyn-Stolz Freie Amazonen als Leibwächterinnen akzeptiert hätte, doch das behielt er für sich. Seiner Schutzbefohlenen beinahe mutwillig zulächelnd, sagte er: „Wenn du wieder zu Kräften kommen willst, mußt du den Eintopf aufessen, ganz gleich, was du davon hältst."

Sie sah mißtrauisch zu ihm hoch. „Hast du schon davon gegessen?"

„Natürlich. Das ist eine meiner gelungeneren Schöpfungen."

Sie stöhnte, aß jedoch weiter. Diesmal würgte sie nicht einmal. Als sie fertig war, legte sie sich zum Schlafen hin. Er gab ihr seinen Rucksack als Kissen, lehnte sich an einen Baum und hielt die ganze lange Nacht hindurch Wache.

Am nächsten Morgen hatte sich ihr Zustand sehr gebessert; die Kopfwunde konnte nicht so schlimm sein, wie er ursprünglich gefürchtet hatte. Elana ging mühelos umher und aß mit Appetit ein Frühstück aus gebratenem Fisch. Chadris betrachtete sie eine Weile, bevor er fragte: „Willst du die Entführung zuerst deinem Gildenhaus oder auf dem Cuerva-Gut melden?"

Sie blickte verblüfft auf. „Weder noch. Ich beabsichtige, die Lady zu befreien und meinen Arbeitsvertrag zu erfüllen."

„Was?" Er konnte nicht glauben, daß es ihr Ernst war. Die Amazonen lehrten praktisches Denken – eine einzige Person zieht nicht gegen wer weiß wie viele in den Kampf. „Nicht allein."

Sie sprach ganz ruhig. „Natürlich. Ich bin im Gildenhaus ausgebildet worden, jede Situation zu meistern. Wenn ich Leibwächterin bleiben will, muß ich meine Schutzbefohlene retten."

In dem Versuch, seine erste Reaktion zu erklären, meinte er: „Deine Beweggründe sind bewundernswert, aber du kannst es nicht allein tun. Du hast keine Vorräte, keine Waffen mehr, und du hast außer den fünf Männern, die euch überfielen, noch alle anderen gegen dich, die sich in ihrem Versteck befinden mögen." Chadris spürte, daß er keinen Eindruck gemacht hatte, und fuhr fort: „Welche Erfahrung hast im Fährtenlesen? Jemanden durch diesen Wald zu verfolgen, kann täuschend leicht sein, aber ich habe schon erlebt, daß gute Fährtensucher ihre Beute in diesen Bergen verloren haben." Er machte sich daran, es genauer zu erklären. „Hier gibt es einen Überfluß an Wild. Es kann viele falsche Spuren hinterlassen, die im Zickzack die Spur kreuzen, die du verfolgst, und es geschieht nur zu oft, daß man einer dieser falschen Fährten folgt und die richtige verläßt."

„Ich bin eine Amazone, ausgebildet vom Fendale-Haus und von Fionella, der Meisterführerin."

„Ich habe nicht gefragt, wer dich ausgebildet hat, obwohl Fionellas Fähigkeiten wohlbekannt sind. Ich fragte, welche Erfahrung du hast." *Aldones, sie ist noch so jung und, was schlimmer ist, erst seit kurzem in der Gilde. Ich würde keine Ruhe mehr finden, wenn ich mich zuvor nicht überzeugt hätte, daß sie zurechtkommt.* Laut sagte er zu ihr und bemühte sich dabei, so vernünftig wie möglich zu sprechen: „Es ist ein großer Unterschied zwischen Ausbildung und Praxis. Wie viele Aufträge hast du schon ausgeführt?"

„Verschiedene." Sie gab sich Mühe, Überzeugung in ihren Blick zu legen, vermied es jedoch, ihn direkt anzusehen. „Ich weiß, was ich tue."

Ihr Widerstreben, ihn anzusehen, überzeugte ihn, daß sie ihm auswich. „Wie viele?"

„Drei. Ich war Fionellas beste Schülerin."

„Das warst du bestimmt", beschwichtigte er sie. „Andernfalls hätte Fendale dir nicht erlaubt, den Auftrag als einzige Führerin und Leibwächterin zu übernehmen. Die Gilde urteilt nach strengeren Maßstäben als die Leute, die die Lizenzen vergeben." Er überlegte, wie er seine Gefühle ausdrücken sollte, ohne das alte Klischee zu zitieren: *Überlebe den Schneesturm, nur um zum Fraß des Banshees zu werden*. Schließlich sagte er: „Das Problem ist, daß eine einzelne Person, ganz gleich, wie kompetent sie ist, keine guten Chancen hat, das Versteck und die Lady zu finden und dann mit ihr wieder hinauszugelangen. Du bist verletzt worden. Eine Gehirnerschütterung kann vorübergehend dein Gleichgewichts- und Zeitgefühl durcheinander bringen, was für dich den Tod bedeuten mag. Wirst du jetzt bitte Hilfe holen?"

Sie saß auf dem Boden und betrachtete eine kleine Kröte, die in ihr Gesichtsfeld gekrochen war. Sie ließ sich Zeit mit der Antwort. „Ich habe keine Wahl. Wenn ich Hilfe hole, verliere ich die Fährte. Außerdem habe ich erklärt, ich könne es allein schaffen. Ich habe meinen zukünftigen Ruf von meiner Fähigkeit, die Lady zu bewachen, abhängig gemacht. Ich muß gehen."

Seufzend strich er sich das rotbraune Haar aus den Augen. Er fühlte sich immer noch irgendwie verantwortlich. „Hättest du gern einen Gefährten, wenigstens für einen Teil des Weges? Meine Absicht war, im tiefen Wald zu jagen, und die eine Richtung ist so gut wie die andere."

„Das ist meine Aufgabe, nicht deine!" Sie bemerkte die entschlossene Linie seines Kinns, die über der Brust gekreuzten Arme. Da lächelte sie und griff aus einem anderen Winkel an. „Wenn du mitkommen willst, mußt du akzeptieren, daß ich die Leitung habe. Alle Entscheidungen, was zu tun ist, fallen unter meine Verantwortung. Bist du einverstanden?"

„Natürlich."

Sie erschrak richtig. Die meisten Männer, die sie kannte, wären von ihrem Ton abgeschreckt worden. Schnell faßte sie sich wieder. „Dann sollten wir aufbrechen."

Während ihrer Unterredung hatte er das Lager aufgeräumt. Nicht einmal mehr die Überreste des Feuers waren zu erkennen. Nichts verriet ihre Anwesenheit als ein paar geknickte Grashalme, die sich schnell wieder aufrichten würden. Sie kehrten auf die Hauptstraße zurück, wo er sie gefunden hatte, und folgten der Fährte der Entführer. Fast ein voller Tag war vergangen, aber glücklicherweise waren die Räuber ungeschickt und sorglos gewesen. Es war ganz deutlich zu sehen, wo sie vorübergekommen waren. Elana ging voraus, und bis Mittag hatten sie ein gutes Stück zurückgelegt. Bisher war die Fährte nicht von der Hauptstraße abgewichen. Es hatte den Anschein, als hätten sich die Räuber trotz der beiden erbeuteten Pferde Zeit gelassen. Vielleicht hielten sie Lady Marissas wegen ein langsames Tempo bei. Chadris schlug eine Mittagsrast vor und wurde von Elana zurechtgewiesen. Sie, so erklärte sie kalt, sei nicht so verweichlicht. Eine Stunde später wirkte sie sehr blaß und war ein bißchen wackelig auf den Beinen.

Chadris setzte sich auf einen Baumstamm, öffnete seinen Rucksack und holte Trockenfleisch und Reisebrot heraus. „Du kannst weitergehen, wenn du willst. Was mich betrifft, ich bin müde und hungrig. Ich tue keinen Schritt, bis ich etwas gegessen habe." Er hoffte, sie werde ebenfalls haltmachen; sie sah aus, als habe sie es nötig.

Elana geriet in Versuchung, aber sie wandte sich ab und marschierte weiter. Jede ihrer Bewegungen drückte Stolz aus. Ein paar Meter weiter stolperte sie über eine Wurzel und fiel der Länge nach hin. Chadris war bei ihr, noch bevor sie am Boden lag.

„Willst du bitte aufhören, stur zu sein, und statt dessen auf dich achtgeben? Mach nur so weiter, dann muß ich dich aus dem Wald hinaustragen, und ich bin sicher, daß das deiner Würde mehr Schaden täte als eine Pause." Sie stützend, führte er sie zu dem Baumstamm, auf dem er gesessen hatte. „Glaubst du im Ernst, weil du eine Freie Amazone bist, hast du aufgehört, menschlich zu sein und menschliche Schwächen zu haben? Die Gilde gibt dir nur eine gute Erziehung, einen Beruf und das Recht, über dein Schicksal selbst zu entscheiden." Er unterbrach sich, dann setzte er nachdenklich hinzu: „Natürlich habe ich kein Recht, dich anzuschreien. Es regt mich nur auf, wenn ich eine Verschwendung von Intelligenz und Leben sehe. Ich meine nicht, daß du nicht stolz darauf sein sollst, eine Amazone zu sein. Das ist jede Unze von Stolz wert, die du besitzt." Er lächelte freundlich. „Aber sogar Hastur und Cassilda mußten sich hin und wieder ausruhen. Die Weisheit liegt darin, das zu wissen und zu akzeptieren. Wirst du dich jetzt bitte hinsetzen und etwas essen? Schließlich mußt du für die Verfolgung in guter Verfassung sein."

Sein Benehmen verwirrte sie, doch sie setzte sich und nahm Essen an. „Ich verstehe dich nicht. Du verhältst dich nicht wie die Männer, die ich bisher kennengelernt habe." Sie verwandte viel Zeit darauf, das Essen zu kauen. Gelegentlich sah sie zu ihm hinüber, die Stirn leicht gekraust. Schließlich sagte sie: „Ich habe noch nie einen Mann gekannt, der an mir als Mensch Anteil genommen hätte. Für meinen Vater waren Frauen dazu da, ständig schwanger zu sein. Meine Mutter verbrachte ihr ganzes Leben als Erwachsene mit Schwangerschaften, bis sie im Wochenbett starb. Und das alles, damit mein Vater fünf Söhne und eine Tochter bekam, über die er herrschen konnte. Und für meine Brüder war sein Wille Gesetz." Ihre Stimme klang traurig und bitter. „Als ich alt genug zum Heiraten war, fand jeder von ihnen einen Freier für mich. Oh, sie alle hatten besondere Qualifikationen, jeder von ihnen konnte dem Ehrgeiz des einen oder anderen meiner Brüder Vorschub leisten. Aber der eine, auf den sich alle fünf schließlich einigten, war fett, kahl und siebzig Jahre alt." Sie schüttelte sich bei der Erinnerung daran. „Er betatschte mich bei jeder Gelegenheit mit seinen alten, aufgedunsenen weißen Händen. Und meine Brüder..." – das Sprechen bereitete ihr Schwierigkeiten – „... meine Brüder *ermutigten* ihn. Nur weil er Land und keine Erben hatte. Deshalb sollte ich ihm ins Bett gelegt werden!" Ihre Stimme war dicht davor zu brechen. „Ich liebte sie. Ich vertraute ihnen." Sie hielt inne, bezwang den alten Schmerz und beruhigte sich wieder.

Mit festerer Stimme fuhr sie fort: „Ich lernte keinerlei Selbstachtung, bis ich mich den Freien Amazonen im Ferndale-Gildenhaus anschloß. Dort lernte ich die Selbstverteidigung, und ich entdeckte, daß ich ein natürliches Talent für das Fährtenlesen habe. Meine eigenen Fähigkeiten gaben mir Wert. Das bedeutet mir sehr viel." Sie sah ihn an, den Kopf zur Seite gelegt. „Du scheinst ähnlich wie die Amazonen zu denken, was für einen Mann doch ungewöhnlich ist. Warum bist du so?"

Chadris zuckte lediglich leicht die Schultern. „Ich bin so, weil meine Familie an die Wichtigkeit des Individuums glaubt. Meine Eltern meinten, wir müßten unsere Stärken und Schwächen kennenlernen und die gegenseitigen Unterschiede respektieren. Wir wohnten in der Nähe des Braemore-Gildenhauses und teilten unser Land mit den Amazonen. Mein Vater wollte uns so viel an Ausbildung wie möglich mitgeben. Im Austausch für die Benutzung des Landes lehrten die Amazonen uns das Lesen und Schreiben und sogar etwas über den Gebrauch von Medizinen."

Elana hörte ihm mit großen Augen zu. In Anbetracht ihrer eigenen Vergangenheit, dachte Chadris, mußte ihr das, was er sagte, unglaublich vorkommen. Er lachte leise. „Ich habe vier Schwestern, deshalb war es gar nicht so merkwürdig, daß die Amazonen halfen, uns Kinder zu erziehen. Du hast doch selbst gesagt, eins der Ziele der Gilde ist es, Frauen ein Gefühl für ihren individuellen Wert beizubringen. Was mich betrifft, so lehrte mich meine Tante Sybil n'ha Linnea das Jagen. Sie ist die Schwester meiner Mutter und lizenzierte Führerin. Meine Schwester Carla wurde ebenfalls Amazone; sie wählte die Medizin als ihren Lebensberuf." Er musterte sie. „Die anderen Mädchen sind romantischer und konventioneller veranlagt, aber wehe dem Mann, der bei einer von ihnen unerwünschte Annäherungsversuche macht!"

„Aber dein Vater – erhebt er keine Einwände gegen deine Schwester und ihre Amazonen-Prinzipien?" Sie wirkte verwirrt, als habe sie ihn nur halb verstanden. Dann riß sie sich zusammen und beantwortete ihre Frage selbst. „Nein, er erhebt keine Einwände, ebensowenig wie du. Das ist für mich etwas ganz Neues." Sie blickte zur Sonne hoch. „Wir sollten weitergehen, solange wir noch etwas Licht haben. Wer weiß, wie lange dies gute Wetter andauert! Wenn es umschlägt, könnten wir die Fährte verlieren.“ Sie stand auf, lächelte und bot ihm an, den Rucksack für eine Weile zu tragen. Sie wanderten bis zum Dunkelwerden weiter.

Zwei Tage vergingen ohne besondere Ereignisse. Auf den Spuren der Entführer stiegen sie höher in die Kilghardberge hinauf. Am Nachmittag des vierten Tages endete die Fährte in einem großen Durcheinander. In mehrere Richtungen führten Abzweigungen weiter. Das war die Probe auf echte Geschicklichkeit im Fährtenlesen! Chadris stützte sich auf seinen Bogen und wartete schweigend auf Elanas Entscheidung. Sie kniete nieder und untersuchte den Boden. Endlich richtete sie sich auf und wies auf den deutlicher eingetretenen Pfad zur Rechten. Es gab dort keine richtigen Abdrücke; sie mußte zu dem Schluß gekommen sein, daß nur ihre schwerfüßigen Freunde den Boden so stark zertrampelt haben konnten. Elana setzte sich wieder an die Spitze. Chadris zuckte die Schultern und folgte ihr. Vielleicht eine halbe Stunde lang schlugen sie sich durch das beschädigte Buschwerk, bis sie an eine freie, von schmelzendem Schnee aufgeweichte Stelle kamen. Die gespaltenen Hufabdrücke von Hirschen waren deutlich zu erkennen. Elanas Gesicht wurde scharlachrot. Sie waren weder Männern noch Pferden gefolgt! Sie schielte zu Chadris hin. Sein Versuch, keine Miene zu verziehen, scheiterte; seine Augen funkelten, und er mußte die Mundwinkel mit Gewalt unten halten. Elana wollte seiner Fröhlichkeit wegen beleidigt tun und schaffte es nicht. Sie brach in Lachen aus, und er stimmte ein. „Wenigstens könnte ich dir bei deiner Jagd helfen“, kicherte sie. Dann stellte sie mit leichtem Stirnrunzeln fest: „Du hast die ganze Zeit gewußt, daß wir Hirschen gefolgt sind. Das Unterholz sah überall gleich aus. Was hat es dir verraten?“

Chadris grinste. „Zweierlei. Erstens habe ich schon Hirsche gejagt, und ein typisches Merkmal auf ihrem Weg ist, daß ihre Geweihspitzen sich hoch über dem Boden freie Bahn schaffen...“ Er zeigte mit der Hand auf die Zweige.

„Das sieht aus wie ein auf der Spitze stehendes Dreieck. Die Spuren von Männern mit Pferden sind genau das Gegenteil."

„Und der zweite Hinweis?"

„Das ist leichter", neckte er sie. Sie wartete auf den Rest und dachte nicht daran, so zu reagieren, wie sie es noch vor ein paar Tagen getan hätte. Chadris fuhr mit verlegenem Lächeln fort: „Ich bin auch einmal der falschen Fährte gefolgt. Besonders peinlich war es, weil Tante Sybil mich zum erstenmal eine Jagdgesellschaft hatte anführen lassen. Einen halben Tag lang folgte ich einer anderen Gruppe von Jägern statt den Hirschen – wir marschierten genau in ihr Lager hinein. Sybil ließ es zu, weil sie wußte, nur so würde ich es mir wirklich merken."

Das erweckte in Elana ein kameradschaftliches Gefühl. Sie sagte: „Nachdem ich nun *meine* Lektion erhalten habe, laß uns die Stelle suchen, wo ich in die Irre gegangen bin."

Auf dem gleichen Weg zurückgehend, fanden sie die richtige Fährte. Bei Dunkelwerden konnten sie den Rauch von Kochfeuern riechen; die Festung mußte in der Nähe sein. Statt in das Lager ihrer Beute hineinzustolpern, verbrachten sie die Nacht im Schutz eines Hangs. Es war zu kalt zum Schlafen; Elana erzählte Chadris von ihrer Heimat in den Bergen und wie sie mit ihren Brüdern für die Ställe des dortigen Lords Falkennester ausgenommen habe. Chadris sprach über die Zeit in der Stadtgarde von Thendara und meinte, er ziehe die reine Luft von Braemore und der Kilghardberge bei weitem vor.

Die Vögel weckten sie. Es war ein feuchter Morgen. Durch die Bäume schimmerte eine alte Steinfestung. Die Außenmauern waren an verschiedenen Stellen schon vor Jahrhunderten eingestürzt. Pflanzen, sogar zwei oder drei Bäume, hatten in dem Bauschutt Wurzeln geschlagen. Geröll blockierte das Eingangstor. Es gab ein Seitentor, das noch in Ordnung war und, wie es aussah, viel benutzt wurde. Ein Wachposten lehnte dösend an der Wand, schläfrig von der langen Nacht. Chadris und Elana umkreisten das Gebäude zweimal und hielten nach einem ungefährlicheren Zugang als dem Tor Ausschau. In gegenseitigem Einverständnis kletterten sie auf den Trümmerhaufen, der am weitesten von dem Seitentor entfernt war, und bezogen Posten in einem Baum. Der Baum erhob sich absurderweise auf einer früheren Brustwehr. Den Tag über zählten sie nicht mehr als zehn Männer, die über den Hof gingen. Doch was ihre Aufmerksamkeit fesselte, war das eindrucksvolle Gebäude selbst. Bestimmt hatte es einmal einem Domänen-Lord gehört. Es hätte mehr als hundert Kämpfer und den Großteil ihrer Familien beherbergen können. Aus unerfindlichen Gründen war es vor langer Zeit aufgegeben worden. Spuren auf den Außenmauern zeigten, daß es wenigstens einmal von Feuer bedroht gewesen war.

In dieser isolierten Gegend würden wahrscheinlich nicht mehr als zwanzig Gesetzlose gleichzeitig hier wohnen. Elana und Chadris wunderten sich über die Männer: Von Disziplin schienen sie nicht viel zu halten. Obwohl der Überfall gut organisiert gewesen war, hatten sie keinen Versuch gemacht, ihre Spuren zu verwischen. (Natürlich hatten sie die einzige Person, die sie ihrer Meinung nach hätte verfolgen können, für tot gehalten.) Aber auch hier in ihrer Festung stand nur ein Mann am Tor Wache, und der Hof wirkte höchst unmilitärisch. Entlang einer Mauer war Stallmist aufgehäuft, dem man Küchenabfälle hinzugefügt hatte. Nur das kalte Klima verhinderte, daß eine Pesthöhle daraus wurde. Bei einer so laschen Moral mochte es leicht sein hereinzukommen, obwohl die Flucht mit Marissa nicht leicht sein würde.

In der Dämmerung wagten sie sich über den Hof, die widerlichsten Stellen umgehend. Glücklicherweise waren keine Räuber in Sicht. Als sie einen langen, durchgehenden Riß in der Mauer erreichten, übernahm Elana die Führung. Bei ihrer Erfahrung im Bergsteigen fand sie leichter als Chadris Halt für Hände und Füße. Nach einer Zeit, die ihm wie eine Ewigkeit vorkam, kletterten sie vierzig Fuß über dem Boden durch ein tiefes Fenster in einen unbenutzten Raum. Staub von Jahrzehnten der Vernachlässigung erweckte in ihnen den Wunsch, wieder in der reinen Waldluft zu sein. Die Tür des Zimmers stand halb offen. Sie betraten einen dunklen Korridor. Elana ging voran. Sie ließ eine Hand über die Wand und die Füße über den

Boden gleiten, um ja nicht über ein Hindernis zu stolpern. Obwohl sie sich hoch oben in der Festung befanden, war es eher, als erforschten sie eine Höhle. Dreißig Schritte, dann eine Biegung nach links, fünfzehn Schritte und eine offene Tür, und dann fanden sie an der nächsten Biegung eine unbenutzte Treppe. Elana wäre beinahe hinuntergefallen, als ihre rechte Hand plötzlich ins Leere griff. Chadris faßte schnell nach ihr und hielt sie fest.

„Danke, ich habe hier nicht mit einer Treppe gerechnet. Steigen wir sie hinab." Vorsichtig schlichen sie die enge Treppe hinunter und kamen an eine geschlossene Tür. Es bedurfte der Kräfte von beiden, um sie zu öffnen, und das dann ertönende Scharren hallte ihnen donnernd in den Ohren, obwohl es kaum lauter als ein Flüstern war. Sie hatten jetzt die bewohnten Teile der Festung erreicht und stahlen sich den Flur hinunter. Jeder Atemzug kam ihnen laut vor. Sie hörten Stimmen undeutlich aus einem Torbogen an einem Ende dringen – eine davon gehörte einer Frau. Auf die Stimmen zuhaltend, gelangten sie durch den Torbogen auf einen alten Balkon, der auf die einstige Banketthalle hinausging.

Es war ein herrlicher Raum. In früherer Zeit wäre er gut genug für einen Hastur gewesen. Große Gobelins hingen von den Wänden, so alt, daß darauf nur schattenhafte Gestalten zu erkennen waren. Der Fußboden bestand aus poliertem blauem Stein, und in der Mitte erhob sich eine lange Tafel aus versteinertem Holz. Daran stand ein großer geschnitzter Holzsessel, praktisch ein Thron, und auf dem Sessel saß ein großer, muskulöser Mann, der sogar zu dieser Jahreszeit sonnenbraun war. Er war in grelle Farben gekleidet, Kupferketten hingen um seinen Hals, Edelsteine blitzten an seinen Händen. Sein glänzendes schwarzes Haar und sein kurzer Bart verstärkten den schurkenhaften Eindruck. Er aß von einem Fleischteller, nahm jedes Stück mit den Fingern auf und ließ das Fett über die Arme bis zu den Ellenbogen laufen. Neben ihm saß Lady Marissa, deren Hände so rot wie ihr wirres Haar waren. Sie beschwerte sich: „Noch nie habe ich etwas so Widerwärtiges wie Kochen und Geschirrspülen tun müssen! Ich habe dich geheiratet, weil ich keine Babyfabrik wie meine langweiligen Verwandten werden wollte, nicht um deine Dienerin zu sein. Corwin, du bist vielleicht ein hinreißender Liebhaber, aber ich bin eine *Comynara,* und ich *verlange,* daß du mir Dienstboten gibst, wie es sich für meine Stellung schickt!“

Er hob den Kopf, nahm einen Schluck Wein, wischte sich den Mund am Ärmel ab und rülpste in ihre Richtung. Er musterte sie mit Verachtung. „Weib, meine Mutter war imstande, ohne jede Hilfe Geschirr zu spülen, Fußböden zu scheuern, zu nähen, zu kochen und Kinder großzuziehen, und geschadet hat ihr das nicht. Behauptest du, etwas Besseres zu sein als sie? Überlege dir deine Antwort gut; meine Mutter war eine Heilige.“

Sie sah ihn an, schwieg eine Weile, und mit verschmitzter, süßer Stimme antwortete sie: „Ich habe deine Mutter nie kennengelernt, deshalb kann ich es nicht sagen.“ Und dann, als sei es ihr eben erst eingefallen: „Wie alt war sie, als sie starb?“

„Vierzig.“ Er runzelte verwirrt die Stirn.

„Sie hätte noch viele Jahre leben können, wenn sie die Hilfe von Dienstboten gehabt hätte. Du willst doch nicht, daß ich jung sterbe, vor meiner Zeit verbraucht?“

Sich wieder seinem Teller widmend, grunzte er: „Wenn du sieben Kinder hast, werde ich dir eine Dienerin geben. Bis dahin, lerne. Du kannst mit dem Geschirr hier anfangen. Beklage dich, und ich lasse dich die Ställe ausmisten.“ Er blickte auf und befahl: „*Sofort,* Weib!“

Sie stand verdrossen auf und verließ den Raum mit leeren Händen. Corwin stützte einen Ellenbogen auf den Tisch und fluchte. Sie kam zurück und sammelte mit hochmütigem Gehabe das Geschirr ein. „Corwin, ich werde das Geschirr spülen, nicht deiner Bemerkungen wegen, sondern weil ich mich weigere, von schmutzigen Tellern zu essen.“ Sie drehte sich um und schlenderte hinaus. Brummend trug Corwin seine Weinflasche an eine Stelle unter dem Balkon, wo Hitze und flackernder Feuerschein aus einem gewaltigen Kamin kamen.

Chadris deutete durch eine Geste an, sie sollten sich auf den Flur zurückziehen. Eine im Flüsterton abgehaltene Konferenz brachte sie zu dem Schluß, es sei eine Unterredung mit der

Lady notwendig. Chadris bezweifelte, daß sie gerettet werden mußte. Sie mochte nicht verhätschelt werden, aber wahrscheinlich ging es ihr nicht schlechter als vielen anderen Damen der Domänen oder auch den Freien Amazonen. Elana blieb jedoch hart. Marissa mußten Flucht und Freiheit angeboten werden.

Endlich führte ihre Suche sie zu einer Zimmerflucht, die für den Lord und die Lady dieses Haushalts bestimmt und besser instandgehalten war, als alles andere, was sie bisher gesehen hatten. Einer der drei Räume mußte Marissa gehören, und mit etwas Glück konnten sie dort allein mit ihr sprechen. Vor den Fenstern lag ein von Unkraut erstickter Innenhof, wo noch nach Jahrzehnten der Vernachlässigung Blumen blühten. Von dort wand sich eine Privattreppe zu dem inneren Zimmer der Suite hoch. Die Schnitzereien der Tür stellten Blumen und die Gestalten von Hastur, Cassilda und Camilla dar. Sogar Wände und Fußboden zeigten künstlerische Mosaiken. An einer Innenwand befand sich eine große Feuerstelle, deren Glut jetzt belegt war. Hinter dieser Wand lag das Schlafzimmer des Lords. Es enthielt einige der ursprünglichen Möbel, darunter auch ein eingebautes Bett, das in die Rückwand des Kamins hineinragte. Chadris grinste. *Diese alten Lords waren gar nicht dumm. Wie gemütlich in einer Winternacht, vor allem mit einer Menge Bettpartnerinnen!* Das Zimmer enthielt nichts, was Lady Marissa gehören konnte, auch wenn sie hier schlafen mochte. In dem anstoßenden Zimmer fanden sie Toilettenartikel, die Elana als die erkannte, die Marissa unterwegs benutzt hatte, außerdem andere Gegenstände für den Gebrauch einer Dame, die die Räuber wahrscheinlich Reisenden gestohlen hatten. Elana und Chadris wählten sich unauffällige Ecken als Versteck. Sie wollten nicht, daß Marissa zu schreien begann oder, noch schlimmer, daß Corwin sie entdeckte.

Vielleicht zwei Stunden lang hockten sie verkrampft in ihren Verstecken, bevor Marissa auftauchte, naß und schmutzig. Die Kunst des Geschirrspülens beherrschte sie noch lange nicht. Sie zog ihr Kleid aus und wollte den Rest folgen lassen, als Elana vortrat.

Mit beruhigender Stimme sagte sie: „Lady, ich bin es, Elana. Eure Führerin. Ich bin gekommen, Euch nach Hause zu bringen."

Marissa drehte sich der Stimme zu und fragte: „Du? Was kannst du für mich tun?" Dann runzelte sie die Stirn und musterte Elana. „Wie hast du mich gefunden? Ich dachte, wir hätten dich tot liegengelassen!"

„Ich bin wieder zu mir gekommen und Euch nach hier gefolgt. Mein Arbeitsvertrag lautet, daß ich Euch auf das Gut Eures Vaters bringen soll. Es war meine Pflicht, Euch vor Euren Entführern zu beschützen."

„Vor meinen Entführern?" Lady Marissa amüsierte sich köstlich. „Ihr Freien Amazonen seid unglaublich!"

„Was meint Ihr, meine Lady?"

In süßem Ton erklärte Marissa: „Alles, was ich für diese Aufgabe wollte, war eine unfähige Person, mit der man leicht fertig werden würde. Ich nahm an, eine Freie Amazone sei genau richtig. Ich wußte, mein Vater würde nie erlauben, daß ich eine Freipartner-Ehe mit Corwin einging. Deshalb mußte die Sache organisiert werden." Sie schien das Interesse an der Anwesenheit des Mädchens zu verlieren und fuhr wie im Selbstgespräch fort: „Na ja, du warst ein härterer Brokken, als ich gedacht hatte. Ich mußte dich sogar eigenhändig niederschlagen." Sie blickte ringsum. „Natürlich habe ich mehr erwartet als diese Festung. Sie erfordert einen angemessenen Stab an Personal." Ein listiger Ausdruck huschte über ihr Gesicht. Sie wandte sich der Tür zu. „Aber ein gutes Dienstmädchen wäre eine Verbesserung." Sie holte Luft, um nach den Männern zu rufen, aber Chadris war ihrem Gedankengang schneller gefolgt als Elana und stopfte ihr einen Knebel in den Mund, bevor sie einen Ton von sich geben konnte.

„Schau nach, ob du etwas findest, womit wir sie fesseln können. Wenn sie ihren Willen durchsetzt, kommt keiner von uns mehr hier weg!"

Sie bewegten sich schnell; die Zeit war jetzt ihr Feind. Marissa ließen sie gebunden und geknebelt an einer nicht sofort einzusehenden Stelle auf dem Fußboden liegen. Corwin würde bald genug erscheinen, und sie hatten keine Lust, ihm zu begegnen.

Diesmal fanden sie zu Chadris' Erleichterung ein niedrigeres Fenster zum Hinaussteigen. Nach den Wachen Ausschau haltend und jede Minute eine Entdeckung fürchtend, zogen sie sich zu dem Baum zurück, wo Chadris seinen Rucksack und seinen Bogen an sich nahm. Dann stiegen sie den nächsten Hügel hinauf.

Die Morgendämmerung fand sie mehrere Meilen entfernt, angeschlagen, müde und glücklich. Ein grünes Tal lag vor ihnen, und die Frühlingsblätter funkelten im ersten Licht. Chadris blickte über das Tal hin, reckte sich und seufzte. „Von hier finde ich den Weg nach Candermay. Du kannst eine der Hauptstraßen durch diese Berge nehmen. Willst du ins Ferndale-Gildenhaus zurückkehren, jetzt, wo du deine Verpflichtung ihr gegenüber erfüllt hast?"

„Nein, zuerst muß ich das Cuerva-Gut aufsuchen und ihrem Vater Bericht erstatten. Das wird nicht angenehm sein, aber es ist die einzige Möglichkeit, wie ich mir meinen guten Ruf bewahren kann. Und was ist mit dir? Willst du dich wieder auf die Jagd begeben?"

„Ich bin nur einer von vielen Jägern. Ich dachte, vielleicht besteht ein größerer Bedarf an einem Paar von Führern." Ernst und fragend sah er sie an.

Sie war überrascht; noch nie war ihr eine solche Möglichkeit in den Sinn gekommen. „Ich weiß nicht. Du hast ganz andere Eigenschaften als die, die ich bei einem Mann zu finden erwartete. Jetzt verstehe ich, was Fionella meinte, als sie mir sagte, nicht alle Menschen paßten in die Kategorien, die ich ihnen zugeordnet hätte. Du paßt nicht. Und Marissa ist zwar eine Frau, aber *nicht* meine Schwester. Es wird mir schwerfallen, meine Vorurteile abzulegen, auch einige über meine eigene Person." Sie bedachte sich selbst mit einem geringschätzigen Lachen. „Ich habe noch einen langen Weg vor mir, bis ich mit jemand anders zusammenarbeiten kann. Vorerst muß ich allein gehen." Mit freundlichem Lächeln setzte sie hinzu: „Vielleicht treffen wir uns in einem anderen Jahr wieder. Wer weiß?"

Chadris nickte zustimmend. „Laß uns wenigstens bis Candermay zusammen reisen." Aus seinen Augen blitzte der Schalk. „Ich beabsichtige, eines Tages das Bergsteigen zu lernen, und dann werde ich eine gute Lehrerin brauchen."

Elisabeth Waters, die erste Autorin von „Des Bewahrers Preis“, lernte ich durch die Religion kennen.

Eine meiner besten Freundinnen, die als Fan begann, von dieser Ebene schnell zu enger persönlicher Freundschaft aufstieg und später eigene Arbeiten schrieb und verkaufte, ist Jacqueline Lichtenberg, von der sich anderswo in dieser Anthologie eine Geschichte befindet. Bei verschiedenen Gelegenheiten hatte ich, wenn ich New York besuchte, bei Jacqueline und ihrer Familie gewohnt. Doch Jacqueline ist eine streng orthodoxe Jüdin, und der Gedanke, einen Sabbath in ihrer Wohnung zu verbringen, machte mich nervös, nicht eines Vorurteils wegen – ich wäre außerordentlich interessiert gewesen, das einmal zu sehen –, aber aus Angst, einen schrecklichen Bock zu schießen oder irgend etwas zu tun, das gegen die strengen Gesetze ihres Glaubens verstieß und ihre Familie beleidigte. Jacqueline, davon war ich überzeugt, würde Fehler meiner Unwissenheit zuschreiben, aber ich zögerte, ihre Familie in Verlegenheit zu bringen.

Und so lud mich eine Freundin von Jacqueline, die ich kurz und zufällig bei einer nachmittäglichen Zusammenkunft in Jacquelines Wohnung kennengelernt hatte, für das Wochenende ein. Sie war mit mir einer Meinung, daß es ein erworbener Geschmack ist, den Sabbath in einem koscheren Heim zu verbringen, und machte mir die Sache noch zusätzlich schmackhaft mit dem Vorschlag, das schöne Hudson-River-Land nach Peekskill hinaufzufahren und an der Vesper in dem Nonnenkloster teilzunehmen, in dem Lisa Waters außerordentliches Mitglied ist.

An diesem Wochenende erwähnte Lisa, sie sei fasziniert von der kurz erwähnten Hilary Castamir, der gescheiterten Bewahrerin in Der Verbotene Turm, *und habe eine Kurzgeschichte über sie geschrieben. Zufällig hatte auch ich eine Geschichte über Hilary geschrieben, und wir vereinbarten, sie auszutauschen.*

„Des Bewahrers Preis" beeindruckte mich sehr durch die gewaltige, rohe Kraft; Lisa war tatsächlich in die Haut der leidenden Hilary geschlüpft. Es gab Mängel, und manches, was Lisa über die Ausbildung von Bewahrerinnen nicht wußte, hätte der Geschichte meiner Meinung nach mehr Tiefgang gegeben. Deshalb ließ ich sie mit Lisas Erlaubnis durch meine Schreibmaschine laufen, fügte einige von diesen Dingen hinzu und machte sie ein bißchen zusammenhängender. Das Ergebnis, abgedruckt in Starstone, *erweckte riesiges Interesse an Hilary; wir erhielten verschiedene andere Erzählungen, die von ihrem späteren Leben, ihrer Liebe, ihrer Heirat und dergleichen handeln.*

Aber diese eine, in Zusammenarbeit mit meiner lieben Freundin (das ist sie jetzt) Lisa Waters geschrieben, ist die beste und mir die liebste.

Elisabeth Waters ist sechsundzwanzig Jahre alt, lebt in Stamford, Connecticut, und will den Master of Science in Computer- und Informationswissenschaft machen. In der Zwischenzeit hat sie eine Ganztagsstellung als Geschäftsführerin einer dortigen Firma. Und trotzdem bleibt ihr noch Zeit zum Schreiben – bei einem Terminplan, der sie in die gleiche Kategorie bringt wie die anderswo erwähnten „Jongleurinnen"; das College liegt im Streit mit kleinen Kindern und einem Haushalt, wenn es anfängt, Anforderungen zu stellen! Ich bin schon sehr gespannt darauf, was Lisa Waters auf kreativem Gebiet tun wird, sobald sie ihr Examen hinter sich hat.

Marion Zimmer Bradley & Elisabeth Waters

Der Preis des Bewahrers*

THE KEEPER'S PRICE

Der Schmerz hatte eingesetzt.

Hilary war sich seiner sogar im Schlaf bewußt, aber da sie wußte, daß ihr Körper noch mindestens zwei Stunden Ruhe brauchte, versuchte sie, ihn zu ignorieren. Nur ließ es sich das nagende Unbehagen tief in ihr nicht gefallen. Nach einer Stunde gab sie den nutzlosen Versuch auf, warf einen Morgenmantel über und schlich leise die Treppe zum Destillierraum hinunter, um sich eine Tasse Goldblumentee aufzugießen. Sie wußte aus Erfahrung, daß er die Krämpfe betäubte, zumindest ein wenig.

Außerdem mochte der Tee sie schläfrig machen, dachte sie, wieder ins Bett kriechend. Das sagten jedenfalls die anderen Frauen. Irgendwie funktionierte es bei Hilary nie auf diese Weise. Das Mittel machte nur ihre Arme lahm und ihren Kopf benommen. Das Zimmer kam ihr unerträglich warm vor, und alle Gegenstände darin wurden vor ihren Augen abwechselnd scharf und unscharf. Die Wirkung des Tees ließ viel zu schnell nach, und die heftigen Krämpfe wurden schlimmer, wanderten vom Unterleib zu ihrem Magen und zu ihrem Herzen, so daß Hilary sich beengt fühlte und nach Atem rang.

Sie brauchte natürlich nur zu rufen, und irgend jemand würde kommen. Doch in einem Turm voll von Telepathen würde Hilfe da sein, wenn sie sie unbedingt brauchte. Und sie wollte niemanden stören, solange sie es nicht mußte.

* Da auf Darkover gelegentlich auch Männer Bewahrer sind, wurde die beide Geschlechter umfassende Namensform gewählt, obwohl es in der Story selbst um eine Frau geht. (Anm. d. Hrsg.)

Schließlich, dachte sie resigniert, *passiert das alle vierzig Tage. Sie müßten mittlerweile daran gewöhnt sein. Das ist nur Hilary, die ihre übliche Krise durchmacht und wie gewöhnlich alle Welt stört.*

Am Abend zuvor hatte der Kreis Metalle gefördert, und alle waren spät und müde ins Bett gekommen. Besonders Leonie war erschöpft gewesen. Leonie von Arilinn war als junges Mädchen Bewahrerin geworden. Jetzt war sie eine alte Frau – wie alt, wußte Hilary nicht – und bildete Hilary und das neue Kind Callista Lanart dazu aus, ihr Amt zu übernehmen. Im letzten halben Jahr hatte Hilary schon an Leonies Seite gearbeitet und der älteren Frau etwas von der Bürde der grausamen Anstrengung abgenommen. Sie würde Leonie nicht aus dem Bett zerren, damit sie ihre Hand hielt. Sterben ließ man sie sicher nicht.

Vielleicht waren es diesen Monat nur die Krämpfe und die Schwäche; schließlich gab es keine Frau in Arilinn, die zu Beginn ihrer Periode keine Schwierigkeiten hatte. Das gehörte zu den Risiken der Arbeit. Vielleicht ging es diesmal wie bei den anderen Frauen vorbei, bevor die Krise eintrat, ohne daß ihre Kanäle auf qualvolle Art gereinigt werden mußten...

Aber sie durften nicht zu lange warten, sie durften nicht auf eine spontane Reinigung hoffen. Das letzte Mal hatte Leonie, weil sie ihr die schreckliche Folter ersparen wollte, zu lange gewartet, und Hilary war in Zuckungen verfallen. Das würde jedoch noch Stunden dauern, möglicherweise Tage. Sollte Leonie schlafen, solange sie dazu imstande war. Bis dahin konnte Hilary den Schmerz ertragen.

Hilary verehrte Leonie. Die ältere Frau war wie eine Mutter zu ihr gewesen, seit sie vor fünf Jahren nach Arilinn gekommen war, ein einsames, verängstigtes Kind von elf, um sich wie jedes Mädchen aus Comyn-Blut den Tests zu unterziehen. Dann kamen die Einsamkeit, das Warten, bis sie, als ihr weiblicher Zyklus einsetzte, mit der richtigen Ausbildung zur Bewahrerin beginnen konnte. Sie war stolz gewesen, dafür ausgewählt worden zu sein. Die meisten jungen Leute, die nach Arilinn kamen, wurden Überwacher, Mechaniker, sogar Techniker – aber sehr wenige besaßen das Talent und das Potential, um Bewahrerin zu werden, und dazu die Kraft, die lange und schwierige Ausbildung durchzuhalten. Und nun war Hilary diesem Ziel nahe, hatte es praktisch erreicht, abgesehen von einem. Jedesmal, wenn ihre Periode begann, hatte sie Schmerzen, diese Krämpfe, die sich schnell zur Qual und manchmal zur Krise und zu Zuckungen steigerten.

Hilary wußte natürlich, warum. Wie alle Matrix-Arbeiter hatte sie ihre Ausbildung als Überwacherin begonnen und die Anatomie der Nervenkanäle studiert, die das *Laran* tragen – und unglücklicherweise auch die sexuellen Energien. Hilary hatte von dem Zeitpunkt an, als sie ihre Zustimmung zur Ausbildung als Bewahrerin gab, gewußt, daß sie des Bewahrers Preis bezahlen mußte. Für sie gab es keine normale Sexualität, und sie hatte mit dreizehn das feierliche Gelübde ständiger Keuschheit abgelegt.

Man hatte sie mit komplizierten und manchmal furchterregenden Methoden gelehrt, in sich auch die leiseste sexuelle Erregung zu vermeiden, damit die unteren Nervenzentren völlig klar und rein blieben und die Kanäle zwischen den Zentren unbenutzt.

Nur waren die Kanäle manchmal zu dieser Zeit *nicht* rein, und das gab ihnen allen Rätsel auf. Hilary lebte unter Leonies unmittelbarer Aufsicht und holte kaum Atem, ohne daß Leonie es wußte. Deshalb gab es keine Zweifel an ihrer Keuschheit. Es mußte irgend etwas anderes sein, vielleicht eine unvermutete Schwäche in den Nervenzentren.

Allein der Wunsch, Leonie nicht zu enttäuschen, ließ Hilary die Schmerzen jeden Mond durchstehen und danach die Arbeit in den Schirmen wiederaufnehmen. Sie konnte die Bürde nicht allein auf Leonies Schultern liegen lassen, nicht, wenn sie selbst dem Ziel so nahe war. Leonie hatte ihr bereits einen Teil der Aufgaben übertragen, die eine Bewahrerin im Mittelpunkt des Kreises erfüllt, und bei Hilary war es keine Eitelkeit, wenn sie sich für fähig und stark hielt. Sie war imstande, die vereinigten Energien eines Kreises bis zur vierten Ebene zu handhaben, ohne sich zu sehr zu verausgaben. Jetzt würde Leonie bald zumindest von einem Teil der Last frei sein.

Die kleine Callista zeigte ein vielversprechendes Talent, aber sie war noch ein Kind. Erst in einem Jahr konnte sie ernsthaft mit der Ausbildung beginnen, obwohl sie bereits das Leben einer sorgfältig überwachten Bewahrerin führte und man ihr erlaubt hatte, vorläufige Gelübde abzulegen. Es würde noch Jahre dauern, bis sie alt genug war, einen Teil der eigentlichen Arbeit zu übernehmen. Es gab so viel Arbeit zu tun, und so wenige, die sie tun konnten! Arilinn war darin keine Ausnahme; jeder Turm in den Domänen war knapp an Personal.

Die letzten Wirkungen des Tees hatten sich verflüchtigt. Draußen vor dem Fenster ging die Sonne auf, aber niemand rührte sich. Jetzt zwangen die Schmerzen Hilary, sich zu einer festen Kugel zusammenzurollen. Sie stöhnte vor sich hin.

Sei nicht dumm, ermahnte sie sich. *Du benimmst dich wie ein Baby. Wenn dies vorbei ist, wirst du dich kaum noch erinnern, wie weh es getan hat.*

Ja, aber wieviel länger kann ich es aushalten?

So lange, wie du mußt. Das weißt du. Was nützt dir deine Ausbildung, wenn du nicht einmal ein bißchen Schmerz erträgst?

Eine neue Schmerzwelle flutete über sie hin und brachte den inneren Dialog zum Schweigen. Hilary konzentrierte sich auf ihre Atmung, versuchte, sich zu entspannen, den Atem ruhig ein- und ausfließen zu lassen, einen Kanal nach dem anderen zu überwachen, das Fließen der Ströme zu erleichtern. Aber die Schmerzen waren so heftig, daß sie sich nicht konzentrieren konnte.

So schlimm ist es noch nie gewesen! Noch nie!

„Hilary?" kam ein ganz leises Flüstern. Callista beugte sich über sie, ein schmächtiges, langbeiniges Mädchen, das rote Haar locker zurückgebunden, einen schweren Mantel über das Nachthemd geworfen. Sie war barfuß. „Hilary, was ist?"

Hilary atmete schwer.

„Nur – das Übliche."

„Ich hole besser Leonie."

„Noch nicht“, keuchte Hilary. „Ich halte es schon noch ein bißchen aus. Aber bleib bei mir. Bitte ...“

„Natürlich“, sagte Callista. „Hilary, dein Nachthemd ist klatschnaß, zieh es lieber aus. Du wirst dich besser fühlen, wenn du abgetrocknet bist.“

Hilary gelang es, sich aufzusetzen und aus dem Nachthemd zu schlüpfen, das von ihrem Schweiß durchtränkt war. Callista brachte ihr ein trockenes aus ihrer Truhe und hielt es, während Hilary es sich über den Kopf zog. Dabei achtete Callista darauf, daß sie Hilary nicht einmal mit einer Fingerspitze streifte.

Sie lernt, dachte Hilary und betrachtete gedankenverloren die kleinen vernarbten Brandwunden auf ihren eigenen Händen, Erinnerungen an das erste Jahr ihrer Ausbildung. In diesem Jahr war sie so konditioniert worden, jeden körperlichen Kontakt zu vermeiden, daß die leichteste Berührung eine Brandblase erzeugte, als sei es nicht lebendes Fleisch, sondern eine glühende Kohle gewesen. Callistas Wunden waren noch rot und roh; immer noch würde sie sich eine tiefe Brandwunde zuziehen, wenn sie jemanden rein zufällig anfaßte. Später, nach Abschluß der Konditionierung, würde der Befehl zurückgenommen werden. Hilary war es nicht mehr verboten, jemanden zu berühren, die Sperre war nicht mehr notwendig. Sie *konnte* mit großer Vorsicht berühren oder berührt werden, wenn es unvermeidlich war – aber niemand berührte eine Bewahrerin. Selbst in der Matrix-Kammer trug die Bewahrerin Scharlachrot, um jeden versehentlichen physischen Kontakt auszuschließen, wenn sie die Ladung der Energonen trug. Unter sich kannten sie, auch wenn die Konditionierung zur bloßen Erinnerung geworden war, nur eine ganz leichte Berührung mit den Fingerspitzen, eher symbolisch als real. Hilary lehnte sich auf das saubere, trockene Kissen zurück – Callista hatte auch den Bezug gewechselt – und wünschte sich sehnsüchtig, sie könne jemandes Hand halten. Aber das würde Callista quälen und für sie selbst wahrscheinlich nichts besser machen.

„Diesmal ist es wirklich schlimm, nicht wahr, Hilary?“

Hilary nickte und dachte: *Sie ist noch jung genug, um Mitleid zu empfinden. Man hat sie noch nicht entmenschlicht ...*

„Du hast Glück", brachte Hilary mühsam hervor. „Noch zu jung, um das durchzumachen. Vielleicht wird es für dich nicht so arg ..."

„Ich weiß nicht, wie du es aushältst ..."

„Das weiß ich auch nicht", murmelte Hilary und krümmte sich unter einer neuen Welle heftiger Schmerzen. Callista stand hilflos daneben und fragte sich, warum Hilarys Kampf Leonie noch nicht aufgeweckt habe.

„Ich habe ihr gestern abend das Versprechen abgenommen, in einem der isolierten Zimmer zu schlafen." Hilary hatte den Gedanken des Kindes die unausgesprochene Frage entnommen.

„Habt ihr das ganze Kupfer abgebaut?"

„Nein. Romilla ließ vorzeitig abbrechen. Damon mußte Leonie in ihr Zimmer tragen, sie konnte nicht mehr gehen ..."

„Sie hat zu schwer gearbeitet", meinte Callista. „Aber Lord Serrais wird sich aufregen. Er bedrängt uns seit Mittsommer um dieses Kupfer."

„Er wird überhaupt kein Kupfer bekommen, wenn wir Leonie durch Überarbeitung umbringen", stellte Hilary fest. „Und ich bin in jeweils vierzig Tagen zehn Tage lang zu nichts nütze."

„Vielleicht wirst du durch Überarbeitung so krank, Hilary."

„Ich werde so und so krank. Aber Überarbeitung scheint es tatsächlich schlimmer zu machen", gab Hilary zu. „Ich habe gar keine Kraft mehr, gegen den Schmerz anzukämpfen."

„Ich wünschte, ich würde schnell erwachsen, damit ich ausgebildet werden und euch beiden helfen könnte", sagte Callista, doch plötzlich fürchtete sie sich. Würde ihr das ebenfalls widerfahren?

„Laß dir Zeit, Callista, du bist erst elf ... Ich freue mich, daß du solche Fortschritte machst", sagte Hilary. „Leonie glaubt, du wirst einmal ganz groß werden, besser als ich, so viel besser ... wir brauchen Bewahrerinnen dringend, so dringend ..."

„Hilary, still, sprich nicht. Versuche nur, gleichmäßig zu atmen."

„Ich werde es überleben. Das tue ich immer. Aber ich bin froh, daß du dich so gut entwickelst. Ich habe Angst ..."

„Daß du nicht fähig sein wirst, weiter als Bewahrerin zu arbeiten?“

„Ja, aber ich muß, Callista, ich muß einfach ...“

„Nein, du mußt nicht“, erklärte das jüngere Mädchen, am Fußende von Hilarys Bett hockend. „Leonie wird dich freigeben, wenn es wirklich zuviel für dich wird. Ich habe gehört, daß sie das zu Damon sagte.“

„Natürlich wird sie das tun“, flüsterte Hilary. „Aber ich möchte nicht, daß sie wieder die ganze Bürde der Arbeit allein schleppen muß. Ich liebe sie, Callista ...“

„Natürlich liebst du sie, Hilary. Das tun wir alle. Ich auch.“

„Sie hat ihr ganzes Leben lang so schwer gearbeitet – wir dürfen sie jetzt nicht im Stich lassen! Das können wir nicht!“ Hilary kämpfte sich keuchend in die Höhe. „Die anderen – es waren sechs andere, die anfingen und versagten, und sie hat so oft versucht, eine Bewahrerin auszubilden, nur um sie gehen und heiraten zu sehen – und, Callista, sie ist nicht mehr jung, nicht mehr jung genug, wir sind vielleicht ihre letzte Chance, sie bringt möglicherweise die Kraft nicht mehr auf, nach uns Bewahrerinnen auszubilden. Wir *müssen* es schaffen – es könnte das Ende von Arilinn sein, Callista ...“

„Leg dich hin, Hilary. Reg dich nicht so auf. Entspanne dich, versuche, deine Atmung unter Kontrolle zu bekommen.“ Hilary ließ sich zurücksinken, und Callista kam und beugte sich über sie. Durch das Fenster des Zimmers begann Licht zu sickern. Hilary sprach nicht, aber ihre Gedanken wurden ebenso gequält wie ihr Körper. Es mußte Bewahrerinnen geben, sonst senkten sich Dunkelheit und Unwissenheit auf die Domänen nieder. Und sie durfte nicht versagen, durfte Leonie nicht im Stich lassen.

Callista führte die kleinen Hände über Hilarys Körper, ohne ihn zu berühren, ließ etwa einen Zoll Abstand zu dem Stoff des Nachthemds. Ihr Gesicht wirkte verschlossen vor Konzentration. Nach einer Weile sagte sie beunruhigt: „Ich bin darin noch nicht sehr gut. Doch es sieht aus, als seien die unteren Zentren in Mitleidenschaft gezogen, der Solarplexus auch schon – Hilary, ich wecke besser Leonie.“

Wortlos schüttelte Hilary den Kopf. „Noch nicht." Die Krämpfe hatten jetzt ihren ganzen Körper erfaßt, so daß sie Mühe hatte zu atmen. Callista sah besorgt auf sie nieder. „Warum geschieht das, Hilary? Bei den anderen Frauen ist es nicht so – ich habe sie während ihrer Periode überwacht – und sie . . ."

Sie hielt inne, drehte das Gesicht zur Seite. Es gab Dinge, von denen eine Bewahrerin ihre Gedanken und ihre Worte abwandte, wie sie ihre körperlichen Augen von einer Obszönität abwenden würde. Trotzdem wußten sie beide, was der schnelle, verlegene Blick bedeutete: *Und sie sind nicht einmal Jungfrauen . . .*

„Ich weiß es nicht, Callista. Ich schwöre, ich weiß es nicht." Wieder spürte Hilary den schrecklichen Stachel der Schuld. *Was kann ich, ohne es zu wissen, Verbotenes getan haben, daß die Kanäle nicht rein sind? Wie bin ich vergiftet worden . . . was stimmt nicht mit mir? Ich habe meine Gelübde gehalten, ich habe niemanden berührt, ich habe nicht einmal verbotene Gedanken gedacht, und doch . . . und doch . . .* Wieder überrollte eine Schmerzwelle sie. Sie drehte sich um und biß sich auf die Lippe, daß sie aufplatzte und das Blut ihr das Kinn hinunterlief. Sie wollte nicht, daß Callista es sah, aber das Kind war von der Überwachung her noch mit ihr in Rapport und stöhnte unter der körperlichen Wirkung auf.

„Callista, ich habe mir so viel Mühe gegeben, ich weiß nicht, was ich getan habe, und ich kann sie nicht im Stich lassen, ich kann nicht . . .", wimmerte Hilary. Ihre Rede war so undeutlich und unzusammenhängend, daß das kleine Mädchen sie nur im Geist hörte; Hilary rang nach Atem.

„Hilary, quäle dich nicht, lieg einfach still, versuche zu ruhen."

„Ich kann nicht . . . ich kann nicht . . . ich muß herausfinden, was ich falsch gemacht habe."

Callista war erst elf, aber sie hatte fast ein Jahr im Turm verbracht, ein Jahr intensiver und spezialisierter Ausbildung, und erkannte, daß Hilary schnell in das Delirium der ersten Krisisphase hineinglitt. Sie rannte aus dem Zimmer, sprang die enge Treppe zu dem isolierten Zimmer hoch, wo Leonie schlief. Sie schlug an die Tür, wohl wissend, daß das Leonie sofort wecken mußte. Niemand in Arilinn würde es jetzt wagen, Leonie zu stören, falls es sich nicht um einen wirklichen Notfall handelte.

Einen Augenblick später öffnete sich die Tür, und Leonie, sehr blaß, das ergrauende Haar in zwei langen Zöpfen über den Schultern, kam heraus. „Was ist? Callista, Kind!“ Sie erfaßte die Botschaft, bevor Callista ein Wort sprechen konnte.

„Wieder Hilary? Ah, gnädige Avarra, ich hatte gehofft, diesmal würde sie davonkommen...“

Dann glitt ihr strenger Blick an Callista hinab. Der Mantel war schief zugeknöpft, das Nachthemd zipfelte darunter hervor, die Füße waren bloß.

So läßt sich eine Bewahrerin vor niemandem blicken! Der harte Vorwurf des Gedankens war wie eine mentale Ohrfeige, obwohl sie laut nur mit milder Stimme sagte: „Stell dir einmal vor, einer der anderen hätte dich so gesehen, Kind! Eine Bewahrerin muß immer ein Bild vollkommener Schicklichkeit bieten. Geh sofort und mach dich ordentlich!“

„Aber Hilary...“ Callista öffnete den Mund zum Widerspruch, begegnete Leonies Blick, schlug ihre grauen Augen nieder und murmelte: „Ja, meine Mutter.“

„Du brauchst dich nicht anzuziehen, nur den Morgenmantel mußt du richtig zuknöpfen. Hast du das getan, schickst du Damon zu Hilary. Der Fall ist für Romilla allein zu ernst. Und ich werde kommen, sobald ich kann.“

Callista hätte am liebsten protestiert: *Soll ich Zeit mit dem Anziehen verschwenden, wenn Hilary so krank ist? Sie könnte sterben!* Sie wußte jedoch, all das war Teil der Disziplin, die sie im Lauf der Jahre zu einer geschulten, unmenschlich perfekten Maschine machen würde, wie es Leonie war. Schnell bürstete sie ihr rotes Haar und flocht es entlang ihrem Hals fest, schlüpfte in einen frischen Mantel und niedrige Hausstiefel aus Samt, die ihre nackten Knöchel verbargen. Dann klopfte sie an die Tür des jungen Technikers Damon Ridenow und richtete ihm ihre Botschaft aus.

„Komm mit“, sagte Damon, und Callista folgte ihm die Treppe hinunter in Hilarys Zimmer.

Eine Bewahrerin muß immer ein Bild vollkommener Schicklichkeit bieten – und trotzdem entsetzte sich Callista über die Anstrengung, die Hilary machte, um ihre Glieder, ihre Stimme, ihr Gesicht ruhig zu halten. Sie trat an Hilarys Bett, blickte mitleidig auf sie nieder und wünschte sich nur, irgendwie helfen zu können.

Damon schüttelte angesichts Hilarys gefolterten Körpers und zerbissenen Lippen seufzend den Kopf. Er war ein schmächtiger dunkler Mann mit sensiblem, asketischem Gesicht, das darauf geschult war, in Anwesenheit einer Bewahrerin unbewegt zu bleiben. Aber das Mitleid kam durch, ein Hauch von Menschlichkeit hinter der Maske.

„Wieder, *Chiya?* Ich hatte gehofft, die neuen Medizinen würden diesmal helfen. Wie stark ist die Blutung?“

„Ich weiß es nicht...“ Hilary bemühte sich sehr, ihre Stimme unter Kontrolle zu halten. Damon runzelte leicht die Stirn und wandte sich an Callista. „Ich nehme an – nein, du kannst noch niemanden berühren, nicht wahr, Kind? Leonie wird bald hier sein, sie wird wissen...“

Leonie kam. Sie war so ruhig und hatte sich so sorgfältig hergerichtet, als solle sie vor dem Rat erscheinen. „Ich bin hier, Kind.“ Sie berührte ganz leicht Hilarys Handgelenk, und schon das schien Hilary etwas zu beruhigen, als habe es ihre stoßweise Atmung stabilisiert. Sie flüsterte: „Es tut mir so leid, Leonie... ich wollte doch nicht... ich kann dich nicht im Stich lassen... ich kann nicht, ich kann nicht...“

„Still, still, Kind. Verschwende deine Kräfte nicht“, sagte Leonie, und hinter den befehlenden Worten lag Zärtlichkeit. „Callista, hast du sie überwacht?“

Callista biß sich auf die Lippe und erstattete eine ordnungsgemäße Meldung über das, was sie entdeckt hatte. Die älteren Telepathen hörten ihr zu. Damon führte dann selbst noch einmal eine Überwachung durch, ließ sein Bewußtsein tief in den gequälten Körper des Mädchens einsinken und zeigte Callista, was sie übersehen hatte.

„Die Knoten in den Armen, das ist nur eine Verspannung, wenn auch schmerzhaft. Die Blutung ist stark, ja, aber nicht gefährlich. Hast du die unteren Kanäle überprüft?"

Callista schüttelte den Kopf, und Damon sagte: „Tu es jetzt. Und achte auf eine Verunreinigung."

Callista zögerte. Ihre Hände hielten eine beträchtliche Entfernung von Hilary ein. Damons Stimme klang hart.

„Du weißt, wie es geht. Tu es."

Callista holte tief Atem und zwang ihrem Gesicht den Ausdruck absoluter Empfindungslosigkeit auf, den sie beibehalten mußte, wenn sie nicht bestraft werden wollte. Sie wagte es nicht einmal, deutlich den Gedanken zu bilden: *Verzeih mir, Hilary, ich möchte dir nicht weh tun.* Sie konzentrierte sich auf ihre Matrix und senkte ihr Bewußtsein in das elektrische Potential der Kanäle. Hilary schrie. Callista zuckte zusammen und wich zurück. Leonie sah es und erzwang schnell einen Rapport, so daß Callista, zur Unbeweglichkeit verdammt, die Welle scharfen Schmerzes über sich hinweggehen lassen mußte. Ihr war klar, welche Lektion ihr erteilt wurde – *Bewahre absolute Objektivität* –, und sie verbarg ihren Groll.

„Beide Kanäle sind verunreinigt, der linke etwas mehr als der rechte, der rechte nur in den Nervenknoten, der linke auf dem ganzen Stück vom Zentrumskomplex an. Auf dem linken sind drei Brennpunkte des Widerstandes . . ."

Damon seufzte. „Ja, Hilary", sagte er sanft, „du weißt ebensogut wie ich, was getan werden muß. Wenn wir noch lange warten, wirst du wieder in Zuckungen fallen."

Hilary wand sich innerlich vor Angst. Ihr Gesicht zeigte nichts davon, und irgendwo, in einer versteckten Ecke ihres Bewußtseins, war sie stolz auf ihre Beherrschung.

„Geh und hole etwas *Kirian,* Callista. Es ist nicht nötig, deswegen noch jemanden zu wecken", sagte Leonie. Callista kam mit dem *Kirian* zurück. Das Kind war kurz davor wegzulaufen. Aber Leonie befahl: „Diesmal mußt du bleiben, Callista. Irgendwann einmal wirst du dies ohne Hilfe tun müssen, und es ist nicht zu früh, daß du jeden Schritt der Prozedur lernst."

Callista begegnete Hilarys Blick, und es blitzte Rebellion

darin auf. Sie dachte: *Ich könnte niemals jemandem auf diese Weise weh tun...* Trotz ihrer schrecklichen Angst zwang sie sich, ruhig stehen zu bleiben.

Werden sie mich diesmal zwingen, es in Rapport mit ihr durchzustehen...?

Damon hielt Hilarys Hand und gab ihr die telepathische Droge, die ein bißchen den Widerstand gegen den Kontakt schwächte, den sie, um die Kanäle zu reinigen, mit ihrem Geist und Körper herstellen mußten. Hilary war nicht mehr ganz bei Bewußtsein und glitt schnell ins Delirium ab. Ihre Gedanken verwischten sich. Callista konnte sie kaum noch erkennen.

Wieder einmal muß ich stilliegen und mich in Stücke schneiden und dann wieder zusammennähen lassen, ein solches Gefühl ist das... und sie bilden sogar die kleine Callista zum Folterknecht aus... sie soll ohne jedes Mitleid daneben stehen...

„Nicht doch, mein Liebling", sagte Leonie, und ihr Mitleid und ihre Besorgnis teilten sich Hilary mit. „Wenn es vorbei ist, wirst du dich besser fühlen."

Sie ist so grausam und so freundlich, wie soll ich wissen, was davon echt ist? Callista konnte nicht unterscheiden, ob der Gedanke von ihr oder von Hilary kam. Wie gelähmt vor Furcht, zwang sie sich, tief durchzuatmen und ihre Muskeln zu lockern, damit ihre eigene Verkrampfung sich nicht auf Hilary übertrug und ihre Qualen vergrößerte. Verblüfft sah sie, wie Hilarys Gesicht sich entspannte, und staunte über die Disziplin, die dahintersteckte. Sie zwang sich, jedem Schritt der langen, schmerzhaften Prozedur, mit der die blockierten Nervenkanäle gereinigt wurden, mit objektivem Interesse zuzusehen.

Als Leonie und Damon sicher waren, Hilary werde nicht sterben, jedenfalls nicht diesmal, ließen sie sie schlafen. Unter der Einwirkung des Sedativums, das man ihr gegeben hatte, glitt sie in tiefes Vergessen hinein. Callista spürte es, und ihr wurde beinahe schwindelig vor Erleichterung; zumindest war Hilary frei von Schmerzen! Damon machte sich auf die Suche nach einem verspäteten Frühstück. Leonie sagte im Gang vor Hilarys Tür leise: „Es tut mir leid, daß du das mitmachen mußtest, Kleines. Es war jedoch Zeit, daß du es lerntest, und du brauchtest die Übung in Selbstbeherrschung. Komm, Hilary wird den ganzen Tag und vielleicht noch den größten Teil der Nacht schlafen, und wenn sie aufwacht, wird es ihr gutgehen. Und im nächsten Monat müssen wir aufpassen, daß sie sich zu dieser Zeit nicht wieder überarbeitet."

In Leonies Suite saßen sie sich an einem kleinen Tisch in der Fensternische gegenüber, und Leonie goß ihnen aus der schweren Silberkanne ein. Callista würgten die Tränen in der Kehle. Leonie sagte ruhig: „Du darfst jetzt weinen, wenn du mußt, Callista. Es wäre allerdings besser, du lerntest, auch deine Tränen zu beherrschen."

Callista beugte in stummem Kampf den Kopf. Schließlich fragte sie: „Leonie, diesmal war es schlimmer, nicht wahr? Wird es mit Hilary schlimmer?"

„Ich fürchte, ja – ständig, seit sie die Arbeit mit den Energonen begonnen hat. Das letzte Mal dauerte es drei Tage, bis der Energieschwund die Krise herbeirief."

„Weiß sie es?"

„Nein. Sie behält wenig von dem, was geschieht, wenn sie Schmerzen hat, in Erinnerung."

„Leonie – sie wünscht sich so sehr, dich nicht zu enttäuschen ..." *Das wünsche ich mir auch,* dachte Callista.

„Ich weiß, Callista, aber sie wird sterben, wenn das so weitergeht. Sie ist einfach zu zart, um die Anstrengung zu ertragen. Die Kanäle mögen an irgendeiner angeborenen Schwäche leiden ... Mich trifft die Schuld, daß ich sie zur Ausbildung zugelassen habe, ohne mich vorher zu überzeugen, ob derartige körperliche Mängel vorhanden waren. Aber sie ist so ungeheuer begabt ..." Leonie schüttelte den Kopf. „Auch wenn du es mir nicht glaubst, Callista, ich würde gern all ihre Schmerzen auf mich nehmen, wenn das sie heilen könnte. Ich fürchte, ich ertrage es nicht noch einmal, ihr solche Qualen zu bereiten."

Callista verstummte vor der Heftigkeit in der Stimme der älteren Frau.

Hat sie immer noch Gefühle? Ich dachte, sie habe sich dazu erzogen, gegen das Leiden anderer völlig gleichgültig zu sein, und wolle auch mich dahin bringen.

„Nein", erklärte Leonie in stiller Traurigkeit. „Ich bin nicht gleichgültig gegen Leiden, Callista."

Trotzdem hast du mir heute morgen so weh getan.

„Und ich werde dir wieder weh tun, so oft, wie ich es muß", sagte Leonie. „Glaub mir, Kind, ich möchte viel lieber ..." Sie brachte es nicht fertig, weiterzusprechen. Callista erschrak vor der Erkenntnis, daß Leonie meinte, was sie sagte, und auch für sie bereitwillig leiden würde ... Plötzlich sah sie, daß Leonies ruhige Stimme keine Gleichgültigkeit, sondern qualvolle Zurückhaltung widerspiegelte.

„Meine Mutter", fragte das Mädchen angstvoll, „werde ich auch so leiden, wenn ich zur Frau geworden bin?"

Könnte ich es ertragen? Immer wieder und wieder von diesen Schmerzen geschüttelt ... und dann von der Reinigung zerrissen zu werden ...

„Ich weiß es nicht, liebes Kind. Ich hoffe sehr, es wird nicht so sein."

Hast du gelitten? Natürlich hätte Callista niemals gewagt, die unausgesprochene Frage in Worte zu kleiden. Leonies Selbstbeherrschung war so absolut, daß sie wahrscheinlich sogar die Erinnerung an Schmerzen vor sich selbst verbarrikadiert hatte.

„Gibt es nichts, was wir tun könnten?"

„Für Hilary? Wahrscheinlich nicht. Wir können nur für sie sorgen, solange sie bei uns ist, und sie freigeben, wenn die Qual zuviel für sie wird." Leonies Ruhe kam Callista jetzt trauriger vor als Tränen oder hysterisches Schluchzen. „Was dich angeht – ich weiß nicht recht. Vielleicht willst du es nicht. Ich wäre dafür", gestand Leonie, „jedes Mädchen, das hier als Bewahrerin arbeiten soll, zum Neutrum zu machen, bevor sie zur Frau herangewachsen ist!"

Callista zuckte zusammen, als hätte die Bewahrerin eine Obszönität ausgesprochen, und nach Comyn-Begriffen hatte sie das tatsächlich getan. Aber sie sagte nur gehorsam: „Wenn das dein Wille ist, meine Mutter ..."

Leonie schüttelte den Kopf. „Das Gesetz verbietet es. Ich frage mich, ob die Mitglieder des Rates wissen, was sie euch mit ihrer Fürsorge antun! Es gibt jedoch eine andere Möglichkeit.

Du weißt, daß wir mit deiner Ausbildung nicht beginnen können, bevor dein weiblicher Zyklus eingesetzt hat..."

„Die Überwacher meinen, das wird noch mehr als ein Jahr dauern."

„Das ist spät. Und es bedeutet, daß noch Zeit ist."

Callista hatte es kaum erwarten können, daß das erste Blut sich zeigte, denn dann wäre sie eine erwachsene Frau gewesen und hätte mit der Ausbildung zur Bewahrerin beginnen können. In den letzten Monden hatte sie jedoch mit Angst daran gedacht. Leonie sagte: „Wenn wir auf der Stelle mit deiner Ausbildung begännen, hätte das bestimmte Veränderungen in deinem Körper zur Folge, und wahrscheinlich bekämst du deine Periode nie. Aus diesem Grund verlangt man ja von uns, die Bewahrerin-Novize erst zur Frau heranwachsen zu lassen, weil die Schulung einen noch unreifen Körper verändert. Und dann hättest du niemals Hilarys Problem... aber ich kann es nicht ohne deine Zustimmung tun, auch nicht, um dir Leiden zu ersparen."

Um mir zu ersparen, was Hilary erdulden muß? Callista wunderte sich, warum Leonie auch nur einen Augenblick zögerte.

„Weil es für dich von Bedeutung werden könnte, wenn du einmal älter bist", sagte Leonie. „Vielleicht willst du dann fortgehen, willst heiraten."

Callista drückte mit einer Geste ihren Widerwillen aus. Man hatte sie gelehrt, ihre Gedanken von solchen Dingen abzuwenden; in ihrer Unschuld empfand sie nur die ungeheuerlichste Verachtung für die Beziehungen zwischen Männern und Frauen. Sicher in ihrer Keuschheit, fragte sie sich, warum Leonie glaubte, sie könne jemals dem Gelübde der ständigen Jungfräulichkeit untreu werden.

„Ich werde niemals heiraten wollen. So etwas ist nichts für mich", erklärte sie. Leonie schüttelte mit einem leichten Seufzer den Kopf.

„Du bliebest dann im großen und ganzen wie jetzt, denn der Zyklus würde nicht beginnen..."

„Willst du damit sagen, ich würde niemals erwachsen?" Callista hatte nicht den Wunsch, immer ein Kind zu bleiben.

„Doch, natürlich würdest du erwachsen", antwortete Leonie, „aber ohne dies Zeichen der Weiblichkeit."

„Da ich nun einmal geschworen habe, Bewahrerin zu werden", sagte Callista, die gründliche Anatomiekenntnisse besaß und zumindest theoretisch wußte, was dies Zeichen bedeutete, „sehe ich nicht ein, wozu ich es brauche."

Leonie lächelte schwach. „Du hast natürlich recht. Ich wollte, mir wäre es in all den vielen Jahren erspart geblieben."

Callista sah sie überrascht und verwundert an. Noch nie hatte Leonie so mit ihr gesprochen oder auch nur ein bißchen die kalte Barrikade gelockert, mit der sie sich gegen jede Art persönlicher Enthüllung abschirmte.

Also ist sie nicht... übermenschlich. Sie ist eine Frau wie Hilary oder Romilla oder... oder ich... sie kann weinen und leiden... Ich hatte mir meine Zukunft als Bewahrerin so vorgestellt, daß ich, wenn ich meine Lektionen gut gelernt hätte, nichts mehr für andere empfände und nicht mehr mit ihnen litte... Es war ein entsetzlicher Gedanke, ein neuer Schrecken zu den Schrecken, die sie hier kennengelernt hatte, daß sie niemals über solche Gefühle hinauswachsen würde. Sie hatte geglaubt, ihr eigenes Leiden rühre daher, daß sie noch ein Kind war, noch nicht vollständig ausgebildet. *Ich hatte angenommen, um Bewahrerin zu werden, müsse man diese Gefühle ablegen, und man habe mich auch aus dem Grund, daß ich sie noch immer habe, nicht zur Ausbildung zugelassen...*

Leonie beobachtete sie, ohne zu sprechen. Ihr Gesicht war gedankenverloren und traurig.

Sie ist ein solches Kind, ihr kommt gerade die erste Ahnung, welchen Preis es erfordert, Bewahrerin zu sein...

Laut sagte sie nur: „Du hast recht, mein Liebling. Da du geschworen hast, Bewahrerin zu werden, brauchst du das nicht. Ohne es wirst du besser daran sein, und wenn wir mit deiner Ausbildung sofort beginnen, wird es dir erspart bleiben."

Noch einmal zögerte sie und warnte: „Du weißt, daß es gegen den Brauch ist. Man wird dich fragen, ob ich dir genau erklärt habe, was es bedeutet, und ob du wirklich einverstanden bist. Denn nach den Gesetzen, erlassen von Menschen, die nie einen

Fuß in einen Turm gesetzt haben und gar nicht eingelassen würden, wenn sie es versuchten, darf ich es nicht ohne deine Zustimmung tun. Hast du das ganz verstanden, Callista?“

Und Callista dachte: *Sie spricht, als müsse ich einen hohen Preis bezahlen und als könne ich unwillig sein. Als sei es ein Raub an mir, als werde mir etwas genommen. Statt dessen bedeutet es nur, daß ich Bewahrerin werden kann und daß ich den schrecklichen Preis nicht zu zahlen brauche, den Hilary hat zahlen müssen.*

„Ich verstehe, Leonie“, antwortete sie mit fester Stimme, „und ich bin bereit. Wann kann ich anfangen?“

„Wann du möchtest, Callista.“

Warum, dachte Callista, *sieht Leonie nur so traurig aus?*

In der zur Veröffentlichung gelangten Version von Hasturs Erbe *wurde eine Szene leicht gekürzt wiedergegeben, so daß der Hinweis auf Kennard Altons erste Ehe fast unbemerkt bleibt. Der Text der Originalszene lautete folgendermaßen:*

Er eilte durch den Korridor, wobei sein ungleichmäßiger Schritt und sein erregtes Gesicht jene Gefühle verrieten, die er seiner Stimme fernzuhalten versuchte.

„Du bist kein Telepath, Hastur. Es war leicht für dich zu tun, was dein Klan von dir forderte. Die Götter wissen, daß ich versucht habe, Caitlin zu lieben. Es war nicht ihr Fehler . . .“

„Ist diese Ehe überhaupt jemals vollzogen worden, Ken?“

„Diese Frage ist eine Beleidigung und ein Angriff auf meine Privatsphäre. Denkst du etwa, ich wollte keinen legitimen Sohn?“ war die hitzige Antwort. „Aber angesichts dessen, was ich nach jenen Jahren in Arilinn über mich selbst herausgefunden habe, wußte ich, daß ich kinderlos sterben würde, wenn mir Elaine keine Söhne gebären würde. Und weil ich beiden Frauen gegenüber fair sein und nicht eine bedeutungslose Ehe fortsetzen wollte, die uns beide an ein Leben ohne Liebe kettete, mußte ich diese Last auf meine Söhne abwälzen. Ich hätte Caitlin in meinem Haus festhalten und sie zwingen können, meine Bastarde aufzuziehen! Elaine schenkte der Alton Domäne zwei Söhne, und du hast die Stirn, sie so zu behandeln, als sei sie niemals meine Frau gewesen!“

Kennards erste Ehe war ohne Liebe. Als ich die obigen Sätze schrieb, wußte ich noch nicht, warum. Diese Story hier gibt – vielleicht – einige Hinweise auf die Ereignisse, die Kennard, den unbeschwerten Jugendlichen aus Die Kräfte der Comyn, *in den verbitterten Zyniker Kennard verwandelten, wie wir ihn aus* Die blutige Sonne *und* Hasturs Erbe *kennen.*

Marion Zimmer Bradley

Der Sohn des Falkenmeister

THE HAWK-MASTER'S SON

Dyan Ardais legte sein Bündel auf das schmale Feldbett nieder, über dem eine einzige grobe Decke ausgebreitet war und das nun in der Kaserne der Kadetten ihm gehören würde, und fing an, seine Ausrüstung in eine Holzkiste umzuräumen.

Drittes Jahr – das letzte Kadettenjahr. Er war gerade so viel älter als die anderen, daß er als Kadett dem üblichen Gleichschritt entwachsen war. Er hatte seine letzten beiden Kadettenjahre hier verbracht, bis zu der unerklärlichen Entscheidung seines Vaters – und für Dyan waren alle Entscheidungen seines Vaters unerklärlich –, daß er mehrere Jahre im Kloster von Nevarsin verbringen solle. Nun gut, eine ebenso unerklärliche Laune hatte ihn jetzt wieder hierher zurückkehren lassen.

Seine Familie schien nicht zu interessieren, wo er steckte – in Nevarsin, dem Kadettenkorps, in einer von Zandrus neun Höllen –, solange er Ardais nur fernblieb . . . daran dachte er mit einer so tiefen Resignation, daß ihm gar nicht vollkommen klar wurde, wie bitter sie war.

Wie auch immer – er war froh gewesen, Nevarsin verlassen zu können. Er hatte dort vieles gelernt, einschließlich der Bewältigung des ihm verweigerten *Laran* – damals, als die Bewahrerin des Dalereuth-Turms es abgelehnt hatte, ihn in einen Turm-Zirkel aufzunehmen. Er hatte sich gewünscht, die Heilkunst und die Medizin zu studieren, und in Nevarsin war ihm umfassende Gelegenheit gegeben, all jene Dinge zu erlernen, die einem Sohn der Comyn normalerweise vorenthalten wurden.

Mehr als das – er hatte sich dort selbst vergessen können, indem er sich seiner ersten Liebe, der Musik und dem Singen im großen Chor von Nevarsin, hingab. Der Pater Kantor hatte seine klare Diskantstimme bewundert und sich einige Mühe gemacht, sie auszubilden... Der Tag, an dem seine Stimme brach und sich die reife Singstimme als klare, melodische, jedoch ungewöhnliche Bariton-Stimme herausstellte, war der traurigste Tag in Dyans Leben gewesen.

Doch im Grunde genommen war es nicht passend, daß ein Comyn-Erbe unter *Cristoforos* lebte. Er hatte ihre Disziplin mit Ruhe, zynischem Gehorsam akzeptiert, ein Mittel zum Zweck, ohne die geringste Absicht, ihre Lebensregeln in seine persönliche Weltanschauung aufzunehmen, und als die Zeit kam, hatte er sie ohne viel Bedauern verlassen. So verführerisch es auch sein mochte, sein Leben der Musik und dem Heilen zu widmen, er hatte stets gewußt, daß seine wirkliche Berufung, der für jeden Comyn-Sohn vorgezeichnete Weg, hier zu finden war. Unter den Comyn zu dienen und später zu herrschen. Es wartete ein Ratssitz auf ihn, sobald er alt genug war, ihn einzunehmen.

Und sobald er dieses obligatorische dritte Jahr im Kadettenkorps vollendet hatte, würde es für ihn einen Offiziersposten in der Wache geben. Der Kommandant der Stadtwache von Thendara, Valdir Alton, hatte nur einen Sohn in befehlsfähigem Alter; Lewis Valentine Lanart war neunzehn. Valdirs jüngerer Sohn, Kennard, war vor ein paar Jahren nach Terra geschickt worden, als Austauschstudent für den jungen Terraner Lerrys Montray. Dyan hatte Lerrys während seines zweiten Kadettenjahres flüchtig kennengelernt. Lerrys war erlaubt worden, ein einziges Jahr bei den Kadetten zu dienen, als Zeichen dafür, daß er die Verpflichtungen eines Comyn-Sohnes übernahm. Dyan hatte seine Vorgesetzten sagen hören, der junge Terraner mache seinem Volk viel Ehre, Dyan jedoch hatte dies nur zynisch belächelt. Man konnte einen politischen Gast wohl kaum hinauswerfen oder hart an die Kandare nehmen, und so würde man taktvolles Lob finden für alles, was er richtig machte, und seine Schnitzer ignorieren, und somit wäre für weiterhin ausgezeichnete diplomatische Beziehungen gesorgt.

Dyan fragte sich, weshalb sich die Domyn diese Mühe machten. Es wäre besser, man würde alle diese verdammten Terraner winselnd auf ihre gottvergessene Welt zurückjagen, die sie hervorgebracht hatte!

Dyan hatte Lerrys Montray als nett aussehendes, liebenswertes junges Nichts in Erinnerung, doch er hätte ein dutzendmal so fähig und tüchtig sein können, und Dyan hätte ihn noch immer verabscheut. Denn Larry hatte Kennard Altons Platz eingenommen – und das hätte Dyans Meinung nach kein lebender Mensch, nicht einmal der legendäre Sohn von Aldones, tun dürfen. Ungestüm hatte Dyan beschlossen, daß dieser terranische Eindringling keine Freude an seiner usurpierten Stelle finden sollte, und er schmeichelte sich, diesem vermessenen Terraner, der glaubte, er könne in Kennard Altons Stiefeln stehen, das Leben verdammt schwergemacht zu haben!

Als hätte ein Hauch von Vorahnung den Gedanken an Kennard Augenblicke vor der Wirklichkeit in seinen Sinn geschickt, sagte eine Stimme hinter Dyan leise: „Du bist vor mir hier, Vetter? Ich habe gehofft, dich hier zu finden, *Janu*..."

Seit Dyans Mutter vor zehn Jahren gestorben war, hatte nur ein einziges lebendes Wesen gewagt, diesen kindlichen Kosenamen zu gebrauchen. Dyans Atem stockte in der Kehle, dann wurde er in die Umarmung eines lieben Verwandten gerissen.

„Kennard!"

Kennard umarmte ihn fest, dann hielt er ihn auf Armeslänge von sich. „Jetzt weiß ich, daß ich tatsächlich wieder zu Hause bin, *Bredu*... So hast du deine Zeit bei den Kadetten also ebenfalls unterbrochen? Drittes Jahr?"

„Ja. Und du?"

„Ich habe mein drittes Jahr beendet, bevor ich wegging, weißt du noch? Aber Lewis ist in den Arilinn-Turm gegangen, deshalb will mich Vater dieses Jahr als seinen *Seconde*. Ich werde dein Offizier sein, Dyan. Wie alt bist du jetzt?"

„Siebzehn. Genau ein Jahr jünger als du, Kennard – oder

hast du vergessen, daß wir am gleichen Tag Geburtstag haben?“

Kennard gluckste. „Tja, das hatte ich tatsächlich. Aber du hast dich erinnert?“

„Es gibt nicht viel, was ich nicht mehr von dir weiß, Ken“, erwiderte Dyan mit einer Eindringlichkeit, die den älteren Jungen die Stirn runzeln ließ. Dyan sah dieses Stirnrunzeln und kehrte rasch zur Heiterkeit zurück. „Wann bist du zurückgekommen?“

„Erst vor ein paar Tagen – hatte gerade noch genügend Zeit, meiner Patenschwester und meiner Mutter meine Ehrerbietung zu erweisen. Cleindore ist mittlerweile in Arilinn, und natürlich kursiert jetzt bei uns allen Gerede von Heirat oder wenigstens von Handreichung. Und wie steht es mit dir, Dyan? Du bist in dem Alter, in dem man beginnt, über solche Dinge zu reden.“

Dyan zuckte mit den Schultern. „Es gab Gerüchte darüber, mich mit Maellen Castamir zu verheiraten“, sagte er, „aber dafür ist Zeit genug, sie spielt noch mit Puppen . . . Es könnte eine Handreichung geben, doch bestimmt keine Heirat, nicht in den kommenden zehn Jahren oder sogar noch auf längere Zeit. Was mir ziemlich gut paßt. Und du?“

„Geschwätz“, meinte Kennard, „Geschwätz gibt es immer. Das Zuhören lohnt erst, wenn es etwas mehr als Geschwätz ist. In der Zwischenzeit kann ich meine alten Freundschaften erneuern – und da wir gerade von alten Freundschaften sprechen . . .“, sagte er und brach ab, als zwei junge Männer in den Raum traten.

„Rafael“, sagte er und lachte dann, als er den zweiten Jüngling betrachtete. „Ich meine natürlich euch beide!“

Rafael Hastur, Erbe von Hastur, ein schmächtiger, hübscher junger Mann mit Augen, die dem Blau ähnlicher waren als dem echten Comyn-Grau, lächelte fröhlich und streckte Kennard beide Hände entgegen. „Es tut gut, dich wiederzusehen, Vetter! Und dich, Dyan – kennt ihr Rafael-Felix Syrtis, meinen Paxmann und Geschworenen?“

Kennard lächelte ihn an: „Wahrscheinlich sind wir uns als

Knaben begegnet, bevor ich nach Terra geschickt wurde. Aber natürlich kenne ich deine Familie – die Syrtis-Falken sind berühmt."

„So berühmt wie die Armida-Pferde", entgegnete der junge Syrtis lächelnd. „Ich habe gehört, Ihr sollt einer unserer Offiziere sein, Hauptmann Alton."

„Kennard reicht", meinte er herzlich, „hier gibt es keine Notwendigkeit für Formalität, Verwandter. Du kennst meinen Vetter Dyan, nicht wahr?"

Dyan runzelte die Stirn und schenkte Rafael Syrtis ein höchst distanziertes Kopfnicken, wobei sein Stirnrunzeln Kennards überschwengliche Freundlichkeit mißbilligte. Ein Syrtis, der Sohn des Falkenmeisters, und auch ein *Cristoforo,* wie es die Syrtis-Leute schon seit Generationen waren, stellte für einen Hastur-Erben keinen angemessenen Paxmann oder Gefährten dar, und wenn Dyan die beiden ansah, spürte er, daß sie nicht allein Paxmann und Herr waren, sondern auch *Bredin!* Der junge Syrtis sprach seinen Herrn in vertrautem Tonfall an, und er sah, daß er zudem, obgleich er nur ein unbedeutender Edler war, in seiner Scheide einen Dolch mit der feinen Hastur-Helmzierde trug. Nun, möglicherweise stand Rafael Hastur der Sinn nach niederer Gesellschaft, doch konnte er seinen bürgerlichen Freund anderen Comyn nicht aufzwingen! Er begann mit Rafael Hastur zu reden, wobei er die speichelleckerischen Bemühungen des jungen Syrtis, freundlich zu sein, auf verletzende Art ignorierte. Der junge Hastur versuchte, seinen Freund in die Unterhaltung mit einzubeziehen, aber Dyan gab ihm lediglich kurze, frostig höfliche Antworten.

Nach einer Weile ging Kennard, um seinen Vater aufzusuchen, und einer der Waffenmeister schickte nach Dyan. Rafael Hastur und Rafael Syrtis blieben in der Kasernenstube zurück, wo sie einander dabei behilflich waren, ihre Habe wegzuräumen.

Rafael Hastur sagte entschuldigend: „Du darfst dich an Dyan nicht stören, mein Freund. Die Ardais sind stolz... Er war wirklich grob zu dir, Rafe, ich betrachte das als Beleidigung gegen mich selbst, und das werde ich ihm sagen!"

Rafael Syrtis lachte und zuckte mit den Schultern. „Er ist sehr jung für sein Alter“, meinte er, „ein bißchen war er schon immer so, hat sich benommen, als hielte er sich für weit über jedem anderen stehend, wahrscheinlich, weil er irgendwie befangen ist . . . sein Vater, weißt du. Ich sollte vielleicht nicht auf diese Art über einen Comyn-Lord reden, aber der alte Lord Kyril ist ein widerlicher Säufer, der unangenehmste Trunkenbold, dem ich jemals begegnet bin.“

„Dagegen wirst du von mir keine Einwände hören“, erklärte Rafael, „denn ich trage keine Liebe für meinen Onkel von Ardais in mir. Aber Dyan war immer ein netter Bursche.“

Rafael Syrtis zuckte mit den Schultern. „Nun, ich kann ohne seine Sympathie leben. Aber es tut mir für den Burschen leid . . . Er hat nicht viele Freunde. Er könnte mehr haben . . . Niemand würde Dyan für die Fehler des Alten verantwortlich machen, aber er ist kratzbürstig und schnell, wenn es darum geht, beleidigt zu sein oder andere geringschätzig zu behandeln, bevor sie ihn ihrerseits verächtlich von oben herab abfertigen können. Dom Rafael, soll ich gehen und auf der Dienstliste nachsehen, wo wir eingeteilt sind?“

„Geh auf alle Fälle“, antwortete Rafael Hastur, „und bring mir Nachricht, wo ich eingeteilt bin, und vergiß nicht festzustellen, wann wir frei haben, damit wir meiner Schwester Alisa und ihrer Gefährtin respektvolle Ehrerbietung erweisen . . . Ha, Rafael, weißt du, ich kann es spüren, wenn der Wind aus der richtigen Ecke bläst – dafür brauche ich keinen Wetterhahn!“

Rafael Syrtis machte eine Geste lachender Kapitulation. „Du kennst mich, *Vai Dom Caryn* . . . Wirklich, ich brenne darauf, der *Damisela* Caitlin meine Ehrerbietung zu erweisen . . .“

„Aber nicht zu respektvoll, hoffe ich“, scherzte Rafael Hastur und wurde daraufhin ernst. „Nein, ich mache mich nicht über dich lustig, *Bredu.* Ich bin wirklich froh, daß du jemanden gefunden hast, den du lieben kannst, und sie ist deiner in jeder Hinsicht würdig, meine Patenschwester Caitlin.“

„Aber ich . . . ich bin ihrer nicht würdig . . .“ Rafes Stimme zitterte. „Wie könnte ich so hoch blicken . . .“

Rafael Hastur legte die Hand auf die Schulter seines Freundes. „Nein, Rafe“, sagte er heftig. „Sprich nicht so. Mein Vater und wir alle kennen deinen Wert und deine Qualitäten. Auch mein Vater schätzt deinen Vater als einen seiner loyalsten Männer. Für mich ist Caitlin nur eine meiner Cousinen, ganz Augen und Zähne, und was du mit diesem dürren, kaninchenzahnigen kleinen Ding willst ...“

„Dürr! Caitlin dürr!“ Rafe Syrtis schrie entrüstet: „Sie ist göttlich schlank, und ihre Augen ... diese Augen ...“

„Als sie noch ein kleines Mädchen war, haben Alisa und ich sie immer Kullerauge genannt“, neckte Rafael, „und ich kann wahrhaftig nicht feststellen, daß sie auch nur einen Deut hübscher geworden ist. Aber Rafe – beunruhige dich nicht. Sie ist das Mündel meines Vaters, und Alisa liebt sie sehr, jedoch ist sie nicht reich, so daß sie in dieser Hinsicht nicht zu hoch über dir steht, und obschon ihre Familie sehr gut ist ... deine ist es ebenfalls. Vater wird sehr zufrieden sein, sie dir zu geben. Ich glaube nicht, daß irgendein anderer um sie angehalten hat, aber selbst wenn das jemand getan hätte, werde ich für dich mit Vater sprechen, und wenn du willst, werde ich bei deiner Handreichung für dich stehen. So wird Caitlin in unserer Familie bleiben und damit meiner Schwester so nahe, wie sie es stets gewesen ist.“

Rafe Syrtis' Stimme zitterte. „Ich weiß nicht, wie ich dir danken soll ...“

„Mir danken?“ fragte Rafael. „Indem du einfach bist, was du immer warst, mein loyalster Paxmann und mein geschworener Bruder. Ich wünschte, ich könnte nur halb so eifrig sein zu heiraten, wenn für meinen Vater die Zeit kommt, eine Braut für mich zu finden. Bislang habe ich noch keine Jungfer in ganz Thendara gesehen, die mir besser zu sein scheint als andere; Vater hat von der Tochter des Lord Elhalyn gesprochen, aber sie ist noch ein Kind.“ Behutsam legte er die Hand auf den Arm seines Freundes. „Vielleicht wird etwas von deinem Glück auch zu mir kommen, und ich werde Glück in der Liebe haben. Doch versprich mir, Rafe, daß du dieses neue Band unserer Gemeinsamkeit niemals trennen lassen wirst.“

„Nie“, gelobte Rafe Syrtis. „Ich schwöre es.“

Ehrenwachen, die Begleitung von Comyn-Lords und -Ladies, die Bewertung der Ausbildung neuer Kadetten und die Zuweisung angemessener Pflichten an ältere – diese verschiedenen Tätigkeiten hielten sie währen der ersten zehn Tage der Kadettenzeit viel zu beschäftigt, als daß sie die Erneuerung alter Freundschaften hätten vorantreiben können. Am Morgen des Festabends begegneten sich Kennard und Dyan in einem kleinen Büro nahe der Wachhalle, in dem Kennard Dienstlisten aufstellte, bevor er aufbrach, um die zeremoniellen Pflichten des Abendballs zu absolvieren.

„Wirst du dort sein, Dyan? Aber natürlich wirst du, schließlich gibt es hier ja keinen anderen Vertreter der Ardais-Domäne." Er betrachtete den jüngeren Burschen mit Sympathie. Dyans Vater, Dom Kyril, war wohlbekannt dafür, daß er wiederkehrenden Zeiten der Geistesgestörtheit unterworfen war, in denen er wenig Sinn dafür zeigte, was angemessen und richtig war. Doch in einem seiner lichten Momente hatte er dafür gesorgt, daß Dyan die zeremoniellen Pflichten der Domäne wahrnahm, damit er nicht in einem Augenblick der Geistesumnachtung oder des Wahnsinns Schande über die Familie brachte.

Kennard sagte: „Ich habe Glück damit, daß sowohl mein Vater als auch mein Bruder Lewis fähig sind, die öffentlichen Pflichten der Domäne zu besorgen – ich finde an Zeremonien keinen besonderen Gefallen. Die wichtigen Aufgaben im Rat könnten mich Stolz empfinden lassen, aber in aller Öffentlichkeit aufzustehen und wegen meiner Abstammung wie ein Rennpferd angegafft zu werden... Nein, das wäre mir sehr lästig."

„Ich hoffe", sagte Dyan steif, „daß ich den Comyn gegenüber niemals eine Pflicht versäume, ganz gleich, wie lästig sie sein mag."

Kennard legte seinen Arm kurz um die Schultern des Freundes. „Das ist es, was ich an dir liebe, *Bredu*", sagte er. „Aber ehrlich, Dyan, es ist doch eine langweilige Angelegenheit, habe ich nicht recht?"

Dyan kicherte. „In aller Öffentlichkeit würde ich das nicht

eingestehen, doch es ist, wie du sagst. Ich frage mich, ob es das prämierte Pferd auch irgendwann satt bekommt, in sein feinstes Geschirr gekleidet und auf den Straßen zur Schau gestellt zu werden ..."

„Es ist eine gute Sache, daß wir das nicht wissen, nicht wahr, sonst hätten wir wohl nie den Mut, Paraden abzuhalten", meinte Kennard. „Nein, in der Tat weiß ich es doch ein wenig ... Eines der Dinge, die ich gerne tue, wenn ich frei habe, ist, unsere Reitpferde auszubilden, und mit *Laran* kann ich – ein ganz wenig – spüren, wie sie die Trense und den Sattel empfinden. Aber sie akzeptieren sie schließlich, genau wie du und ich akzeptiert haben, zu lernen, lange genug Wache zu stehen und zu schreiben und all die anderen Dinge zu tun, die wir tun müssen. Und da wir von lästigen Pflichten reden – Lewis hat behauptet, Vater hätte eine Frau für mich ausgesucht, eine langweilige Tochter aus einer der geringeren Hastur-Sippen ... hast du irgendwelchen Klatsch darüber gehört?"

Dyan schüttelte den Kopf. „Ich bin an Frauen nicht sonderlich interessiert, und ich bekomme sehr wenig über Hochzeiten zu Gehör."

Mit einem Achselzucken sagte Kennard: „Frauen, das ist so eine Sache. Das zumindest ist mir klargeworden. Aber was das Heiraten betrifft ... Oh, ich nehme an, es hat wohl seine Vorteile, ein festes Zuhause, Kinder für den Clan ... Ich besitze die Alton-Gabe ... Lewis nicht. Daher ist es für mich dringender, zu heiraten und Söhne zu haben."

„Was das betrifft", entgegnete Dyan, „so nehme ich an, ich werde – wie immer – das tun, was der Domäne gegenüber meine Pflicht ist, aber als ich noch ganz jung war, haben mich die Frauen meines Vaters angewidert ..." Er blickte Kennard nicht an, und seine ruhige, wohlklingende Stimme änderte ihren Tonfall nicht, doch Kennard, der ein beachtliches Stück der empathischen Gabe der Ridenows besaß, spürte, daß Dyan diese Worte durch Schichten aus Schmerz und Schmach hervorpreßte.

„Wahrscheinlich weißt du es nicht ... Es gab Zeiten, da er sie nach Ardais brachte, um sie vor den Augen meiner Mutter paradieren zu lassen ... und er scherzte über die alten Zeiten, als die Ehefrauen ihre Pflichten noch kannten und, wenn sie ihrem Gemahl im Bett kein Vergnügen bereiteten, andere Frauen auswählten, um ihre Ehemänner zu erfreuen ... Er zwang sie, sämtliche Bastard-Söhne der Rayna di Asturien aufzuziehen und sogar die Töchter ... obgleich diese Frau meiner Mutter gegenüber grausam arrogant war. Und er machte nicht einmal davor halt ... davor, selbst ihren eigenen Dienerinnen Avancen zu machen, und das, noch schlimmer, sogar vor ihren Augen, und er zwang sie, Zeugin all dessen zu sein ... Die Vorstellung, daß ich mich jemals so schändlich benehmen könnte, sie macht mich körperlich krank! Und doch konnte er ... konnte er nichts dafür! Der Gedanke, ich könnte jemals solch ein Sklave eines ... eines Konzepts der Männlichkeit, der Virilität sein ... so sehr, daß ich einer guten Frau weh tun und sie erniedrigen würde, einer Frau, die mir nichts Böses getan hat und der ich Ehre verdanke ... Ich nehme an, ich werde mich irgendwann angemessen verheiraten und der Domäne gegenüber meine Pflicht erfüllen, aber die Vorstellung, daß ich je so ... so von meinen eigenen Gelüsten versklavt sein könnte ... Bevor ich mich so aufführen könnte, hoffe ich, daß ich ehrbar genug bin, *Emmasca* zu machen, wie es die winselnden *Cristoforos* tun!"

Seine Heftigkeit entsetzte Kennard. Er drückte Dyans Arm mit stummer Zuneigung, aber es gab nichts, was er angesichts der Offenbarung des jüngeren Mannes sagen konnte. Davon hatte er keine Ahnung gehabt ...! Schließlich, nach einer langen Zeit, sagte er schüchtern: „Dein Vater ... er ist nicht recht bei Sinnen, *Brodhyu,* du darfst dir von seiner Verruchtheit nicht dein Leben entstellen lassen."

„Werde ich nicht", erwiderte Dyan, wieder zurückhaltend und trotzig, „aber ich habe es nicht eilig, das Glück und die Ehre in meine Hände gelegt zu bekommen. Es wäre eine ... eine furchterregende Verantwortung. Und angenommen, ich würde mich so in das Verlangen nach Frauen versklavt finden ..."

Halb leichtherzig, halb ernst sagte Kennard: „Oh, ich glaube wohl nicht, daß hierfür sonderlich viel Gefahr besteht. Frauen sind ziemlich angenehm, aber auch ich verspüre nicht den Wunsch, meine Aufmerksamkeiten auf eine allein zu beschränken – ich möchte sie lieber alle glücklich machen, nicht einer von ihnen das Recht auf Eifersucht und Vorwürfe geben."

„Wie kannst du so zynisch sein!" entfuhr es Dyan entsetzt.

„Dyan, ich habe nur Spaß gemacht! Aber wirklich, mein Bruder, ich bin noch nicht sonderlich an einer Heirat interessiert, ich bin noch nicht einmal lange genug zu Hause, um auch nur alle meine alten Bindungen und Freundschaften erneuert zu haben, und so möchte ich lieber noch eine Weile warten, bevor ich neue knüpfe. Und da wir von alten Bindungen und Freundschaften sprechen – du und ich, wir haben uns kaum gesehen! Sollen wir eine Jagd planen? Oder – Rafael Hastur sprach davon, eine Langwoche in Syrtis zu verbringen... Dom Felix weiß mehr über Falken als irgendein anderer Mensch von Dalereuth bis zu den Kadarin, und er hat mir einen auf meine Hand trainierten Falken versprochen. Ich weiß, daß sie beide erfreut wären, wenn du dich uns anschließt."

„Ich mache mir nichts aus der Falknerei", wehrte Dyan steif ab. Rafael Hastur glaubte also, er könne seinen Freund, den Sohn des Falkenmeisters, Kennard Alton aufzwingen, indem er ihn mit dieser Art von Gefälligkeit – dieser Art von Bestechung – verpflichtete!

„Nun, wie du willst", sagte Kennard. „Dann werden wir in die Berge reiten, nur wir beide, wenn du das vorziehst. Ich kann mir kurz nach der Festnacht drei Tage freinehmen, und du auch."

Einen oder zwei Tage später kam die Einladung von Rafael Hastur, zu ihnen nach Syrtis zu kommen, tatsächlich zur Sprache, und seine Schwester und Patenschwester sollten der Gesellschaft ebenfalls angehören, aber Dyan lehnte ab, indem er erklärte, er und Kennard hätten bereits andere Pläne gefaßt.

Als Dyan an Kennards Seite die niedrigen Kämme der Venza-Hügel entlangritt, fühlte er sich vollkommen glücklich, als wären sie nach all diesen Jahren in eine glückliche Knabenzeit zurückgekehrt. Auch Kennard schien glücklich zu sein. Er erzählte Dyan – wenn auch nicht allzuviel – von seinen Jahren auf Terra, seinem Kampf gegen die schwere Luft und die erdrückende Schwerkraft, von der langen Reise von Stern zu Stern, den eigenartigen Fremdwelt-Sitten. Und der Einsamkeit unter den größtenteils nicht mit *Laran* Begabten.

„Nur einmal fand ich echte Freunde", sagte er. „Ausgerechnet auf Terra, Verwandte von den Montrays, die auf Darkover gelebt hatten und wußten, wie jenes Licht dort meinen Augen weh tat... Das war das schlimmste, der Schmerz des Lichts, und selbst wenn die Sonne nicht am Himmel stand, glaubte ich manchmal, ich müßte verrückt werden unter der gräßlichen kalten Helligkeit dieses schrecklichen bleichen Mondes... Weißt du, daß ihr Wort für Wahnsinn verwandt ist mit ihrem Wort für Mondanbeter*? Da war auch ein Mädchen... Ihr Name war Elaine, das heißt in unserer Sprache Yllana... aber sie war auch mit Aldaran verwandt. Ich rechne nicht damit, daß ich sie jemals wiedersehe. Aber sie verstand ein wenig... wie sehr ich diesen erschreckenden Mond fürchtete."

Dyan warf ein: „Der Mond-Wahnsinn ist recht leicht zu verstehen... Wir haben ein Sprichwort: *Was unter vier Monden getan wird, braucht nie erinnert oder bereut zu werden*..."

„Stimmt", erwiderte Kennard lachend, „und ich sehe, es stehen drei am Himmel, und später am Abend wird auch Idriel aufgehen, und dann werden vielleicht auch wir ein Abenteuer des Wahnsinns erleben!"

Tatsächlich standen alle Monde hoch am Himmel, als sie ihr Lager aufschlugen und ihre Mahlzeit zubereiteten: Sie brieten einen Vogel, den Dyan mit seinem *Courvee,* dem gekrümmten Wurfholz, das in den Hellers zur Jagd verwendet wurde, heruntergeholt hatte. „Ich habe meine Geschicklichkeit eingebüßt", klagte Kennard. „Es ist so lange her!"

Lange saßen sie vor der Glut des Feuers, beleuchtet von den vier Monden, und sprachen von ihrer Kindheit, den frühen Tagen bei den Kadetten.

„Ich war so unglücklich auf Terra", sagte Kennard. „Und ich frage mich oft, ob es Larry an meiner Stelle nicht genauso

* Gemeint ist „lunatic" (Anm. d. Übers.)

erging. Seine Verwandten waren so freundlich zu mir und versuchten so sehr, verständnisvoll zu sein. Ich weiß, daß mein Vater wohl ebenfalls freundlich war, aber was ist mit den anderen, Dyan? War er glücklich bei den Kadetten? Hat irgend jemand mit ihm Freundschaft geschlossen? Ich hätte ihn gern deiner Freundlichkeit, dir, meinem geschworenen Freund, anvertraut."

Dyan sagte schroff: „Glaubst du, irgendein beliebiges anderes Lebewesen könnte deine Stelle einnehmen? Ich denke, wir alle haben ihn spüren lassen, daß wir ihn für einen Eindringling hielten!"

Kennard schüttelte voller Bestürzung den Kopf. „Aber wir waren Freunde, Dyan, ich hätte es gerne gesehen, daß du ihn so behandelst, wie du mich behandelt hättest, als Freund und Bruder ... Nun, es ist vorbei, ich will dich nicht tadeln", lenkte er ein, „aber ich wünschte, du hättest ihn so gut kennenlernen können wie ich. Glaube mir, er ist es wert, *Janu.*"

Aber Kennard gebrauchte den alten Kosenamen aus ihrer Kindheit, und Dyan wußte, daß er ihm nicht böse war, natürlich nicht. Wegen eines *Terranan* würde Kennard nicht mit ihm streiten!

Das Feuer war heruntergebrannt. Kennard gähnte und sagte: „Wir sollten schlafen gehen. Andererseits ... wir haben schließlich die vier Monde ... Was für eine Verrücktheit sollen wir anstellen?"

Mit einer Schüchternheit, die ihn überraschte, sagte Dyan: „Wohl kaum eine Verrücktheit ... Aber nach so vielen Jahren, *Bredhyu* ... sollten wir da nicht unser altes Gelöbnis erneuern ...?"

Für einen Moment war Kennard bewegungslos, verblüfft. Dann sagte er ganz sanft: „Wenn du willst, *Bredhyu.*" Er wiederholte dieses Wort mit dem gleichen besonderen Tonfall, den auch Dyan benutzt hatte, der nur für geschworene Brüder galt, zwischen denen es keine Schranken gab. „Es bedarf keiner Erneuerung, um so stark zu sein wie eh und je ... Ich vergesse nicht, was ich geschworen habe. Und du bist alt genug; ich hätte nicht einmal daran gedacht, dich als Jungen zu behandeln, der zu jung ist für Frauen ... Aber wenn du es dir wünschst, mein liebster Bruder, dann sei es, wie du willst."

Er zog Dyan an sich, so daß sich ihre Lippen trafen, die Schranken in der allerintimsten Berührung fielen, bis ihr Geist voreinander so entblößt war, wie dies ihre jungen Körper waren ... Und in diesem Moment zerbrach etwas tief im Innern von Dyan Ardais, um nie wieder ganz zu werden.

Kennard hatte nicht aufgehört, ihn zu lieben. Er würde niemals aufhören, ihn zu lieben. Er begrüßte ihre Zusammenkunft, und jetzt hatte auch er sich vollständig der Wärme und Zärtlichkeit dieser körperlichen Neubestätigung ergeben, er hielt nichts zurück. Und doch ... doch gab es einen wesentlichen Unterschied, einen für Dyan herzzerreißenden Unterschied. Was für Dyan der lebenswichtige, verzweifelt ersehnte Quell seiner Existenz war, der Kern und die Erneuerung seines Daseins, das war für Kennard nichts dergleichen. Kennard liebte ihn, ja, schätzte ihn als Bruder, Freund, Verwandten, schätzte ihn mit tausend freundlichen Erinnerungen. Aber genau das Zentrum ihrer Liebe, diese gegenseitige Bestätigung, die allein Dyans Existenz begründete, war für Kennard lediglich eine angenehme Freundlichkeit – er wäre genauso zufrieden gewesen, hätten sie sich die Hand gereicht und getrennt geschlafen ... Und vor der Qual dieses Wissens fühlte Dyan Ardais, daß sein gesamtes Innerstes zertrümmert, zerrissen, in Fragmente gebrochen wurde.

Noch während er zärtlich in Kennards Armen gehalten wurde, völlig absorbiert im gegenseitigen Teilen, fühlte er, wie ihn das Eis des Todes umfing, wie die eisigen Krallen von Nevarsin, frostig, allein ... Selbst die Auflösung in der gegenseitigen Freude war Qual, er wußte, daß er unkontrolliert schluchzte, und durch seine eigene Verzweiflung hindurch fühlte er Kennards verwunderten Kummer und sein Bedauern. Er konnte Kennard nicht einmal böse sein. Kennards Gedanken waren seine eigenen: *Was kann ich tun? Er kann nicht anders sein, als er ist, und ich auch nicht. Ich liebe ihn, ich liebe ihn sehr, aber Liebe allein ist nicht genug ...*

„Dyan, Dyan ... *Janu, Bredhyu,* mein geliebter Bruder,

trauere nicht so, du brichst mir das Herz", bettelte Kennard. „Wie kann ich dich trösten, Bruder? Du wirst mir immer teurer sein als jedes andere menschliche Wesen, das schwöre ich dir. Ich flehe dich an, trauere nicht so ... Die Welt wird ihren Lauf nehmen ... den Lauf, den sie will, nicht wie du oder ich ihn haben möchten ... Es gibt niemanden, niemanden, den ich mehr liebe als dich, Dyan, es ist nur so, daß ich kein Knabe mehr bin ... Dyan, ich schwöre dir, es wird die Zeit kommen, da dies nicht mehr so schrecklich viel Bedeutung für dich haben wird ... alles ändert sich ..."

Innerlich wütete Dyan: *Ich werde mich nicht ändern, niemals!* Alles in ihm geiferte in erzürnter Auflehnung, aber langsam schaffte er es, sein Weinen unter Kontrolle zu bringen, sich hinter eine undurchdringliche Barriere der Ruhe, der guten Manieren, fast der Unbeschwertheit zurückzuziehen. Wieder griff er nach Kennard, mit seiner gekonnten, verführerischen Berührung, um ihn einfach seine Gedanken spüren zu lassen: *Wenigstens gibt es dies hier, und Kennard kann nicht so tun, als fände er keine Freude daran ...*

Kennard, noch immer besorgt, jedoch dankbar für Dyans Ruhe, griff mit sanftem Drängen nach ihm und sprach laut ... er konnte die tiefere Geist-Berührung nicht ertragen, nicht jetzt. „Ich werde niemals versuchen, das hier vorzutäuschen, mein Bruder."

Der Sommer zog sich dahin. Eines Tages, als sich Kennard in dem kleinen Raum nahe der Wachhalle umkleidete, nachdem er einigen jüngeren Kadetten im Schwertkampf Stunden gegeben hatte, sagte er zu Dyan: „Tja, es ist passiert. Vater hat eine Frau für mich gefunden."

Dyan hob ironisch eine Augenbraue. „Meinen Glückwunsch. Bin ich mit der glücklichen jungen Frau bekannt?"

„Ich weiß nicht! Ich kenne das Mädchen nicht einmal. Vater sagt, sie sei passend, von einer geringeren Hastur-Seitenlinie; er sagt, daß sie nicht besonders schön ist, allerdings auch nicht häßlich, und sie ist liebenswert und vollendet und mit *Laran* begabt – und das ist ungeheuer wichtig für mich. Er hegt überhaupt keinen Zweifel daran, daß wir uns mögen und gut zusammenleben werden. Schönheit mag vielleicht bei den Bettgefährtinnen eines Mannes wichtig sein, aber ein gutes Gemüt und freundliche Veranlagung sind für ein gemeinsames Teilen eines Heimes und Lebens wesentlich wichtiger, und ich bezweifle nicht, daß wir einigermaßen glücklich sein werden. Sie ist die Patenschwester von Rafael und Alisa Hastur... Bist du ihr schon einmal begegnet? Sie heißt Catriona, Catrine, irgendwas in der Art."

„Caitlin?" fragte Dyan, und Kennard nickte. „Ich glaube – ja. Du kennst sie?"

„Nein", erwiderte Dyan, „aber ich weiß, wer sie ist."

Innerlich lachte er triumphierend. Das würde Rafael Syrtis lehren, seine Augen nie wieder zu einem Mädchen der Hastur-Familie zu erheben! Jetzt, da man einen richtigen Gatten für das Mädchen gefunden hatte, würde Rafe Syrtis erfahren, daß es Grenzen gab für den Ehrgeiz eines Bürgerlichen!

„Ich wünsche dir alle Glückseligkeit, Verwandter", sagte er förmlich. Aber seine eigene Glückseligkeit floß über, als Kennard lächelte und erwiderte: „Das Mädchen bedeutet mir nichts, lieber Bruder. Mir ist noch nie eine Frau begegnet, die mir mehr sein kann als ein geschworener Bruder, und ich bete von Herzen, daß sich dies auch niemals ändern möge."

Er brannte darauf zu erfahren, wie die beiden Rafaels auf dieses Wissen reagieren würden, und er sollte es bald herausfinden. Eigentlich war er außer Hörweite und erledigte eine kleine Aufgabe in der Kasernenstube, während Rafael Hastur und Rafe Syrtis am anderen Ende des Raumes vorgaben, Karten zu spielen. Aber er hörte, wie sie Kennards Namen erwähnten, und spürte nicht die geringsten Skrupel, seine Sinne auszuweiten und telepathisch dem zu lauschen, was sie sprachen.

Ich konnte es kaum fassen, sagte Rafael Syrtis. *Ich wußte natürlich, daß sie erfreut und froh sein würde, mich zu sehen, als ich sie aufsuchte, aber ich hätte niemals geglaubt, daß sie wirklich nach mir schicken, mich bitten würde... Rafael, ich konnte es nicht ertragen... Sie hatte so geweint, ihr armes, kleines Gesicht war von den vielen Tränen verschwollen, ich glaube, sogar die Steine des Nevarsin-Gipfels wären vor Mitleid geschmolzen! Und natürlich denkt dieser ihr Vater nur daran, was es für sie bedeuten wird, einen Comyn-Erben zu heiraten... Was soll ich nur tun, Rafael? Ich kann nicht zulassen, daß ich sie verliere, nicht jetzt, da ich weiß, daß sie dasselbe für mich empfindet wie ich für sie...*

Dyan verspürte heftige Genugtuung. Endlich begriff dieser verdammte Bürgerliche, daß er sich letztlich doch nicht in Comyn-Kreise hineinzwängen konnte, indem er eine Patenschwester von Rafael Hastur heiratete! Nun, sollte er leiden, es würde ihm eine Lehre sein! Dann hörte er voller Schmach, was Rafael zu seinem Freund sagte: Ein Hastur, der so sprach? Schändlich!

Wenn ihr beide, du und Caitlin, den Mut habt... werde ich an eurer Seite stehen. Eine Freipartner-Heirat kann nicht bestritten werden, wenn sie vollzogen ist... Würdest du mit meinem Vater sprechen, so hielte er dir vor, es sei nur eine Knabenlaune... aber wenn ihr ein Bett, eine Mahlzeit, eine Feuerstelle geteilt habt... Ich weiß nicht, ob das Mädchen die geistige Kraft hat, den Wünschen der Alten zu trotzen, aber wenn ja, und du ebenfalls, so werdet ihr Zeugen haben wollen, und Alisa hat versprochen, daß auch sie an eurer Seite stehen wird...

Und dann diskutierten sie über Pferde und über Möglichkeiten, und Dyan nahm sein Lauschen zurück, als sich Rafe Syrtis umdrehte und ihn unbehaglich anstarrte... Hatte der verdammte Bürgerliche also doch einen winzigen Funken *Laran?* Doch er bekam den Treffpunkt mit, *die Hütte des Reisenden an der Straße zu Callistas Quell...*

Von Dyan hast du nichts zu befürchten, sagte Rafael Hastur ruhig. *Auch er hat unter den Launen eines überstrengen Vaters gelitten, er wird uns nicht verraten.*

Wirklich nicht? dachte Dyan erzürnt. Selbst wenn er nicht wegen Rafe Syrtis' Vermutung wütend geworden wäre – dieser Rafe Syrtis, der es wagte, seine Augen ehrgeizig zum Mündel eines Hastur zu erheben –, wäre er um Kennards willen zornig.

Wer war dieses Mädchen Caitlin, daß sie einen unverschämten Niemand Kennard Alton vorzog? Was für ein Schlag ins Gesicht wäre es für Kennard, wenn im Rat darüber geklatscht werden würde, daß seine versprochene Braut weggelaufen war, um jemand anderen zu heiraten! Und für wen dies alles? Für einen Prinzen, für eine edlere Heirat? Nicht einmal das? Für den Sohn des Falkenmeisters ihres Vormunds! Welch eine Beleidigung für Kennard! Dyan dachte wutentbrannt, daß er die Übeltäterin Caitlin – wenn sie vor ihm gestanden wäre – angespuckt hätte.

Kennard mußte dies sofort erfahren – daß Rafael Hastur und dieser sein unverschämter und anmaßender Liebling sich verschworen, ihn um seine Braut zu betrügen!

Während er auf der Suche nach Kennard unterwegs war, probte er in Gedanken bereits, was er sagen wollte, um seinem Freund bewußt zu machen, wie sehr er von dem Hastur-Erben beleidigt wurde! Diese falschen Freunde und Verräter verschworen sich, um Kennard zu betrügen, ihn vor den Wachen und dem Rat das Gesicht verlieren zu lassen.

Doch seine Gedanken blieben dabei, ihm Kennard nicht als dankbar dafür darzustellen, daß er, Dyan, ihn vor dieser Erniedrigung, die sie ihm zudachten, gewarnt hatte, nein, er war vielmehr wegen seiner Einmischung ärgerlich auf ihn... Fast schien es, als könne er Kennards Stimme hören, wie er sagte: *Zandrus Höllen, Dyan, glaubst du, ich mache mir etwas aus diesem Mädchen? In dieser Zeit meines Lebens ist ein Mädchen ganz wie das andere für mich, vorausgesetzt allein, es ist angemessen... Ich habe sie noch nie gesehen.* Und je mehr Dyan in seinen Gedanken argumentierte und versuchte, Kennard davon zu überzeugen, daß er nicht zustimmen konnte, seine versprochene Braut an einen Bürgerlichen zu verlieren, desto mehr wiederholte sein Verstand Kennards logische Erwiderung:

Was könnte ich für eine Freude daran haben, ein Mädchen zu heiraten, das rettungslos in einen anderen Mann verliebt ist? Es gibt viele Frauen, die ebensogern mich haben möchten... War-

um also soll ich den Syrtis-Jungen diese eine nicht haben lassen – und gern, wenn sie einander wollen... Wer weiß, vielleicht werde ich eines Tages so viel Glück haben, eine Frau zu finden, die mir genausoviel wie Rafe Caitlin bedeutet.

Verwirrt durch die Stimmen in seinem Geist, plagten Dyan schwere Befürchtungen. Sollte er sich einfach ruhig verhalten? Wenn Caitlin Lindir-Hastur und Rafe Syrtis so sehr daran gelegen war, warum sollte er sie auseinanderreißen, um Caitlin in die Hände eines Mannes zu spielen, dem es gleichgültig war, ob er sie oder eine andere hatte? Dann, in einem letzten Moment gequälter Selbsterkenntnis, die noch von dieser unbeabsichtigten Zurückweisung durch Kennard in ihm schwelte, wußte er: Er wollte nicht, daß Kennard eine Frau heiratete, die ihm irgendwann das bedeuten konnte, was Rafe Caitlin bedeutete... *was mir keine Frau – jetzt weiß ich es – je bedeuten wird...*

Fest entschlossen verwarf er seine Bedenken. Die Loyalität zu den Comyn verlangte, daß er die jungen Hasturs daran hinderte, dem Willen des Rates zu trotzen, daß Kennard Alton Caitlin als Ehefrau haben sollte. Kennard durfte nicht erniedrigt werden – nicht dadurch, daß ihm gezeigt wurde, wie seine versprochene Braut es vorzog, die Frau eines Bürgerlichen zu werden, eines Schmarotzers, des Sohns des Falkenmeisters!

Kennard wird wissen, daß ich seine Ehre als Comyn-Lord so hoch schätze wie meine eigene. Er wird mir dankbar sein, und ich werde ihm noch immer mehr bedeuten als jede Frau...

Seine Hände zitterten. Er stellte fest, daß er vor den Hastur-Wohnquartieren angekommen war, und als er dem Diener mit dem ernsten Gesicht zu melden auftrug, daß Dyan Gabriel, Regent von Ardais, mit dem Lord Danvan Hastur zu sprechen wünschte oder, wenn das nicht möglich sei, mit dem alten Lord Lorill, probte er im Geiste bereits seine Einleitungsworte.

Wißt Ihr, mein Lord, was sie planen – Euer Sohn und sein schamloser Paxmann, der Sohn Eures Falkenmeisters? Sie beabsichtigen, daß Kennard, der Erbe Altons, um die im Rat beschlossene Heirat betrogen werden soll...

Sie waren eine kleine Gruppe. Alle von Comyn-Geblüt oder Wachen, denen großes Vertrauen entgegengebracht wurde und bei denen man sicher sein konnte, daß sie den Skandal nicht verbreiten würden. Danvan Hastur selbst ritt mit ihnen, und Dyan war der Jüngste der Gruppe, die nordwärts zu Callistas Quell ritt. Der alte Hastur hatte diskret Erkundigungen eingezogen. Als er hörte, daß der Lord Rafael und Alisa mit Rafaels Paxmann, dem jungen Syrtis, und Alisas Patenschwester vor Mittag ausgeritten waren und Falken mitgenommen hatten, als sei es nur ein harmloser Ausflug, hatte er den Trupp zusammengerufen und war sogleich aufgebrochen. Jetzt erblickten sie die kleine Schutzhütte für Reisende, und davor sahen sie vier Pferde stehen; eines davon war der weiße Hengst, den Rafael Hastur ritt.

Danvan Hasturs Stimme war tief und bitter.

„Schwärmt aus und umstellt die Kate! Wer weiß, wie sie reagieren werden, diese vorschnellen Jugendlichen? Mit Ungehorsam bestimmt, vielleicht gar mit Schande und Schmach.“ Als sein Paxmann neben ihm war, führte er mit seinem Schwertknauf einen schweren Schlag gegen die Tür. Dyan konnte sehen, daß der ältliche Ratslord auf alles vorbereitet war, sogar auf rohen Trotz.

Doch kein Schlag wurde geführt. Dyan sah und hörte nichts von dem, was im Innern der Hütte geschah, aber nach langer Zeit trat Danvan Hastur heraus. Sein Gesicht war kalt und angespannt; er hielt die weinende Caitlin an der Hand. Lord Hastur gab zwei Wächtern ein Zeichen, zu beiden Seiten von Rafe Syrtis zu reiten, dessen Gesicht so weiß war wie sein Hemd.

„Bewacht ihn, damit er sich nichts antut“, wies Hastur sie nicht unfreundlich an. „Er ist außer sich. Er wurde schlecht beraten von jenen, die es hätten besser wissen sollen.“ Seine Blicke ruhten auf seinem Sohn Rafael, und sein Gesicht war wie aus Stein gehauen.

„Was dich betrifft“, knurrte er, „so weiß ich, wem ich die Schuld für diese schändliche Affäre geben muß. Du hast Glück, daß dich dein Vetter Alton nicht zum Duell fordert, weil die

Comyn-Immunität euch beide schützt. Nein, kein Wort ..." Er hob gebieterisch die Hand. „Du hast schon genug gesagt und getan, aber mit Glück und schnellen Pferden ist es zu nichts gekommen. Wir sprechen uns später noch. Geh zu deinem Pferd und reite los, und wage es nicht, heute abend auch nur ein Wort an mich zu richten."

Rafaels Lippen bewegten sich in unhörbarem Protest, aber sein Vater hatte sich bereits abgewandt. Er selbst setzte Caitlin auf ihr Pferd und sagte: „Komm, mein Kind, es ist kein Schaden angerichtet, obgleich deine Torheit groß war. Ich verpfände meine Ehre dafür, daß Kennard niemals hiervon erfahren wird, und zum Glück hat er dir nichts zu verzeihen. Alisa!"

Seine Stimme war plötzlich scharf wie ein Peitschenknall. „Steig in den Sattel, mein Mädchen, oder wir werden dich hineinheben lassen! Nein, kein Wort!"

Alisa zog ihren grünen Umhang vor das Gesicht. Dyan schien es, daß auch sie weinte. Aber seine Blicke waren auf den zusammengesunkenen Rücken von Rafael Syrtis gerichtet. Wahrhaftig, dieser abscheuliche Bürgerliche hatte seine Lektion bekommen!

Am Ende kam nichts dabei heraus; Alisa wurde in Ungnade in die Fremde geschickt – nach Neskaya, sagte man, doch es gab überraschend wenig Klatsch. Nur die Wachhalle war übervoll davon, aber Dyan beantwortete keine Fragen. Er war bei seiner Ehre dazu verpflichtet worden, stillzuschweigen. Ein paar Tage später wurde die Handreichung ordnungsgemäß abgehalten, und Caitlin Hastur-Lindir wurde Kennard Alton *di Catenas* zur Ehe versprochen. Dyan, der zusah, wie Braut und Bräutigam während der Zeremonie mit höfischer Gleichgültigkeit miteinander tanzten, verspürte eine eigenartige hohle Leere. Als er vortrat, seine Glückwünsche auszusprechen, begrüßte ihn Kennard herzlich.

„Ich möchte dich meiner versprochenen Frau vorstellen, Dyan. *Damisela,* dies ist mein Verwandter und gechworener Bruder Dyan."

Einen Moment lang erwachte das starre Gesicht des Mädchens mit einem Aufflackern von Zorn und Groll zum Leben, und Dyan begriff, daß sie ihn in dem Kreis höflich abgewandter Gesichter vor der Hütte an der Straße zu Cassildas Quell gesehen haben mußte... Dann war es wieder ausdruckslos, und Dyan wußte, daß sie sich nicht einmal mehr daraus etwas machte.

„Ich wünsche dir alles Glück“, sagte er förmlich, und Kennard erwiderte etwas genauso Förmliches und Bedeutungsloses. Nur Dyan bemerkte sein kaum wahrnehmbares Achselzukken.

„Hier ist Euer Pflegebruder, um mit Euch zu tanzen, Caitlin“, sagte Kennard und führte sie zu Rafael Hastur. „Kommt bald zu mir zurück, meine Lady.“ Doch er sah sie mit einem fast hörbaren Seufzer der Erleichterung gemeinsam davongehen.

„Ich glaube, Caitlin mag mich nicht besonders“, sagte er. „Ich nehme an, früher oder später wird sie sich an den Gedanken gewöhnen. Ich werde versuchen, so freundlich wie nur möglich zu sein, und ich glaube, wir werden wie jedes andere Ehepaar miteinander auskommen. Sie ist gewiß keine Schönheit“, setzte er freimütig hinzu, als er dem Mädchen nachblickte, „aber sie scheint ein liebes Wesen zu haben, selbst wenn sie jetzt schmollt, und sie ist redegewandt und sanft, und sie scheint ziemlich intelligent zu sein! Ich wäre nur ungern mit einer Närrin verheiratet. Ich schätze, ich bin eigentlich gar nicht so unzufrieden“, endete Kennard ohne viel Überzeugung. „Mein Vater hätte es schlechter für mich treffen können, vermute ich. Nun, wenn sie mir einen Sohn mit *Laran* schenkt, werde ich nicht viel anderes von ihr verlangen.“ Fast sichtbar zuckte er mit den Schultern. „Oh, tja, es ist ein Vorwand für ein Fest und eine Lustbarkeit – sollen wir also etwas trinken? Dyan – hör mir zu. Von allen meinen Bekannten bei den Wachen ist nur Rafael Syrtis nicht gekommen, um mir zu gratulieren oder mir Glück zu wünschen. Mein Bruder, was kann ich denn wohl getan haben, das ihn verletzt hat – und daß er eine so große Abneigung gegen mich hegt?“

Dyan fühlte eine enge Einschnürung an seiner Kehle. Es war nicht zu spät, selbst jetzt noch nicht... Statt dessen hörte er sich sagen: „Was, zum Teufel, spielt es für dich für eine Rolle, was er denkt, Kennard? Wer ist dieser Rafael Syrtis überhaupt, daß er dir Verachtung zeigen darf? Ein Niemand – der Sohn des Falkenmeisters!“

„Wir haben deinen Vater mit jemandem verheiratet, den wir für angemessen hielten“, sagte der alte Hastur, „und sie lebten viele Jahre lang in vollkommener Harmonie und völliger Gleichgültigkeit zusammen.“

Hasturs Erbe

Wie in dieser Einführung immer wieder erwähnt, sind Autorinnen oft Frauen mit überbesetztem Terminplan, die mit Beruf, Babys, Haushalt und kreativen Bemühungen jonglieren. Penny Ziegler ist wahrscheinlich die beschäftigtste von allen, denn ihr Beruf verlangt schon normalerweise einen Achtzehn-Stunden-Tag, und sie hat dazu drei Kinder, eine Tochter von zehn und zwei Söhne von zwölf und dreizehn. Mit fünfunddreißig hat Penny die Hälfte ihrer Krankenhauszeit in ihrer Ausbildung zum Psychiater hinter sich.

Sie ist in Palm Beach, Florida, aufgewachsen, besuchte ein College in Boston oder dort in der Nähe, und lebte nach ihrer Heirat in Colorado. Dann zog sie in die Gegend von Washington, D. C., wo sie einen Bachelor of Science in Biologie erwarb, wissenschaftliche Arbeit auf dem Gebiet der Genetik leistete und medizinische Vorlesungen hörte, alles an der George-Washington-Universität.

„Ich habe schon als Halbwüchsige SF *und Fantasy gelesen", schrieb sie mir, als ich nach einem kurzen Lebenslauf fragte, „aber bis zu dem* Starstone-*Wettbewerb für Kurzgeschichten nie versucht, irgend etwas zu schreiben." Penny ist eine schöne, ernste und (notgedrungen) gehetzt wirkende junge Frau, die aussieht, als habe sie ihre ersten dreißig Jahre auf Darkover verbracht. Soviel ich weiß, ist sie die einzige Rothaarige, die einen Beitrag zu dieser Anthologie geliefert hat. Außerdem wirkt sie so zerbrechlich, daß sie wahrscheinlich einen Großteil ihres Lebens damit verbringen wird, ungläubigen Patienten zu antworten, die nicht glauben können, daß eine so zarte junge Frau der Doktor ist.*

„Ein Traum", mit dem sie bei dem Starstone-*Wettbewerb den ersten Preis gewann, ist eine Geschichte, die ich immer schon selbst habe schreiben wollen. Von Terranern, die sich in Darkover verliebten, ist bereits berichtet worden. Deshalb hätte ich*

gern einmal von einem Darkovaner erzählt – und es muß viele gegeben haben –, der sich von dem Terranischen Imperium und seinen Raumschiffen bezaubern ließ. Ich erwähnte dies einmal gegenüber Don Wollheim. Er meinte, ohne die Atmosphäre des Planeten der Blutigen Sonne würde es der Geschichte an etwas mangeln, und deshalb arbeitete ich die Idee nie aus. Aber jetzt legt Dr. Ziegler, ohne auf Darkover zu verzichten, die Geschichte von Eduin vor, der sich die Sternenschiffe wünschte, und von Lomie, dem Kneipenmädchen, das ihm weiterhalf.

(Leser der gesamten Darkover-Serie werden sich an die Episode aus Die Blutige Sonne *erinnern, wo Jeff Kerwin sie beschimpft.)*

Penny Ziegler

Ein Traum

A SIMPLE DREAM

Das große Imperiumsschiff stand stolz auf seiner Rampe und ragte hoch über dem Platz auf, wo sich eine Menschenmenge versammelt hatte, die dem Start zusehen wollte. Während der Countdown lief, leerte sich das Gebiet um die Rakete allmählich von den Männern mit ihren Geräten, die die letzten Arbeiten durchgeführt hatten. Darkovers rote Sonne hing niedrig am Himmel und färbte die spärlichen Wolken in leuchtende Töne.

In der Nähe des Raumhafentors stand ein Mann, der die Tracht der Berge trug. Er merkte nichts von dem Gedrängel der anderen Schaulustigen, er starrte nur zu dem Schiffsrumpf auf, der sich zusammen mit den fernen Berggipfeln gegen den farbenprächtigen Himmel abzeichnete. Groß und auffallend dünn, wirkte er hier fehl am Platz. Sein lockiges schwarzes Haar war zu lang für die gegenwärtige Mode, seine Stiefel eigneten sich mehr für das Felsklettern als für Stadtstraßen. Und ein Zug um seine Augen verriet eine innere Festigkeit und Selbstbeherrschung, die bei einem Städter ungewöhnlich ist.

Eduin hatte in seinen dreißig Jahren schon vieles getan. Seit er seine Heimat in den Hellers verlassen hatte, war er Bauernknecht, Holzfäller und Brandbekämpfer gewesen, hatte sich als Söldner und als Leibwächter verdingt, als Pferdetrainer und Bergführer gedient. In Thendara war er bisher noch nie gewesen. Tatsächlich hatte er um Städte einen Bogen gemacht, weil sie ihm zu hektisch waren und die dicht bei dicht stehenden Häuser ihn einengten. Doch jetzt war all das vergessen, jetzt rissen ihn die Erregung des Augenblicks und die Begeisterung der Menschen mit, die in Erwartung des Starts den Atem anhielten.

Plötzlich erwachten die Motoren mit ohrenbetäubendem Brüllen zum Leben. Das große Schiff hob sich langsam in den Himmel. Sein Schweif war eine riesige Feuerkugel, die ein breites Band aus weißem Dampf hinter sich herzog. Es stieg höher, und Eduin spürte die Anwesenheit eines altbekannten Traums wie die Berührung eines vertrauten Freundes. Sein ganzes Leben lang hatte der Raumflug seine Phantasie beschäftigt. Es war der Wunsch eines Kindes an den Abendstern gewesen, mehr nicht. Jetzt wagte Eduin zum erstenmal zu hoffen, er werde in Erfüllung gehen.

Viele Minuten später, als das Schiff zu einem Lichtpünktchen am sich verdunkelnden Himmel zusammengeschrumpft war, kam Eduin zu Bewußtsein, daß er allein auf dem großen Platz stand. Die Sonne ging unter. Schnell machte er kehrt und strebte der terranischen Handelsstadt zu. Der Wind war eisig, und er zog seinen Mantel fest zusammen. Sein Kopf war voll von Plänen für morgen.

In der dritten grellen Raumhafenbar, die er betrat, hörte Eduin das Bruchstück einer Unterhaltung und erkannte einen ihm vertrauten Bergdialekt. Der Sprecher und sein Gefährte tranken an der Theke. Nach ihrer Kleidung waren sie Schwertkämpfer, die sich verdingten. Eduin stellte sich hinter sie und ließ sich ein Glas *Shallan* geben.

„... und ich sage, daß alles, was die *Terranan* Darkover bringen können, Ärger ist", behauptete der Ältere der beiden. Er strich eine Locke seines ergrauenden Haares zurück und faßte nach dem Krug vor ihm. „Sie halten sich nicht an den Vertrag, sie locken die unschuldigen Töchter guter Familien an sich und lassen sie in ihren Freudenhäusern arbeiten, und ..."

„Und es gibt keinen einzigen anständigen Schwertkämpfer unter ihnen", unterbrach der andere, ein junger Mann mit einer dunkelroten Narbe auf der Wange. „Sie haben seltsame Sitten, das steht fest."

„Stellen sie Arbeiter an?" fragte Eduin, darauf verzichtend, seinen Namen zu nennen. „Die *Terranan* meine ich." Beide Männer drehten sich um und starrten den aufdringlichen Gast an. Aber sein Akzent sprach von Heimat, und so hieß ihn der ältere Mann mit einem Lächeln willkommen.

„Du bist ohne Arbeit, Mann? Aye, sie haben innerhalb des Raumhafens ein paar Jobs zu vergeben. Aber jetzt, wo die Gebäude fertig sind, brauchen sie kaum noch ungelernte Kräfte."

„So ist es", bestätigte der andere. „Sie nehmen nur noch Leute, die die Sprache des Imperiums beherrschen und über die benötigten Kenntnisse und Fähigkeiten verfügen."

Eduin dankte ihnen und ging hinaus auf die Straße. Fast hatte er die Hoffnung verloren. Er hatte noch nie einen Terraner gesehen, bevor er nach Thendara gekommen war. Er wußte nichts von terranischen Sitten und Bräuchen und noch weniger von ihrer Sprache. Von welchem Nutzen konnte er diesen Außenweltlern sein?

Drei Tage lang wanderte er in der Handelsstadt umher. Es war eine fremde Welt; die Häßlichkeit und der Schmutz stießen ihn ab, doch der Raumhafen hielt ihn fest wie ein Magnet. Er ging durch Straßen, die ständig voll von Menschen zu sein schienen: Gruppen von Raumsoldaten auf Landurlaub waren auf Abenteuer aus, darkovanische Händler und Kaufleute führten Packtiere oder schoben Karren, Rudel von hohläugigen Kindern in zerlumpten Kleidern platschten in den Pfützen, die der schmelzende Frühlingsschnee zurückgelassen hatte. Das helle Licht und die grellen Farben taten seinen Augen weh. Musik dröhnte aus den Eingängen terranischer Bars und Bordelle – nicht der vertraute Klang singender Stimmen, sondern eine seltsame, mißtönende Mischung von Geräuschen, die zu laut für seine Ohren waren.

Endlich fand er Arbeit in einem kleinen Weinlokal in der Nähe der Altstadt. Er fegte den Boden und spülte die Gläser. Die Gäste bestanden hauptsächlich aus Arbeitern, Darkovanern und Terranern, und gelegentlich dienstfreien Raumsoldaten von den großen Schiffen. Tomaso, der Eigentümer, war ein schwarzer Bär von einem Mann mit schwerem Gebirgsakzent, dessen dicker Bauch die Wahrheit seiner Behauptung bezeugte, er persönlich überwache die Qualität seiner Ware. Hatte er wenig zu tun, unterhielt er die Gäste mit unerhörten Geschichten über die sexuellen Eroberungen und Messerkämpfe seiner Jugend.

Die Drinks servierte Lomie, die Barfrau, die mit einem Nebenerwerb in einem kleinen Hinterzimmer zusätzlich zu Tomasos Profit beitrug. Sie war ein molliges, rundgesichtiges Mädchen mit dichten schwarzen Locken und einem trägen Lächeln. Überraschend anmutig für eine so große Frau, schien sie vor unterdrückter Energie und der Verheißung von Leidenschaft zu vibrieren, wenn sie durch den verqualmten Raum ging. Dazu kontrastierten ihre Augen, kalt, verschlossen. *Hochmütig,* dachte Eduin, verwirrt von so viel Stolz bei einer Frau, die ihren Körper jedem Mann hingab, der den verlangten Preis bezahlen konnte. Sie erinnerte ihn an ein Marl-Junges, das er vor ein paar Jahren in der Falle gefangen und gezähmt hatte: warm und verschmust, wenn ihm danach war, aber nie ganz vertrauend. An diesem Abend beobachtete er, wie sie zwei betrunkene Terraner in das Hinterzimmer führte, und in ihm stieg ein altes Sehnen wie Rauch von einem vergessenen Feuer auf.

Im Laufe der Zeit sprach Eduin oft mit Tomaso, und schließlich vertraute er dem so manches gewöhnten Ohr des Wirtes etwas von seinen Hoffnungen und Plänen an. Zuerst lachte Tomaso. „Was könnten die *Terranan* im Raum mit dir anfangen, Mann? Du verstehst nichts, und wahrscheinlich ist es zu spät für dich, noch etwas zu lernen. Kann ein alter Falke einem neuen Herrn dienen?“ Sie diskutierten stundenlang, und am Ende erklärte sich der ältere Mann bereit, er werde Eduin helfen, Terra-Standard zu lernen.

Lomie hielt Abstand von ihm. Eduin unterbrach seine Arbeit oft, um auf ihr kehliges Gelächter von der anderen Seite des Raums zu lauschen, wo sie die Gäste bediente. Ging sie dicht an ihm vorbei, war der Geruch nach Weihrauch in ihrem Haar und ihren Kleidern merkwürdig verlockend. Doch sie begegnete nie seinem Blick, sprach nie mit ihm.

Eines Tages kurz vor Sonnenuntergang entstand Lärm in einer Ecke des Lokals. Eduin blickte auf und sah Lomie in Tränen hinauslaufen. Ein großer, rothaariger Mann in der Uniform des Imperiums stolperte aus der Tür auf die Straße. Sein besinnungslos betrunkener Gefährte schlief an ihrem Tisch weiter. Tomaso, der hinter der Theke zu tun hatte, winkte Eduin, er solle dem Mädchen nachgehen.

Er fand sie im Hinterzimmer. Schluchzend hielt sie ihr loses Kleid über den Brüsten zusammen. Eduin faßte sie fest bei den Schultern, drehte sie zu sich herum und sprach ihren Namen. Ihre Blicke begegneten sich für einen Sekundenbruchteil – dann wandte sie die Augen ab, aber er hatte in ihnen schon gelesen, wie sie sich ängstigte und wie verletzt sie war. Er versuchte, ihr Weinen zu stillen, und fragte sie mit leiser, ruhiger Stimme:

„Lomie, du bist doch schon von diesen Außenweltlern beleidigt worden. Was hat er nur gesagt, daß du dich so aufregst?"

„Das war kein Außenweltler, Eduin. Es war ein *Comyn*-Lord, das schwöre ich!"

„Comyn?" flüsterte Eduin ehrfürchtig. „Wie ist das möglich? Würde ein stolzer *Comyn* das schwarze Leder des verhaßten Imperiums tragen? Würde er kommen, um billigen Wein in einer Raumhafen-Bar zu trinken? Nein, Lomie, er muß ein *Terranan* gewesen sein, wahrscheinlich von der *Southern Cross,* die heute gelandet ist."

„Du hast sein Haar gesehen, Eduin. Er verfluchte mich, und er sprach *Casta!* Welcher *Terranan* kennt die Sprache der *Comyn?"* Sie erschauerte im Gedanken an die Gewalt in seinen Worten.

„Die Wege der *Comyn* sind für mich unbegreiflich, Lomie. Vielleicht wäre es am besten, wenn wir die Sache vergäßen." Seine Worte hatten die erhoffte Wirkung. Sie trocknete ihre Tränen und sah ihm wieder in die Augen, diesmal voll Dankbarkeit.

Tomaso stand schon eine ganze Weile im Eingang. Jetzt betrat er das Zimmer und meinte: „Ich behaupte, du hast dir das alles eingebildet, dummes Mädchen. Ich habe dir immer schon gesagt, deine wilde Phantasie wird dir noch Kummer bringen." Er tätschelte ihr breites Hinterteil, legte ihr dann väterlich die Hand auf die Schulter und führte sie in die Bar zurück. „Mach dich wieder an die Arbeit, *Chiya.* Da sind Gäste, zu denen du nett sein mußt." Sein Gesicht wurde hart. „Ich will nichts mehr von dieser Sache hören, Lomie. Zandrus Höllen, ich habe ein Geschäft zu führen!"

Als Eduin nach Lokalschluß seine Arbeiten beendet hatte, kletterte er die Leiter zum Boden hinauf, wo er schlief. Während er seinen Strohsack zurechtrückte und seine Stiefel auszog, dachte er an Lomie. Seit seiner Ankunft hatte er ständig gegen das lange ignorierte Verlangen angekämpft, das sie mit ihrem verführerischen Lachen und ihren katzenartigen Bewegungen in ihm weckte. Heute waren seine Verteidigungen schwer erschüttert worden, denn in ihren Augen hatte er zusammen mit der Furcht und dem unausgesprochenen Kummer eine Einladung gelesen.

Gerade knöpfte er sein Hemd auf, da hörte er die Leiter quietschen und fuhr herum. Ihr Gesicht war umrahmt von dem Licht, das unten brannte. Das Haar fiel ihr offen auf die Schultern. Sie lächelte.

„Warum bist du hergekommen, Mädchen?" fragte er ärgerlich. „Ich habe kein Geld, um dich für deine Gefälligkeiten zu bezahlen."

„Der Preis ist bereits entrichtet worden, freundlicher Herr", lachte sie und streckte ihm die Hand entgegen. „Ich wollte dir nur meine Dankbarkeit beweisen."

Eduin ergriff ihr Handgelenk mit seinen kräftigen Fingern und spürte, daß ihr Verlangen ebenso groß war wie seines. Er zog sie auf den Boden hinauf, drückte sie auf den Strohsack nieder und erstickte ihr Lachen mit seinem Mund.

Später lag Eduin da, das Kinn in die Hände gestützt, und lauschte dem stetigen Rhythmus ihres Atems.

„Lomie?"

„Hmmm?" In einer einzigen fließenden, trägen Bewegung rollte sie sich herum und streckte sich. Dann öffnete sie die Augen.

„Wie bist du zu diesem Leben gekommen, Lomie?“ fragte er und wickelte sich Strähnen ihres schwarzen Haars um die Finger.

„Welche Wahl hatte ich denn?“ flammte sie auf. Ihr Zorn und ihr Stolz trafen ihn wie ein Schlag. „Meine Mutter war eine Frau von der Straße. Aldones allein weiß, wessen Samen mich zeugte, ob es ein Darkovaner oder ein *Terranan* war. Ich servierte *Shallan* in einem Weinlokal, bevor ich sechs Winter zählte, und bot meinen Körper Männern an, ehe ich zum Weib herangewachsen war. Für das Bordell geboren!“

„Du hast keine Kinder?“

„Drei verlor ich, bevor sie sich in meinem Leib regten. Jedesmal dankte ich den Göttern, denn ich möchte keine Kinder gebären, für die ich nicht sorgen kann.“ Sie sah ihn fragend an. „Eduin, hältst du mich für herzlos, für unnatürlich?“

„Nein, *Caria.* Ich halte dich für außergewöhnlich tapfer.“ Er liebkoste ihr Gesicht mit den Fingerspitzen, dann zog er sie in einer leidenschaftlichen Umarmung an sich. „Außerdem finde ich dich schön“, flüsterte er.

Wieder liebten sie sich, diesmal ohne Hast, und als sie beide erschöpft waren, hielt er sie zärtlich in den Armen, wischte ihr die Tränen von den Wangen und erzählte ihr von seinen Träumen ...

„Als ich ein kleiner Junge in den Hellers war, betete ich meinen Bruder Mikhail an. Er war viel älter, schon vor meiner Geburt ein Mann. Er verließ unser Dorf, um sich Arbeit in der Stadt Caer Donn zu suchen, aber jedes Jahr kam er zum Mittsommerfest nach Hause und brachte Geschichten über die *Terranan* und ihre Raumschiffe mit. Ich konnte stundenlang zu seinen Füßen sitzen und über Männer von anderen Welten hören, die ungehindert zwischen den Sternen umherreisen. Dann träumte ich davon, mit ihnen zu gehen. Ich kann diesen Kindertraum nicht vergessen, Lomie, obwohl ich es versucht habe, die Götter sind meine Zeugen!“

Ihr leises Lachen war ihm wie ein Schlag ins Gesicht.

„Du verspottest mich wie alle anderen! Ich hatte gehofft, bei dir Verständnis zu finden.“

„Ich verspotte dich nicht, Eduin. Auch ich habe Träume, die sicher niemals wahr werden. Aber du weißt nichts über die Welt der *Terranan!*“

„Darum bin ich hier, Lomie, um etwas über ihre Welt zu lernen. Ich muß die Sprache beherrschen, wenn ich für mich einen Platz innerhalb des Raumhafens finden will. Wenn ich aus mir etwas machen kann, das für die Raumfahrer von Wert ist, werden sie mich mit sich zu den Sternen nehmen.“ Mit leuchtenden Augen erzählte er ihr Geschichten, die er gehört hatte, nannte er magische Namen in unbekannten Zungen, deren Klang allein schon von Geheimnissen und Abenteuern sprach.

Wieder lächelte Lomie, aber es lag Traurigkeit in ihrer Stimme. „Ich habe Angst um dich, Eduin.“ Sie stand auf und strich ihre Röcke glatt. „Ich fürchte, du wirst herausfinden, daß andere Welten deiner eigenen nicht unähnlich sind, nur daß du nicht hineingehörst.“

Während die Monate vergingen, lernte Eduin tatsächlich viel über die Terraner und ihre Sitten. Die Sprache flog ihm zu, und je fließender er sie beherrschte, desto mehr Zeit verbrachte er im Gespräch mit den Außenweltlern. Tomaso hatte jedoch keinen Grund zur Klage, da sein Helfer seine Arbeiten immer erledigte, gut darin war, Schlägereien zwischen Gästen zu beenden, und den Prahlereien des Wirtes sogar gern zu lauschen schien.

Es gab ein paar Stammgäste an der Theke, die hinter Eduins Rücken murmelten und ihn „Terranerfreund“ und sogar „Verräter“ nannten, aber es war schwer, den großen Mann aus den Bergen, der immer einen freundlichen Gruß und eine neue Geschichte über das Leben im Imperium bereit hatte, nicht zu mögen. Die meisten Darkovaner lächelten nur und schüttelten wissend den Kopf. „Der verrückte Träumer“ gewöhnte sich an ihre Geringschätzung und träumte weiter.

Nach Lokalschluß pflegten er und Lomie auf den Boden zu klettern und stundenlang miteinander zu reden. Eduin brachte ihr die neuen Wörter bei, die er tagsüber gelernt hatte, oder erzählte ihr von politischen Ereignissen im Imperium. Manchmal gaben sie ihrer wildesten Leidenschaft die Zügel frei und stürzten sich aufeinander wie zwei *Cralmacs* in Hitze. Zu anderen Zeiten hielt er sie zart in den Armen, nannte sie *Bredha* und streichelte ihr nach Weihrauch duftendes Haar.

In den langen Winternächten schliefen sie aneinandergeschmiegt und wärmten sich gegenseitig. Und als der Frühling wiederkehrte und begann, den Schnee zu schmelzen, erkundeten sie Arm in Arm, lachend und frei die alte Stadt. *Ganz wie normale Leute,* dachte Lomie verwundert. *Er behandelt mich wie eine Frau, wie eine Freundin, als wisse er nicht oder als kümmere es ihn nicht, was ich bin.*

Zuweilen wachte sie des Morgens vor der Sonne auf, lag da und betrachtete ihn im Schlaf. Ein Teil von ihr wollte ihn festhalten und beschützen, der andere Teil haßte ihn dafür, daß er Gefühle erweckt hatte, die längst hätten tot sein sollen. Nicht imstande, den Konflikt zu lösen, vergrub sie dann ihr Gesicht in dem süß duftenden Stroh und weinte.

Eines Nachmittags kurz vor Mittsommer, einem warmen Tag, als die Stadt voll war von Gardisten und Soldaten, die zur Eröffnung des Comyn-Rates in die Stadt gekommen waren, gerieten zwei dienstfreie Kadetten der Stadtgarde, die in dem Weinlokal tranken, in Streit mit einem terranischen Raumsoldaten. Beleidigungen wurden gewechselt, Zorn flammte auf (später konnte sich niemand erinnern, wie es eigentlich angefangen hatte). Schließlich belegte der Erdenmann, der den Stadt-Dialekt in betrunkenem Zustand recht gut sprach, die Darkovaner mit sämtlichen obszönen Schimpfworten, die ihm auf *Cahuenga* geläufig waren, und endete mit einer gehässigen Vermutung über die sexuellen Vorlieben ihrer Mütter. Wütend zogen die beiden Kadetten die Schwerter.

Eduin stürmte hinter der Theke hervor, riß sein Messer aus dem Stiefel und brüllte: „Halt! Der Mann hat keine Waffe!"

„Stimmt, er hat keine Waffe, und gleich wird er auch kein Geschlecht mehr haben", sagte der größere der beiden Darkovaner. Die Spitze seines Schwertes war nur wenige Zoll von den Genitalien des Erdenmannes entfernt. Der Kadett war sehr jung; er konnte noch nicht älter als fünfzehn Jahre sein. Mit vor Entrüstung flammenden Augen wandte er sich Eduin zu. „Unterstützt du die Sache dieses schmutzigen *Bre'suin?*“

„Ich unterstütze sein Recht auf einen fairen Kampf. Sind wir Männer von Darkover solche Schwächlinge, daß es zwei unserer Schwerter erfordert, einen unbewaffneten *Terranan* zum Schweigen zu bringen?“

Der größere Kadett sprang Eduin mit Gebrüll an, die Klinge in hohem Bogen schwingend. Eduin duckte sich unter dem Schwert weg, riß sein Messer hoch und schlitzte dem anderen die ungeschützte Seite auf. Blut floß. Als er zurücktrat, drückte ihm jemand ein Schwert in die Hand, und nun begann der Kampf in voller Härte.

Gäste machten, daß sie aus dem Weg kamen, zogen die Tische zurück, um Platz für die Kämpfer zu schaffen, während die Männer an der Theke Wetten über den Ausgang abschlossen und den einen oder den anderen anfeuerten. Das Klirren von Metall auf Metall füllte das Lokal. Die beiden Männer umkreisten einander, jeder lauerte auf Lücken in der Verteidigung des Gegners. Aber es war keine ausgeglichene Partie. Der Kadett war ein Anfänger, und Eduins Fertigkeit, wenn auch eingerostet, war der seinen weit überlegen. Als er dem Jungen eine tiefe Schenkelwunde beigebracht hatte, hob der Kadett die Klinge und gestand seine Niederlage ein. Er hinkte am Arm seines Freundes aus der Kneipe und schimpfte halblaut vor sich hin.

„Ich danke Euch, Fremder.“

Eduin drehte sich um. Der Terraner, den er verteidigt hatte, stand mit ausgestreckter Hand vor ihm. Der Kampf hatte eine bemerkenswert ernüchternde Wirkung auf ihn gehabt. Eduin gab das Schwert seinem Eigentümer mit Dank zurück und ergriff dann die Hand des Terraners auf die Art, die er als üblich unter Raumsoldaten beobachtet hatte.

„Zu Ihren Diensten, Sir“, sagte Eduin, ein Lachen unterdrückend, auf Terra-Standard.

„Z'par servu“, erwiderte der Terraner.

Sie lachten zusammen, und dann lachten alle Männer im

Lokal und kehrten zu ihren Getränken und ihren Gefährten zurück. Bald hatten sich Eduin und der Raumfahrer in ein Gespräch vertieft.

Tomaso und Lomie standen an der Theke und sahen Eduin mit seinem neuen Freund durch die Tür verschwinden. Tomaso hatte ihm als Belohnung für seine Fechtkunst und die zusätzlichen Einnahmen, die sie ihm gebracht hatte, freigegeben.

„Ja, *Chiya,* es sieht so aus, als bekäme unser Junge seinen Wunsch doch erfüllt, auch wenn wir uns noch so sehr bemüht haben, ihn von der Unmöglichkeit zu überzeugen. Ich sähe ihn übrigens ungern gehen, falls es dazu kommen sollte."

„Ich glaube gar, Tomaso, du nimmst Anteil an Eduin. Und ich habe dich immer für den perfekten Kneipenwirt gehalten, für einen Zyniker durch und durch." Das ironische Funkeln in Lomies Augen verbarg ihre Angst. Der Mann wand sich unter ihrem Blick.

„Und was ist mit dir, Lomie?" schoß er bösartig zurück. „Ich habe *dich* immer für die perfekte *Grezalis* gehalten, kalt und berechnend, eine, die nie Geschäft mit Vergnügen mischt – *dein* Vergnügen, meine ich!" Er sah, wie ihr das Blut in die Wangen stieg, wie sie die Hände zu Fäusten ballte, aber er konnte sich nicht beherrschen, weiter zu sticheln. „Diesmal ist es anders, nicht wahr? Du liebst ihn, wie?"

„Gre'zu!" spie sie ihn an. Heiße Tränen zurückdrängend, hob sie das Tablett mit Gläsern auf ihre Schulter und ging davon.

Als Eduin an diesem Abend in das Weinlokal zurückkehrte, konnte er seine Aufregung nicht verbergen. „Ich habe den ganzen Raumhafen von innen gesehen, Lomie! Du würdest es nie glauben. Jim Martin hat mich herumgeführt. Wir sind sogar an Bord des großen Schiffes gegangen, das jetzt auf der Startrampe steht. Es war überwältigend, ganz voll von blitzenden Lichtern und schimmerndem Metall, und Männer und Frauen eilten hierhin und dahin." Er machte kaum Pause, um Atem zu holen, so sprudelten die Worte aus ihm heraus. Lomie überlegte müßig, ob ihm bewußt war, daß er Terra-Standard sprach. „Um seine Dankbarkeit zu beweisen, wird Jim mir helfen, Arbeit auf dem Raumhafen zu finden. Es ist möglich, daß ich mit seiner Unterstützung als Bürger des Imperiums registriert werde. Dann, vielleicht in ein paar Monaten, einem Jahr . . ."

Lomie beobachtete sein Gesicht, während er sprach. Sie spürte, daß der Traum ihn ganz in seine Gewalt bekommen und daß sie ihn verloren hatte. *Er ist ein Kind,* dachte sie. *Jetzt wird er seine Chance bekommen, zu wachsen, zu lernen. Und ich werde niemals erfahren, zu welchem Mann er geworden ist.* Sie drückte seine Finger an ihre Lippen. Tränen liefen ihr über das Gesicht. Sie weinte um das Kind, das sie trug, und fragte sich wieder einmal, ob es von ihm sei.

Sie dachte an die Stunden, die sie zusammen verbracht hatten, und erkannte erst jetzt, wieviel dies Jahr ihr für immer bedeutete. Er würde seinen Weg gehen, und sie dachte nicht daran, ihn aufzuhalten, sich zwischen diesen Mann und seinen verzehrenden Traum zu stellen. Denn sie wußte, das würde sie beide zerstören. Sie wagte nicht einmal, ihm ihren Schmerz zu zeigen oder ihn an ihre Liebe zu erinnern. Er mußte seine Chance bekommen.

So wandte sie sich von Eduin ab, trocknete ihre Augen und ergriff den Krug mit *Shallan.* Wie hatte dieser Comyn sie genannt? *Tochter einer Bergziege!* An einen der Tische herantretend, beugte sie sich über den dort sitzenden terranischen Arbeiter, drückte ihren weichen, vollen Körper an den seinen und gurrte: „Du neu hier, Fremder? Komm, Lomie dich machen fühlen zu Hause . . ."

Wieder stand Eduin auf dem Platz vor den Toren des Raumhafens und sah die *Southern Cross* in den Himmel steigen. Diesmal hatte sich keine Menschenmenge versammelt, denn es war Nacht, und ein kalter Regen fiel auf die Stadt. Das Röhren des großen Schiffes, ihm inzwischen ein vertrauter Laut, ließ sein Herz immer noch vor Aufregung rasen.

Für einen Augenblick sah er weg, zurück zur Altstadt. *Was wird aus Lomie werden?* fragte er sich. *Es war grausam, sie zu verlassen, aber ich sehe keine andere Möglichkeit. Wäre sie nicht, was sie ist*... Er starrte zu dem Lichtpünktchen hinauf, das das Sternenschiff war, und plötzlich traten ihm Tränen in die Augen. *Darauf kommt es nicht an. Ich kann nicht einfach davongehen, wenn wir einander so viel bedeutet haben. Ich muß*...

Eine Hand faßte seine Schulter. Eduin fuhr zusammen. Doch dann erkannte er seinen Freund Jim, der neben ihm auf dem verlassenen Platz stand und ihm zulächelte.

„Komm, Mann, es wird spät. Wir haben eine Menge Arbeit vor uns, müssen für dich eine Schlafstelle finden und so weiter." Der große Raumsoldat führte ihn durch das Tor. „Du wirst es dir doch nicht noch einmal anders überlegen? Eduin, das ist die Chance deines Lebens! Du kannst von diesem Hinterwäldler-Planeten wegkommen, die Galaxis sehen, etwas aus dir machen!"

Das ist es, was ich mir mein Leben lang gewünscht habe. In seinem Kopf stritten Stimmen, an die er sich gut erinnerte...

Sein Bruder Mikhail: „Es gibt mehr Sterne, als wir zählen können, und diese Männer des Imperiums behaupten, da draußen seien Hunderte, Tausende von Welten, die diese kleinen Lichter umkreisen. Stell dir das vor, *Bredu!*"

Tomaso: „Nur ein Dummkopf läßt sich mit den *Terranan* ein. Diese Männer von den Sternen haben keine Ehre, sie nehmen sich, was sie wollen, man kann ihnen nicht vertrauen."

Jim Martin: „Chance deines Lebens! Reisen, Abenteuer! Du wirst jemand *sein!*"

Lomie: „Andere Welten sind deiner eigenen nicht unähnlich, nur daß du nicht hineingehörst."

Leichter Schneefall hatte den Regen abgelöst, und der Wind war jetzt stärker, kälter. Mit einem Schmerz in seinen Eingeweiden, der wie ein Messerstich war, wandte Eduin dem Tor den Rücken und folgte dem Erdenmann auf den Raumhafen-Komplex zu. Und diesmal blickte er nicht zurück.

Patricia Mathews schrieb mir, nachdem die vorstehende Geschichte („Ein Traum" von Penny Ziegler) in Starstone *als mit dem ersten Preis ausgezeichnet veröffentlicht worden war: „Ich konnte es kaum ertragen, sie zu lesen; ich arbeitete bereits schwer daran, Lomie dort herauszuholen."*

Und so hielt ich es für richtig, beide Geschichten abzudrucken, die eine als Fortsetzung der anderen. Dies ist die Geschichte einer Terranerin auf Darkover – und etwas, das viele Leser der Darkover-Bücher sich gewünscht haben, die Geschichte einer Frau, die dem Imperium angehört, in der fremden Welt von Darkover.

Patricia Mathews

Una Paloma Blanca

UNA PALOMA BLANCA

Also endete die lange Suche hier, in einem schlampigen kleinen Raumhafenbüro. Der Beutel, der alles enthielt, was von Caris Ridenow, Xenotelepathin, übrig war, brannte in meiner Schultertasche. Es hatte einmal vier von uns gegeben.

Der Legat blickte von meinem Dossier hoch. „McCullough, Lee C.", sagte er. „Pilotin des Vermessungsdienstes, fast zwanzig Dienstjahre. Nie verheiratet gewesen."

„Ich habe nie den Richtigen gefunden, Sir", antwortete ich, den schwachen Versuch ignorierend, einen billigen Witz auf meine Kosten zu machen. Der Legat war einsam und wollte plaudern. Ich wollte, daß er den Schein für meinen Jahresurlaub und für die Erlaubnis, auf dem Planeten zu reisen, unterschrieb und mich gehen ließ.

„Fünf Fuß acht Zoll, ‚Besenstiel' hat man Sie auf der Akademie genannt. Hatten Sie als Kind rotes Haar, McCullough?"

Ich stellte die Tasche ab und machte mich auf ein langes Gespräch gefaßt. „Ja, Sir."

„Wie ich sehe, haben die Tests des Rhine-Instituts quer durch den Garten negative Ergebnisse gebracht." Der Mund des Legaten fing an, einem Katzenmaul zu ähneln, aus dem die Federn eines Kanarienvogels hervorragen. „Interessant. Sehr interessant! Nun, McCullough, Sie wissen doch, daß Sie Besichtigungen im Eingeborenenland auf eigene Gefahr machen."

„Ja, Sir." Ich wollte nichts wie raus hier.

„Oh, McCullough, noch eins, bevor Sie gehen. Für was steht das Initial Ihres Mittelnamens?“

„Cassilda“, antwortete ich und genoß den entgeisterten Ausdruck auf seinem Gesicht. Es muß gewesen sein, als stoße man auf eine Darkovanerin namens Venus.

Es gab einmal vier von uns, dachte ich und trat hinaus unter den neonbeleuchteten Himmel und auf die krumme, blau gepflasterte Straße, die nach Weihrauch und fremdartigen Hölzern roch. Dal Ambron und Caris Ridenow, Gilbert Mendoza und Lanetha C. McCullough, meine Wenigkeit. Caris starb schreiend in Krämpfen ohne irgendein Mal an ihrem Körper bei der Vermessung der dritten Eiswelt, und Dal empfahl dringend, wir sollten uns alle absetzen. Das hinterließ eine schwarze Marke in allen unseren Personalakten.

„Feigheit ... Der Vermessungsdienst kann Ahnungen nicht offiziell zur Kenntnis nehmen, McCullough ... Sie hatten den Befehl, nicht Ambron, nicht Ridenow, nicht Mendoza ...“

Zum Kuckuck mit ihnen.

Ein feindseliges Gemurmel an der Grenze meines Hörvermögens folgte mir vom Tor des Raumhafens bis in das Eingeborenenviertel. Sie wollen das Imperium nicht auf ihrem Planeten haben, sie wollen keine Frauen des Imperiums auf ihrem Planeten haben, und am allerwenigsten wollen sie Frauen in der Uniform des Imperiums. Wenigstens warf niemand Steine.

Caris war mein Kumpel. Man versuche nur, das irgendwem außerhalb des Imperiums zu erklären! Er würde mit Hilfe seiner Sprache nicht einmal auf Lichtjahre an das Konzept herankommen. Wir müssen zusammen über ein Dutzend Planeten besucht haben, angefangen mit dem Tag, als sie gleichzeitig mit mir in der Imperiumszentrale den Vertrag unterschrieb, eine hellwache Rothaarige, die auszog, sich das Universum anzusehen, bis sie auf dem Gletscher Fantastic schreiend starb. Den Namen hatte Ambron ihm gegeben.

Mir sagte der erste Blick, daß ich hier nicht auf einem Planeten war, wo man die Stadtinformation wählt und Ridenow verlangt. Technik war vorhanden, das verrieten die durchscheinenden blauen Fensterwände und das glühende quellenlose Licht, das es im Eingeborenenviertel während der Nacht nie ganz dunkel werden ließ. Aber es lagen auch Pferdeäpfel auf der Straße, und die Männer trugen Schwerter und Messer und Dolche.

Eine Handvoll Typen des Zivildienstes holten mich ein und riefen: „McCullough, wir gehen ein Bier trinken. Wollen Sie mitkommen?"

Man kann Informationen in einer Bar erhalten. Im Augenblick bekam ich gerade das richtige Gefühl für den Planeten und verglich meine Eindrücke mit dem, was Caris mir erzählt hatte. Und es hatte für mich keine alkoholische Abschlußfeier gegeben; das Team war in Bitterkeit auseinandergebrochen. „Ich komme", sagte ich, und alle hielten auf ein kleines Lokal zu, das auf die Straße überquoll und nicht sonderlich respektabel wirkte. Entweder war das Essen dort außergewöhnlich gut, oder die Bedienungen waren attraktiv und gefällig. Unglücklicherweise war es eine üppige Kellnerin, eine große Brünette mit langem, lockigem Haar und einem dünnen, halboffenen Kleid.

Als wir einen Tisch gefunden und uns alle gesetzt hatten, drückte sie sich an mich und gurrte: „Du möchten, Lomie dir etwas Schönes zeigen, Raumfahrer?"

Alle am Tisch explodierten vor Lachen, und Lomie wurde blutrot, das arme Ding. Einer der Jungen rief: „He, Lomie, bist du neuerdings im *Menhiedris*-Geschäft tätig?" Sie lachten noch lauter. Lomie war kurz davor, unter den Tisch zu kriechen, mitsamt dem Tablett.

„Haltet den Mund, ihr Affen!" brüllte ich. „Miß, es tut mir leid. Setzen Sie sich, ich spendiere Ihnen einen Drink." Ich wußte, was sie sich dachte, und fügte hinzu: „Ich bin nicht auf diese Weise an Frauen interessiert. Ich versuche, die Familie eines Mädchens aus meiner Einheit zu finden, das bei einer Expedition ums Leben gekommen ist."

„Warum fragen mich?" Lomies Gesicht und Stimme verrieten Zurückhaltung.

„Irgendwo muß ich anfangen", erklärte ich geradeheraus,

„und ich glaube, Sie werden ehrlich mit mir sein – Sie sind sternenverrückt."

Sie sah mich fassungslos an, die großen grauen Augen voller Angst. „Comynara?" murmelte sie. „Comyn... nein, nicht schon wieder."

„Ich habe gar nicht gewußt, daß du den ‚Traum' hast, Mädchen", meinte einer der Jungen mitfühlend.

Ein anderer wandte sich an mich: „He, Lee, ich dachte, die Benachrichtigung über Todesfälle erfolgt von Amts wegen."

Ich trank mein Bier aus und bestellte bei Lomie eine neue Runde, auch für sie, auf meine Kosten. Die Tische und Bänke bestanden aus rauhem Holz wie in einem Schutzgebiet, aber das Bier wurde in Silberkrügen serviert. Langsam gefiel mir dieser verrückte Planet.

„Das Amt", erklärte ich grimmig, „hat entschieden, das Xenotelepathen hysterische, labile Typen sind, die vor einem Schatten erschrecken. Caris ist an selbsterzeugtem Herzversagen gestorben und nicht in Ausübung ihrer Pflicht, und ich sollte so viel Verstand haben, daß ich auf die amtlichen Anweisungen höre und nicht auf meine Team-Gefährten. Ambron ist nach Hause an einen Schreibtisch in der Bank seines Großvaters zurückgekehrt." Ich setzte hinzu: „Er hat den Kanal voll. Prominente Familie; er ist es nicht gewöhnt, daß seine Vorgesetzten ihm den Kopf tätscheln und ihm sagen, daß sie *verstehen.* Jetzt sind es nur noch Bert Mendoza und ich. Ich werbe neue Leute an, falls jemand Interesse hat."

Lomie sah mich an, sternenäugig und voll von einer Hoffnung, die in Zynismus umschlug, als sie merkte, daß ich sie beobachtete. „Warum wissen wollen Familie, ha?" fragte sie.

„Um die Angelegenheit abzuschließen", erwiderte ich. „Um ihnen die Wahrheit zu sagen."

„Eine Sache der Ehre", sagte sie zu meiner Überraschung sofort. „Ich helfen, Sie mich einschmuggeln zu sehen große Schiffe, ha?"

„Klar. Haben Sie noch nie eins gesehen?“ Von den Raumhafenverwaltungen wird der Tourismus gefördert, außer auf Planeten, wo es Probleme mit Terroristen gibt. Merkwürdig, wenn sie den „Traum“ hatte.

Ihr Gesicht bewölkte sich. Sie strich sich das Haar hinter die Ohren. „Geh weg, Hure“, grollte sie. „Keine Huren ins Tor, auf Raumhafen. Du sehen? Nicht gut genug für großes Schiff. Nicht gut genug für sehen großes Schiff!“ schrie sie, warf sich auf mich und schüttelte mich. „Wie du Frau kommen auf großes Schiff? Ha? Mit wem du schlafen? Mit allen? Kapitän? Ha? Wie du kommen in großes Schiff?“ verlangte sie zu wissen.

Der fette Bär von Eigentümer schob sich heran, zog Lomie von mir weg und schlug ihr die Faust ans Kinn. So nahe ich noch vor einer Minute daran gewesen war, das selbst zu tun, spürte ich jetzt den Zorn der rothaarigen Schotten in mir und stand auf.

„*Domna,* verzeiht“, sagte der Mann unterwürfig, während Lomie sich den Kiefer hielt. „Ich werfe die Schlampe noch in dieser Minute auf die Straße.“

Ich schob meinen Stuhl zurück und nahm meine Jacke. „Sie ist entlassen?“

„McCullough“, flüsterte einer der Männer, „mischen Sie sich nicht ein.“

„Halten Sie den Mund, Jackson. Okay, Tomaso, entlassen Sie sie. Sofort. Laut, deutlich und juristisch einwandfrei. Lomie, holen Sie Ihren Mantel.“

Jetzt glotzten alle. Mir war es gleichgültig. Ich half Lomie in die fadenscheinige Hülle, die alles war, was sie besaß, und war aus der Tür hinaus, bevor Tomaso seine Rede beendet hatte.

Am Tor bekamen wir von neuem Ärger. Ein Raumsoldat hielt uns an und informierte mich, Prostituierte hätten keinen Zutritt. „Sie müssen mit ihr anderswo hingehen, Miß“, schloß er.

Er war an diesem Abend schon der zweite, der mich dessen beschuldigte, und ich platzte. „Wenn ich zum Huren ins Eingeborenenviertel gehe, dann mit einem Mann! Miß Paloma . . .“ – ich mußte irgendeinen Namen nennen, und der fiel mir als erster ein – „… ist meine Führerin, meine Informantin, meine Dolmetscherin, und im Augenblick braucht sie dringend ärztliche Behandlung. Lassen Sie uns jetzt ein oder rufen Sie die Medizinische Abteilung an – das eine oder das andere.“ Mit zusammengekniffenen Augen musterte der Posten Lomies leichten, grellfarbigen Schal und ihr auffälliges Kleid, die völlig unzureichenden Slipper und das Haar. „Sie trägt noch das Kostüm, das sie für ihren letzten Auftrag brauchte. Was ist wichtiger, Sergeant, angemessene Kleidung oder ärztliche Hilfe für diese Frau?“

„Tut mir leid, Miß“, erklärte er wie ein Roboter.

„Jesus Christus und große Göttin Astarte!“ explodierte ich.

Einer der Männer, die mit uns getrunken hatten, hatte die Diskussion teilweise mitbekommen; ich glaube, halb Darkover muß sie gehört haben, jedenfalls meinen Anteil daran. „Captain McCullough, im Eingeborenenviertel gibt es einen Flohmarkt. Möchten Sie, daß ich ihn Ihnen zeige?“ erbot er sich.

Ich sah, daß Lomie Schmerzen litt. „Gehen Sie vor, Rodgers, und – danke.“

Innerlich schüttelte ich den Kopf über mich, daß ich mich in eine solche Situation gebracht hatte. Wenn ich eine Führerin und Dolmetscherin brauchte, war ein Barmädchen, das kaum Terra-Standard sprach und im ganzen Leben noch nie außerhalb des Eingeborenenviertels gewesen war, die allerunwahrscheinlichste Wahl. Aber ich kann es nicht leiden, wenn einer einem anderen meinetwegen einen Kinnhaken verpaßt, und wenn die Notaufnahme der Medizinischen Abteilung auf Darkover eine Kleiderordnung hatte, blieb mir nichts übrig, als Lomie auszustatten.

Caris hatte mir ein bißchen Darkovanisch beigebracht. Es war ebenso schlecht wie Lomies Terra-Standard; ich hätte eine Dolmetscherin schon brauchen können. Keinem der Budenbesitzer konnte ich klarmachen, daß ich etwas so Einfaches wie Winterhosen für eine Frau und Jacke und halbwegs anständige Schuhe meinte. Schließlich zupfte ich an meinen eigenen Sachen und zeigte auf Lomie, und ein Mann führte mich durch Stapel von Waren in das Hinterzimmer seines Hauses. Dort gab er mir einen hübschen Anzug in Dunkelrot und Grün, mit Gold bestickt, und dazu Knöchelstiefel aus Wildleder und einen guten Mantel. Sein Gesicht war voller Schmerz, als er Lomie anprobieren ließ und ihr eine Schere reichte. Wozu das? fragte ich mich.

Sie kam mit kurzgeschnittenem Haar heraus, und sie war nicht nur dem Klima entsprechend gekleidet, sondern auch eine ganz andere und sehr eindrucksvolle Frau. Rodgers stieß einen kurzen Pfiff aus. Dann nahm er den Hut ab. „Miß Paloma", sagte er respektvoll. Der Händler hielt ihre alten Kleider und das abgeschnittene Haar in den Händen. Er rief ihr etwas nach, das wie *„Adelandaya, com'hi-letzii"* klang. Er begann zu weinen. *„Adelandaya, mestra."*

Der gleiche Wachposten hielt uns von neuem an und sagte ehrerbietig: „Entschuldigt, *Mestra,* aber ich brauche einen Einlaßschein oder irgendeinen Ausweis."

„Mestra Paloma ist in meiner Begleitung", erklärte ich fest und ging an ihm vorbei. An der Medizinischen Abteilung drückte ich auf den Summer, bis jemand kam. Ihr Kiefer war gebrochen. Man gab ihr ein Betäubungsmittel, injizierte ihr Knochenwachs und behielt sie eine halbe Stunde in der Klammer. Der Arzt schimpfte mit mir, daß ich sie nicht eher gebracht hätte.

Die Wirkung des Betäubungsmittels verflüchtigte sich auf dem Weg zu meinem Zimmer. Lomie bewegte ihren Kiefer ein bißchen. Dann meinte sie versuchsweise: „Paloma. Bedeuten Vogel." Sie demonstrierte es mit den Händen.

„Ich weiß. Ein schöner weißer Vogel. Una paloma blanca."

Sie entdeckte ihr Bild in einem Spiegel und staunte: „Paloma. *Mestra* Paloma. *Nicht* Grezalis, Tochter von Bergziege."

Da erinnerte ich mich an etwas. „Was bedrückte den Mann, der Ihnen den Anzug verkauft hat, Lomie?"

Ihr Gesicht wurde ernst. „Festtagsanzug. Sein Kind. Am Leben? Tot?"

Ich kam mir vor wie eine Laus.

In dieser Nacht versuchte Lomie, mit mir ins Bett zu steigen, so daß ich klare Verhältnisse schaffen mußte. „Hör zu, Mädchen, mir liegt verdammt gar nichts an dir persönlich. Ich habe dich mitgenommen, weil ich glaube, du wirst ehrlich gegen mich sein – und ich werde ehrlich gegen dich sein, solange du nicht etwas anstellst, mit dem ich nicht leben kann. Weiter geht die Sache nicht. Kapiert?“

Auf dem Ankleidetisch stand ein Bild von Caris. „Deine *Bredha,* sie tot“, sagte Lomie wissend.

Ich holte tief Atem. „Ja. Meine beste Freundin. Ich habe sie sehr gern gehabt. Nun sei nicht böse.“

„Nein. *Mestra* Macullah, warum ihr Leute leben in Käfigen?“ fragte sie und sah sich in dem engen kleinen Raum um. So ging das Gespräch weiter – Unterschiede zwischen Terranern und Darkovanern, meine Geschichte, ihre Geschichte –, bis sie um Mitternacht sagte: „Ich glauben, du *Comynara,* Telepathin, lesen Gedanken. *Comynara* nie kommen in Viertel, in Lokal von Tomaso. Bleiben warm hinter Mauern, stolz, heilig.“

Langweilig.

Wir mieteten Pferde und kauften Lebensmittel in einem Geschäft am Rand der Stadt, ganz am Ende der Hauptstraße. Ich hoffte, Lomie war schon auf einem Pferd geritten, denn andernfalls standen uns schwere Zeiten bevor. Die anderen Leute auf dem Pfad, der sich selbst eine Straße schimpfte, waren zumeist Männer in Kleidern, die so schwer und farbenprächtig und schön wie die Lomies waren, und bis an die Zähne bewaffnet. Ich trage kein Messer, denn schließlich bin ich kein Straßenräuber, aber Caris hatte zwei von zu Hause mitgebracht, und einmal hatte sie mir eins gegeben und darauf bestanden, daß ich es als Geschenk annahm. Ich fischte es aus meiner Satteltasche und steckte es mir so in den Gürtel, daß jeder es sehen konnte. Lomie, die durchaus eine Straßenräuberin sein konnte, hatte sich bereits ebenso bewaffnet.

Der Himmel war purpurn, und die Luft roch stechend wie in einem Nadelwald. Mir gefiel es. Zunächst einmal liebe ich Berge. Ich bin aus New Mexico, wo Berge mit endlosen Ebenen abwechseln. Außerdem war es offenes Land, wie Teile von New Mexico immer noch sind. Ich habe fünfzehn Welten gesehen, wenn man diese und die Erde mitrechnet. Alle unterschieden sich, alle waren sich sehr ähnlich; die hier war eine von den besseren.

Ich hatte den „Traum“ immer gehabt und getreulich jede Ausgabe von *Imperial Astrographic* und jede Zeitschrift über Raumabenteuer, die ich in die Finger bekommen konnte, gelesen. Ich sammelte Karten und Bilder, und ich sah mir regelmäßig *Vermessungsteam Alpha* an. Ich blieb wissenschaftlich auf dem laufenden und lehnte ein halbes Dutzend Jobs auf der Erde sowie zwei Heiratsanträge ab, ich verkaufte mein Renn-Triphib und ließ die Fußballmannschaft am Tag vor den Regionalmeisterschaften im Stich, alles, um in den Vermessungsdienst zu kommen, und am Tag vor meinem achtzehnten Geburtstag schaffte ich es. Ich habe es bis heute nie bereut.

Wir waren ein Team. Caris und ich begannen gemeinsam, und Ambron kam ein Jahr später. Seine Heimatwelt ist so städtisch, wie Darkover ländlich ist, aber er und Caris fanden sofort Gefallen aneinander. Wir rekrutierten Bert Mendoza auf Dia, wo sein Vater Legat ist. Jean Alvárez Mendoza ist der einzige Schreibtischarbeiter, vor dem ich wirklich Achtung empfinde. Er hörte von der Voruntersuchung und schickte Bert prompt einen Brief per Raumpost – verdammt teuer und zeitaufwendig –, und vermutlich hat allein das ihm die notwendige Kraft gegeben.

An den darkovanischen Straßen findet man überall diese Reiseunterkünfte mit Heu für die Pferde und Feuerstellen und Holz. Am ersten Tag machten wir an einer halt, die voll von Männern war. Sie machten uns Platz, und eine Gruppe lud uns ein, ihren Wein zu teilen. Mein sechster Sinn riet mir abzulehnen, und wir hielten uns in dieser Nacht für uns. Lomie war wund und steif. „Du hast gesagt, du könntest reiten“, warf ich ihr vor.

„Nicht den ganzen Tag“, antwortete sie. Ich rieb sie mit Massageöl ein. Wir übten uns in der Sprache der jeweils anderen; jedes Gespräch zwischen uns fand in gebrochenem Terra-Standard und noch schlimmerem Darkovanisch statt. Dann sagte sie: „Deine *Bredha,* sie hat dir den richtigen Weg gesagt?“

Ich erklärte ihr, was eine Landkarte ist, und wir sahen uns unsere an. Lomie zerbrach sich den Kopf darüber und wollte wissen, wie es mir möglich sei, die einzelnen Zeichen zu unterscheiden. Ich hatte nicht daran gedacht, sie zu fragen, ob sie lesen könne, und ich glaube, ihr war nicht in den Sinn gekommen, ich sei dazu fähig.

Einmal lachte sie mich aus. „Du hast gesagt, ihre Mutter Lord Damon Ridenow“, erklärte sie.

Wie macht man jemandem in einer Sprache, die vielleicht nicht einmal das Konzept kennt, klar, was eine Biomutter, ein nährender Elternteil und alles übrige ist? Damon Ridenow war die Person, die ich sprechen wollte. Wer Caris geboren oder zu ihrem genetischen Erbe beigetragen hatte, mochte relevant sein oder nicht; Ridenow hatte sie aufgezogen.

„Lord Damon nicht in der Ridenow-Forst“, sagte Lomie dann. „Ist Familie Alton-Domäne.“

Wie bitte?

Es war eine lange Geschichte, wie es die meisten unwahrscheinlichen Dinge sind, aber Lomies Quelle war nicht anzuzweifeln. Einige von Valdir Altons Männern waren Stammgäste bei Tomaso, und Lomies Gehirn war so durstig wie ein Schwamm. Ich dachte daran, wieviel Zeit sie auf der Straße mit dem Kampf ums nackte Überleben verbracht hatte, und wurde von neuem wütend. Welche Verschwendung!

„Cassilda“, sagte Lomie am dritten Tag unserer Reise. „Vielleicht Mama Darkovanerin, ha?“

Ich schüttelte den Kopf. „Lya-beth Kroginold; ihre Familie lebt seit Jahren an der Grenze zwischen dem nördlichen New Mexico und Arizona. Niemand weiß genau, woher sie gekommen sind, obwohl es eine Legende über ein abgestürztes Raumschiff und eine Nova gibt. Aber sie sind parapsychisch begabter als Caris. Ich bin eine altmodische, hartköpfige Hochland-Schottin von der Art, wie man sie auf einem Sternenschiff immer als Ingenieur findet.“

„Maschine verstehen, das seltsameres *Laran* als alle anderen“, meinte Lomie.

Am fünften Tag schloß sich uns eine Gruppe von Männern

an. Voraus ritt ein magerer Mann Mitte Dreißig mit kastanienbraunem Haar und einer Haltung, die von Kompetenz und ruhiger Autorität sprach. „Mestra, können wir zusammen reiten?“ fragte er – in perfektem Terra-Standard. Sein Haar war länger, als es irgendein Erdenmann getragen hätte, und der Edelstein an seinem Hals sah dem, den Caris besessen hatte, sehr ähnlich. Ich hätte ein halbes Monatsgehalt darauf verwettet, daß er ein Eingeborener war. Ein Eingeborener hohen Ranges.

Lomie antwortete. „Es wäre uns eine Ehre, die Straße mit Euch zu teilen, *vai dom.*“

„Loris Ridenow“, stellte er sich vor. „Meine *Com'ii.* Ich habe Sie erwartet, Lanethea McCullough. Ihre Gefährtin...“

„Paloma n'ha Martina“, fiel sie ein und zitterte, als spreche sie eine schreckliche Lüge aus, obwohl es die Wahrheit war. Sie erzählte mir später, zwei von Ridenows *Com'ii* seien Stammgäste bei Tomaso und hätten sie entweder nicht erkannt oder ließen sich von ihrer neuen Aufmachung täuschen. Ich glaube, es war letzteres. Sie hatte sich auf der Reise erstaunlich schnell abgehärtet, und ich fing an, mir zu überlegen, ob ich sie für die Vermessung anwerben sollte, auch wenn sie Analphabetin war.

„Caris war meine Schwester“, sagte Ridenow. Seine Augen, so grau wie ihre, blickten ernst. Sie gleichen sich im Äußeren nicht sehr, aber ich spürte die Ähnlichkeit und glaubte ihm sofort. „Sie war eine Entsagende...“

Das Wort hatte ich einmal von ihr gehört. Es war mir nicht gelungen, sie als einen Menschen zu sehen, der der Welt entsagt; sie hatte viel zuviel Lebensfreude gehabt.

Er lächelte. „Sie wählte für sich das Leben, das auch Sie führen“, erläuterte er. Wir brauchten noch zwei Tage oder länger bis zu unserem Ziel, vor allem, weil ich uns anfangs auf den falschen Weg geführt hatte. Die Nacht verbrachten wir in einer der Unterkünfte mit den Männern an dem einen Feuer; sie überließen uns das andere. Ich sah, wie Ridenow das Feuer entzündete, indem er sich auf seinen blauen Stein konzentrierte. Caris hatte ihren Stein ebenfalls dafür und für viele andere

Dinge benutzt. Er funktionierte jetzt nicht mehr. Soviel ich wußte, war das eine automatische Folge ihres Todes. Wenn ich Ridenow mit zusammengekniffenen Augen beobachtete, konnte ich beinahe sagen, wie es gemacht wurde. Mir wurde davon schwindelig. Auch wenn ich Caris ihren Sternenstein – so nannte sie ihn – benutzen sah, war mir schwindelig geworden.

Ridenow merkte, daß ich ihn beobachtete, und stellte ohne Überraschung fest: „Sie haben *Laran*."

„Negatives Ergebnis bei jedem Test."

„Ich weiß. Das deutet auf eine geistige Abschirmung von sehr guter Qualität hin." Er lud uns ein, Essen und Feuer mit seinen Männern zu teilen. Diesmal nahm ich an.

„Auf Orado kann man künstliche Gedankenschilde kaufen", sagte ich und hieb in die Mischung aus Obst, Bohnen und Fleisch ein – Chili con manzano? „Einprägsame Verschen, die man nicht mehr aus dem Kopf bekommt, oder eine Phantasievorstellung, die die Gedanken intensiv beschäftigt, das kostet mehr." Ich vermied es, Loris anzusehen, denn ich merkte, daß er nicht ohne Wirkung auf mich blieb, und das ist etwas, wovon man in einer fremden Kultur besser die Finger läßt. Man weiß nämlich nie, in welche Patsche man sich schließlich bringt. Für gewöhnlich amüsiere ich mich mit Kollegen. Wir leben im großen und ganzen nach denselben Regeln, und es besteht ein allgemeines Zusammengehörigkeitsgefühl.

Plötzlich kam mir der Gedanke, daß wir zwei und sie fünf waren, bewaffnet, uns völlig fremd, und wir übernachteten zusammen in einem kalten Steingebäude. Dummheit war noch das freundlichste Wort dafür. *McCullough, der Vermessungsdienst kann Ahnungen nicht offiziell zur Kenntnis nehmen.* Das lag auf der gleichen Linie wie der Einfall, Lomie als Fremdenführerin zu nehmen. Verstandesmäßig ließ es sich nicht rechtfertigen. Natürlich müssen alle Vermessungsleute ein bißchen parapsychisch begabt sein, sonst würden sie nicht lange am Leben bleiben.

Und wenn sie auf diesem Gebiet zu begabt sind, dachte ich finster und meinte Caris, bleiben sie auch nicht lange am Leben.

Der Raum explodierte rings um mich, und plötzlich drehte sich mir der Kopf von innen nach außen.

Loris Ridenow hielt meinen Kopf. „Kämpfen Sie nicht dagegen an", riet er mir. „Verspätetes Erwachen. Je älter einer ist, desto schlimmer wird es. Die Imperiumszentrale ist nicht dumm; wenn Sie auf der einen Seite von Dem Volk und auf der anderen von Hochland-Schotten abstammen und Ihr Psi-Test laut nach einem gut entwickelten Block schreit und wenn man Sie dann auf Darkover losläßt, muß die Zentrale damit gerechnet haben. Ihr Problem ist die biologische Grenze, die in Sicht ist; noch nie hat jemand diese bestimmte tödliche Gen-Kombination gesehen, aber wahrscheinlich wird sie schmerzhaft sein . . ."

Ich war eine Fliege auf der Decke und blickte auf einen kleinen rothaarigen Käfer nieder, der an einer biologischen Grenze entlangkrabbelte, und ich war raumkrank mit all den schlimmsten Symptomen eines Azubi, den man direkt vom freien Fall in den Hyperraum schleudert. Das tut man, um die schwachen Mägen auszusortieren, bevor man Millionen auf ihre Ausbildung verschwendet.

Ich spürte etwas Kaltes auf meiner Stirn und hörte Lomie weinen. Mein Gott, das Mädchen hatte sich mir angeschlossen wie ein Hündchen, das arme Ding. Sie protestierte: „*Comh'ii-letzii* schwören bei der Großen Göttin, nicht bei Gott oder Jesus." Sie erregte sich genau wie meine Mutter, die sich bis zu ihrem Todestag bemüht hatte, mir die blasphemischen Krogi-nold-Ausdrücke abzugewöhnen – nicht daß sie gegen meine Onkel und Tante Clemency eine Chance gehabt hätte.

„Loris", fragte ich plötzlich, und meine Gedanken waren so klar wie Februar-Sonnenschein und ebenso schmerzhaft scharf, „woher wissen Sie von meiner Herkunft, und wie können Sie auch nur die leiseste Ahnung haben, was sie zu bedeuten hat?"

Loris lachte, und es tat meinen Ohren weh. Es klang wie: „Mein Teil-Vater hat in Arizona, im gleichen Teil des Landes wie Ihre Onkel, eine Pferde-Ranch. Caris schrieb mir gelegentlich Briefe, und wir stehen in Tiefenverbindung."

Mein Kopf riß weit auf, und plötzlich verstand ich die Lehrerin in der ersten Grundschulklasse, die immer jammerte, die Kinder trieben sie in den Wahnsinn: Alle schrien gleichzeitig auf mich ein, alle in verschiedenen Stimmen und Dialekten, es waren lauter verschiedene Botschaften über schrecklich dringende Notfälle und energische Befehle, dies oder jenes zu tun. Ich hätte am liebsten losgekreischt.

„Das ist ein gewaltiger Block", stellte Loris nüchtern fest. „Überfüllte Welten wie Mutter Erde müssen die Hölle für Telepathen sein." Ich sah seine Vorstellungen von endloser unverdienter Folter; er fluchte nicht, er benutzte einen technisch präzisen Ausdruck; es war die Hölle. Auf der Erde wird ein Kind im Durchschnitt von fünfzehn verschiedenen Leuten in fünfzehn verschiedene Richtungen gezerrt, und jeder ist davon überzeugt, daß sein spezielles Anliegen Priorität genießt. Trainer, Wissenschaftslehrer, Verhaltensnormer, Ernährungsspezialist, Gesundheitsratgeber, Berufsberater, was Sie sonst noch wollen. Bevor das Kind sechs ist, hat es gelernt, sich damit zurechtzufinden, oder es ist weg vom Fenster. Darum siedelte sich Das Volk oben um das Navajo-Gebiet in New Mexico an, damals, als die Navajo-Nation noch nicht verstädtert war.

(Vor meinem geistigen Auge sah ich meinen Vater und Senator Yazzie bei einem ihrer lauten Streitgespräche über Energieanlagen versus menschliche Werte. Das vorstädtische Socorro, wo ich aufwuchs, gleicht dem industriellen Shiprock nicht im geringsten. Jetzt machte ich mir ein Bild von Darkover und legte die beiden Bilder nebeneinander, und dann fing der Raum von neuem an, um mich zu kreisen.)

Loris wischte mir das Gesicht ab. „Deshalb wollen wir nicht Teil des Imperiums werden", sagte er, und nach langer Zeit ergab das endlich Sinn. Dann explodierte die Welt in einem Durcheinander ungesehener Farben. Ich hörte ihn etwas über Vater Damon und Mütter Callista/Ellemir sagen, und als nächstes fand ich mich in ihrem Vorderzimmer sitzend wieder, wo ich in ein brennendes Feuer aus echtem Holz sah und irgend etwas Heißes trank.

Auf manchen kalten Welten legt man keinen Wert auf Komfort – Karhide ist ein eisiges Beispiel –, aber auf Darkover schon. Die vier älteren Leute, die bei mir saßen, brauchten sich nicht erst vorzustellen; ich erkannte sie mit absoluter Sicherheit. „Danke, Damon“, sagte ich.

Ich war in eine Reihe langer, karierter Röcke und einen dicken wollenen Rollkragenpullover und darüber zu allem Überfluß noch einen Mantel eingehüllt. An den Füßen hatte ich Schaffell-Pantoffeln. Plötzlich wurde es mir zu warm. Lomie war auch da. Sie hatte sich geweigert, Röcke anzuziehen, weil sie Angst hatte, in ihr altes Leben zurückzurutschen, und ihr augenblickliches Kostüm sie davor gefeit machte.

„Du wirst ins Gildenhaus gehen müssen, Paloma“, sagte Ellemir zu ihr. Offenbar befanden sie sich mitten in einer Diskussion. Wieviel Zeit war vergangen?

„Drei Tage“, informierte Callista mich.

Und Andrew Carr fragte: „Tritt Old Man Yazzie immer noch für industrielle Entwicklung um jeden Preis ein? Ich habe noch ein Hühnchen mit ihm zu rupfen für etwas, das er meinem Vater angetan hat.“

„Er hatte vor sechs Jahren einen Herzanfall.“ Ich nahm mir noch eine Schüssel mit Chili con manzano. Diesmal wurde es mit Nußbrot serviert, süß, aber gut. „Lomie, du willst doch die großen Schiffe, nicht wahr?“

„Bekommt ein Mädchen wie ich je eine Chance, eins der großen Schiffe zu betreten?“ fragte sie. Entweder hatte ihr Terra-Standard einen Quantensprung gemacht oder mein Darkovanisch.

„Man hat Caris Ridenow angenommen. Telepathische Begabung ist eigentlich keine unersetzliche Fähigkeit: Zu viele der Datenschieber glauben nicht daran, obwohl der Vermessungsdienst die offizielle Berufsbezeichnung auf der Liste hat.“

„Caris war eine Ridenow, eine Aristokratin, Comynara“, wandte Lomie ein.

Ich gab einen Pfiff von mir. „Du kennst die Mentalität des Terranischen Imperiums überhaupt nicht, Schatz. Es hätte, wenn überhaupt etwas, gegen sie gesprochen.“

„Der Raumdienst stellt Entsagende – Freie Amazonen –

ein“, bemerkte Callista plötzlich. „Lady Ardais’ Pflegetochter ist eine von ihnen. Man weiß dort, daß eine Amazone kommt, um zu arbeiten. Ich möchte dich nicht beleidigen, Lomie, aber man wagt es nicht, eine Frau anzustellen, die sich den Lebensunterhalt hauptsächlich durch Männer verdient. Dann wäre die Galaxis bald voll von sitzengelassenen Mätressen, die Wohlfahrtsunterstützung bekommen müssen. Die Amazone verpflichtet sich durch einen Eid, weißt du . . .“

Lomie unterbrach mit bösem Gesicht und in ihrer alten Ausdrucksweise. „*Comh’ii letzii* sagen, schmutzige *Grezalis,* seht euch schmutzige *Grezalis* wie Scheiße an, sagen, geh weg, Dreckstück, wir nicht mit dir reden.“

Ich geriet von neuem in Zorn. „Haben sie das tatsächlich getan?“

„Sie haben geschworen, keine Frau abzuweisen, die zu ihnen um Hilfe kommt!“ rief Callista, und dann sagte sie: „Oh, ich verstehe. Du hast nicht gefragt. Du hast nur angenommen, sie würden sich so verhalten.“

Lomie schnüffelte. „Sie verachten Frauen von meiner Sorte.“

Ich war ihr zu Dank verpflichtet. „Versuche es, Mädchen; ich gehe mit. Reden sie dich dumm an, bekommen sie von mir ein paar saftige Ausdrücke zu hören. Wenn du erst gar nichts unternimmst, lasse ich dich auf der Stelle sitzen. Zivilcourage kann einen vors Kriegsgericht bringen, aber wenn man keine hat, passiert es einem vielleicht, daß das ganze verdammte Team ums Leben kommt.“

Ich habe das Richtige getan, wurde mir plötzlich klar, und es war eine große Erleichterung. Ich hatte nie daran gezweifelt, daß es richtig gewesen war, nach Darkover zu gehen, Voruntersuchung hin oder her, schwarze Marke im Dossier hin oder her. Doch jetzt *wußte* ich es über jeden Zweifel hinaus, und es war, als falle ein Schuldgefühl von mir ab.

„Ja“, sagte Loris, und da wußte ich noch etwas anderes.

Ich mochte ihn. Ich mochte ihn so sehr, daß ich ihn als Freund und als Mann haben wollte, aber nicht genug, um den Vermessungsdienst seinetwegen zu verlassen. Ich mochte ihn, aber ich war mir nicht sicher, zu welchem Teil das Gefühl ihm selbst galt und zu welchem Teil der Tatsache, daß er Caris so ähnlich war.

Ich sagte, ich hätte Caris gern gehabt. Das richtige Wort ist Liebe.

Ich würde den Vermessungsdienst nie verlassen. Das Team und die neuen Welten und die Gefahren und der Lebensstil im allgemeinen waren mein ganzes Leben. Die biologische Grenze war in Sicht, und es würde schön sein, ein Kind zu haben. Nur war ich ebensowenig zur Mutter geschaffen – zum nährenden Elternteil – wie eine Kuh zum Fliegen.

Damals, als wir Mendoza ins Team aufnahmen, lernte ich Freunde seines Vaters kennen, selbständige Handelskapitäne, einen Mann und eine Frau, die als Team arbeiteten – selten auf diesen Schwert-und-Zauberei-Welten –, und ich hätte jederzeit bei ihnen anfangen können. Nicht einmal im schlimmsten Augenblick der Voruntersuchung, als das Team auseinanderbrach, hatte ich es in Erwägung gezogen.

Ich hatte umgekehrt versucht, sie für den Vermessungsdienst anzuwerben, aber der Mann wurde als zu alt abgelehnt, und er meinte lachend, er führe das von ihm erwählte Leben seit vierzig Jahren wie ich das meine. Jeder von uns müsse bleiben, was er sei. Das setzte seine Frau hinzu, und sie trug ein Breitschwert über ihren Röcken.

„Ja“, sagte Loris endlich. „Du könntest auch einen Platz in unserm Team haben, wenn du ihn wolltest, und ich danke dir, aber ich möchte keinen in dem deinen. Mein Leben ist hier.“ Dann meinte er noch: „Du hast bereits jemanden angeworben. Und wenn Ambron ein echter Telepath und dir verpflichtet ist, frage ihn doch, ob er zurückkommen will.“

Ich hörte ein Echo meiner eigenen Worte an Lomie und schüttelte ihm die Hand. „Wenn ich die Zeit hätte, würde ich gern die Biomutter eines Kindes für dein Team werden“, sagte ich. Weiter konnte ich nicht gehen. „Ich glaube, das würde mir gefallen, Loris.“

Kurz danach brachten wir Lomie im Gildenhaus unter. Im Gegensatz zu ihren Befürchtungen sagte niemand ein Wort außer „Willkommen“. Die Amazonen begrüßten mich als eine der ihren und luden mich ein zu bleiben, aber irgendwann muß man die silberne Schnur durchschneiden.

„Ich komme wieder, Lomie“, versprach ich. „Wenn du soweit bist, daß du den Vertrag unterschreiben kannst, laß es mich wissen.“ Am Raumhafen machte ich halt und schickte Ambron mit dem ersten Darkover verlassenden Schiff eine Botschaft auf seine neue Welt. „Neues Mitglied auf Darkover gefunden, hole sie schleunigst hier ab, bevor Soll und Haben deinen Verstand aus dem Gleichgewicht bringen, Dein Captain.“ Ich fügte an: „Das ist ein Befehl, d'Alembert.“ Er haßt diesen pompösen Namen.

Dann reiste ich zurück in Loris' – und Caris' Heimat. Mir blieb gerade genug Zeit, wenn ich die Sache ein bißchen beschleunigte.

Bekam ich ein Mädchen, wollte ich es Caris nennen. Wurde es ein Junge, sollte er nach seinem Vater heißen.

„Nein“, sagte Loris. „Damon Andrew.“

Es wurde ein Damon Andrew, und ich weinte ein wenig, als Lomie und Gilbert Mendoza und Dal Ambron und ich an Bord gingen. Er blieb in guten Händen zurück; Caris' Bruder würde ein guter Vater sein. Ein süßer kleiner Bursche. Ich hatte gar nicht gewußt, daß sie bei der Geburt so winzig sind, besonders diese Fingernägel.

Bert legte mir den Arm um die Schultern, und Dal quetschte meine Hand. „Kopf hoch, Captain, er ist in guten Händen“, wiederholte Dal meine Gedanken.

Dann begann der Start, und Lomie und Bert und Dal und ich waren wieder unterwegs. *Lebe wohl, Caris,* dachte ich, und schon ließen wir die Schwerkraft hinter uns.

Linda Frankel beschreibt sich als „einen dreiundzwanzigjährigen Bachelor of Arts in Geschichte, der sich lieber dem Schreiben widmete als weiterzustudieren." Sie hat an verschiedenen Fan-Schriften von Raumschiff Enterprise *mitgewirkt, und als erstes im Druck erschien ihre Geschichte „Betrüger und Betrogene" in* Starstone.

„Ansonsten", sagt sie, „sind Ablehnungen der Fluch meines Lebens gewesen."

„Als Gesandter in Corresanti", geschrieben für unsern Kurzgeschichten-Wettbewerb, erhielt eine ehrenvolle Erwähnung, und ich sah darin den besten bisher den Freunden Darkovers vorgelegten Versuch, vom Standpunkt einer fremden Rasse aus zu erzählen.

Viele Leser waren gefesselt von den Katzenwesen, die im Zauberschwert *eingeführt wurden. Aber Linda ist die erste, die sich Gedanken darüber macht, wie es wohl in ihrem Inneren aussieht. „Es mag manche Leute überraschen, daß ich nur kurze Beziehungen mit zwei Exemplaren der felinen Spezies gehabt habe. Das letzte dieser Wesen beeindruckte mich so stark, daß ich seine Einstellung gegenüber der Menschheit in diese Geschichte aufgenommen habe ..." Diese Erklärung erweckt natürlich sofort die Frage, ob Linda nicht selbst über ein gewisses Maß an* ESP *verfügt, das ihr die Kommunikation mit einer fremden Spezies erlaubt! „Warum ich das geschrieben habe? Meiner Meinung nach wird das Katzenvolk im* Zauberschwert *schlecht behandelt! Ich mußte es einfach rehabilitieren, weil ich mich immer auf die Seite des Underdog stelle (eine entschieden interspezielle Metapher)!"*

Linda fügt hinzu, daß sie begeisterte Feministin, aber nicht der Meinung ist, ihre Werke müßten das ständig widerspiegeln. „Beschränkungen dieser Art könnten meiner Entwicklung nur schaden."

Viele Autorinnen dieser Anthologie haben ihre Beiträge im Zeitalter des Chaos angesiedelt, einer unbekannten Periode der darkovanischen Geschichte. Linda Frankel wählte statt dessen die Zeit nach den Weltenzerstörern, *über die ich bisher noch nichts geschrieben habe.*

Linda Frankel

Als Gesandter in Corresanti

AMBASSADOR TO CORRESANTI

Ich spüre die Anwesenheit von Menschen, die sich unsern Bergen nähern. Der Regent der Domäne hat eine kleine Gruppe geschickt – ein Zeichen des Vertrauens. Ich bin mir nicht sicher, wer der größere Narr ist, der Hastur-Lord oder mein Bruder.

Der Höhlenboden vibriert unter ihren Schritten. Läßt sich bei ihnen eine Spur von Grazie finden? Nein, Menschen sind geboren zu stolpern, wo Katzen mühelos dahingleiten.

Die Besessenheit meines Bruders, mit diesen tölpelhaften Kreaturen zu kommunizieren, entwickelte sich langsam im Verlauf der zehn Jahre, die er das Amt der Großen Katze innehat. (Es hat immer etwas Verkehr mit den Menschen der Trockenstädte gegeben, aber er wurde auf ein Minimum beschränkt. Der Kontakt scheint für sie so widerwärtig gewesen zu sein wie für uns.)

Die Unstimmigkeit in diesem Punkt entzweite den Clan wie den Rat. Noch nie zuvor hat eine Große Katze bei so vielen Gegenstimmen gehandelt. Aber Nyal war immer ein Einzelgänger – das war schon so, als wir zusammen Junge waren. Ihn interessierten die üblichen Spiele nicht, bei denen mit dem Schwanz gepeitscht und mit den Klauen gekratzt wird!

Trotz meines Unbehagens kann ich mich vor meiner Pflicht, diese Gäste zu empfangen, nicht drücken. Die Gedankensprache nennt ihre Namen als Regis Hastur und Lerrys Ridenow (ah, *da* ist ein beinahe feliner Beigeschmack. Seine Gedanken bilden Muster, die anscheinend ... doch er kann keiner von uns sein!). Ihre Begleiter sind Gardisten der Stadt Thendara.

Stadt! Meine Vernunft schwankt schon bei der Vorstellung. Eine Stadt stinkt wie ein stagnierender Tümpel. Warum müssen Menschen sich in eine Reihe von künstlichen Behausungen zwängen? Warum geben sie sich nicht mit dem zufrieden, was die Göttin geschaffen hat? Menschen haben so wenig Achtung vor dem, was ihnen ohne Anstrengung zufällt, daß sich die Zufriedenheit auf ewig ihrem Zugriff entzieht.

Sie sprechen miteinander in ihrer ungeschickten und unverständlichen Sprache. Ich entdecke ... Überraschung. Ja, sie staunen, daß ich keine Ketten trage! Sie hatten geglaubt, wir seien wie die Bewohner von Shainsa, die alle ihre Frauen in Ketten legen. Nur Menschen können Sinn in einer solchen Verallgemeinerung finden. Der Brauch des Ankettens soll dafür sorgen, daß die Launen der Unverantwortlichen den Frieden nicht gefährden und die Tobsüchtigen unter uns vor sich selbst geschützt werden. Niemand, der Vernunft und Selbstbeherrschung zeigt, braucht Ketten zu tragen. Das weibliche Erbgut ist so beschaffen, daß Rückschläge auf unsere wilden Vorfahren fast ausschließlich in unserem Geschlecht auftreten. Aber wenn bei einem Mann eine über die normalen Grenzen hinausgehende Wildheit festgestellt würde, müßte auch er nach dem Gesetz jedes Clans in Ketten einhergehen.

Es gelingt mir nicht, tiefere Regionen als die an der Oberfläche liegenden Gefühle zu sondieren. Diese Comyn-Vertreter sind fest verbarrikadiert. Sie verbergen große Fähigkeiten, die sie streng unter Kontrolle halten. Die Legenden dieses Clans sind nicht aus dem Nichts entstanden. Das ist sicher. Myor, mein eigener Großvater, erlitt eine Niederlage gegen einige Comyn-Adepten, als er versuchte, ihnen Teile der Macht zu entreißen. Sein versengter Leichnam konnte uns die Identität seines Mörders nicht enthüllen.

Warum sind sie gekommen? Haben sie uns nicht gezeigt, wie unwillig sie sind, ihre vielgepriesene Matrix-Technologie zu teilen? Es geht das Gerücht, die Comyn seien schwach geworden. Laßt uns jetzt gegen sie ziehen! Laßt uns das stolze Arilinn und das mächtige Neskaya in Besitz nehmen! Mein Bruder will nicht auf solchen Rat hören. Oh, er ist viel klüger. Hoffen wir, daß Nyals Klugheit nicht unser Untergang ist.

Ich führe sie in die große Höhle, wo mein Bruder mit ihnen konferieren will – allein! Er hat alle seine Begleiter entlassen. Das ist der helle Wahnsinn! Ich zögere zu gehen.

„Du mußt sie deine Macht spüren lassen, Nyal."

„Die Katze, die lebende Beute anspringt, endet im besten Fall mit leeren Pfoten."

„Es heißt auch, daß niemand sich vor Feinden in acht zu nehmen braucht, der sie an ihrem schwächsten Punkt unterminiert hat."

„Jetzt ist nicht die richtige Zeit, alte Redensarten auszutauschen, Schwester. Geh und sag den Müttern, es wird der Göttin kein Opfer dargebracht werden, solange diese Menschen unter uns weilen."

„Du willst den Müttern Vorschriften machen? Du riskiert ihren Zorn, Nyal."

„Die Gefahr nehme ich auf mich. Nun geh!"

Es läßt sich nicht mit ihm reden, wenn er mit einer solchen Stimme faucht. Ich fürchtete die Folgen seiner Anordnung. Würden die Menschen irgendwie Anstoß an unsern Opfern nehmen? Wie kann ihre gute Meinung jemandem so wichtig sein, der die Große Katze ist? Er wird sein angesammeltes *Gyar* erschöpfen (die Trockenstädter nennen es *Kihar*, sie entstellen alles bis zur Unkenntlichkeit), wenn er vor ihnen kriecht – es sei denn, er kann den Rat überzeugen, daß sich die Katze mit *Gyar* bedeckt, die ein Bündnis mit den Comyn zuwege bringt.

Aber sie wollen doch keine Verbündeten, sie wollen Herren sein! Wird nicht berichtet, daß in alter Zeit Katzen die Halsbänder der Sklaverei trugen und die Milch der Demütigung tranken? Diese Katzen waren uns ebenso ähnlich, wie die gelegentlich in den Wäldern vorkommenden wilden Affenwesen den Waldläufern ähnlich sind. Unsere Ahnen gaben sich mit vorgetäuschtem menschlichem Wohlwollen zufrieden. An diesem Punkt griff die Göttin ein und verwandelte uns mit der Erkenntnis der Wahrheit. Die Menschen lernten, uns zu fürchten, und suchten uns zu vernichteten (womit zu rechnen war, denn damals fürchteten und vernichteten sie sich gegenseitig). Wir suchten Zuflucht in den Höhlen, und dort sind wir geblieben ...

Nein, wir werden uns den Domänen nicht beugen! Heute werden die Opfer aufgeschoben, morgen wird uns vielleicht befohlen, ihren Aldones anzubeten! Ich weiß, was getan werden muß. Mein Entschluß steht fest.

Ich versammele die Mütter in der Halle der Clans. Sie stellen mir Fragen über die Comyn-Gäste. Ich kann nur wenige Antworten liefern. Einen Comyn-Verstand kann man nicht begreifen. Er fließt einem mit der dem Wasser eigenen Tücke davon.

„Mütter", begann ich und zog aller Augen auf mich, „die Göttin verlangt, daß wir Ihr eine besondere Ehre erweisen ..."

Es gibt wenig Widerstand gegen meinen Plan, und auszuführen ist er leicht. Gäste werden an einem bestimmten Ort untergebracht. Als die ersten Händler aus den Trockenstädten mit Waren eintrafen, die die Arglosen bezaubern sollten, bauten sie nicht weit vom Eingang zum Höhlensystem eine Hütte. Sie weigerten sich, die Nächte von Stein umschlossen zu verbringen – ich bezweifle allerdings, ob irgendein Clan bereit gewesen wäre, ihre Anwesenheit zu dulden. In diesem von Menschen errichteten Bauwerk (oftmals geflickt, repariert und erneuert) würde das Comyn-Paar in dieser Nacht liegen.

Die menschlichen Gardisten sind eine Barriere, die nicht so leicht überwunden werden kann. Einer ist dabei, der mit der Wut der Angeketteten kämpft; vielleicht ist er aus einer ihrer neun Höllen emporgestiegen. Als es getan ist, liegen ein paar tot da, andere sind schwer verwundet und andere nur bewußtlos. Der Hastur verteidigt sich nicht, sondern begleitet mich ruhig zu dem Schicksal, das er vorhersehen muß.

Sein Gefährte, der mit der beunruhigend scharfen Sensibilität, täuscht Schlaf vor. Ich bin erleichtert, daß ich dies störende Spiegelbild nicht anzusehen brauche. So viel Katzenähnlichkeit in einem fremden Gehirn kann nicht natürlich sein.

An den Ort der Vorbereitung gebracht, hilft Regis Hastur aktiv den Müttern, die ihn für das Opfer baden und parfümieren. Es ist, als brenne er darauf, sich der Göttin hinzugeben. Das verstehe ich nicht ... er scheint ebenso willig zu sein wie irgend jemand von uns, der für diese Pflicht ausgewählt worden ist. Jede Katze lebt mit dem Bewußtsein, daß das Gleichgewicht aufrechterhalten werden muß. Die Geburt von Jungen drückt den Wunsch der Göttin aus, Mitglieder dieses Clans durch Neugeborene zu ersetzen. So ist es immer gewesen – aber von dem Hastur war nicht zu erwarten, daß er es weiß! Die Menschen sind mit dem zentralen Kern des Seins nicht so eng verbunden wie wir.

Ich prüfe die Klinge des rituellen Messers, um mich zu vergewissern ... *Bilder von Wärme und Mitleid erscheinen plötzlich vor mir. Eine Katzenmutter säugt ihre Jungen. Worte der Zuneigung treiben an die Oberfläche meines Bewußtseins – Worte, die ich selbst nie geäußert habe. Ich spüre das Einssein aller Wesen und die große Liebe, die geteilt werden könnte, wenn nur ... Wir müssen über uns hinauswachsen und die Mißverständnisse ausräumen, die es zwischen ...* Mein Fell prickelt unter dem Verdacht, was das ist, das ich – das wir *alle* erfahren. Ein hinterhältiger Streich! Ein Comyn-Trick! Ich will diese Entdeckung laut hinausschreien.

Eine begütigende, liebkosende Wesenheit kommt, um die Rache zu bezwingen und die Massen geronnenen Hasses in meinem Blut zu schmelzen. *Das ist kein Trick,* erklärt die Wesenheit in leisen, schnurrenden Rhythmen. *Ich bin Lerrys Ridenow. Die Ridenows sind Empathen. Meine Gefühle sind die deinen. Meine Gedanken sind die deinen. Fließe mit mir. Lerne, eine wie enge Verbindung zwischen unseren Spezies möglich ist.*

Ja ... es ist wahr. Es ist die Wahrheit der Göttin! *O du Weiser, warum hast du deine Natur nicht gleich enthüllt, als du zu uns kamst?*

Ihr wart noch nicht bereit für solches Wissen. Wir hatten geplant, ihr solltet es euch nach und nach einverleiben. Als ihr Lord Regis in Gefahr brachtet, mußte ich schnell handeln.

Es ist gut, daß du es getan hast, Verwandter, wirft der Hastur einigermaßen amüsiert ein. *Mit aufgeschlitzter Kehle auf einem*

Altar des Katzenvolkes zu enden, ist nicht gerade die Todesart, die ich vorziehen würde...

Und doch hast du keine Furcht gezeigt. Dein Verhalten hat dir viel Gyar gewonnen. Ich verberge meine Bewunderung nicht vor dem Menschen. Der Versuch wäre sowieso sinnlos gewesen.

Schwester, erreicht mich ein wohlbekanntes Gedankenmuster, *du siehst jetzt die Realität des Traums, für den ich gekämpft habe. Wir brauchen die Menschen nicht zu fürchten. Sie wissen, daß sie nie wieder unsere Herren sein werden. Das Geschenk der Göttin hat das unmöglich gemacht. Aber wir können Gleiche sein. Wir können in Freundschaft koexistieren.*

In einem traumartigen Zustand, ohne die Bedeutung meines Handelns zu erfassen, biete ich dem Hastur das Heft des Opfermessers dar, das ich immer noch halte. Er nimmt es feierlich. Ich finde es nicht seltsam, daß ich die Worte, die er spricht, verstehe.

„Dies ist ein Gelübde, daß das Blut von Hastur niemals von dir oder deiner Sippe vergossen werden wird." Er zieht ein Messer aus seinen Kleidungsstücken am Boden der heiligen Höhle. „Und dies siegelt den Bund. Hastur schwört dir und deiner Art Freundschaft, solange es Hasturs auf dem Gesicht Darkovers gibt."

Dieses Ritual der Domänen wird offiziell von Nyal vor dem gesamten Rat in der Großen Höhle wiederholt. Wir sind jetzt für immer als *Bredin,* wie die neuen Freunde es nennen, verbunden.

In unsern Bergen wird ein Turm gebaut. Es ist die gemeinsame Anstrengung von Katzenkraft und Katzenwille. Er wird sich hoch über die Höhlen erheben – das Symbol einer Zukunft, die ich nie für möglich gehalten hätte. Und wenn die Seelen des ersten felinen Kreises in die Überwelt springen, werden menschliche Seelen da sein, um ihnen über den Abgrund die Hände entgegenzustrecken. Hand in Pfote. Die Welt wird eins sein.

Marion Zimmer Bradley

Freie Amazonen von Darkover

Inhalt

Einführung: Über Amazonen

Als ich, einem Traum folgend, die Freien Amazonen von Darkover schuf, hatte ich keine Ahnung, daß sie die attraktivsten und umstrittensten meiner Personen werden und mehr Fan-Post auf sich ziehen würden als alle anderen Themen zusammen. Heute gibt es nicht nur verschiedene Amazonen-Mitteilungsblätter unter den weiblichen Fans, sondern auch mindestens ein Dutzend Frauen, von denen ich weiß (nicht mitgezählt jene, von denen ich nicht weiß), die ihren Namen amtlich in eine dem Amazonenbrauch entsprechende Form geändert haben. Außerdem sind in mehreren Städten Gildenhäuser entstanden, wo Frauen versuchen, nach einer Version des Amazonen-Eides (beziehungsweise des Eides der Entsagenden) zu leben.

Seit aus meinem Traum um das Jahr 1962 herum die Freie Amazone Kyla als Bergführerin in „Expedition der Bittsteller" (Moewig 3506, *Science Fiction Almanach 1981*) entstand, haben sich die Freien Amazonen wesentlich verändert. Ich selbst erkenne in Kyla n'ha Rainéach kaum noch die Person wieder, mit der alles angefangen hat.

In der Einführung der Gregg-Ausgabe meiner Darkover-Bücher sagte ich dazu folgendes:

„Ich bin oft gefragt worden, wie die so traditionsverhaftete und patriarchalische Gesellschaft auf Darkover die Freien Amazonen hat hervorbringen können. Die Antwort ist, daß sie sie nicht hervorgebracht hat. Als ich ‚Expedition der Bittsteller' schrieb, hatte ich keine Ahnung, daß ich eine darkovanische Gesellschaft schuf; ich wollte dem Helden der Geschichte nur einen glaubwürdigen Hintergrund und eine Aufgabe geben. Ein Grundprinzip bei jeder guten Erzählung ist, daß die Hauptperson Gelegenheit bekommt, zu wachsen und sich zu verändern. Ich mußte Jay/Jason vor ein

Problem stellen. War Jason fähig, eine Frau als Anführerin einer Expedition zu akzeptieren? Und wenn ja, würde seine unterdrückte zweite Persönlichkeit Jay Allison, Frauenfeind und dazu wahrscheinlich noch homosexuell, es fertigbringen, sie anzuerkennen und mit ihr zusammenzuarbeiten? Kyla spazierte aus meinem Unterbewußtsein als ein Problem für Jason, eine Herausforderung für seinen Anspruch auf Führerschaft, nicht mehr."

(Dieses Problem ist nicht auf die Zeit vor der Frauenbefreiungsbewegung um 1960 beschränkt. Arlene Blum geht in ihrem ausgezeichneten Buch über eine nur aus Frauen bestehende Himalaja-Expedition *Anapurna: A Woman's Place,* das den Hintergrund für meinen späteren Amazonen-Roman *Die Schwarze Schwesternschaft* – Moewig 3726 – bilden sollte, auf die männlich-chauvinistische Haltung der Bergsteiger ein. Ich rate denen, die glauben, daß ich übertreibe, Arlene Blums Buch zu lesen. Einer Frau, die gern an einer Expedition teilnehmen wollte, wurde gesagt – und das im Jahr 1977! –, sie dürfe nur mitmachen, wenn sie bereit sei, mit sämtlichen männlichen Teilnehmern zu schlafen, und bei einer Everest-Besteigung bekamen Bewerberinnen den Bescheid, sie könnten als Köchinnen und Lagerhelferinnen mitkommen, aber es würde ihnen nicht gestattet, weiter als bis zum Basis-Camp aufzusteigen. Die Torheit dieser Einstellung wurde offenbar, als die erste japanische Everest-Expedition eine fünf Fuß große Frau auf das Dach der Welt stellte, und wiederum, als vier Mitglieder von Arlene Blums Anapurna-Expedition diesen Achttausender erklommen, obwohl zwei von ihnen nicht zurückkehrten.)

Die erste der Freien Amazonen Darkovers wird von Jason, dem Erzähler der Geschichte, wie folgt beschrieben:

„Für ein darkovanisches Mädchen war sie ziemlich klein und schmal gebaut. Ihren Körper konnte man beinahe jungenhaft oder kindlich nennen; er wirkte auf den ersten Blick ganz sicher nicht weiblich. Ihr sonnenverbranntes Gesicht wurde von kurzgeschnittenen, blauschwarzen Locken umrahmt, und ihre Wimpern waren derart dicht und lang, daß es unmöglich war, die Farbe ihrer Augen auszumachen. Ihre kleine Stupsnase hätte komisch aussehen können, wirkte statt dessen aber arrogant. Ihr Mund war breit, und sie hatte ein rundes Kinn.

Mit ausgestreckter Hand sagte sie fast mürrisch: ‚Kyla Rainéach; Freie Amazone und geprüfte Führerin.'

Die Gilde der Freien Amazonen war in nahezu jeden Beruf vorgedrungen, aber der eines Bergführers war sogar für sie ungewöhnlich. Sie machte einen drahtigen und katzenhaften Eindruck, und unter der schweren, deckenähnlichen Kleidung war ihr Körper beinahe ebenso schmalhüftig und flachbrüstig wie der meine ...“

Kyla führt Jason und seine Gruppe erfolgreich und verliebt sich in ihn, was möglicherweise (wenigstens laut einem bestimmten Kritiker des Romans) vorhersehbar ist. Ich hatte nie die Absicht, die Gilde der Freien Amazonen noch einmal auftreten zu lassen, aber vielleicht bedeutete mir die Erfindung mehr, als ich selbst damals glaubte, denn in dem sechsten der Darkover-Romane *Die Weltenzerstörer,* der ursprünglich der letzte dieser Serie sein sollte (mein moralisches Gegenstück zu Conan Doyle, der Sherlock Holmes die Reichenbach-Fälle hinunterwarf), erschienen zwei Freie Amazonen. Sie wurden als Freipartnerinnen beschrieben (wahrscheinlich, wenn auch nicht ausdrücklich erwähnt, Lesbierinnen, um ein Gegengewicht zu der Sexualidentitätskrise der männlichen handelnden Personen zu schaffen).

Zu der Zeit hatte ich versucht, die Sexualität einer fremden Gesellschaft genau zu porträtieren. Ich fühlte mich verpflichtet, mich diesem Problem zu stellen, weil Studien zeigen, daß noch keine Gesellschaft imstande war, die Homosexualität auszumerzen. Die schrecklichsten Strafen des Mittelalters einschließlich der Todesstrafe hatten keinen Erfolg, und in toleranten Gesellschaften ist sie so gut wie universell. (Sogar in Rotchina, wage ich zu behaupten, kommt sie vor, obwohl die chinesischen Kommunisten behaupten, es gebe in ihrem ganzen Land keinen einzigen Homosexuellen.)

„Beide waren Mitglieder der Gilde Freier Amazonen und trugen die übliche Tracht: kurze Stiefel aus weichem, ungefärbtem Leder, pelzbesetzte Reithosen, Pelzjacken und schwere bestickte Lederjacken mit Kapuzen. Eine hatte rötliches Haar, das eingeflochten, tief im Nacken aufgesteckt und unter der Kapuze verborgen war, die andere kurzgeschnittene dunkle Locken. Beide hatten das etwas harte, knabenhafte Aussehen von Frauen, die im Widerspruch zu allen Regeln einer patriarchalischen Gesellschaft Männerarbeit tun und sich die Männern zustehende Freiheit nehmen.“

Ich bin gefragt worden, woher diese Beschreibung stammt. Soweit ich mich erinnern kann, war mein Modell für die meisten der

Freien Amazonen eine Farmersfrau, die in der Nähe des Hauses meiner Eltern wohnte. Ihr Vater war alt und bettlägerig, ihr Mann in der Armee, und sie leitete zwei Farmen ebenso gut – oder besser – als jeder Mann, den ich kennengelernt habe. Sie war in meinem Leben die erste Frau, die ständig Hosen trug, und das war 1945 etwas ganz anderes als in den Achtzigern, wo Bluejeans zur universellen Kleidung für beide Geschlechter geworden sind. Die Männer in meiner Familie und viele Frauen in unserer ländlichen Gemeinde waren nicht mit ihr einverstanden. Ich hielt sie für wunderbar, obwohl sie Kinder nicht mochte und ich wohl kein dutzendmal mit ihr gesprochen habe, außer wenn ich auf Geheiß meines Vaters zu ihr ging, um die Genehmigung einzuholen, ein offenes Feuer zu machen – denn sie war auch der Branddirektor des Countys. Ich selbst habe bis in die sechziger Jahre hinein selten auch nur Damen-Freizeithosen getragen, bis ich voller Begeisterung entdeckte, welche Bequemlichkeit und welche Freiheit einem das Tragen von Hosen gibt... Ich kann mir immer noch nicht vorstellen, warum irgendwer einen Rock anzieht, solange er nicht muß. Übrigens, mein Bruder empfindet umgekehrt Hosen als lästig und trägt am liebsten einen Kilt! Der Geschmack ist verschieden, und wie eine Person in einem anderen unserer Bücher gern sagt: „Ich erfreue mich an der Mannigfaltigkeit der Schöpfung."

Die Darkover-Serie endete dann doch nicht mit den *Weltenzerstörern.* Als Don Wollheim DAW Books gründete und mich aufforderte, einen Roman für ihn zu schreiben, schlug er ein weiteres Darkover-Buch vor, weil es eine „bekannte Serie" sei und die Buchhändler sie liebten. Ich schrieb *Landung auf Darkover* und griff darin die Probleme des Überlebens auf, und erst in der *gesprengten Kette* (1976) machte ich Freie Amazonen zu Hauptpersonen eines Buches. Kindra n'ha Mhari, Freie Amazone, Entsagende, sollte eigentlich die Hauptrolle spielen. Doch Lady Rohana spazierte aus meinem Unterbewußtsein und übernahm sie selbst.

Feministischen Schriftstellerinnen hat *Die gesprengte Kette* nicht gefallen. Mindestens eine nannte mich „der Herausforderung, eine rein weibliche Gesellschaft zu schildern, nicht gewachsen". Da es nie eine rein weibliche Gesellschaft gegeben hat und nicht anzunehmen ist, daß es je eine geben wird (und falls doch, würde sie sich im Verlauf einer Generation selbst auslöschen), halte ich persönlich es für witzlos, eine Gesellschaft zu erfinden, in der alle

Y-Chromosomen bequemerweise verschwunden oder ausgestorben sind. (Allerdings erhielt ich ein Manuskript von einer Frau, die ernsthaft eine Theorie aufstellt, es sei heutzutage bereits technisch möglich, daß Frauen parthenogenetische Töchter bekommen, doch das Wissen werde von Männern unterdrückt, damit die Frauen nicht in die Lage versetzt werden, nicht einmal mehr zur Fortpflanzung Männer zu benötigen). Ich kann mir nicht vorstellen, warum eine eingeschlechtliche Gesellschaft jemandem reizvoll erscheinen könnte – reine Paranoia. Ich persönlich halte zwei Geschlechter für eine *ausgezeichnete* Idee. Eine Welt, auf der alle gleich sind, wäre noch schlimmer als die vom Großen Bruder beherrschte Gesellschaft.

Ein paar Jahre später gab ich Kindra eine eigene Geschichte und schuf damit einen Hintergrund für Camilla n'ha Kyria, die allseits so beliebte *emmasca* aus der *Kette. Um den Eid zu wahren* (1979) befaßt sich mit den Beschränkungen, die den Freien Amazonen in der darkovanischen Gesellschaft beim Anwerben neuer Kandidatinnen auferlegt sind – eine das Individuum einengende Gesellschaft besteht länger, wenn sie ehrenhafte Alternativen toleriert, und ich betrachtete die Amazonen als eine solche.

Nach der *gesprengten Kette* sahen viele Darkover-Fans in den Amazonen den interessantesten Teil der Serie. Die Freunde Darkovers erhielten mehr Briefe und Amateur-Geschichten über die Amazonen als über jedes andere Thema. Einige Frauen legten sogar eine Version des Eides ab und versuchten, danach zu leben, und manche änderten ihre Namen zu Amazonen-Namen um. Eine Gruppe der SCA (Society for Creative Anachronism = Gesellschaft für kreativen Anachronismus, die sich der Wiederbelebung mittelalterlicher Eigentümlichkeiten widmet) holte die Erlaubnis ein, sich als Gildenhaus statt als Königreich zu organisieren, und auch ein paar Frauenkommunen haben die Form von Gildenhäusern angenommen. Das setzt sich bis zum heutigen Tag fort; es findet selten ein SF-Con statt, bei dem mich keine Teilnehmerin bittet, ihr den Amazonen-Eid abzunehmen. Für gewöhnlich befrage ich die Frauen eingehend, um festzustellen, ob sie sich der Vielzahl von Einschränkungen bewußt sind, die dies mit sich bringt, und wenn ich den Eindruck gewinne, daß sie es ernst meinen, nehme ich ihren Eid entgegen. Ich finde, das richtet zumindest auch nicht mehr Schaden an als das „Adoptieren“ von Stoffpuppen.

Viele Leser wollten mehr über das tägliche Leben in einem Amazonen-Gildenhaus wissen, und so entstand, beinahe durch ein Volksbegehren, *Gildenhaus Thendara.* Es setzt die Geschichte von Magdalen Lorne und Jaelle fort, die ihre Plätze im Imperium tauschten. Natürlich wachsen dabei beide über die Grenzen ihrer früheren Persönlichkeiten hinaus.

Nach *Gildenhaus Thendara* überprüfte eine meiner Amazonen-Pflegetöchter den Wortlaut des Eides und schuf eine Version, nach der eine Frau in einer technisch hochentwickelten Gesellschaft leben kann. Die Existenz dieser Version des Eides (abgedruckt am Ende des Buches) brachte den Gedanken an die Brückengesellschaft, die der Mittelpunkt des letzten Amazonen-Romans *Die Schwarze Schwesternschaft* ist, und Personen wie Vanessa ryn Erin hervor.

Seit der *gesprengten Kette* haben viele Frauen über die Freien Amazonen schreiben wollen. Eine Zeitlang erhielten wir mehr Geschichten über dieses Thema als über alle anderen zusammengenommen. In dem ersten Band der Darkover-Kurzgeschichten (Moewig 3700) waren zwei, die mir am besten gefielen, „Die Rettung" von Linda MacKendrick, eine humorvolle Auseinandersetzung mit einem ernsten Problem (Wer steht dem Geist des Eides näher – ein Mann, der die Unabhängigkeit einer Frau respektiert, oder eine Frau, die es nicht tut?) und „Es gibt immer eine Alternative" von Patricia Mathews, eine bittere Darstellung der Verzweiflung, die Frauen zur Flucht aus der Gesellschaft treiben kann.

Patricia Mathews schuf in einem Darkover-Roman, den sie als Fan schrieb und später zu einer eigenen Welt umarbeitete, die Schwesternschaft vom Schwert. Mir gefiel die Idee, und Pat gab mir die Erlaubnis, die Schwesternschaft zu benutzen. Deshalb kommt sie in dem Roman *Die Zeit der hundert Königreiche* (Moewig 3584) zusammen mit einem anderen „Hauptstrom" ehrenhafter Alternativen für Frauen vor. Sogar im Mittelalter hier auf Terra wurde Frauen, die sich nicht in die Gesellschaft einfügen wollten, erlaubt, in ein Kloster zu gehen, und jede Kultur scheint ohne Ausnahme Schamaninnen oder Schwesternschaften von Heilerinnen gehabt zu haben. Deshalb schuf ich als Gegengewicht die Schwesternschaft Avarras, und diese beiden beginnen am Ende der *Zeit der hundert Königreiche* miteinander zu verschmelzen. Später, in *Herrin der Falken,* tritt die Heldin Romilly in die Schwesternschaft vom Schwert ein. Die Amazonen blieben die beliebteste Facette Darkovers; als wir den „Darkover Newsletter“ und ein Fanzine mit dem Titel *Starstone* veröffentlichten, verkauften sich am besten die beiden Anthologien *Geschichten von den Freien Amazonen* und der Folgeband *Weitere Geschichten*. Wir konnten einfach nicht nachliefern, obwohl sie kommerziell in lokalen Frauen-Buchhandlungen verkauft wurden. Doch eine völlig unrealistische Preispolitik zwang uns, sie von der Veröffentlichung zurückzuziehen. Als es möglich wurde, eine dritte Anthologie der Freunde Darkovers herauszugeben, entschlossen wir uns, die besten Titel der beiden Bücher nachzudrucken und ein paar professioneller geschriebene Geschichten beizufügen.

Alle paar Monate erhalte ich einen Brief von einem (für gewöhnlich männlichen) Fan, der sich beschwert, ich verlöre den Kontakt mit dem „realen“ Darkover und schriebe nur noch über Themen, die Frauen angehen. Diese Briefe deprimieren mich ein paar Minuten lang, bis ich mir klarmache, daß auf jeden von ihnen zehn oder zwölf von Frauen kommen, die sich von Herzen freuen, daß ich für sie, über *ihre* Probleme und *ihr* Leben geschrieben habe. Es werden so viele Science-fiction-Bücher ausschließlich für Männer verfaßt, daß ich leider für diese männlichen Fans nicht viel Mitgefühl aufbringe. Ich empfehle ihnen sämtliche Autoren von Anderson bis Zelazny.

Ich kann meiner ersten Freien Amazone Kyla gerade ins Gesicht sehen und zu ihr sagen: „Du bist einen weiten Weg gegangen, Geisteskind.“ Und von ihr geführt, ich auch, wie ich meine.

Marion Zimmer Bradley

Über Walter Breen und den Eid der Freien Amazonen

Als Die gesprengte Kette *erschien, schrieb ein desillusionierter ehemaliger Darkover-Fan darüber eine Kritik mit der Überschrift „Der gesprengte Traum“. Seine gute Meinung über die darkovanische Gesellschaft, so hieß es darin, sei durch den „radikalen Feminismus“ und den „Männerhaß“ der* gesprengten Kette *zerstört worden. Außerdem behauptete er, kein Mann könne diese Art von Beziehung zu einer Frau akzeptieren. Als Vergeltung lege ich eine Analyse des Eides vor, geschrieben von meinem eigenen Mann, der mir auch bei der Formulierung des Eides geholfen hat.*

Walter Breen ist Sachbuchautor zum Thema „Seltene Münzen“, ein professioneller Numismatiker, der sich in der wenig beneidenswerten Lage befindet, mehr über Darkover zu wissen als ich selbst – er erinnert sich an alles, was ich vergessen habe. Wir sind seit 1964 verheiratet und haben zwei Kinder, beide jetzt im College. MZB

Der Eid der Comhi-Letzii oder des „Ordens der Entsagenden“,

im allgemeinen die „Freien Amazonen“ genannt, mit Erläuterungen

Von diesem Tag an (so schwöre ich):	*Men dia pre' z'biuro* (rituelle Formel)
entsage ich dem Recht zu heiraten,	Da die Heiraten von den Familien arrangiert wurden, stellt dies eine Loslösung von allen familiären Bindungen und Verpflichtungen dar, einschließlich der zwischen der Amazone und ihren Eltern, wozu auch der Verzicht auf das Erbe gehört.
außer als Freipartnerin.	Mit dieser Ausnahme behält sich die Amazone das Recht vor, sich im Rahmen einer Freipartnerschaft, also der Bindung durch ein gegenseitiges Versprechen, einen Bettpartner oder Liebhaber zu nehmen. Freipartner teilen das Eigentum und die Verantwortung für das Aufziehen ihrer Kinder.
Kein Mann soll mich *di catenas* binden,	Damit entsagt die Amazone den Privilegien, der Morgengabe, der Überschreibung von Landbesitz und

anderem Eigentum auf die Ehefrau, den Titeln, dem Erbanspruch für sich selbst und für ihre Kinder und anderen Rechten, die der Ehefrau bei dieser ältesten Form der Eheschließung übertragen werden. Es ergibt sich daraus, daß sie die Autorität eines Domänenlords (auch des Hastur-Lords), der normalerweise die *catenas* als Zeichen für das Comyn-Einverständnis mit der Heirat um die Handgelenke der Parteien schließt, nicht anerkennt und nicht auf seinen Schutz reflektiert.

und ich werde in keines Mannes Haushalt als *barragana* leben.

Von der höchsten bis zur (außer der Prostitution) niedrigsten Form werden alle Verbindungen abgelehnt. Die beiden Bestimmungen sind auf *casta* genau gegeneinander abgewogen.

Ich schwöre, daß

ich bereit bin, mich mit Gewalt zu verteidigen, wenn man mich mit Gewalt angreift,

Zwei weitere gegeneinander abgewogene Bestimmungen. Der Sinn ist, daß die Amazone dem Schutz entsagt, den eine Frau normalerweise vom Vater oder Ehemann erwarten kann, und gleichzeitig versichert, daß sie lernen kann und muß, ohne diesen Schutz zu überleben.

und daß ich keinen Mann um Schutz bitten werde.

Verzicht auf jeden weiteren Anspruch an die Familie, selbst wenn es um den lebensnotwendigen Bedarf geht. Von jetzt an ist ihr Heim nicht mehr das Haus ihres Vaters, sondern das Gildenhaus.

Ich schwöre, daß ich von diesem Tag an

nie mehr den Namen eines Mannes führen werde, sei er Vater, Vormund, Liebhaber oder Gatte, und allein als

Verzicht auf jede Identifizierung mit der Kaste, dem Clan, der Familie, in der sie geboren wurde, wie jeder Familie, in die sie durch Heirat aufgenommen werden könnte.

(Vorname) *nikhya mic* (Vorname der Mutter) bekannt sein werde.

Z. B. Margali, Tochter Ysabets. Die ultimate biologische Verbindung zwischen Mutter und Tochter wird in diesem begrenzten Ausmaß anerkannt.

Ich schwöre, daß ich mich von diesem Tag an

einem Mann nur hingebe, wenn ich den Zeitpunkt bestimmen kann und es mein eigener freier Wille ist.

Hier wird den sozialen Beziehungen entsagt, die durch eine Ehe entstehen, nicht dem Geschlechtsverkehr oder gar der Liebe. Die Amazone erhebt Anspruch auf das Eigentumsrecht an ihrem Körper, den sie verschenken kann, wenn sie es wünscht, aber nicht auf Befehl eines Mannes zur Verfügung stellen muß.

Ich werde niemals mein Brot als das Objekt der Lust eines Mannes verdienen.

Nicht nur die Prostitution wird abgelehnt, nicht nur der Status einer *barragana,* nicht nur der Beruf einer Künstlerin, deren Einkommen davon abhängt, daß sie Männern ein hübsches Gesicht und eine gute Figur zeigt, sondern auch jede andere Beschäftigung, bei der die Amazone prinzipiell oder ausschließlich als Sexobjekt auftreten muß, z. B., indem sie sich auf terranische Art kleidet.

Ich schwöre, daß ich

ein Kind nur dann gebären will, wenn es mein Wunsch ist, das Kind von diesem Mann und zu diesem Zeitpunkt zu empfangen.	Ablehnung des Hauptgrundes für alle Formen der Ehe auf Darkover.
Weder die Familie noch der Clan des Mannes, weder Fragen der Erbfolge noch sein Stolz oder sein Wunsch nach Nachkommenschaft sollen dabei Einfluß auf mich haben.	Parallele zu den Bestimmungen im vorhergehenden Absatz.

Ich schwöre, daß ich

allein bestimmen werde, wie und wo ein von mir geborenes Kind aufgezogen werden soll, ohne Rücksicht auf die Stellung oder den Stolz eines Mannes.	Damit wird ihre Nachkommenschaft den Ansprüchen entzogen, die die Familie, der Clan und unter Umständen die Comyn andernfalls stellen könnten. Es gibt praktisch keine Vorschriften darüber, wer dazu ausgewählt werden kann, das Kind einer Amazone aufzuziehen. Töchter werden normalerweise im Gildenhaus erzogen, Söhne im Alter von fünf Jahren (nicht der geeignetste Zeitpunkt für eine Trennung!) an einen Pflegeplatz fortgeschickt, den die Mutter bestimmt, doch kann dies auch früher geschehen.

Von diesem Tag an (so schwöre ich)	Verzicht auf jede Form von Schutz, die diese Institutionen gewähren.
enden für mich alle Verpflichtungen,	
die ich gegenüber Familie, Clan, Haushalt, Regent oder Lehnsherr hatte.	Hinweis darauf, daß auch der Wille Hasturs nicht das Gesetz des Landes ist.
Achtung schulde ich, wie jeder freie Bürger, nur den Gesetzen des Landes,	Versicherung, daß die Amazone keine Gesetzlose ist. „Freier Bürger“ bedeutet normalerweise einen Mann.
dem Königtum, der Krone und den Göttern.	Dies ist eine aufsteigende Reihenfolge: Das soziale System, sein Herrscher und die vier Götter stellen jeweils höhere Autoritäten über ihren eigenen Willen dar.
Ich werde an keinen Mann Rechtsansprüche stellen, daß er mich beschütze, mich ernähre oder mir helfe.	Normalerweise hat eine Frau auf Darkover gesetzlichen Anspruch auf Schutz entweder durch die Familie, der sie entstammt, oder in die sie hineingeheiratet hat. Diesem Recht entsagt die Amazone; im folgenden Absatz wird dargelegt, an welche Stelle sie sich statt dessen zu wenden hat.
Eine Treuepflicht habe ich nur gegenüber meiner Eidesmutter, meinen Schwestern in der Gilde und meinem Arbeitgeber, solange ich bei ihm beschäftigt bin.	Eidesmutter ist die Frau, die der neuen Amazone den Eid abgenommen hat. Mit „Schwestern“ sind zunächst jene in ihrem Gildenhaus gemeint, doch erstreckt sich die Bezeichnung auch auf alle anderen Amazonen. Die Erwähnung des Ar-

beitgebers schließt an die alte Tradition an, daß das freiwillige Eingehen eines Beschäftigungsverhältnisses zum Zweck des Broterwerbs einen Vertrag bedeutet, sei er schriftlich, mündlich oder stillschweigend geschlossen, nach dem beide Parteien verpflichtet sind, die gegenseitigen Interessen zu wahren.

Und weiter schwöre ich,

daß jedes einzelne Mitglied der Gilde Freier Amazonen für mich sein soll wie meine Mutter, meine Schwester oder meine Tochter, geboren aus einem Blut mit mir,

Eine erwählte Familie, aber mit den gleichen Verpflichtungen, die normalerweise die Mitglieder einer durch Blutsbande verknüpften Familie gegeneinander haben.

und daß sich keine Frau, die der Gilde durch ihren Eid angehört, vergeblich um Hilfe an mich wenden soll.

Setzt die Verpflichtung zum Schutz voraus, die normalerweise zwischen Vater und Tochter oder Ehemann und Ehefrau besteht.

Ich schwöre, daß ich von diesem Augenblick an

Intensivierung der rituellen Formel.

den Gesetzen der Gilde Freier Amazonen und

Parallele zum vorherigen Abschnitt: Rechte ziehen Pflichten nach sich.

jedem rechtmäßigen Befehl

Das Schlüsselwort hier ist *rechtmäßig*.

meiner Eidesmutter, der Gildenmütter und meiner gewählten Anführerin gehorchen werde.	Nur in Situationen, wo Gründe dafür bestehen, daß diese Personen Befehle geben.
Und wenn ich ein Geheimnis der Gilde verrate oder meinen Eid breche,	
dann werde ich mich der Strafe unterwerfen, die die Gildenmütter über mich verhängen.	
Und wenn ich das nicht tue,	D. h., die vorhergehende Bestimmung nicht erfülle, also nicht in den Amazonen-Status zurückkehre.
dann möge sich die Hand jeder Frau gegen mich erheben.	
Sie sollen mich erschlagen dürfen wie ein Tier und meinen Körper unbeerdigt der Verwesung und meine Seele	Anders als bei einer gesetzlichen Hinrichtung. Tiere werden normalerweise nicht beerdigt.
der Gnade der Göttin überlassen.	Jeder Darkovaner versteht, daß hier Avarra gemeint ist.

Über „Die Legende von Lady Bruna“

Lange, bevor ich irgendwo ausführlicher über die freien Amazonen geschrieben habe, erzählte ich von Bruna Leynier, die, als ihr Bruder ums Leben kam und sein Sohn noch ungeboren war, Anspruch auf das Schwert und die erbliche Position eines Befehlshabers der Comyn-Garde erhob. Diese Geschichte wird kurz im Verbotenen Turm *(1977; Moewig 3553) erwähnt, aber in meinen Darkover-Notizen taucht sie schon 1955 auf. Die folgende Version des „Mythos“ wurde für* Gildenhaus Thendara *geschrieben, aber als irrelevant für die Identitätskrisen von Magda und Jaelle aus der endgültigen Fassung des Buches herausgenommen. Sie erschien dann als Teil der umfangreichen Unterlagen über Mythen und Volkssagen Darkovers in einem Büchlein mit dem Titel* Legenden von Hastur und Cassilda. *Mehrere Darkover-Fans haben über Lady Bruna geschrieben, darunter auch Joan Marie Verba, deren Story „Dieses eine Mal“ sich weiter hinten in dem vorliegenden Buch findet. Mir kam der Gedanke, daß eine Legende dieser Art bestimmt bei den Frauen des Gildenhauses beliebt ist, da sie den Prototyp einer unabhängigen Frau schildert und den Entsagenden ein Rollenmodell gibt. Deshalb schließe ich sie hier ein.* MZB

Die Legende von Lady Bruna

von Marion Zimmer Bradley

Janetta brachte ein altes Buch, gebunden in schweres, rotgefärbtes Leder, und legte es Mutter Lauria in den Schoß.

„Nun, Töchter", fragte die alte Frau nachsichtig, „was soll ich euch denn vorlesen?"

„Von Lady Bruna", sagte Cloris. „Von Lady Bruna Leynier, die das Schwert ergriff und die Garde befehligte..."

„Ja, ja", fiel Rafaella ein. „Wir haben jetzt eine Margali im Haus, die soll die Geschichte ihrer Namensschwester hören."

Mutter Lauria sah über den Rand des schweren Buches zu Magda hin. „Hast du deinen Namen nach dieser alten Legende bekommen, Margali?"

„Ich weiß es nicht", sagte Magda. „Ich habe die Geschichte nie gehört, und ich weiß nicht, ob meine Mutter sie kannte." Allerdings, so überlegte sie, hatte Elizabeth Lorne buchstäblich jede Erzählung und Ballade der Kilghardberge und der Hellers gekannt. Mutter Lauria öffnete das Buch und begann zu lesen...

In alter Zeit gab es in der Alton-Domäne, oben in den Kilghardbergen drei edle Familien. Lange lebten sie in Frieden, aber irgendwie geschah es, daß eine Blutrache zwischen ihnen entstand. Und, wie jeder weiß, wenn Brüder streiten, kommen Feinde und erweitern den Riß. So tobte die Fehde viele Jahre zwischen der Lanart-Sippe und den Leyniers von Armida und ihren Verwandten, den Lindirs, und dann, unter der Herrschaft von König Alaric, als die Hasturs Könige in Thendara waren, trafen diese drei Familien zusammen, um zu bestimmen, was geschehen müsse, damit die großen Häuser der Alton-Domäne nicht für immer ausstürben.

Damals war Dom Kennard Leynier Oberhaupt des Clans, und er war ein junger Mann, denn sein Vater und sein Großvater waren gefallen, und Cathal Leynier, sein Urgroßvater, war zu alt für dieses Amt. Und so wurde Kennard mit Margali Lanart verheiratet, und nach der Hochzeit, als das Paar zusammengegeben und zu Bett gebracht worden war, wie es Brauch war in den Bergen, kam Domenic Lindir, ein Vetter Margalis (denn ihre Mutter stammte aus der Lindir-Sippe) zu Dom Kennard und verlangte Lady Bruna Leynier, Kennards Schwester, zur Frau.

„Denn dann", sagte er, „werden unsere drei Häuser mit doppelten Banden gebunden und wir alle Freunde sein."

Es sah so aus, als werde das der Alton-Domäne Frieden bringen, und so wurde die Heirat unter dem Mannsvolk abgesprochen. Doch als der Hochzeitstag kam, sagte Lady Bruna Leynier: „Dies wird nicht geschehen; ich werde für keinen Mann der Welt Armbänder tragen, und ganz bestimmt nicht für einen Mann aus der Lindir-Sippe, dessen Hände rot sind vom Blut meiner Verwandten." Und so verließ Domenic Lindir das Haus von Leynier sehr zornig, und die Fehde brach von neuem aus und tobte, heftiger als je zuvor, ein weiteres Jahr. Sie kämpften, bis kein erwachsener Mann der Lanarts und der Leyniers mehr am Leben war, sondern nur noch ein paar kleine Jungen. Und in dieser Zeit fiel auch Kennard Leynier und wurde zu dem Beerdigungsplatz bei Hali getragen, und an seinem Grab enthüllte Margali, daß sie ein Kind trug und daß dieser Erbe Kennards in einem halben Jahr geboren werden würde.

Und als Kennard in der Erde lag, kam Domenic Lindir wieder nach Armida und sagte zu dem alten Cathal Leynier, der die Regentschaft über die Domäne für Margali übernommen hatte, obwohl er an die hundert Jahre alt war und die Garde nicht befehligen konnte, wie die Leyniers von Armida es zu jener Zeit taten: „Ich will Lady Bruna heiraten, wenn sie mich jetzt haben will. Und ich will schwören, daß ihr ältester Sohn Erbe von Armida in der Alton-Domäne sein und die Garde befehligen soll, wenn er zum Mann herangewachsen ist, aber in der Zwischenzeit werde ich die Garde befehligen und Regent der Alton-Domäne sein."

Lady Bruna sah Domenic nicht an, nur den alten Cathal, und sagte zu ihm: „Ich habe einen Eid geschworen, daß ich die *catenas* für keinen Mann der Welt tragen will. Und ich wundere mich über dich, Onkel, daß du daran denkst, in unsere Sippe einen Mann zu bringen, dessen Hände befleckt sind von dem Blut all unserer Verwandten und von meines Bruders Kennard Blut."

Domenic Lindir sagte, den Blick auf Bruna gerichtet: „Nicht einmal für die Herrschaft über Alton möchte ich dieses bösmäulige, scharfzüngige Mannweib heiraten, das sich herausnimmt, in der Anwesenheit von Männern zu sprechen. Soll sie, was mich angeht, doch als Jungfrau leben und sterben."

„Das Schicksal will ich gern auf mich nehmen", sagte Lady Bruna, und sie hielt die Hand in das Feuer von Hali und beschwor es.

Domenic Lindir sagte: „Da Kennards Schwester geschworen hat, nicht zu heiraten, und deshalb keinen Mann haben wird, der Anspruch auf die Herrschaft über Alton erhebt, will ich Kennards Witwe zur Frau nehmen. Ich schwöre, daß ihr Sohn, wenn er geboren ist, aufgezogen werden soll wie mein eigener, und er soll die Garde befehligen, wenn er erwachsen ist, und mein ältester Sohn soll immer an zweiter Stelle nach ihm kommen."

„Das scheint mir ein ehrlicher Handel zu sein", sagte der alte Cathal und besiegelte den Vertrag. Aber die Frauen sprachen insgeheim miteinander, und als Margali vor Domenic gebracht wurde und mit ihm verheiratet werden sollte, sagte sie: „Du bist schnell bereit zum Heiraten, wenn Armida die Mitgift ist, aber ich will keinen Mann heiraten, an dessen Händen das Lebensblut meines Gatten klebt. Willst du, Domenic, deine Hand ins Feuer von Hali halten und mir schwören, daß du in Rat und Tat keinen Teil am Tod meines Gatten und dem Vater des Sohnes hattest, den du so gern aufziehen möchtest?"

Domenic blickte zornig und fragte den alten Cathal: „Willst du dein Haus von diesen Frauen regieren lassen? Denn wenn das auch die Stimme Margalis ist, sind es doch die Worte Lady Brunas, und ich werde mich ihrem Willen nicht unterwerfen!"

Cathal fragte ihn: „Dann willst du nicht schwören, daß du weder in Rat noch in Tat keinen Teil am Tod meines Urenkels hattest und unbefleckt bist von seinem Blut?"

„Ich bin nicht hergekommen, um erzwungene Eide zu schwören", sagte Domenic, „sondern um ein ehrliches Angebot zu machen, das dieser Fehde ein Ende setzen wird. Ich werde keinen Eid auf das Geheiß irgendeiner Frau schwören."

„Aber du wirst ihn auf mein Geheiß schwören“, sagte Cathal Leynier, „oder du wirst Lady Margali nicht heiraten, weder heute noch an einem anderen Tag.“

Domenic lachte und zog den alten Mann am Bart. „Willst du mich aufhalten, alter Mann? Und du, Domna Margali, wenn du mich nicht heiraten willst, dann werde ich dich einem meiner Brüder geben, und da du dich geweigert hast, Kennards Sohn als meinen aufwachsen zu lassen, damit er später die Garde befehligen kann, soll er beiseitegesetzt werden, und mein ältester Sohn soll die Garde an seiner Stelle befehligen.“

„Das kann nicht sein“, sagte Cathal Leynier, „denn Kennards Sohn ist Kommandant der Garde und Erbe von Alton schon im Mutterleib.“

Und Domenic Lindir lachte und zog den alten Mann wieder am Bart und spuckte ihm ins Gesicht und warf den weinenden alten Mann auf den Boden und sagte: „Wie willst du die Domäne für ihn halten, Graubart? Will er mich aus dem Mutterleib herausfordern, oder will eine von diesen ungebärdigen Frauen die Herrschaft für ihn ausüben?“ Lachend ging er weg. Und als er gegangen war, kamen Margali und Bruna und hoben Cathal auf und wischten ihm das Gesicht ab und trockneten seine Tränen und trösteten ihn und sagten: „Großvater, wir werden uns an diesem Mann rächen.“

„Und wie wollt ihr das machen, die ihr zwei Frauen seid, eine davon schwer mit einem Kind? Wollt ihr beiden, daß die Herrschaft über die Alton-Domäne in die Hände der Lindir-Sippe übergeht? Ich flehe dich an, Margali, versöhne dich mit Domenic und heirate ihn, zum Besten der Domäne und um Kennards Sohn willen.“

„Um Kennards Sohn willen“, antwortete Margali, „werde ich keinen Mann heiraten, der auf das graue Haar seines ehrwürdigen Vorfahren gespieen hat.“

„Es gibt keine Ehre im Grab“, sagte Cathal, „und ich werde bald darin liegen. Ich bitte euch Frauen nur, irgendwie dafür zu sorgen, daß Kennards Sohn nicht neben mir liegen wird. Und da ist keiner, der die Garde befehligen kann, bis er zum Mann herangewachsen sein wird.“

„Sag nicht, da sei keiner, der die Garde befehligen kann“, fiel Bruna ein, „denn ich selbst will das Schwert nehmen und sie anstelle meines Bruders befehligen, bis Kennards Sohn, den Margali unter dem Herzen trägt, zum Mann herangewachsen sein wird. Und wenn der Tag gekommen ist, werde ich den Befehl über die Garde an ihn abtreten, und er soll das Schwert seines Vaters aus meinen Händen empfangen und aus keinen anderen."

Und Cathal antwortete weinend: „So soll es sein, Bruna, denn du bist so stark und tapfer wie jeder Mann aus unserem Clan."

Und mit eigenen Händen gürtete er sie mit Kennards Schwert.

„Jetzt müssen wir nur noch", sagte er, „Margali mit einem Verwandten verheiraten, der sie und ihren Sohn beschützen kann, und da sie Domenic Lindir nicht haben will, müssen wir anderswo suchen, und zwar schnell, und wir können keine Zeit auf eine sorgfältige Auswahl verschwenden, weil Margali, solange sie nicht verheiratet ist und keinen Ehemann zu ihrem Schutz hat, Domenics Gnade ausgeliefert ist."

Margali sah Bruna an, die das Schwert ihres Gatten trug, warf sich weinend in ihre Arme und sagte: „Erspare mir dieses Schicksal, Schwester, du, die du Regentin von Alton bist und das Recht hast, ja oder nein zu Heiraten innerhalb des Clans zu sagen!"

„Gern", antwortete Bruna, „aber du bist jung, und wenn du jetzt auch um Kennard weinst, wird doch ein Tag kommen, an dem du dich wieder nach einem Liebhaber oder Gatten umsehen wirst, und dann wirst du dich mit ihm verschwören, um mir die Domäne aus den Händen zu nehmen."

„Das soll niemals geschehen", sagte Margali, „und ich will es dir beschwören, daß kein Mann auf der Welt unsere Eide trennen soll."

„Ist das so? Dann soll es geschehen, wie du willst", antwortete Bruna, und zusammen reisten sie nach Hali, bevor irgend jemand sie daran hindern konnte, und dort banden sie sich an der heiligen Stätte vor den heiligen Gegenständen mit ihren Eiden. Margali schwor, sie werde keinen Mann zum Gatten nehmen, der nicht Lady Bruna als seinen Lord und den Regenten seiner Domäne anerkenne. „Denn ich weiß wohl", sagte sie, „daß kein Mann der Welt auf diese Bedingung eingehen wird. Wenn ich schwöre, daß ich überhaupt nicht wieder heiraten will, kann man meinen Eid als den einer Witwe in Trauer für ungültig erklären, aber wenn ich schwöre, daß ich nur einen Mann heiraten will, der meine Bedingungen erfüllt, dann ist dieser Eid gesetzmäßig, und ich kann ihn bis zum Tod halten."

Und sie schwor. Und Bruna wiederum schwor, sie nehme Margali nach den Gebräuchen einer Freipartnerschaft unter ihren Schutz und werde Margalis Sohn als Erben von Alton aufziehen.

Aber als bekannt wurde, daß Lady Bruna die Witwe ihres Bruders zur Freipartnerin genommen hatte, sagten sämtliche Angehörigen der Hastur-Sippe zu Thendara: „Es ist ein Skandal, daß zwei Frauen sich gegenseitig Eide leisten, als heirateten sie einander. Sollen wir uns von Frauen beherrschen lassen, die nicht die treuen Untertanen ihrer Ehemänner sind? Denn wenn wir diesen Eid zulassen, welche Frau wird dann noch heiraten wollen?“ Und so brachten sie die Frauen vor den Hastur zu Thendara und baten ihn um sein Urteil.

Lady Bruna sagte: „Ich bin Regent von Alton, und deshalb stelle ich mich der gesetzmäßigen Herausforderung. Und du, Margali, möchtest du frei sein von deinem Eid?“

„Ich werde sie davon befreien, ob sie will oder nicht“, erklärte Domenic Lindir. „Sie hat sich geweigert, mich zu heiraten, aber ich sage, daß nur eine Wahnsinnige einen solchen Eid zusammen mit einer anderen Frau ablegen kann, und der Eid einer Wahnsinnigen gilt nichts.“

„Mir scheint“, entgegnete Margali, „daß es keinen Wahnsinn erfordert, eine Ehe von der Art abzulehnen, wie du sie mir zu bieten hattest. Wer anders als eine Wahnsinnige würde den Mörder ihres Gatten heiraten?“

Da wurde Domenic zornig und wollte sie schlagen, aber Bruna, die Kennards Schwert trug, trat zwischen die beiden und sagte: „Ich bin Regent von Alton; wenn du etwas mit einer Alton-Frau zu regeln hast, wende dich an mich.“

„Ich verhandele nicht mit Frauen, ob geistig krank oder gesund“, sagte Domenic. „Wenn ein Mann von der Alton-Domäne da ist, der als Regent wirken kann, werde ich mit ihm sprechen, aber nicht mir dir.“

„Ich bin kein Mann“, sagte Bruna, „aber ich bin eine Alton, und wenn ich beweisen muß, daß ich ein besserer Mann bin als die Mörder meines Bruders, werde ich es tun.“ Damit zog sie ihr Schwert und rief Domenic die Worte der Herausforderung zu. Sie kämpften, und nach kurzer Zeit hatte sie ihn erschlagen. Dann verlangte sie von seinen Brüdern, daß sie beschworen, den Frieden zu wahren, und sie taten es, denn sie sagten: „Diese Frau ist ein ebenso guter Schwertkämpfer wie jeder Mann.“ Und von dem Tag an sind die Lindirs die Friedensmänner und Diener der Altons.

Und die ganze Hastur-Sippe erklärte, Lady Bruna habe sich das Recht erworben, die Garde zu befehligen und als Regent von Alton zu regieren und den Sohn Kennards aufzuziehen.

„Aber was fangen wir mit diesen Frauen an?“ fragten die Hastur-Männer. „Denn es steht nicht im Gesetz, daß zwei Frauen miteinander eine Ehe eingehen können.“

„Warum nicht?“ fragte Lady Bruna. „Denn was ist eine Ehe anderes, als daß ich Margali mit meinem Schwert beschützen und für ihr Wohlergehen sorgen und jede andere Heirat verhindern kann, die man ihr aus politischen Gründen oder wegen Familien- und Erbschaftsangelegenheiten aufzwingen möchte? Ich kann ihr keine Kinder geben, aber sie hat bereits den Sohn Kennards empfangen, und wer weiß, ob sich nicht die eine oder die andere von uns eines Tages dazu entschließt, der Domäne ein Kind aus Alton-Blut zu gebären? Ich fragte sie jetzt im Angesicht Hasturs und der Götter: Willst du frei sein von deinem Eid, meine Schwester?“

„Das will ich nicht“, antwortete Margali. „Niemand als du, meine Schwester, soll das Kind meines Leibes aufziehen, dieses oder ein anderes.“

Und dann standen Bruna und Margali vor dem Rat zu Thendara und beschworen, daß sie sich ihr ganzes Leben lang wie Cassilda und Camilla lieben würden, daß keine von beiden jemals heiraten werde und daß jede die Kinder der anderen wie ihre eigenen behandeln wolle. Sie steckten die Hand ins Feuer und zogen sie unverbrannt wieder heraus, und so ließ Hastur den Eid als gesetzmäßig zu.

Zwanzig Jahre lang befehligte Lady Bruna die Garde, und als Margalis Sohn zum Mann herangewachsen war, trat sie das Schwert Kennards an ihn ab. Aber Regentin von Alton blieb sie bis zu ihrem Tod. Und als Kennards Sohn fünfundzwanzig war, fiel Bruna im Kampf gegen die Trockenstädter. Margali blieb allein auf Armida zurück und betrauerte ihre Schwester ihr Leben lang. Sie nahm keinen Mann zum Gatten, und sie war eine alte Frau, als sie starb. Und all das geschah im Reich Gabriels des Zweiten zu der Zeit, als die Hastur-Könige zu Elhalyn wohnten.

Mutter Lauria schloß das Buch. „Wie gefällt dir deine Namensschwester, Margali?“ fragte sie.

Magda war die Geschichte zu Herzen gegangen; sie dachte daran, wie sie den Räuber, der Jaelle bedrohte, niedergeschlagen hatte. „Ist das eine wahre Geschichte oder nur eine Legende?“ erkundigte sie sich.

„Das weiß ich nicht“, sagte Mutter Lauria, „aber es ist wahr, daß es unter der Herrschaft Alarics, dem sein Sohn Gabriel der Zweite folgte, eine Lady Bruna Leynier gegeben hat, der nach dem Tod ihres Bruders erlaubt wurde, die Garde zu befehligen, und daß sie drei Männer erschlug, die sie um dieses Recht zum Zweikampf forderten. Und es ist wahr, daß die Hasturs ihr erlaubten, die Witwe ihres Bruders unter ihren Schutz zu nehmen, bis sein Sohn zum Mann herangewachsen sei, so daß der Frau keine andere Ehe aufgezwungen werden konnte. Ob es mit Bruna und Margali so gegangen ist, wie die Geschichte behauptet, kann niemand sagen. Sie sind schon so lange tot, daß sogar ihre Knochen zu Staub zerfallen sind, und was ihnen in ihrem Leben widerfuhr, ist nur noch ein Thema für Vermutungen und Legenden. Ich stelle mir gern vor, daß sie sich liebten, wie die Geschichte erzählt. Aber das wird man erst wissen, wenn die Zeit endet und die Ewigkeit beginnt, und dann wird es nicht mehr darauf ankommen.“

Über Margaret Silvestri und „Werft eure Ketten ab“

Von Anfang an sind die beiden Extreme der darkovanischen Gesellschaft, die Freien Amazonen einerseits und die von ihren Ehemännern buchstäblich als „Besitz“ in Ketten gelegten Trockenstädterinnen andererseits gewesen. Es sind über das Thema „Trockenstädterin versus Amazone“ mehrere Geschichten geschrieben worden, aber diese fand den meisten Anklang und wurde in Geschichten von den Freien Amazonen *veröffentlicht.*

Margaret Silvestri ist staatlich geprüfte Krankenschwester und geschieden. Sie hat eine kleine Tochter. Ihre wichtigste Verbindung mit der Science-fiction besteht zu den Spellbinders, einer lokalen Organisation, die SF-Cons zu Wohltätigkeitszwecken veranstaltet. Außerdem pflegt Margaret Silvestri die Volksmusik und schreibt Lieder, „wenn die Inspiration mich packt, was nicht so oft geschieht, wie ich möchte.“

MZB

Werft eure Ketten ab

von Margaret Silvestri

„Ich möchte die Wüste sehen."

Man hatte diesen Wunsch im Gildenhaus merkwürdig gefunden, aber andererseits hatte Gilda n'ha Camilla gehört, alle diese *Terranan* seien merkwürdig. Wie abwegig die Idee auch sein mochte, die Frau hatte die offizielle Genehmigung sowohl von der terranischen als auch von der darkovanischen Regierung, und ihr großzügiges finanzielles Angebot hatte jede weitere Nachfrage im Keim erstickt. Aber nach dem langen Ritt über die Berge und zwei Tagen in der Wüste kehrten die bohrenden Fragen zurück.

Gilda n'ha Camilla streifte die Terranerin mit einem verstohlenen Blick. Sie hatte die Kleidung einer Freien Amazone angelegt, aber ihre unbewußten Gewohnheiten straften sie Lügen. Glücklicherweise waren sie niemandem begegnet, der die Freien Amazonen gut genug kannte, um die Täuschung zu durchschauen, denn das abergläubische Bergvolk mochte die Terraner nicht. Gilda ging in Gedanken das wenige durch, was sie von ihrer Arbeitgeberin wußte. Ihr Name war Marissa Del Gado. Obwohl sie Terranerin war, hätte sie sich mit ihren dunklen Farben leicht als Darkovanerin ausgeben können. Da sich das Raumhafenpersonal meistens nicht die Mühe machte, die Sprache zu erlernen, war Gilda überrascht gewesen, daß Marissa fließend *cahuenga* und etwas *casta* sprach. Offenbar hatte sie einiges Interesse an der Welt, auf der sie vorübergehend stationiert war.

Marissa hatte auch bisher nicht viel geredet, aber jetzt zog sie sich noch mehr in sich selbst zurück. Unablässig suchten ihre Augen das öde Land ab, bis sich Gildas Verdacht zu konkreten Fragen kristallisierte. Dann schlugen sie das Lager auf, und Gilda war entschlossen, ein paar Antworten zu erhalten, bevor sie weiterritten.

Die Amazonen-Führerin stellte das Zelt auf. Marissa sattelte die Pferde ab, rieb sie trocken und ließ sie das brackige Wasser aus dem kleinen Tümpel trinken. Fasziniert beobachtete sie, wie die Amazone mit einem Minimum von Bewegungen arbeitete. Sie hatte Glück gehabt, daß sie Gilda als Führerin bekommen hatte. Die Pferde waren versorgt und sicher angebunden, und nun schöpfte Marissa Wasser für sich selbst. Es war warm und schmeckte faulig, aber es war das einzige Wasser, das es weit und breit gab.

Innerhalb des Zeltes zog sich Marissa bis zur Taille aus und wischte sich mit einem angefeuchteten Tuch ihre schweißverklebte Haut ab. Obwohl es, was die Sauberkeit betraf, nur einen geringen Unterschied bedeutete, belebte es sie doch. Die Amazone kam herein, und verlegen bedeckte Marissa ihre kleinen Brüste. Aber als Gilda keine Notiz davon nahm, wusch sie sich schnell fertig und zog eine frische Jacke an. Also waren auch die Nacktheittabus hier anders. Sie würde diese Kultur nie verstehen.

„Möchtet Ihr noch weiter in die Wüste eindringen?"

Die Frage erschreckte Marissa. Sie hob den Kopf und sah in durchdringende graue Augen. „Ja... Warum fragt Ihr?"

„Ihr sagtet, Ihr wolltet die Wüste sehen. Gesehen haben wir sie jetzt zwei Tage lang. Sie verändert sich nicht viel. Wenn das Euer wahrer Grund für diese Reise war, sehe ich keinen Sinn darin, sie fortzusetzen."

„Wie kommt Ihr auf den Gedanken, ich hätte andere Gründe?"

„Ihr sucht den Horizont ab, als hieltet Ihr nach etwas Ausschau. Ihr wollt weiterreiten, obwohl Euer Wunsch erfüllt ist." Die Amazone sah sie streng an. „Wenn ich die Reise fortsetzen soll, muß ich wissen, warum."

Marissa dachte über die Situation nach und trommelte dabei nervös auf das Messer, das ihr am Gürtel hing. Sie konnte es sich nicht leisten, die Führerin zu verlieren. „Nun gut, ich will es Euch sagen. Ich suche nach meiner Schwester Teri. Sie hat in einem kleinen Trockenstadt-Dorf soziologische Studien gemacht, und ich habe den Kontakt mit ihr verloren. Teri schrieb mir regelmäßig Briefe, in denen sie von ihrer Arbeit berichtete... und vor zwei Monaten hörten sie auf. Seitdem habe ich nichts mehr von ihr gehört, und das beunruhigt mich."

„Zwei Monate ist keine lange Zeit, wenn man bedenkt, welche Gegend das hier ist. Die Karawanen kommen im günstigsten Fall unregelmäßig ... und dann gibt es Räuber, Überfälle ... Ihr werdet doch diese lange Reise nicht nur deswegen unternommen haben." Gilda war immer noch skeptisch.

„Nein, ich habe mir keine Sorgen gemacht, bis die Träume begannen. Träume, meine Schwester sei in Schwierigkeiten ... Ich konnte nicht erkennen, was es war, nur daß sie Hilfe brauchte. Bevor ich ins Gildenhaus kam, wurden sie schlimmer ... Meiner Schwester nahte der Tod. Das hört sich wahrscheinlich verrückt an, aber ich weiß, sie ist in Gefahr."

„Seid Ihr eine *leronis?*"

Marissa übersetzte *leronis* im Geist mit Zauberin und runzelte die Stirn. Diese Welt war wirklich voll von Aberglauben – jetzt hielt die Amazone sie für eine Hexe. Sie konnte doch nicht jemandem, der an Hexen glaubte, das Konzept des Vorherwissens und der außersinnlichen Wahrnehmung erklären! „Nein, aber sie ist nicht nur meine Schwester ... Wir sind Zwillinge, und manchmal spüre ich ihre Gedanken."

Die Amazone nickte, aber Marissa bezweifelte, daß sie es wirklich verstand. Darauf kam es nicht an; es kam allein auf ihre Mission an.

„Wollt Ihr mich weiterhin führen?"

„Warum sollte ich es nicht tun?"

„Ich habe Euch belogen. Ich könnte es Euch nicht verübeln, wenn Ihr sofort zurückreiten würdet."

Jetzt war Gilda an der Reihe, sich über die Seltsamkeit der Terranerin zu wundern. Würde ein Terraner tatsächlich einen anderen Terraner mitten in der Wüste im Stich lassen? Vielleicht hatte Hastur recht, wenn er den Einfluß des Imperiums auf Darkover in Grenzen hielt. „Es wäre besser gewesen, wenn Ihr mir die Wahrheit gesagt hättet, aber ich habe mich einverstanden erklärt, Euch zu führen. Selbst wenn ich unsere Vereinbarung brechen wollte, könnte ich es nicht. Es würde dem Gildenhaus viel Ärger bereiten, hätte ich eine verrückte *Terranan* allein in der Wüste zurückgelassen."

Marissa nahm das Attribut schweigend hin. Mit ihrem Gerede über Träume kam sie der Darkovanerin sicher wie eine Irre vor, aber solange Gilda als ihre Führerin bei ihr blieb, sollte sie von ihr denken, was ihr beliebte. Die Amazone betrachtete die Diskussion anscheinend als beendet, denn sie schnitt ein anderes Thema an.

„Von hier an werden wir bei Nacht reisen und während der Hitze des Tages schlafen. In welcher Richtung geht es weiter?“

Marissa war sich nicht sicher. „In der gleichen wie bisher. Ich kann nicht sagen, wo sie ist... nur daß wir ihr näherkommen.“

Die beiden Frauen drangen weiter in die Wüste vor. Sie ritten bei Mondschein, und ihre einzige Landmarke war ein vages Gefühl. Sie sahen nichts als Sand und Gewürzbüsche und gelegentlich ein Reptil. Die verstohlenen Blicke, mit denen Gilda sie musterte, vermittelten Marissa den Eindruck, daß die Amazone sie jetzt tatsächlich für eine Wahnsinnige hielt.

Ob es nun Glück war oder ob irgendeine unbegreifliche innere Stimme sie leitete, am vierten Tag kam ein kleines Dorf in Sicht. Zwanzig oder dreißig Häuser standen im Kreis um eine Anordnung von Brunnen, und Flecken in Grünschattierungen zeigten, wo Gärten sorgfältig gepflegt wurden. Die beiden Frauen ritten auf den Dorfplatz, und neugierige Augen folgten ihnen. Marissa sah zur Seite und entdeckte mehrere Kinder, die aufgeregt aus einem Eingang lugten, aber unter ihrem Blick zogen sie sich scheu zurück. Gilda stieg am Brunnen ab, und Marissa beeilte sich, zu ihr aufzuholen und die Pferde zu tränken.

Die Terranerin wunderte sich über die verlassenen Straßen. „Wo stecken die Leute alle?“

„Wir sind Fremde“, erklärte Gilda. „In den Trockenstädten ist jeder Fremde verdächtig. Sie werden sich zeigen, wenn sie sich überzeugt haben, daß wir harmlos sind.“

„Ja, du hast recht... da kommt schon einer.“ Marissa wies auf einen graubärtigen Mann, der über den Platz auf sie zukam.

„Seid gegrüßt, Fremde. Ich bin Drocar, und ich biete euch die Gastfreundschaft unseres armen Dorfes an.“

Gilda verbeugte sich ehrerbietig vor dem alten Mann. „Wir danken Euch für Eure Gastfreundschaft und wünschen Euch für Eure Großzügigkeit zu entschädigen.“

„Nein, das können wir nicht annehmen“, wehrte Drocar ab. Die Amazone bestand höflich auf Bezahlung. Nach mehreren Minuten eines Wettstreits in Edelmut nahm der Dorfälteste die Münzen an, womit Gilda von vornherein gerechnet hatte. „Wir wissen Eure Großzügigkeit zu würdigen. Wollt Ihr uns jetzt sagen, wie wir Euch zu Diensten sein können, *domna?*“

Gilda verstummte und überließ es Marissa, zu sprechen. „Wir suchen nach meiner Schwester Teresa. Ich dachte, sie könne vielleicht hier sein. Sie ist klein und dunkelhaarig."

„Ja, ja... Die Lady Teresa. Sie weilt im Haus Arturins. Bitte, kommt." Der alte Mann trabte in einem Tempo los, das man ihm nicht zugetraut hätte.

Er führte sie zu einem großen Schlammziegelhaus in der Nähe des Platzes und sprach dort in einem Marissa unbekannten Dialekt mit einer dicken Frau. Während sie ihm ins Innere folgte, blieb Marissa wenig Zeit, ihre Umgebung zu betrachten, aber was sie sah, war einfach, beinahe dürftig. Sie gingen durch mehrere Räume und Korridore, bis die Dienerin leise an eine Tür klopfte. Sie mußte eine Antwort erhalten haben, denn sie ließ Marissa eintreten und zog sich mit Drocar zurück.

Ein riesiges Bett beherrschte das Zimmer und ließ die weißgekleidete Gestalt, die auf Kissen gestützt darin lag, winzig erscheinen. Langes dunkelbraunes Haar fiel über schmale Schultern. Noch bevor sie das Gesicht sah, wußte Marissa, daß sie ihre Schwester gefunden hatte.

„Teri..."

„Mari?" fragte das Mädchen und wandte sich ungläubig der Stimme zu. Ihre Wangen und ihre Stirn hatten graue Flecken von halb abgeheilten Verletzungen. „Bist du es wirklich, Marissa? Ich träume nicht?"

„Es ist kein Traum, Teri... obwohl ein Traum mich hergeführt hat." Marissa beschrieb ihre Reise.

Gilda war unauffällig eingetreten. Jetzt bemerkte Marissa die Anwesenheit der Amazone und winkte sie näher.

„Das ist meine Schwester Teresa... Gilda war meine Führerin. Ohne sie hätte ich nicht kommen können."

„Uns sind hier Zimmer angeboten worden", berichtete die Amazone. „Die Pferde stehen bereits im Stall."

Marissa nickte nachdenklich. „Jetzt erzähle mir alles, was dir zugestoßen ist, Teri. Die Träume zeigten mir nur, daß du in Gefahr warst."

„Das Dorf, in dem ich mich aufhielt, wurde von Trockenstadt-Räubern überfallen. Man hat mir erzählt, daß so etwas ziemlich häufig geschieht. Ich wurde dabei zusammen mit mehreren anderen jungen Frauen gefangengenommen. Man brachte uns nach

Punjar und verkaufte uns als Sklavinnen. Ich wurde einem Räuber namens Ulric übergeben . . . als Konkubine."

Marissa biß sich auf die Unterlippe. „Bist du vergewaltigt worden?"

Das blasse Mädchen lachte kurz und bitter auf. „Zu diesen Verletzungen bin ich nicht durch große Liebe gekommen."

„Ich hätte einem solchen Schwein nicht erlaubt, mich zu mißbrauchen." Die Stimme der Amazone klang verächtlich.

Teresas dunkle Augen maßen sich mit denen Gildas. „Man hat mir keine Wahl gelassen."

„Hattet Ihr kein Messer?"

„Sie hatten es mir weggenommen."

Jetzt zeigte die Amazone ihre Verachtung offen. „Ich hätte die Klinge gegen mich selbst gerichtet, bevor ich dem Geschmeiß erlaubt hätte, mich zu berühren."

„Wirklich, Amazone? Dann ist es nur gut, daß ich nicht Ihr bin. Warum sollte ich für das Verbrechen eines Räubers bestraft werden?" Die Terranerin war unerbittlich. „Welchen Nutzen hätte mein Tod gehabt? Er hätte Ulric nichts bedeutet, abgesehen von der kleinen Unbequemlichkeit, daß er sich eine neue Sklavin hätte kaufen müssen. Indem ich abwartete, gelang es mir, zu entfliehen, und jetzt habe ich ein Leben lang Zeit, meine Rache zu planen."

„Ist das die terranische Art?"

„Das weiß ich nicht. Es ist *meine* Art."

Marissa hatte ihren Schock überwunden und wollte von Teresas Flucht hören, nicht aber eine philosophische Diskussion. „Und wie bist du entkommen?"

„Punjar ist nicht so gut bewacht wie manche andere Stadt. Ich spielte die Bereitwillige und gewann mir so genug Freiheit, daß ich in die Wüste entwischen konnte." Teresa hielt nachdenklich inne. „Die Wüste war ein ärgerer Feind als die Trockenstädter. Ich wurde nicht verfolgt. Die Aufgabe der Jäger übernahm die Sonne. Ich wäre umgekommen, hätten diese Dorfbewohner mich nicht gerettet. Eine Gruppe ihrer Männer fand mich und brachte mich her. Arturins Frau Alana hat mich gesundgepflegt."

„Geht es dir gut genug, daß du reisen kannst?"

„Ja. Alana ist nur übervorsichtig."

„Gut. Dann werden wir sofort nach Thendara zurückkehren. Ich will gehen und die Vorbereitungen treffen."

„Nein!“ Der heftig hervorgestoßene Befehl ließ Marissa verblüfft verstummen. „Ich kehre nicht zum Raumhafen zurück. Ich gehöre hierher.“

„Hierher? Nach allem, was geschehen ist, willst du hierbleiben und riskieren, daß es sich wiederholt? Warum?“ fragte Marissa zornig.

„Weil jemand sich dieser Frauen annehmen muß, und ich habe einen Plan entwickelt, wie ich ihnen zur Flucht verhelfen kann.“

„Zur Flucht! Diese Frauen wollen gar nicht fliehen. Es gefällt ihnen in ihrem Gefängnis“, höhnte Gilda. „Ich bezweifle, ob sie gehen würden, wenn man ihnen das Tor weit öffnete und sie hinausjagte!“

„Vielleicht gilt das für viele von ihnen, aber andere wurden gefangengenommen wie ich, aus Heimat und Familie weggerissen. Sie hatten keine Wahl. Ich will ihnen die Wahl geben.“

„Aber wie? Die Städte werden bewacht.“

„Viele der Städte sind in ihrem Luxus lasch geworden. Es müßte leicht sein, hinein- und hinauszugelangen.“ Mit leuchtenden Augen legte Teresa ihnen ihre Gedanken dar. „Mein Plan ist, diejenigen ausfindig zu machen, die sich die Freiheit wünschen . . . immer einer oder zweien hinauszuhelfen . . . nie so vielen, daß deswegen Alarm gegeben würde . . . und sie unauffällig aus den Trockenstädten verschwinden zu lassen.“

„Wie die alte Untergrundbewegung auf Terra, die Negersklaven zur Flucht verhalf.“ Marissa begriff, was ihre Schwester vorhatte, aber sie runzelte die Stirn.

„Genau. Für den Augenblick wird das meine Rache an Ulric sein . . . daß ich den Frauen, die von Männern seiner Sorte versklavt werden, das Leben zurückgebe.“

Marissa erkannte die Begeisterung in den Augen ihrer Schwester, doch ihr machte der Gedanke Angst. „Das ist gefährlich. Warum mußt du es tun? Wenn diese Frauen fliehen wollten, würden sie fliehen. Du hast es auch getan – und dies ist nicht einmal deine Heimatwelt! Sie sind hier geboren. Warum können sie nicht aus eigener Kraft fliehen?“

„Fliehen wohin? In die Wüstensonne? Ich habe das nur aus Unwissenheit getan!“ flammte Teresa auf. „Ich wäre beinahe gestorben. Wenn sie entkommen, haben sie nichts zu erwarten als Sonne und Sand und Durst . . . und wenn sie soviel Glück haben, eine andere Stadt zu erreichen, werden sie dort wieder in Ketten gelegt und bekommen vielleicht einen Herrn, der schlimmer ist als der vorherige!“

Auf diesen Ausbruch reagierte Marissa mit der Frage: „Aber warum du? Warum mußt *du* dein Leben für sie aufs Spiel setzen?“

Teresa warf die Beine über den Bettrand und lüpfte das umfangreiche Leinengewand, damit sie gehen konnte. Sie öffnete eine grob zusammengezimmerte Truhe, kramte unter ordentlich zusammengefalteter Kleidung herum und zog ein Bündel heraus. Sie öffnete die Verschnürung des Nachthemds und trat aus ihm heraus. Marissa erschrak darüber, wie mager ihre Zwillingsschwester geworden war.

„Was tust du?“

„Du hast mich gefragt, warum. Ich will es dir zeigen.“ Teresa zog ihre Reitkleidung an. „Es bedeutet zwei Tage im Sattel . . . für eine Reise nach Punjar.“

„Ihr wollt, daß ich eine Trockenstadt betrete?“ fragte Gilda scharf. „Das tue ich nicht.“

„Dann bleibt hier, Amazone. Ich kenne den Weg. Und Euch brauche ich nichts zu beweisen.“ Teresas Stimme klang weder feindlich noch freundlich; sie stellte lediglich eine Tatsache fest.

In Gildas Blick lag Anerkennung. „Ich werde mit Euch bis an den Rand der Stadt ziehen. Dort will ich warten. Amazonen werden in den Trockenstädten nicht freundlich empfangen.“

„Gut. Sattelt die Pferde. Heute nacht liefern die Monde gutes Licht. Ich will Lady Alana von unserem Entschluß benachrichtigen.“ Teresa ging, um die sonstigen Reisevorbereitungen zu treffen.

Die Pferde trugen nur leichte Lasten, denn nach Punjar war es nicht weit, und wenig Gepäck bedeutete mehr Sicherheit.

Sie sahen nichts, was sie hätte beunruhigen können, aber als sie sich Punjar näherten, war ihnen allen ängstlich zumute, und sie ritten schweigend dahin. In der zweiten Nacht erhob sich die Stadt vor ihnen, und Gilda wählte einen Lagerplatz auf Fels, der durch den Sand zutage trat. Sie teilte Dörrfleisch und Brot aus; Feuer durften sie so nahe an der Stadt nicht machen.

„Und was hast du jetzt vor?“ fragte Marissa ihre Schwester in einem Ton, der andeutete, daß sie nur ihren Launen nachgab.

Teresa antwortete leise: „Ich will dir zeigen, warum ich mein

Leben aufs Spiel setzen muß. Hier, zieh das an.“ Sie drückte Marissa ein Kleiderbündel in die Hände.

Marissa schüttelte die Sachen aus und wunderte sich über eine vergoldete Kette, die an zwei breiten Armbändern befestigt war. „Was ist das?“

„Das Symbol einer unterworfenen Frau. Ohne die Kette würdest du in Punjar nicht lange am Leben bleiben. Lege sie so an.“ Teresa zeigte es ihr mit einem identischen Stück. „Wir werden in die Stadt schlüpfen, solange es noch dunkel ist, und uns später unter die Frauen am Brunnen mischen. Sie wechseln dauernd, deshalb bleiben zwei neue Gesichter in der Menge sicher unbemerkt. Und dann werde ich dir deine Frage nach dem Warum beantworten.“

Gilda kehrte von den Pferden zurück und betrachtete die Ketten mit unverhüllter Abscheu. „Ihr solltet jetzt gehen. Es wird bald hell werden.“

Teresa nickte, gab aber noch einen letzten Befehl. „Wenn wir bei Mondaufgang nicht wieder da sind, kehrt in Eure Heimat zurück ... und Gott sei mit Euch.“

Punjar war eine ausgedehnte Stadt, die früher einmal von festen Steinmauern umschlossen gewesen war, aber durch das schnelle Wachstum war man gezwungen gewesen, außerhalb der Tore zu bauen. Hier schlichen sich die beiden Frauen an. Sie glitten vorsichtig durch die Schatten und hielten ihre Ketten fest, damit die klirrenden Glieder sie nicht verrieten. Bis sie sicher innerhalb des Ringes von Häusern waren, signalisierte Teresa Schweigen. Dann wies sie auf mehrere große Steingutkrüge vor einem Haus.

„Wasserkrüge ... unser Ausweis innerhalb der Stadtmauern.“ Teresa nahm sich einen und ging weiter, den Krug geschickt auf der Hüfte balancierend. Marissa machte es ihrem Zwilling nach, aber es war eine klägliche Imitation.

„Teri, wenn du nun erkannt wirst?“

„Dafür habe ich vorgesorgt.“ Teri zog einen dünnen Schleier über die untere Hälfte ihres Gesichts und wickelte ihn sich um den Hals. „Viele Frauen gehen verschleiert.“

Jetzt entdeckte Teresa mehrere Frauen und beschleunigte den Schritt, um sich ihnen anzuschließen, als sie das Stadttor passierten. Die Wachen warfen ihnen lüsterne Blicke zu, blieben aber unbeweglich auf ihren Posten stehen.

Teresa rückte dicht an ihre Schwester heran und forderte sie mit hartem Flüstern auf: „Beobachte genau, welche Rolle den Frauen in den Trockenstädten zufällt.“

Marissa folgte ihr dichtauf durch die staubigen Straßen. Immer lauter wurde das metallische Klirren, wenn sich weitere Frauen dem Zug zu den Brunnen anschlossen. Marissas dunkle Augen beobachteten sie vorsichtig und wurden groß vor Staunen beim Anblick von zwei noch sehr jungen Mädchen, die, in Ketten wie ihre älteren Gefährtinnen, mit ihnen gingen.

„Die Mädchen da – das sind doch noch Kinder!“

„Zwölf... alt genug, um in Ketten gelegt und verheiratet zu werden“, zischte Teresa.

Sie stellten sich am Brunnen an, und Marissa zerrte nervös an den goldenen Armbändern. Die Dinger rieben ihre Handgelenke wund und vermittelten ihr ein Gefühl der Angst, obwohl sie wußte, daß sie nicht verschlossen waren und jederzeit entfernt werden konnten. Sie spürte brennende Blicke auf sich, senkte den Kopf und stellte fest, von wo sie kamen. Im Schatten der Gebäude saßen Bettler in schmutziger Kleidung und starrten die Frauen mit unverhüllter Gier an. Marissa erschauerte, so widerlich fand sie das. Sie hatte eine Gänsehaut, als krabbelten Insekten über ihren Körper. Heiße Scham durchflutete sie. Schnell durchforschte sie die Gesichter der Frauen in ihrer Nähe und fragte sich, wie sie eine solche Demütigung ertragen konnten.

„Komm!“ Teris Befehl riß sie aus ihren Gedanken. Sie folgte ihr gehorsam und versuchte, den schweren, wassergefüllten Krug zu balancieren. Nachdem Teresa durch mehrere enge Gassen gegangen war, blieb sie stehen und setzte ihre Bürde ab. Dankbar tat Marissa es ihr nach; ihr Arm war gefühllos und ihre Hüfte wund von dem Gewicht.

„Was nun? Gehen wir wieder?“

Teri schüttelte den Kopf. „Du hast noch gar nichts gesehen! Gestern ist eine Karawane eingetroffen, deshalb wird eine Menge Volk auf dem Markt sein. Dort können wir uns unter die Favoritinnen des Herrn mischen.“

„Können wir nicht gleich gehen?“ drängte Marissa. Sie haßte diese Maskerade.

„Was ist denn? Sagt dir die Rolle einer Trockenstadt-Konkubine nicht zu?“ fragte Teri sarkastisch. „Du mußt mehr sehen.“

Der Marktplatz war ein freier Raum zwischen den Häuserreihen, wo Wanderhändler ihre Stände und Zelte aufgebaut hatten. Hier priesen knopfäugige Kaufleute mit lautem Geschrei ihre Spezialitäten an, und da saßen andere gleichgültig zwischen ihren Waren und täuschten mit schläfrigen Gesichtern darüber hinweg, daß sie listig zu feilschen verstanden. Die Schwestern schlenderten an den Ständen entlang, und Marissa sah sich dabei die anderen Besucherinnen des Marktes an. Sie waren gut gekleidet, ihre Körper waren gepudert und parfümiert, und sie lachten aufgeregt über das Angebot wie alle anderen Frauen.

„Gib gut acht. Das ist das Beste, was eine Trockenstädterin erwarten kann."

Marissa setzte ihre Beobachtungen fort. Das war das Beste? Die Frauen glitten mit klingelnden Ketten vorbei; sie wirkten glücklich, aber sie erinnerten Marissa an das Schoßtier eines reichen Mannes, parfümiert und gekämmt, sicher an seiner Leine, um nach der Laune des Herrn gehätschelt oder getötet zu werden.

„Tarisa ..." Der mit fremdartigem Akzent ausgesprochene Name erklang so dicht neben ihnen, daß Marissa erschrak und den Kopf herumriß. Sie sah ein Mädchen mit bronzener Haut, schimmerndem schwarzem Haar und großen blauen Augen.

Offensichtlich kannte Teri sie. Ihre Hand schloß sich fest um den Unterarm des Mädchens. „Komm mit uns, Elys."

Ihrer Schwester erklärte Teri: „Elys ist aus dem Dorf, in dem ich gelebt habe. Sie wurde mit mir gefangengenommen."

„Tarisa ... ich hatte gehört, du seist entflohen ... Es tut mir sehr leid, daß das nicht stimmt."

Teresa warf schnelle Blicke nach allen Seiten, aber niemand war in Hörweite. „Ich bin tatsächlich entflohen, Elys."

Die blauen Augen weiteten sich entsetzt. „Bist du wieder eingefangen worden?"

„Nein. Ich bin immer noch frei. Ich bin heute aus freiem Willen vor Sonnenaufgang zurückgekommen, und ich werde beim Dunkelwerden wieder gehen."

„Gehen? Wie? Und warum bist du zurückgekehrt?"

Teri fürchtete, die heftigen Fragen des Mädchens würden unerwünschte Aufmerksamkeit auf sie lenken. Sie mußte sie beruhigen. „Ich möchte anderen zur Flucht verhelfen. Wie ist es dir ergangen, Elys?"

Das Mädchen sah in den Schmutz, scharrte mit einem Fuß, nagte aufgeregt an der Unterlippe. „Ich bin an das Haus Kantols verkauft worden."

Marissa hörte ihre Zwillingsschwester scharf Atem holen und bemerkte das Mitleid in ihrem Gesicht. In einer stummen Frage hob sie die Augenbrauen.

Teri erklärte leise: „Ulric ist ein Prinz im Vergleich mit Kantol. Von Kantol sagt man, er habe das Herz eines Banshees."

„Hat er dich schlimm verletzt?"

Elys schämte sich. Sie sprach mit erstickter Stimme. „Ich habe mich mit meinem Schicksal abgefunden ... Ich habe gelernt, mich willig zu zeigen, und so läßt man mir ein paar kleine Freiheiten. Es ist besser, als geschlagen zu werden."

Teri berührte sanft die Schulter des Mädchens. Ihre Stimme war voller Mitgefühl. „Ich verstehe deinen Entschluß. Auch ich habe ... mich willig gezeigt ..., um ein bißchen Freiheit zu erhalten."

„Aber du hast dein bißchen Freiheit benutzt, um ganz frei zu werden", sagte Elys bewundernd. Ein Fünkchen Hoffnung glomm in ihr auf. „Ihr wollt heute abend fort? Ihr beide?" Die Worte sprudelten aus ihr hervor: „Nehmt mich mit! Bitte, nehmt mich mit. Ich kann schnell reisen. Wenn ihr mir nicht helfen könnt – dann tötet mich! Mit dem Gedanken, daß die Freiheit in meiner Reichweite gewesen ist, ertrage ich dieses Leben nicht mehr!"

Das Mädchen stand am Rand der Hysterie. Teresa zog sie schnell aus dem Hauptstrom des Menschengewimmels und versuchte, sie zu beruhigen. „Wir nehmen dich mit ... hörst du? Aber es muß heute abend sein. Wird man dich vermissen?" Teri drang sofort zum Kern des Problems vor.

„Ich habe einen freien Tag erhalten, damit ich mir die Karawane ansehen kann. Und Kantol ruft mich nicht oft, so daß ich wohl nicht vermißt werde ... und wenn, dann erst spät."

„Bis dahin werden wir meilenweit fort sein." Im Geist ergänzte Teri diese Behauptung: *Wenn wir eine Menge Glück haben.*

Draußen vor der Stadt sah die wartende Gilda zur Sonne hin. Sie stand jetzt niedrig über dem Horizont, und die langen Schatten der Abenddämmerung machten die Amazone unruhig. Es gefiel ihr nicht, so nahe an der Trockenstadt zu lagern. Nervös kroch sie an den Rand des Felsens vor und hielt nach einem Zeichen von den

Terranan Ausschau. Die beiden hatten sich etwas Unmögliches vorgenommen und würden wahrscheinlich angekettet in einem Trockenstadt-Bordell enden. Bald mußten die Monde aufgehen, aber Gilda wäre es sehr unangenehm gewesen, die Terranerinnen zurückzulassen. Das würde große Schwierigkeiten über das Gildenhaus heraufbeschwören.

In dieser Nacht entging den Ohren der Amazone nicht einmal das Geräusch eines rieselnden Sandkorns, und obwohl die drei Frauen gemeint hatten, sich lautlos zu bewegen, stand Gilda schon bereit, als sie hinter die Felsen schlüpften. Der Anblick der Amazone mit dem Messer in der Hand ängstigte Elys, aber sie paßte sich den neuen Bedingungen schnell an. Die Terranerinnen stiegen bereits in ihre Reitkleidung. Teresa stopfte ihre Ketten in ihr Bündel und sah mit stiller Belustigung zu, wie Marissa sich die Armbänder von den Handgelenken riß und wütend auf den Boden warf. Sie hatte Mari überzeugt; die Schlacht war zur Hälfte gewonnen.

„Heb die Ketten auf. Ich brauche sie, wenn ich diesen Trick das nächste Mal anwende.“ Teri sagte es ohne Vorwurf. Sie verstand Marissas Widerwillen.

Währenddessen standen Elys und die Amazone wie festgewurzelt da und starrten einander schweigend an. Schließlich ging Gilda zu den Pferden und lud ihnen die Bündel auf.

„Die Pferde sind bereit. Wer ist sie?“ Gilda betrachtete Elys kritisch. Diese Reise war sorgfältig geplant worden, um das Risiko so klein wie möglich zu halten, und jetzt brachten die *Terranan* sie alle in Gefahr, indem sie in der Trockenstadt ein hergelaufenes Mädchen aufsammelten.

„Unser erster Flüchtling. Sie wird das Packpferd reiten. Machen wir, daß wir von hier wegkommen.“ Teresa schwang sich auf ihr Reittier und lenkte es in langsamem Schritt weg von der Stadt.

Gilda setzte sich an die Spitze und führte sie, ob mit Hilfe eines unbeirrbaren Instinkts oder erworbener Fähigkeiten, wußte Marissa nicht, aber sie hatte die Amazone oft genug die richtige Entscheidung treffen sehen, um ihren Anweisungen bei diesem Ritt durch die Wüste zu folgen. Sie ritten schweigend, nur darauf gedacht, die Entfernung zwischen sich und Punjar zu vergrößern. Erst ein paar Stunden später mäßigten sie ihr Tempo. Aber auch dann waren sie noch vorsichtig, blickten ständig über die Schulter zurück und hielten nach irgendwelchen Zeichen von Verfolgern Ausschau.

Als die Sonne sich blutigrot über den Sand erhob, gab Gilda das Zeichen zur Rast. Ein Gewürzbusch lieferte den einzigen Schatten. Die Amazone meinte, hier sollten sie während der Hitze des Tages ausruhen. Der stechende Gewürzgeruch füllte die Luft und ihre Lungen. Nachdem sie die Pferde versorgt hatte, teilte Gilda die Rationen aus, und ihre Augen wanderten immer wieder zu Elys. Teresa hockte neben dem Mädchen und bastelte geduldig an den Armbändern herum, bis die Schlösser aufsprangen und die Ketten zu Boden fielen.

Marissa sah stumm zu, wie das Mädchen sich die Handgelenke rieb und dann die Arme hob, froh über deren neue Leichtigkeit. Diesen herzergreifenden Augenblick, als Elys sich der wiedergewonnenen Freiheit bewußt wurde, störte Marissa ungern, aber ihr war plötzlich ein Gedanke gekommen.

„Teri ... was geschieht jetzt mit Elys?"

„Daran habe ich noch gar nicht gedacht. Es war ein so plötzlicher Entschluß ..., da habe ich nicht überlegt, was aus den geflohenen Frauen werden soll." Beunruhigt sah Teresa zu Elys hinüber.

„Kann sie nicht zu ihrer Familie zurückkehren?" fragte Marissa. Das schien die nächstliegende Lösung zu sein.

„Ich habe keine." Elys brachte es nicht fertig, den Blick vom Boden loszureißen. „Und wenn ich eine hätte, könnte ich nicht zurückkehren ... entehrt, wie ich bin. Ich wäre eine Schande für meine Familie. Dann wäre es für mich besser, als Sklavin zu sterben."

„Nein", erklärte Teresa mit fester Stimme. Sie konnte Elys jetzt nicht im Stich lassen, nachdem sie einen Vorgeschmack der Freiheit gehabt hatte. „Es muß einen Ort geben, wohin du gehen kannst, wo deine Vergangenheit keine Rolle spielt ... wo du die Möglichkeit hast, ein neues Leben anzufangen."

Ein unbehagliches Schweigen folgte auf Teris Worte. Nur die Schritte der Amazone waren zu hören, die nach den Pferden gesehen hatte, jetzt zurückkam und sich hinsetzte. Elys betrachtete sie, und plötzlich erleuchtete ein Hoffnungsstrahl ihr Gesicht.

„Ich habe von den Freien Amazonen gehört, die ohne Ketten zwischen Männern umhergehen ..., die sich ihr Brot selbst verdienen. Nehmt mich mit Euch zu den Amazonen!"

„Dich?“ Gilda sah das Mädchen ungläubig an. „Du meinst, du könntest eine Entsagende werden? Bei der ersten Schwierigkeit würdest du deinen Eid brechen, indem du einen Mann um Hilfe bätest.“

„Nein!“ protestierte Elys scharf. „Habe ich hier die Hilfe eines Mannes erbeten? Sind es nicht diese Frauen gewesen, die mich aus der Sklaverei befreit haben? Ich habe keine Familie, zu der ich mich flüchten könnte. Ich habe mein Brot von Kindheit an als Magd verdient, und harte Arbeit ist mir nicht fremd. Wollt Ihr mich in die Sklaverei zurückschicken? Dann legt die Ketten selbst an!“ Sie warf sie der Amazone vor die Füße. „Wollt Ihr, die Ihr die Freiheit so sehr schätzt, sie mir verweigern?“

Gilda lächelte anerkennend. Das war der Geist einer echten Amazone! „Ich werde dich ins Gildenhaus mitnehmen, aber du mußt Unterricht erhalten und dann, wenn du es immer noch wünschst, einen Eid ablegen. Das darf man nicht leichtfertig und ohne volles Verständnis tun.“

Elys’ Blick unendlicher Erleichterung und Dankbarkeit trieb Marissa Tränen in die Augen. Teresa hatte recht. Dies war das Risiko wert.

„Das ist es! Das ist die Lösung!“ Teris Ausruf erschreckte die anderen, die sich der aufgeregten Terranerin zuwandten. „Versteht ihr nicht? Wir brauchten einen Ort, an den wir die Frauen schicken können ... einen Ort, wo sie ein neues Leben anfangen können, wo die Vergangenheit keine Rolle spielt. Würden die Amazonen sie alle aufnehmen?“

„Die Amazonen nehmen jede Frau auf, die bereit ist, den Eid zu leisten.“ Gilda dachte über den Vorschlag der Terranerin nach.

Bevor Teri etwas sagen konnte, fiel Elys ein: „Viele würden den Eid gern ablegen, wenn ihnen das die Möglichkeit zu ehrlicher Arbeit gibt. Ohne Hilfe bliebe ihnen keine andere Wahl, als sich von neuem zu verkaufen. Wenn die Amazonen uns die Chance bieten, werden wir mit Freuden arbeiten.“ Elys strahlte, und ihre Augen funkelten. Dabei hatte sie gemeint, nie mehr Freude empfinden zu können.

Marissa beobachtete die drei anderen, und sie sah den Traum wachsen und zwischen ihnen feste Form annehmen. Sie waren so verschieden voneinander – eine Terranerin, eine befreite Trockenstadt-Sklavin und eine Amazone –, doch der Traum band sie zusammen. Ein Traum von Freiheit, und sie hatte ihn Wirklichkeit werden sehen. Teri würde die Frauen aus der ihnen so schrecklichen Sklaverei befreien, und die Amazonen würden ihnen helfen, innerhalb der engverbundenen Familie des Gildenhauses ein neues Leben aufzubauen. Das würde bestimmt ein langer, langsamer Prozeß, aber vielleicht brachten die kommenden Jahre den Frauen der Trockenstädte wahre Freiheit, und es kam eine Zeit, da sie alle ihre Ketten für immer abwerfen würden.

Über Sherry Kramer und „Das Banshee“

Sherry Kramer ist ein hiesiger Darkover-Fan und benutzt einen Amazonen-Namen. Mit zwei Freundinnen, die das Gildenhaus von Valle d’Oro darstellen, hat sie ein Amazonen-Mitteilungsblatt herausgegeben. Sie lebt auf einer Ranch nördlich von Sacramento „mit einer beunruhigend großen Zahl von Tieren – wir haben hier 110 Lebewesen, und nur zwei davon sind menschlich“. Sie zählt sie auf als „7 Hunde, 3 Katzen, 8 Ziegen, 2 Pferde, 26 Hühner, 22 Enten, 2 Gänse, 7 Goldfische, 22 tropische Fische, 7 Mäuse, 1 Leguan und 1 Kornschlange“. Ob einen das nun mit Neid oder Entsetzen erfüllt (zwei Reaktionen, die ich miterlebt habe), wir finden die Aussage beinahe unglaublich: „Neben dem Vorführen der Hunde bei Tauglichkeitsprüfungen, dem Melken der Ziegen, dem Abreiten der Ranch und dem Versorgen all der anderen Geschöpfe finde ich ab und zu doch noch Zeit zum Schreiben.“ Soviel wir wissen, gibt es auf der Ranch keine Banshees oder tauben Hunde. „Das Banshee“ erschien zuerst in Geschichten von den Freien Amazonen *und verpaßte um Haaresbreite die Chance, in den ersten Band mit Werken der Freunde Darkovers* Der Preis des Bewahrers *(Moewig 3700) aufgenommen zu werden. Tatsächlich glaubte ich, es sei aufgenommen worden, und drückte Sherry mein Bedauern darüber aus, daß wir es nicht mit in diesen Band, für den es noch besser passe, hineinnehmen könnten. Sherry machte mich darauf aufmerksam, daß es im* Preis des Bewahrers *nicht enthalten sei; ich sah im Inhaltsverzeichnis jener Anthologie nach, und sie hatte recht. Offenbar hatte ich es mit Linda McKendricks Geschichte „Die Rettung“ durcheinandergebracht, eine der besseren Amazonen-Geschichten in dem früheren Band. Ich freue mich, diese Unterlassung wiedergutmachen und „Das Banshee“ hier präsentieren zu können.* MZB

Das Banshee

von Sherry Kramer

Wer den Winter nur preist am warmen Kamin, der mag ihn wohl lieben, doch kennt er ihn?

So lautet das darkovanische Sprichwort. Nach fast einem Jahr auf Darkover hatte ich kein Bedürfnis mehr, den Winter kennenzulernen. Ich hörte ihn deutlich genug, wie er um die gedrungene Stein-*forst* kreischte und stöhnte. Wenn der Sturm sich gelegt hatte, wollten wir vom Berg absteigen und nach Thendara zurückkehren. Der Winter war mein Gefängniswärter. Ich hätte Wochen früher aufbrechen sollen. Den Winter pries ich nicht, und ich wollte überhaupt nicht mehr von ihm reden. Ich hatte vom Winter ebenso genug wie von Darkover.

Ich hörte das leise Scharren von Darlas Stiefeln auf dem Steinfußboden und drehte mich zu ihr um. „Wie ist das Wetter?" fragte ich. „Was meinst du, wird es bald umschlagen?" Die Freie Amazone war meine Führerin gewesen, und ich hatte gelernt, ihre Wettervorhersagen ernstzunehmen.

„Es hat aufgehört, zu schneien", antwortete sie, „aber das ist nur eine Pause. Solange der Wind so bläst, wird es bestimmt wieder anfangen." Sie nahm einen irdenen Becher vom Tisch und füllte ihn aus dem Krug, den Mhari vor ein paar Augenblicken gebracht hatte. „Wir haben Glück gehabt, daß wir die *forst* erreicht haben. Sie ist viel gemütlicher als eine Reiseunterkunft. Und besser mit Vorräten ausgerüstet. Wenn es sein muß, können wir den ganzen Winter hier abwarten."

„Vorausgesetzt, Eduin und Mhari sind damit einverstanden."

Darla sah mich überrascht an. „Glaubst du im Ernst, irgendein Gastgeber würde seine Gäste bei diesem Wetter hinauswerfen? Das wäre gleichbedeutend mit Mord. Schätzt du unsere Bergbevölkerung so gering ein?"

„Nein, natürlich nicht. Allerdings hat ein Philosoph einmal gesagt: ‚Gäste und Fische beginnen nach drei Tagen zu stinken.‘ “

„Das war zweifellos ein terranischer Philosoph“, meinte Darla. „Hier in den Bergen ist Gesellschaft zu selten, als daß sie unangenehm werden könnte.“

„Und es ist zu kalt, als daß Fische stinken könnten“, murmelte ich. „Trotzdem, ich muß zur Basis zurück. Die Muster . . .“

„Denen passiert nichts. Notfalls würden sie, gefroren in dieser Schneewehe, den ganzen Winter überstehen. Ich werde dich nach Thendara zurückbringen. Lebend. Wie ich mich vertraglich verpflichtet habe. Aber nicht heute oder morgen. Wahrscheinlich diese ganze Woche nicht mehr.“

„Ich habe mich bereits verspätet. Wir hätten schon vor zwei Tagen wieder in Thendara sein sollen.“

Sie spreizte die Hände. „Nicht einmal der Comyn-Rat kann dem Wetter befehlen.“

„Noch ein Sprichwort?“

„Eine Tatsache.“ Sie nahm einen Schluck aus ihrem Becher. „Das ist ausgezeichnet. Hast du es schon probiert?“

„Eine Art Wein, nicht wahr? Nein, ich habe noch nicht davon getrunken.“

Sie goß mir etwas ein. „Winterwein. Gegorene Dornenpflaumen, die man im Schnee frieren läßt. Dies ist der Teil, der nicht gefroren ist.“

Ich kostete. Es war ein herbes Getränk mit einem leicht harzigen Nachgeschmack.

Darla ließ sich am Feuer nieder. Sie hatte, als sie hereingekommen war, die hohen Stiefel, in die sie ihre geliebten weiten Hosen stecken konnte, mit pelzgefütterten, knöchelhohen „Hausstiefeln“ vertauscht und das nasse Schuhwerk und ihren Umhang in der Eingangshalle gelassen.

„Du bist heute abend nicht glücklich, *Terranan.*“ Darla gehörte zu den wenigen Darkovanern, die dieses Wort aussprechen konnten, ohne daß es wie eine Verwünschung klang.

„Wie du weißt, stamme ich nicht von Terra“, sagte ich. „Ich bin auf Meadow geboren.“

„Ja, ich weiß. Aber *terranan* bist du trotzdem.“ Sie lächelte. „Ist noch irgendeine Arbeit zu erledigen, bevor du aufbrichst? Sag es mir, Janna . . . Janet . . ., und vielleicht könnten wir noch . . .“

„Nein, nichts. Du bist mir eine unschätzbare Hilfe gewesen. Ich habe genug Muster, um unsere Leute, die die Analysen vornehmen, eine Weile beschäftigt zu halten. Die Forschungen sind natürlich nie abgeschlossen. Wir sind noch längst nicht so weit, daß wir die Ökologie Darkovers verstehen, aber wir haben einen Anfang gemacht." Auf seine Weise stellte Darkover wegen des gemeinsamen Vorkommens von terranischen und einheimischen Pflanzen und Tieren ein komplexeres Problem dar als Terra.

„Was macht dir denn dann Sorge?"

„Vermutlich habe ich nur zuviel Zeit zum Nachdenken." Ich goß mir noch einmal von dem Wein ein. „Ich habe überlegt, wohin ich wohl das nächste Mal geschickt werde."

„Warum bleibst du nicht auf Darkover? Du sagst doch selbst, daß es noch mehr zu tun gibt."

„Nein!" Es kam schärfer heraus, als es in meiner Absicht gelegen hatte. Um es abzumildern, fuhr ich fort: „Das Weggehen tut mir immer gut. Das Dableiben macht mich fertig. Zweifellos ist das ein Charakterfehler. Weißt du, ich habe immer geglaubt, es gebe etwas zwischen dem Großwerden und dem Altwerden. Eine Zeit der Gnade zwischen Akne und Runzeln. Aber es gibt sie nicht. Ich bin nicht mehr jung. Ich habe nichts, was ich mein eigen nennen könnte. Kein Heim, keine Familie, keine ... Kinder ... Gott, wie könnte ich Kinder haben? Ich bin ja selbst immer noch ein Kind." Ich trank noch einmal von dem Wein. „Ich hasse Menschen, die rührselig werden, wenn sie betrunken sind! Jedenfalls wollte ich – was war das?"

Der Schrei umgab uns, kam wieder und wieder, holte sein eigenes Echo ein, schnitt durch den Wind und durchdrang die Steinmauern.

„Das ist ein Banshee, Janna. Es ist nicht damit zu spaßen, wenn man im Freien ist, aber hier sind wir sicher."

Wieder kam ein Schrei, und diesmal war es nicht das Banshee. „Die Pferde!" rief ich und rannte zur Tür.

Darla hielt mich zurück. „Sie sind nicht in Gefahr. Eduins Stallknecht wird nach ihnen sehen. Es ist ja nicht ohne Grund, daß er im Stall schläft. Und für alle Fälle gibt es einen Verbindungsgang, erinnerst du dich? Du wirst nicht nach draußen gehen."

„Entschuldige", sagte ich. „Das hatte ich wohl vergessen. Dieses Ding hat mich in Panik versetzt."

„Genau das ist seine Absicht."

„Absicht? Erzähl mir bloß nicht, es wisse, daß wir hier drin sind."

„Nein, das weiß es natürlich nicht. Wahrscheinlich hat es sich nur nach hier unten verirrt."

„Unten? Du meinst, es gibt einen Ort, von dem aus dieser hier ‚unten' ist?"

Darla lachte auf. „Sicher. Wir sind erst in den Ausläufern der Hellers. Banshees leben hoch oben, ein gutes Stück jenseits der Schneegrenze. Früher hat man sie bei der Verfolgung von Menschen eingesetzt, aber ich glaube nicht, daß je eines domestiziert worden ist. Man hat sie nur auf die Fährte dessen gesetzt, den man nicht leiden konnte, und es ihn töten lassen. Wenn sie wieder hungrig wurden, pflegten sie an die Stelle zu kommen, wo sie gefüttert wurden. Natürlich ist das schon seit Jahren gesetzlich verboten."

„Ich erinnere mich, einen Bericht über so etwas gelesen zu haben." Ich zögerte. „Gibt es eine Möglichkeit, daß ich einen Blick auf das Tier werfen könnte? Wir haben in den Unterlagen der Basis Beschreibungen von Banshees, aber sonst nichts. Nicht einmal eine Fotografie." Ich mußte das terranische Wort benutzen, denn ein darkovanisches gab es nicht. Ich vermutete jedoch, daß bald eins geprägt werden würde. Kameras gehörten zu den wenigen Artikeln, an deren Besitz der Comyn-Rat Interesse zeigte.

Ich spähte durch das winzige Dachbodenfenster und konnte die Umrisse des Banshees durch den Schnee erkennen. Von allen häßlichen Tieren sind die Banshees beileibe nicht die häßlichsten. Ich habe auf anderen Planeten viel schlimmere gesehen, einige harmlos und andere nicht. Das sagte ich auch Darla: Es gibt häßlichere. Aber nicht auf Darkover.

„Wie gern hätte ich eine scharfe Fotografie von ihm", sagte ich.

„Wie würde es dir gefallen, etwas Besseres als eine Fotografie zu bekommen?" fragte Darla.

„Was meinst du?"

„Wie würde es dir gefallen, ein Musterexemplar zu bekommen?" Wir hatten die Fensterläden geschlossen und wollten in die Wärme des unteren Stockwerks zurückkehren. Das Fackellicht ließ ihr kupferfarbenes Haar aufleuchten, und ich sah das koboldhafte Funkeln in ihren Augen.

„Bist du wahnsinnig? Ohne vernünftige Waffen wäre das Selbstmord."

„Unsinn. Wir jagen Banshees seit Hunderten von Jahren. In manchen Gebirgsgegenden gilt das als Sport. Außerdem sieht es mir ganz danach aus, als habe dieses Banshee sich für den Winter hier häuslich niedergelassen. Wir hätten höllische Schwierigkeiten, an ihm vorbei nach Thendara zu gelangen. Deshalb können wir es auch gleich erledigen. Damit täten wir unsern Gastgebern einen Gefallen. Ganz zu schweigen davon, daß es deine Aufgabe war, Muster des örtlichen Tierlebens zu sammeln, *ni var?*"

„Ja. Aber wie du sehr wohl weißt, sollte das der Untersuchung dienen, ob es Tiere terranischen Ursprungs gibt und wenn ja, welche. Du kannst mir nicht erzählen, daß dieses Ungeheuer jemals von Terra gekommen ist." Ich überlegte. „Aber damit hast du recht, daß es schwierig sein wird, an ihm vorbeizukommen. Janet Rhodes: Zoologin, Ökologin, Banshee-Jägerin. Wie wird sich das in meiner Personalakte ausnehmen? Na gut, was brauchen wir? Abgesehen von zwei Hochleistungs-Lasern."

Sie grinste, und der Kobold kam näher als je zuvor an die Oberfläche. „Morgen werde ich Eduin fragen, ob er immer noch eine Meute hält."

Am Morgen hatte sich der Wind fast ganz gelegt. Eduin reagierte auf Darlas Vorschlag, das Banshee zu erlegen, mit Begeisterung. Er fand nichts dagegen einzuwenden, daß die Freie Amazone an der Jagd teilnahm, aber ich hatte das Gefühl, er hätte es entschieden für besser gehalten, wenn die *Terranan* davon ausgeschlossen worden wäre. Darla mußte ihm erst erzählen, alle terranischen Frauen seien sozusagen *Com'hi letzii,* und ich sei vertraglich verpflichtet, genau diese Art von Arbeit zu tun. Ich war mir nicht sicher, ob ich mich über ihren Erfolg freuen sollte oder nicht.

Gleich nach dem Frühstück gingen wir, uns seine Meute anzusehen. Es waren hochschultrige, dünne Tiere mit rauhem, zottigem Fell, meistens weiß mit rötlichen Flecken. Ihre Schnauzen waren kurz und breit, ihre Augen klein und tiefliegend. Sie sahen wie das Ergebnis einer dreifachen Kreuzung zwischen einem Bullterrier, einem Bernhardiner und einem irischen Wolfshund aus. Eduin sagte schnell etwas auf Cahuenga, aber er sprach einen Dialekt, dem ich nur mit Mühe folgen konnte.

„Er sagt", übersetzte Darla, „er habe keine Fänger – wahrscheinlich meint er Sharra-Terrier –, aber mit diesen Hunden, die Verfolger sind, müßten wir auch zurechtkommen. Sie bellen nämlich auf der Fährte, das verringert die Gefahr, sie zu verlieren. Verfolger, die nicht bellen, können das Banshee einholen und von ihm getötet werden, bevor die Jäger sie finden, falls keine Fänger dabei sind, die es stellen und beschäftigt halten. Diese Hunde sind schnell genug, das Banshee zu fangen, aber zu langsam, ihm zu entwischen, wenn es sich umdreht."

„Wir müssen also immer dicht hinter ihnen bleiben. Übrigens ist das eine der schönsten Meuten tauber Hunde, die du je zu sehen bekommen wirst."

„Taube Hunde?"

„Ja. Sie sind auf Taubheit gezüchtet, damit das Banshee sie mit seinem Schrei nicht in Panik versetzen kann."

„Ich verstehe", sagte ich. „Und was hindert es daran, uns in Panik zu versetzen?"

„Ah", lächelte Darla, „das ist ja gerade der Sport!"

„Hmm. Nun, ich möchte kein Spielverderber sein . . ., aber angenommen, die Hunde stellen dieses Ding, und wir kommen heran, bevor es sie zerreißt . . ."

„Ja?"

„Was machen wir dann mit ihm?"

Darla sah mich schelmisch an. „Wir *könnten* es bitten, zum Mittwinterfest zu bleiben. Ich schlage jedoch vor, daß wir versuchen, es zu töten."

„Womit?"

„Oh!" Sie lachte und sagte etwas zu Eduin. Es mußte auch ihm komisch vorkommen, denn er lachte vor sich hin, als er davoneilte.

„Ich weiß nicht, was daran lustig ist", bemerkte ich verdrießlich. „Das Banshee wird nicht so freundlich sein, in eine Falle zu treten, und man würde eine riesige Schlinge brauchen, um es festzuhalten. Wie ich bemerkt habe, ist es ein bißchen größer als ein Rabitthorn. Ich bin es nicht gewöhnt, Tiere zu jagen, die ebensogut Jagd auf mich machen können."

Eduin kam zurück, mehrere lange Speere in der Hand. Er gab jeder von uns einen und benutzte seinen eigenen, um uns eine besondere Drehbewegung zu zeigen.

„Ihr *Terranan* redet zuviel", stellte Darla fest. „Bleib einfach bei der Gruppe, klar?"

„Ich werde so dicht dabeibleiben, daß du dich fragen wirst, wer von uns beiden du bist", sagte ich.

Ich hatte geglaubt, ziemlich fit zu sein. Schließlich war ich monatelang über Felsen geklettert, hatte Klippen erstiegen, um Vogeleier und Muster von Pflanzen zu holen, war geritten, wo Pferde gehen konnten, und gegangen, wo sie es nicht konnten.

Nachdem ich mich eine halbe Stunde lang bemüht hatte, das Laufen mit Schneeschuhen zu lernen, schwitzte ich in der frostigen Kälte. Meine Beine, meine Arme, mein Rücken, alles tat mir weh. Ich weiß nicht, ob es der Wunsch war, den Ruf der Terraner aufrechtzuerhalten, der mich weitergehen ließ, oder nur das Wissen, daß ich wahrscheinlich erfrieren würde, wenn ich stehenblieb.

Nach einer Weile ging es ein bißchen leichter, aber da war ich schon völlig erschöpft. Die Hunde hatten eine Fährte gefunden, und Eduin und seine Männer beeilten sich, um dicht hinter ihnen zu bleiben. Eduin sah, daß ich zurückblieb, und rief den Männern etwas zu, aber Darla unterbrach ihn und winkte ihnen, weiterzugehen. Sie wartete auf mich und nahm meinen Arm.

„Komm hier herüber", sagte sie und führte mich zu einem geschützten Platz zwischen zwei Felsblöcken, die irgendwie frei von Schnee geblieben waren. „Nun setz dich." Sie sammelte lose Stükke von trockenen Flechten und Ästen und zündete ein Feuer an.

„Es tut mir leid", sagte ich.

„Das ist nicht deine Schuld, sondern meine. Jaelle, meine Eidesmutter, hat mich immer tollkühn genannt. Zu impulsiv. Du hättest sie kennenlernen müssen. Alles, was *sie* sagte, war zu impulsiv – Evanda und Avarra! Was bin ich für eine Idiotin, daß ich eine *Terranan* ..., nein, irgendeine Tiefländerin hier heraufbringe! Und dann erwarte ich von ihr, daß sie Schritt hält mit Leuten, die in den Bergen geboren sind."

„Ich habe den Trick mit den Schneeschuhen jetzt heraus. Ich kann die anderen einholen."

„Nein, das kannst du nicht", stellte Darla sachlich fest. „Das könnte nicht einmal der Hastur selbst, wenn er unvorbereitet in die Berge käme. Steh auf und gehe ein bißchen umher, sonst wirst du steif. In kurzer Zeit werde ich ein Feuer in Gang gebracht haben."

„Was wird Eduin bloß von mir denken!“ Ich trampelte gehorsam im Kreis herum. „Nach all der Mühe, die es uns gekostet hat, ihn zu überreden, daß er mich mitgehen ließ...“

„Du bist nicht der erste Tiefländer, der erfahren muß, daß die Hellers ihren Namen zu Recht tragen, und du wirst nicht der letzte sein. Eduin wird darum nicht geringer von dir denken, aber es wird ihm neuen Grund geben, mit seinen Bergen zu prahlen. Für die Leute hier sind sie wie die Pferde von Armida – schöne, starke Tiere, die man unmöglich vergessen kann... und für den Unachtsamen ein kleines bißchen gefährlich! Außerdem, sollte er eine andere Haltung einnehmen, was kann uns das bedeuten? Wir sind keine Männer, die nach *kihar* streben... um der Ehre willen gefährliche Spiele treiben.“ Sie steckte unsere Schneeschuhe mit den Enden nach unten ein gutes Stück vom Feuer entfernt in den Schnee und nahm aus ihrem Bündel einen kleinen Metalltopf und ein Päckchen mit getrockneten Kräutern.

Das Feuer flackerte schon lustig, und ich fühlte mich langsam warm und gemütlich. „Darla...“

„Hmm?“ Sie sah von dem „Bergtee“ auf, den sie mit geschmolzenem Schnee aufbrühte.

„Die Art, wie du über die Berge sprichst... bist du Cahuenga?“

„Ich bin *Com'hi letzii*. Darla n'ha Margali. Das ist alles an Abstammung, was ich brauche. Aber da du *terranan* und deshalb neugierig bist: Ja, ich bin nicht viele Meilen von hier entfernt geboren. Mhari ist die Tochter meiner Mutter.“

„Mhari? Eduins Mhari? Himmel, sie hat so gut wie gar nicht mit dir gesprochen!“

„Nun ja, sie billigt meine Lebensweise nicht.“

„Ihr seid doch Schwestern!“

„Wir haben einen gemeinsamen Elternteil. Aber wir sind keine *bredini* und sind es nie gewesen.“ Sie hielt inne. „Verzeih mir, Janna, wenn ich dich damit kränke, aber du und ich sind uns nach so kurzer Zeit, die wir zusammen verbracht haben, näher, als sie und ich uns je sein können.“

Ich richtete den Blick auf die Täler und die in der Ferne blau verschwimmenden Berge. Gekränkt war ich nicht. Aber ich war Janet Rhodes vom Zivildienst des Imperiums, geboren auf Meadow (aber dessen ungeachtet, wie Darla gesagt hatte, *terranan*). Die Darkovaner waren mir nach all diesen Monaten immer noch ein Rätsel. Das eine Mal scheuten sie vor einer Berührung zurück, und das andere Mal waren sie überschwenglich emotional; kalt, zurückhaltend, verschlossen wie die Hellers, und plötzlich überschütteten sie einen mit einer unerwarteten Vertraulichkeit. Mir fiel nicht gleich eine Antwort ein.

„Ah“, sagte Darla nach einer Weile, „ich habe wieder etwas Falsches gesagt. Ich frage mich, ob ein Darkovaner jemals einen *Terranan* verstehen wird.“

Ihre Bemerkung entsprach so sehr meinen Gedanken, daß ich lächeln mußte.

„Wenn es einem gelingt“, meinte ich, „dann wird es jemand wie du sein. Ihr Gebirgsbewohner seid uns ähnlicher als die Tiefländer, glaube ich.“

„Jetzt muß *ich* mir überlegen, ob ich erfreut oder beleidigt sein soll“, erwiderte sie, doch auch sie lächelte. „Janna, im Gildenhaus sind wir alle Schwestern, und wir halten uns an das Sprichwort: ‚Zuviel Stolz, vielleicht. Zu viele Pferde, mag sein. Aber niemals zuviel Liebe oder zu viele Schwestern.‘“

„Wir haben keine ähnliche Redensart“, sagte ich.

„Nein, das wohl nicht.“ Sie wandte sich ab. „Hast du dich ausgeruht? Wir könnten die anderen schon noch einholen.“ Aus einiger Entfernung schallte das Bellen der Hunde zu uns herüber.

„Wir haben keine ähnliche Redensart“, wiederholte ich, „aber vielleicht sollten wir eine haben . . . *breda.*“

„Oh, *breda,* ich freue mich so!“ Sie faßte meine Hände. Die Geste besaß eine merkwürdige Intimität, die mich irgendwie beunruhigte. „Ich habe mir schon so lange gewünscht, es zu sagen. Jetzt brauchst du doch nicht abzureisen.“ Sie ließ meine Hände los und umarmte mich. Dann trat sie zurück. „Was ist los?“

„Es tut mir leid. Ich . . ., das heißt, das ändert nichts daran, daß ich abreisen muß.“

„Aber warum? Haben die *Terranan* keinen eigenen Willen? Kannst du nicht wählen, ob du gehen oder bleiben willst?“

„Manchmal ja. Nicht immer. Ich werde dich nie vergessen, Darla, und auch die Zeit nicht, die wir zusammen verbracht haben. Aber gehen muß ich. Das ist mein Job.“

Eine Weile war es ganz still. Sogar das Bellen der Hunde hatte aufgehört.

„Du könntest bleiben. Andere *Terranan* sind geblieben.“

„Verstehst du das denn nicht? Wenn ich bliebe, müßte ich alles aufgeben. Meinen Rang, meinen Beruf – Darla, das ist alles, was ich habe, und ich habe so schwer dafür gearbeitet."

„Für was, wenn nicht für das Recht, dich frei zu entscheiden?"

„Und was wäre, wenn ich dich vor eine solche Wahl stellen würde? Wenn ich dich bäte, mit mir zu kommen?"

„Das ist meine Heimat. Meine Welt. Aber du hast keine Heimat. Keine Familie. Das hast du mir erzählt. *Breda*", fragte sie leise, „wie kannst du daran denken, uns zu verlassen? Du gehörst hierher."

„Nein, das tue ich nicht. Verdammt, ich gehöre nirgendwohin. Wie du selbst gesagt hast, bin ich Terranerin."

„Das bist du nicht! Du bist Janna ... Janet Rhodes." Sie stolperte ein bißchen über den ihr noch unvertrauten Klang meines Namens. „Du bist du selbst! Nicht ‚eine Terranerin'. So unpersönlich! Ebenso könnte man sagen ‚ein Buch', ‚ein Stein'."

„Ich bin nun einmal Terranerin."

„Gut, dann bist du es. Ich bin Darkovanerin. Und wir sind beide Frauen, beide Menschen, und wir haben beide *laran.*"

„Was? Nein!" Sie riet darauflos, etwas anderes war nicht möglich! *Leugne es, leugne es!*

„Janna ..."

„Nein. Laß mich in Ruhe. Ich habe kein – ich will nicht – ich bin keine Mißgeburt!"

„Natürlich nicht. Ich auch nicht." Sie zögerte. „Ich habe es bisher nicht erwähnt, weil es so offensichtlich war, daß du nicht darüber sprechen wolltest. Aber es ist da. Janna, wenn du in einer Welt lebtest, wo jeder außer dir blind und taub wäre, würdest du dann deine Ohren verstopfen und deine Augen verbinden? Und wenn du es tätest, hättest du nicht trotzdem Ohren und Augen? Als ich eine der *Com'hi letzii* wurde, löste ich jede Bindung zu der Welt und der Vergangenheit, ausgenommen die Bindung an den Eid der Loslösung selbst. Aber mein *laran* gab ich nicht auf, konnte ich nicht aufgeben, ebensowenig, wie ich aufhören konnte, *tallo* zu sein. Dein *laran,* so abgeschirmt und blockiert, wie es ist, stellt eine zu reine und starke Gabe dar, um es zu verstecken. Du brauchst dich ihm nur zu öffnen, *breda.*"

„Nein." All die sorgfältig normalen Jahre, all die abgewogenen Worte, um mich nicht zu verraten ..., und Darla wußte nach einigen wenigen Monaten Bescheid. „Das ist lächerlich", sagte ich. „Ich weiß nicht, wovon du redest."

„Fällt es dir so schwer, zu vertrauen? Du bist so oft verletzt worden, daß du zurückschlagen mußt. Aber wir werden dich nicht verletzen, *chiya*. Das verspreche ich dir."

Dieses Versprechen war schon gebrochen worden, bevor sie es ablegte. Warum, warum konnte sie mich nicht in Ruhe lassen?

„Niemand von uns ist allein, *chiya*."

„Verschwinde aus meinen Gedanken, verdammt noch mal!"

„Das kann ich nicht. Nicht, solange du so brüllst. Inzwischen muß jeder Telepath diesseits des Kadarin Kopfweh haben."

Ich holte tief Atem. „Na gut. Es tut mir leid", sagte ich. „Du verstehst es einfach nicht."

„Nein", antwortete sie, „und du auch nicht. Du sprichst die Sprache sehr gut, aber du weißt nicht, was die Wörter bedeuten. Du hast ..."

Das Bellen der Hunde klang plötzlich angsterregend nah, und ebenso ein anderes Geräusch, das wie das Atmen eines großen, hart bedrängten Wesens klang.

„Zandru hole Eduin und seine Meute!" rief Darla aus. „Sie haben das Höllenvieh hierher zurückgetrieben!"

„Warum haben wir sie nicht eher gehört?"

„Sie müssen die Spur verloren haben. Dann haben sie herumgesucht, während das von Zandru verdammte Tier einen Kreis schlug. Dank sei Avarra, daß sie die Fährte gefunden haben, bevor das Banshee uns fand! Bring die Sachen zurück zwischen die Felsen." Sie warf mir ein Bündel zu. Beim Sprechen hatte Darla schnell und geschickt gearbeitet; sie hatte das Feuer mit Schnee bedeckt und alles wieder in unsere Bündel gestopft. Ich stand da und glotzte und fühlte mich schlimmer als hilflos.

„Los!" Sie schob mich auf die Felsen zu. „Steig da hinauf. Rasch! Es sei denn, du willst das Reisebrot eines Banshees werden." Ich setzte mich in Bewegung. Darla folgte mir dichtauf und blieb nur stehen, um die Schneeschuhe und Speere an sich zu nehmen. Sie kletterte behende wie ein Rabbithorn an mir vorbei die Felsblöcke hoch, drehte sich um und zog mich hinauf. Die ganze Zeit wurden das Röcheln des Banshees und das Bellen der Hunde lauter.

Wir erreichten einen Ort, der uns eine in meinen Augen zweifelhafte Sicherheit bot, eine hochgelegene Spalte im Fels, geöffnet wie Lippen, die sich zu einem schmalen Grinsen verziehen. In diesem Augenblick watschelte das Banshee auf die freie Stelle, wo unser Feuer gebrannt hatte.

„Hast du nicht gesagt, du habest schon häßlichere Tiere gesehen?“ flüsterte Darla.

Das Banshee schwang den Kopf von einer Seite zur anderen. Es spürte die Wärme des erloschenen Feuers, der sich nähernden Hunde und ganz bestimmt die unsere. Der Kopf war nackt, ein mit faltiger Haut bedeckter Schädel. Die Haut legte sich um den Hakenschnabel, füllte die Höhlungen, wo Augen hätten sitzen sollen, und hing in ungesund wirkenden bläulich-roten Lappen um den Hals. Ich wußte, daß es nicht nur blind, sondern auch nahezu taub und darauf angewiesen war, Wärme und Bewegung wahrzunehmen, aber als es seinen Kopf in unsere Richtung wandte, hielt ich den Atem an und versuchte, im Felsgestein zu versinken. Sein fauliger Gestank durchdrang die kalte Luft.

„Ich habe gelogen“, hauchte ich. „Ich habe mich geirrt. Es gibt kein häßlicheres Tier.“

Dann holten die Hunde ihre Beute ein, und der Alptraum wurde noch schlimmer, wenn das möglich ist. Die Meute umringte es springend und knurrend. Die Hunde hingen von seinem Fleisch wie Tumore, aber anscheinend spürte es sie überhaupt nicht. Es schlug mit Schnabel und Klauen zu. Zwei Hunde wurden fortgeschleudert, blutend und sterbend.

Ich hatte das Gefühl, mich gleich übergeben zu müssen. Das Grauen, das das Banshee verbreitete, lag nicht nur an seinem Gestank, seinem Schrei ... Und plötzlich wußte ich, warum es so schrecklich war. Zwar hatte das Tier so gut wie kein Gehirn, und doch war es gleichzeitig eine Art von Telepath. Es war ein Sender, der schieres Entsetzen abstrahlte, das Entsetzen der unkontrollierten Paranoia. Es kreischte nackten Wahnsinn hinaus. Die tauben Hunde, selbst in gewissem Ausmaß telepathisch, reagierten darauf, wie es ein terranischer Hund niemals tun würde. Das Banshee trieb sie in eine sinnlose Wut, die sie immer wieder und wieder angreifen ließ, ohne Rücksicht auf Schmerz und Tod. Ich spürte, daß Darla neben mir zitterte. Sie beugte sich vor und wand sich in würgenden Krämpfen.

„Darla“, sagte ich, „nicht. Schließe es aus.“ Zwischen den einzelnen Wörtern mußte ich die Zähne zusammenbeißen, aber wenigstens brachte ich sie hervor. „Blocke es ab! Das ist nur ein Tier. Ein dummes Tier."

Sie sah mir ins Gesicht, aber ich wußte, sie hörte nicht, was ich sagte. Ihre Augen standen weit offen, starrten ins Leere, und die grüne Iris war nur eine dünne Linie um riesige schwarze Pupillen.

Ihr Atem ging in rüttelnden Stößen, und ich konnte fühlen, wie ihr Herz gegen die Rippen hämmerte. Ich wußte nicht, was ich tun sollte, doch eins war mir klar: Sie durfte nicht so weitermachen. Wenn die Angst sie nicht tötete, würde sie den Verstand verlieren. Ich faßte ihre Schultern und schüttelte sie. Ihr Körper war steif unter meinen Händen. Ich ohrfeigte sie, aber ich hätte ebensogut eine Holzpuppe schlagen können. Noch durch meine Handschuhe nahm ich wahr, daß ihr Fleisch zunehmend kälter wurde. Plötzlich hörte sie auf zu zittern. Es war, als habe ihr Körper den Kampf eingestellt und lasse sie in ihrem Gehirn allein. Falls sie atmete, dann nur ganz flach. Ich war mir nicht sicher. Ich zog einen Handschuh aus und fühlte nach dem Puls an ihrem Hals. In dem Augenblick, wo meine Hand ihre bloße Haut berührte, überflutete mich ihre Panik, der von dem Banshee erzeugte Wahnsinn mit aller Macht. Vielleicht habe ich geschrieen. Dann rettete mich die ... die Blindheit. Ich zog meine Hand zurück und war frei. Darla war es nicht. Dem konnte ich sie nicht überlassen. Ich fürchtete mich vor dem, was ich tun mußte, beinahe ebenso wie vor dem Banshee selbst. Schnell, bevor ich zuviel Zeit bekam, um darüber nachzudenken, zog ich den anderen Handschuh aus und nahm ihr Gesicht zwischen meine Hände. Diesmal war die Furcht erträglicher, vielleicht, weil ich darauf gefaßt gewesen war.

„Nein", sagte ich laut. „Darla, hör zu. Du mußt mich anhören! Nichts davon ist Wirklichkeit. Es ist etwas, das nicht existiert. Da unten ist nur ein Tier, ein dummes, stinkendes, häßliches Tier."

Ich suchte nach einem Zeichen der Bewußtheit in ihrem starren Blick. Endlich kam es, und mir fiel wieder ein, wie man atmet. Darla holte tief Luft, dann noch einmal, müheloser, und bedeckte meine Hände mit den ihren. Sie schloß kurz die Augen, und ich spürte, daß ihre Sinne sich beruhigten. Als sie mich wieder ansah, war es Darla, und es war, als sei diese Hölle niemals gewesen.

Unter uns wurden immer noch Hunde getötet, das Banshee schrie immer noch, und es war immer noch gräßlich. Aber es war ein normaler Schrecken, kein Alptraum. Eduin und seine Jäger hatten das Banshee eingeholt und eilten den Hunden zu Hilfe. Darla rollte sich von mir weg, zeigte mir den Schatten eines Lächelns, streckte mir die Hand entgegen und zog mich hoch.

„Ich danke dir, *breda*“, sagte sie. „Laß uns jetzt hinabsteigen und helfen, diesen Flüchtling aus der Hölle zu töten.“ Sie nahm ihren Speer und ließ sich von dem Felsen hinunter. Auch über das, was jetzt kam, wollte ich nicht erst nachdenken. Ich folgte ihr. Schließlich waren wir *bredini*.

Über Barbara Armistead und „Unterwegs“

Barbara Armistead sagt von sich selbst, sie, Jahrgang 1929, habe ein College-Magazin herausgegeben, „die üblichen morbiden Gedichte“ geschrieben, geheiratet und vier Kinder bekommen und sei 1979 geschieden worden. Ihr Interesse am Schreiben führt sie darauf zurück, daß ihre Kinder sie „dazu überredeten, einem Raumschiff-Enterprise-Fanclub beizutreten.“ Unterdessen hat sie sich sechs Enkelkinder zugelegt. „An manchen Tagen bin ich zwei Jahre älter als Methusalem, an anderen immer noch sechzehn.“ Ich glaube, das trifft auf die meisten von uns zu, die für diese Anthologie schreiben. Nachdem sie, als ihre erste professionell eingereichte Geschichte angenommen worden war, „in die Realität zurückgefunden“ hatte, erinnerte Barbara mich, daß wir uns im Sommer 1984 beim Welt-Con in Los Angeles begegnet waren, vermutete aber zu Recht, an mir seien „so viele Leute vorübergezogen, daß sie sich zu einer endlosen Prozession verwischten.“

Rima und Lori, die Hauptpersonen in dieser Geschichte, stammen, wie die meisten Leser sich erinnern werden, aus Kindras Gruppe in der gesprengten Kette. MZB

Unterwegs

von Barbara M. Armistead

„Ist das eine Reise!“ Rima zog ungeduldig an einem Gurtriemen. „Erst ein verlorenes Hufeisen, dann ein gebrochener Packsattel, ein Regen, als würde ein Ozean auf uns ausgeschüttet, und jetzt auch noch ein ausgewaschener Weg! Was wird als nächstes passieren?“

Lori lachte und drehte das Hirschpony vorsichtig in die Richtung, aus der sie gekommen waren. Sie ließ ein Packtier nach dem anderen folgen und bestieg dann ihren eigenen braunen Wallach.

„Reg dich nicht auf, Rima. Ich weiß, du bist ungeduldig, aber das Reisen in den Hellers ist immer eine unsichere Sache.“

„Ist es nicht! Es ist so sicher wie der Tod und die Winterstürme, daß man in Schwierigkeiten gerät. Warum Lisa sich einen so abgelegenen Ort für ein Heilzentrum ausgesucht hat, weiß Evanda allein!“

„Wahrscheinlich, weil es hier notwendiger war als an einem zivilisierten Ort, meinst du nicht auch?“

„Oh, Lori – ich mußte mir nur Luft machen. Versuchen wir, den Weg zu finden, von dem du mir erzählt hast. Auf dem hier kommen wir nicht weiter.“

„Er müßte eine Reitstunde weiter hinten liegen. Ich habe ihn gestern abend bemerkt, kurz bevor wir die Unterkunft erreichten.“

Lori ritt auf dem schlammigen Pfad voran. Die schweren Regenfälle nach dem Frühlingstauwetter hatten die niedriggelegenen Stellen in Moräste verwandelt, aber auf Darkover ist die Landschaft meistens senkrecht und trocknet schnell. Gelegentlich schoß eine Wasserflut bergab und eilte in lärmender Hast dem Fluß unter ihnen entgegen. Ein paar hoffnungsvolle Blumen lächelten im Gras, und die Vögel arbeiteten emsig daran, in dem kurzlebigen

Sommer der Hellers Nester für ihre Familien zu bauen. Die beiden Amazonen kamen an der Reiseunterkunft vorbei, in der sie die Nacht verbracht hatten, und die Hirschponys sahen sehnsüchtig nach den Futtereimern. Lori schnalzte ihnen zu und ritt entschlossen weiter. Die dicke Rima bildete auf einer großen grauen Stute den Schluß der kleinen Karawane.

Der Weg, den Lori suchte, war überwachsen und offensichtlich lange Zeit nicht benutzt. Sie drängte sich durch das Gewirr des Unterholzes und zeigte stolz auf ein Steinmal, das auf der einen Seite sorgfältig aufgeschichtet war.

„Sieh da – mein Vater hat mir von diesem Mal erzählt. Ich hoffe, der Rest des Weges ist noch in einem passierbaren Zustand."

„Das hoffe ich auch. Ich sehne mich nach einem richtigen Bett und einer richtigen Mahlzeit. Die Reiserationen sind so fade." Rimas Vorliebe für gutes Essen zeigte sich in ihrer Leibesfülle, und ihre Fähigkeit, beinahe überall für ein gemütliches Lager zu sorgen, war legendär. Im Gegensatz zu ihr war Lori schlank und muskulös, eine jungenhafte Erscheinung. Sie war an der Seite ihres Vaters auf den Händlerrouten der Hellers aufgewachsen. Unbequemlichkeit war für sie relativ; jedes Obdach war ihr recht, und Rima behauptete manchmal, sie merke nicht einmal, was sie esse.

Der Weg führte über einen steilen Paß und fiel dann plötzlich zu einem schmalen Tal ab. Sie hielten an, um die Tiere an einer geschützten Stelle in der Nähe des höchsten Punktes ausruhen zu lassen, nahmen eine Mahlzeit aus Fleischstreifen und Trockenobst zu sich und spülten sie mit dem eisigen Wasser einer Quelle hinunter. Schneefelder erstreckten sich über ihnen, und unter ihnen gähnte ein schauriger Abgrund. Der Bach schlängelte sich wie ein nebelverhangenes Band davon und vereinigte sich mit einem Wasserfall.

„Ein schönes Land." Rima erschauerte. „Jetzt weiß ich, warum die Händler den anderen Weg benutzen."

„Ich wette, weiter oben gibt es Banshees. Machen wir, daß wir fortkommen."

„Hast du eine Ahnung, wie dieser Weg entstanden ist?"

„Sicher. Räuber sind hier durchgezogen. Früher hauste unten im Tal eine Bande und überfiel regelmäßig die Händler und Reisenden. Die letzten Wegelagerer wurden erst vor ein paar Jahren getötet. Hier gibt es nicht mehr viel Handel. Die Bergbewohner sind nahezu ausgestorben. Zuviel Inzucht – und andere Dinge. Davon habe ich eine Menge gesehen, als wir gereist sind. In dem einen Tal – keine Ernte, abgemagerte Kinder, die um Essensreste bettelten. Zwei Täler weiter brachen die Bäume vor Nüssen zusammen, und die Getreidespeicher quollen über. Keine Kommunikation. Dieses Land braucht Straßen! Die Menschen müssen die Möglichkeit haben, ein bißchen herumzukommen ...“ Sie brach abrupt ab und hob als Signal für Rima die Hand. Der Pfad war zu schmal, als daß Rima hätte herankommen und nachsehen können, was Lori entdeckt hatte. Sie mußte sich damit zufriedengeben, sich den Hals zu verrenken und über die Kante des Abgrunds zu spähen.

„Was ist denn das?“

„Pferde – und Männer. Sie kommen das Tal hoch – sieht aus, als seien es Einheimische. Keine Packtiere. Sie sind noch zu weit weg, als daß man etwas dazu sagen könnte. Reiten wir weiter bergab.“ Der Weg führte in Haarnadelkurven nach unten; Rima sah die sich nähernde Gruppe in einer Folge von Vignetten. Dann war zu erkennen, daß mindestens ein Reiter zum Mitkommen gezwungen wurde. Anscheinend war er im Sattel festgebunden, und einer der anderen führte sein Pony. Die Männer bogen in einen Cañon ab, der sich in das Tal öffnete, und verschwanden außer Sicht, offenbar, ohne Lori und Rima erspäht zu haben.

„Sie haben auf diesem Weg niemanden erwartet, deshalb haben sie nach niemandem Ausschau gehalten“, vermutete Lori. „Das sieht mir nach einer schmutzigen Sache aus. Gehen wir ihr nach oder reiten wir weiter?“

„Ach, Liebes – die Göttin weiß, daß ich weiterreiten möchte. Aber vermutlich ist es besser, wir überzeugen uns, was los ist, als daß wir möglichen Ärger auf dem Weg hinter uns lassen. Vielleicht haben sie uns doch gesehen und wollen in Deckung bleiben, bis wir vorübergezogen sind. Irgendwelche Ideen?“

„Ich finde, wir sollten auf alle Fälle so tun, als hätten wir sie nicht bemerkt. Siehst du das Wäldchen aus Harzbäumen? Ein guter Ort, um vom Weg abzuweichen. Von diesem Cañon aus kann niemand erkennen, ob wir angehalten haben oder nicht. Ich werde zu Fuß auf einem Umweg umkehren und sehen, was ich herausfinden kann. Richte du etwas zum Abendbrot her und halte ein Auge auf die Tiere.“

„Ein guter Vorschlag. Vorwärts, Pferd, bald können wir rasten."

Kurze Zeit später hockte Lori in einem federigen Nußbaum, der die Sohle des Cañons überblickte. Sie hatte ihren Aussichtspunkt mittels geräuschloser Manöver erreicht, aber jetzt sah sie ein, daß sie auch wie ein Trockenstadt-Lord mit Trommeln und Zimbeln hätte anrücken können, und doch hätte niemand etwas gemerkt. Drei Männer lagerten um ein Feuer vor einer primitiven Unterkunft aus Steinen und Stroh und ließen eine Flasche kreisen, die offensichtlich nicht die erste des Tages war. Der Wind wehte Lori ihre Unterhaltung in Satzfetzen zu.

„Blöder rothaariger Bastard! Fiel uns in die Hände wie eine reife Frucht – Familie wird gut bezahlen – he-he-he, er wird die Botschaft schon schreiben, wenn er merkt, wie kalt es hier des Nachts wird – genau wie Papa es immer gemacht hat..." Der Rest ging in rauhem Gelächter unter. Lori glitt den Baum hinab und trabte schnell auf das Wäldchen zu. Der Abend war nahe, und in ihr bildete sich ein Plan.

„Das sind Entführer, wahrscheinlich die Nachkommen des Gesindels, das früher hier sein Unwesen getrieben hat. Zwei sehen wie Zwillinge aus, und der dritte wird ihr jüngerer Bruder sein. Keiner wirkt sehr intelligent, aber dieser eine redet wie ein richtiger Trottel. Sie versuchen, in Papas Fußstapfen zu treten, und sie haben ein dummes Herrensöhnchen dieser Gegend erwischt, für das sie Lösegeld verlangen wollen."

„Und was werden wir tun? Sollen wir wie vernünftige Leute nach Ensendara reiten und dem, der dort zu sagen hat, berichten, wo er sie finden kann? Oder sollen wir uns wie die Helden einer Ballade benehmen und ihn retten, wobei wir seine unsterbliche Dankbarkeit und eine Haut voller Löcher erwerben werden?"

„Wenn wir nach Ensendara reiten, kann der dumme Junge tot sein, bevor irgendwer nach hierher zurückkommt. Sie wollen ihn in der Kälte frieren lassen, damit er einen Brief um Lösegeld schreibt. Selbst können sie vermutlich nicht schreiben."

„Und es wird Frost geben, nicht wahr? Oder doch beinahe. Oh, wie ich so etwas hasse! Ich habe dir doch gesagt, das Reisen in den Hellers ist ein sicherer Weg, Schwierigkeiten zu bekommen."

„Sie sind betrunken, Rima. Wenn ich mich nicht irre, haben sie drei Flaschen geleert. Wir brauchen nur ein bißchen zu warten, und wenn sie eingeschlafen sind, schnappen wir uns das Herrensöhnchen und verschwinden. Kein Kampf, keine Aufregung. In etwa einer Stunde werden sie nicht einmal mehr eine Armee von lärmenden Cralmacs hören."

„Oh, schon gut. Auch einen *Mann* können wir schließlich nicht erfrieren lassen."

„Nein, das können wir nicht. He, reich mir mal die Suppe 'rüber. Ich habe auch Hunger!"

Die Abenddämmerung war zur Nacht geworden, als sie sich dem Lager der Räuber im Cañon näherten. Sie banden die Tiere ein gutes Stück von der Hütte entfernt an und krochen vorsichtig bis in die Deckung von ein paar Felsblöcken am Rand der Lichtung. Sie konnten keinen Wachposten entdecken, und die glosenden Reste des Feuers zeigten keine Spur von den Entführern.

„Und nun?" flüsterte Rima.

„Ich nehme an, sie sind in der Hütte – aber wo ist ihr Gefangener? Nicht drinnen, wo es hübsch warm ist, es sei denn, er hat schon zugestimmt, den Brief zu schreiben. Laß sehen – da sind die Ponys, in dem Schuppen dahinten –, eins brauchen wir für ihn zum Reiten. Ob ich wohl eins satteln kann, ohne daß man es merkt?"

„Sei vorsichtig. Ich werde weiter nach ihm suchen." Trotz ihres Umfangs war Rima so leise wie ein Katzenwesen, wenn es sein mußte. Als Lori in den Schuppen schlüpfte, hörte sie lautes Schnarchen aus der Hütte.

„Betrunken wie Lords. Das sind mir die rechten Entführer. Vielleicht glauben sie, niemand wird sich die Mühe machen, ihnen zu folgen." Lori wählte das größte Pony aus, legte ihm schnell einen Zaum an, sattelte es und betete, daß es nicht von der Sorte sei, die sich heftig dagegen wehrt, bestiegen zu werden. Vorsichtig führte sie es aus dem Schuppen und band es in der Nähe der Pferde an. Dann kehrte sie zu ihrem Versteck zurück, wo Rima auf sie wartete. Leise ließ sich Lori neben ihr auf den Boden gleiten.

„Es wird rasch kalt, und ich kann ihn nirgendwo finden. Hast du das Pony?"

„Ja. Ich wette, er ist in der Hütte. Da war er vorhin auch, und vielleicht waren sie zu betrunken, um ihn an einen anderen Ort zu bringen."

„Es ist die einzige Stelle, die noch übrig ist. Wie bekommen wir ihn nun heraus?"

„Ich gehe hinein und hole ihn. Hast du die Laterne mit?"

„Ja. Hier – sei vorsichtig. Ich bleibe an der Tür."

Lori hob den Riegel und öffnete die aus Flechtwerk bestehende Tür so weit, daß sie hineinschlüpfen konnte. Auf dem kleinen Herd brannte kein Feuer; drei dick vermummte Gestalten schnarchten und schnaubten vor der Tür. In einer hinteren Ecke war ein dunklerer Schatten zu erkennen. Ein Schimmer von Loris Laterne beleuchtete einen jungen Mann, der gefesselt, geknebelt und bis auf die Unterwäsche ausgezogen war. Lori, die die Kälte durch ihre schwere Reisekleidung spürte, war es klar, daß er völlig ausgekühlt sein mußte. Sie stieg über die schnarchenden Entführer weg und zog eins ihrer Messer, um die Fesseln durchzuschneiden. Als sie die regungslose Gestalt berührte, kippte sie zur Seite. Zuerst dachte sie, der Entführte sei tot, bis sie feststellte, daß sein Puls schwach, aber regelmäßig ging. Sie durchschnitt die Stricke, legte sich den jungen Mann über die Schulter, steckte das Messer in die Scheide und flüsterte ein Dankgebet, daß er schmächtig gebaut war. Sie nahm die Laterne in die Hand, drehte sich vorsichtig um und machte sich auf den Weg zur Tür. Als sie sich um die Räuber manövrierte, wurde sie plötzlich am Knöchel gepackt.

„He-he-he, hab' ich dich, du rothaariger Hundesohn? Wie hast du dich losgemacht?" Ein scharfer Ruck riß Lori von den Füßen, sie fiel, und die Laterne schaukelte. Öl ergoß sich über den Fußboden, und Flämmchen flackerten auf. „He, du bist es ja gar nicht! Wach auf, Lugo! Wir haben Gesellschaft gekriegt."

Lori, vom Gewicht des hilflosen Körpers behindert, mühte sich, nach ihrem Messer zu fassen, die Füße unter sich zu bekommen und den Flämmchen auszuweichen, die über den Fußboden hüpften. Der Idiot wachte auf, die andere Gestalt begann sich zu regen, und die ganze Zeit hielt der erste Räuber ihren Knöchel fest. In seiner Begeisterung, einen Eindringling gefangen zu haben, bemerkte er das gefährliche Feuer gar nicht. Schließlich rutschte der Entführte von Loris Schulter, und Lori riß das Messer aus dem Gürtel. Sie krümmte ihren Körper zum Bogen, hieb mit dem Messer nach der Hand, die ihren Knöchel umklammerte, und wurde mit einem Aufschrei und einem Fluch belohnt. Der Knöchel war frei. Sie zog die Füße an und duckte sich zum Sprung. Der Idiot rollte über den Boden, jammerte vor Verwirrung und Angst und schleuderte brennende Strohhalme umher.

Der dritte Bruder war endlich auf den Beinen und tastete verzweifelt nach seinem Messer. Der erste Räuber hielt seine verwundete Hand, aber als er eine Chance sah, griff er Lori an. Sie sprang zur Seite, und er fiel über den Idioten, der heftig auf ihn einzuschlagen begann.

„Rima! Hilf mir! Dieser Mann ist bewußtlos!" Lori zog ihr zweites Messer aus der Scheide, die sie im Nacken hängen hatte, und wandte sich Bruder Nummer drei zu, der sein Messer inzwischen gefunden hatte. Das Durcheinander von taumelnden Körpern und flackerndem Feuerschein machte einen richtigen Messerkampf beinahe unmöglich, aber Lori war klar, daß auch dann, wenn man Betrunkene zu Gegnern hat, ein Ausrutschen oder Stolpern tödlich sein kann. Die Tür flog unter Rimas Gewicht auf, und der Stoß frischer Luft fachte die Flammen zu neuem Leben an.

„Welcher?" schrie Rima und spähte in das Gewimmel auf dem Fußboden.

„Der ohne Kleider! Bring ihn hinaus – wickele ihn ein – er erfriert!"

„Nicht sehr wahrscheinlich in diesem Gedränge", bemerkte Rima, aber sie packte den fast nackten Körper und begann, ihn über die Brüder zu zerren, die auf dem Fußboden damit beschäftigt waren, ihre Glieder zu entwirren. Einer von ihnen machte einen verzweifelten Versuch, den Entführten festzuhalten. Rima setzte einen großen Fuß auf die zufassende Hand, verlagerte ihr Gewicht und setzte ihren Weg zur Tür fort. Der Schrei ihres Opfers mischte sich mit dem Wutgebrüll des dritten Bruders, der sich quer durch den Raum auf Lori stürzte. Mehr Erfolg hätte er mit seinem Angriff gehabt, wenn er nicht über eine herumliegende Decke gestolpert und beinahe der Länge nach hingefallen wäre. Er segelte an Lori vorbei, und sein Messer streifte ihre Jacke. Sie trat zur Seite, drehte sich um und stieß ihm den Griff ihres Messers kräftig zwischen die Schulterblätter. Der Schwung trug ihn noch ein Stück weiter, aber er fing sich, bevor er mit dem Gesicht gegen die Wand knallte. Der Alkohol hatte ihn streitlustig gemacht, während seine Koordination gelitten hatte. Als er sich umdrehte, trat Lori mit dem Fuß zu. Er krümmte sich und brüllte vor Wut und Schmerz. In diesem Augenblick entdeckte der Idiot, daß seine Jacke schwelte, und sprang inmitten von Decken, Bruder und Stroh auf. Schnell gab ihm Rima einen Schlag mit der offenen Hand, und er ging wieder zu Boden, aber sein Bein stieß dabei Loris Knöchel zur Seite. Sie fiel, konnte sich aber mit einer Hand abstützen. Bruder Nummer drei drang blindlings auf sie ein. Instinktiv riß sie die linke Hand hoch. Ihr Messer fuhr ihm über die Brust und den Oberarm, er flog über sie weg und landete mit lautem Krach an der Steinwand. Der erste Bruder kroch auf die Tür zu. Rima hielt ihn auf, indem sie ihm mit einem zerbrochenen Schemel über den Kopf schlug.

Lori kam wieder auf die Füße und überwand die Hindernisse zwischen sich und der Tür, um Rima beim Abtransport des Objekts ihrer Rettungsaktion zu helfen. Er gab mit solcher Kampflust Lebenszeichen von sich, daß Rima ihn fest in alle Decken wickelte, die sie aus dem Tumult herausziehen konnte. Bald sah sein entrüstetes Gesicht die beiden Amazonen finster aus einem schmuddeligen Kokon an.

„Du solltest etwas gegen das Feuer unternehmen, Lori", schlug Rima gelassen vor. „Es sei denn, du willst diese Kröten lebendig braten."

Lori steckte ihre Messer weg und sah sich in dem kleinen Gebäude um. In einer Ecke stand ein Eimer. Sie nahm ihn und goß seinen Inhalt über den Idioten und die Stellen des Fußbodens, wo es am hellsten brannte.

Ein unglaublich widerwärtiger Gestank breitete sich aus. „Zandru hole dich Mißgeburt!" brüllte einer der Brüder. Würgend und keuchend rasten alle zur Tür. Rima zog das Deckenbündel mit dem Geretteten hinter sich her.

„Du Dussel! Das war der Scheißeimer!"

„Woher sollte ich das wissen? Du wolltest, daß das Feuer gelöscht wird, oder? Nun, es ist gelöscht!"

„Und wir sind in der frischen Luft. Ich gehe nicht wieder da hinein. Lieber erfriere ich!"

„Wie recht du hast! Aber wir müssen irgend etwas unternehmen."

„Ich weiß. Fessele du diese Angeber, und ich mache ein schönes Feuer an der Stelle, wo sie heute nachmittag gesessen haben. Dann befestige ich eine Zeltbahn an den Bäumen, die die Wärme reflektiert. Mit unseren Mänteln und was wir sonst noch haben werden wir es bis morgen früh schon aushalten. Paß auf, daß diese Pferdeäpfel windabwärts von uns zu liegen kommen."

„Dafür werde ich sorgen. Besonders bei *dem* hier!“ Ihre Opfer wirkten recht gedämpft; offensichtlich waren sie von der Schnelligkeit und den ungewöhnlichen Methoden der beiden Amazonen so verwirrt, daß sie nicht einmal einen Fluchtversuch gemacht hatten.

In der nächsten Stunde gab es viel zu tun. Lori und Rima arbeiteten im Schein des Feuers mit Verbänden, Decken und Stricken. Das Herrensöhnchen wurde sehr gesprächig und drückte mit quengelnder Stimme seinen Dank, seinen Schock über die Entdeckung, daß seine Retter Frauen waren, und seinen Ärger über den Verlust seiner Kleider aus. Letzteres machte ihm mehr zu schaffen als die Tatsache, daß er dem Tod um Haaresbreite entgangen war. Schließlich brachte Lori ihn zum Schweigen, indem sie ihn fragte, ob er Lust habe, seine Sachen aus den Exkrementen herauszufischen.

Rima beendete ihre Erste-Hilfe-Maßnahmen und goß einen Korntee auf. Als sie dem Geretteten eine dampfende Tasse reichte, erkundigte sie sich: „Und wie dürfen wir Euch anreden, geehrter Herr? Ich würde gern mehr über die elende Geschichte und diese ebenso elenden Räuber erfahren.“

Ihr Neuerwerb wandte dem Feuer ein schmollendes Gesicht zu und antwortete mit einer Wichtigkeit, die schlecht zu seinem zerzausten Zustand paßte: „Ich bin Dom Estoril Calavera, und mein Vater ist Herr über den größten Teil dieses Tales. Dieser – dieser unaussprechliche Abschaum wollte Lösegeld von ihm verlangen und überfiel mich, als ich von – äh – einer Gesellschaft in Ensendara heimkehrte. Ich hielt an, um einem Ruf der Natur zu folgen, und da packten sie mich. Sie müssen mir im Wald gefolgt sein.“

„Hab' ich mir gedacht, daß sie ihn mit heruntergelassenen Hosen erwischt haben!“ krähte Lori. „Da hat er in einem Bordell in der Stadt eine ‚Gesellschaft‘ besucht und sich halb betrunken auf den Heimweg gemacht. Er hat überhaupt nicht gemerkt, daß er verfolgt wurde.“

„Warum“, fragte Rima milde, „habt Ihr den Brief an Euren Vater nicht geschrieben? Er hätte das Lösegeld doch sicher gezahlt, oder er hätte die Räuber aufgespürt und Euch gerettet!“

„Natürlich hätte er das getan und mich danach gründlich verprügelt. Ich hätte den Brief ja auch gern geschrieben, nur daß ...“

„Nur was?“ drängte Rima.

„Nur daß ich nicht schreiben kann! Ich bin ein Edelmann, kein verfluchter *Cristofero*-Schreiber!“

Das entzückte Lori so, daß sie sich krümmte vor Lachen. Als sie sich endlich die Augen wischte, machte Rima ihr Vorhaltungen.

„Schäm dich, Lori. Die meisten ‚Edelmänner' auf Darkover sind ihren Schreibern und Buchhaltern, die ihr Gewerbe in Nevarsin gelernt haben – gepriesen seien die guten Mönche! –, auf Gedeih und Verderb ausgeliefert. Denke daran, daß dich erst die Entsagenden das Lesen und Schreiben gelehrt haben, damit es keinem Mann möglich ist, dich aufgrund deiner Unwissenheit zu betrügen. Vielleicht findet Lisa eine von der Schwesternschaft, die eine Schule für solche einrichtet, die es auch lernen möchten."

„Mit einem Sonderkurs für Lösegeldforderungen."

„Nein, ich glaube, das Kidnappen wird aus der Mode kommen, wenn wir diese drei nach Ensendara geschafft haben. Willst du die erste Wache übernehmen, oder soll ich es tun? Mich ärgert nur, daß diese Schweine die ganze Nacht durchschlafen können."

„Leg du dich jetzt hin, Rima. Ich werde wachen, und es tut mir leid, daß es nicht so einfach gegangen ist, wie ich versprochen hatte."

„Lori, Lori – seit wir uns kennen, ist nie etwas so einfach gegangen, wie du es dir erhofftest, und immer wieder schenke ich dir Glauben. Wer ist also zu tadeln? Wecke mich in zwei Stunden, Kleine. Und nachdem *du* geschlafen hast, werden wir nach Ensendara reiten. Ich freue mich schon auf eine anständige Mahlzeit."

Über P. Alexandra Riggs und „Eine Tür wird geöffnet“

In ihrem Begleitbrief zu dieser Geschichte schrieb mir die Autorin: „Dies ist mein erster schriftstellerischer Versuch. Ich habe schreiben wollen, seit ich erwachsen bin, aber mich gefürchtet, meine Philosophie einer Ablehnung auszusetzen. Ihre Arbeit hat mir etwas von der Angst genommen, mich zu exponieren.“

Ich sage jungen Autorinnen immer wieder, daß man als Schriftstellerin ein paradoxes Leben führt. Eine Schriftstellerin muß sehr sensibel sein und alle ihre Gefühle dicht an der Oberfläche halten, sonst gelingt es ihr nicht, Emotionen glaubwürdig zu porträtieren. Gleichzeitig ist die erste Erfahrung, die jede Schriftstellerin macht, die Ablehnung. Deshalb muß sie sich eine Haut wie ein Rhinozeros zulegen, oder die Kritik wird sie vernichten. Ich habe lernen müssen, meinem eigenen Rat zu folgen und die Kritik bestimmter Leute zu ignorieren, dabei aber aus der konstruktiven Kritik von Verlegern und anderen sachverständigen Personen zu lernen. Die Angriffe jener, die gar nicht wissen, worüber sie reden, soll man aus seinen Gedanken verbannen.

Glücklicherweise war es nicht notwendig, daß P. Alexandra Riggs in einem so frühen Stadium diese Ablehnung durch mich erfuhr. Als ich ihre Geschichte angenommen hatte, schrieb sie mir, sie sei Mutter von sechs erwachsenen Kindern und dreifache Großmutter, sie sei in einer Klinik und bei der Telefonseelsorge Beraterin für Krisenintervention nach Vergewaltigungen und bei Suizidgefährdung, Helferin bei der Gruppentherapie und Leiterin eines Einzelhandelsgeschäfts gewesen. Es wirft ein merkwürdiges Licht auf unsere Gesellschaft, daß sie nur für ihre Tätigkeit als Leiterin des Einzelhandelsgeschäfts bezahlt worden ist. Sie lebt auf einer kleinen Farm in Fallon, Nebraska.

MZB

Eine Tür wird geöffnet

von P. Alexandra Riggs

Die Träumerin wurde unruhig. Ihre Hand strich über die rauhe Bettdecke, blieb dann wieder liegen. Ihr Traum war erfüllt von Schönheit.

„Ich liebe dich, liebe dich", flüsterte er in ihr kastanienbraunes Haar. Die Worte berauschten sie wie starker Wein. Die Wärme seines Atems auf ihrer Wange, die Kraft seiner Hand an ihrer Taille entflammten ihre Sinne.

Lachend bog sie sich zurück, um ihn besser zu sehen.

„Du lebst wie eine Gefangene." Er atmete schwer. „Sie hat kein Recht, dich einzusperren."

Seine Hand wanderte auf ihren Rücken und zog sie an sich. „Tanz mit mir, tanze und sei frei."

Er schwang sie im Kreise, ihr Rock flog, und der kostbare blaue Stoff wogte wie ein See um ihre Füße.

„Millim, Zeit zum Aufstehen."

Die Stimme ihrer Mutter weckte Millim, und die Tanzmusik erstarb.

Der harte Strohsack, den sie mit ihrer Mutter teilte, war in der kühlen Luft des Herbstmorgens immer noch warm. Millim, gar nicht begierig darauf, mit der mühseligen Tagesarbeit zu beginnen, kuschelte sich unter die Felldecke.

„Nun komm schon. Ich habe warme Milch."

Millim wußte, ihre Mutter meinte es gut, aber sie sehnte sich nach frischgebackenem Brot und Fleisch, nicht nach Milch.

Und nach Wein sehne ich mich, dachte sie. *Und schönen Kleidern, um darin zu tanzen.*

„Raus mit dir." Die Stimme ihrer Mutter klang ungeduldig. „Wir müssen Bohnen pflücken und Käse machen."

„Mutter, denkst du nie an etwas anderes als an die Arbeit?“

Erstaunt über den verdrießlichen Ton, unterbrach Buartha ihre Tätigkeit und sah ihre Tochter an.

„Wünschst du dir nicht, frei von der Arbeit zu sein, Mutter? Möchtest du nicht an Festen teilnehmen ... nicht tanzen?“

Buarthas Gesicht verzog sich vor Qual. „Niemals!“ Sie sah ihre Tochter zusammenzucken. „Wünsche dir nicht deine eigene Vernichtung herbei, Kind.“ Sie sprach ihre feste Überzeugung aus. „Wein, Tanz ... Männer.“ Ihre Worte wurden zu einer Litanei der Hoffnungslosigkeit. „Männer mißbrauchen ... nehmen ... zerstören.“

Sie strich ihrer Tochter über das Haar. „Ich weiß, unser Leben ist hart, Kind.“ Kastanienbraune Strähnen blieben in den Schnitten und Schwielen ihrer Hand hängen. „Aber wir sind frei. Wir unterwerfen uns keinem Mann. Frei ... Kind. *Wir* leben frei.“

„Ich bin *nicht* frei.“ Millim schob die Hand ihrer Mutter weg. „Das nennst du Freiheit?“ Ihre Geste umfaßte die schmutzige Hütte. „Wir schuften wie Sklaven ... und leben wie Tiere.“ Millim stand auf und zog sich die Kleider über den Kopf. Eine ganze Weile war es still. „Mutter, ich träume ...“ Ihre Stimme wurde weich. „So wunderschöne Träume ... von Festessen mit knusprig gebratenem Fleisch, mit Wein und Tischen, die sich biegen unter den Speisen.“ Millims Blick ging ins Leere. „Gesang ...“ Sie wiegte sich leicht hin und her. „Musik, Lachen, Tanz ... und Kleider.“ Sie griff in ihren rauhen Rock und sah zu ihrer Mutter hoch. „Weite und kostbare Kleider ...“ Sie drehte sich langsam mit ausgebreiteten Armen. „Sie stehen ab, wenn man sich dreht.“ Plötzlich ließ sie sich auf den Strohsack fallen, verbarg das Gesicht in der Felldecke und schluchzte. „Mutter, woher weiß ich das? Wie kommt es, daß ich diese Dinge sehe?“

„Du träumst, Kind. Das ist alles. Du träumst nur.“ In ihrem Herzen war Buartha tief beunruhigt. *Oh ihr Götter ..., es ist* laran, dachte sie. *Millim wächst zum Weib heran, und das* laran *erwacht.* Schmerzliche Erinnerungen an das Erwachen ihrer eigenen telepathischen Fähigkeit stiegen in ihr auf. Leonie, Bewahrerin des Turms von Arilinn, die beste aller darkovanischen Telepathen, hatte ihre Gabe als bescheiden eingestuft, das Mädchen gelehrt, wie man sie kontrolliert, und es wieder zu seinem ehrgeizigen Vater nach Hause geschickt.

Ihr Vater hatte sie verhöhnt und sich vor Wut betrunken, denn er meinte, sie habe ihn absichtlich enttäuscht. Da sie immer ein geliebtes Kind gewesen war, verstand sie weder seinen Zorn noch die anerkennenden Bemerkungen, die er in seinem Rausch über ihren reifenden Körper machte.

„Ich habe mein Bestes getan, Papa." Sie fühlte sich innerlich wie ausgehöhlt durch seine Lieblosigkeit. „Das *laran* ..., es ist nicht stark ..., ich war einfach nicht gut."

„Gut?" Er schüttelte sie heftig, und sein Atem roch nach saurem Wein. Dann stieß er sie auf die Straße hinaus. „Dafür bist du jetzt gut", fuhr er sie an und hielt nach einem Passanten Ausschau. Er verkaufte sie für eine Nacht an einen vorbeikommenden Fremden, einen Comyn-Edelmann, der ebenso betrunken war wie er.

Die Wollust in den Gedanken des Fremden entsetzte sie, der Schmerz, als er sich sein Vergnügen mit ihr machte, zerriß sie. Um ihr innerstes Selbst vor einer Vergewaltigung zu schützen, die schlimmer als die gerade stattfindende Vergewaltigung ihres Körpers war, hatte sie ihr *laran* vollständig blockiert, bis sie es nicht mehr spürte.

Von Entsetzen erfüllt, war sie vor Schändung, Lust und Versagen geflohen. Der Schock hatte ihr Denken gelähmt. Tagelang war sie gewandert, höher und höher hinauf in die Hellers. Schließlich stolperte sie in diese kleine Kluft, die sie dann vor der Welt verbarrikadiert hatte. Im Lauf der Zeit hatte sie sogar die Erinnerung an *laran* und das leichtere, elegantere Leben, das sie geführt hatte, ausgelöscht.

Jetzt, nachdem sie mehr als sechzehn Jahre lang in völliger Isolierung mit dem aus diesem Entsetzen geborenen Kind gelebt hatte, fiel ihr alles wieder ein. Brüsk erklärte sie: „Diese Welt ist alles, was es für uns gibt, Millim, und wir müssen uns um die Bohnen und den Käse kümmern, weil wir sonst verhungern werden, wenn Schnee die Hellers bedeckt."

Der triumphierende Schrei des Banshees hallte von den Klippen wider, und Togaim hörte antwortende Schreie durch den Paß von Scaravel schallen. Es war, als rücke jedes einzelne Banshee in den Hellers näher heran, weil ihm hier eine Mahlzeit sicher war.

„Nicht bewegen, Lady", flüsterte er Lady Snava zu. „Völlige Stille könnte uns helfen, dem Schicksal der anderen zu entrinnen."

Er hörte das leise Klingeln ihrer dekorativen Ketten, als sie sich bemühte, tiefer in einen engen Spalt der festen Felswand einzudringen. „Leise." Der Schmerz, den die klaffende Wunde in seiner Seite ihm verursachte, machte aus einem Befehl einen Schrei.

Was war ich für ein Narr, daß ich diese Arbeit übernommen habe, dachte er. *Ein Erfolg hätte mir eine Beförderung eingetragen, aber ein Mißerfolg...* Er betrachtete das Blut, das über seinen Bauch strömte. *Und nun hier zu sterben, ohne eine Chance zu einem ehrlichen Kampf zu bekommen... sich zitternd wie ein Rabbithorn in einem Loch zu verbergen... eine Aufgabe für einen Narren.* Togaim spie angewidert aus. *Und für was? Um eine verwöhnte Frau zu ihrem ebenso verwöhnten Eheherrn zu bringen, damit er während des Feldzugs sein Vergnügen haben kann.*

Der Tod schien ihnen sicher zu sein. Solange die Banshees sich an den Leichen mästeten, waren sie vor Räubern ziemlich sicher, aber nur, wenn sie sich nicht bewegten. Die scheußlichen Tiere orientierten sich nach den Bewegungen und der Wärme ihrer Beute. Sich zu bewegen, bedeutete einen schnellen Tod unter den bösartigen Klauen und Schnäbeln der riesigen Vögel. *Wenn ich nur an mein Schwert herankäme,* dachte Togaim.

Es lag außerhalb seiner Reichweite unter dem Kadaver eines der Packtiere. Togaim erschauderte. Das Banshee hackte auf das tote Tier ein, verschlang die Eingeweide und riß in seinem Freßrausch das Geweih ab. „Keine Hoffnung, wenn dieses Ungetüm darauf sitzt und sich den Bauch vollschlägt", stöhnte Togaim laut.

Das ihm nächste Banshee legte den Kopf schief, um die Quelle des Geräusches ausfindig zu machen und bewegte sich dann auf ihn zu. Togaim drückte sich gegen Lady Snava hinter ihm und bereitete sich auf den Tod vor.

Der süßliche Blutgeruch raubte ihm den Atem. Der gekrümmte Schnabel fuhr in das Fleisch seiner Brust. Er fiel der Länge nach rückwärts und auf Lady Snava. Unter ihrem gemeinsamen Gewicht zerbröckelte der Fels. Erde und Steine rauschten herab und versperrten dem Banshee den Zutritt. Der Steinschlag hatte den Spalt in eine kleine Höhle verwandelt.

Ein schwach erhellter Sims über ihren Köpfen verschwand in der Ferne. Hinter ihm plätscherte leise Wasser.

Togaim versuchte, den Kopf zu heben. Die Bewegung schmerzte so, daß er ächzte. „Lady, könnt Ihr das Banshee sehen?"

„Es versucht einzudringen... kann uns aber nicht erreichen, Sire.“ Lady Snava hatte sich auf die Knie aufgerichtet, und das Klingeln ihrer Ketten war das letzte, woran Togaim sich erinnerte, bevor er in Bewußtlosigkeit versank.

„Diese Pfade sind zu steil für eine Frau meines Alters, von meinem Umfang ganz zu schweigen“, brummte Ramhara, setzte sich auf einen Felsblock und entfernte einen Stein aus ihrem Stiefel.

„Mach schon, Ramhara.“ Cara stand ungeduldig vor der älteren Gefährtin. „Wir müssen die Unterkunft vor dem Dunkelwerden erreichen, sonst riskieren wir es, von einem Banshee erwischt zu werden. Es ist Herbst und die Zeit des Freßrausches.“

Beide Frauen trugen die weiten Hosen, die dicken Jacken und die Stiefel der Freien Amazonen. Beide waren mit langen Messern bewaffnet, die fast Schwerter genannt werden konnten. Ansonsten ließ sich kein größerer Gegensatz denken. Ramhara war klein und ziemlich dick. Ihr kurzes graues Haar, das immer noch einen rötlichen Schimmer hatte, wellte sich weich unter der weißen Haube, die sie als Hebamme auswies. Sie machte einen freundlichen und großmütterlichen Eindruck, und nur ihr sicheres Auftreten ließ ahnen, daß sie auch streng sein konnte.

Cara war groß, mager und sehnig. Ihr krauses braunes Haar war so kurz geschnitten, daß man sie auf den ersten Blick für einen Mann halten konnte. Sie war eine *emmasca,* eine Frau, die keinen Frieden in der Weiblichkeit gefunden und sich deshalb der illegalen Operation unterzogen hatte, die sie zum Neutrum machte. Jetzt kniff sie belustigt die Augen zusammen, und ihr wettergegerbtes Gesicht bekam einen weicheren Ausdruck. „Ich habe dir gesagt, du solltest deine Kräfte für die Reise trainieren.“

„Dann hätten meine Qualen Monate länger gedauert“, gab Ramhara zurück und lachte.

In der Ferne erklang ein Schrei.

Ramharas Lachen brach ab. Sie lauschte. „Banshees!“ rief sie. „Sie haben etwas Großes erbeutet.“

Cara zog ihre Freundin auf die Füße und rannte den Weg zurück auf eine Baumgruppe zu. „Horch, wie viele es sind!“ keuchte sie. „Das muß der Anfang eines Freßrausches sein. Das Geräusch wird jedes Banshee der Umgegend anlocken.“ Vor einem großen Regenschirmbaum blieb sie stehen und betrachtete prüfend den

Raum zwischen den knorrigen Wurzeln. Dann fing sie an, Blätter und Schmutz und alles, was sich dort angesammelt hatte, wegzuräumen. „Hilf mir, dieses Loch zu erweitern“, sagte sie.

„Können wir es groß genug für uns beide machen?“ Ramhara stieß mit einem langen Ast in die Ritze zwischen zwei Wurzeln.

Cara hielt in ihrer Arbeit inne. *„Breda –“* das Casta-Wort für Schwester beruhigte sie, indem sie es aussprach „– wo Platz für einen ist, werden wir Platz für zwei schaffen.“

Ein weiterer Schrei erklang genau über ihnen.

„Beeil dich.“ Ramhara buddelte verzweifelt. „Ich habe keine Lust, mich der Party anzuschließen.“ Sie warf ihr beträchtliches Gewicht gegen den Ast. „Vor allem, weil ich den Verdacht habe, wir würden bei diesem Festschmaus der Hauptgang werden.“

Endlich lagen die Wurzeln frei. Beide Frauen krochen in die Höhle, die sie hinter dem Gitter der Wurzeln gegraben hatten. Der Freßrausch tobte um sie, während der lange Tag in die Nacht überging und sie in der Sicherheit ihres Wurzelkäfigs einschliefen.

Auch in der durch Steinschlag entstandenen Höhle wurde es Nacht. Togaim stöhnte schwach und sank tiefer ins Koma. Snava war klar, daß er ohne Hilfe sterben würde. Sie hatte die Blutung mit ihrem Schal gestillt, aber da sie kein Wasser hatte, um seine schrecklichen Wunden zu säubern, war das alles, was sie tun konnte. Die Wunden würden zu eitern beginnen und ihn vergiften. Er glühte bereits vor Fieber.

Snava stand vor einem Dilemma. Ohne die Ketten an ihren Händen hätte sie Togaim von den Steinen wegziehen können. Doch so dekorativ die Ketten waren, sie hinderten sie wirksam daran. Durch die metallenen Armbänder an ihren Handgelenken, von denen eine Kette durch eine feste Schlaufe an ihrer Taille führte, war die Bewegung der einen Hand immer abhängig von der anderen.

Nach der Tradition der Trockenstädte kennzeichnete die Länge der Kette Kaste und Stand, und die Kette Snavas war von vornehmer Kürze. Wenn sie die eine Hand an den Mund führte, wurde die zweite an die Schlaufe gezogen, so kurz war die Kette. Damit war der Sims und das Wasser hinter ihm für sie außer Reichweite. Sie konnte sich nicht einmal selbst von dem immer noch herumstreifenden Banshee wegziehen.

Immer war sie beschützt worden. Immer hatten sich Dienstboten um sie gekümmert. In einen Käfig gesperrt, verwöhnt und gehätschelt, hatte sie nie eine Entscheidung getroffen, sich nie selbst geholfen. Jetzt konnte sie es nicht. Snava weinte.

Die Träumerin drehte sich unruhig in dem heraufdämmernden Licht um, und dann schrie sie laut: „Ich sitze in der Falle... ich will sterben. O ihr Götter, ich fürchte mich...“ Verzweifelt rüttelte sie an den Gitterstangen ihres Gefängnisses; die Tränen liefen über ihre Wangen. „Helft mir... bitte, helft mir doch.“

Cara faßte Ramharas umherschlagende Hände. „Ich bin hier, Ramhara“, flüsterte sie. „Du bist in Sicherheit, *breda.* Der Freßrausch ist vorbei.“

„Göttin“, sagte Ramhara und schüttelte sich. Sie betrachtete ihre aufgeschundenen Finger und dann die gebrochenen Baumwurzeln. „Seit vierzig Jahren oder länger habe ich keinen solchen Alptraum mehr gehabt. Nicht mehr, seit ich den Turm verlassen habe.“ Verlegen grinste sie ihre Freundin an. „Man könnte mich für eine unerfahrene Jungfrau halten, die nicht fähig ist, ihr *laran* zu kontrollieren.“

„War es das, *breda?*“ Cara war immer noch besorgt.

„Ja...“, antwortete Ramhara gedankenverloren. „Ja, das war es. Jemand in unserer Nähe projiziert zu wild, als daß es eine ausgebildete *leronis* sein könnte... und zu stark, als daß man sie ohne Ausbildung lassen dürfte.“

Ramhara quetschte sich durch die schützenden Wurzeln. „Wir müssen sie finden, Cara... Ein so starkes *laran* wird sie in den Wahnsinn treiben, wenn sie es nicht beherrschen lernt.“

Cara kroch aus ihrem engen Zufluchtsort. „Mir ist, als hätte ich die Nacht in einer Zelle verbracht.“ Lachend streckte sie sich. „Göttin, wie schön ist es, am Leben zu sein!“ Sie nickte zu dem Paß hin, der sich über ihnen erhob. „Glaubst du, deine potentielle *leronis* ist dort?“

„Ja.“ Ramhara schüttelte sich. „Sie scheint gefangen zu sein und sich zu fürchten. Vielleicht war ihre Projektion deshalb so stark.“

Cara sah ihre Freundin entsetzt an. „Der Freßrausch... Ramhara... sie wird von Banshees belagert.“

Die beiden Entsagenden blickten voller Abscheu auf die Überreste des Gemetzels unter ihnen. Die Banshees hatten keinen Körper unversehrt gelassen. Das Blut von mehr als zwanzig Körpern hatte den Boden rot gefärbt. Gardisten, Diener, Packtiere, alles war tot.

„Das hat niemand überlebt." Cara war blaß.

„Sie lebt aber, Cara." Ramhara stieg entschlossen zu dem Massaker hinab. „Ich spüre sie in der Nähe."

Sie gingen durch eine so absolute Stille, daß es schien, als betrauerten sogar die Singvögel die Toten. Widerstrebend brach Ramhara das Schweigen. „Ich fürchte, sie hat das Bewußtsein verloren." Unsicher sah sie sich um. „Die Bilder werden schwächer."

„Sieh her, Ramhara." Cara grub in einem frischen Steinhaufen. „Siehst du das?" Sie hob eine vergoldete Jacke hoch. „So etwas wird von Trockenstadt-Gardisten getragen."

„Hör mal . . ."

Schwach war ein leises Schluchzen zu hören. Ramhara kniete sich hin, um Cara zu helfen, und legte den Stiefel eines Mannes frei. Beide verstärkten ihre Anstrengungen.

„Es ist tatsächlich ein Gardist." Vorsichtig entfernte Cara einen großen Stein vom Becken des jungen Mannes. „Er ist in schlechtem Zustand, *breda.*"

Ramhara kletterte in die kleine Höhle, und gemeinsam zogen sie den jungen Gardisten aus dem Geröll. Weiter im Innern sah Ramhara eine dunkle Gestalt, die sich schluchzend an einen Sims drückte. „Ich habe Durst . . . ach, ich habe solchen Durst."

„Göttin!" rief Ramhara. „Das ist sie! . . . Cara, ihre Hände sind mit einer Kette gefesselt."

Sie beugte sich nieder und ließ die gefesselte Frau aus ihrem Wasserkrug trinken. „Jetzt kann Euch gar nichts mehr passieren", redete sie ihr zu, „Ihr seid in Sicherheit." Sie erschauerte, als sie die Hände der Frau sah. Die Finger waren wund von ihren Versuchen, den Sims zu erreichen. Andere Verletzungen fand Ramhara nicht. Schlimmes befürchtend, wandte sie sich dem verwundeten Mann zu. „Cara, ich brauche mehr Wasser."

Cara sprang auf den Sims, folgte dem Plätschern bis zu seiner Quelle, füllte ihren Krug mit dem kühlen Wasser und brachte ihn der Hebamme.

„Mein Können mag für die Schwere Eurer Wunden nicht ausreichen, Junge", sagte Ramhara leise zu ihrem bewußtlosen Patienten und säuberte ihn mit dem Wasser, das Cara geholt hatte. „Aber man kann nicht vierzig Jahre lang Kindern in die Welt helfen, ohne etwas von der Kunst des Heilens zu lernen."

Endlich richtete Ramhara sich auf, die Hände ins Kreuz gepreßt. „Mehr kann ich hier nicht tun, *breda.*" In ihrem Gesicht spiegelte sich die lange Anstrengung wider. „Seine Wunden sind jetzt sauber, aber ich fürchte, die Infektion sitzt bereits fest." Sie setzte sich mit dem Rücken zum Sims. „Ich habe so wenig Medikamente mitgenommen."

Ihre müden Augen fielen auf die Frau mit der Kette, die sich immer noch zusammenkauerte, aber nicht mehr schluchzte. Jetzt bemerkte sie etwas, das ihr vorher entgangen war. „Ah, Lady..." seufzte sie. „Ihr besetzt Eure Fesseln mit Edelsteinen. Ist Euch die Sklaverei so süß?"

Snavas Stimme klang heiser vom Weinen. „Anständige Frauen gehen nicht anders. Ich bin eine anständige Frau. Erste Gemahlin von Lord Jolder."

„Mestra", erwiderte Cara in geduldigem Ton, „der Rang Eures Herrn interessiert uns nicht. Habt Ihr keinen Namen?"

„Snava." Die Antwort war kaum hörbar. „Lady Snava von Shainsa." Sie sah zu Cara hoch. „Das ist mitten in der Sandwüste. Ich war unterwegs zu meinem Herrn, als..." Es schnürte ihr die Kehle zu.

„Cara", meinte Ramhara verwirrt, „sie ist es nicht. Sie hat kein *laran.*"

Emsig enthülste Buartha im Licht des frühen Morgens Bohnen. *Gleich ist es Zeit zum Melken und Füttern,* dachte sie. Das Glück hatte ihr in jenem ersten Jahr die verkrüppelte, hochträchtige *fuargabhar* zugeführt. Ein noch größeres Glück war im Frühling die Geburt von zwei Zicklein gewesen, eins davon männlich. Die Bergziegen lebten wild in den Hellers, aber ein gebrochenes Bein hatte es leicht gemacht, diese zu zähmen. *Ja, wirklich,* dachte sie und ließ die Bohnen in einen großen, grobgeflochtenen Korb fallen. *Eine Ziege und ein Bock... so brauchen wir unsern Zufluchtsort nicht zu verlassen... niemals.*

Sie hob den Korb an, um sein Gewicht abzuschätzen. *Das müßte ungefähr genug für uns sein.* Sorgfältig stellte sie den Korb hin. *Es muß auch genug sein, da wir das Feld gestern abgeerntet haben.*

Eine kleine Menge Bohnen wurde beseite gestellt. *Saatgut für das nächste Jahr,* dachte Buartha zufrieden. Sie beschattete die Augen und sah zu der großen roten Sonne hoch. „Zeit zum Melken", murmelte sie. „Wenigstens dabei könnte mir das Kind helfen... Sicher schläft sie immer noch." Ihre Stimme nahm einen jammernden Ton an. „Sie ist mir früher eine so große Hilfe gewesen..." Buartha schüttelte den Kopf. „Und jetzt geht das schon seit Monden so... Sie träumt, sagte sie gestern... Ich nenne das Drückebergerei."

Laut rief sie: „Millim, komm her."

Kein Laut brach die Stille.

„Millim... es ist Zeit zum Melken."

Noch immer keine Antwort aus der Hütte.

Leise vor sich hin schimpfend, zog Buartha das stinkende Ziegenfell zur Seite, das als Tür diente. Die Stöcke und Zweige, die die Wand neben dem Strohsack bildeten, waren zerbrochen und blutverschmiert. Millim lag bewußtlos da, und ihre Hände waren zerschunden vom Reißen an dem Geflecht.

„Ihr Götter!" Buartha lief zu ihrer Tochter. „Millim... Millim, was hast du? Was ist geschehen?"

Das junge Mädchen lag mit blauen Lippen da und reagierte nicht. Dann stöhnte sie leise: „Ich habe Durst... ich habe solchen Durst." Sie leckte sich die Lippen. „Wasser... bitte, gib mir Wasser."

„Wach auf, Millim!" Buarthas Stimme brach vor Verzweiflung. „Götter, du kannst doch nicht krank sein.. ich kann dir nicht helfen, wenn du krank bist." Wie gehetzt sah sie sich um. „Wasser... du mußt Wasser haben."

Zitternd griff Buartha nach dem mit Lehm verschmierten Wasserkorb und wollte ihn ihrer Tochter an den Mund führen. Er entglitt ihrer unsicheren Hand und zerbrach. Das Wasser versikkerte in der Erde. *Millim muß Wasser haben.* Die in ihr aufsteigende Hysterie beraubte Buartha der Fähigkeit, klar zu denken.

Sie zog ihre Jacke aus, lief aus der Hütte zu dem kleinen Bach und warf die Jacke hinein. Als sie sich bückte, um das nasse Kleidungsstück aus dem Wasser zu ziehen, erschrak sie. Da im Schlamm war ein Stiefelabdruck... der Stiefelabdruck eines Fremden. Verstört setzte Buartha sich hin und weinte. An einem einzigen Tag waren ihre beiden schrecklichsten Ängste wahr geworden. Eine unbekannte Krankheit hatte Millim niedergestreckt, und jetzt hatte ein fremder Mann die Kluft gefunden.

„O ihr Götter... Menschen haben uns gefunden." Buartha zitterte vor Angst. „Warum jetzt? O Götter, alles ist verloren... alles ist verloren." Furchtsam spähte sie umher. *Ich kann Millim nicht allein lassen,* sagte sie sich und blickte hoffnungslos zu den sie umgebenden Bergen hoch. *Und ich kann sie nicht in Sicherheit bringen.* Schluchzend warf Buartha sich mit dem Gesicht in den Morast.

Eine fremde Stimme riß sie aus ihrem Kummer. „Verzeiht mir... kann ich Euch helfen?"

Erschrocken sprang Buartha auf die Füße. Schlamm tropfte von ihrem Gesicht und ihren nackten Brüsten. Durch den Schmutz schielend, erkannte sie undeutlich einen großen und dünnen Menschen. Kurze braune Krauslocken krönten ein wettergegerbtes Gesicht mit besorgtem Ausdruck.

Buartha wurde die Brust so eng, daß sie nicht mehr atmen konnte. „Geht weg", krächzte sie... Sie bekam keine Luft... die Worte wollten ihr nicht über die Lippen...

Sie spürte das heftige Hämmern ihres Herzens. Dann füllte Schmerz... reißender, sengender Schmerz ihre Welt, und sie brach zusammen.

„Sie erwacht, *breda.*"

Buartha öffnete die Augen und sah in das freundliche Gesicht einer alten Frau.

„Ihr seid nicht ernsthaft krank, *mestra.*" Die Stimme klang tröstlich. „Es war die Angst... Ihr habt aus Angst das Bewußtsein verloren."

Buartha bemerkte, daß das runde Gesicht von einer weißen Haube umgeben war, der Haube einer Hebamme.

„Mein Name ist Ramhara n'ha Silima", fuhr die sanfte Stimme fort. „Meine Freundin und ich waren unterwegs vom Temora-Gildenhaus der Entsagenden hinauf nach Nevarsin, als sich uns ein Hindernis in den Weg stellte." Die Freundlichkeit der Stimme beruhigte Buartha. „Wir wollen Euch nichts Böses tun, mein Kind."

Komisch, ein Kind genannt zu werden, dachte Buartha. *Dabei habe ich selbst ein beinahe erwachsenes Kind.* Plötzlich fuhr sie auf:

„Millim! O Götter! ... Was ist Millim widerfahren?“ Sie kämpfte sich in die Höhe. „Meine Tochter?“

Eine feste Hand schob sie auf den Strohsack zurück. „Sie schläft jetzt, und Ihr müßt auch schlafen.“

Beruhigt durch die vertrauenerweckende Stimme der alten Hebamme, schloß Buartha die Augen. Schon halb im Schlaf, meinte sie, ein seltsames Klingeln zu hören. *Das müssen Ketten sein,* dachte sie. *Die Entsagenden haben seltsame Bräuche.* Dann fiel sie in einen tiefen, heilsamen Schlaf.

Millim erwachte von einem hellen, klingelnden Geräusch. Sie erinnerte sich und riß die Augen auf. *Menschen,* dachte sie. *Es sind Menschen hier.* Aufgeregt setzte sie sich hoch und sah sich um.

„Fühlst du dich jetzt besser?“ Die Frage kam von einem hochgewachsenen jungen Mann. Nein, es war eine Frau, sagte sich Millim, aber der Körper war maskulin.

„Ja, danke.“ Zu ihrer eigenen Überraschung reagierte Millim scheu.

„Ramhara schläft noch.“ Die Frau wies auf eine Gestalt, die sich auf dem Fußboden zusammengerollt hatte. „Sie hat gestern bis an die Grenzen ihrer Kräfte gearbeitet. Ich kann ihr nicht begreiflich machen, daß sie nicht mehr jung ist.“ Cara bemerkte die Neugier in den Augen des Mädchens. „Ich bin Cara, und ungeachtet dessen, was du siehst, eine Frau.“ Ihr Gesicht wurde ernst. „Leider habe ich mein Aussehen verändern lassen, bevor ich verstand, daß das, was ich haßte, nicht meine Weiblichkeit war.“

Cara stand auf und ging zu einer anderen Gestalt auf dem Fußboden hinüber. „Ich fürchte um sein Leben.“ Sie bückte sich und befühlte die Stirn des Kranken. Millim sah, daß es ein junger Mann war. „Sein Fieber will nicht sinken.“

Plötzlich wurde der Türvorhang zur Seite gezogen, und Licht strömte in die Hütte. Millim erkannte das Klingeln, das sie geweckt hatte. Eine weitere Frau trat ein.

„Ihr dürft ihn nicht sterben lassen.“ Die Stimme der Frau klang herrisch. „Ich befehle Euch, ihn zu heilen. Ich brauche ihn, damit er mich wieder nach Hause bringt.“

„Unglücklicherweise, *mestra* –“ Cara sprach gleichmütig „– lassen sich die Götter von Sterblichen keine Befehle erteilen. Sein Geschick liegt in ihrer Hand, nicht in der unsrigen.“

„Oh ... wie entzückend!“ Millims unwillkürlicher Ausruf der Bewunderung lenkte Snavas Aufmerksamkeit auf sie. „Darf ich ... darf ich sie anfassen?“

Snava sah, daß die Augen des Mädchens wie gebannt an ihren juwelenbesetzten Ketten hingen. „Du darfst näherkommen“, warf sie hin.

„Irgendwie gelingt es mir nicht, Instrumente der Gefangenschaft zu bewundern“, mischte sich Cara mit grimmiger Belustigung ein. „Erzählt ihr doch, wie Ihr beinahe verdurstet seid, weil Ihr es zugelassen habt, daß man Euch auf diese Weise fesselte.“

„Also Ihr seid es gewesen!“ Millims Augen wurden groß in der Erinnerung an dieses Entsetzen. „Ich war bei Euch. Ich war ebenfalls gefangen.“

„*Du* warst nicht gefangen.“ Die sanfte Stimme der alten Frau bannte die in Millim aufsteigende Panik. „Es war *laran*. Du bist mit mächtigem *laran* begabt, mein Kind.“

Ächzend kam Ramhara auf die Füße und ordnete ihre Kleider. „Du siehst Bilder“, fuhr sie fort. „Du empfängst sie von anderen, wenn du verzweifelt bist oder Schmerzen fühlst.“ Sie verzog das Gesicht und sah ihre verletzten Hände an. „Und dann projizierst du sie.“

Die Hebamme sah nach ihren Patienten, erst nach Buartha, dann nach Togaim.

„Wenn du nicht lernst, das zu kontrollieren, fürchte ich um deinen Verstand.“ Ihre geschickten Hände überprüften Togaims Verbände. „Das Talent, deutlich zu projizieren, ist außerordentlich selten. Du mußt in den Arilinn-Turm gehen. Leonie allein kann so ein starkes *laran* kanalisieren.“

„Sie geht nirgendwohin!“ Buartha stand drohend vor der Hebamme. „Wollt Ihr mir mein Kind stehlen, alte Frau?“

Ramhara drehte sich um und sah Buartha an. „Sie ist kein Kind mehr, *mestra*“, stellte sie milde fest. „Das seht Ihr doch selbst.“

Aber Buartha hörte nicht zu. Ramharas Bewegung hatte Togaim in das Gesichtsfeld der zornigen Frau gebracht. Voller Abscheu starrte sie auf den bewußtlosen jungen Mann nieder. „Ihr habt einen Mann hergebracht“, zischte sie durch die Zähne, „einen Mann, der mein Heim zerstören wird.“ Wie eine Wahnsinnige warf sie sich auf den Schutzlosen und würgte ihn mit aller Kraft. „Er wird nicht am Leben bleiben, um Millim zu schänden“, tobte sie.

Ihr ganzer Körper bebte unter der Leidenschaftlichkeit ihrer Anstrengung.

Mit Mühe zog Cara sie von Togaims schlaffem Körper weg und hielt sie fest.

„Geh zu deiner Mutter, Millim“, bat Ramhara bekümmert. „Sie hat Angst um dich.“

Millim umarmte ihre Mutter, ohne auf Cara zu achten. „Mutter“, beschwichtigte sie sie, „hab doch keine Angst. Es ist keine Gefahr.“

Ramhara untersuchte ihren Patienten. Sein stetiger Puls und seine flache Atmung sagten ihr, daß er Buarthas Angriff überleben würde. Ob er den Angriff des Banshees überlebte, lag allein in der Hand der Göttin.

„Er lebt, Cara.“

Langsam wich die Spannung von Buartha. „Ich werde ihm nichts mehr tun“, sagte sie niedergeschlagen. „Bitte, laßt mich los.“ Ihre Knie gaben unter ihrem Gewicht nach. Cara und Millim legten sie behutsam auf den Strohsack. „Ich habe alles verloren.“ Ihre Stimme verriet, daß sie sich völlig geschlagen gab. „Millim ... unser Zufluchtsort ... alles fort.“

„Ein Zufluchtsort ist es nur dann, wenn Ihr seine Tür öffnen könnt, *mestra*“, mahnte Ramhara ernst. „Andernfalls ist es ein Gefängnis.“

„Aber ich wollte uns schützen.“ Liebevoll sah Buartha ihre Tochter an. „Ich wollte sie vor dem Bösen retten.“

„Euer Schutz hat sie zu Eurer Gefangenen gemacht.“ Die Hebamme ließ sich gewichtig auf den Fußboden nieder. „Ich weiß nicht, warum, *mestra,* aber Haß scheint uns in genau das zu verwandeln, was wir hassen.“ Die alte Frau hielt inne und sammelte ihre Gedanken. „Ihr haßt die Männer. Zerstörer nennt Ihr sie. Und doch zerstört *Ihr* Euer Kind.“

„Ich sie zerstören?“ fragte Buartha ungläubig.

„Wenn sie keine Ausbildung bekommt, wird sie wahnsinnig“, fuhr Ramhara erbarmungslos fort. „Aber abgesehen davon hat jeder Mensch das absolute Recht, seinem eigenen Geschick zu folgen.“

Die Hebamme verlagerte ihr Gewicht. „*Mestra,* jeder Mensch hat nur ein einziges Leben. Ihr versucht, das Leben Eurer Tochter zu führen.“

„Was soll ich denn ohne sie anfangen? Wie kann ich hier allein überleben?“

„Es gibt andere Möglichkeiten, als sich in der Einsamkeit zu verstecken.“ Ramhara schien sich zu amüsieren.

„Als Sklavin leben? In Ketten dem Willen eines Mannes unterworfen sein?“ Buartha sah verächtlich zu Snava hinüber.

Snava hob stolz den Kopf. „Ich habe mich entschlossen, meinem Herrn zu dienen, und durch diesen Entschluß lebe ich in Frieden mit ihm ... Er schmückt mich mit Juwelen.“ Snava hob die Ketten, so daß das Sonnenlicht sich in den Edelsteinen fing. „Ich sitze mit ihm beim Festmahl, ich schlafe, wo er schläft, und lebe, wo er lebt. Er hat nichts von Wert, das ich nicht mit ihm teile.“ Sie sah sich angewidert um. „Ich lebe nicht wie ein Tier.“

Buartha sah sich ihr Heim an, alles, was sie so stolz ihres Überlebens wegen geschaffen hatte. Zum ersten Mal erkannte sie die Primitivität ihres Obdachs. Schlecht gegerbte Felle beleidigten ihre Nase, schief geflochtene Körbe ihr Auge, ihr wurde übel von der sauren Milch, der ein mit Lehm verkleideter Trinkkorb eine braune Farbe gegeben hatte. Vor Scham verbarg sie das Gesicht in den Händen. „Es ist wahr, Millim“, klang es gedämpft hinter den Händen hervor. „Es gibt so vieles, was du nie gehabt hast. Kleider ... richtige Trinkbecher ... du weißt nicht einmal, was Brot ist.“

„Ich scheine bei schlammiger Milch gediehen zu sein“, antwortete Millim fröhlich. „Aber, oh ... ich möchte so vieles anderes sehen.“ Sie zog ihrer Mutter die Hände vom Gesicht und sah ihr tief in die Augen. „Ich möchte ... ich möchte die Welt meiner Träume besuchen.“ Dann betrachtete sie den bewußtlosen Gardisten. „Ich möchte lernen, was Männer sind ... und was das Leben ist.“ Millim lachte entzückt auf. „Mutter, ich werde die Gelegenheit bekommen zu tanzen.“

Buartha sah an ihrer Tochter vorbei zu der alten Hebamme hin. „Ich habe mein Bestes getan“, sagte sie. „Mein Allerbestes.“

„Ja, das habt Ihr“, nickte Ramhara. „Aber manchmal treffen wir eine freie Wahl, und es stellt sich heraus, daß wir uns falsch entschieden haben. Freiheit ist nicht das gleiche wie Weisheit.“

Cara stellte sich vor sie hin und zog ihre Jacke aus, so daß Buartha die schreckliche Verstümmelung ihres Körpers sehen konnte. *„Breda“*, sagte sie leise zu Buartha, „ich richtete meinen

Haß gegen mich selbst und wählte die Deformierung weiblicher Formen. Ich glaubte, meine Probleme kämen von meiner Weiblichkeit her." Sie zog die Jacke wieder an. „Ich habe mich geirrt." Dann ergriff sie Buarthas Hand. „Ich nenne dich Schwester, weil du deinen Geist verstümmelt hast wie ich meinen Körper."

Ramhara faßte nach Buarthas anderer Hand und sagte: „Es lernt sich leicht, sich selbst zu lieben, *breda.* Man kann es allein schaffen." Ein freundliches Lächeln umspielte ihre alten Augen. „Aber ich habe Hilfe gebraucht."

„Du?" fragte Buartha ungläubig.

„Ich habe mein volles halbes Jahr im Temora-Gildenhaus gebraucht, um mich von meinem Haß zu befreien." Ermutigend drückte sie Buarthas Hand. „Wo Haß lebt, kann keine Liebe wachsen, mein Kind."

„Könnt Ihr mir helfen?" fragte Buartha hoffnungsvoll.

„Das können wir", erklärten Cara und Ramhara einstimmig.

„Das ist der Grund, aus dem unsere Schwesternschaft existiert", ergänzte Cara.

„Mach dich fertig zur Reise, Buartha." Mühsam erhob sich die alte Frau vom Fußboden. „Millim muß weg zur Ausbildung." Ramhara zeigte ihr Lächeln jetzt ganz offen. „Und du auch."

Über Nina Boal und „Ein Zusammentreffen“

Nina Boal ist zur Zeit Ganztagsstudentin. Sie will Mathematiklehrerin werden, hat Computer-Elektronik studiert und auf diesem Gebiet gearbeitet und zurückgebliebene Kinder unterrichtet. Als Single lebt sie in Chicago mit sieben Katzen – eins ihrer Hobbys ist das Züchten und Ausstellen von Siamesen. Ein weiteres, wie man aus ihrer Geschichte erraten kann, sind ostasiatische Kampfsportarten – in diesem Fall japanisches kendo *oder Stockfechten. Arbeiten von ihr sind in* Fighting Women News, *einem Fanzine für ostasiatische Kampfsportarten, und in* Geschichten von den Freien Amazonen *veröffentlicht worden. Diese Geschichte erschien dort in etwas anderer Form.*

Nina sagt: „Ich war einige Zeit in der Feministinnen-Bewegung aktiv und habe mir nie einreden lassen, es gebe angeborene ‚männliche‘ oder ‚weibliche‘ Charakterzüge.“ So entstand die Welt von Al Faa, wo „weiblich“ und „männlich“ ins Gegenteil verkehrt sind.

Obwohl die Hauptperson dieser Geschichte eine Freie Amazone ist, handelt es sich im Grunde um eine Science-Fiction-Story zum Thema Raumreisen. MZB

Ein Zusammentreffen

von Nina Boal

Mhari n'ha Linnell stieg langsam den Bergpfad hinauf. Es waren die ersten Frühlingstage, und die untergehende Sonne leuchtete in einem strahlenden Rot – aber ein schwacher Wind strich durch die Bäume und erinnerte an den vergangenen Winter. Mhari zog ihren von vielen Wetterunbilden mitgenommenen Mantel um sich und versuchte, sich ganz darauf zu konzentrieren, daß sie einen Fuß vor den anderen setzte, bis sie ihr Ziel erreichte – eine Reiseunterkunft, an der sie ihrem Körper für die Nacht Ruhe gönnen konnte.

Mhari war von den *Com'hi Letzii,* dem Orden der Ungebundenen, und von Beruf war sie Söldnerin. Als Mhari Ridenow-Lanart geboren, hatte sie schon früh in ihrer Kinderzeit ihre Begabung für den Schwertkampf entdeckt. Für eine *comynara* war es ein unerwünschtes, ein nicht akzeptierbares Talent, mißverstanden sogar von seiner Trägerin. Der einzige in der Familie, der Verständnis für sie gehabt hatte, war ihr jüngerer Bruder Rafael gewesen.

Der Gedanke an ihren Bruder erfüllte sie mit Sehnsucht. *Rafe, wie gern möchte ich dich wiedersehen; ich denke so oft an dich!* Sie hatte ihn viele Jahre nicht gesehen, seit sie sich den *Com'hi Letzii* angeschlossen hatte. *Als Vater mich enterbte, verbot er dir, mit mir zusammenzukommen, aber das kann mich nicht daran hindern, ständig an dich zu denken und für deine Sicherheit zu beten!* Sie sandte ihre Gedanken hinaus, und der Sternenstein, den sie um den Hals trug, begann zu prickeln. Sie erinnerte sich an längst vergangene Zeiten, an die fröhlichen Scheinkämpfe mit dem Schwert, die sie als Kinder ausgefochten hatten. Ein perfekter Rapport hatte zwischen ihnen bestanden …

Sie mußte an die Gegenwart denken. Arbeit war in letzter Zeit knapp. *Es gibt heutzutage zu viele Soldaten und zu wenig Kriege,* dachte sie und versuchte, es philosophisch zu nehmen. Entgegen dem Brauch reiste sie allein statt mit einer Partnerin. Sie hatte ihr Pferd verkauft, so daß sie jetzt zu Fuß gehen mußte. *Voran,* mahnte sie sich. *Bald sind wir da. So müde. Müde? Was ist das?* pflegte ihr Fechtlehrer in der Übungsstunde zu sagen. *Ein schöner Tag; ich brauche wirklich nicht zu reiten.* Plötzlich empfand sie Schmerz. *Lira, meine Stute, meine treue Gefährtin, verzeih mir. Du hast jetzt ein schönes Heim. Ich bin nicht länger imstande, dich zu füttern und richtig zu versorgen.* Sie dachte an den Farmer, seine freundliche Frau und die lebhaften Kinder, aber das tröstete sie nur wenig. Sie zuckte die Schultern und klammerte sich daran, daß sie sich bald in der Reiseunterkunft würde ausruhen können.

Allein in der Reiseunterkunft breitete eine Frau ihre Decke aus und kniete darauf nieder. So wie sie war keine andere Frau auf Darkover gekleidet, und tatsächlich war sie an Darkovers Küsten und in seinen Bergen eine Fremde. Sie war Akiira benNemma Amara, Lord der Imaza-Provinz auf Al Faa, Dem Land. Sie wußte, daß sie sich nicht auf Dem Land befand, sondern in einem neuen Land, weit entfernt und seltsam. Diese Ortsveränderung war der Höhepunkt ihrer Ausbildung zur Lichtreisenden. Durch spezielle Meditationstechniken konnte sie ihren Körper in seine Moleküle auflösen und sich auf einem Strahl reinen Lichts durch den Raum bewegen.

Al Faa, dachte Akiira. *Das Land, mein Land, das meine Heimat ist, die einzigartig ist.* Aber Reisen zu anderen Welten waren auf Dem Land gesetzlich verboten, und das schon seit der Isolierung vor vielen Generationen, als Königin Tanaiyru Alfaya regiert hatte. Die Königin hatte den Standpunkt vertreten, die einzigartige Kultur des Volkes von Ama, der Göttin der Sonne, und ihres Gemahls Xeruo vom Mond müsse von fremdem Einfluß rein und unverdorben bewahrt bleiben.

Der Orden der Lichtreisenden erkennt keine anderen Grenzen an als die des Geistes, hatte der Mondpriester Numio erklärt. Obwohl nur ein Mann und von bäuerlicher Herkunft, war Numio ihr Lehrer gewesen. *Die Lichtreisenden teilen die Menschen nicht in Klassen ein, auch nicht in weiblich oder männlich* – Akiira kämpfte darum, diese Doktrin zu akzeptieren. Zwar war sie ein Lord und Erhalter Des Landes, aber sie war auch eine Gesetzlose und Mitglied eines gesetzlosen Ordens.

(Ein junger Mann war auf dem Heimweg vom Hochzeitsschmaus seiner Schwester und wollte sich in der Reiseunterkunft ausruhen. Zu seiner Verblüffung sah er darin eine schlanke junge Frau, bekleidet mit Lederstiefeln, weiten Hosen und einer grünen Jacke von feinster Wolle, gegürtet von einer Schärpe in einem dunkleren Grün. Sie hätte eine Freie Amazone sein können, dachte er, aber ihr feuerrotes Haar war zu einem langen Zopf geflochten, der ihr beinahe bis zur Taille reichte.

„Hallo, Ihr da drinnen!" rief der junge Mann und erschrak noch mehr, als die Frau in einer einzigen fließenden Bewegung aus einer auf dem Rücken hängenden Scheide ein langes Krummschwert zog. Sie hielt es sich mit beiden Händen über den Kopf.

„Wie kannst du es wagen, dich dem Körper des Lords Akiira Amara zu nähern!" rief sie. Der junge Mann wich zurück und floh in den Wald, und er sagte sich, er habe bei diesem Hochzeitsschmaus ganz bestimmt zuviel getrunken...)

Akiira kniete vor dem Schwert nieder und intonierte das Ritual, das eine Kriegerin Des Landes täglich wiederholen mußte, um die Verbindung mit ihrem Gefährten, der wie sie eine Seele besaß, aufrechtzuerhalten. Dann steckte sie das Schwert in die Scheide zurück und packte aus ihrem Reisesack Delikatessen ihres eigenen Planeten aus. Gerade wollte sie ein Kochfeuer anzünden, als ein weiterer Reisender die Unterkunft betrat. Es war eine Frau, und anders als der junge Mann wirkte sie eher wie ein Krieger. Sie zog einen abgetragenen Mantel aus und legte sich zum Schlafen nieder.

Das Haar der Kriegerin, ebenso rot wie das Akiiras, war kurzgeschnitten. *Auf meinem Planeten,* dachte Akiira, *muß nur eine Ausgestoßene ihr Haar abschneiden.* Sie selbst trug den üblichen Kriegerzopf – ihr Haar war nie in ihrem Leben geschnitten worden. Die Waffe der Fremden war viel kürzer als die Schwerter der Al-Faa-Kriegerinnen, wie Akiira eins trug. Diese waren so lang, daß sie in Scheiden auf dem Rücken getragen wurden. *Ich darf nicht vergessen, daß andere Planeten andere Sitten haben.*

Sie wollte die Bekanntschaft dieser Kriegerin machen. Die Techniken, die ihr erlaubten, auf einem Lichtstrahl zu reisen, machten es ihr ebenfalls möglich, sich fremde Sprachen in kurzer Zeit anzueignen. *„Z'par servu, domna"*, sprach sie die andere Frau auf Darkovanisch an. „Ich bin eine Reisende, nicht aus Eurem Land, sondern von einem weit entfernten Planeten."

Die Frau musterte Akiira und sandte ein telepathisches Feld aus, das Akiiras Geist einhüllte. Akiira sondierte die Gedanken der anderen Frau nicht; als Lichtreisende hatte sie gelobt, ihre Kräfte niemals zu einem solchen Zweck zu benutzen.

„Darf ich fragen", erwiderte die darkovanische Kriegerin, „ob Ihr *Terranan* seid?" Das verstand Akiira nicht. „Von dem Planeten Terra?" fuhr sie fort. „Es gibt viele *Terranan* auf Darkover. Für ein paar von ihnen habe ich sogar schon gearbeitet."

„Nein, ich bin keine *Terranan*", erklärte Akiira. „Ich komme von einem Planeten, der einfach Al Faa, Das Land, genannt wird. Auf Al Faa widmet sich eine Gruppe den Lichtreisen zu anderen Planeten, und auf diese Weise bin ich hergekommen. So habe ich auch Eure Sprache gelernt. Mein Name ist Akiira benNemma Amara, und auf meinem Planeten bin ich Lord der Imaza-Provinz. Aber hier bin ich nur eine Fremde. Wollt Ihr, Kriegerin, mir Euren Namen und Eure Familie sagen und zu welchem Dienst Ihr Euch verpflichtet habt?"

„Mein Name ist Mhari n'ha Linnell, *vai domna,* und ich habe keine andere Familie als die der *Com'hi Letzii.* Ich bin eine Söldnerin, die ihr Schwert dem zur Verfügung stellt, der dafür bezahlt."

Eine Söldnerin? Ist sie eine Ausgestoßene? fragte sich Akiira. Auf Al Faa würde eine Kriegerin nur dann ihre Dienste verkaufen, wenn sie von ihrer Familie und ihrem Clan für eine schändliche Tat verstoßen worden war.

„Nein, *vai domna!*" rief Mhari stolz aus. „Ich bin keine Ausgestoßene. Ich bin eine freie Bürgerin Darkovers, und ich verdiene mir meinen Lebensunterhalt auf legale Weise."

„Bitte, verzeiht mir, Kriegerin", beeilte sich Akiira zu sagen. *Jetzt habe ich einen Fehler gemacht. Ich habe Schwierigkeiten, soziale Situationen zu interpretieren. Sie jedoch hat meine Gedanken genau richtig gelesen.*

„Laßt es mich Euch erklären", erbot sich Mhari. „Ich habe einmal zu den Comyn, der herrschenden Kaste, gehört, und zwar zu der Lanart-Familie. Ich wurde mit einer merkwürdigen Begabung für den Schwertkampf geboren, die das Rechte gewesen wäre für einen, der unsern Familienbesitz erben konnte. Aber erben konnte ich natürlich nicht."

„Habt Ihr eine ältere Schwester, die die Erbin ist?" fragte Akiira.

„Nein, mein jüngerer Bruder Rafael ist der Erbe."

„Euer jüngerer *Bruder?*" Akiira kam eine Ahnung, daß hier etwas ganz und gar nicht den Normen entsprach. „Meine Mutter, Lord Nemma Amara, wißt Ihr, gebar meine fünf älteren Brüder, bevor sie mich gebar. Unser Clan war in einer Krise, weil ein Junge nicht Lord einer Provinz werden kann, nur ein Mädchen."

Mhari riß erstaunt die Augen auf.

Akiira fuhr fort: „Als die fruchtbaren Jahre meiner Mutter sich ihrem Ende näherten, gebar sie endlich mich, und die Krise war beigelegt. Natürlich hatten wir das Problem, passende Heiraten für meine fünf Brüder abzuschließen. Aber warum wurdet Ihr ausgerechnet Eures Bruders wegen übergangen?"

Akiira spürte ein behutsames Sondieren ihrer Gedanken, und da sie nicht mit etwas Bösem rechnete, hob sie die äußeren Barrieren.

„Ich wußte es!" rief Mhari. „Die Rollen sind vertauscht! Ich *wußte,* daß so etwas möglich ist! *Vai domna,* ich kenne die Antwort!"

Akiira konnte Mhari nur anstarren. „Wollt Ihr mir erzählen, daß Eure Gesellschaft von *Männern* regiert wird?"

„Ja, natürlich", antwortete Mhari. „Die Männer sind die Herrscher. Die Frauen bekommen die Kinder und sind die Objekte der männlichen Lust. Frauen können nicht mit dem Schwert für die Comyn kämpfen; sie dürfen nicht einmal ein Schwert tragen. Doch ich bin für das Schwert geboren. Ich verließ meine Familie und meinen Clan und trat dem Orden der Ungebundenen bei, und jetzt trage ich dieses Messer." Sie wies auf ihre Waffe.

Das ist sehr seltsam, dachte Akiira. *Der Orden der Lichtreisenden hat mich mehrfach vor fremdartigen Kulturen gewarnt, aber nichts hat mich auf das hier vorbereitet!* Soviel sie wußte, hatten die Männer auf ihrem Planeten keinen Orden der Ungebundenen gegründet. *Das haben sie auch nicht nötig. Sie sind ganz zufrieden mit ihrer Rolle als Hausmänner, Unterhalter und Samenlieferanten für unsere Kinder.* Dann erinnerte sie sich an Numio, ihren Lehrer, und die anderen Männer unter den Lichtreisenden. *Sie sind bestimmt nicht mit ihrer Rolle als Männer zufrieden.* Vielleicht war Darkover doch nicht gar so anders.

„Ihr mußtet also, um den Schwertkampf zu erlernen, Eure Familie verlassen?" erkundigte Akiira sich.

„Ich... ich wurde enterbt." Mhari blickte zu Boden. „Meine

Familie zerriß alle Bande." Von neuem sah sie Akiira an. „Ich bereue nicht, was ich getan habe; ich hatte wirklich keine andere Wahl. Die meisten von uns lassen ihre Familien hinter sich zurück, wenn sie den Ungebundenen beitreten, aber mir fehlt vor allem mein Bruder Rafael. Wir machten als Kinder zusammen Fechtübungen, bis es mir verboten wurde. Nun –", sie seufzte „– die Welt geht, wie sie will und nicht, wie ich es gern haben möchte."

„Ihr seid eine Söldnerin", stellte Akiira fest. „Kann ich Euch anwerben, mich bei einer Besichtigung Eures Planeten zu begleiten?"

„O ja! Ich stehe Euch zu Diensten, *vai domna.*" Mharis Gesicht strahlte auf.

„Ihr habt mich etwas über Darkover gelehrt", sagte Akiira. „Nun will ich Euch etwas von Al Faa zeigen." Sie bot Mhari ihre heimatlichen Delikatessen an. „Das wollen wir uns heute abend gut schmecken lassen."

„Und morgen", versprach Mhari, „zeige ich Euch meine Welt."

Rafael Ridenow-Lanart ritt allein auf einem Weg in Richtung Thendara. Am Abend zuvor hatte er seinen Vater besucht, und er kehrte zu seinem Dienst als Gardist zurück. Wieder einmal hatten er und Julian Lanart über das gleiche Thema gestritten.

„Vater", hatte Rafael beim Essen gefragt, „wann wirst du meiner Schwester Mhari verzeihen? Wann wirst du sie wieder in die Familie aufnehmen?"

„Zandrus kälteste Hölle wird überkochen", erklärte Julian Lanart, „bevor das geschieht! Sie ist eine Schande, kleidet sich wie ein Mann und verkauft ihre Fähigkeiten an den Meistbietenden!" Er höhnte: „Übrigens, welche Fähigkeiten mag sie tatsächlich verkaufen?"

Rafael war der Appetit vergangen. Linnell Ridenow-Lanart senkte errötend den Kopf. „Mutter, sag du etwas!" flehte Rafael.

„Es steht mir nicht zu, mich in die Entscheidungen meines Gatten einzumischen", erwiderte Linnell, ohne den Blick zu heben.

Mein Vater hat nie eine Frau und eine Tochter haben wollen, überlegte Rafael jetzt beim Reiten. *Er will Sklavinnen, die ihn von hinten und von vorn bedienen! Das hält er für den richtigen Platz einer Frau. Er hätte in den Trockenstädten geboren werden sollen!*

Er grübelte, wo seine Schwester sein mochte, was sie tat. *Auf welchen fernen Bergen wanderst du jetzt?* Wie ein sie beschützender Bruder dachte er: *Frierst du, hast du Hunger?* Mhari brauchte seinen Schutz bestimmt nicht. Während seines Dienstes bei der Garde hatte er Geschichten über ihre Kämpfe gegen die Räuber gehört, die die Domänen unsicher machten. *Es ist eher umgekehrt. Ich fechte in einer Übungshalle mit Kameraden. Meine Schwester ficht mit richtigen Feinden.*

Plötzlich hatte er keine Zeit mehr zum Nachdenken. Eine Gruppe von zwanzig Berittenen sprengte hinter einem Gebüsch hervor. Sie umringten ihn und faßten die Zügel seines Pferdes. Ihr Anführer, ein Mann mit gebleichten Haaren, rief mit lauter Stimme: „Welch eine Möglichkeit, mein *kihar* zurückzugewinnen! Der da wird auf dem Markt von Ardcarran einen guten Preis bringen!"

Rafael sah ihn herausfordernd an. „Ich werde in die nächste Welt überwechseln und mehrere von euch mitnehmen, bevor das geschieht!" Er zog sein Schwert und hieb drein, und er fällte sofort zwei der Männer. Wütend griffen ihn die anderen von hinten an, packten seine Arme und entwaffneten ihn. Obwohl er wild um sich schlug, hielten die Männer ihn fest. Ihr Anführer nahm ein Seil und band ihm Hände und Füße. Er wurde über sein Pferd geworfen wie ein Gepäckstück über ein Last-*Chervine* und so, wie er auf dem Bauch lag, festgebunden. Eine Flucht war unmöglich.

Er spürte den Blick des Anführers auf sich ruhen. „Erlaubt mir, mich Euch vorzustellen, *vai dom*", sagte der Hellhaarige mit falscher Höflichkeit. „Omar von Tarsa, das in der Nähe von Shainsa liegt. *Z' par servu!* Ja, Ihr werdet ein sehr wertvoller Besitz sein!" Omar bestieg sein Pferd, und die Bande setzte sich in Marsch.

Bei jedem Schritt des Pferdes wurde Rafaels Körper durchgeschüttelt. Er sandte den wilden Aufschrei hinaus: *Mhari! Mhari, meine Schwester, hilf mir, komm und hilf mir...*

Mhari eskortierte ihre Arbeitgeberin Lord Akiira Amara die Straße entlang. *Wie groß ist das Universum, daß es Gesellschaften wie die ihre enthält, wo Frauen Lords der Provinzen sind! Und doch ist sie menschlich, wie die* Terranan *und wir. Vielleicht ist das Universum doch nicht so groß.*

Sie hatte, wenn ihre Reisen sie nach Thendara führten, staunend die terranischen Raumschiffe betrachtet. Aber die Fähigkeit, den

Raum auf einem Strahl reinen Lichts zu durchqueren – was für eine Art von *laran* war denn das?

„Die Telepathie ist eine erlernte Fähigkeit“, stellte Akiira fest. „Sie ist nicht ererbt – jeder kann sie lernen. Sogar ein Bauernjunge könnte das.“

Mhari wußte es nicht anders, als daß *laran* eine Eigenschaft ihres Comyn-Erbes war; die Comyn stammten von den Göttern ab. *Wenn wir zu Lichtreisen fähig wären*... Doch dann fielen ihr Geschichten über das Zeitalter des Chaos ein. *Nein, das wäre mehr, als wir verkraften könnten.*

„*Vai domna,* warum ist das Lichtreisen auf Eurem Planeten verboten?“ fragte Mhari.

„Weil unsere Kultur einzigartig ist. Wir haben sie von Ama, dem Lord des Lichts, und man fürchtet, sie könne verdorben werden.“

Anscheinend stammen wir alle von Göttern ab, dachte Mhari, *und doch mißtrauen wir einander. Vielleicht lachen die Götter über uns.*

Sie wanderten weiter, und Mhari überlegte: *Wenn ich auf ihren Planeten gelangen könnte, brauchte ich mich nicht mehr als Söldnerin zu verdingen. Ich könnte ihr Friedensmann sein – oder muß es Friedensfrau heißen?*

Plötzlich fühlte sie ihr Messer prickeln; es war manchmal ein Empfänger für ihr *laran.* Sie hörte eine Stimme in ihrem Kopf: *Hilf mir, meine Schwester! Hilf mir!*

Rafael, blitzte es in ihrem Bewußtsein auf. Sie sah ein Bild von ihm, gefesselt, hilflos, ein Gefangener von Trockenstädtern, *genau wie sie vor ein paar Jahren Melora Aillard als Jalaks Konkubine und Sklavin weggeschleppt haben.*

Rafe, sandte sie zurück, *ich bin hier. Gib nicht auf.*

„*Vai domna*“, wandte sie sich an Akiira, „mein Bruder ist in Gefahr. Ich muß zu ihm und ihm helfen.“

„Ich komme mit Euch“, erbot sich Akiira.

„Das ist nicht nötig. Es ist eine Angelegenheit meiner Familie und hat mit Euch nichts zu tun.“

„Ich habe mich nicht jahrelang damit geübt –“ Akiira wies auf ihr langes Schwert „– um mich wie ein schwacher, hilfloser Mann beschützen zu lassen!“ *Außerdem,* las Mhari ihren nächsten Gedanken, *wird es ein prächtiges Abenteuer werden, von dem ich den anderen zu Hause erzählen kann.*

„Dann los!" rief Mhari. „Wir sind zwei, und sie sind achtzehn, deshalb wird es bestimmt ein Abenteuer, von dem zu erzählen sich lohnt. Das heißt, wenn wir am Leben bleiben, um davon erzählen zu können."

Mhari führte Akiira hinter ein paar Bäume am Rand des Weges. „Sie werden bald hier vorüberreiten. Wir legen uns in den Hinterhalt. Wenn sie kommen, versuche ich, meinen Bruder zu befreien, damit wir dann drei gegen achtzehn sind. Das verbessert unsere Chancen ein wenig." Sie hörte Akiira ein Ritual in ihrer eigenen Sprache flüstern. *Avarra und Evanda!* fuhr es Mhari durch den Kopf, *fünf Jahre ist es her, und jetzt soll ich meinen Bruder in einer solchen Situation wiedersehen!*

Die Karawane der Trockenstädter näherte sich mit ihrem Gefangenen. *Rafe, lieg still!* sandte sie ihm zu. *Ich habe eine Gefährtin, die mir helfen wird, und du wirst NIEMALS glauben, wer sie ist. Wir befreien dich und drücken dir ein Schwert in die Hand. Es wird genau wie früher bei unseren Fechtübungen sein . . .*

Mhari, Schwester, ich bin bereit, empfing sie seinen Gedanken. Sie und Akiira warteten hinter der Baumgruppe.

„Jetzt!" rief Mhari, und sie stürzten sich in die Schar der Trokkenstädter. Mharis Messer und Akiiras langes Krummschwert fällten einen nach dem anderen. Mhari gelangte zu Rafael, schnitt seine Fesseln durch. Sie reichte ihm das Schwert eines Mannes, den sie getötet hatte, und jetzt waren sie drei wild entschlossene Kämpfer. Plötzlich stand Mhari dem Anführer gegenüber. Akiira und Rafael waren anderweitig beschäftigt.

„Da hat Omar von Tarsa also eine von euch *menhiedrini* vor sich", höhnte der Trockenstädter, „und du bist außerdem noch eine Comyn-Zauberin! Wo ich herkomme, kennt eine richtige Frau ihren Platz!"

„Und wo ich herkomme", erwiderte Mhari, „werden Menschen nicht in Ketten gelegt!" Sie spürte, daß ihr Sternenstein zu pulsieren begann, und ihr Zorn wuchs. *Wie kannst du es wagen, dich mit deinen schmutzigen Händen an meinem Bruder zu vergreifen!* Sie zwang seinen Geist, sich mit dem ihren zu verbinden, und schritt auf ihn zu, und er war unfähig, sich zu bewegen. *Ich werde gnädig sein,* dachte sie und löste sich aus seinem Gehirn. Dann stieß sie ihm das Messer in die Brust und tötete ihn auf der Stelle.

Als die wenigen noch übrigen Männer sahen, daß ihr Anführer

tot war, wichen sie zurück und flohen in den Wald. Mhari und Rafael sahen sich nur an, und dann umarmten sie sich als Verwandte. Akiira sah ihnen zu.

„Rafe!"' rief Mhari mit feuchten Augen. „Es ist so lange her! Ich... ich habe immer gedacht, ich würde dich nie wiedersehen.'

„Vater verbot mir, dich zu sehen, aber die Götter haben es anders gewollt", sagte Rafael erleichtert. „Du und deine Gefährtin habt mich gerettet." Er sah Akiira an. „Bitte, stelle mich vor."

„Das ist Lord Akiira Amara, meine Arbeitgeberin", sagte Mhari stolz. „Sie ist eine Besucherin von Al Faa, wo Männer und Frauen umgekehrte Rollen spielen wie hier auf Darkover – man muß eine Frau sein, um ein Lord sein zu können. Sie ist mit dem *laran* des Lichtreisens durch den Weltraum nach Darkover gekommen, und sie gehört zu dem Orden der Lichtreisenden."

Rafael verbeugte sich vor Akiira. „Ihr erweist mir Gnade." Akiira erwiderte die Verbeugung. Mhari, die die Gedanken ihres Bruders las, mußte über seine Verwirrung lächeln. *Es ist also wahr, die Rollen können vertauscht werden. Sie sind nicht angeboren.*

Auch Akiira hatte es empfangen. „Im Orden der Lichtreisenden kennen wir keine Rollen. Ebenso wie das Licht bestehen auch Menschen aus Molekülen", erklärte sie.

Dann sah sie zum Himmel hoch. „Ich muß auf meinen Planeten zurückkehren, bevor ich vermißt werde. Wenn bekannt wird, daß ich mich durch eine Lichtreise von Al Faa entfernt habe, ist die Strafe mein Tod und die Auflösung meines Clans." Ihr Lachen klang beinahe bitter. „Meine Gesellschaft glaubt nicht daran, daß wir aus Molekülen bestehen. Sie hält uns für etwas anderes und Einzigartiges. Warum unternehme ich Lichtreisen und gefährde meinen ganzen Clan? Es ist nicht logisch, aber manchmal spüre ich den Drang, unlogische Dinge zu tun." Sie faßte in eine Tasche und zog zwei Medaillons heraus, die das Symbol der parallelen Linien trugen. Diese reichte sie Mhari und Rafael. „Es ist das Emblem der Lichtreisenden", sagte sie. „Zwei Linien, Seite an Seite in Gleichheit. Ich hoffe, sie werden euch an mich erinnern."

„Verlaßt Ihr uns?" fragte Mhari betrübt.

„Ich muß." Akiira kniete nieder. „Tretet ein bißchen zurück", warnte sie, „aber zusehen könnt ihr. Es erfordert eine Menge Konzentration. Wer weiß, vielleicht lande ich nicht an dem Ort, von dem ich gestartet bin, sondern an einem völlig anderen Punkt in Raum und Zeit. Mag sein, daß ich überhaupt nicht mehr nach Hause finde. Wir sind immer noch im Experimentierstadium." Sie lächelte. „Ich möchte mich bei euch bedanken. Es ist unmöglich auszudrücken, wie froh ich darüber bin, euch kennengelernt zu haben."

„Vai domna . . .", begann Mhari.

„Gleich werde ich anfangen zu weinen wie ein Mann . . ."

„Ja", sagte Rafael, „wie ein Mann." Sein Gedanke wurde laut: *Nur ein echter Mann weint.*

„Vielleicht treffen wir uns eines Tages alle wieder", sagte Akiira. „Entweder komme ich zurück, oder ihr lernt das Lichtreisen, und wir sehen uns irgendwo anders. *Adelandeyo!*"

Akiira Amara, Lord der Imaza-Provinz auf Al Faa, schloß die Augen und konzentrierte sich. Plötzlich verwandelte sich ihr Körper in einen Strahl reinen Lichts und verschwand.

Mhari sah Rafael an. „Haben wir das geträumt?"

Rafael hielt sein Medaillon in der Hand und betrachtete die parallelen Linien. „Ich glaube nicht", murmelte er. „In Thendara habe ich vor dem terranischen Raumhafen Dienst getan, und ich habe die Außenweltler gesehen. Manchmal blicke ich zu den Sternen auf . . ."

„Genauso habe ich es gemacht, wenn ich in Thendara gearbeitet habe!" rief Mhari aus. „Mein Bruder, wir denken so außerordentlich ähnlich!"

„Und wenn wir es nicht täten", sagte Rafael, „wenn du nicht fähig gewesen wärest, meine Botschaft zu empfangen, wenn du diese Begabung nicht hättest, die Vater so sehr verachtet, wenn du deiner Außenweltler-Freundin nicht begegnet wärest –" er erschauerte „– dann wäre aus mir ein Handelsartikel auf dem Markt von Ardcarran geworden!"

„Rafe", schlug Mhari vor, „ganz gleich, was der Wille unseres Vaters ist, wir müssen in Verbindung bleiben, wir müssen den Rapport aufrechterhalten."

Rafael nickte. „Das müssen wir. Unser Vater kann Bruder und Schwester nicht voneinander getrennt halten."

Mhari zog ein kleines Messer aus ihrer Jacke. *„Bredu,* willst du dein Messer mit mir tauschen?"

„Breda", begann Rafael. Er vereinigte seine Gedanken mit ihr. *Ganz gleich, wohin einer von uns geht, ganz gleich, wie weit wir*

voneinander getrennt sind, ganz gleich, was irgend jemand sagt, wir sind bredin. Er nahm sein kleines Messer und reichte es Mhari für das ihre.

„*Bredu,* wohin willst du?" fragte Mhari.

„Nach Thendara, Mhari, *breda,* um mich bei der Garde zurückzumelden. Und du?"

„Hierhin und dahin, wie gewöhnlich, um nach Arbeit zu suchen", antwortete sie.

„Komm doch mit mir nach Thendara", forderte Rafael sie auf. „Dort wirst du Arbeit finden. Der Raumhafen wächst, und ebenso ist es mit all den Problemen, die damit zusammenhängen. Da sucht immer irgendwer Schutz."

„Und wenn nicht, kann ich immer Arbeit als Tellerwäscherin bekommen", meinte Mhari.

„Auf jeden Fall brauche ich einen tüchtigen, starken Leibwächter, der mich auf meinem Weg begleitet", sagte Rafael. „Denn es könnte ja noch jemand auf die Idee kommen, ich gäbe einen wertvollen Besitz ab."

„Sieh mal!" rief Mhari, „die Trockenstädter haben uns ein Geschenk dagelassen." Sie zeigte auf zwei Pferde, die noch in der Nähe weideten. *Kommt her, ihr Schönen, wir tun euch nichts.* Sie bestieg eins der Tiere und führte das andere zu Rafael. Bald waren beide, Bruder und Schwester, unter dem mittäglichen Glanz der roten Sonne auf dem Weg nach Thendara.

Über Diana L. Paxson und „Eine Mutter auf der Suche“

Diana Paxson sagt oft, wenn man sie fragt, wie sie Schriftstellerin geworden sei, sie habe in die Schriftstellerei „eingeheiratet“. Tatsache ist, daß sie meinen Bruder Don geheiratet hat, und nachdem sie viele Jahre lang unter Berufsschriftstellern gelebt hatte, stieg eine begrabene Kreativität auf natürliche Weise an die Oberfläche. Es zeichnet Diana aus, daß sie die einzige Person ist, die in jeder von mir herausgegebenen Anthologie erscheint. Aber das ist kein Nepotismus, ich mag ihre Arbeiten eben sehr. Sicher würden mir ihre Geschichten ebensogut gefallen, wenn sie am anderen Ende des Landes lebte und wir uns nie von Angesicht zu Angesicht begegnet wären, aber ich empfinde es als Privileg, ihre Freundin und Schwester zu sein – und in gewissem Maß auch ihr Rollenmodell, wie sie selbst gesagt hat.

Im Augenblick gibt sie Förderunterricht im Lesen und beendet gleichzeitig ihren dritten Roman zu ihrer Fantasy-Serie Westria. *Sie hat außerdem einen in der Gegenwart spielenden Fantasy-Roman mit dem Titel* Brisingaman *(Freyas Halsband) und eine Handvoll ausgezeichneter Kurzgeschichten geschrieben, von denen diese hier die neueste ist. Sie wohnt in meiner Nähe in Berkeley und hat zwei Söhne, den sechzehnjährigen Ian und den elfjährigen Robin.* MZB

Eine Mutter auf der Suche

von Diana L. Paxson

„Caitrin – bist du da drinnen? Du hast Besuch!“

Caitrin fuhr zusammen. Stumpfsinnig starrte sie auf die Ahle, die sie in der Hand hielt. Dann legte sie sie vorsichtig auf den ledernen Packsattel, den sie mit in ihr Zimmer genommen hatte, um ihn zu reparieren. Stelle würde sie schimpfen, daß sie ihrem Kummer so nachgab.

„Caitrin?“

„Ja – ich bin hier.“ Mühsam riß sie sich zusammen. Ihre Schwestern im Gildenhaus machten sich bereits Sorgen um sie – sie durfte ihnen keine neue Ursache dazu geben. Nur fiel es ihr so schwer, sich zu konzentrieren, seit man ihr das über Donal gesagt hatte ...

Caitrin schloß die Augen, als könne sie damit die letzte Erinnerung an ihn ausschließen. Tränen waren dem Vierjährigen über die runden Wangen gelaufen, und dann hatte sich die Tür seines Vaterhauses zwischen ihnen geschlossen. *Mein Baby,* dachte sie, *ich hätte dich nicht gehen lassen dürfen!*

„Wie ist es, kommst du jetzt herunter? Es ist eine Dame mit einer Menge Pelz auf dem Mantel und kupfernen Schnallen.“ Tanis Stimme quietschte vor Aufregung. „Sie sagt, du kennst sie, aber sie wollte ihren Namen nicht nennen.“

Caitrin spürte, wie sich etwas in ihr zusammenzog. „Eine Ridenow?“ Sie brachte das Wort kaum heraus.

„Könnte sein“, bestätigte Tani fröhlich. „Der Mann, der sie herbegleitet hat, trägt eine Livree in Grün und Gold, und sie hat ingwerfarbenes Haar.“

Caitrin holte tief Atem. „Sag ihr, ich komme gleich.“ Sie hörte die Schritte des Mädchens sich den Flur hinunter entfernen. Es war noch ein Glück, daß Tani ihr die Botschaft gebracht hatte und nicht eine der älteren Frauen im Haus, die wußten, was es bedeutete, ein Kind zu verlieren. Caitrin fühlte sich nicht imstande, ihnen gegenüberzutreten, nicht jetzt, wo sie eine Besucherin empfangen mußte, die zu der adligen Verwandtschaft ihres Kindes gehörte.

Sie sah in den trüben Spiegel und versuchte, ihre sandfarbenen Locken zu glätten. Da war ein Fettfleck auf ihrem Hemd, und die weiten Hosen waren reif für die Lumpenkiste. Das war keine Kleidung, um darin Comyn-Damen zu begrüßen. Aber was kam es darauf an?

Caitrin richtete sich auf, band eine Nestel am Ärmel zu und öffnete die Tür. Worauf es ankam, war allein, daß sie hübsch genug gewesen war, um vor neun Jahren beim Festabend die Aufmerksamkeit von Lord Edric Ridenow auf sich zu ziehen und berauscht genug vom Tanz und vom Bergbier, um mit ihm zu schlafen. So war Donal geboren worden.

Und ich wünschte mir ein Kind, erinnerte sie sich mit bitterer Klarheit. *Eine kleine Tochter, die Stelle und ich hätten aufziehen können.* Aber es war ein Junge geworden, und sie hatte ihn vor vier Jahren weggegeben, damit er in seines Vaters Haus aufwachsen konnte, und jetzt war er tot. Deshalb machte es kaum etwas aus, was ihre Besucherin von ihr dachte.

Caitrin stieg die Treppe hinunter. Sie fror, denn der Sommer war kühl, und sie überlegte, ob sie in ihr Zimmer zurückkehren und einen Schal holen solle. Aber dazu fehlte es ihr an Energie, und sie wußte, daß im Besucherraum ein Feuer brennen würde.

Ihre Besucherin saß an diesem Feuer und arbeitete mit großer Konzentration an einer Stickerei, die sie ihrer Tasche entnommen hatte. Caitrin ließ die Tür hinter sich zufallen und betrachtete die Fremde verwundert. Eine Comyn-Lady mochte sie ja sein, aber sie war noch ein Mädchen.

Das Schloß rastete mit scharfem Klicken ein. Das Mädchen fuhr herum, und Caitrin runzelte die Stirn. Dieses Kind war offensichtlich eine Ridenow, aber keine, die sie kannte...

„Domna?" Die Frage lag in Caitrins Ton.

Das Comyn-Mädchen stand auf. „Ihr erinnert Euch nicht an mich? Nun, es ist auch schon vier Jahre her, und seit damals bin ich sehr gewachsen."

Unwillkürlich machte Caitrin einen Schritt vorwärts. Sie hatte das Ridenow-Haus in Thendara ein einziges Mal betreten, und jetzt spulte ihr Gedächtnis die Eindrücke ab, die sie bei dieser Gelegenheit empfangen hatte. Wieder sah sie die getäfelten Wände mit den kunstvoll gewobenen Behängen vor sich, die Schar der Kinderfrauen und Hausmädchen, die sich um Donal drängten. Die Freie Amazone, die ihn hergebracht hatte, maßen sie mit verächtlichen Blicken. Und – ja, da war ein Mädchen von ungefähr zehn Jahren gewesen, die das alles mit großen grauen Augen beobachtete.

„Verzeiht mir", sagte Caitrin leise. „Ich erinnere mich jetzt an Euch, aber ich habe Euren Namen nie erfahren."

„Ich bin Kiera", erklärte das Mädchen einfach, „Lord Edrics älteste Tochter. Als Donal zu uns kam... Ihr müßt mir glauben, daß jeder freundlich zu ihm war", setzte sie hastig hinzu, „nur ist mein Vater so oft abwesend, und seit ihr letztes Kind gestorben ist, geht es meiner Mutter gesundheitlich nicht gut. Es waren viele Leute da, die sich um Donal kümmerten, aber niemand, der ihn so richtig lieb hatte, außer mir..." Die großen Augen wurden plötzlich feucht. Dann holte Kiera schnell Atem und blinzelte die Tränen weg.

„Und Ihr seid gekommen, um mir Euer Mitgefühl auszusprechen?" Es kostete Caitrin Mühe, die Worte herauszubringen. „Ich danke Euch, Lady Kiera. Ich war schon – dankbar dafür, daß einer von euch sich die Mühe gemacht hat, mich zu benachrichtigen. Ich hatte nicht erwartet..." Caitrin schluckte und setzte von neuem an. „Wie ist es geschehen, meine Dame? Das hat man mir nicht erzählt."

Kiera hatte sich zur Seite gewandt, so daß Caitrin ihr Gesicht nicht sehen konnte. Sie hielt ihre Hände über das Feuer. „Es hat in letzter Zeit viele merkwürdige Unfälle unter den Comyn gegeben – vielleicht habt Ihr davon gehört", sagte sie beinahe entschuldigend. „Unfälle und Attentate." Sie stieß die Worte hervor.

„Vater schickte mich und Donal nach Serrais in Sicherheit, solange er fern von Darkover weilte, und als wir dort waren, kam jemand mit einem Hubschrauber und raubte Donal..." Kiera hatte so schnell gesprochen, daß sie Luft holen mußte. „Die Terraner entdeckten den Hubschrauber auf ihren Sensoren und schickten Flugzeuge zur Verfolgung aus. Da wandten sich die Entführer den Hellers zu. Wir vermuten, daß sie von einem Seitenwind erfaßt wurden und abstürzten."

Caitrin erschauerte. Wie schrecklich mußte das für Donal gewesen sein, erst von fremden, brutalen Männern ergriffen zu werden, dann der schnelle Fall und vielleicht Flammen... „Mein armer Kleiner", flüsterte sie mit geschlossenen Augen. „Was für ein furchtbarer Tod..."

„Aber darum bin ich ja gekommen..." sagte Kiera mit gepreßter Stimme. „Ich glaube nicht, daß er tot ist. Auch wenn er nur mein Halbbruder ist, standen wir uns doch sehr nahe, Mestra Caitrin. Ich wußte es immer, wenn ihm etwas zustieß. Und seit dem Unfall habe ich ihn mehrmals gespürt. Vater ist immer noch fort, und meine Mutter – alle sagen, mein Kummer täusche mich. Aber warum sollte ich mir Donal in einem großen Wald bei pelzigen Wesen vorstellen? Mestra, ich glaube, daß Donal noch am Leben ist!"

„Und du glaubst diesem Comyn-Mädchen?" So, wie Stelle es sagte, war es nicht ganz eine Frage.

Caitrin seufzte und rückte ihren Kopf bequemer an Stelles gutgepolsteter Schulter zurecht. Der blaue Mond Liriel schien durchs Fenster, und Caitrin sah das kleine, spöttische Lächeln auf Stelles Gesicht.

„Warum sollte Lady Kiera mich anlügen? Für sie mit ihrer Erziehung kann es nicht leicht gewesen sein, ins Gildenhaus zu kommen. Wenn sie *laran* hat, kann sie Donal gespürt haben – und sie ist alt genug, daß diese Gabe inzwischen voll entwickelt ist, nicht wahr?" Caitrin ließ die Frage in der Luft hängen. Stelle hatte sich erst zu einer darkovanischen Heilerin ausgebildet und dann Krankenpflege bei den Terranern gelernt. Sie würde es wissen.

Einen Augenblick lang herrschte Schweigen, und dann streichelte Stelle ihr über das Haar. „Ja... ausgeschlossen ist es nicht. Aber es ist eine so geringe Chance – Caitrin, ich möchte nicht, daß du von neuem verletzt wirst."

„Von neuem!" Caitrin richtete sich auf den Unterarmen hoch und blickte auf Stelles Gesicht hinunter. „Glaubst du, es hat, seit ich davon erfuhr, jemals aufgehört, weh zu tun? Oh – das verstehst du natürlich nicht! Du hast Donal nicht unter dem Herzen getragen, du hast keine Schmerzen erlitten, um ihn auf die Welt zu bringen!" Sie keuchte auf, als Stelles kräftige Hände sich um ihre Arme schlossen.

„Wie kannst du so etwas zu mir sagen?“

Caitrin bemühte sich vergebens, sich zu befreien, doch nach einer Weile ließ Stelle sie von selbst los.

„*Breda,* es tut mir leid“, sagte Stelle leise. „Aber auch wenn *du* es vergessen hast, *ich* weiß noch, wie ich dich gehalten habe, als du in den Wehen lagst und die Anspannung eines jeden Muskels in deinem Körper fühlte, bis ich dachte, ich bekäme selbst ein Kind. Und ich erinnere mich, welche Angst ich ausstand, als es immer weiterging und es nichts gab, was ich tun konnte.“

Die letzten Worte entrangen sich ihr mühsam. Caitrin beugte sich über sie, fand Stelles Gesicht in der Dunkelheit und küßte sie, bis sie sich beruhigt hatte. „Und gleich nach Donals Geburt hast du dich zur Ausbildung bei den Terranern gemeldet“, flüsterte sie. „Ich dachte, du seist unglücklich, weil ich nur noch Gedanken für das Baby hatte, und wollest das nicht mitansehen.“

„Mir ist jede Stunde schwer geworden, die ich von dir getrennt war“, erklärte Stelle heftig, „und ich war traurig um jedes Lächeln Donals, das ich nicht miterleben konnte. Aber die Terraner besitzen Wissen, das ich erwerben wollte, um anderen so sinnlose Schmerzen zu ersparen. Ich dachte, solltest du ein zweites Kind haben wollen, könnte ich dann wenigstens etwas tun!“

„Dann verstehst du mich also doch!“ rief Caitrin aus. „So ist es jetzt für mich! Als ich glaubte, Donal sei tot, kam ich mir hilflos vor, aber jetzt, wenn nur die kleinste Chance besteht, daß er lebt, muß ich ihn suchen!“

„Und wenn du ihn nicht findest? Oder wenn du seine Gebeine findest?“

Caitrin schüttelte energisch den Kopf. „Wenigstens habe ich dann etwas *getan!* Wenigstens habe ich es dann *versucht!*“

„Was meinst du, willst du einmal *versuchen,* mich nicht naßzuregnen und dich hinzulegen, damit wir einen Plan machen können?“ Stelles Stimme schwankte, aber es lag Belustigung darin, und Caitrin weinte und kicherte gleichzeitig. Sie wollte es unterdrücken, bekam einen Schluckauf und schmiegte sich in Stelles Arme.

„Ich werde in Carthon einen Führer anwerben ...“

„Halt“, unterbrach Stelle sie. „Du hast gesagt ‚ich‘. Hast du vielleicht die Absicht, allein auf diese Banshee-Jagd zu gehen?“

„*Breda,* Donal ist wahrscheinlich bei den Waldläufern ...“

„Ja ...", sagte Stelle langsam, amüsiert.

„Um ins Land der Waldläufer zu kommen, muß man die Hellers überqueren." Caitrin schlug in ihrer Aufregung auf das Kissen ein. „Ich bin in den Kilghardbergen geboren, und ich habe schon Karawanen durch wildes Land geführt, aber diese Reise würde nicht einmal für mich einfach sein."

„Ich bin froh, daß du das einsiehst", meinte Stelle ruhig. „Nach dem, was Kyla n'ha Rainéach mir erzählt hat, wäre eine andere Einstellung töricht."

„Kyla!" Caitrin hatte die berühmte Führerin erst einmal gesehen. Sie erinnerte sich an eine drahtige junge Frau mit Haar so schwarz wie eine mondlose Nacht und entschlossenen Augen, aber Kyla war im Gildenhaus von Thendara eine Legende. Sie hatte eine Gesellschaft, zu der nicht nur ein terranischer Arzt, sondern auch Regis Hastur selbst gehörte, über die Hellers zu den Waldläufern und wieder zurück geführt.

Caitrin pfiff. „Wann hast du denn Gelegenheit gehabt, mit Kyla zu sprechen?"

„Sie war drei Jahre lang Dr. Allisons Freipartnerin und lebte mit ihm hier in Thendara, als ich im TEMS-Hospital arbeitete. Ich war dort die einzige andere Amazone, und natürlich haben wir uns unterhalten." Stelle hielt inne und nahm Caitrins Hand, und als sie fortfuhr, war sie ernst geworden.

„Sie hat mir eine ganze Menge erzählt, Caitrin – über die Waldläufer und über den Weg. Ich mag nicht die Erfahrung im Bergsteigen haben wie du, aber ich bin kräftig, und ich schwöre dir bei Avarras mitternächtlichem Gewand, daß ich aushalten werde, was ich aushalten muß, um dir bei der Suche nach deinem Kind zu helfen. Und ganz gewiß werde ich dir gar nichts erzählen, bevor du versprichst, mich mitzunehmen."

Stelle nahm Caitrin in die Arme, und Caitrin schmiegte sich an sie. Sie spürte das Herz der anderen heftig unter ihrem eigenen schlagen – einen Augenblick lang bildete sie sich sogar ein, die beiden Herzen schlügen zusammen. *Nun gut,* dachte sie, *wir werden es gemeinsam tun, wie wir es bei allen wichtigen Dingen gemacht haben ...*

„Jetzt, wo das geklärt ist: Wann genau brechen wir auf, und was soll ich vorbereiten?" fragte Stelle, als habe Caitrin laut gesprochen.

Caitrin lachte. „Kiera hat das Geld, uns auszustatten. Wir werden schnell und mit leichtem Gepäck nach Carthon reisen und uns dort die Ausrüstung kaufen, die wir für die Berge brauchen."

„Kiera ...", sagte Stelle langsam. „Ich wünschte, ich hätte sie gesehen. Meinst du, daß du ihr vertrauen kannst, Caitrin? Wird sie bei der Stange bleiben, oder ist das nur Comyn-Temperament?"

„Ich vertraue ihr – sie gefällt mir besser als ihr Vater ..." Caitrin brach ab, als Stelle zu lachen begann. „Sie ist ein junger Baum, der gerade erst Knospen treibt ... schlank, aber schon stark."

„Soll ich eifersüchtig werden?" murmelte Stelle in ihr Haar.

„Das ist es nicht." Caitrin runzelte die Stirn und versuchte, sich selbst zu ergründen. „Sie ist – sie ist ganz so, wie ich mir die Tochter vorgestellt habe, die ich Edric hätte gebären können." Caitrin seufzte. Sie hatte sich so verzweifelt eine Tochter gewünscht, aber sie würde das Risiko nicht eingehen, noch einmal ein männliches Kind zu bekommen, das sie, so forderten es die Regeln der Entsagenden, wieder würde weggeben müssen.

„Und außerdem", fuhr sie fort, „weißt du, daß ich nie jemanden anders als dich wirklich geliebt habe."

Da küßte Stelle sie, und Caitrin begann, sie an all den geheimen Stellen zu berühren, denn dafür würde keine Zeit mehr sein, wenn ihre Reise einmal begonnen hatte.

„Es ist kaum zu glauben, daß wir ohne Flügel über das da herübergekommen sind", sagte Stelle ein bißchen atemlos.

Caitrin überzeugte sich rasch, daß Kiera und der Führer immer noch dabei waren, über den Hang abzusteigen. Dann drehte sie sich um und lächelte Stelle zu. Ihre Freipartnerin starrte die Berge hinter ihnen an, und nun ließ auch Caitrin ihren Blick hinauf – und noch weiter hinaufschweifen zu dem hohen Kamm der Hellers, dessen Rand den Himmel zerschnitt, in dieser Höhe dunkelviolett wie die *Morada*-Blüte, wie das sägezähnige Messer eines Trockenstädters. Aber die Klinge war aus schimmerndem Eis geschmiedet, das sich zu dem tiefergelegenen Einschnitt des Dämmerungspasses hinunterschwang.

Doch im Augenblick fand Caitrin die Berge weniger eindrucksvoll als die Frau, die die Landschaft bewunderte. Diese terranischen Übungen, die Stelle mit so religiösem Eifer vollzog, mußten also doch etwas wert sein, denn sie hatte zwar etwas von ihrem

Umfang verloren, aber man hatte das Tempo ihretwegen nicht zu verlangsamen brauchen.

Und Kiera war ein ebensolches Wunder – Caitrin fuhr mit einem Finger lockernd unter dem Schulterriemen ihres Rucksacks entlang und setzte den Abstieg vorsichtig fort. Die Luft war hier wärmer, und Kiera hatte ihre Strickmütze abgenommen. Ihr ingwerfarbenes Haar sah im Sonnenschein noch röter aus. Caitrin beobachtete sie. *Sie hat die Präzision und die Anmut eines jungen Chervines,* dachte sie und fragte sich, ob *sie* im Alter von vierzehn soviel Energie besessen habe. Bestimmt hatte sie das nicht von einer im Wohlleben aufgewachsenen Comyn-Tochter erwartet – aber Kiera hatte auch bis vor einem Jahr den größten Teil ihrer Zeit damit verbracht, in den Bergen um Serrais herumzustreifen.

Die einzige, die nicht fit ist, bin also ich, dachte sie düster. Wie hatten ihre Knochen in der Kälte des Gebirges geschmerzt! Aber natürlich lasteten nicht nur die körperlichen Anstrengungen auf ihr. Die schlimmsten Kletterstrecken lagen hinter ihnen, und sie hätte jetzt ebenso leichtfüßig wie die übrigen wandern müssen. Aber sie sah über die wogende See des Blattwerks hin, niederfließend von der Stelle, wo die Hellers mit dem Schimmer am Horizont zusammenstießen, der der Wall um die Welt war, und sie fror.

Wenn mein Kind noch lebt, ist es irgendwo da unten... Ein einziger kleiner Junge mußte in einem so gewaltigen Wald ebenso unmöglich zu finden sein wie ein verlorener Edelstein im Sand von Shainsa. Caitrin sah zu Kiera zurück. *Sie sagt, sie teile immer noch ihre Träume mit Donal,* redete Caitrin sich selbst zu. *Ich muß ihr glauben, oder ich hätte es zulassen können, daß mich der Wind von diesem Sims gleich unterhalb des Passes wehte...*

Der Weg vor ihnen war von einem umgestürzten Baum teilweise blockiert, und dahinter hatten sich Steine aufgehäuft. Der Händler, den sie in Carthon als Führer angeworben hatten, blieb stehen und wartete, bis Caitrin ihn erreicht hatte.

„Dort liegt Euer Weg, Mestra Caitrin...“ Er zeigte nach Norden. „Der Friedensvertrag, den ich mit dem Bergwurzelvolk habe, hat uns bisher geschützt, aber wenn wir morgen früh das Lager verlassen, muß ich westwärts zu ihrem Nest am Eisfluß-Wasserfall ziehen.“ Er hielt inne. Ein Stirnrunzeln vertiefte die Furchen, die alle Arten von Wetter während eines ganzen Lebens im Freien in sein Gesicht geschnitzt hatten.

„Seid Ihr sicher, daß sich der Kleine, den Ihr sucht, nicht im Westen befindet?“ Er drehte sich in diese Richtung. „Das sind gute Leute, dort am Wasserfall. Sie würden Euch freundlich aufnehmen, wenn Ihr mit mir kämt.“

Kiera schüttelte den Kopf. „Ich spüre ihn im Norden, Meister Coram, und da ist unser Ziel.“

„Das tut mir wirklich leid, denn dort mag man Fremde nicht.“ Er wandte sich wieder Caitrin zu. „Noch etwas – Ihr müßt mir verzeihen, wenn ich es ausspreche, Mestra . . .“

Caitrin hob abwehrend die Hand. Sie wollte es ihm ersparen, denn sie hatte seine klaglose Ausdauer achten gelernt, und er besaß die sanfte Höflichkeit jener, die lange Zeit mit den großen Bergen allein sind.

„Ihr meint, sie werden uns ihre ‚Städte‘ nicht betreten lassen, weil wir Frauen und allein sind?“ sagte sie. Sogar Kyla n'ha Rainéach hatte in der Stadt der hundert Bäume so getan, als stehe sie unter Jason Allisons Schutz, und sie mußte bereits halb und halb in ihn verliebt gewesen sein, daß sie ihren Amazoneneid so stark strapaziert hatte.

Coram antwortete mit einem tadelnden Kopfschütteln. Caitrin seufzte. Hatte sie diese Schwierigkeit unterschätzt? Angesichts der Tatsache, daß sie die Hellers und den Wald überwinden mußten, hatte sie die Sitten der Waldläufer als das geringste ihrer Probleme angesehen.

„Die Frauen des Waldes haben nichts von uns zu befürchten“, erklärte Stelle bestimmt. „Sie werden doch verstehen, daß wir nur unser Kind holen wollen!“

Meister Coram hatte darauf keine Antwort – die hatte keiner von ihnen –, aber ängstliche Gedanken quälten Caitrin wie die Blase an der Ferse, die sie sich beim Abstieg von ihren steifen Bergstiefeln geholt hatte.

„Caitrin, du läßt mich besser noch einmal nach deinem Fuß sehen . . .“ Stelles sanfter Ton täuschte.

Caitrin seufzte. „Der ist in Ordnung, wirklich. Ich wollte, du würdest kein solches Theater darum machen.“ Aber sie hielt Stelle, die sich hinhockte, gehorsam ihren Fuß hin.

„Dann hättest du keine Krankenschwester mitnehmen dürfen!“ gab Stelle zurück und schnürte den hohen Stiefel auf.

Caitrin lehnte sich zurück und versuchte, durch das Dach der

Zweige den Himmel zu erkennen. Der Schein ihres kleinen Feuers flackerte rot über Baumstämme und Blätter. Es war ein sehr kleines Feuer, denn obwohl die Waldläufer vor einer Generation gelernt hatten, es zu benutzen, fürchteten sie doch offenes Feuer immer noch. Wenigstens war die Luft hier wärmer. Die feuchten Winde, die vom fernen Meer herkamen, brachten dem Wald ein milderes Klima, bevor sie sich über die Hellers schwangen, dabei den Rest ihrer Feuchtigkeit gegen die Kälte des Gebirges eintauschten und schließlich über die hochgelegene Wüste der Trokkenstädte heulten.

„Autsch!“ Caitrin fuhr plötzlich in die Höhe. Stelle hatte etwas Stechendes und Antiseptisches auf das rohe Fleisch getupft.

„Das tut nur einen Augenblick weh.“ Ungerührt riß Stelle ein Stück Gaze ab.

„Daran sind nur diese Stiefel aus Carthon schuld – Männerstiefel – ich hätte gescheiter sein sollen ...“, stellte Caitrin bitter fest. Sie hatte den Entschluß gefaßt, sich neue Wanderstiefel machen zu lassen, als sie die Nachricht über Donal erhielt. Darauf hatten sie Thendara in großer Eile verlassen, und sie hatte sich in Carthon Männerstiefel gekauft, weil sie meinte, in den Bergen sei bestimmt niemand, der daran Anstoß nehme. Caitrin hatte nicht an die kleinen Unterschiede in Form und Proportion zwischen dem Fuß eines Mannes und dem einer Frau gedacht, aber auch das hätte ihr die Blase wohl nicht erspart. Sie hatte noch nie zuvor Stiefel getragen, die nicht eigens für sie angefertigt worden waren.

„Du solltest deinen Fuß eigentlich in warmem Wasser baden“, sagte Stelle. „Aber so müßte es auch gehen. Vergiß nicht, die Wunde sauber und trocken zu halten.“

„Ich finde es herrlich, daß Ihr soviel über die Heilkunst wißt – Ihr kennt unsere eigenen Methoden und dazu die der Terraner“, bemerkte Kiera von der anderen Seite des Feuers her. „Mein Vater hat Reisen gemacht und versteht, daß beide ihren Wert haben, aber meine Mutter ...“ Sie brach ab. „So viele Leute glauben, wer von einem anderen Planeten kommt, müsse eine Art Ungeheuer sein ...“

Stelle grinste. „Wahrscheinlich denken die Waldläufer so von *uns*.“

„Das sagt mein Onkel Lerrys immer“, erwiderte Kiera.

Caitrin beobachtete sie. Das flackernde Licht verwandelte ihr

Kindergesicht zu dem einer erwachsenen Frau und wieder zurück. *Ich hätte sie nicht mitkommen lassen dürfen,* dachte Caitrin. Aber Kiera war ebenso hartnäckig gewesen wie Stelle. Caitrin grauste es im Gedanken daran, was Edric tun würde, wenn sie eines seiner legitimen Kinder bei dem Versuch verlor, sein *Nedestro*-Kind zu retten, auch wenn das ein Sohn war. Comyn-Blut war zu wertvoll, als daß man es aufs Spiel setzen durfte.

Aber das war genau der Grund, warum sie Kiera hatte mitnehmen müssen. Das Mädchen wußte nicht nur, was Lerrys Ridenow über seine eigenen Abenteuer in diesem Land erzählt hatte, einschließlich ein paar Wörter in der Sprache der Waldläufer, es war auch ihr Rapport mit Donal, der sie zu ihm führen würde.

„Und sogar meine Kinderfrau pflegte schreckliche Dinge über euch alle zu erzählen, aber als Ihr Donal in unser Haus brachtet, kamt Ihr mir gar nicht seltsam vor. Ich verstand damals nur nicht, wie Ihr es über Euch bringen konntet, auf Euer Kind zu verzichten." Sie setzte hinzu: „Warum habt ihr euch entschieden, Freie Amazonen zu werden? Weil ihr nur auf diese Weise zusammenleben könnt?"

Caitrin wandte ihr Gesicht ab, um die aufquellenden Tränen zu verbergen. *Verstehst du das, Kind?* fragte sie stumm. *Ich nicht. Jetzt nicht mehr.* Stelle drückte ihr tröstend den Arm und erzählte Kiera dann, wie sie sich gewünscht habe, Heilerin zu werden, und wie Caitrin gern als Bergführerin gearbeitet hätte, frei von der Verantwortung, die Mann und Familie einer Frau auferlegen. Sie hatten sich im Gildenhaus kennengelernt, und dann war dieser Grund dazugekommen.

Kiera ist beinahe alt genug, um den Eid der Entsagenden abzulegen oder zu heiraten, dachte Caitrin. *Hätte ich diesen Weg gewählt, wenn ich gewußt hätte, welchen Preis ich dafür würde bezahlen müssen? Hätte ich nicht lieber auf meine Freiheit – und sogar auf Stelle verzichtet?*

Caitrin sah zu der Plattform aus geflochtenen Zweigen hoch, die durch die dichten Blätter kaum zu erkennen war. Das Flechtwerk schwankte und zitterte, als bewege sich da oben etwas. Schwach klangen Stimmen herunter, die wie Vogelgezwitscher waren. Caitrin rückte ein bißchen näher an einen der gewaltigen Baumstämme heran, die die Plattform stützten, und zuckte zusammen, als sie das Gewicht auf den linken Fuß verlagerte. Sie hätte Stelle bitten sollen, sich die Wunde noch einmal anzusehen. Aber das hatte Zeit bis später. Wenn sie Donal zurück hatten.

Es hatte sie eine Woche gekostet, diesen Ort zu finden, wobei sie Kieras Instinkt und einer ungenauen Karte gefolgt waren, die Stelle aus dem terranischen Archiv kopiert hatte.

In einem langen Seufzer stieß Caitrin den Atem aus. „Kiera", fragte sie leise, „bist du sicher, daß Donal hier ist?"

Das Comyn-Mädchen faßte in den Ausschnitt seiner Jacke und zog den blauen Kristall aus seinem seidenen Beutel. Sie blickte hinein, schüttelte den Kopf ein wenig, als wolle sie ihre Gedanken klären, und sah wieder hinein.

„Ja . . .", sagte sie langsam. „Es ist sehr stark. Donal ist aufgeregt – sie wollen, daß er etwas ißt, und er findet es eklig. Er weint – jetzt haben sie es ihm auf die Lippen geschmiert, und er leckt sie ab – oh! Es schmeckt gut!" Sie lachte, und Caitrin lachte auch.

Wie von dem Laut erschreckt, holte Kiera rasch Atem, blinzelte und ließ den Sternenstein in den Beutel zurückgleiten.

„Schön", meinte die praktische Stelle, „und was tun wir jetzt?"

Die Zweige über ihnen zitterten, und Caitrin sah leuchtende rote Augen durch die Blätter lugen. „Kiera – einer von ihnen ist da oben . . . Kannst du ihn begrüßen? Sag ihm, daß wir Freunde sind. Vielleicht ist jemand da, der *casta* spricht."

Kiera nickte, räusperte sich und trillerte ein paar Töne. Es hörte sich hübsch an, und offenbar war es richtig. Die Augen verschwanden, einer der Waldläufer schwang sich bald darauf durch die Äste und machte ein paar Fuß über ihren Köpfen halt.

Caitrin starrte ihn an und ermahnte sich, daß dieser kindergroße Körper, wie der eines Tieres mit einem hellen Pelz bedeckt, eine Intelligenz beherbergte, die sich zwar von ihrer eigenen Unterschied, aber zu respektieren war. Daran mußte sie glauben, wenn sie überhaupt eine Hoffnung haben wollte, ihn dazu zu bewegen, daß er ihr ihren Sohn zurückgab.

„Leute aus dem Land jenseits der Berge – wir sehen eure Art hier nicht oft . . ." Er sprach sehr leise, und Caitrin strengte ihre Ohren an. Sie trat einen Schritt näher, und ohne sichtbare Mühe zog er sich höher in den Baum hinauf. „Ihr seid Frauen, vermute ich? Wir haben genug Frauen hier . . ." Sein *casta* war langsam, aber verständlich.

„Geehrter, wir kommen nicht, um die Zahl deines Volkes zu vergrößern, sondern um eine Person davon wegzunehmen“, erklärte Caitrin vorsichtig. „Unter euch ist ein Kind der Großen Leute – mein Kind. Ich bin gekommen, es nach Hause zu holen.“

Der Waldläufer stieß eine hohe, trillernde Passage aus und bekam eine längere Antwort von oben.

„Die Frau des Alten hat ein Baby verloren, und sie hat das Große Kind als ihr eigenes angenommen. Es ist Angelegenheit der Frauen, bis es erwachsen ist.“

„Dann laß mich mit den Frauen reden!“ rief Caitrin und rannte auf den Baum zu. Ein stechender Schmerz durchfuhr ihren Fuß, als habe sie sich dort einen Knochen gebrochen, aber sie achtete kaum darauf. Eine verknotete Schlingpflanze hing an dem Stamm herunter. Caitrin sprang danach und begann, dem nach oben eilenden Waldläufer nachzuklettern.

Sie war erst sechs Fuß hoch gekommen, da lugten plötzlich lauter pelzige Gesichter über den Rand der Plattform. Caitrin hielt inne und sah zu ihnen hoch. Etwas flog durch die Blätter.

„Schwestern“, rief sie und streckte die Hand aus, und dann traf sie der erste Stein, und ihr Arm wurde gefühllos.

Bei jedem Laufschritt raste der Schmerz durch Caitrins Bein wie ein Echo auf ihre seelische Qual. *Donal! Donal!* Jeder Meter, den sie zwischen sich und die Waldläuferfrauen legte, trug sie auch weiter weg von ihm.

Stelle, die sich vor ihr durch das Unterholz schlug, fiel über eine Schlingpflanze und ging zu Boden. Caitrin stieg ihr nach und zog sie wieder auf die Füße. Schweratmend standen sie da und lauschten. Sie hörten keine Schritte, kein Brechen von Zweigen oder Rascheln von Blättern. Kiera machte halt und kehrte zu ihnen zurück. Sie schnüffelte in der Luft herum.

„Es ist niemand in der Nähe . . .“, sagte sie eine Weile später.

Caitrin nickte, tat einen vorsichtigen Schritt vorwärts, stolperte, als der brennende Schmerz wieder durch ihre Nerven fuhr, fluchte und hielt sich an dem nächsten Ast fest.

„Was ist?“ fragte Stelle. „Hast du dir den Knöchel vertreten?“

Stumm schüttelte Caitrin den Kopf und setzte sich von neuem in Bewegung. Sie verlagerte das Gewicht auf den kranken Fuß und biß sich auf die Lippe.

Stelle kniff die Augen zusammen. „Es ist diese Blase, nicht wahr? Setz dich hin...“ Sie wies auf einen gestürzten Baumstamm. „Ja, sofort – Kiera wird uns Bescheid geben, wenn Gefahr naht.“

Caitrins Nerven zuckten unter dem Drang weiterzulaufen – hinaus aus dem Wald oder zurück zu der Stadt der Waldläufer und ihrem Kind. Aber ihre Muskeln wollten ihr nicht gehorchen, oder vielleicht war es die Autorität, in die Stelle sich gehüllt hatte wie eine Priesterin in ihren Schleier, die sie an Ort und Stelle bannte. Kiera kam lautlos über den Blätterteppich zurück und beobachtete sie mit großen, ängstlichen Augen.

Dieser Blick besiegte Caitrin. Ein plötzlicher Schwindel überkam sie; sie ließ es zu, daß Stelle sie am Ellenbogen faßte und zum Hinsetzen zwang.

Stelle zog Caitrin den groben Strumpf aus. „Das wird doch wieder gut?“ fragte Kiera leise.

„Die Wunde ist schmutzig – und von neuem infiziert, vermute ich, aber ich muß sie erst säubern, um das richtig zu sehen. Dazu brauche ich eine Menge Wasser und ein Feuer.“

„Du kannst hier kein Feuer machen!“ rief Kiera aus. Die Baumstämme um sie waren voll von trockenen Flechten, und der Boden war bedeckt mit toten Blättern.

„Wir müssen einen Teich oder einen Bach finden“, sagte Stelle. „Ein kleines Stück zurück sind wir an einem Bach vorbeigekommen – wenn wir ihm folgen, gelangen wir vielleicht an seine Quelle.“

Krank vor Schmerz und Verzweiflung ließ sich Caitrin von Stelle in der beginnenden Dämmerung zurück zu dem Waldlauf und dann stromabwärts halb tragen. Es war beinahe ganz dunkel, als das Dach der Zweige über ihnen plötzlich dünner wurde, und zum ersten Mal seit einer Woche sahen Sie Liriel und Kyrddis über den Himmel segeln. Später in der Nacht würde auch Marmallor aufgehen, aber bis dahin waren die ersten beiden Monde untergegangen. Idriel zeigte sich zu dieser Jahreszeit erst im Morgengrauen.

Caitrin sah sehnsüchtig zu dem sanften Licht empor. Sie wünschte, sie wäre zu Hause in Thendara und beobachte die Monde aus ihrem Fenster im Gildenhaus. Neben ihr erklang ein langer Seufzer.

„Sieh doch...“, sagte Kiera leise. „Oh Caitrin! Wie schön!“

Caitrin blinzelte, denn sie hatte plötzlich den verworrenen Eindruck, die Sterne seien auf den Boden gefallen. Dann wurde ihr klar, daß sie das Spiegelbild der beiden Monde im Teich betrachtete, in Stücke zersplittert durch das Wasser, das in schimmernden kristallenen Tropfen wie die Steine von Avarras Halsband von den Felsen weiter oben fiel. Und es war nicht nur das Licht der Monde – die Luft war voll von Glühwürmchen, bernstein- und amethyst- und rosenfarben, die über dem Wasser schwebten und zwischen den Bäumen umherschossen und an- und ausgingen.

Caitrin nahm einen langen Atemzug von der kühlen, feuchten Luft. Der Frieden des Ortes beruhigte ihr Gemüt, wie die Luft ihre Haut kühlte. Seufzend sank sie auf das moosige Ufer nieder und bewunderte die raschen, wirksamen Bewegungen Stelles beim Feuermachen. Kiera grub den großen Kessel aus ihrem Rucksack. Sie richtete sich auf, machte einen Schritt zum Rand des Wassers und blieb stehen.

„Da ist etwas – jemand beobachtet uns ...“ Sie spähte in die Schatten. Caitrin setzte sich sofort auf und musterte den Wald, doch dort bewegte sich außer den Glühwürmchen nichts. Der Wald war dunkel und undurchdringlich. Sogar die Luft schien still zu sein.

„Beeil dich, Kind“, sagte Stelle. „Das Feuer kommt in einem Augenblick in Gang.“

„Ja.“ Nach kurzem Zögern beugte sich Kiera zu dem dunklen Wasser nieder und ließ es in den Kessel fließen. Etwas flackerte am äußersten Rand von Caitrins Gesichtsfeld vorbei. Sie fuhr herum und starrte in das Dunkel zwischen den Bäumen, und ihr Fuß begann zu pochen. Plötzlich machte die Schönheit der Nacht ihr Angst.

Sie schüttelte sich. *Ich hätte nie zulassen dürfen, daß Stelle und Kiera mitkamen* ... Dann brachte Kiera das Wasser, und Stelle hängte den Kessel an einen Dreifuß, den sie über dem Feuer improvisiert hatte.

„Gut ...“, sagte Stelle. „Jetzt wollen wir mal sehen.“ Behutsam hob sie Caitrins Fuß, so daß der Feuerschein darauf fiel, tauchte ein Tuch in das sich erwärmende Wasser und begann, die Wunde zu säubern.

Und von irgendwo viel zu nahe kam ein schrilles Zwitschern. Die Bäume bewegten sich ... es waren pelzige Körper, hell in der

Finsternis, sie rannten, sie kreisten sie ein, und ihre Augen leuchteten rubinrot im Feuerschein.

Waldläufer! Nein – Waldläuferfrauen, und jetzt hatten sie keine Möglichkeit mehr, vor ihnen zu fliehen. Caitrin mühte sich auf die Füße und zog ihr langes Messer.

„Feo!" Feuer . . . Dieses Wort fing Caitrin auf, obwohl es durch das Gezwitscher verstümmelt wurde.

„Was ist denn los?" fragte Stelle ärgerlich. „Regt es sie auf, daß wir hier ein Feuer angezündet haben? Ich dachte, sie benützen das Feuer auch . . ."

„Nein", flüsterte Kiera. Sie stand da mit geschlossenen Augen, die Hände auf den Ohren. „Das ist kein Zorn . . . das ist Ehrfurcht . . ."

Caitrin faßte ihren Arm. „Die Ridenow-Gabe – benutze sie, Mädchen! Haben sie Angst? Werden sie uns angreifen?"

Kiera zitterte. Von den Ridenows heißt es, daß sie die Gabe der Empathie mit Nichtmenschen besitzen, aber Kiera hatte sie bisher nie anwenden müssen.

„Ich erhalte Bilder . . .", flüsterte sie. „Ich sehe Prozessionen, die heranziehen und dem Teich Opfergaben an Waldblumen bringen. Dies ist ein heiliger Ort, den nur die Frauen aufsuchen . . . Sie sind verwirrt. Einen Mann, der sich hierher verirrt hätte, würden sie töten, aber wir sind Frauen, und wir haben den Teich allein gefunden, und Stelle . . . vollzog das Heilungsritual . . . mit Wasser und Feuer . . ."

Caitrin drehte sich um und betrachtete die Waldläuferfrauen, ohne Kieras Arm loszulassen. Der Schmerz flutete in Wellen von ihrem Fuß aus durch ihren Körper, aber davon konnte sie sich jetzt nicht beherrschen lassen. Sie ließ Kiera los und balancierte vorsichtig auf einem Bein.

„Zeig ihnen deinen Sternenstein!"

Zitternd gehorchte Kiera. Von seiner Hülle befreit, fing der Matrixkristall das blaue Licht des Mondes ein, als sei er von ihm abgesplittert. Dann legte Kiera ihn auf ihre Handfläche, und er glühte mit seinem eigenen wirbelnden Feuer.

Die Waldläuferfrauen zwitscherten und wichen zurück. Kieras Finger schlossen sich um den Stein. Sie atmete rasch.

„Es ist jetzt stärker . . .", sagte sie. „Sie haben schon von Sternensteinen gehört. Sie glauben, ich sei eins von den *chieri* . . ."

Und so unrecht hatten sie damit gar nicht, dachte Caitrin, der die Legenden über die Comyn einfielen. „Kannst du ihnen deine Gedanken zusenden?“ flüsterte sie. „Versuche es! Sag ihnen, daß wir fähig sind, uns zu verteidigen, aber ihnen nichts Böses wollen.“

Kiera konzentrierte sich stirnrunzelnd. „Sie wollen wissen, warum wir gekommen sind.“

Stelle war aufgestanden und zu ihnen getreten. „Wir sind gekommen, um zu heilen...“

Caitrin hinkte nach vorn und wiegte pantomimisch ein Kind in ihren Armen. „Wir sind gekommen, um mein Kind zu holen!“

Wie zur Antwort wich der Kreis vor ihr zurück. Die Waldläuferfrauen sahen zum Wasserfall hin. Caitrin folgte der Richtung ihrer Blicke und entdeckte, daß dahinter eine Höhle war, und in dieser Dunkelheit regte sich etwas.

Die Waldläuferfrauen begannen einen langsamen, summenden Gesang. Etwas kam den Weg vom Wasserfall herunter, etwas, das glühte.

Caitrin spürte, wie sich die Haare auf ihrem Kopf und ihrem Armen aufrichteten. Sie strengte ihre Augen an, und allmählich erkannte sie eine Waldläuferfrau, die sich mit der vorsichtigen Würde des Alters bewegte und in einem Mantel aus Vogelfedern herrlich anzusehen war. Das Licht kam von dem Feuertopf, den sie in den Armen hielt.

„Feuer...“, flüsterte Kiera. „Sie ist die Bewahrerin des heiligen Feuers. Sie benutzen es, aber sie fürchten es immer noch und lassen es nur hier brennen, in der Nähe des Wassers und mit der ältesten Frau des Stammes als Hüterin.“

Die Priesterin stieg langsam den Pfad hinunter und blieb am Rand des Lichtscheins stehen, den das Lagerfeuer warf. Sie hob die Hand, und der Gesang verstummte abrupt. Das nun folgende Schweigen wurde von einer stakkato gesprochenen Rede gebrochen, die eine Frage enthielt.

„Sag ihr, daß auch wir Priesterinnen des Feuers sind und daß wir unser Kind haben wollen“, bat Caitrin. Kiera nickte und konzentrierte sich auf ihren Kristall. Eine Sekunde lang verfing sich Caitrins Blick in seinem wirbelnden Feuer, dann wandte sie benommen den Kopf ab. Ab liebsten hätte sie diese nichtmenschlichen Gesichter angebrüllt, hätte ihnen gedroht, daß sie den Wald anstecken würde, wenn sie ihr ihren Sohn nicht zurückgaben – aber dieser Ort machte ein solches Sakrileg unmöglich. Sie trat vor die alte Priesterin und streckte beide Arme aus.

„Alte Mutter ...", rief sie, „wer unter euch trauerte nicht, wenn ihr Kind in weiter Ferne gefangengehalten würde? Gib mir meinen Jungen, ich bitte dich inständig – gib mir mein Kind!"

Wieder wurde gezwitschert, dann war alles still. Nach einer Weile berührte Kiera ihren Arm. „Sie sagen, der Junge müsse entscheiden ..."

Caitrin drehte sich auf die Seite und öffnete die Augen. Das letzte Mal, als sie das getan hatte, war nichts als die formlose Gräue der Stunde vor dem Sonnenaufgang zu sehen gewesen, aber jetzt hatte das rosige Licht des Morgens sie ersetzt. Im Norden schlugen die ersten Strahlen der roten Sonne Feuer aus den Schneefeldern des Walles um die Welt. Die malvenfarbene Idriel stand dicht über dem Horizont, und im Wald stimmten die Vögel sich für ihren Morgengesang ein.

Es ist Morgen ... dachte Caitrin, den Blick zu dem heller werdenden Himmel erhoben. *Bald werden sie Donal bringen.* Sie setzte sich hoch und gab dabei auf ihren verbundenen Fuß acht, obwohl Stelles Behandlung ihm bereits geholfen zu haben schien. Stelle und Kiera lagen noch immer im Schlaf der Erschöpfung zusammengerollt neben ihr. Aber sie selbst war trotz ihrer Müdigkeit nicht imstande gewesen, richtig zu schlafen, und jetzt war es ihr ganz unmöglich.

Ein rosiger Schimmer versteckte die Dunkelheit des Teiches. Die aufgehende Sonne verkupferte die Baumwipfel, und dann fielen ihre ersten Strahlen auf die Farne, die die Strecke zwischen dem Wald und dem Teich bedeckten, und auf die Schlingpflanzen mit ihren kleinen weißen Blüten.

Jetzt erkannte Caitrin, daß ein Weg durch das Farnkraut führte. Zwei helle Gestalten saßen daneben – ihre Wächterinnen. Gerade standen sie auf, und Caitrin fragte sich, ob sie sie durch ihre Bewegung geweckt habe. Die Waldläuferfrauen wandten sich jedoch den Schatten unter den Bäumen zu und lauschten. Caitrin hielt den Atem an, bis ihr das Blut in den Ohren pochte, aber sie konnte nichts hören als das leise Rieseln des Wasserfalls.

Einen Augenblick lang überlegte Caitrin, ob sie zu ihnen gehen und ihre Gefährtinnen schlafend am Teich zurücklassen solle.

Aber sie hatten alle Prüfungen dieser Suche gemeinsam bestanden – Stelle und Kiera hatten ein Recht darauf, das Ende mitzuerleben.

Sie tastete nach Stelles Schulter und schüttelte sie sacht. Stelle murmelte etwas im Schlaf, und Caitrin schüttelte sie noch einmal.

„Sei ruhig und wach auf, Stelle – ich glaube, jetzt kommen sie."

Sie beugte sich zu Kiera hinüber, aber die Augen des Mädchens standen bereits offen. Schweigend erhoben sich die drei Frauen und sahen wartend zu dem dunklen Tor des Waldes und den länger werdenden Strahlen der Sonne hinüber. Und schließlich erkannten sie Bewegung, weitere helle Körper, die sich aus der Dunkelheit lösten – Waldläuferfrauen mit Halsketten aus getrockneten Beeren und Vogelfedern und kleinere Wesen, ihre Kinder.

Und dann sah Caitrin eine Gestalt, die hell war wie die anderen, aber mit glatter Haut, und sie hörte das leise Rascheln von Füßen, die sich bemühten, geräuschlos über tote Blätter zu gehen. Die Gruppe trat völlig aus dem Wald heraus, und die rote Sonne lockte kupferne Lichter aus Donals Haar.

Die Waldläuferfrauen hielten an und ließen ihn weitergehen. Eine von ihnen rang die Hände mit den langen Fingern, und die anderen streichelten sie. *Das wird die Frau sein, die Donal adoptiert hat,* dachte Caitrin. *Auch sie muß ihn lieben . . .*

Zuerst schien der Junge gar nicht zu merken, daß er seine Gefährten zurückgelassen hatte. Plötzlich wurde ihm bewußt, daß er allein war, und er richtete den Blick auf die drei Menschen, die am Ufer des Teiches standen. Caitrin holte tief Atem und ballte die Fäuste. Ihre Arme schmerzten von dem Verlangen, sich nach ihm auszustrecken, ihre Beine wollten ihm entgegenlaufen. Aber die Alte Frau hatte sich klar ausgedrückt – Donal selbst mußte den entscheidenden Schritt tun.

Und so verhielt Caitrin sich still. *Bald* – dachte sie, *ich muß jetzt nur noch einen Augenblick länger warten.*

Und dann brach Donals süßes Lachen die Stille.

„Kiera!" rief er, „Kiera – du bist mich holen gekommen!" Und er rannte in die Arme seiner Schwester.

Caitrin zerrte den Riemen des Rucksacks stramm und zog ihn durch die Schnalle. Noch ein Riemen, und sie war soweit – die ganze Ausrüstung war fertig verpackt, Avarra sei Dank, denn es war höchste Zeit, daß sie ihren Marsch fortsetzten. Schon waren sie drei Tage unterwegs, und sie hatten immer noch die Hellers zu überqueren. Das Wetter hatte sich bisher gehalten, aber wer konnte wissen, wie lange das noch dauerte, und mit dem Kind würde der Rückweg schwieriger sein ...

Sie hörte Donals klare Stimme und Stelles ruhige Antwort. Er erzählte ihr etwas über den Jungen, der im Nest sein Freund gewesen war. Wieder fühlte Caitrin ihre Augen brennen, und sie blinzelte heftig.

Es war nicht Donals Schuld. Kiera hatte ihm, sobald sie ihn von ihrem Hals lösen konnte, erklärt, daß Caitrin ihn holen gekommen war, und hatte ihn in ihre Arme geschoben. Aber obwohl Donal ihr erlaubte, ihn an sich zu drücken und zu küssen, lag keine Wärme in seiner Reaktion. Er mußte sich Mühe gegeben haben, die Erinnerung an sie ganz auszulöschen, als sie ihn im Haus seines Vaters zurückgelassen hatte.

Und würde es letzten Endes einen Unterschied machen? fragte Caitrin sich bitter. So oder so, sie mußte sich wieder von ihm trennen, und sicher war es besser für ihn, wenn er den Schmerz nur das eine Mal gefühlt hatte. *Es sollte mir genug sein, daß ich ihn gerettet habe,* mahnte sie sich streng. *Vielleicht wird er mir verzeihen, wenn er ein Mann geworden ist.*

Das war alles recht vernünftig, aber es half nicht viel, wenn sich ihr die Kehle zuschnürte und die heißen Tränen in ihren Augen brannten.

Sie faßte nach dem zweiten Riemen und begann, daran zu ziehen.

„Kann ich dir helfen?“

Caitrin blickte auf. Kiera stand ein paar Fuß entfernt, als habe sie Angst näherzukommen, ohne dazu aufgefordert zu sein. *Habe ich meinen Schmerz so unmißverständlich gezeigt?* fragte sich Caitrin. Sie brachte ein Lächeln zustande.

„Stell doch bitte deinen Fuß auf den Riemen, während ich ihn durch die Schnalle ziehe.“

Sie verschnürten den Rucksack, und Kiera stellte ihn gegen einen Baum. Caitrin richtete sich auf und rieb sich das Bein. Ihr Fuß heilte gut, aber sie neigte immer noch dazu, ihn zu schonen, und das überanstrengte die Beinmuskeln. Donal hatte einen Ast aufgehoben und befreite ihn sorgfältig von der Rinde, um sich einen Wanderstock daraus zu machen.

„In vier oder fünf Jahren kann er allein in die Berge gehen", sagte Kiera, ihn beobachtend. „Aber Vater wird ihn wahrscheinlich unter die Kadetten der Garde stecken. Dann liegt seine Ausbildung nur noch in den Händen der Männer."

Caitrin sah sie finster an. Sollte das etwa ein Trost für sie sein? „Ich verstehe", sagte sie. „Und bis dahin wirst du weiterhin über ihn wachen?"

„Oh, natürlich..." Kiera errötete. „Aber du verstehst mich nicht. Ich meinte, daß er mich dann nicht mehr brauchen wird."

Gerade so, wie er mich jetzt nicht mehr braucht... dachte Caitrin und schlug die Augen nieder.

„Und dann möchte ich zu euch zurückkommen."

Caitrin hob den Kopf, sah Kiera an und versuchte, die Botschaft in diesen großen grauen Augen zu lesen. Zerlumpt und schmutzig, wie sie nach einem Monat des Wanderns aussah, schien sie viel älter zu sein als das zarte Kind, das in Thendara ins Gildenhaus gekommen war, und auf eine merkwürdige Weise viel schöner.

Caitrin betrachtete sie und dachte: *Du hast Donals Liebe gestohlen, und meine auch.*

„Ich möchte ins Gildenhaus eintreten; bis dahin bin ich volljährig...", platzte Kiera heraus und errötete von neuem. „Willst du meine Eidesmutter sein, Caitrin? Oder, wenn das erlaubt ist, du und Stelle zusammen?"

Caitrin bemühte sich nicht, die Tränen zurückzuhalten, die ihr über die Wangen rannen. Unfähig zu sprechen, streckte sie ihre Arme aus. Kiera warf sich hinein, und einen Augenblick lang konnte Caitrin sie nur festhalten. Dann hob sie den Kopf, und über die Lichtung hinweg traf sie Stelles weises Lächeln.

Über Elisabeth Waters und „Kind des Herzens“

Nachdem ich sowohl „Eine Mutter auf der Suche“ von Diana Paxson als auch diese Geschichte angenommen hatte, wurde ich mir erst klar darüber, daß sie beide das gleiche Thema behandeln . . . eine Amazone hat auf ihr Kind verzichtet und muß sich mit dieser schmerzlichen Wahl abfinden. In Elisabeths Erzählung kommt Jamilla zu einem anderen Schluß als Dianas Heldin Caitrin, aber, wie ich meine, ist es eine ebenso gültige Lösung.

An dem Konzept der Freien Amazonen ist stark kritisiert worden, daß eine Frau mit einem Sohn, der älter als fünf ist, nicht im Gildenhaus wohnen darf. Ich kenne die Argumente beider Seiten; zu der Zeit, als ich diese Einschränkung traf (sie wird ausführlich in Thendara House *behandelt), stand ich mit feministischen Kommunen in Verbindung, die auseinanderbrachen, weil einige der Mitglieder es nicht zulassen wollten, daß diese „Baby-Männer“ (nein, das ist nicht von mir erfunden) in ‚Frauenraum‘ eindrangen. Niemand hat je behauptet, alle Amazonen (oder alle Feministinnen) seien perfekt oder auch nur rational. Zeigen Sie mir eine Gesellschaft, die es ist!*

Elisabeth Waters lebt mit zwei anderen Frauen, einem großen Jungen, einem Hund und zwei Katzen in meinem Haus in Berkeley. Wir nennen es manchmal ein Gildenhaus, manchmal ein „Heidenkloster“. Der große Junge, mein Sohn Patrick, 20, verursacht in diesem Frauenhaushalt (sogar die Katzen und der Hund sind weiblich) sehr wenige Konflikte.

Lisa arbeitet als meine Teilzeit-Sekretärin und -Buchhalterin und hat sich auch schon als Schriftstellerin bewährt. Zum ersten Mal erschien sie in der Anthologie Der Preis des Bewahrers, *zu der sie die Titelgeschichte schrieb. Sie hat auch eine Geschichte an die Andre Norton/Robert Adams-Anthologie verkauft, von uns als ihrem ersten Verkauf „außerhalb der Familie“ bejubelt, und arbeitet (nicht sehr eifrig) an einem Roman. Außerdem ist sie in Teilzeitarbeit für eine Computerfirma tätig und hat mir geholfen, ein so benutzerfreundliches Textverarbeitungsprogramm auszuwählen, daß man es nur als schnuckelig bezeichnen kann.* MZB

Kind des Herzens

von Elisabeth Waters

Jamilla n'ha Gabriella lag in ihrem Bett und fühlte sich kaum noch lebendig. Sie hatte nicht die Energie aufzustehen; tatsächlich glaubte sie, sich nie wieder bewegen zu können. Sie wußte, daß es nach Sonnenaufgang war und daß sie das Bett hätte verlassen sollen, als sie vor einer Stunde erwacht war, aber ihr Körper weigerte sich einfach zu gehorchen.

Keitha hatte ihr erklärt, das sei ein völlig normales Gefühl. Man nannte es Depression, und der Grund lag für Jamilla auf der Hand. Es war die Folge der Veränderungen in ihrem Körper durch die Geburt, und in Jamillas Fall verschlimmerte die Tatsache es, daß ihr Kind ein Junge war und sie ihn seinem Vater und dessen Ehefrau überlassen hatte, daß sie ihn aufzögen. Aber Edrik war schon vor einem Monat geboren worden, deshalb müßte sie sich inzwischen doch besser fühlen!

Tritte wurden im Gang laut, und ihre Eidesschwester Perdita stürmte ins Zimmer. „Jamilla, um Evandas willen, steh auf! Du weißt, es wird dir besser gehen, sobald du auf bist und dich bewegst – ich verstehe einfach nicht, warum du jeden Morgen im Bett liegenbleibst und eine Stunde lang grübelst! Und solltest du das morgen machen, wenn wir unterwegs sind, werde ich dich aus deinem Schlafsack in den kältesten Bach kippen, den ich finden kann!"

Jamilla kroch mühsam aus dem Bett und griff nach ihren Kleidern. Tränen traten ihr in die Augen. Die Vernunft sagte ihr, daß Perdita sie liebte; sie hatten als Führerinnen zusammengearbeitet, seit Jamillas hausgebundene Zeit vorüber war. Aber im Augenblick kam sie sich wie eine ganz gräßliche Person vor und meinte, jeder hasse sie.

Sie schnürte ihre Jacke zu, und Perdita kam zu ihr und klopfte ihr tröstend auf die Schulter. „Es tut mir leid, Jamilla. Ich weiß, Edrik fehlt dir, aber es hilft nichts, wenn du herumliegst und darüber nachdenkst. Besuche ihn doch heute vormittag – wir brauchen erst am Nachmittag aufzubrechen."

Jamilla band die Schnüre zu und faßte nach ihrem Gürtel. „Ich werde ihn nicht besuchen, Perdita. Es ist für ihn besser, wenn er mich nicht kennt – auf die Weise wird er mich nicht vermissen."

„Ich bin mir nicht sicher, ob das so funktioniert." Perdita zuckte die Schultern. „Aber das ist deine Sache." Sie wandte sich zur Tür. „Ich hole schon einmal die Vorräte zusammen. Daß du ja ein ordentliches Frühstück zu dir nimmst, bevor du zu mir kommst."

Sie packten die Vorräte ein, nahmen das Dinner im Gildenhaus und gingen dann, ihren Schutzbefohlenen abzuholen – einen neunjährigen Jungen, der zum Studium nach Nevarsin ging. Sein Vater war Goldschmied und ein Freund Perditas. Er verabschiedete sich von seinem Sohn mit einer langen Reihe von Ermahnungen, sich schicklich zu betragen, und endete mit: „... und mache ihnen keinen Ärger, Coryn."

„Warum sollte ich, Vater?" fragte Coryn mit einem Ausdruck so großäugiger Unschuld, daß man den Ärger bereits kommen sah. „Sind sie nicht meine Tanten?"

Jamilla sah Perdita an und hob fragend eine Augenbraue, worauf Perdita ihr den Blick zurückgab, der bedeutete: „Ich erkläre dir das später." Dann zogen sie zur Stadt hinaus.

In der Nähe von Thendara war die Straße breit genug, daß sie nebeneinander reiten konnten, und Jamilla bemühte sich, Coryn in ein Gespräch zu ziehen. „Bist du aufgeregt, daß du nach Nevarsin kommst?"

„Nein."

Irgend etwas schien ihn zu bedrücken. „Bist du nervös wegen der Reise? Sie ist wirklich nicht so schlimm."

„Wenn sie wirklich nicht so schlimm ist, warum ist meine Mutter dann dabei ums Leben gekommen?" fuhr Coryn sie an.

„Deine Mutter?" wunderte sich Jamilla.

„Mara n'ha Kindra", erklärte Perdita. „Sie ist vor ungefähr fünf Jahren in einem Steinschlag verunglückt. Ich habe sie nur flüchtig gekannt; für gewöhnlich war sie in Armida."

„Wenn du sie nur flüchtig gekannt hast, hast du sie immer noch besser gekannt als ich", stellte Coryn bitter fest. „Offenbar lag ihr nichts an meiner Bekanntschaft." Das mußte eine schwärende Wunde sein, denn er fuhr fort: „Vater mag glauben, daß Entsagende edel und wunderbar sind, aber ich glaube, sie war eine Schlampe. Sicher, es wäre anders gekommen, wenn ich ein Mädchen gewesen wäre, aber da ich ein Junge war, wurde ich hinausgeworfen wie der Irrtum einer Hure! In eurem kostbaren Eid heißt es, daß ihr einander Mütter, Schwestern und Töchter seid, aber Zandru helfe euren Söhnen, denn sonst wird niemand es tun!"

Er gab seinem Chervine die Fersen und ritt ein Stück voraus, aber Perdita hielt ein wachsames Auge auf ihn. Jamilla führte die Packtiere. Sie war entsetzt und schockiert. Soviel Zynismus und Bitterkeit hätte bei jedem bestürzend gewirkt; bei einem neunjährigen Kind waren diese Eigenschaften abstoßend.

Coryn blieb an der Spitze, bis sie die erste Gabelung erreichten, wo er sich zurückfallen ließ und hinter Perdita ritt, während Jamilla und die Packtiere den Schluß machten. Doch er sprach den Rest des Tages kein Wort mehr.

Unglücklicherweise erstreckte sich dieses Schweigen nicht auf seinen Schlaf. Jamilla hatte Schwierigkeiten einzuschlafen, und als es ihr endlich gelungen war, träumte sie, ihr Baby weine nach ihr. Sie versuchte, zu ihm zu gelangen, aber sie konnte sich nicht bewegen, und das Weinen ging weiter und weiter, bis sie meinte, schreien zu müssen. Und dann wachte sie auf, und sie hörte das Weinen immer noch. Zitternd kroch sie zu Coryns Schlafsack hinüber und entdeckte, daß er die Quelle des Geräusches war. Er schlief fest, und er wimmerte. Jamilla schüttelte ihn sacht. Er fuhr in die Höhe und stieß seinen Kopf gegen ihren Kiefer.

„Ein Alptraum?" fragte sie mitfühlend.

Er sah verdrossen in seinen Schoß und preßte die Lippen fest zusammen.

„Möchtest du darüber reden?"

„Warum sollte ich mit dir reden wollen? Du interessierst dich doch für gar nichts. Du bist nichts als eine Amazone, tust, was dir paßt. Gehst weg, wenn dir etwas unbequem wird – ich werde dir niemals vertrauen!" Er legte sich mit dem Rücken zu ihr hin. Jamilla kehrte zu ihrem Schlafsack zurück und gab sich Mühe, mit dem Zittern aufzuhören.

Weinte ihr Sohn auch nach ihr, und würde er, wenn er älter

geworden war, glauben, sie habe ihn im Stich gelassen, weil sie ihn nicht haben wollte? Würde er verstehen, daß sie gemeint hatte, wirklich das Beste für ihn zu tun, und daß sie keine Rücksicht darauf genommen hatte, was es sie kostete? Und *war* es das Beste für ihn?

In dieser Nacht hörte sie Coryn nicht mehr. Sie hätte gern gewußt, ob er die ganze Zeit wach lag.

Am nächsten Tag war er still, aber im Schlaf fing er wieder an zu weinen. Jamilla legte ihren Schlafsack neben seinen und sang, ganz leise, um ihn nicht zu wecken, ein Wiegenlied. Offenbar kam genug davon durch, denn er hörte auf zu weinen und schlief friedlich. Als er am Morgen erwachte und Jamilla neben sich fand, sah er sie merkwürdig an, sagte jedoch nichts. Und am Abend, als sie das Lager aufschlugen, trug er seinen Schlafsack neben ihren – nicht so nahe, wie sie einander am Morgen gewesen waren, aber viel näher als die andere Seite des Feuers, wo er anfangs gelegen hatte.

Während der nächsten paar Tage taute er langsam ein bißchen auf. Er begann, Fragen über die Route zu stellen, die sie nahmen, über die ihm unbekannten Pflanzen am Weg und warum die Sterne soviel heller leuchteten als in der Stadt. Als sie noch einen Tag bis Nevarsin hatten, kamen sie durch eine Senke, in der die Überreste vieler Steinschläge verstreut lagen. Im Augenblick war die Straße frei, aber es hing noch genug von dem Berg über ihnen, um deutlich zu machen, daß sich das jederzeit ändern konnte. Coryn wirkte beim Ritt durch diesen Abschnitt sehr nervös. Erst als sie ihn hinter sich hatten, fragte er mit bemühter Beiläufigkeit: „Ist das der Ort, wo meine Mutter gestorben ist?“

„Ich glaube, ja“, antwortete Perdita, „aber im allgemeinen ist es hier ganz ungefährlich; ich bin schon Dutzende von Malen durchgekommen. Jedenfalls sind wir jetzt durch.“

„Richtig“, sagte Coryn. „Ganz durch.“ Aber Jamilla bemerkte, daß er noch längere Zeit zitterte.

In dieser Nacht legte er seinen Schlafsack so dicht neben ihren, daß sie sich beinahe berührten, und es überraschte sie nicht, als das Weinen losging. Diesmal steigerte es sich rasch zu Schluchzen, gefolgt von dem Schrei: „Mutter!“

Perdita, die mehrere Fuß weiter weg schlief, wachte davon auf, aber Jamilla, die Coryn bereits in die Arme nahm, schüttelte den Kopf, und Perdita legte sich wieder hin.

„Mutter, Mutter, verlaß mich nicht!“ rief Coryn, immer noch halb im Schlaf, und klammerte sich verzweifelt an Jamilla.

„Ist ja gut, chiyu“, murmelte Jamilla beschwichtigend. „Ich bin bei dir, ich halte ich fest, es ist alles in Ordnung.“ Das wiederholte sie, bis sich Coryns krampfhafter Griff lockerte und er wieder einschlief.

Als sie am nächsten Morgen erwachte, saß er vor ihr und betrachtete sie. „Ich hatte heute nacht einen komischen Traum“, verkündete er. „Ich träumte, ich suchte unter all diesen Steinen nach meiner Mutter, und dann war da diese alte Frau – wirklich alt, älter als jeder Mensch, den ich je gesehen habe –, und sie sagte, alle Entsagenden seien meine Mütter, weil sie alle Schwestern und Töchter derselben Mutter seien. Heißt das, daß du meine Mutter bist?“

Lächelnd umarmte Jamilla ihn. „Ja, Coryn, das heißt es. Darum geht es in dem Eid – er soll uns nicht von unsern Familien abschneiden, sondern uns zum Teil einer größeren Familie machen.“

Und Edrik ist immer noch Teil meiner Familie, sagte sie sich, auch wenn er ein Junge ist und nicht bei mir leben kann – Edrik ist immer noch mein Kind. Wenn sie wieder in Thendara war, wollte sie ihn besuchen, auch wenn das für sie beide schmerzlicher war als ein endgültiger Bruch. Sie würden sich irgendwie damit abfinden, ob es schmerzte oder nicht.

Am Eingang zum Nevarsin-Kloster umarmte Coryn sie zum Abschied, und dann umarmte er auch Perdita, „denn wenn Jamilla meine Mutter ist, bist du meine Tante.“ Dann machten sich Jamilla und Perdita auf den Rückweg nach Thendara – zu ihrem anderen Sohn und Neffen.

Über Deborah Wheeler
und „Hebamme“

Die erste Geschichte, die Deborah Wheeler verkaufte, erschien in meiner Anthologie Sword and Sorceress, *und sie ließ ihr in* Sword and Sorceress II *eine noch bessere folgen. Natürlich bat ich sie um einen Beitrag zu dieser Anthologie, und sie schrieb „Hebamme“, eine Story, die nicht das ist, was man nach diesem Titel erwartet.*

Deborah ist eine junge Frau mit einer vierjährigen Tochter. Sie fing als Teenager an, Kurzgeschichten zu schreiben (meistens über Tiere), hatte jedoch keinen professionellen Erfolg. Dann legte sie ihren schriftstellerischen Ehrgeiz „zugunsten ‚seriöserer‘ Dinge wie Gesundheitsfürsorge“ auf Eis. Sie verirrte sich, wie sie es ausdrückt, „für eine Weile auf das Gebiet der Psychologie“, erwarb am Portland-College einen Master-Titel, war Dozentin für Physiologie und Bakteriologie an ihrem Chiropraktiker-College und Dekan der Schule, als ihre Tochter Sarah noch ein Säugling war. Das Ergebnis, sagt sie, war ein „totales Durchbrennen“, und sie preist sich glücklich, daß sie aufgehört hat, bevor es bei beiden zu viele Narben hinterließ. Deborah besitzt den Schwarzen Gürtel im Kung Fu und unterstützt aktiv die Ausbildung von Frauen in asiatischen Kampfsportarten. Im Augenblick lehrt sie ehrenamtlich Säuglingsschwimmen im hiesigen YMCA. MZB

Hebamme

von Deborah Wheeler

Das Nest war leer bis auf ein großes dunkles Ei. Der zweite Glückszufall war, daß der Eingang zur Höhle des Banshees von Schnee und Geröll teilweise blockiert war, was bedeutete, daß es nicht hereinkommen konnte, ohne Gavriela frühzeitig zu warnen. Andererseits bedeutete es auch, daß sie in einem kleinen, stinkenden Bau gefangen war, bis sie sich mühsam ausgrub.

Gavriela n'ha Alys hockte sich auf die Fersen und bedachte ihre Situation. Sie hatte nicht mehr geweint, seit sie den Eid abgelegt hatte, und sie weinte auch jetzt nicht. Sie hätte in Nevarsin auf ihre Eskorte warten sollen, die durch schlechtes Wetter aufgehalten worden war. Gavi hatte nur an ihre eigene Unruhe und den stärker werdenden Schneefall gedacht; sie wollte um keinen Preis noch einmal im Winter eingeschneit sein, ganz gleich, wie kostbar die medizinischen Aufzeichnungen waren, die sie kopierte. Ihre Ablösung, eine lächelnde, selbstzufriedene Schwester aus Temora, hatte ihren Platz bereits übernommen.

Es lag nichts zwischen Gavi und dem Weg nach Thendara als die dumme Vorschrift, eine Entsagende dürfe nicht allein reisen, und so hatte sie die Gelegenheit ergriffen. Dann hatte sie gemerkt, daß sie verfolgt wurde, und hatte sich Räuber oder etwas noch Schlimmeres vorgestellt. In ihrer Angst hatte sie sich in den Bergen verlaufen.

Gavi wischte sich die schwitzenden Hände an der mitgenommenen Hose ab. Bestimmt durfte sie es wagen, sich eine Weile auszuruhen, und sich darauf verlassen, daß die Lawine, von der sie an diesen Zufluchtsort getrieben worden war, ihre Verfolger getötet oder zumindest aufgehalten hatte. Sie konnte ihnen weder standhalten noch davonlaufen, auch wenn es ihr gelingen sollte, ihr Packtier wiederzufinden. Als Kämpferin war sie ihnen nicht gewachsen; ihre Eskorte wäre eine fähige Frau mit einer scharfen Klinge und schnellen Fäusten gewesen. Aber sie war allein . . .

Alle Schmiede in Zandrus Werkstatt können ein zerbrochenes Ei nicht wieder flicken, ermahnte Gavi sich streng. *Und da wir gerade von Eiern sprechen . . .*

Sie ging zu dem braunen Oval hinüber und atmete dabei durch den Mund, denn die Lebensgewohnheiten von Banshees erzeugen einen schrecklichen Geruch. Das Ei lag ein kleines Stück abseits von dem im Mittelpunkt angesammelten Haufen aus Knochen und Abfall. Im matten Licht entdeckte sie ein regelmäßiges Muster aus Höckern und Flecken auf der Oberfläche. Das Ei war ebenso häßlich und stinkig wie der Vogel, der es gelegt hatte.

Gavis Blick blieb an einem großen Knochen hängen, der frei von Fetzen fauligen Fleisches zu sein schien. Sie identifizierte ihn als das Schulterblatt eines *chervine.* Ermutigt durch seine Glätte und Trockenheit nahm sie es auf und kehrte zu dem mit Schnee und Steinen verstopften Eingang zurück. Der Knochen ersparte es ihr, ihre Fausthandschuhe zu zerfetzen, die sie später noch brauchen würde. Trotzdem war das Graben schwere Arbeit, und Gavi wurde es so warm, daß sie die äußeren Schichten ihrer Kleidung ablegen mußte.

Ein- oder zweimal meinte sie, hinter ihrem Rücken ein Geräusch zu hören, und drehte sich voll Angst um, das Banshee sei durch eine andere Öffnung zurückgekehrt. So dunkel es war, sie konnte sehen, daß die Höhle keinen anderen Eingang hatte. Sie hatte eine Stelle freigeräumt, die beinahe groß genug war, daß sie hindurchkriechen konnte, als das Ei heftig zu schaukeln begann. Ein krummer Schnabel reckte sich feucht glitzernd aus einem Schlitz.

Gavis erster Impuls war, durch die enge Öffnung zu hechten, ganz gleich, welchen Schaden Haut und Kleidung nahmen, aber die Vorsicht hielt sie zurück. Wenn nun das Küken dieselben legendären Eigenschaften, was Schnelligkeit und Appetit betraf, wie die erwachsenen Banshees hatte? Dann packte es sie, bevor sie ihr Messer ziehen konnte. Und was war, wenn es sie mitten in dem Tunnel erwischte?

Kr-rack! Schalenstückchen flogen auf den rauhen Boden. Dem Schnabel folgte ein knochiger Kopf. Er stupste unsicher an dem Loch herum, das noch zu klein zum Ausschlüpfen war. Das Wesen gab leise, gurgelnde Laute von sich.

Gavi lachte nervös auf. „Du dummer Vogel! Zieh deinen Schnabel wieder zurück, damit du dir den Weg freipicken kannst."

Wie zur Antwort auf ihre Worte begann das Ei, sich zu drehen, und das Gurgeln steigerte sich zu einem zitterigen Stöhnen. Die Bewegungen wurden so heftig, daß Gavi fürchtete, das Ei könne umkippen und das Banshee-Küken sich den Schädel auf dem Fels einschlagen. Sie hatte nicht mehr an die Geburten denken wollen, denen sie, stumm und elend, in ihrem Heimatdorf beigewohnt hatte. Die Gildenmütter hätten sie gern zur Hebamme oder Tierheilerin ausbilden lassen, aber davon wollte sie nichts wissen. Sie hatte erwidert, sie habe genug Unschuldige sterben sehen und genug Windeln gewechselt, daß es für ein Leben reiche, und sie sei ins Gildenhaus von Thendara geflohen, um diesem Zyklus von Schmerz und Unwissenheit zu entgehen. Nicht hinzugefügt hatte sie, daß sie den Ruf jedes sterbenden Geistes *gefühlt* hatte.

Jetzt hatte sich das kämpfende Banshee-Küken in ihren Geist gedrängt. Sie nahm seine Verzweiflung wahr, als sei es ihre eigene, sie *spürte,* wie seine Kraft nachließ, während es seinen weichen Kopf gegen die unnachgiebige Schale schmetterte.

„Dummes, nicht so." Gavi legte das *Chervine*-Schulterblatt hin und trat vor das Ei. Sie zog ihr kurzes Messer und stieß es in die Schale, benutzte die Klinge als Hebel, um die Öffnung zu erweitern. Das Küken wurde still, sobald sie sein Gefängnis berührte. Es war noch naß vom Fruchtwasser, aber es roch nicht so schlecht, wie sie erwartet hatte.

Kaum hatte sie eine Öffnung für den Kopf geschaffen, da begann das Umsichschlagen von neuem und zwang sie zurückzutreten, damit sie nicht umgehauen wurde. Bald kam der Rest des geschmeidigen Halses aus der zersplitternden Schale, dann ein runder Körper auf zwei dicken Beinen. Abgesehen von der Schuppenhaut an den Füßen war das Küken mit Flaum bedeckt und einem großen, nassen Haushuhn sehr ähnlich. Trotz des schlechten Lichts konnte Gavi sehen, daß es keine Augen hatte. Mit hämmerndem Herzen trat sie zurück. Natürlich, Banshees orientieren sich bei der Jagd nach Geräuschen und Körperwärme. Der Kopf des Kükens schwang vor und zurück, als schnüffele es in der Luft. Jeden Augenblick konnte es sie wahrnehmen und zuschlagen . . .

Das Banshee-Küken tat einen wackeligen Schritt und gab ein schwankendes Summen von sich. *Denk nach, Dummkopf!* rief

Gavi sich selbst zu. *Was brauchen Neugeborene? Nahrung natürlich! Und wenn du ihm nichts anderes gibst, wird es dich fressen!*

Der kleine Rucksack, den sie für gewöhnlich trug, war nicht mit ihrem Tier und dem übrigen Gepäck verlorengegangen. Gavi hob die Klappe und nahm ein Paket Dörrfleisch heraus. Mit aller Kraft ihr Zittern unterdrückend, hielt sie dem Küken einen Streifen hin. Es fuhr mit seinem kläglichen Wimmern fort und schaukelte sich dabei auf seinen klauenbewehrten Füßen vor und zurück. Gavi ging näher heran und ließ ihm das Fleisch vor der Nase baumeln. Plötzlich duckte sich der Vogel, daß der Bauch dicht über dem Boden war, und öffnete den Schnabel.

„Da, Dummes." Gavi ließ den Fleischstreifen in den klaffenden Schnabel des Kükens fallen. „Da ist es. Wer hätte gedacht, daß du von Hand gefüttert werden mußt, so ein großes, häßliches Vieh wie du?" Unter normalen Umständen würde natürlich die Banshee-Mutter das Füttern besorgen.

Das Banshee schlang den Bissen hinunter und nahm von neuem seine Bettelhaltung ein. Kopfschüttelnd gab Gavi ihm noch einen und dann noch einen Streifen. Jetzt zitterte sie nicht mehr, aber sie machte sich Sorgen um ihre Lebensmittelvorräte. Wenn das Küken sich mit allem, was sie hatte, zufriedengab, griff es sie vielleicht nicht an, aber was sollte sie essen, bevor sie Hilfe erreichte? Und wenn ihre magere Verpflegung nicht genug war, mochte das Küken zu dem Schluß kommen, sie gebe ein feines Dessert ab.

Das Küken verputzte das ganze Fleisch und dazu noch einiges an Trockenobst und Breimehl. Dann schloß es mit widerhallendem Klappen den Schnabel. Den sichtlich angeschwollenen Bauch immer noch dicht am Boden haltend, watschelte es zu Gavi hinüber. Gavi sagte sich, daß das kein Angriff sein konnte, und zwang sich stillzustehen. Das Daunenkleid des Kükens begann zu trocknen und bauschte sich ihm um Kopf und Hals. Es rieb sich an Gavis Stiefeln und Beinen, und sie kam in Versuchung, die weichen Federn zu berühren.

Evanda und Avarra, es hält mich für seine Mutter! So abstoßend es für ihre menschlichen Augen sein mochte, auf einen Erwachsenen seiner eigenen Spezies wirkte es sicher liebenswert.

„Nein! Ich mag dir geholfen haben, aus dieser von Zandru verfluchten Schale herauszukommen, aber ich werde nicht das Kindermädchen oder sonst etwas für dich spielen!"

Aber das nutzte offensichtlich nichts. Sie hatte es gefüttert und mit ihm geredet, und jetzt hatte es sich an ihrer Körperwärme verankert und rieb sich an ihren Beinen. Banshees haben den Ruf, ebenso dumm wie tödlich zu sein, und der reine Instinkt hatte dem Gehirn dieses Kükens das Bild Gavis als der einzigen Quelle von Nahrung und Liebe eingeprägt.

„Ich nehme an, das ist noch ein Glück", sagte Gavi und ging auf die Öffnung der Höhle zu. „Wenn du glaubst, ich sei deine Mutter, wirst du nicht versuchen, mich zu fressen. Hier muß ich nur noch ein bißchen wegräumen. Nein, stoße mich nicht mit deinem Kopf, du dummer Vogel. Du wirst einen Erdrutsch in Gang bringen, der uns beide begräbt. Geh zurück!" Das Küken drängte sich an ihr vorbei. Sie faßte es mit beiden Händen um den dicken Hals. Die Daunen sahen flaumig aus, waren aber mit einer klebrigen Schicht bedeckt. Als sie ihn berührte, beruhigte sich der Vogel sofort und fing wieder mit seinem zärtlichen Summen an.

„Halt den Mund. Komm mir nicht dauernd in den Weg, dann werden wir beide bald frei sein, ich auf dem Weg nach Thendara, wo jede vernünftige Frau im Winter sein möchte, und du irgendwo anders, so hoch oben und so weit entfernt von mir, wie du es schaffen kannst. Verstanden?" Das Banshee-Küken rieb seinen Kopf an ihrer Hüfte und verstärkte sein hingebungsvolles Summen.

Gavi zog sich durch das Loch und stellte mit einiger Verzweiflung fest, daß sie es reichlich groß für das Küken gemacht hatte. Während es sich zappelnd und flügelschlagend durch die Öffnung wand, stand sie auf und sah sich um. Auf dem Neuschnee war kein Zeichen von ihrem *chervine* zu sehen, aber sie entdeckte auch keine Spuren ihrer Verfolger. Die rote Sonne hatte sich ein gutes Stück auf den Horizont niedergesenkt.

Gavi zog die Sachen wieder an, die sie beim Graben abgelegt hatte. Ihr blieb immer noch etwas Zeit bis zum Dunkelwerden, und sie wollte nichts davon verschwenden. Mit dem Abend würden eine tödliche Kälte und jagende Banshees kommen, wenn sie dann nicht schon unterhalb der Baumgrenze war. Sie orientierte sich, so gut es ging, nach dem Stand der Sonne und der Neigung der Bergflanke und begann mit dem Abstieg. Das Küken flatterte mit verzweifelten Jammerlauten hinter ihr her.

„Oh, hör auf. Ich bin nicht deine Mutter. Wirf mir bloß nicht vor, ich sei ein herzloses Ungeheuer, das dich im Stich läßt. Du gehörst hierher, und ich nicht. Geh und jage etwas anderes. Schsch!“ Sie machte scheuchende Bewegungen mit den Händen. Das Küken hielt an und schwang verwirrt den Kopf von einer Seite zur anderen. Im Tageslicht war es noch häßlicher, als Gavi gedacht hatte.

„Ich habe dafür keine Zeit, ich muß machen, daß ich wegkomme. Nein, fang nicht wieder mit diesem Spektakel an, ich kann dich nicht mitnehmen. Armes Ding, ich weiß, das Licht macht dich schläfrig – dann such dir doch einen Platz, wo du dich zusammenkuscheln kannst, und laß mich gehen.“

Schließlich, als das Küken seine anbetende Haltung mit dem Bauch auf dem Boden einnahm, schrie sie mit solchem Nachdruck: „Hau ab, du Scheusal!“, daß das Kleine sich traurig wimmernd an den Eingang der Höhle zurückzog.

Gavi ließ die Baumgrenze hinter sich, bevor es dunkel wurde. Sie fror, und sie hatte sich beim Ausrutschen auf losem Geröll die Haut abgeschürft. In einem Knöchel pochte es besorgniserregend, ihr Ellenbogen war blau und geschwollen, und ihre Fausthandschuhe waren zerrissen. Aber im ganzen war sie noch mit einem blauen Auge davongekommen. Es gelang ihr, etwas Essen hinunterzuwürgen und unter den Zweigen immergrüner Bäume eine geschützte Stelle zu finden. Dort machte sie sich ein Bett aus den abgefallenen trockenen Nadeln und grub sich der Wärme wegen tief hinein.

Gavriela erwachte, auf einer Seite völlig ausgekühlt. Ein ziemlich großer und weicher Klumpen hatte sich von oben bis unten an ihre Beine gelegt. Sie rümpfte die Nase, als ein unverkennbarer Geruch sie erreichte, und öffnete die Augen.

Das Banshee-Küken, heute merklich größer als gestern, stieß sie mit dem Kopf und zeigte seine Zufriedenheit mit gurgelnden Lauten. Gavi drehte sich der Magen bei dem Geruch um. Sie zischte: „Du dummer Vogel, was machst du hier? Nein, du darfst mir nicht folgen. Au! Idiot, geh von meinem Fuß hinunter! Du gehörst da oben hin, oberhalb der Baumgrenze, und angeblich bist du doch ein Nachttier.“ Sie stand auf und betrachtete das sie umschmeichelnde Ungeheuer.

„Du scheinst ohne mich gut zurechtgekommen zu sein. Dieses Blut auf deiner Brust ist doch der Überrest von deinem Abendessen! Deine Tischmanieren sind verbesserungsbedürftig. Nein, ich lasse dich nicht in meine Nähe, ehe ich dich ein bißchen gesäubert habe. Halt still!" Die Tannennadeln saugten Flüssigkeit auf und würden dem Ding einen besseren Geruch geben.

Gavi warf die letzte Handvoll schmutziger Nadeln fort und schob das Küken weg. „Jetzt geh, hörst du mich? Ich will dich nicht! Verdufte!" Das Küken wackelte ein paar Schritte weg. Die wärmeempfindlichen Augenflecken an seinem Schädel glänzten in dem schwachen Sonnenlicht. Sein Summen verwandelte sich in ein trauriges Schluchzen.

Gavi konnte ein Lächeln nicht unterdrücken. „Du gibst die albernsten Geräusche von dir, aber das nützt dir gar nichts. Fort mit dir." Sie drehte sich auf dem Absatz um und stieg weiter den Hang hinab.

Sie wußte, der Vogel folgte ihr, im Schatten der Felsen versteckt. Banshees werden tagsüber schläfrig, und bei direkter Sonneneinstrahlung fällt ihnen jede Aktivität schwer. Wenn das Ding nur aufgeben und dahin zurückkehren würde, wo es hingehörte! dachte sie wütend. Hatte sie vielleicht eine pervertierte, tagsüber jagende, den Menschen liebende Monstrosität geschaffen?

Nicht lange, und sie fand einen Wechsel der wilden Berg-*Chervines,* der sie zu einer Wasserquelle führen würde. Sie sah sich die Spuren genau an und entdeckte Abdrücke von beschlagenen Hufen. Wenn Evandas Glück mit ihr war, hatte ihr Packtier überlebt und sie eine Chance, Nahrungsmittel und Ausrüstungsgegenstände wiederzufinden. Sie beschleunigte den Schritt.

Ahnungslos stolperte Gavi in das Lager. Sie war eben vom Hauptpfad abgebogen, und schon saß sie praktisch einem fremden Mann auf dem Schoß, der hastig von einem Kochfeuer aufstand. Es war zu spät, um ihren Irrtum zu berichtigen. Ihre Gedanken waren so mit der Flucht vor dem Banshee und dem Auffinden ihres verlorenen Packtiers beschäftigt gewesen, daß sie die Männer, die ihr am Tag zuvor gefolgt waren, vergessen hatte. Ihr war klar, daß sie sich gegen mehrere erfahrene Kämpfer nicht hätte verteidigen können. Doch gegen diesen einen ... Ihr kleines Messer lag fest und ruhig in ihrer Hand.

Der Mann vor ihr, der sich die Hände am groben Stoff seiner Hose abwischte, war offensichtlich kein Räuber, sondern ein Hirte, und er schien allein zu sein. Gavi senkte die Spitze ihres Messers, verharrte aber in ihrer Kampfhaltung. Ihr Blick fiel auf ihr *chervine,* das auf der anderen Seite des Feuers an einen Baum gebunden und zum Teil von seinen Lasten befreit worden war. Ihr kostbarer Besitz an warmen Kleidern und Decken lag achtlos im Dreck verstreut.

„Das ist mein Tier und mein Gepäck."

Das Gesicht des Hirten rötete sich. Ein schiefes Grinsen zeigte sehr schlechte Zähne. „Ho-oh-oh!" rief er im Dialekt der Gegend. „Der Finder behält alles, das ist das Gesetz der Berge. Du bist eine Fremde; vielleicht kennst du es nicht. Wo ist dein Mann?"

„Ich bin eine freie Frau und erkenne keinen Mann als Herrn an."

„Na so was! Aber ich habe schon von solchen wie dir gehört. Eine herrenlose Dirne also! Es wird dir eine Lehre sein, erst gevögelt und dann verprügelt zu werden, ho-oh-oh, oder ist dir die umgekehrte Reihenfolge lieber?" Beeindruckt von seinem eigenen Humor, brach er in wieherndes Gelächter aus.

Gavi preßte angewidert die Lippen zusammen. Und sie hatte das Banshee-Küken für häßlich gehalten! Es war ein Geschöpf der Natur, das seinen Instinkten folgte, ohne ihr persönlich etwas Böses zu wollen. Dagegen hatte der Mann, der sich ihr jetzt höhnisch lachend näherte, wenigstens äußerlich den Anschein eines vernünftigen Wesens, und doch fehlte es ihm völlig an Anstand und Ehre. Gavi hob ihr Messer.

„Ich warne dich, ich bin bereit, mich zu verteidigen."

Er blieb stehen, aber sein unangenehmer Gesichtsausdruck veränderte sich nicht. „Was, mit dem kleinen Ding?" Er sah auf die Wölbung seines von Fett gepolsterten Bauchs nieder. „Du wirst mir höchstens einen Kratzer damit zufügen. Vielleicht kann ich es hinterher als Zahnstocher benutzen."

Gavi brauchte ihre ganze Willenskraft, um nicht zu zittern. Sie war sich über die Schwäche ihrer Position im klaren. Eine innere Stimme redete ihr unaufhörlich zu: *Er versucht, dich einzuschüchtern, höre nicht auf ihn! Eine Freie Amazone gibt niemals auf, hast du denn gar nichts gelernt? Was würden deine Gildenschwestern dazu sagen? Ziele auf eine lebensgefährliche Stelle. Das Fett schützt weder seine Kehle noch seine Augen. Du kannst sein Gewicht gegen ihn einsetzen!* Aber er hatte ihre psychischen Barrieren durchbrochen, und sie wußte, daß er die Verzweiflung in ihren Augen sehen konnte.

Die gleiche Wut, die sie aus ihres Vaters Haus an das Tor des Gildenhauses in Thendara getrieben hatte, flammte in Gavrielas Herzen auf. *Nein!* rief sie sich zu, *ich unterwerfe mich nicht wie ein dummes Tier! Ich weiß, ich bin keine gute Kämpferin, aber wenn ich ihn nicht auf andere Weise aufhalten kann, wird er meinen Leichnam schänden müssen. Möge Avarra meiner Seele gnädig sein!*

Sie trat einen Schritt zurück, dachte kurz an Flucht und verwarf den Gedanken. Sie war durch die im Freien verbrachte Nacht geschwächt, und wenn er sie von hinten angriff, hatte sie auch den kleinsten Vorteil verschenkt. Sie schloß die Hand fester um das Messer und holte tief Atem. Es bestand immer noch eine geringe Chance, daß sie ihm Schaden genug zufügte, um fliehen zu können.

Der Hirte halbierte die Entfernung zwischen ihnen mit einer raschen Bewegung. Sie machte sich auf seinen Angriff gefaßt, als ein gräßlicher Schrei die Luft zerriß. Er lähmte sie, ihr Herzschlag stockte, und beinahe hätte sie ihr Messer fallen gelassen. Wieder erklang der Schrei, so nahe, daß es unmöglich war, die Richtung zu bestimmen.

Die Wirkung auf den Mann war gleichermaßen erstaunlich. Die Farbe wich aus seinem Gesicht, so daß es grauweiß aussah, und er begann heftig zu zittern. „Banshee", flüsterte er. „Ah, das bedeutet den sicheren Tod, wenn man ein Banshee unter der blutigen Sonne hört."

„Es ist dein Tod, wenn du mich oder mein Eigentum mit einem Finger berührst!" rief Gavi. „Hast du geglaubt, ich wolle mich allein mit diesem kleinen Messer verteidigen? Verschwinde, bevor ich dem Dämon befehle, dich zu fressen!"

Einen Augenblick lang fürchtete sie, seine Bauernschläue werde ihn mißtrauisch machen, aber sein Verstand hatte ihn verlassen. Er rannte den Pfad hinunter und ließ die Überreste seines eigenen Lagers zurück. Gavi hörte erst auf zu zittern, als er schon längst außer Sicht war.

Das Geheul erklang noch einmal, diesmal leiser und aus einer zu erkennenden Richtung. Jetzt konnte sie das Küken über sich sehen. Mit unerwarteter Anmut kam es herunter. Das *chervine* wieherte nervös, rollte die Augen und zerrte an seinem Strick. Gavi klopfte es beruhigend.

„Bleib stehen, du dummer Vogel! Du wirst mein Packtier zu Tode ängstigen, und dann bin ich wieder da, wo ich angefangen habe. Gut, gut, ich komme zu dir hinauf. Bleib nur dort!“

Das Küken schien seit dem Morgen schon wieder gewachsen zu sein, und seine Federn waren glatter und weniger flaumig. Sein Jagdschrei verwandelte sich in ein ekstatisches Summen, als Gavi sich ihm näherte.

Gavi beugte sich zu dem Banshee nieder, und ihre Arme legten sich automatisch um seinen Körper. Die Erleichterung schwemmte das Entsetzen hinweg. Lange Minuten vergingen, bevor sie schluchzen konnte: „Oh, du lächerlicher, widerwärtiger Vogel, du hast mich gerettet! Ich war dumm genug, ohne Eskorte zu reisen, und dann hast du diese Aufgabe übernommen!“

Sie hockte sich auf die Fersen. „Was soll ich nun mit dir anfangen? Ich kann nicht hierbleiben, selbst wenn ich wollte, denn der Winter kommt. Nein, hör auf, mich mit dem Schnabel zu stoßen, deine Zähne sind scharf! Hör zu, Dummes – oh, wer ist hier dumm? Ich, weil ich eine Vorschrift gebrochen habe, die zu meinem Schutz erlassen worden ist, oder du, weil du mich für deine Mutter hältst?“

Das Banshee, das immer noch entzückt summte, rieb seinen Hals an ihrem Bein. Zögernd streichelte Gavi ihn und fühlte die ölige Glätte der Federn, die über dem Babyflaum lagen. „Du kannst wirklich nicht mit mir kommen“, sagte sie mit leiser Stimme. „Du dürftest jetzt nicht einmal wach sein, das ist ungesund für dich. Und du mußt auf die Höhen zurückkehren, wo du hingehörst, ebenso wie ich nach Thendara zurückkehren muß.“ Sie wurde sich bewußt, daß ein Teil ihres Ichs an dem Kleinen hing, so häßlich es sein mochte. Sie hatte ihm auf die Welt geholfen, hatte es gefüttert, für es gesorgt, mit ihm als ihrem Gefährten gesprochen ... und jetzt mußte sie es gehen lassen. Sie mußte es in seine natürliche Umgebung zurückschicken. Aber wie? Schimpfen hatte bei ihm nicht gewirkt – was ein Glück war, denn diesem Mißerfolg verdankte sie ihr Leben.

Gavi nahm den scheußlichen Kopf in die Hände und achtete sorgfältig darauf, die empfindlichen Augenstellen nicht zu berühren. Sie suchte in ihrem Herzen nach Worten, die das Scheiden ebenso zu einem Akt der Liebe machen würden, wie es das Zusammenbleiben wäre.

„Du mußt deinen eigenen Weg gehen, mein Freund, wie ich den meinen. Nicht, weil du in meinen Augen häßlich bist oder weil es kein Band gibt zwischen uns, sondern weil du dein Leben hoch oben in den Bergen führen mußt, wo du gedeihen kannst. Du bist ein Kind der Götter ebenso wie ich, und sie haben uns unterschiedlich gemacht. Kehre mit meinem Segen zu deinem angestammten Ort zurück. *Adelandeyo*. Gehe in Frieden."

Das Banshee-Küken lag ruhig und warm an ihrer Seite, und sein Summen war wie ein pulsierender Herzschlag. Gavi konnte nicht die Spur einer Reaktion oder eines Begreifens erkennen. Warum hatte sie erwartet, es werde sie verstehen? Banshees sind so dumm, daß sie praktisch gehirnlos sind, so hatte sie es immer gehört. Nur die Furcht ihrer Opfer ermöglicht es ihnen, zu überleben.

Das Küken senkte seinen Schnabel mit dem gefährlichen Haken und den rasiermesserscharfen Einkerbungen und liebkoste ihr Bein mit der glatten Außenfläche. Es hievte sich auf die Füße und verschwand mit überraschender Geschwindigkeit bergauf. Gavi sah ihm nach, bis es außer Sicht war. Dann rieb sie sich Hände und Kleidung mit stark duftenden Blättern ab, bevor sie sich wieder dem *chervine* näherte.

Während sie ihre Kleider und ihren Schlafsack ausschüttelte und wieder zusammenpackte, dachte Gavriela: *Es kann mich nicht verstanden haben, und doch hat es mich verstanden. Vielleicht habe ich mit ihm auf die gleiche Weise gesprochen, wie es mich aus seiner Schale erreicht hat. Wenn ich imstande bin, die Hebamme für ein Banshee zu spielen, kann ich lernen, alles zu lieben. Die Gildenmütter hatten recht, ich sollte meine Gaben nützen, aber nicht, um Babys sterben zu sehen, sondern um zu helfen, daß sie am Leben bleiben. Sie werden mir allerdings nie glauben, bei welcher Geburt ich zu dieser Einsicht gekommen bin!*

Das *chervine* stieß sie mit seiner weichen Nase an, und sie führte es den Berg hinunter. Jetzt ging es nach Thendara und nach Hause.

Über Maureen Shannon und „Rekruten“

Die „Rekruten“ verdanken ihr Entstehen (laut der Autorin) der Geschichte „Es gibt immer eine Alternative“ von Pat Mathews (siehe „Mädchen bleiben Mädchen“). Maureen sagt: „Ich dachte über die Frauen nach, die der Schwesternschaft beitreten möchten, und konnte nicht glauben, daß sie alle so verbissen sein müssen. Es werden doch auch Kandidatinnen kommen, die nichts weiter als Außenseiter sind, aus welchem Grund auch immer, und so kam es zu den ‚Rekruten‘.“

Dies ist eine lustige Geschichte, eine angenehme Abwechslung von den üblichen Geschichten über Freie Amazonen unter dem Motto „Hinter jeder Freien Amazone steht ein Drama, und fast immer ist es eine Tragödie“ – was natürlich seine guten Gründe hat. Denn in einer Gesellschaft wie der Darkovers ist es immer eine ernste Sache, wenn eine Frau von der ihr vorgezeichneten Bahn abweicht. Bei voller Anerkennung dieser Tatsache ist es trotzdem schön, sich von all den finsteren Tragödien einmal ausruhen zu können.

Maureen Shannon ist Dozentin am Kankakee Community College, wo sie kreatives Schreiben, Stilübungen für Anfänger und Votech-Kommunikation (was das auch sein mag) unterrichtet. Sie ist Mutter von zwei Töchtern, siebzehn und zwanzig, und Großmutter von zwei Jungen. Sie lebt auf dem Land (in Clifton, Illinois) mit drei Hunden, sechs Katzen und einem Pferd. MZB

Rekruten

von Maureen Shannon

„Es ist ein herrliches Haus“, schwärmte Esarilda, „und in einer so ausgezeichneten Lage!“

Fast jeder außer mir hätte die untersetzte Frau an meiner Seite angesehen, als habe sie den Verstand verloren. Das Gebäude, das wir betrachteten, hatte vielen Zwecken gedient; es war unter anderem ein Bordell und eine Söldner-Unterkunft gewesen, aber bestimmt niemals „herrlich“. Drei Stockwerke hoch und drei Zimmer breit, kehrte es eine schäbige, beinahe fensterlose Schwarzstein-Fassade der schmalen Straße zu, auf der wir standen. Auf einem großen Ruinengrundstück zu unserer Rechten waren die verkohlten Überreste eines Lagerhauses und der häßliche, stinkende Unrat von mehreren Dutzend Jahren zu sehen. Links teilte ein billiges Bierhaus die hohe Westwand mit unserem Haus. Auf der anderen Straßenseite war noch ein Lokal, flankiert von ein paar kleinen Läden. Am Ende der Sackgasse war in einem großen, ausgedehnten Gebäude eine Kombination von Penne, Kneipe und Bordell untergebracht.

Aber ich pflichtete Esarilda bei. Es war ein herrliches Haus und eine ausgezeichnete Lage, denn das Haus gehörte uns und stellte die erste Erweiterung der Schwesternschaft vom Schwert dar, die vor wenigen Jahren in Thendara eine Niederlassung gegründet hatte. Und schon war unser Haus dort so überfüllt von frisch vereidigten Schwestern, daß der Platzmangel für uns ein echtes Problem geworden war. Dann starb ein Mann, dessen Schwester die Prostitution aufgegeben hatte, um eine von uns zu werden, und hinterließ uns diesen Besitz in Caer Donn. Esarilda und ich waren hergekommen, um ihn uns anzusehen, zu entscheiden, was daran getan werden mußte, und Vorbereitungen für die Aufnahme aller Rekruten, die kommen mochten, zu treffen. Aber ich konnte nicht aufhören, mir Sorgen zu machen, ob ich fähig sei, ein Schwesternhaus zu leiten, auch wenn ich im Gildenhaus von Thendara gelebt hatte, seit ich fünf war. Würde ich überhaupt Frauen finden, die sich uns anschließen wollten? In Thendara brachte uns nur die Mundpropaganda neue Mitglieder, denn das Gesetz verbot uns, aktiv um sie zu werben. Wie sollte überhaupt jemand erfahren, daß wir hier und bereit waren, Rekruten aufzunehmen? Und wenn wir welche bekamen, würde es mir dann gelingen, ein harmonisches Zusammenleben zu schaffen?

„Laß uns hineingehen“, drängte Esarilda. Sie zitterte im kalten Spätwinterwind. Ich nahm den großen Messingschlüssel von der Kette um meinen Hals und öffnete die massive, kupferbeschlagene Tür. Die Kräfte von uns beiden waren notwendig, um sie so weit aufzuschieben, daß wir hindurchschlüpfen konnten.

Der zentral gelegene Raum war eine kleine Festung und zweifellos so ausgebaut worden, als das Gebäude Söldner beherbergt hatte. Eine einzige Tür unterbrach die Einförmigkeit der festen Holzwände. Schlitze in der Decke ermöglichten es den Verteidigern, von oben kochendes Wasser auf Angreifer zu gießen. Ich gewann den Eindruck, ein paar tüchtige Schwertfrauen könnten eine Armee von diesem Raum entfernt halten.

Die Tür führte in einen zweiten Flur mit einer Treppe nach oben und Türen in allen Wänden. Wir durchstöberten die einzelnen Räume, und Esarilda stieß bei jeder neuen Entdeckung Rufe des Entzückens aus. Sie fand alles schön, von der riesigen, altmodischen Küche bis zu den zahlreichen kleinen Schlafzimmern im zweiten und dritten Stock. Ich versuchte, ihren Optimismus zu teilen, versuchte, mich auf die Begeisterung einzustimmen, mit der meine Gefährtin, chronologisch zwanzig Jahre älter, aber emotional jünger als ich, die Welt betrachtete.

„Komm und sieh dir das an!“ rief sie. „Sieh nur, was im Hinterhof ist, Maellen!“

Ich folgte ihr durch die Hintertür der Küche in einen engen Gang, der, wie Esarilda bereits ausgekundschaftet hatte, in eine kleine Milchkammer und von da in einen aus Stein gebauten Stall von bemerkenswerter Größe führte. Beide Gebäude waren schmutzig, denn die früheren Bewohner hatten sie verwahrlosen lassen. Geschirre und Werkzeuge verfaulten in Dunghaufen, während große Krüge, die einmal Milch und Käse enthalten hatten, so umherlagen, daß man unmöglich gleich feststellen konnte, ob auch nur einer von ihnen noch heil war.

„Schnell, Maellen. Hier hinaus! Sieh nur, was wir sonst noch haben!“

Ich verließ den Stall und betrat den langen, schmalen Garten des Hauses. Esarildas neueste Entdeckung waren drei dürftige Bäume, an deren kahlen Zweigen immer noch ein paar verschrumpelte Früchte hingen. Esarilda hopste umher wie ein Buschspringer, und ihr kurzes Haar flog ihr um den Kopf wie der buschige bläuliche Schwanz dieses Tieres. Sie verschwand in einem kleinen Gebäude, das an die Grenzmauer gesetzt war, kam wieder zum Vorschein und wischte sich Spinnweben aus dem lächelnden Gesicht. „Sieh doch, Maellen!“ rief sie von neuem. „Was für ein Fund! Das ist ein Hühnerhaus, und weißt du was? Dort sitzt eine Glucke auf einem Nest voller Eier!“ Aus dem Ton ihrer Stimme hätte man schließen können, sie habe einen unvergleichlichen Schatz gefunden. Sie drängte mich, einzutreten und mir die kleine braune Henne mit eigenen Augen anzusehen.

„Nein, nein.“ Ich blieb im Eingang stehen und betrachtete Spinnweben, Staub und tote Insekten, die sich in Jahren angehäuft hatten. „Ich sehe von hier aus deutlich genug. Die Glucke scheint mir wirklich ein Schatz zu sein. Aber komm jetzt, Esarilda. Es ist beinahe Mittag, und ich habe Hunger. Vielleicht gibt es in dem Bierhaus nebenan auch Essen.“

Mit dem Eifer eines Kindes lief Esarilda durch den Garten zur Hintertür. Ich hatte etwas Gewissensbisse, daß ich sie mit der Aussicht auf Essen weglockte, dem sie niemals widerstehen konnte. Aber es gab noch eine Menge zu tun, wenn wir heute nacht in unserem neuen Schwesternhaus schlafen wollten. So viel für nur zwei Frauen. Wann, fragte ich mich, würden sich uns andere anschließen?

Wir sahen uns das Bierhaus erst eine Weile von außen an. Das vielversprechende Schild wies es als das *Brüllende Rabbithorn* aus. Ein merkwürdiger Name, in der Tat, aber sobald ich den Wirt kennenlernte, bezauberte mich der Scharfblick, den er durch die Namensgebung bewiesen hatte. Die Gäste schienen zum größten Teil aus dem Personal der verschiedenen kleinen Läden zu bestehen, und es waren auch einige Frauen darunter. So traten meine Gefährtin und ich ein und setzten uns an einen kleinen Tisch an der

Wand, wo wir einen guten Blick auf die Eingangstür hatten und, sollten wir angegriffen werden, schnell durch den Korridor verschwinden konnten, der zum Abtritt am Ende des Wirtshausgartens führte. Der Wirt bemühte sich persönlich, unsere Bestellung in Empfang zu nehmen. „Was darf es sein, *domnas?*“ fragte er. Seine tiefe Baßstimme dröhnte aus einem Körper, der so rund und gemütlich war wie der eines Waldbären. „Die Spezialität ist heute Kutteln, und meine Frau hat einen ausgezeichneten Obstkuchen gebacken. Wäre euch das recht? Ich versichere euch“, fuhr er fort, ohne uns Zeit zum Antworten zu lassen, „es ist das beste, was heute auf der Speisekarte steht. Nicht etwa das einzige, oh nein. Dafür ist meine Carla eine zu gute Köchin. Aber das beste ist es. Darf es also Kutteln und Obstkuchen sein?“

Uns kaum Zeit genug lassend, mit dem Kopf zu nicken, war er mit einem Sprung wie ein erschrecktes Rabbithorn davon. Esarilda klatschte fröhlich in die Hände. „Ist das aber ein netter Mann!“ meinte sie.

Meine Mutter hatte einmal zu mir gesagt, jede Frau, die unserer Schwesternschaft beitrete, habe eine Tragödie hinter sich. Ich wußte, daß das auf Esarilda zutraf, obwohl ich die Einzelheiten nicht kannte. Meine Mutter lehnte Klatsch ab, und mir selbst widerstrebte es, ihr gegenwärtiges vergnügtes Wesen mit Fragen über das Elend der Vergangenheit zu verstören. Natürlich hatten Männer sie mißhandelt, wie die meisten von uns, und doch fand sie immer wieder an denen, die sie kennenlernte, versöhnliche Eigenschaften. Ich hatte jedoch keine Zeit, von neuem über den Charakter meiner Freundin nachzudenken, denn die Frau des Wirts hatte ihren Herrschaftsbereich verlassen, um das Servieren unseres Essens zu überwachen. Sie war so groß, dünn und ruhig, wie er klein, rund und laut war. Als die Schüsseln und Teller vor uns standen, winkte sie ihm, sich zu entfernen, zog eine Bank heran und setzte sich zu uns an den Tisch. Fragend sah sie uns an. „Darf ich euch Gesellschaft leisten?“

„Es ist uns eine Freude“, versicherte Esarilda ihr mit vollem Mund. „Hmmm, das sind die besten Kutteln, die ich je gegessen habe. Ihr seid eine großartige Köchin.“ Sie unterstrich ihre Aufrichtigkeit, indem sie sich noch einen gehäuften Löffel in den Mund schaufelte.

Unsere Wirtin neigte den Kopf so würdevoll wie eine Edelfrau.

Sie forderte mich durch eine Geste auf, auch mit dem Essen zu beginnen. „Ich bin Carla, und ihr seid die neuen Eigentümerinnen des Hauses nebenan“, begann sie. „Ihr seid Mitglieder der Schwesternschaft vom Schwert. Das erkenne ich nicht daran, daß ihr den Ring im Ohr und die rote Jacke tragt, obwohl ich eine Cousine im Gildenhaus von Thendara habe. Nein, es ist die Messingkette um Euren Hals, *domna,* die ich viele Male gesehen habe, wenn der alte Larren zum Essen herkam. Er erzählte mir im letzten Winter, als es ihm so schlecht ging, was er mit seinem Besitz zu tun beabsichtige – es gibt tatsächlich kaum eine Menschenseele in Caer Donn, der er es nicht erzählte, so stolz war er auf ‘meine Schwester, die Schwertfrau’. Ich habe auf eure Ankunft gewartet.“

Ich legte den Löffel hin. Ihre Stimme und ihr Gesicht waren ruhig, und ich konnte nicht entscheiden, ob sie uns freundlich oder feindlich gesinnt war.

„Habt ihr zufällig beim Eintreten das Schild über der Tür gesehen?“

„Ja und?“ Ich verhielt mich höflich, aber reserviert. Nicht so Esarilda. „So hübsch, Carla, ein richtiger Kunstgenuß. Wer hat es gemalt?“

„Meine Tochter Shaya. Und sie ist der Grund, daß ich auf eure Ankunft gewartet habe. Sie ist ein braves Mädchen, meine Shaya, und eine gute Köchin, wenn sie mit den Gedanken bei der Sache ist. Aber das ist das Problem. Es kommt selten vor, daß sie Lust dazu hat. Sie malt Bilder wie das lustige Porträt ihres Vaters auf dem Wirtshausschild und schnitzt Figürchen wie die auf dem Kaminsims.“ Sie wies mit der Hand auf mehrere Dutzend hölzerne Statuen, die alle so drollig waren wie das Gemälde. „Ich habe gute Heiraten für meine anderen Mädchen abgeschlossen, so daß nur noch die beiden Kleinen und Shaya übrig sind. Aber welcher Mann will eine Frau, die ständig träumt? Shaya ist ein bißchen zart, ich bezweifele, ob ihr eine Schwertfrau aus ihr machen könnt, aber meine Cousine erzählte, daß es in einem Gildenhaus auch viele andere Aufgaben gibt.“

„Aber, Carla“, protestierte ich, „Mitglieder der Schwesternschaft müssen aus eigenem freiem Willen kommen.“

„Oh, es ist ihr Wille, sich euch anzuschließen, ich breche doch nur das Eis für sie. Sie ist ein bißchen schüchtern, meine Shaya. Sie ist oben. Wollt ihr hinaufgehen, wenn ihr gegessen habt?“

Ich nickte, immer noch widerstrebend. Diejenigen, die bei uns den Eid leisten, müssen fest entschlossen sein, weil sie auf starke Ablehnung stoßen werden. Zu viele Männer – und auch Frauen – halten unsere Schwesternschaft für unnatürlich, unschicklich, eine Gefahr für die Beziehungen zwischen Männern und Frauen in allen Hundert Königreichen. Diese Frau wirkte so dominierend, daß ich fürchtete, ihre Tochter solle uns aus irgendeinem heimtückischen Grund aufgedrängt werden, vielleicht als Spionin.

Esarilda war als erste auf der Treppe und sprang die Stufen hoch, als habe sie nicht gerade Nahrung für drei große Männer zu sich genommen. „Hallo, du!“ hörte ich sie. „Deine Mutter sagt, du möchtest der Schwesternschaft beitreten.“ Ich war einen Schritt hinter ihr, deshalb war mein erster Eindruck von Shaya ihre melodische Stimme, die Esarilda glockenhell antwortete.

„Ja. Das ist mein größter Wunsch, seit Cousine Callie zu Besuch da war und uns von der Schwesternschaft erzählte. Bitte, sagt, daß ich es versuchen darf.“

Mir wurde schwer ums Herz, als ich sie sah. Ganz bestimmt war sie zart, und außerdem war sie verkrüppelt; als Folge einer Kinderkrankheit war ein Bein kürzer als das andere. Sie war so klein wie Esarilda, aber nur halb so dick. Eine Masse von braunem Haar umgab das zu magere Gesicht mit den großen, verträumten Augen. Wie könnte sie sich verteidigen? Dieses Mädchen würde nie imstande sein, ein Schwert zu heben und einem Mann Widerstand zu leisten.

„Aber Maellen, wirklich, das kann ich auch nicht“, warf Esarilda mir vor, und ich schämte mich, als ich erkannte, daß ich laut gesprochen hatte.

Shaya erklärte mit ihrem weichen Stimmchen: „Cousine Callie sagt, daß nicht alle Schwestern zum Kampf hinausziehen. Einige verdingen sich als Bergführerinnen oder rüsten Karawanen aus, und andere besorgen im Gildenhaus das Nähen, Kochen, Putzen und so weiter. Ich bin eine sehr gute Näherin, und meine Mutter hat mich vieles von ihren Kochkünsten gelehrt. Ich werde der Schwesternschaft gewiß von Nutzen sein, wenn ihr es mich nur versuchen laßt. Ich male auch“, setzte sie bescheiden hinzu, „und viele Leute sagen, meine Bilder seien gut. Ich könnte ein Schild für die Eingangstür malen, damit die Leute wissen, daß dies das Schwesternhaus ist. Und ich singe und spiele, so daß ich die Schwestern des Abends unterhalten könnte.“ Ihre Worte überstürzten sich, und als sie fertig war, sah sie mich mit diesen großen traurigen Augen an. Ich war mir nicht sicher, ob Shaya eine Frau von der Art war, wie die Schwesternschaft sie mit Freuden aufnimmt; die meisten Rekruten meiner Mutter in Thendara waren Erwachsene, die ein schweres und hartes Leben geführt hatten. Und doch verpflichtete uns unsere Regel, jede Frau, die zu uns gehören wollte, das Gelübde für ein Jahr ablegen zu lassen. Wenn ihr das Leben bei uns gefiel, konnte sie sich danach für drei Jahre verpflichten und schließlich Mitglied auf Lebenszeit werden, wie Esarilda und ich.

„Nun gut“, entschied ich, „wenn du für ein Probejahr zu uns kommen willst, dann magst du das tun.“

„Darf ich gleich heute kommen?“ Shaya mühte sich auf die Füße und stützte sich auf eine wunderschön geschnitzte Krücke. Sie schafft Schönheit aus Notwendigkeit, dachte ich. Sie und Esarilda werden sich gut miteinander vertragen.

„Das Haus ist furchtbar schmutzig“, warnte ich sie. „Es gibt keine saubere Stelle, wo wir heute nacht schlafen könnten, und ich glaube, in dieser Küche hat seit Jahren niemand mehr gekocht.“

Shaya lachte entzückt auf. „Dann gibt es bereits etwas, das ich tun kann. Ich werde euch helfen zu kochen und zu putzen, damit wir heute abend essen und schlafen können.“

Sie hielt ihr Wort. Wir drei scheuerten im zweiten Stock für jede von uns ein Zimmer und bezogen die Betten mit sauberen Leintüchern, die wir von Thendara mitgebracht hatten. Wir hatten keine Zeit, noch vor dem Abendessen die Küche in Angriff zu nehmen, aber da klopfte Carla mit einem Tablett voller leckerer Sachen an die Gartentür. Ihr für gewöhnlich ernstes Gesicht verzog sich zum Lächeln, als sie sah, wie Shaya mit einer Begeisterung zulangte, die eher für Esarilda typisch war. „Ihr habt ihr bereits gutgetan“, lobte Carla. „So tüchtig gegessen hat sie zu Hause nie.“ Sie ging und versprach trotz unseres Protests, am Morgen wiederzukommen und die Küche in Ordnung zu bringen. „Sollen meine anderen Töchter dieses eine Mal dem Vater helfen“, sagte sie. „Das kann ihnen gar nichts schaden.“

Am nächsten Tag war es nach Mittag, als uns vier ein widerhallendes Läuten erschreckte. Wir fuhren zusammen und sahen uns an. Unsere Herzen hämmerten. Dann begann Shaya zu lachen. „Es ist die Türglocke“, kicherte sie. „Ich erinnere mich, diese Töne gehört zu haben, als die Söldner hier wohnten. Ach du meine Güte, so, wie wir erschrocken sind, könnte man meinen, es sei Zandru, der uns in seine dunkelste Hölle holen wolle!“

Wie es mir als Hausmutter zukam, ging ich zur Tür, aber ich war froh, daß mir die drei anderen folgten. Ich legte die Hand an mein Schwert, in dessen Führung ich mir so etwas wie den Ruf einer Meisterin erworben hatte. Würde ich es jetzt schon brauchen, um unser Haus zu verteidigen?

Carla mußte mir helfen, die widersetzliche Tür zu öffnen. Ich sah die sieben Stufen zur Straße hinunter, und da standen eine junge Frau, ein Hund und eine Eselin, auf deren Rücken der häßlichste aller Vögel hockte. Die hinfällig wirkende Eselin hatte ein ungleichmäßiges Fell, eine dürftige Mähne und nur die Andeutung eines Schwanzes. Außerdem war sie trächtig, und ihr Bauch war so geschwollen, daß man meinte, sie könne jeden Augenblick in die Luft steigen. Der Vorstehhund wirkte größer und breiter als der Esel. Nachdem er sich alles angesehen hatte, gähnte er, wobei er furchterregende Fangzähne enthüllte, legte sich auf den Boden und machte sich daran, seine massigen Pfoten zu lecken. Der Vogel krächzte, hob seinen struppigen Federbusch und starrte mich mit glitzernden dunklen Augen an, die tief in seinem nackten, häßlichen Kopf saßen.

„Ich bin gekommen, um mich den Schwertfrauen anzuschließen“, erklärte die Fremde. „Habt ihr einen Stall für meine Freunde?“

Sie war ebenso außergewöhnlich wie ihre Tiere. Ihre Schwangerschaft war nicht zu verkennen; wie die Eselin war sie so dick, daß man erwartete, sie jeden Augenblick in dem frischen Wind davontreiben zu sehen. Vor einiger Zeit hatte sie sich das Haar abgesäbelt, so daß es sich jetzt in einen Zoll langen Ringeln von heller, rötlich-gelber Farbe um ihren ganzen Kopf lockte. Ihre Augen waren graugrün und standen schräg zu beiden Seiten einer sommersprossigen Stupsnase.

„Nun? Wollt ihr mich hier draußen in der Kälte und Nässe stehen lassen, oder darf ich eintreten?“

Ein bißchen aus der Fassung geraten, denn diese neue Kandidatin schien mir noch unpassender zu sein als die erste, schickte ich sie an die Hintertür des Gartens, während ich durchs Haus zurückging, um es für sie aufzuschließen. Carla machte sich lachend auf den Weg zum Brüllenden Rabbithorn, und Esarilda und Shaya eilten nach oben, um für unseren neuesten Rekruten ein weiteres Zimmer zu säubern.

Ich führte die junge Frau in den Stall und entschuldigte mich für seinen heruntergekommenen Zustand. „Kein Problem", meinte sie. Obwohl sie sich, behindert durch den dicken Bauch, unbeholfen bewegte, merkte man ihr an, daß sie sich auskannte. „Für Cassilda –" sie streichelte die Eselin und führte sie in den Stall, in den sie etwas altes Stroh getragen hatte „– habe ich noch ein wenig Korn übrig, aber Fang hat das letzte Fleisch, das ich hatte, längst gefressen. Ihr werdet für sein Abendessen etwas besorgen müssen." Der Vorstehhund schien zu wissen, daß sie von ihm redete, denn er rieb seinen dicken Kopf an ihrer Schulter. Seine Herrin tätschelte ihn schnell und wandte ihre Aufmerksamkeit dann dem Vogel zu.

„Komm, meine Schöne", summte sie dem Vogel zu, hob ihn auf eine improvisierte Sitzstange und überprüfte die Beinfesseln, ob sie auch nicht scheuerten. „Seefar gehört mir eigentlich nicht", erklärte sie, „nicht so wie Cassilda und Fang, die schon seit meiner Kinderzeit bei mir sind. Ich habe sie auf dem Weg hierher gefunden. Es hat eine Schlacht stattgefunden, und ich nehme an, sie ist als tot liegengelassen worden. Da habe ich sie mitgenommen und gepflegt. Ich konnte doch nicht zulassen, daß sie für den falschen Mann spioniert, nicht wahr? Nein, das konnte ich natürlich nicht."

Ein bißchen benommen regte ich an, wir sollten hineingehen und für ihre eigene Bequemlichkeit sorgen, jetzt, wo ihre Gefährten untergebracht seien. Als der Hund uns folgen wollte, bat ich sie, ihn im Stall zu lassen, aber sie sagte, das könne sie erst dann tun, wenn er sich in seinem neuen Heim eingelebt habe. So kam es, daß ich, während ich Brei für unsere neueste Kandidatin aufwärmte, den Hund mit Überresten vom Mittagessen fütterte. Beide aßen, als hätten sie seit Wochen keine anständige Mahlzeit mehr bekommen. Esarilda und Shaya setzten sich auch zu uns, und Esarilda in ihrer freundlichen Art bekam die Information, nach der zu fragen mir meine Zurückhaltung nicht erlaubt hatte.

„Kadi", antwortete die Neue auf Esarildas Frage nach ihrem Namen. „Mein Onkel spielt den König in den Kilghardbergen, und dorthin wurde ich gebracht, als man mich noch auf dem Arm trug. Er wollte mich mit seinem jüngsten Sohn verheiraten, denn meine

Mutter war die *Nedestro*-Tochter eines Serrais-Lords, und er wünschte sich das *laran* dieses Hauses für seine Enkel. Ich selbst habe nur ein bißchen davon, nicht genug, um mich für einen Turm zu qualifizieren. Allerdings war ich eine Weile im Neskaya-Turm, damit ich lernte, meine Gabe zu kontrollieren."

Sie sah den überwältigten Gesichtsausdruck Shayas und beeilte sich, ihr zu versichern: „Wirklich, es ist nur ein bißchen. Gerade genug *laran,* daß ich mit Tieren arbeiten kann, sonst nichts. Wirklich. Bitte, verabscheue mich deswegen nicht."

Shayas Lachen klang wie das Läuten von winzigen Glöckchen. „Als ob ich das könnte! Ich finde es wundervoll, ganz gleich, was die Leute in der Stadt über die *Hali'imyn* munkeln. Aber laß dich das nicht kränken. Mich halten die Menschen für seltsam, nur weil ich Tiere malen kann, als seien sie lebendig. Du kannst sogar heute nacht mit in meinem Zimmer schlafen, wenn du willst." Shaya, mit vierzehn Geschwistern aufgewachsen, war bei dem Gedanken an ein eigenes Zimmer in Ekstase geraten, aber sie verzichtete gern auf das Privileg, um es der Neuen gemütlich zu machen.

„Vielleicht ist es besser, wenn ich es nicht tue", erwiderte Kadi. „Mein Kind kann jetzt jederzeit kommen." Damit erwähnte sie ihre Schwangerschaft zum ersten Mal. Froh, daß das Thema angeschnitten worden war, faßte Esarilda nach ihrer Hand und strahlte über das ganze runde Gesicht.

„Wann ist denn der kleine Liebling fällig?" Ich verzog ein wenig das Gesicht bei ihrem albernen Ton. Esarilda hatte selbst eine Reihe von Kindern geboren, obwohl ich von keinem wußte, das am Leben geblieben war. Man hätte meinen sollen, daß Babys für sie keine Neuheit mehr seien. Ich, die ich die größte Zeit meines Lebens im Gildenhaus gewesen war, hatte jede Zahl von Babys kommen und gehen sehen. Waren es Mädchen, erlaubte man ihnen, zu bleiben und als eine von uns aufzuwachsen. Waren es jedoch Jungen, mußten sie im Alter von fünf weggegeben werden. Das Suchen nach Pflegestellen für sie und das Miterleben von qualvollen Abschiedsszenen zwischen Müttern und Söhnen hatten mich in meinem Entschluß bestärkt, niemals Kinder zu haben. Das war auch höchst unwahrscheinlich, da ich gar nicht die Absicht hatte, mir einen Liebhaber zu nehmen. Ich brach meine Überlegungen ab, als ich Kadis Antwort hörte.

„Jederzeit, wenn ich richtig gerechnet habe. Ich habe zu Avarra gebetet, daß ich es noch hierher schaffe. Empfangen habe ich im letzten Frühling. Da standen vier Monde am Himmel, und ihr wißt, es heißt, was man unter den vier Monden tut, daran braucht man sich nicht zu erinnern, und das braucht man nicht zu bereuen. Nun, ich bereue diese Nacht nicht." Sie seufzte tief und schloß die Augen, und ihr Gesicht nahm den Ausdruck verträumter Zufriedenheit an. Als sie die Augen wieder öffnete, sah sie unsere bestürzten Gesichter und errötete. Verlegen klopfte sie sich auf den Bauch. „Und das ist etwas, an das man sich erinnern muß."

„Wer ist der Vater des Kindes?" erkundigte sich Esarilda und reichte Kadi Brot und Käse. Ich schüttelte den Kopf. Nie hätte ich mich getraut, eine so persönliche Frage zu stellen, und wenn doch, wäre meine Gesprächspartnerin bestimmt beleidigt gewesen. Es mußte Esarildas echte Teilnahme sein, die die Menschen dazu brachte, ihre direkte Art zu akzeptieren.

„Er war Techniker in Neskaya, einer, der freundlich zu mir war, als ich hinkam. Er ist tot, in der gleichen Schlacht gefallen, in der mein armer Vogel verwundet wurde. So viele sind jetzt tot, auch mein Onkel und der Cousin, den ich heiraten sollte. Mein Onkel gab den Plan auf, weil ich behauptete, mein Kind sei von vielen Vätern gezeugt. Er ahnte nicht, daß der Vater der Sohn eines Ridenow-Lords war, sonst hätte er mich nicht hinausgeworfen, sondern sofort Pläne geschmiedet, wie er durch mein Kind mehr Macht erlangen könne. Nun, das liegt hinter mir. Es war eine lange Reise bis hierher. Ich war nach Thendara unterwegs, doch dann traf ich Schwertfrauen, die an der Schlacht teilgenommen hatten, und sie rieten mir, dieses Haus aufzusuchen. Das habe ich dann auch getan." Sie beugte sich vor, legte ihre Beine auf eine Bank und lehnte sich auf ihrem Stuhl zurück. Ihre lächelnde Zufriedenheit wärmte ebenso wie das Feuer im Herd. „Wie gut es tut, nach Hause zu kommen! Ich wollte der Schwesternschaft beitreten, seit ich während meines Aufenthalts im Neskaya-Turm das erste Mal von ihr hörte. Ein Leben ohne einen Mann, der einen herumkommandiert, der sagt ‚tu dies' oder ‚tu das' und Entscheidungen für mich trifft, als sei ich ein schwachsinniges Kind! Wie schön wird das sein."

Ich wechselte einen Blick mit Esarilda. Hatten wir eine Rebellin aufgenommen? Es gibt zahlreiche Regeln für das Leben im Schwesternhaus. Manchmal fühle ich mich eingeengt von all diesen Vorschriften, die uns eine Existenz ohne tägliche Kämpfe mit den Gardisten und anderen, die uns unsere Freiheit von männlicher Herrschaft übelnehmen, ermöglichen.

Esarilda schüttelte ganz leicht den Kopf, daß ihr krauses Haar sich hob und wieder an seinen Platz senkte. Sie faßte Kadi bei der Hand. „Komm, Kind, für dich ist es jetzt Zeit, zu Bett zu gehen."

Sie half unserer neuesten Rekrutin auf die Füße und wollte sie zur Treppe führen, als Kadi sich plötzlich krümmte und mit erschrockenem Gesicht ihren Bauch umklammerte. Sie stieß einen leisen Schrei aus. „Ich glaube, das Kind kommt heute nacht."

Später, als wir sie ins Bett gebracht hatten, sah sie mich mit schwachem Lächeln an. „Wenn ich Glück habe, werdet ihr in Kürze eine neue Kandidatin für die Schwesternschaft bekommen."

Ich wollte sie nicht aufregen, deshalb entschloß ich mich, ihr nicht zu sagen, daß sie einen Sohn werde weggeben müssen. Dazu war später noch Zeit, dachte ich, aber wie gewöhnlich konnte Esarilda nicht schweigen. „Was wirst du tun, wenn es ein Junge wird?"

Kadi konzentrierte sich auf ihre Atmung und antwortete nicht gleich. Als die Wehe vorüber war, keuchte sie: „Ich werde Darrils Vater benachrichtigen. In seinem Haus sind nach den langen Kriegsjahren nur noch so wenige männliche Wesen am Leben, daß er sich über einen *Nedestro*-Enkel freuen wird."

„Würde es dir nichts ausmachen, auf dein Baby zu verzichten?" fragte Shaya neugierig. Sie saß neben Kadis Bett, und der Vorstehhund hatte sich zu ihren Füßen ausgestreckt.

Kadi schüttelte den Kopf, umklammerte Shayas Hand und atmete rasch durch den Mund. Als auch diese Wehe vorbei war, beantwortete sie Shayas Frage. „Nein, weil es nicht mein Entschluß war, jetzt ein Kind zu bekommen. Wenn Darril noch lebte, wäre es vielleicht anders. Aber das glaube ich eigentlich nicht. Er hätte den Turm wohl nicht verlassen wollen, und ich plane schon seit Jahren, eine Schwester vom Schwert zu werden. Ich glaube, aus mir wird eine gute Schwertfrau."

Dann hatte sie keine Zeit mehr, sich zu unterhalten. Esarilda war längere Zeit Hebamme im Thendara-Haus gewesen, und sie behauptete, niemals eine so schnelle und anscheinend mühelose Geburt miterlebt zu haben. Ihre Ausbildung im Neskaya-Turm half Kadi, den Schmerz unter Kontrolle zu halten, und die wochenlange Reise hatte ihren Körper stark und gesund gemacht. Am späten Nachmittag hatte sie nicht nur einen, sondern gleich zwei rothaarige Söhne geboren. Sie waren klein, aber energisch, und ihr kräftiges Schreien bedeutete für Esarilda ein Entzücken ohne Ende. „Die meisten meiner Kinder haben gar nicht erst geatmet", sagte sie sehnsüchtig, „aber diese kleinen Herrchen werden die ganze Nacht brüllen, wenn du sie nicht zufriedenstellst."

Das Läuten der Glocke gab mir einen guten Vorwand, das zu heiße, zu laute, zu emotionale Zimmer zu verlassen. Es machte mir nicht einmal etwas aus, daß Shaya und Esarilda zurückblieben und mit den Zwillingen schäkerten, während die müde, aber triumphierende Mutter zusah.

Zwei Frauen standen oben auf der Treppe; ihre Gesichter waren im flackernden Licht meiner Fackel undeutlich. „Ist dies das Haus der Schwesternschaft vom Schwert? Ja? Dann bitten wir um Asyl."

So vieles geschah so schnell, daß ich mich bedrängt fühlte. Ich bat die beiden, in die Halle einzutreten. Hier war besseres Licht, und ich konnte sie mir genauer ansehen. Eine von ihnen war eine Frau mit schwerem Knochenbau, stark und gesund und von herrischem Gebaren. Sie warf einen letzten Blick die Straße hinunter und stemmte dann die Schulter gegen die Tür. Diese Tür, mit der ich den ganzen Tag gekämpft hatte, schloß sich widerstandslos. „Nun", dachte ich mehr oder weniger zusammenhängend, „wenigstens habe ich eine Aufgabe für diese Rekrutin. Sie kann Pförtnerin werden." Dann schüttelte ich den Kopf; ich merkte, daß ich dummes Zeug dachte.

„Ich bin Mhari, und das ist Clea, und wir sind gekommen, uns der Schwesternschaft vom Schwert anzugeloben. Dies ist der richtige Ort, nicht wahr?" Ohne auf meine Antwort zu warten, fuhr sie fort: „Wo ist die Hausmutter?"

„Ich bin die Hausmutter. Und ich will euren Eid entgegennehmen, aber ich warne euch, daß wir von der Schwesternschaft einen solchen Eid ernst nehmen." Ich richtete mich auf. Wohl mochte ich dazu neigen, mir zu viele Sorgen zu machen, aber als Verteidigerin unserer Prinzipien konnte ich unerbittlich sein. „Wir verlangen von jeder Frau, daß sie weiß, was sie erwartet, wenn sie eine von uns wird."

Zum ersten Mal sprach die kleinere Frau. „Uns ist klar, daß wir viel zu lernen haben, aber wir wissen einiges von dem, was die

Schwesternschaft repräsentiert. Die Ehefrau von einem der Gardisten auf Burg Hawkridge lief davon, um sich den Schwertfrauen anzuschließen. Sie hatte in drei Jahren drei Kinder geboren und sagte, sie habe es satt, eine Zuchtstute zu sein. Alaric verfolgte sie, um, wie er sagte, Vernunft in sie hineinzuprügeln und sie zurückzuholen, aber sie war schon der Schwesternschaft beigetreten und weigerte sich, mit ihm zu gehen. Er hielt sich eine Weile in der Nähe auf. Schließlich gab er auf und ritt nach Hause, aber diesen ganzen Winter konnte er sich über diese Organisation nicht beruhigen. Wir glaubten, was wir hörten.“ Ihre Stimme war zum Schluß ein bißchen schrill geworden, als fürchte sie, sie werde mich nicht überzeugen können, und ich würde sie abweisen.

Mhari legte schützend den Arm um Clea und küßte sie auf die Wange. Dann sah sie mich herausfordernd an. „Mein Mann hat Clea zu seiner *barragana* genommen, aber ich bin es, die sie liebt. Wir haben gehört, daß die Schwestern vom Schwert Frauen lieben dürfen, ohne von ihren Gefährtinnen für schlecht und unnatürlich gehalten zu werden.“

„Nun ja, so ist es. Aber das ist kaum ein triftiger Grund, um der Schwesternschaft beizutreten.“

„Oh, unser einziger Grund ist es nicht“, stellte Mhari fest. „Ich wurde von meinem Vater in die Ehe gegeben, und es war ihm gleichgültig, daß ich ihn anflehte, mir nicht diesen Mann aufzuzwingen. Er war viel älter als ich und hatte bereits zwei Ehefrauen begraben. Aber ich erfüllte meine Pflicht und schenkte ihm vier Söhne. Er war ein solcher Wüstling; mindestens ein Dutzend Bastarde von ihm verteilen sich über das ganze Land. Dann zwang er Cleas Vater, sie ihm zu geben – im Grunde, sie ihm zu *verkaufen*. Und er beeinflußte meine Söhne gegen mich.“

Nun war Clea an der Reihe, Mhari zu trösten. Sie murmelte beruhigende Worte und streichelte ihr die Hand. Mhari lächelte ihr liebevoll zu und richtete den Blick wieder auf mich. „Mein Mann, der schon immer ein Dummkopf war, schlug sich in der Schlacht auf die Seite des Verlierers. Jetzt sind er und meine Söhne tot, und Burg Hawkridge ist einem der Lords gegeben worden, die dem Hastur-König folgen. Wir wären Teil der Beute gewesen, und er hätte mit uns tun können, was er wollte. Da haben Clea und ich unsere Sachen gepackt, die Reitpferde, die unser Eigentum waren, bestiegen, und sind davongeritten.“

„Anfangs“, setzte Clea den Bericht fort, „hatten wir Angst, wir würden nach Thendara und dabei durch das Land ziehen müssen, wo der Krieg tobt. Aber im letzten Winter hörte unser Lord, der Geschäfte hier in Caer Donn hat, von dem Testament des alten Larren. Deshalb sind wir hierhergekommen und haben gewartet, bis Ihr eintraft. Wir haben erst heute morgen von Eurer Ankunft gehört. Und da sind wir nun. Bitte, sagt, daß wir bleiben dürfen.“ Sie keuchte auf und drückte sich gegen Mhari. Mhari sah über meine Schulter, schob Clea hinter sich, zog ein langes Messer und hielt es niedrig, als wisse sie es zu benutzen. Ich drehte mich rasch um. Kadis Vorstehhund stand im Eingang hinter mir.

„Das ist in Ordnung“, sagte ich erleichtert. „Fang gehört einer von der Schwesternschaft.“

Shaya hinkte in unser Blickfeld. „Oh, Maellen, Kadi macht sich Sorgen. Sie ist durch ihre Verbindung mit ihrer Cassilda aus dem Schlaf erwacht. Die Eselin hat Schwierigkeiten beim Gebären, und Kadi möchte zu ihr gehen und ihr beistehen, aber Esarilda verbietet ihr, das Bett zu verlassen. Ich dachte, vielleicht könnte meine Mutter helfen. Sie hat bei allen meinen Schwestern und Schwägerinnen die Hebamme gespielt. Vielleicht ist es bei einem Esel nicht so viel anders.“ Sie war so aufgeregt, daß sie gar nicht auf unsere neuesten Rekruten achtete.

„Das ist eine Aufgabe für mich“, meldete sich Clea. „Mein Vater war Hufschmied und hat auch die Heilkunst und Geburtshilfe bei Pferden praktiziert. Ein Esel unterscheidet sich nicht sehr von einem Pferd. Ich bin sicher, daß ich helfen kann.“

„Geh du wieder zu Kadi und beruhige sie“, sagte ich zu Shaya, „und ich werde unsere neuen Schwestern in den Stall führen.“ Auf dem Weg dorthin erklärte ich ihnen, daß Kadi soeben Zwillinge geboren habe und ihr Bett nicht verlassen könne. „Natürlich ist sie nervös“, setzte ich hinzu. „Sie und ihre Tiere sind durch *laran* verbunden.“

Der Vorstehhund ging mit uns und legte sich neben den Kopf der Eselin. Ich hatte bisher wenig mit Tieren zu tun gehabt und kam nun aus dem Staunen nicht heraus, welchen Trost die stummen Kreaturen einander spendeten. Clea war eine erfahrene Geburtshelferin, und bald sah ich hingerissen zu, wie sich das Neugeborene auf die wackeligen Beine stellte. So ungeschickt es war, den Weg zu seiner Mutter fand es sofort, und dann führte Clea seinen Kopf zu der lebenspendenden Wärme der Eselsmilch. Als das Füllen genug getrunken hatte, nahm Mhari es auf die Arme und ging zur Tür.

„Wohin willst du?“ fragte ich.

„Ich will diesen Kleinen zu seiner Herrin hinauftragen. Sie wird nicht friedlich schlafen, solange sie nicht gesehen hat, daß er gut angekommen ist.“

Der Vorstehhund sprang ihr voran, und ich folgte kopfschüttelnd. Ein Hund in einer Wochenstube war schon seltsam genug gewesen, aber ein Esel?

Mhari betrat Kadis Zimmer. Die spindligen Beine des Eselfüllens baumelten herab, und es drehte den lächerlichen Kopf mit den zu langen Ohren. Kadi setzte sich im Bett hoch und streckte die Arme aus. „Oh, wie lieb von dir, daß du es mir bringst!“ rief sie. Sie streichelte den weichen Babypelz des Eselchens und lächelte dabei Mhari zu, die den Arm um Clea gelegt hatte. Beide lächelten zurück, und Mhari fragte für beide: „Nun, wozu sind Schwestern da?“

Esarilda und Shaya, jede mit einem Zwilling auf dem Arm, kamen an das Bett und bewunderten den Esel. Das Zimmer war warm von dem guten Willen, der von allen vieren ausging.

Ich grinste selbst von Ohr zu Ohr. Das war bestimmt der merkwürdigste – aber der bezauberndste – Haufen Rekruten, der einer Hausmutter je in die Quere gekommen ist.

Wir hatten einen guten Anfang gemacht.

Über Mercedes Lackey und „Eine andere Art von Mut“

Einer der immer wieder erhobenen Einwände gegen die Freien Amazonen ist, daß nicht alle Frauen geeignet sind, sich den Lebensunterhalt als Söldnerin oder Bergführerin zu verdienen. Von Anfang an sind dies die populärsten und sichtbarsten Freien Amazonen gewesen, aber es gibt viele andere, und vielleicht schon an zweiter Stelle der Beliebtheit steht die Frau in der traditionellen Rolle der Heilerin.

Mercedes (Misty) Lackey lebt in Oklahoma, und ihre Hauptbeschäftigung ist die Arbeit als Computer-Programmiererin, aber sie führt das Schreiben zusammen mit Nähen und anderen Handarbeiten als Hobby auf. Sie hat mehrere Geschichten in den kleinen halbprofessionellen Fantasy-Zeitschriften veröffentlicht (was heutzutage bei einem schrumpfenden Markt schon etwas bedeutet). Außerdem ist sie Musikerin, und es sind mehrere Lieder von ihr in kleinen Volkslied-Journalen erschienen. Sie nimmt auch für uns Opernsendungen auf, wenn sie nicht zu uns übertragen werden. Ihren musikalischen Geschmack nennt sie universell; er reicht vom Volkslied bis zur Oper.

Sie möchte gern als Schriftstellerin so gut werden, daß sie „davon leben kann, ohne eine Zeituhr stechen zu müssen“. Wünschen wir uns das nicht alle?

MZB

Eine andere Art von Mut

von Mercedes Lackey

Rafi saß in der kleinen, verwahrlosten Reiseunterkunft auf ihrem Sattel, rieb immer wieder die Narben an ihrer Hand und hoffte, keine der beiden Gildenschwestern, mit denen sie reiste, werde es bemerken. Caro, groß, mager und hohlwangig, ging an den Wänden entlang und stopfte mit geschickten Bewegungen Moos in die Ritzen, durch die der Wind unablässig pfiff. Lirella, kleiner und viel muskulöser als ihre Freipartnerin, hatte Armladungen voll Feuerholz hereingebracht und kochte eine warme Mahlzeit. Beide hatten es Rafi überdeutlich klargemacht, daß ihre Bemühungen, ihnen zu helfen, sie nur bei der Arbeit behinderten.

Rafis Hände waren kalt, und dann schmerzten die Narben immer. Sie fürchtete nur, wenn den beiden älteren Frauen ihr verstohlenes Massieren auffiel, würden sie darin ein weiteres Zeichen von Schwäche sehen.

Ihre Ängste bewahrheiteten sich. Caros graue Augen, die jede Bewegung in ihrer Umgebung augenblicklich zu entdecken pflegten, richteten sich auf Rafis Hände. Caros langes Gesicht zeigte keinen Ausdruck, den Rafi deuten konnte, aber sie kannten sich auch erst seit sechs Monaten. Rafi erstarrte. Caros Augen flackerten kurz zu ihrem Gesicht und wandten sich wieder ab. Der Blick war neutral gewesen – aber Rafi schrumpfte trotzdem zusammen.

Weder Caro noch ihre Freipartnerin Lirella hatten Rafi bei dieser Reise dabeihaben wollen, nur war keine von ihnen gefragt worden. „Unser Befehl vom Thendara-Haus lautet, wir sollen dieses Paket der Bewahrerin von Caer Donn persönlich zustellen“, hatte Gildenmutter Dorylis gesagt. „Und ja, ja, ich weiß, die Domänen wollen nichts mit Aldaran zu tun haben – offiziell. Ebenso wie wir leisten die Türme der ‚offiziellen‘ Politik oft nur

Lippendienste. Darum verlassen sie sich auf uns, daß wir Aufträge wie diesen für sie ausführen. Die Schwesternschaft weiß nichts davon, was sich in diesem Paket befindet, es interessiert uns auch nicht, und die Bewahrerin zu Elhalyn verläßt sich darauf. Die Überbringung ist mit einiger Gefahr verbunden, und deshalb hat Thendara verlangt, daß ich unsere beiden besten Söldnerinnen dafür auswähle. Aber hier haben wir ein Problem. Keine von euch ist eine Comynara, und ihr seid mit dem Protokoll, das eine Bewahrerin umgibt, nicht vertraut. Ehrlich gesagt, ich habe meine Zweifel, daß man euch auch nur in ihre Nähe läßt. Rafi dagegen ..."

Rafaellas Gesicht wurde so rot wie das ungebärdige Haar auf ihrem Kopf.

„Ich weiß. Sie hat eine Bewahrerinnen-Schulung in Neskaya mitgemacht." Ungeduldig fuhr sich Caro mit den Fingern durch ihr ergrauendes braunes Haar. „Sie würde ohne Umstände vorgelassen werden."

Aber Rafi hörte die Worte, die Caro nicht aussprach. *Bewahrerinnen-Schulung – bei der sie versagt hat, wie sie bei allem versagt, was sie versucht.*

Rafi hatte sich bemüht, nicht zu zeigen, daß sie den Gedanken wahrgenommen hatte.

Das Ergebnis war, daß sie zu dritt mitten im Winter den zweifelhaften Schutz einer verwahrlosten Reiseunterkunft tief in den Hellers teilten. Lirella hatte kein Geheimnis aus ihrer Meinung gemacht, Rafis Anwesenheit verlangsame sie auf Kriechtempo und sei die unmittelbare Ursache dafür, daß sie an diesem Ort übernachten mußten statt im Gildenhaus von Caer Donn, das sie diesen Abend zu erreichen gehofft hatten. Caro hatte sich vorsichtiger ausgedrückt, aber Rafi spürte ihre Mißbilligung immer noch.

„Gibt es denn nichts, was ich tun könnte?" fragte sie mit dünner Stimme.

Lirella schnaubte. Caros blonde Partnerin versuchte nie, zu bemänteln, was sie empfand. Rafi war beim Absatteln und Anbinden der *chervines* überhaupt keine Hilfe gewesen. Sie hatte Angst vor den Tieren und konnte ihr eigenes beim Reiten kaum regieren. Zudem hatte ihre Angst sich auf die Tiere übertragen und sie nervös und scheu gemacht. Als sie ihre Ausrüstung unter Dach brachten, hatte Rafi kaum soviel getragen, wie sie selbst wog.

Sicher, es war ihr gelungen, mit Hilfe ihres Sternensteins ein Feuer zu entzünden, während die beiden anderen sich vergeblich bemüht hatten, dem feuchten Zunder ein Flämmchen zu entlocken. Aber beim Kochen oder beim Herrichten des Lagers war sie auch nicht besser als bei der Arbeit mit den *chervines*.

„Geduld, *bredhyina*", sagte Caro mit gedämpfter Stimme. „Sie ist erst vor kurzem aus der Klausur entlassen. Und wo soll sie im Turm oder im Boudoir etwas über das rauhe Lagerleben gelernt haben?"

„Das ist es gar nicht", erwiderte die andere Frau leise. „Mich stört, daß sie so ein – so ein nasser Lappen ist!"

Caro verdeckte ihr Lächeln mit dem Handrücken. „Nasser Lappen" war tatsächlich eine gute Beschreibung ihrer neuesten und jüngsten Schwester. Lirella hatte, ohne viel Erfolg, versucht, sie im bewaffneten und im unbewaffneten Kampf zu unterrichten, aber Rafi besaß nicht nur kein Geschick für die wichtigste Dienstleistung, die das kleine Gildenhaus von Helmscrag anzubieten hatte, sie zeigte ein solches Maß an Unfähigkeit, daß Caro sagte, sie würde es nicht glauben, wenn sie es nicht mit eigenen Augen gesehen hätte. Nicht etwa, daß das Mädchen es nicht *versucht* hätte – sie war dabei buchstäblich über die eigenen Füße gefallen. Nachdem sie sich bei einem einfachen Angriff fast den Knöchel gebrochen hatte, weigerte Lirella sich, sie weiter zu unterrichten. Und wie sie sich in den Schulungssitzungen aufführte . . .!

Bei der ersten war sie unter hysterischem Schluchzen hinausgerannt. Caro war überzeugt, daß sie immer noch nach jeder Sitzung weinte, doch wenigstens tat sie es jetzt, wenn sie allein war. Während der Sitzung saß sie da, blaß wie der Tod, die Hände im Schoß verkrampft, oder sie rieb unaufhörlich die darüber verlaufenden Narben. Sie sprach nur, wenn sie angeredet wurde, und dann mit so leiser Stimme, daß man sie kaum verstehen konnte. Wirklich, ein nasser Lappen!

Dessen ungeachtet war sie Caros Schwester. „Etwas könntest du schon für uns tun . . .", begann sie.

„Ja?" Das Mädchen sprang auf und stolperte.

„Das einzige Holz hier drinnen ist feucht und halb verfault. Wenn wir es heute nacht ein bißchen warm haben wollen – nun, es muß in der Nähe trockene Äste geben. Wenn du die Axt nehmen und danach suchen willst . . ."

Rafi nahm die ihr hingehaltene Axt und eilte hinaus in den Schnee – aber nicht schnell genug, daß ihr Lirellas Frage: „Hast du keine Angst, daß sie sich damit den Fuß abhacken wird?“ entgangen wäre. Die Tränen brannten ihr in den Augen, und da sie jetzt nicht mehr unter der kritischen Beobachtung der Freipartnerinnen stand, ließ sie ihnen freien Lauf.

Lirella hatte recht – es war sehr gut möglich, daß sie sich den Fuß abhackte. Mindestens ein Dutzend Mal war sie mit dem hölzernen Trainingsmesser nahe daran gewesen. Das Messer, das sie im Augenblick trug, diente nur der Dekoration – sie hatte nicht die Absicht, es jemals zu ziehen. Wenn sie es täte, wäre sie für sich selbst und ihre Schwestern eine größere Gefahr als für einen Angreifer. Warum hatte sie bloß den Eid abgelegt?

Benimm dich nicht dümmer, als es unbedingt sein muß, ermahnte sie sich traurig. *Du weißt, warum du den Eid abgelegt hast.*

Dieser schreckliche Tag, als die *leroni* in Neskaya sie mit der Bemerkung, sie habe nicht die „Kraft“, die weitere Ausbildung zur Bewahrerin durchzustehen, und nicht die Nerven für die Arbeit im Turm, zu ihrem Vater zurückgeschickt hatten! Sie hatte es versucht – o gnädige Avarra, wie sie es versucht hatte! – aber der Schmerz, die Brandwunden, die sie sich jedesmal zuzog, wenn sie einen Menschen berührte, jedes Mal, wenn ein Mensch sie berührte – die Grenzen dessen, was sie ertragen konnte, waren schnell erreicht worden. Wie hatte sie sich geschämt, daß sie nicht aushielt, was die kleine Keitha, die noch ein Kind war, ohne ein Wimmern über sich ergehen ließ! Wenn sie doch nur, wie so viele andere, an der Schwellenkrankheit gestorben wäre!

Dann stand sie vor ihrem Vater, und er musterte sie mit harten Augen. Solange sie sich erinnern konnte, hatte er sie „den unnützen Esser“ genannt. Sie war nicht hübsch wie ihre Schwestern, für die Ehemänner zu finden leicht gewesen war, sie war nicht fähig gewesen, nach dem Tod ihrer Mutter die Dienerschaft der Burg zu beaufsichtigen. Ihr Vater hatte deutlich seine Erleichterung gezeigt, als Neskaya um die Erlaubnis bat, sie zur Bewahrerin auszubilden. Und jetzt war sie wieder da, für Neskaya so wenig von Nutzen, wie sie es für ihn gewesen war.

„Zandrus Höllen, du bist ein teiggesichtiges kleines Ding“, stellte er schließlich angewidert fest. „Diese ganze Zeit im Turm, und dein Aussehen hat sich immer noch nicht verbessert. Und ich hätte keine Ahnung, was ich mit dir anfangen sollte, wenn Lord Dougal nicht wäre. Doch die Lady des alten Wüstlings ist zur letzten Ruhe gebettet worden, und er will unbedingt eine Verbindung mit unserem Haus. Du bist kein Hauptgewinn, aber du bist heiratsfähig, und das ist alles, was er will. Er hat keine Erben, also sieh zu, daß du ihm schnell einen verschaffst. In zehn Tagen kommt er her, und dann werden wir gleich die Trauung *di catenas* vornehmen."

Rafi war vor Entsetzen wie gelähmt gewesen. Fast wäre sie auf der Stelle ohnmächtig umgesunken. Vor ihrem geistigen Auge sah sie nichts anderes als ihre Mutter, ausgelaugt von einer Geburt nach der anderen, bis ihr die letzte den Tod brachte. Die Stimme ihres Vaters, scharf vor Ungeduld, brachte sie wieder zu sich. Sie hatte unbeholfen geknickst, irgendeine schickliche Bemerkung hervorgebracht und ihn mit dem unsicheren Schritt eines Menschen, der plötzlich blind geworden ist, verlassen.

Niemand machte sich die Mühe, sie zu bewachen – niemand hätte ihr je zugetraut, daß sie weglaufen würde. Auch wenn sie sich auf keinem anderen Gebiet auszeichnete, war sie immer vollkommen gehorsam gewesen. Deshalb hatte niemand sie aufgehalten oder ihr auch nur eine Frage gestellt, als sie die Burg verließ, ins Dorf hinunterstieg und das kleine Gildenhaus der Entsagenden aufsuchte. Sie hatte keinen anderen Ort gewußt, an dem sie sicher sein würde, denn sogar sie in ihrem behüteten Leben hatte von Dougal gehört und wie seine Frauen eine nach der anderen bei dem Versuch starben, ihm den heißersehnten Erben zu schenken. Eine Heirat mit ihm kam einem Todesurteil gleich.

Rafi hatte nur eine Zuflucht gesucht und nicht darüber hinaus gedacht; bisher hatte sie nie viel mit Freien Amazonen zu tun gehabt. Natürlich hatte sie Geschichten gehört, einige schmeichelhaft, die Mehrzahl nicht, und hatte dazu geneigt, die meisten davon als Mittsommer-Mondschein zu betrachten. Sie war sich nur einer einzigen Sache sicher gewesen, daß nämlich ein Mädchen oder eine Frau, die den Eid geleistet hatte, nie mehr die Befehlsgewalt eines Mannes zu fürchten brauchte.

Die kleine Welt hinter den Türen des Gildenhauses war für sie eine Überraschung gewesen. Anscheinend stand es den Frauen dort frei, so stark, so klug, so selbstbewußt wie jeder Mann zu sein. Sie konnten ihr Leben einrichten, wie sie es wollten, und hatten sich nur nach den paar Regeln der Gilde zu richten. Rafi war ganz verwirrt – sie hätte sich nie träumen lassen, daß es so etwas gab. Noch etwas anderes fand sie innerhalb jener Mauern. Die Schwestern der Gilde zeigten Teilnahme füreinander.

So blind vor Tränen, daß sie sich nicht mehr vormachen konnte, sie suche nach Holz, blieb sie stehen und lehnte sich an einen Baum. Sie hatte von ganzem Herzen gehofft, sie werde hier endlich etwas finden, das sie zur Abwechslung *richtig* machen würde. Sie wünschte sich, irgendwo *hinzugehören,* sich einen Platz in dieser Kameradschaft zu erobern. Nachdem sie gesehen hatte, welcher Geist unter diesen Frauen herrschte, wußte sie, daß sie sich nichts auf der Welt mehr wünschte. Aber sie hatte in der Gilde versagt, wie sie auch sonst überall versagt hatte.

Natürlich hatte sie nicht ahnen können, daß die Frauen vom Helmscrag-Gildenhaus nur den Broterwerb kannten, sich als Kämpferinnen, Leibwächterinnen und Führerinnen zu verdingen. Von den elf Frauen hier übernahm nur die Gildenmutter selbst keine solche Arbeit. Rafi hatte das Unglück, daß es ihr an körperlichen Fähigkeiten ebenso fehlte wie an Schönheit. Als Kind war sie bei Mannschaftsspielen immer als letzte gewählt worden, und beim Tanzen hatte man sie als letzte aufgefordert. Der Unterricht in Selbstverteidigung stellte sie vor eine nicht zu bewältigende Aufgabe.

Lirella hatte sie ansporen wollen, indem sie härter als üblich mit ihr umging. Das hatte nichts gebracht als blaue Flecken und Ströme von Tränen.

Rafi mochte sich noch so sehr um Abschirmung bemühen, ihr *laran* machte ihr die Gedanken der anderen Entsagenden schmerzhaft deutlich. Lirella betrachtete sie als einen wehleidigen Feigling. Caro hielt sie einfach für abgrundtief dumm. Die Gildenmutter war überzeugt, die Wurzel ihrer Schwierigkeiten liege in zu großem Selbstmitleid, und davon müsse sie durch Einschüchterung abgebracht werden. Die übrigen teilten diese Meinungen mehr oder weniger. Alle stimmten darin überein, Rafi sei durch und durch unzuverlässig und eine bedauerliche Zeitverschwendung. Sogar ihr Aussehen setzte sie in Verlegenheit. Ihre Kleider sahen immer so aus, als habe sie darin geschlafen, und ganz gleich, wie sorgfältig man ihr das Haar schnitt, es glich immer einer unordentlichen Heumiete. Sie rief in nichts den gewünschten Eindruck von der selbst- und verantwortungsbewußten Entsagenden hervor.

Vielleicht hatte ihr Vater recht gehabt, als er sie mit dem Etikett „unnütz" versah. Ihre Gildenschwestern waren bestimmt dieser Meinung. Und das hatte mehr geschmerzt als alles, was ihr bisher zugestoßen war.

Wieder einmal war sie das fünfte Rad am Wagen, das Handikap für die Mannschaft. Das Gefühl, ausgeschlossen zu sein, wurde durch die besondere Beziehung zwischen Caro und Lirella noch vertieft. Eigentlich war es ein Witz, daß das einzige, was den Gildenschwestern an Rafi gefallen (und Caro ein bißchen milder gegen sie gestimmt) hatte, ihre Reaktion auf diese Beziehung gewesen war. Rafi hatte sich nicht im geringsten darüber aufgeregt, und das hatte sie alle überrascht – sie hatten erwartet, sie werde einen hysterischen Anfall bekommen. Aber sie hatte nichts empfunden als sehnsüchtigen Neid.

Es mußten die Gedanken der Freipartnerinnen gewesen sein, die ihr *laran* alarmierten. Sie wurde mit einem Ruck aus ihrem Tränensumpf gerissen. Etwas Fürchterliches geschah in der Reiseunterkunft!

Rafi umklammerte ihren Sternenstein und erzwang eine Fernsicht. Dann schrie sie vor Schmerz auf, denn eine Sekunde lang hatte sie durch Caros Augen gesehen und den Schwertstreich gespürt, der Caros Fleisch durchschnitt.

Die Gildenmutter hatte sie vor Gefahren gewarnt – und sie hatte recht gehabt. Die Gefahr war größer gewesen, als eine von ihnen geahnt hatte.

Rafi quälte sich durch den Schnee zu der Hütte zurück, aber sie hatte sich doch ziemlich weit von ihr entfernt. Bis sie die Reiseunterkunft erreichte, war der Kampf vorüber.

Vier Männer lagen tot unter dem dunkel werdenden Himmel. Lirella war bewußtlos. Caro beugte sich über sie und versuchte, sie aufzuwecken, und dabei hielt sie die Hand auf eine häßliche Wunde in ihrem eigenen Oberschenkel, um die Blutung zu stillen.

Gerade als Rafi in Sicht kam, brach Caro über dem Körper ihrer Freipartnerin zusammen.

Rafi nahm sich nicht einmal Zeit zum Nachdenken. Vielleicht war es die Abwesenheit von kritischen Augen, aber sie bewegte sich sicher und ohne Zögern. Als erstes legte sie feste Verbände um die schlimmsten Wunden, dann untersuchte sie die Frauen auf Schäden, die nicht unmittelbar zu sehen waren. Obwohl sie nur wenig darüber gelernt hatte, wie man *laran* zu Heilzwecken benutzt, war sie als Überwacherin ausgebildet, und von dieser Fähigkeit machte sie jetzt Gebrauch.

Caro war in einem tiefen Schockzustand und litt unter dem starken Blutverlust. Lirella war in schlimmerem Zustand. Sie hatte durch einen Schlag auf den Kopf einen Schädelbruch erlitten. Rafi tat das bißchen, was sie tun konnte, um den Druck zu lindern, den sie entstehen spürte, aber Lirella brauchte bessere und geschicktere Hilfe, und zwar schnell.

Rafi wußte, es war ganz ausgeschlossen, daß sie allein die Frauen in die Unterkunft brachte; jede von ihnen wog mehr als sie, und sie würden totes Gewicht sein. Unschlüssig stand sie da, aber die dringende Notwendigkeit, sie aus dem Schnee und in die Hütte zu befördern, trieb sie an. Sie dachte einen Augenblick angestrengt nach – dann erinnerte sie sich an die *chervines,* die immer noch in dem Schuppen hinter der Hütte angebunden waren. Rafi ließ ihre Angst vor den Tieren gar nicht erst an die Oberfläche steigen. Sie führte das eine, das sie als Packtier benutzten, an die Vorderseite und legte ihm das Geschirr an, langsam und sorgfältig, um es nicht zu erschrecken und auch, um Fehler zu vermeiden, deren Berichtigung sie Zeit kosten würde. Das *chervine* schnaubte bei dem Geruch von frischem Blut, aber das war zu ihrer Erleichterung alles. Sie band es neben Lirella an, rannte in die Hütte und holte eine der Decken von ihrer Bettrolle. Mit dem Messer machte sie Löcher in die beiden oberen Ecken und befestigte Seile daran. Dann breitete sie sie auf dem Schnee aus, rollte, so vorsichtig es ging, Lirella hinauf, und band die Seile zu beiden Seiten am Geschirr des *chervine* fest. Sie faßte den Zaum, versuchte, Ruhe zu projizieren, und führte es in die Hütte, so daß Lirella auf der Decke mitgezogen wurde. Als Lirella sicher drinnen und in ihre eigene Bettrolle eingebündelt war, wiederholte Rafi die Prozedur mit Caro.

Längst war es dunkel geworden. Zu ihrer ungeheuren Erleichterung entdeckte Rafi, daß Caro über den Zustand des Holzes gelogen hatte. Schon bald brannte das Feuer hell genug, daß sie sich ihrer Schwestern annehmen konnte, ohne sie noch mehr unter Kälte leiden zu lassen. Sie zog ihnen die blutigen, zerrissenen Sachen aus, schnitt sie weg, wenn es nicht anders ging, und die ganze Zeit arbeitete sie langsam, sich jeden Schritt vorher überlegend. Dann versorgte sie die Wunden neu, diesmal mit richtigem

Verbandsmaterial und Medikamenten, und rollte die bewußtlosen Frauen in ihren Doppelschlafsack. Rafi wußte, sie mußten warmgehalten werden, und auf diese Weise konnten sie sich gegenseitig wärmen und durch ihre Anwesenheit trösten.

Aber natürlich brauchten beide mehr an Hilfe, als sie ihnen zu geben vermochte. Sie wagte es nicht, sie allein zu lassen – selbst wenn man davon ausging, daß sie eines der *chervines* gut genug regieren konnte, um wegzureiten und Hilfe zu holen, hatte sie doch keine Ahnung, in welcher Richtung die nächste Hilfe zu finden war. In qualvoller Unentschlossenheit saß sie da, rieb geistesabwesend die Narben auf ihren Händen und suchte nach einer Lösung. Da brachte die Berührung einer Narbe sie auf eine Idee.

Laran wurde durch die Entfernung nicht behindert, und schon gar nicht in der Überwelt. Und es war ein Turm in der Nähe, und in dem Turm waren ausgebildete Heiler und alle Hilfe, die sie brauchte.

Sie hatte niemanden, der sie überwachen konnte. Also mußte sie ohne Überwachung auskommen, obwohl das gefährlich war. Sie hätte es nie gewagt, wenn nur ihr eigenes Leben auf dem Spiel gestanden hätte – aber auch Caros und Lirellas Leben hing davon ab, ob sie bald in fachkundige Hände kamen. Rafi blieb keine andere Wahl. Ganz gleich, welche Gefühle die beiden ihr entgegenbrachten, sie war durch ihren Eid gebunden, und außerdem hatte sie sie gern und bewunderte sie, und deshalb wollte sie alles tun, was in ihrer Macht lag.

Sie wickelte sich in alles an Decken, was sie entbehren konnte, vergewisserte sich, daß das Feuer in ihrer „Abwesenheit“ nicht niederbrennen würde, und sah noch einmal nach ihren Patientinnen. Überzeugt, daß sie alles getan hatte, was sie konnte, machte sie es sich so bequem wie möglich und zwang sich zu beginnen.

Auf diesem Gebiet war sie in der Ausbildung immer gut gewesen. Sie löschte die äußeren Sinneseindrücke einen nach dem anderen und konzentrierte sich ganz auf den Sternenstein in ihrer Hand. Für einen kurzen Augenblick kehrte ihre Furcht wieder und hielt sie zurück *(Ich könnte dort draußen sterben...),* aber sie bezwang sie, obwohl die Furcht im Hintergrund anwesend blieb. Dann ließ sich Rafi in die Tiefen des Steines fallen.

Sie war *draußen* und sah auf ihren eigenen Körper hinab.

Ich bin ein teiggesichtiges kleines Ding, dachte sie beim Anblick der unordentlichen Kindfrau inmitten der Decken. Das Gesicht war von Tränen verschmiert, das Haar stand in allen Richtungen vom Kopf ab. Wenigstens war die Gestalt, die sie *draußen* trug, ordentlicher – nicht attraktiver, sondern mager und geschlechtslos, aber wenigstens nicht so – struppig.

Doch dies war nicht der richtige Zeitpunkt, über sich selbst nachzudenken. Schnell schwang sie sich in die Überwelt. Das Überlicht nahm die Stelle der festen Welt ein, die sie hinter sich ließ. Nun stand sie auf einer grauen, endlosen Ebene und hielt Umschau nach dem Turm, der sich hier manifestieren *mußte* ...

Und da war er. Von seinem eigenen Licht leuchtend, begrüßte er sie mit dem vertrauten Aussehen des Turmes von Neskaya. Sie eilte auf ihn zu, sie rief mit ihrem Geist und ihrem Herzen und hoffte, jemand im Turm werde sie hören.

Aus einem Flackern zwischen ihr und ihrem Ziel wurde die Gestalt einer Frau, und an der Aura von Macht, die sie umgab, erkannte Rafi, daß dies die Bewahrerin sein mußte. Ihr Gesicht veränderte sich dauernd unter ihrem Schleier, aber das Gefühl stetiger und beherrschter Kraft war unmißverständlich.

„Kind ...", sagte die Bewahrerin in ihren Gedanken. „Du störst unsere Arbeit. Welchen möglichen Grund kann es dafür geben?"

Rafi hielt sich nicht mit Erklärungen auf. Sie öffnete einfach ihren Geist und ließ die Bewahrerin selbst sehen. Die Telepathin schrie überrascht auf, und Rafi spürte, daß sie ihr von ihrer Kraft abgab, sie stützte und stabilisierte, denn Rafi begann zu verblassen.

„Ich werde Hilfe schicken, kleine Amazone. Sie wird so schnell wie möglich kommen – aber bis dahin mußt du deine Schwestern am Leben halten. So mußt du es machen und so ..." Wie Vögel, die in ihr Nest zurückkehren, ließen sich die Instruktionen in Rafis Gehirn nieder, und Rafi wußte, solange sie körperlich aushielt, würde es ihr keine Schwierigkeiten machen, ihnen zu folgen. Und, so nahm sie sich mit grimmiger Entschlossenheit vor, aushalten würde sie, ganz gleich, wie lange es dauern sollte ...

„Kind, du wirst nicht überwacht, und ein längeres Verweilen könnte gefährlich sein. Verliere den Mut nicht; denke daran, daß Hilfe unterwegs ist." Sie gab Rafi eine Art von mentalem Schub ...

Blaue Flammen umzüngelten sie einen Augenblick lang. Verkrampft und halb erfroren lag sie zusammengekrümmt in ihren

Decken am Feuer. Sie war erschöpft, und alles tat ihr weh – ach, wäre es schön, einfach liegenzubleiben und sich von der Kälte hinwegnehmen zu lassen. Schon wollte sie wieder einschlafen, sie war so schrecklich müde . . .

Caro stöhnte, und das erinnerte sie an ihre Pflicht, trieb sie an wie ein Stachelstock. Sie wickelte sich aus ihren Decken und ging, um nach ihren Schwestern zu sehen.

Kaum hatte sie Caros Hand berührt, als die Anweisungen der Bewahrerin an die Oberfläche ihres Bewußtseins stiegen. Sie wich ängstlich zurück – denn wenn sie tat, was ihr geheißen worden war, würde sie sich heftigerem Schmerz öffnen, als sie je erfahren hatte –, aber Caro stöhnte von neuem, und obwohl die Furcht blieb, brachte Rafi es doch nicht über sich, ihre Schwestern länger leiden zu lassen. Sie raffte das bißchen an Mut zusammen, das sie besaß, festigte es mit den Worten des Eides und machte sich an die Arbeit.

Vorsichtig setzte sie sich mit Lirella in Rapport. Die Instruktionen der Bewahrerin waren sehr deutlich gewesen, und wenn sie langsam arbeitete, waren sie auch leicht zu befolgen. Der Druck der Fraktur mußte gelindert und der Klumpen, der sich bildete, aufgebrochen werden. Der Rest konnte warten, bis richtige Heiler eintrafen. Als sie für Lirella getan hatte, was sie konnte, kümmerte sie sich um Caro und zwang das Blut, das ihre Verbände tränkte, langsamer zu fließen und stillzustehen.

Die ganze Zeit konnte sie nicht umhin, die innige und lebenswichtige Verbindung zwischen den beiden Frauen wahrzunehmen. Sie war sich dessen länger bewußt, als irgend jemand im Gildenhaus ahnte, und sie hatte nie aufgehört, über das Ausmaß ihrer Zuneigung zu staunen. Das war ihr völlig fremd; niemals hatte ihr Vater für irgendeine Frau eine solche Liebe gezeigt, und den Mädchen, die zur Bewahrerin ausgebildet wurden, waren emotionale Beziehungen verboten. Noch in diesem Augenblick spürte sie Neid. Was hätte sie nicht dafür hingegeben, daß jemand soviel Interesse an ihr nahm wie diese beiden aneinander! Vor allem das Vorhandensein dieser Verbindung spornte sie an. Es war unvorstellbar, daß sie so etwas sterben ließ, wenn es in ihrer Macht lag, es zu retten.

Die Arbeit war schwer und anstrengend. Sie nahm ihr das letzte Fünkchen Kraft – und sie hatte nach diesem unüberwachten Ausflug in die Überwelt schon keine mehr übrig gehabt. Immer wieder trieben ihre Angst und die Qualen, die sie mit ihren Schwestern teilte, sie aus dem Rapport mit ihnen. Dann meinte sie jedes Mal, sie werde sich nicht überwinden können, das zu beenden, was sie angefangen hatte. Und doch, wenn die Schmerzenstränen aufhörten zu fließen, genügte ein Blick auf Caros verzerrtes oder Lirellas graues Gesicht, um den Rapport wiederherzustellen.

Ihr wurde kälter und kälter, und sie taumelte vor Müdigkeit. Aber immer noch war ihre Arbeit nicht vollendet. Die Bewahrerin hatte ihr eingeschärft, beide Frauen würden Flüssigkeit brauchen, damit der Blutverlust schnell ausgeglichen werde. Zu schwach, um zu gehen, kroch Rafi zum Feuer, ließ Schnee in Töpfen schmelzen und bereitete Tee und Brühe zu, die sie Caro und Lirella einlöffelte. Als der Morgen graute, war die unmittelbare Gefahr für sie gebannt, und Rafi hörte von draußen das Geräusch von Hufschlägen.

Plötzlich war die Hütte zum Platzen voll von Menschen. Rafi kroch ihnen aus dem Weg in eine dunkle Ecke und brach inmitten ihrer Decken zusammen.

„Zandrus Höllen!“ fluchte ein junger Mann, dessen feuerfarbenes Haar ihn unmißverständlich als Comyn auswies. „Wie, im Namen von allem, was heilig ist, hat jemand ohne Ausbildung diese beiden so lange am Leben erhalten?“

Niemand machte sich die Mühe, diese sowieso rein rhetorische Frage zu beantworten. Obwohl ihre Energie den Anschein erweckte, als seien sie viel mehr, waren es tatsächlich nur vier Personen. Zwei waren Heiler, einer von ihnen der junge Mann, dazu eine grauhaarige Frau, heiter und zuversichtlich. Mit ihnen waren zwei Mädchen, ein bißchen älter als Rafi, als Überwacherinnen gekommen. Beide waren zierlich und sehr attraktiv und schienen miteinander verwandt zu sein. Alle vier machten den Eindruck, als arbeiteten sie schon lange als Team zusammen. Rafi erfuhr aus ihrer Unterhaltung, daß sie aufgebrochen waren, gleich nachdem die Bewahrerin sie geweckt hatte. Sie hatten die ganze Nacht gebraucht, um diese Reiseunterkunft zu erreichen. Rafi kamen sie erstaunlich frisch und energiegeladen vor, aber sie waren auch erfahrene Reisende und hatten schon vor langer Zeit die Kunst gelernt, im Sattel zu schlafen.

Rafi beobachtete sie aus ihrer Ecke. Das Bild wurde vor ihren Augen immerzu abwechselnd scharf und unscharf. Jetzt schienen sie normale Sterbliche zu sein, jetzt halb durchsichtig mit funkelnden Energienetzen in ihrem Innern. Rafi hatte ihr Zeitgefühl verloren, und sie meinte, es seien nur Sekunden vergangen, bis die *leroni* es geschafft hatten, daß Lirella und Caro sich aufsetzten und benommen zu sprechen begannen.

Seltsamerweise war es Lirella, die als erste an sie dachte.

„Rafi ...", murmelte sie und versuchte, trotz ihrer grauenhaften Kopfschmerzen zu denken. „Wir haben sie hinausgeschickt, um Holz zu holen ..."

„Keighvin, die Bewahrerin sagte, es sei noch eine dritte da, die, die uns gerufen hat. Wohin ist sie gegangen?" rief das Mädchen aus, das ihn überwacht hatte.

Keighvins Augen wurden unwiderstehlich von einem zusammengekrümmten Bündel in der Ecke angezogen. Er stand auf, machte zwei lange Schritte und sah auf es hinunter. Ein totenbleiches Gesicht hob sich ihm entgegen, das aus wenig mehr als der über den Schädel gespannten Haut zu bestehen schien.

Rafi starrte den jungen Heiler an und versuchte, seine Gedanken zu lesen. Sie interessierte jetzt nichts anderes mehr, als daß Caro und Lirella in guten Händen waren; sie war längst darüber hinaus, an sich selbst zu denken. In einem einzigen Augenblick hatte sie seinen Gedanken entnommen, daß mit ihnen alles zum Besten stand. Erleichtert seufzte sie und entspannte sich – und die Hütte und die Menschen darin verblaßten.

„Zandrus Höllen!" rief Keighvin noch einmal. „Einer von euch muß herkommen und mir helfen!"

„Das hat sie alles ganz allein gemacht?" fragte Caro ungläubig. Die drei Entsagenden saßen in Pelzmäntel gehüllt an dem frisch angefachten Feuer. Die *leroni* hatten alles mitgebracht, was sie für nützlich gehalten hatten, und das war ein Glück. Die beiden Heiler waren der Meinung, die Verwundeten dürften noch mindestens einen Tag nicht transportiert werden, und was Rafi anging – sie war in keinem besseren Zustand als ihre beiden Schwestern.

„Das alles und noch mehr", erwiderte die Heilerin Gabriela. „Ich weiß nicht, ob ich daran gedacht hätte, euch von einem *chervine* in die Unterkunft ziehen zu lassen. Und ganz bestimmt hätte ich nicht den Mut gehabt, in der Überwelt nach Hilfe zu suchen, ohne überwacht zu werden."

Rafi war es endlich wieder warm, und sie war so schläfrig und benommen, daß es ihr nicht darauf ankam, ob diese Leute über sie redeten, als sei sie gar nicht da. Tatsächlich war die Unterhaltung recht interessant.

„Was Ihr getan hättet, weiß ich nicht, *mestra.*". Keighvin hielt einen Becher mit Tee in beiden Händen. „Aber um brutal offen zu sein, *ich* hätte mich nicht so völlig verausgabt, wie sie es für euch getan hat. Ich muß euch sagen, daß es ein paar Augenblicke lang ganz so aussah, als werde sie uns für immer entgleiten. Sie hat sich durch äußerste Erschöpfung beinahe umgebracht, um euch beide zu retten – und, verdammt, sie betet euch an, wißt ihr. Nimmt den Eid der Entsagenden wörtlich, das haben wir alle in ihrem Geist gesehen. Und ich kann mir immer noch nicht erklären, wie es jemand, der nicht als Heilerin ausgebildet ist, geschafft hat, euch so lange am Leben zu halten, bis wir hier waren."

„Das hört sich gar nicht nach der Rafi an, die ich kenne", meinte Lirella verwirrt.

Keighvin zog eine Augenbraue hoch. „Ich möchte sagen, ihr kennt sie längst nicht so gut, wie ihr gedacht habt."

„Bei uns in den Bergen gibt es ein Sprichwort . . .", ließ sich die Überwacherin Caitlin schüchtern hören. „‚Ein Kind lebt, was es lernt.' Nach allem, was ich sehen konnte, ist Rafi bei jeder Gelegenheit gesagt worden, sie sei unnütz. Wenn man dauernd hört, man sei ein Versager, neigt man dazu, einer zu werden. Und ich meine es nicht böse, *mestra,* aber für das Leben einer Söldnerin ist sie nicht gerade geeignet. Ohne es zu beabsichtigen, habt ihr sie vor eine weitere Aufgabe gestellt, bei der sie versagen mußte."

„Diese Unbeholfenheit zum Beispiel." Er nahm nachdenklich einen Schluck Tee. „Dafür kann sie nichts. Es ist etwas zwischen *hier* –", er klopfte sich an die Stirn, „– und *hier* nicht in Ordnung." Er streckte die Hand aus. „Wenn ihr *laran* hättet, könnte ich es euch zeigen. Es überrascht mich, daß man es ihr in Neskaya nicht gesagt hat; es hätte ihr eine Menge Kummer erspart."

„Kann man es heilen?" wollte Caro wissen.

Keighvin schüttelte bedauernd den Kopf. „Das war vielleicht zur Zeit des Großvaters meines Großvaters möglich, aber heute nicht mehr. Jedes Jahr geht mehr Wissen verloren. Und eine ernstliche Behinderung ist es ja nicht. Sie muß sich nur daran gewöhnen, erst zu denken und sich dann erst zu bewegen."

„Das kann sich eine Schwertkämpferin nicht leisten", erinnerte Lirella ihn.

„Wer sagt, daß sie eine Schwertkämpferin werden *muß?*" gab er zurück. „Meine Schwester gehört zu der Gilde von Elhalyn, und sie könnte sich nicht einmal den Weg aus einem Hühnerstall freikämpfen. Sie hilft Kranken wie ich und ist dazu Hebamme. Mein Vater weigert sich, ihre Existenz anzuerkennen, aber wir, die wir Jünger der Heilkunst sind, denken pragmatischer. Meiner Meinung nach tut sie da, wo sie ist, mehr Gutes, als wenn sie sich als Zuchtstute verausgaben würde. Ihretwegen habe ich die Gilde hochachten gelernt. Warum schickt ihr dieses Kind nicht nach Elhalyn? Rima schreibt mir ständig Briefe, in denen sie klagt, sie brauche verzweifelt einen Lehrling. Aus der Art zu schließen, wie sie euch versorgt hat, besitzt Rafi bestimmt das Talent dazu."

Zu ihrer eigenen Verwunderung hörte Rafi sich leise sagen: „Bitte – das täte ich gern."

Sechs Augenpaare wandten sich ihr zu, fünf erstaunt und eines belustigt.

„So, das Rabbithorn hat eine Stimme gefunden." Keighvin füllte einen weiteren Becher mit Tee, süßte ihn großzügig mit Honig und brachte ihn ihr. „Es ist kein leichter Beruf, müßt Ihr wissen." Er hockte sich auf die Fersen neben ihr. „Man arbeitet ständig über seine Kräfte, oft für Leute, die hinterher undankbar sind, und selten kann man eine ganze Nacht durchschlafen. Ihr werdet Dinge erfahren, die Euch das Herz brechen, denn Ihr werdet die mißhandelten Kinder, die mißbrauchten Frauen sehen und nichts weiter für sie tun können, als daß Ihr ihre Wunden behandelt und hofft, Euer eigenes Beispiel werde ihnen zeigen, daß sie dieses Leben nicht zu führen brauchen, wenn sie nicht wollen. Ihr werdet viel seelische Kraft brauchen so wie Eure beiden Schwestern hier körperliche Kraft."

„Ja, aber –", wandte sie zaghaft ein, „– Ihr habt gesagt, ich hätte Talent – und – ich hätte es hier *richtig* gemacht – das habt Ihr gesagt!"

„Und ob du es richtig gemacht hast!" fiel Gabriela herzlich ein. „Da habt Ihr Eure Antwort, *mestra.*" Sie sah Caro voll an. „Noch einmal, es war nicht Eure Schuld, aber diesem Mädchen kann man kein Selbstvertrauen einflößen, indem man sie zwingt zurückzuschlagen, sondern indem man ihr eine Aufgabe stellt, die sie *erfolg-*

reich lösen wird. Sie ist kein Feigling, nicht, wenn es darum geht, ihr eigenes Leben zu riskieren, um andere zu retten. Sie hat eben eine andere Art von Mut als die, die ihr für gewöhnlich zu sehen bekommt."

Rafi betrachtete die Narben auf der Hand, die den Becher hielt. „Doch, ich bin ein Feigling", sagte sie. „Ich kann keine Schmerzen aushalten. Darum hat man mich aus Neskaya weggeschickt."

„Puh." Das vierte Mitglied der Gruppe ergriff zum ersten Mal das Wort. „Ich ertrage auch nicht viel Schmerzen. Deshalb läßt man mich als Überwacherin arbeiten. Manche von uns haben nun einmal geringere Toleranzen als andere. Das macht dich gewiß nicht zum Feigling. Hast du nicht Mut genug gehabt, deinem Vater wegzulaufen? Ich bin ziemlich sicher, daß ich das nicht gewagt hätte. Und du hattest heute nacht Mut genug, das zu tun, was getan werden mußte, ganz gleich, wie teuer es dich zu stehen kommen würde. Damit bist du sehr viel tapferer als ich."

„Das sagt Gwenna, die uns drei einmal mit bloßen Händen ausgegraben hat, als wir im letzten Jahr von einer Lawine halb verschüttet waren", bemerkte Keighvin mit gedämpfter Stimme zu Rafi.

Rafi starrte die junge Frau mit großen, erstaunten Augen an. Wenn jemand, der *das* getan hatte, von *ihr* sagte, sie sei tapfer – dann, nun, vielleicht . . .

Gabriela ergriff das Wort. „Wie lautet also euer Urteil? Ich weiß, was Rima antworten wird, wenn ihr anfragt, ob ihr diese junge Schwester von euch zu ihr schicken könntet. Ich habe oft mit Entsagenden zusammengearbeitet und immer wieder erfahren, daß die Fähigkeiten der Heilerin ebenso geachtet werden wie die der Schwertkämpferin. Und ich kenne Rima; sie ist eine gute Lehrerin. Wenn sie mit Rafi fertig ist, werdet ihr sie wahrscheinlich nicht wiedererkennen, und sie wird eine Entsagende sein, auf die jedes Gildenhaus stolz sein kann. Was sagt ihr dazu?" wandte sie sich an Caro.

„Zuerst einmal müssen wir unseren Auftrag ausführen." Caro sah Rafi mit ganz neuen Augen an. „Ich kann nicht für die Gildenmutter sprechen, aber . . ."

„Aber?"

„Ich glaube, sobald sie unseren Bericht gehört hat, wird sie ja sagen."

Die *leroni* blickten selbstzufrieden drein, und Keighvin schenkte Rafi ein breites Grinsen.

Rafi jedoch trank schweigend ihren Tee. Mit leuchtenden Augen dachte sie an eine Zukunft, die plötzlich heller geworden war, als sie es sich in ihren wildesten Träumen ausgemalt hatte – und tief in ihrem Inneren wurde etwas ein bißchen stärker.

Das Selbstvertrauen und eine andere Art von Mut.

Über „Messer“

Eins meiner ersten Konzepte der Freien Amazonen war das einer ehrenvollen Alternative für Frauen, die nicht für die in ihrer Gesellschaft üblichen Rollen taugen. Das würde gleichzeitig einen Zufluchtsort für Frauen bedeuten, die versucht haben, sich anzupassen, aber an den Ungerechtigkeiten einer Männergesellschaft gescheitert sind, die mißhandelte Ehefrau und ein anderer, viel zu häufiger trauriger Fall: das sexuell mißbrauchte oder ausgebeutete Kind. In dieser Geschichte erhebt sich Marna von dem ersten Schritt, mit dem sie einem solchen Leben entflieht, zu einem Niveau des Verstehens und sogar des Verzeihens. MZB

Messer

von Marion Zimmer Bradley

Marna wartete frierend auf den kalten Stufen. Die Glocke klingelte irgendwo im Innern des Hauses – dieses merkwürdigen Hauses, von dem sie nie gedacht hätte, daß sie sich ihm einmal nähern würde. Auf dem Schild stand, wie Marna wußte, daß es das Gildenhaus der Comhi-Letzii war, aber sie konnte nur ein paar Buchstaben entziffern. Ihr Stiefvater hatte zu ihrer Mutter gesagt, es genüge vollkommen, wenn eine Frau soviel gelernt habe, daß sie öffentliche Anschläge lesen oder ihren Namen unter einen Ehevertrag setzen könne. Ihr eigener Vater hatte eine Erzieherin für sie gehalten und darauf bestanden, daß sie die Unterrichtsstunden ihres Bruders teilte. Bei der Erinnerung an ihren Vater schluckte Marna schwer. Der Schmerz war wie ein Messer an ihrer Kehle. Ihr Vater hätte sie beschützt, wenn nicht einmal mehr ihre Mutter sie beschützen wollte. Nein, ermahnte sie sich, sie durfte nicht weinen, und sie würde nicht weinen.

Sie fragte sich, welche von ihnen die Tür öffnen würde. Vielleicht die Große, die sie auf Heathvine gesehen hatte, rittlings auf einem Pferd wie ein Mann, die kleine Tasche mit dem Handwerkszeug einer Hebamme auf dem Sattel hinter sich. *Ich hätte sie auf Heathvine ansprechen können,* dachte Marna. Aber sie war zu verängstigt, zu eingeschüchtert gewesen. Ihr Stiefvater hätte sie umgebracht, wenn er vermutet hätte ... Sie zuckte zusammen, als spüre sie seine harte Hand, und wieder saß ihr das scharfe Messer an der Kehle. Er hatte ihr verboten, mit der Amazonen-Hebamme zu sprechen, und seinen Drohungen Nachdruck verliehen, indem er sie so kniff, daß ihr Oberarm braun und blau war.

Ängstlich sah sie sich um, als könne Ruyvil von Heathvine jeden Augenblick um die Ecke biegen. Oh, warum öffneten sie die Tür nicht? Wenn er sie hier fand, würde er sie diesmal bestimmt töten!

Die Tür ging auf. Die Frau im Eingang sah sie finster an. Sie war groß und trug lose, dunkle Kleidungsstücke, und im ersten Augenblick erkannte Marna die Hebamme nicht, die nach Heathvine gekommen war. Aber die Frau auf der Schwelle erkannte das Mädchen.

„Ist Eure Mutter wieder krank, Domna Marna?“

„Mutter geht es gut.“ Das aufsteigende Schluchzen schnürte Marna von neuem die Kehle zu. *O ja, es geht ihr gut, so gut, daß sie es nicht riskieren will, den hübschen jungen Fremden, den sie ihren Ehemann nennt, zu verlieren. Lieber nennt sie ihre älteste Tochter eine Lügnerin und eine Dirne.* „Und dem Baby auch.“

„Wie kann ich Euch denn dann dienen, Fräulein?“

Marna platzte heraus: „Laßt mich ein. Ich möchte – mich euch anschließen. Als eine von euch hierbleiben.“

Die Frau hob die Augenbrauen. „Ich glaube, dafür bist du noch zu jung.“ Dann merkte sie, daß Marna sich umsah, auf die offene Plaza und die Hauptstraße, die darauf zulief, zurückblickte, als habe sie das Messer eines Mörders zu fürchten. Wovor hatte das Mädchen Angst? „Wir brauchen nicht draußen auf der Vortreppe miteinander zu reden. Komm herein“, sagte sie.

Marna hörte die große bronzene Haspe einrasten, und ein Schauer der Erleichterung lief ihr durch den ganzen Körper. Jetzt fiel ihr der Name der Hebamme wieder ein. „Mestra Reva ...“

„Wir nehmen hier keine jungen Mädchen auf. Du mußt nach Neskaya oder nach Arilinn gehen.“

Neskaya war vier Tagesritte entfernt, Arilinn lag auf der anderen Seite der Kilghardberge. Sie war noch an keinem der beiden Orte gewesen; die Amazone hätte ihr ebensogut sagen können, sie solle zum Wall um die Welt reisen. Sie schluckte schwer und erklärte hoffnungslos: „Ich weiß den Weg nicht.“

Und sie hatte kein Pferd, und jeder Reisende, den sie bitten würde, sie hinzubringen, würde ebenso schlimm wie Dom Ruyvil sein, oder schlimmer ...

„Wie alt bist du?“ fragte die Frau.

„Ich werde zu Mittwinter vierzehn.“

Reva n'ha Melora seufzte. Sie betrachtete die zuckenden Hände des Mädchens, feine Hände, auf denen keine Arbeit Spuren hinterlassen hatte, und das gute Material von Kleid, Umschlagtuch und Schuhen. „Es ist uns nicht erlaubt, einem Mädchen den Eid abzunehmen, das noch nicht fünfzehn Jahre zählt. Du mußt nach Hause gehen, meine Liebe, und wiederkommen, wenn du erwachsen bist. Das ist hier kein leichtes Leben, glaub mir. Du wirst viel schwerer arbeiten müssen als in deiner Mutter Küche oder Webraum, und offensichtlich bist du in Luxus aufgewachsen, den es bei uns nicht gibt. Nein, Liebes, du gehst am besten nach Hause, auch wenn deine Mutter nicht freundlich zu dir ist."

Marna blieben die Worte fast in der Kehle stecken. Sie flüsterte: „Ich – ich *kann nicht* nach Hause gehen. Bitte, bitte, zwingt mich nicht dazu."

„Wir verstecken keine Ausreißer." Revas Augen schossen blaue Blitze. „Warum kannst du nicht nach Hause gehen? Nein, sieh mich an, Kind. Wovor fürchtest du dich? Warum bist du hergekommen?"

Marna war klar, sie mußte es erzählen, auch wenn diese harte alte Frau ihr nicht glaubte. Nun, schlimmer konnte es nicht mehr werden, denn ihre Mutter hatte ihr auch nicht geglaubt. „Mein Stiefvater – er ..." Sie konnte sich nicht überwinden, es auszusprechen. „Meine Mutter glaubte mir nicht. Sie sagte, ich wolle ihre Ehe zerstören ..." Wieder schluckte sie. Nein, vor dieser Frau würde sie nicht weinen!

„So", sagte Reva endlich und betrachtete das Mädchen von neuem mit Stirnrunzeln. Ja, sie hatte auf Heathvine beobachtet, wie vernarrt Dorilys von Heathvine in ihren hübschen jungen Ehemann war. Dom Ruyvill hatte sein Nest gut gepolstert, als er die reiche Witwe von Heathvine heiratete. Aber Reva hatte auch gesehen, daß der prahlerische junge Mann wenig für seine Frau übrig hatte.

In dem Versuch, die Tränen zurückzuhalten, blinzelte Marna heftig. „Es fing an, als meine Mutter mit der kleinen Rafi schwanger war – Mutter wollte es mir nicht glauben, als ich es ihr erzählte! Ich wollte doch nicht", stieß sie unter Schluchzen hervor. „Ich hatte solche Angst – er – er bedrohte mich mit einem Messer, dann sagte er, er werde Mutter berichten, ich hätte versucht, ihn zu verführen –, aber ich habe nie die Hure gespielt, nie ..." Sie sah auf den gefliesten Fußboden nieder und kämpfte gegen ihr Weinen an. Da meinte sie, eine sanfte Hand auf ihrem Haar zu spüren, aber als sie den Blick hob, lief Mestra Reva zornig im Raum umher.

„Wenn das, was du mir erzählst, wahr ist, Marna ..."

„Ich schwöre es bei der gesegneten Cassilda!"

„Hör mir zu, Marna", sagte die Frau. „Dies ist der einzige Fall, in dem wir ein Mädchen, das noch keine fünfzehn Jahre alt ist, aufnehmen dürfen: Wenn einer ihrer leiblichen Eltern oder ihr Vormund ihr Vertrauen mißbraucht hat. Aber wir müssen uns unserer Sache ganz sicher sein, denn das Gesetz verbietet uns, gewöhnliche Ausreißer zu beherbergen. Hat er dich geschwängert?"

Scharlachröte ergoß sich über Marnas Gesicht; so geschämt hatte sie sich noch nie in ihrem Leben. „Er sagte – er sagte, nein, er habe etwas getan, um es – zu verhindern, aber ich weiß nicht – ich wüßte auch nicht, wie ich es sagen sollte . . ."

Mestra Reva entfuhr eine obszöne Bemerkung, und dazu stampfte sie mit dem Fuß auf. Marna zuckte zusammen.

„Ich meine nicht dich, Kind. Ich verfluche die Gesetze, nach denen ein Mann so unumschränkt Herr in seinem Haus ist, daß die Frauen darin nicht mehr Schutz genießen als seine Pferde und Hunde. Einem solchen Mann sollte man die *cuyones* in den Hals stopfen und ihn an einem Kreuzweg aufhängen! Nun, dann bleibe", erklärte sie seufzend. „Es mag Ärger geben, aber deswegen sind wir ja hier. Bist du den ganzen Weg von Heathvine zu Fuß gegangen?"

„N-nein", stammelte Marna. „Er ist zum Markt gefahren – er trinkt in der Wirtschaft, und ich sagte ihm, ich wolle mir Bänder kaufen – er gab mir sogar ein paar Kupfermünzen –, und da bin ich weggerannt. Mutter hatte mir befohlen, ihn zu begleiten, ich sollte Spitzen für sie aussuchen, und als ich sie anflehte, mich nicht mit Ruyvil zu schicken, ohrfeigte sie mich und sagte, meine Lügen machten sie krank . . ." Wieder sah Marna auf den Fußboden nieder. Ruyvil hatte auf dem Herweg laut verkündet, sie würden auf dem Rückweg in einer Reiseunterkunft Rast machen, und diesmal, behauptete er, werde sie Gefallen daran finden, so daß er sie nicht mehr mit einem Messer zu bedrohen brauche . . . Aus diesem Grund hatte sie den verzweifelten Schritt getan. Sie konnte es nicht ertragen, nicht noch einmal.

Reva sah ihre zitternden Hände, die Qual in ihrem Gesicht und stellte keine weiteren Fragen mehr. Es war offensichtlich, daß das Mädchen die Wahrheit sprach und sich fürchtete. „Dann kannst du auch gleich mit uns zu Abend essen. Häng deinen Mantel im Flur auf." Sie führte Marna in eine große Küche mit Steinfußboden, wo vier Frauen um einen Holztisch saßen.

„Setz dich neben Gwennis, Marna." Reva zeigte ihr den Platz. „Sie ist die jüngste von uns hier, Ysabets Tochter." Gwennis war ein Mädchen von zwölf oder dreizehn, Ysabet eine untersetzte, muskulös wirkende Frau in den Vierzigern. Neben ihr saß eine große, magere Frau, die Narben trug wie ein Soldat; sie wurde als Camilla n'ha Mhari vorgestellt. Die letzte war eine kleine, grauhaarige Frau, die sie Mutter Dio nannten.

„Das ist Marna n'ha Dorilys", sagte Reva. „Sie ist zu jung für den Eid, aber sie wird hier als Pflegetochter leben, da die für sie verantwortlichen Erwachsenen ihr Vertrauen mißbraucht haben. Sie kann ihr Haar abschneiden lassen und versprechen, nach unsern Regeln zu leben, und wenn sie fünfzehn ist, kann sie den Eid leisten." Sie schöpfte für Marna Suppe aus dem Topf über dem Feuer. Mutter Dio, die am Kopf des Tisches saß, versorgte sie dazu mit einer Scheibe des groben Brotes und fragte, ob sie Butter oder Honig haben wolle. Die Suppe war gut, aber Marna war zu müde zum Essen und zu schüchtern, um eine der Fragen zu beantworten, die das Mädchen Gwennis ihr stellte. Nach dem Essen wurde sie an das Kopfende des Tisches gerufen, und die alte Frau schnitt ihr das Haar bis zum Genick ab.

„Marna n'ha Dorilys", sagte sie, „du bist eine von uns, wenn auch noch nicht durch einen Eid gebunden. Von diesem Tag an verbieten unsere Gesetze dir, dich um Wohnung oder Erbe an einen Mann zu wenden, und du mußt lernen, niemanden um Schutz zu bitten und dich selbst zu verteidigen. Du mußt arbeiten, wie wir es tun, du kannst deiner edlen Geburt wegen keine Privilegien mehr beanspruchen. Du mußt versprechen, jeder anderen Entsagenden eine Schwester zu sein, von welchem Gildenhaus sie auch kommen möge, und für sie in guten und bösen Zeiten sorgen. Versprichst du, nach unsern Gesetzen zu leben, Marna?"

„Das verspreche ich."

„Willst du lernen, dich selbst zu verteidigen, und niemand anders um Schutz anrufen?"

„Das will ich."

Mutter Dio küßte sie auf die Wange. „Dann heiße ich dich bei uns willkommen, und wenn du alt genug bist, kannst du den Eid der Entsagenden ablegen."

Marnas Nacken fühlte sich kalt an, und sie kam sich unschicklich entblößt vor; sie sah ihr langes, rostbraunes Haar auf dem Fußboden liegen und hätte weinen mögen. Ruyvil hatte mit ihrem Haar gespielt und ihren Hals gestreichelt, aber jetzt würde kein Mann mehr sagen, sie habe ihn mit ihrer Schönheit verführt! Sie betrachtete die groben, männlichen Kleidungsstücke der Amazonen, die langen Messer, die sie am Gürtel trugen, und erschauerte. Sie sahen alle so stark aus. Wie konnte sie je lernen, sich mit einem solchen Messer zu verteidigen?

„Komm, Marna." Gwennis nahm ihre Hand. „Ich bin so froh, daß du da bist, denn bisher hatte ich niemanden, mit dem ich reden konnte – und jetzt habe ich eine Schwester in meinem Alter! Die Mädchen im Dorf dürfen nicht mit mir sprechen, weil die Leute sagen, meine Hosen und mein kurzes Haar seien unanständig. Sie nennen mich ein Mannweib, als könnten die Mädchen etwas Böses von mir lernen – du wirst meine Freundin sein, nicht wahr? Ich meine, du *mußt* meine Schwester sein, weil es das Gesetz des Gildenhauses ist, aber willst du auch meine Freundin sein?"

Marna lächelte verkrampft. Gwennis war ganz anders als die Mädchen, die sie bisher kennengelernt hatte, und Marnas Mutter wäre auch nicht mit ihr einverstanden gewesen. Aber Marna hatte ihrer Mutter immer gehorcht, und was hatte ihr das eingetragen? „Ja, ich will deine Freundin sein."

„Bring sie nach oben, Gwennis, und zeige ihr das Haus", sagte Reva. „Morgen werden wir etwas zum Anziehen für sie zusammensuchen – deine alten Jacken und Hosen werden ihr passen, Ysabet. Und du, Camilla, kannst ihr ein bißchen über den Messerkampf und die Selbstverteidigung beibringen, bevor du nach Thendara zurückreitest."

„Du mußt zum Magistrat gehen und Meldung machen, Reva", sagte Camilla, „denn du bist auf Heathvine gewesen und kennst ihre Familie. Du kannst bestätigen, daß es glaubwürdig ist, wenn dieses Mädchen sagt, Ruyvil habe sie mißbraucht. Ich bin diesem Ruyvil einmal begegnet, als er noch ein heimatloser Niemand war, und kann mir gut vorstellen, daß er sich an seiner eigenen Stieftochter vergreift."

Später an diesem Abend, bevor sie in Gwennis' Zimmer in ein Rollbett gesteckt wurde, kam Reva herein und stellte Marna eine Reihe von Fragen. Als Reva sie aufforderte, ihr Hemd auszuziehen, fielen Marna all die scheußlichen Dinge ein, die sie über das Gildenhaus gehört hatte. Aber die Frau untersuchte sie nur kurz und meinte: „Ich glaube, du hast Glück gehabt; wahrscheinlich bist du nicht schwanger. Dio wird dir morgen eine Medizin zusammenbrauen, und wenn deine Tage nur durch Schock und Furcht ausgeblieben sind, werden wir es bald wissen. Ich kann jedoch bezeugen, daß du mißhandelt worden bist; ein Mann, der ein williges Mädchen nimmt, hinterläßt keine solchen Male. Deshalb kann ich vor dem Magistrat beschwören, du seist vergewaltigt worden und habest nicht, wie deine Mutter behauptet, die Hure gespielt. Dann dürfen wir dich von Rechts wegen aufnehmen. Geh schlafen, Kind, und mach dir keine Sorgen." Und Marna schlief wie ein Baby.

Das Gildenhaus von Aderes war nicht groß; nur vier Frauen lebten hier ständig, obwohl manchmal reisende Amazonen wie Camilla für ein paar Tage oder ein Jahr blieben. Reva, die Hebamme, verdiente das meiste von dem benötigten Bargeld. Ansonsten verkauften sie Tücher, die sie aus der Wolle ihrer Tiere woben. Marna, die man feine Stickereien gelehrt hatte, regte an, die Tücher mit hübschen Mustern zu verzieren. Sie hatten auch einen Kräutergarten und verkauften Medizinen, und wenn ihre Kühe gekalbt hatten, brachten sie Butter auf den Markt. Es war ein hartes Leben, wie Reva gesagt hatte. Den größten Teil des Tages verbrachten sie mit Weben oder Gartenarbeit. Tagelang zitterte Marna bei jedem Klopfen an der Tür vor Angst, Dom Ruyvil sei gekommen, um sie wegzuschleppen, aber bald wurde sie ruhig. Sie genoß ihr neues Dasein. Vieles machte ihr große Freude: Sie lernte lesen, und bald hatte sie sich eine schöne Handschrift erworben. Das Kochen und das Scheuern der Fußböden gefiel ihr nicht, aber alle Frauen im Haus wechselten sich bei den schweren Arbeiten ebenso ab wie beim Scheren, Spinnen und Weben der Wolle. Camilla, die alte *emmasca,* die Söldnerin gewesen war und im Gildenhaus von Thendara lebte, gab Marna ein paar Stunden im Messerkampf und im unbewaffneten Kampf, aber dabei stellte Marna sich nicht sehr geschickt an. Sie war zaghaft und unbeholfen, und je mehr Camilla mit ihr herumbrüllte, desto hilfloser kam sie sich vor.

Wenn sie erst älter sei, sagte man ihr, werde man sie zu dem vorgeschriebenen halben Jahr der Umschulung ins Thendara-Gildenhaus schicken. Inzwischen müsse sie die Sitten der Entsagenden lernen. Meistens beschäftigte man sie im Haus und im Garten, aber eines Tages war Gwennis krank, und da wurde Marna mit Butter zum Markt geschickt. Sie war mehrmals mit Mutter Dio oder Ysabet dort gewesen und kannte die Grundregeln für das Benehmen einer Amazone in der Öffentlichkeit: Sie durfte mit einem Mann nur reden, wenn es um geschäftliche Dinge ging, und mit den Dorfmädchen überhaupt nicht, denn die könnten dafür bestraft werden. Marna hielt das für töricht. Die Mädchen mußten erfahren, daß es ein besseres Leben gab als das ihre, in dem sie Sklavenarbeit für ihre Eltern verrichteten, bis irgendein Mann sie kaufte wie ein Tier. Aber Gesetz war Gesetz, und um überhaupt existieren zu können, waren die Amazonen gezwungen, Kompromisse zu schließen. Dazu gehörte auch, daß sie keine Frau aufnehmen durften, die nicht aus eigenem Entschluß zu ihnen kam. Marna hatte den Verdacht, daß trotzdem ganz diskret angeworben wurde, aber solange sie noch zu jung für den Eid war, mußte sie die Vorschriften buchstabengetreu befolgen.

So ging sie zum Markt und konzentrierte sich ganz auf ihre Aufgabe. Sie suchte die Milchfrau an ihrem Stand auf und gab ihr ihre Butter. Mutter Dio hatte gesagt, sie brauchten Honig; Marna hatte Päckchen mit Pflanzenfarben in der Tasche und sollte versuchen, sie gegen Honig einzutauschen. Sie verbrachte eine angenehme Stunde auf dem Markt und machte sich schließlich wieder auf den Weg zum Gildenhaus, den Honigkrug in einen Jutesack eingewickelt; sie hatte ihn für eine Portion Krapprot bekommen.

Es fing an, dunkel zu werden. Als sie an der Wirtschaft vorbeiging, löste ein junger Mann sein Pferd vom Geländer. Er war so betrunken, daß Marna schon aus der Ferne den schalen Weingeruch wahrnahm. „Was ist, Mädchen“, rief er ihr zu, „willst du die Nacht mit mir verbringen? He – sei nicht so verdammt unfreundlich!“ Er drehte sich um und taumelte auf sie zu. „Aaah – eine von denen, die ein Schwert tragen wollen wie ein Mann!“ Er packte sie grob am Arm. „Warum verbringst du dein Leben mit diesen Weibern? Willst du nicht eine richtige Frau sein, hä?“ Er betastete sie.

Marna riß sich zitternd los und entfloh, den Honigkrug fest umklammernd. Der Betrunkene schrie ihr nach: „Hau doch ab, wer will denn schon eine solche Schlampe!“

Ihr Herz klopfte wie rasend, ihr Mund war trocken. Marna

versuchte, sich zu beruhigen. War etwas an ihr, daß sie wie ein solches Mädchen aussah? Dom Ruyvil hatte sie auch beschuldigt, sie habe ihn gereizt, obwohl sie weinte und ihn abzuwehren versuchte. Was machte sie falsch, daß die Männer sich so gegen sie benahmen? Sie legte die Hand auf den Messergriff. Wenn der Mann sie nicht losgelassen hätte, wäre sie dann fähig gewesen, das Messer zu ziehen und ihn damit zu verjagen? Hätte sie den Mut gefunden, es zu benutzen?

Halb blind vor Tränen sah sie nicht, wohin sie den Fuß setzte, bis sie auf dem Kopfsteinpflaster der Straße mit einem großen, schweren Mann zusammenstieß. Sie murmelte eine wohlerzogene Entschuldigung. Doch ihr Arm wurde mit festem Griff gefaßt, und sie hörte eine verhaßte Stimme.

„Sieh an, die kleine Marna! Du verlogenes Ding, du hast ein schönes Durcheinander aus meinem Leben gemacht! Dori hätte mich beinahe fortgeschickt! Da läufst du zu diesen schmutzigen Weibern und heulst ihnen etwas vor, und jetzt bist du eine von ihnen!"

Marna versuchte, sich von ihm zu befreien.

„Du! Ruyvil!"

„Du wirst mich mit Stiefvater oder Dom anreden", schimpfte er.

„Das werde ich nicht!" rief Marna. „Du bist nicht mein Vater, und ich schulde dir nichts – keinen Respekt, keinen Gehorsam, nichts!"

Er schlug ihr heftig ins Gesicht. „Schluß damit! Du kommst nach Hause, wo du hingehörst. Sieh dich an – schamloser geht es wohl nicht mehr, in Stiefeln und Hosen, und das Haar abgeschnitten, da sieht man deinen ..." Er benutzte ein obszönes Wort. „Vorwärts – ich habe ein Pferd, und ich werde dich nach Hause zu deiner Mutter bringen, und bei Zandrus Zehennägeln, wenn du ihr noch einmal Märchen erzählst, breche ich dir jeden einzelnen Knochen im Leib!"

Sie sah ihn zitternd an, aber der Gedanke an das, was die Frauen ihr gesagt hatten, stärkte sie: Sie mußte lernen, sich selbst zu verteidigen, und durfte niemanden bitten, sie zu beschützen. „Alles, was ich zu Mutter und dem Magistrat gesagt habe, ist wahr ..."

„Ah, du hast es doch gewollt, du dreckige kleine Hure, du kannst mir nicht erzählen, daß du nicht jedem Stallburschen und Wachposten schöne Augen gemacht hast ..."

„Du kannst meine Mutter soviel belügen, wie du willst, du weißt doch ganz genau, was die Wahrheit ist“, gab sie zurück.

„So lasse ich nicht mit mir reden!“ Seine schwere Hand schlug sie zu Boden, dort lag sie voller Angst und sah, wie er das Messer aus der Scheide zog ... Mit letzter Kraft stellte sie sich wieder auf die Füße, ergriff den wie durch ein Wunder unversehrten Honigkrug, rannte wie ein *chervine* davon und verschwand in einer Seitenstraße. Diesmal konnten keine Röcke sie behindern! In Panik klopfte sie an die Tür des Gildenhauses, aber bis Gwennis öffnete, ging ihr Atem wieder ruhig. Nein, sie durfte es niemandem erzählen. Sie hatten es ihr so deutlich auseinandergesetzt, daß sie lernen müsse, sich selbst zu verteidigen.

Und ich habe es nicht fertiggebracht, dachte sie verzweifelt. *Ich habe nicht einmal mein Messer ziehen können. Daran habe ich überhaupt nicht gedacht. Ich hätte Ruyvil töten, ihm das Messer in den Bauch stoßen sollen! Aber ich hatte Angst...*

Glaubt er wirklich, ich hätte ihn provoziert? Ist etwas an mir, das die Männer auf diesen Gedanken bringt? Der andere Mann, der Betrunkene vor der Wirtschaft, hat es auch gemeint...

„Du bist außer Atem“, bemerkte Gwennis. „Was ist los, Marna, bist du gelaufen?“

„Ja – es war spät und dunkel und kalt. Ich bin gerannt, um warm zu werden.“ Marna zürnte sich wegen der Lüge. Aber Gwennis war darin ausgebildet, sich selbst zu verteidigen. Wie würde sie Marna verachten, wenn sie wüßte, was für ein Schwächling sie war!

Danach blieb Marna so viel im Haus, wie sie konnte, und jedes Mal, wenn sie es verließ, bildete sie sich ein, Dom Ruyvil lauere hinter jeder Ecke. Aber die Zeit verging, ihre Angst ließ nach, und schließlich war sie bereit, wieder auf den Markt zu gehen. In drei Monaten wurde sie fünfzehn und hatte das gesetzliche Recht, den Eid abzulegen, und dann war sie sicher. In diesem Jahr war die Kräuterernte gut, und die Frauen des Gildenhauses teilten sich einen Stand mit der Milchfrau, die manchmal ihre Butter verkaufte. Marna legte die Kräuterpäckchen sorgfältig aus. Sie war stolz auf die zierliche Beschriftung auf der Vorderseite eines jeden – sie schrieb jetzt die deutlichste Hand im Haus und entwarf alle ihre Stickereien. Als sie fertig war und den Kopf hob, hörte sie eine vertraute Stimme.

„Sind Eure Goldblumen gut getrocknet? Wenn ja, nehme ich zwei Päckchen – Marna!“ keuchte die Frau, und Marna sah in das Gesicht ihrer Mutter.

„Marna! Dahin bist du also gegangen! Oh, Marna, wie konntest du das tun? Oh, mein kleines Mädchen – wo ist dein schönes Haar? Was haben sie dir angetan, diese schrecklichen Frauen! Marna, willst du deiner Mutter nicht wenigstens zur Begrüßung einen Kuß geben?“

Marna war zum Weinen zumute. Am liebsten hätte sie losgebrüllt: *Ja, Dom Ruyvil hat mich geschändet, aber du warst es, die es zugelassen hat, die ihrer eigenen Tochter nicht glauben wollte...* Trotzdem brachte sie es nicht fertig, ihre weinende Mutter zurückzustoßen. Sie umarmte sie und dachte: *Jetzt bin ich größer und stärker als sie – sie würde es nie lernen, sich zu verteidigen.*

„Oh, du siehst so erwachsen aus – und so ernst und schrecklich!“ sagte Dorilys von Heathvine. „Haben sie dich gezwungen, dich allen möglichen bösen Dingen zu verschwören, mein armes Baby? O gesegnete Cassilda, ich werde mir nie verzeihen...“

Marna ließ ihre Stimme hart klingen. „Also glaubst du mir endlich?“

„Oh, Marna...“ Ihre Mutter breitete die Hände aus. „Was konnte ich tun? Er sagte, er werde seinen Sohn nehmen und mich verlassen – und ich stehe allein in der Welt, dein Bruder ist jetzt als Kadett in Thendara, ich bin allein mit den Kleinen – und wenn Ruyvil böse mit mir ist, was soll ich dann tun? Eine Frau hat keine andere Wahl, als mit ihrem Mann zu leben – und wenn ich mich beim Magistrat beschwert hätte, dann hätte er mich geschlagen oder mir Schlimmeres angetan...“

„Ist ja gut, Mutter, ich verstehe schon“, sagte Marna mit einem würgenden Schmerz in der Kehle. Sie verstand es *nicht.* Sie würde es nie verstehen. Wenn sie eine Tochter hätte, wenn ein Mann diese Tochter so behandelt hätte, würde sie den Mann bestimmt nicht weiterhin geliebt und sein Bett geteilt haben! Sie hätte die Magistratsbeamten gerufen, hätte Ruyvil auf die Straße hinausgeworfen! Ihre Mutter jedoch hatte nicht einmal soviel Kraft oder gesunden Menschenverstand gehabt, um wegzulaufen.

„Marna – oh, mein kleines Mädchen, willst du nicht nach Hause kommen? Ich verspreche dir – du kannst eins der Hausmädchen in deinem Zimmer schlafen lassen –, er wird dich nie wieder belästigen, ich verspreche es dir! Du fehlst mir so, niemand ist da, mit dem ich reden kann, niemand, den ich liebhabe ..."

„Nein, Mutter", antwortete Marna sanft, aber ohne Mitleid. „Ich werde nie wieder unter deinem Dach leben. Ich will dich besuchen kommen, wenn du mir Nachricht gibst, daß Dom Ruyvil verreist ist, oder du kannst mich im Gildenhaus besuchen."

„Im Gildenhaus? Wie könnte ich – Ruyvil wäre sehr zornig auf mich, wenn ich mit solchen Frauen verkehrte!"

„Oh, Mutter", sagte Marna ungeduldig, „sie sind Frauen wie du, nur daß sie sich nicht von Männern schlagen und mißbrauchen lassen! Sie sind anständige Frauen, die sich durch Weben und den Verkauf von Kräutern ernähren!"

„Pff! Welche bösen Dinge haben sie dich gelehrt? Welcher Mann wird dich jetzt noch heiraten?"

„Keiner, hoffe ich", gab Marna ärgerlich zurück. „Glaube, was du willst, Mutter, ich möchte mein Leben nicht gegen deins eintauschen. Und wenn du meinst, ich führte im Gildenhaus ein schlechtes Leben, dann zeige doch soviel Mut wie eine Gans und besuche uns und sieh selbst, womit ich meine Zeit verbringe!"

Ihre Mutter ging weinend weg, doch Marna lief ihr nach – sie hatte die Päckchen mit Goldblumen vergessen. Ja, sie müsse sie nehmen, sie sehe so blaß aus. Nein, das Geld solle sie vergessen. Marna habe sie selbst gepflückt und getrocknet, es sei ein Geschenk ... Als sie bei Sonnenuntergang den Stand aufzuräumen begann, fühlte sie sich besser. Trotz ihres Zorns liebte sie ihre Mutter und freute sich, daß sie lebte und gesund war.

Bis dieser Schurke Ruyvil sie irgendwann tötet, indem er sie schlägt oder sie so oft schwängert, daß sie daran stirbt!

Nun, es gab nichts, was sie dagegen tun konnte. „Wo bleibt nur Ysabet mit dem Packtier, Gwennis?" fragte sie. „Wir müssen es beladen, damit wir vor dem Dunkelwerden zu Hause sind. Viel Arbeit macht das nicht; wir haben alle Stickereien verkauft, und von den Tüchern sind nur noch drei übrig."

„Die gestickten verkaufen sich besser", meinte Gwennis. „Damit hattest du recht, Marna. Wer war die Frau, mit der du geredet hast?"

„Meine Mutter." Mehr sagte Marna nicht.

Gwennis, die tausend Fragen hätte stellen mögen, schwieg, als sie Marnas Gesichtsausdruck bemerkte. Sie sagte nur: „Hier, hilf mir, das Seil für das Packtier loszubinden – wir wollen alles für Ysabet fertig haben, wenn sie kommt – Zandru speie Feuer!" fluchte sie. Das Seil hatte sich an der Kante des Standes verfangen; die Kräuterpäckchen und die Tücher segelten mitsamt den Butterkrügen zu Boden. Die Mädchen beeilten sich, alles wieder aufzuheben, aber ein Butterkrug war zerschellt, und sein Inhalt beschmierte die Tücher und die Pflastersteine vor dem Stand.

„Dann werde ich mal gehen und mir einen Mop ausleihen, damit ich hier saubermachen kann", stöhnte Gwennis und sah sich auf dem schon fast verlassenen Markt um. Die meisten Stände waren jetzt leer, und die Schatten fielen rot und dick über den Platz. „Rinda in der Wirtschaft wird mir einen geben, ich habe ihren Knöchel bandagiert, als sie ihn sich verstaucht hatte."

„Laß mich nicht allein", flehte Marna, „es ist so dunkel! Warte, bis Ysabet mit dem Pferd kommt!"

„Aber jemand könnte ausrutschen und fallen und sich den Hals brechen!" wandte Gwennis entsetzt ein. „Sei kein Feigling, Marna! Du mußt lernen, allein zu sein."

Gwennis ging, und Marna packte zitternd die Kräuter zusammen. Da faßte sie eine grobe Hand, und eine Stimme, die sie fürchtete und haßte, grollte: „Hier hast du dich also versteckt, he? Dreckige Schlampe, ich werde dich lehren, so zu deiner Mutter zu reden! Sie hat mir gesagt, daß sie dich gesehen hat. Du kommst jetzt mit mir nach Hause, keine Widerworte! Spürst du das?" Marna fühlte die Schneide eines Messers an ihrer Kehle. Ruyvil drückte zu, es durchschnitt die Haut, und Blut begann zu fließen.

„Wirst du dich benehmen?"

In Todesangst nickte Marna, und das Messer entfernte sich von ihrer Kehle. Ruyvils Hände hielten sie fest. Er sagte: „Los, komm mit, und laß das Theater. Du willst mich zum Gespött machen, was? Erzählst Märchen, so daß deine Mutter kein anständiges Mädchen mehr zum Bleiben bewegen kann, und machst mich beim Magistrat schlecht! Ich sage dir, Marna, ich werde dir eine Lektion erteilen, und wenn es das letzte ist, was ich in meinem Lebe tue! Du kommst nach Hause, wo du hingehörst, damit die Leute sehen, daß ich fähig bin, meine Familie und mein Weibervolk zu regieren, und mir von keinem verdammten Magistrat etwas befehlen lasse! Das wäre ja noch schöner, wenn ein Mann seine eigenen Angelegenheiten nicht mehr regeln könnte, ohne daß die Regierung sich einmischt! Es ist ja nicht so, als seist du blutsverwandt mit mir und als hätte ich dir Schaden zugefügt!" Er verdrehte heftig ihr Handgelenk. „Gib mir deine Hände!" Sie sah, daß er einen Strick hielt, er würde sie fesseln, nach Hause zerren ...

Schreiend riß sie sich los. Er griff von neuem nach ihr, warf sie zu Boden. „Marna, dafür bringe ich dich um!" knirschte er. Sie tastete nach ihrem Messer, unbeholfen, in Todesangst. Oh, er würde sie töten, mit seinem Messer töten – aber besser das, als nach Hause gezerrt zu werden, wo er mit ihr machen konnte, was er wollte ... Plötzlich hatte er ihr Messer auch, und sie verfluchte ihre Schwerfälligkeit.

„Du läßt sie in Frieden!" erklang ein Schrei hinter ihnen, und Gwennis schwang den schweren Mopstiel. Blut schoß aus Ruyvils Mund. Fluchend griff er Gwennis mit seinem Schwert an. Marna, kaum wissend, was sie tat, hob ihr Messer auf und warf sich zwischen sie. Ihr Amazonen-Messer, das nicht ganz ein Schwert war, richtete sich auf Ruyvils Bauch.

„Nur eine Bewegung", sagte sie und wunderte sich, wie laut und fest ihre Stimme über den verlassenen Markt schallte, „und ich stoße dir das Messer in den Leib, *Stief*vater!"

Er heulte vor Wut. „Nimm das Ding weg! Was, in Zandrus Höllen ..."

Gwennis kam und nahm ihm sein Schwert ab. „Ich sollte ihm den Hals damit abschneiden", sagte sie. „Aber wir haben hier schon genug Probleme. Binden wir ihm die Hände, und irgendwann wird er sich schon befreien – wer weiß, ob der Magistrat uns glauben würde? Hier, Marna, fessele du ihn, du kannst besser Knoten machen als ich. Die bekommt er bestimmt nicht auf, bevor wir sicher im Gildenhaus sind. Und wenn er erzählen will, wie zwei Mädchen unter fünfzehn ihn besiegt haben, soll er es ruhig tun und sich zum Gespött machen!"

Ysabet kam mit dem Packtier und betrachtete den wütenden, fluchenden Ruyvil mit seinen auf den Rücken gebundenen Händen. Sie sagte: „Hört mir zu, Dom Ruyvil, Eure Stieftochter, die Ihr mißbraucht habt, wird ins Gildenhaus von Thendara geschickt werden. Möchtet Ihr eine Untersuchung durch einen *leronis,* damit alle Welt erfährt, daß Marna die Wahrheit gesagt hat?"

Er hatte sich inzwischen beruhigt und antwortete einfältig: „Nein. Ich werde schwören ..."

„Euer Eid ist keinen Pferdeapfel wert“, stellte Ysabet fest, „aber wenn Ihr uns in Zukunft nicht mehr belästigt, werden wir Euch in Ruhe lassen, obwohl ich Euch mit Freuden die Fähigkeit nehmen möchte, noch einmal eine Frau zu schänden.“ Sie machte eine Geste mit ihrem Messer, und Ruyvil wand sich, heulte, bat, flehte, weinte. Marna fragte sich, warum sie jemals Angst vor ihm gehabt habe.

Sie gingen im Dunkeln heim. Ysabet, die das Pferd führte, war den beiden Mädchen ein Stück voraus. Da fragte Gwennis: „Wenn dein Stiefvater dich verfolgte und dir auflauerte, warum hast du uns das nicht erzählt?“

„Ich schämte mich“, murmelte Marna. „Es ist soviel darüber gesprochen worden, ich müsse lernen, mich selbst zu verteidigen und dürfe niemanden um Schutz bitten...“

„Aber du mußt deine Schwestern beschützen, und sie müssen dich beschützen“, schalt Gwennis sanft, einen Arm um Marnas Taille gelegt. „Darum geht es doch in dem Eid! Wir schwören, einander zu helfen – hättest du deine Mutter nicht beschützt? Du fandest den Mut, dein Messer zu ziehen, als er *mich* bedrohte...“

Marna begann zu weinen. Sie konnte ihre Mutter nicht vor Ruyvil beschützen; ihre Mutter wollte keinen Schutz, wollte sich nicht einmal an ihre Schwestern wenden. Schlimmer noch, ihre Mutter hielt so große Stücke auf Ruyvil, daß sie nicht einmal ihre eigene Tochter beschützen würde. Zum ersten Mal, seit sie ins Amazonenhaus gekommen war, weinte Marna und konnte nicht aufhören. Sie schluchzte immer noch, als sie schon im Gildenhaus waren. Gwennis machte sich Sorgen um sie und rief Reva, die ihr Wein zu trinken gab und sie schließlich ohrfeigte.

„Ich kann damit leben, was Ruyvil mir angetan hat.“ Marna hatte den Schluckauf, und die Tränen strömten ihr immer noch aus den Augen. „Ich kann mich jetzt auch gegen jeden Mann verteidigen. Aber was ich nicht ertrage, ist, daß meine Mutter mich nicht beschützen wollte, daß es ihr lieber war, wenn ihre Tochter geschändet wurde, als wenn sie den Mann verloren hätte, den sie liebt..., daß sie *mich* nicht genug liebte, um mit ihm zu streiten...“ Sie weinte und weinte und klammerte sich an Reva. Die ältere Frau, jetzt freundlicher, hielt sie fest und tröstete sie.

„Darum geht es doch in dem Eid“, wiederholte Gwennis. „Jede von uns wird dich beschützen, wie deine Mutter es hätte tun sollen

– wie Frauen sich immer gegenseitig beschützen müssen. Deine Mutter hat dich im Stich gelassen, aber was geschehen ist, läßt sich nicht mehr ändern. Du hast jetzt eine Eidesmutter und viele Schwestern. Und du warst stark genug, *mich* zu verteidigen, auch wenn du dich selbst nicht verteidigt hast."

„Du hattest es nicht verdient", schniefte Marna. „Ich meine, du hattest doch nichts *getan*. Ich konnte nicht zulassen, daß er dich verletzte."

Gwennis nahm sie in den Arm. „Du hattest auch nichts getan, und du hattest es auch nicht verdient", erklärte sie heftig, „und wenn dieser alte, böse Mann dir eingeredet hat, du seist schuld, dann ist das noch schlimmer als das andere!" Sie küßte Marna auf die Wange. „Du wirst mir fehlen, Schwester, wenn du zur Schulung nach Thendara geschickt wirst. Aber du kommst ja wieder, wenn du gelernt hast, dich selbst zu verteidigen und mit dem zu leben, was dir Kummer macht, *breda.*" Scheu zog sie ihr Messer aus der Scheide. „Du hast mich verteidigt, als du dich selbst hättest verteidigen sollen. Willst du das Messer mit mir tauschen, Marna?"

Marnas Augen wurden ganz groß. Dann zog sie ihr eigenes Messer. Feierlich steckten sie jede ihr Messer in die Scheide am Gürtel der anderen und umarmten sich. Marna hätte fast wieder angefangen zu weinen. „Ich will nicht weg!" sagte sie. „Ich liebe euch alle, und ihr seid so gut zu mir gewesen . . ."

„Aber du hast überall Schwestern", fiel Reva freundlich ein. „Bald wirst du den Eid ablegen, und dann bist du eins mit uns."

Marna legte die Hand auf Gwennis' Messer an ihrem Gürtel. Ja, das Messer ihrer Schwester war zu ihrer Verteidigung gezogen worden; jetzt war sie fähig, es zu ihrer eigenen Verteidigung zu ziehen. Eine Frau hatte sie verraten, aber von ihren Schwestern, die sie umgaben, wußte sie, daß keine sie je verraten würde. Dom Ruyvil, stellte sie zu ihrer Verwunderung fest, hatte sie nicht vernichtet; er hatte sie in ein neues Leben, ein wirkliches Leben getrieben. Was damals in ihren Augen das Ende der Welt gewesen war, hatte sie hierhergeführt.

Er hatte sie in die Freiheit entlassen.

Über Jane Bigelow und „Taktik“

Jane Bigelow wohnt mit ihrem Mann und ihrem Kater „Alphonse, der Streuner“, in Denver. Man fragt sich, warum so viele Science-fiction-Leute Katzen haben, denen nur wenige Hunde und – zum Beispiel – Hamster gegenüberstehen. Sie hat für verschiedene Lokalzeitungen in Boulder und dem Gebiet von Denver geschrieben, „gab die journalistische Tätigkeit aber nach einer Reihe von geplatzten Honorarschecks und Konkursen auf.“ Gedichte von ihr sind schon in Fine Arts Discovery *und in anderen Publikationen veröffentlicht worden. Gegenwärtig arbeitet sie an einem Katalog für die Jefferson County Public Libraries. In dieser Stellung hat sie ungehinderten Zugang zu neuen Büchern und eine Vier-Tage-Woche. Mit „Taktik“ hat sie zum ersten Mal eine Erzählung verkauft.*

Die Personen in „Taktik“ sind zwar im strengen Sinn keine Freien Amazonen, wohl aber unabhängige Frauen im Geist der Entsagenden. MZB

Taktik

von Jane M. H. Bigelow

Mit einem leisen Seufzer sah Bronwyn zu ihrem Mann auf der anderen Seite der Halle hinüber. Sicher, ein Mann hat für die Verteidigung seiner Familie zu sorgen, jeder Mann, und erst recht, wenn er ein Lord ist. Das stimmt schon. Aber muß er stundenlang über Schwert-und Schild-Techniken, Schlachtpläne und Strategien reden, wenn er gerade erst nach Hause gekommen ist?

Ich werde meine Aufgabe als die Herrin deiner Halle erfüllen, Donal, dachte sie. *Aber dieser Abend ist ein weiterer Stein in der Wand, die wir zwischen uns errichten.*

Daraufhin blickte er auf. Offenbar gelangten manche Gedanken durch die Barriere, die zu errichten sie gelernt hatten. Er machte lachend eine Bemerkung zu den Männern, die unter seinem Befehl standen, und kam zu ihr herüber.

„Meine Gemahlin, ich bin mir bewußt, daß Euch all das zu Tränen langweilen muß, aber wenn Ihr ein Dach über Eurem Kopf haben wollt, werdet Ihr mich an seiner Verteidigung arbeiten lassen, ohne meine Gedanken ständig zu unterbrechen." Er sprach mit leiser Stimme, aber in der ganzen Halle entstand Unruhe, eine Art von mentalem Geplapper, als die telepathisch begabteren Anwesenden ihre Gedanken energisch in eine andere Richtung lenkten.

„Es war nicht meine Absicht", murmelte sie, während ihr Zorn wuchs.

„Immer noch keine bessere Abschirmung als eine Zwölfjährige? Bronwyn, du bist die Mutter von drei Kindern . . ."

„Und bald von vieren", unterbrach sie ihn. Sie hob ein wenig die Stimme. „Mein Lord, ich bin müde." Sie wandte sich den in der Halle Versammelten zu. „Meine Lords, meine Ladies, leider muß ich mich früh zurückziehen. Das braucht niemandem anders den

Abend zu verkürzen. Isolde wird in meiner Abwesenheit für euch sorgen." Eine hochgewachsene Frau mit kastanienbraunem Haar stand an ihrem Platz neben einem Kerzenleuchter auf und verbeugte sich leicht.

In ihrem Zimmer gestattete sich Bronwyn den Luxus, Feuer mit einem schnellen Aufflammen ihres Zorns zu entzünden, statt sich der mühsamen Methode von Stahl und Feuerstein zu bedienen, die, wie ihre Lehrer gesagt hatten, besser war, solange nicht ein zwingender Grund bestand, *laran* zu benutzen...

Hinter ihr erklang ein leichter Schritt, und eine parodistisch tremolierende Stimme rief: „Kind, Kind, was soll denn das? War das notwendig? Er ist verkehrt, einen Drachen anzuketten, nur um Essen zu kochen!"

Bronwyn drehte sich langsam um – im achten Monat tut man das nicht mehr schnell –, und dann lachte sie halb gegen ihren Willen. Ihre jüngere Cousine Danilys stand dort, gebückt, auf einen imaginären Stock gestützt. Eine Sekunde lang lastete hohes Alter auf ihr; dann lachte auch sie. Den „Glanz" abschüttelnd, kam sie ans Feuer und sah auf Bronwyn hinunter. „Wie schön wäre es, wenn ich das tun könnte, wann immer ich Lust dazu habe! Hat Donal dich wieder mit seinen militärischen Ausführungen gelangweilt, Bron?"

„Gesegnete Cassilda, ja! Er fand kein Ende. Oh, Danilys, warum bin ich immer noch so töricht, daß ich mir wünsche, er würde dann und wann mit *mir* reden? Früher hat er das getan, weißt du. Damals pflegten wir unsere Gedanken voreinander zu öffnen. Dann gingen die Kämpfe wieder los, und er war nicht einmal zu Liriels Geburt hier. Als er dann schließlich nach Hause kam, war es, als sei sein Geist ebenso erschöpft wie sein Körper, und ich war in nicht viel besserem Zustand. Nicht etwa, daß ich besondere körperliche Beschwerden gehabt hätte", setzte sie hinzu. „Ich bin recht gut im Kinderkriegen. Nur haben die Kinder unglücklicherweise das falsche Geschlecht."

„Dieses auch?" fragte Danilys mitfühlend.

„Diesmal habe ich mich geweigert, mich überwachen zu lassen. Blicke nicht so entsetzt drein! Wenn ich erführe, daß auch dieses Kind wieder ein Mädchen ist, würde ich wütend, ob ich wollte oder nicht. Das wäre zu gefährlich für das Ungeborene – ich habe eine

Menge *laran,* aber du weißt ja, Vater holte mich aus dem Neskaya-Turm zurück und verheiratete mich, bevor ich richtig gelernt hatte, es zu kontrollieren."

„Ja, ich weiß." Danilys war für einen Augenblick niedergeschlagen. Dann ... „Nun, *breda,* wir werden Liriel ein kleines Schwert statt einer Puppe machen und sie Taktik statt Handarbeit lehren müssen. Nein, vielleicht ist es besser, sie lernt beides. Dann kann sie die Leute wieder zusammennähen, nachdem sie sie besiegt hat, und sich das phantastischste Schwertgehenk aller Zeiten machen."

„O ja!" lachte Bronwyn. „Ganz mit rosa Blümchen bestickt, damit niemand behauptet, sie sei keine Dame."

Danilys raffte ihre Röcke und vollführte eine wilde Pantomime von Angriff und Abwehr. Sie schoß im Zimmer umher und stellte beide Gegner dar, und dabei wurde ihr schlaksiger, magerer Körper plötzlich anmutig. Gerade sprang sie geschickt über einen kleinen Schemel, als Donal den Raum betrat.

Sofort wurde es still. Er verbeugte sich steif vor beiden Frauen und wandte sich dann Bronwyn zu. „Meine Liebe, wenn du die Halle unter dem Vorwand verläßt, du seist müde, wäre es ratsam, keinen solchen Lärm zu veranstalten, daß ich persönlich heraufkommen und nachsehen muß, ob wir von Räubern angegriffen werden."

„Im Turm, hundert Fuß hoch?" fragte Danilys. „Jedenfalls mache ich den Lärm. Schreie mit mir herum."

„Ich schreie nicht." Doch er war dicht davor, dachte Bronwyn. Diese Unbeherrschtheit sah ihm nicht ähnlich. Verwirrt und ein bißchen besorgt wollte sie Kontakt mit seinem Geist herstellen und war schockiert, daß er sich vollständig abschirmte. Niemals, nicht einmal bei diesem schlimmen Streit nach der Geburt des dritten Mädchens hatte er sich vor ihr so verschlossen, als seien sie nicht einmal miteinander verwandt. Er sah sie finster an – *sehen seine Feinde diesen Blick in der Schlacht?* fragte sie sich –, stürmte hinaus und knallte auch die Tür des Zimmers zu.

Bronwyn stand wie erstarrt da. Danilys kam zu ihr und legte den Arm um sie. „Hilfst du mir, mich für die Nacht fertigzumachen?" bat Bronwyn. „Ich glaube, ich bin wirklich müde."

Auch Danilys hatte mitbekommen, daß etwas Entscheidendes passiert war. Das ging deutlich aus ihrem sorgfältig abgewandten Blick hervor, als sie Bronwyn bei der jetzt umständlichen Prozedur half, ihr Nachtgewand anzulegen. Sie schnürte ihr die niedrigen Filzstiefel auf, und Bronwyn brachte in dem Versuch, die im Raum herrschende Spannung zu mildern, ein Lachen hervor. „Oh, wie glücklich werde ich sein, wenn ich das wieder selbst tun kann!“

„Das wird auch mich freuen.“ War das Kälte in Danilys' Stimme? War an diesem Abend überhaupt etwas normal?

„Danilys?“ fragte Bronwyn.

„Ich bin nicht böse auf *dich,* Bronwyn. Aber ich würde deinem feinen Donal gern sagen, was ich von ihm halte! Er hat doch eben Streit *gesucht.* Warum steckst du es übrigens ein? Brülle zurück. Das macht Spaß.“

„Mir nicht, *breda.* Ich verabscheue es, mich zu streiten.“

Die Behaglichkeit des breiten, mit Pelzen bedeckten Bettes machte es leicht, alle Sorgen zu vergessen. Bronwyn seufzte genüßlich, legte sich zurecht und war bald eingeschlafen.

Danilys betrachtete sie eine Weile, bis sie sicher war, daß ihre Cousine fest schlief. Dann ging sie im matten Licht des Nachtlichts zur Tür. Auf dem Rückweg zu ihrem eigenen Zimmer reagierte sie etwas von der aufgestauten Energie durch Schattenfechten mit ihrem Spiegelbild auf dem polierten Stein des Flures ab. Doch ihre Röcke behinderten sie, und sie wagte es nicht, sie hier im öffentlicheren Teil der Burg hochzuschürzen.

In ihrem Zimmer wartete sie halb träumend darauf, daß sich die Badewanne aus der durch den Fußboden führenden Warmwasserleitung füllte. Vielleicht konnte sie sich den Entsagenden anschließen ... Stimmte es wirklich, daß man dazu alle Familienbande zerschneiden mußte? Die Freien Amazonen, die sie in der Nähe von Cuillincrest auf der Straße gesehen hatte, schienen sehr gut imstande zu sein, für sich selbst zu sorgen, aber waren sie nicht recht einsam? Andererseits – was könnte sie dann alles lernen! Und es stände ihr frei, zu reisen. Sie wußte, daß Amazonen als Reiseführerinnen für Damen arbeiteten, und abgesehen von der Gefahr, eine Zeitlang eine verzärtelte Lady auf dem Hals zu haben, mußte es ein ideales Leben sein. Dann bliebe es ihr erspart, mit irgendeinem dummen Kerl verheiratet zu werden. Es mangelte ihr fast völlig sowohl an nützlichem *laran* als auch an einer Mitgift. Da würde es wahrscheinlich ein Witwer sein, und die zweite Frau sollte dann sein Haus und seine Kinder versorgen, deren Geburten der ersten das Leben gekostet hatten.

Das führte sie wie immer, wenn sie über die Entsagenden nachdachte, zu Bronwyn. Wie konnte sie ihre Cousine verlassen, die vermutlich noch lange Zeit alle drei Jahre zwei Babys bekommen würde? Danilys war der Ansicht, für Bronwyn sei es besser, wenn sie ihre Ehe endlich als das politische Arrangement, das sie war, akzeptierte und aufhörte, sich zu grämen. Donal hatte aufgehört, sich verliebt zu gebärden, na und? Nach allem, was sie gesehen hatte, taten das fast alle Männer früher oder später. Sie hatte nie Gelegenheit gehabt, herauszufinden, ob die seltenen Freipartnerschaften zwischen Frauen besser funktionierten. Bronwyn war jedenfalls immer sehr romantisch gewesen, und sie besaß weit mehr *laran* als die meisten Frauen außerhalb eines Turmes. Das wäre der richtige Ort für sie gewesen. Doch das einzige Kind des Lords einer Domäne durfte nicht an einen Turm verschwendet werden.

Danilys riß sich aus ihren Gedanken los und fand sich vor einer Wanne mit eiskaltem Wasser wieder. Sie wusch sich hastig damit, sprang ins Bett und rollte sich fest zusammen.

Ihr Schlaf war leicht, vielleicht, weil ihr kalt war. Kurz vor dem Morgengrauen wachte sie plötzlich mit dem überwältigenden Gefühl auf, es sei etwas nicht in Ordnung. Sie konnte nichts Ungewöhnliches hören, aber das Gefühl war zu stark, als daß es sich hätte ignorieren lassen. Wenn der Grund nichts weiter war als ein Alptraum, der ihrem Gedächtnis entfallen war, würde sie sich eben höchst demütig entschuldigen müssen.

Schnell stand sie auf und wickelte sich in ihren alten wollenen Morgenrock. Es dauerte entsetzlich lange, bis sie ihre Pantoffeln gefunden hatte. Dann lief sie die Korridore entlang zu Donals Zimmer.

Es war Pech, daß er nicht allein und deshalb noch weniger als sonst geneigt war, der sich als Mannweib gebärdenden Cousine seiner Frau Beachtung zu schenken. Danilys war noch dabei, neue Drohungen zu erfinden, was sie alles tun wolle, wenn er die Schildwache nicht benachrichtigen lasse, als am Westtor ein Aufschrei ertönte und die Alarmglocke wie wild geläutet wurde.

„Und die Hälfte der Männer ist auf Urlaub zu Hause!" stöhnte Donal. Er sprang aus dem Bett und rannte zur Treppe. Im Laufen zog er sich an. Kurz darauf hörte man ihn Befehle brüllen.

Danilys wandte sich dem hübschen Mädchen zu, das diese Nacht sein Bett geteilt hatte. Sie schien immer noch halb im Schlaf zu sein.

„Weißt du, wo Isolde schläft?“ fragte Danilys. Das Mädchen nickte. „Gut. Geh bitte zu ihr und sage ihr, sie soll warmes Essen für die Männer kochen und einige der Frauen zusammenrufen, die sich um die Verwundeten kümmern können. Ich komme gleich nach, ich muß nur zuerst nach Lady Bronwyn sehen.“

Bronwyn war bereits wach. „Wir werden angegriffen?“ fragte sie.

„Ich fürchte, ja. Donal ist bereits draußen auf den Mauern. Wie fühlst du dich?“

„Oh, es geht schon. Hilf mir beim Anziehen, dann gehe ich in die Halle hinunter. Dort kann ich mich nützlich machen.“ Sie ließ Danilys, die protestieren wollte, nicht zu Wort kommen. „*Chiya,* ich weiß, dir liegt mein Wohlergehen am Herzen, aber wenn ich hier oben sitze und nichts tue, werde ich wahnsinnig.“

„Also gut, ich helfe dir!“ Danilys brachte Bronwyn in ihre Kleider, eilte in ihr Zimmer zurück und zog sich auch an.

Die Dienerschaft zu organisieren, machte wenig Mühe; die meisten Leute hatten eine Menge Erfahrung in der Verteilung von Essen und medizinischer Betreuung. Trotzdem traf der erste Verwundete ein, ehe die Vorbereitungen beendet waren.

Anfangs waren es wenige, und es handelte sich größtenteils um geringfügige Verletzungen. Da konnte ein Mann noch lachen und durch das Scherzwort eines Mädchens und einen Becher Wein von seinen Schmerzen abgelenkt werden.

Dann kamen mehr Männer mit schwereren Wunden, und die Heilerin, die sich bereits in der Burg befand, um Bronwyn bei der Entbindung beizustehen, hatte statt dessen alle Hände voll zu tun, um innere Blutungen zu stillen oder den Herzschlag eines Mannes zu stabilisieren. Danilys wußte nicht, wie lange Bronwyn schon dagestanden hatte, die Hand an die Seite gedrückt, als sie sie endlich entdeckte.

„Bronwyn?“ Keine Antwort. „Bron, bitte, *breda,* ist es das Baby?“

„Was? Nein – Donal ist verwundet worden. Er will die Mauer nicht verlassen! Aber das wird er müssen, und wenn ich hinausgehen und ihn wegzerren muß.“ Ihr Blick richtete sich wieder ins Leere, und Danilys erriet, daß sie sich mit Donal herumstritt.

Eine Bestätigung dafür erhielt sie, als er ein paar Augenblicke später mit finsterem Gesicht in die Halle hinkte. „Verdammt noch mal, Bron, was meinst du wohl, warum ich gelernt habe, dich abzublocken? Willst du uns alle töten, das Ungeborene eingeschlossen? Wie kann ich gleichzeitig kämpfen und mit dir streiten! Wenn ich nicht so verdammt müde wäre, hättest du es nicht fertiggebracht!“ Danilys schob ihm einen Stuhl in die Kniekehlen, und er ließ sich schwer darauf niedersinken.

„Du auch?“ stöhnte er.

„So, wie du stehst, ist das eine schwere Wunde, Donal. Laß sie dir von jemandem verbinden – ja, ich weiß, das kostet Zeit. Aus diesem Grund wirst du mir deine Rüstung und dein Schwert geben, und ich werde hinausgehen und die Männer überzeugen, daß du, der zähe Brocken, immer noch da bist und das Kommando führst.“ Sie nahm ihm den Helm ab, während er sie noch mit offenem Mund ansah, aber mit dem Kettenhemd war es eine andere Sache. Donal hielt die Arme fest an die Seiten gepreßt und wurde von der Anstrengung immer bleicher.

„Donal! Bitte, was soll es nützen, wenn du hinaustaumelst und das Bewußtsein verlierst? Ohne dich, der Befehle geben kann, oder jemanden, den sie für dich halten, wird alles auseinanderfallen. Laß deine Wunden versorgen, iß etwas. Ich weiß, du hast den ganzen Tag noch nichts gegessen. Erlaube mir, nur diese kurze Zeit für dich einzuspringen. Das ist eine Belagerung, keine offene Feldschlacht. Ich werde in nicht viel größerer Gefahr sein als hier drinnen, wo mich irgendein Diener mit einem Suppenkessel umrennen kann.“

„Danilys, hast du den Verstand verloren? Hier wird nicht von Kindern um Schneeburgen gekämpft! Meinst du, weil du nie gelernt hast, eine Dame zu sein, kannst du statt dessen den Anführer im Krieg spielen?“ brüllte Donal.

Die Heilerin legte sich ins Mittel. „Sir, laßt mich doch Eure Wunden verbinden. Das muß auf jeden Fall sein. Ich brauche Euch nicht einmal zu überwachen, um das zu erkennen.“

Einen Augenblick lang machte es den Eindruck, als höre Donal sie nicht einmal. Bronwyn sah, daß er im Geist anderswo war, wahrscheinlich draußen im Kampf, obwohl seine alte Gewohnheit, seine Gedanken ständig abzuschirmen, sie daran hinderte, Sicherheit zu erlangen.

Schließlich seufzte er und kehrte in die Realität zurück. „Ich wünschte, du hättest *laran,* Danilys. Dann könnte ich dich von hier aus führen. Aber so, wie es ist, kann ich mir nicht vorstellen ..."

„Donal, du kannst mir sagen, was *jetzt* zu tun ist. Du hast selbst einmal gesagt, diese Burg sei der Traum eines Verteidigers. Was Kinderspiele angeht, nun, ich war *gut* beim Kampf um Schneeburgen. Außerdem konnte ich die anderen dazu bringen, mir zu gehorchen!"

So war es, erinnerte Bronwyn sich. Sie sah Danilys in ihrem ausgewachsenen Kleid mit dem abgetretenen Saum noch vor sich, wie sie eine Horde leicht verwirrter Kinder, Bronwyn auch darunter, zum Sieg führte, indem sie einen Rabbithorn-Pfad hochkletterte und so auf die Rückseite einer Schneeburg gelangte. *Und ich verabscheute das Kriegspielen!* dachte sie.

„Ich hoffe, du hast recht, Bron", sagte Donal müde. „Meine Glieder sind zu steif geworden, während ich hier herumgesessen habe. Wenigstens wird ihr die Rüstung passen. Hör gut zu und lerne schnell, Danilys. Wir waren auf dem Weg zum Sieg, als ich gehen mußte, aber diese Idioten verschenken ihn, indem sie sich darum streiten, wer zu befehlen hat. Versuche bloß nicht, deine eigenen glänzenden Einfälle zu verwirklichen! Und bleibe außer Pfeilschußweite."

Danilys nickte. Ihre Augen glühten. „Ja, das verspreche ich. Komm, ich helfe dir, das Kettenhemd auszuziehen."

Es bestürzte sie, wieviel Hilfe er brauchte, um die Rüstung abzulegen. Sie winkte Margolys, der Heilerin, schnell zurückzukommen. Während Margolys sich um ihn bemühte, hörte Danilys zu und konzentrierte sich, wie sie es seit damals, als sie auf irgendwelche Spuren von ausbildungsfähigem *laran* getestet worden war, nicht mehr getan hatte. Dann nahm sie die Rüstung und das Schwert ihres Cousins und ging durch eine kleine Seitentür hinaus.

In Donals Zimmer nahm sie sich eine Hose von ihm. Sie wand sich in das Kettenhemd, und ihre Hand zitterte ein bißchen. Bitte, Evanda und Avarra! Laßt mich dies durchführen. Laßt mich den Glanz nur einmal dazu benutzen, um eine Illusion nach meinem Willen zu erzeugen! Mit allem Übrigen werde ich dann schon fertig. Ich habe Donal im Lauf der Jahre oft genug zugehört, um seine Taktik zu kennen. Aber ich brauche einen Glanz!

Mit freudigem Staunen fühlte sie ihn kommen. Die Welt wirkte jetzt in die Ferne gerückt, und alles Geschehen schien sich ein bißchen verlangsamt zu haben.

Sie eilte wieder nach unten und hinaus in den Kampf. Es stimmte, jeder Häuptling von jedem kleinen Clan, der Donal dienstpflichtig war, hatte seine eigene Vorstellung, wie die Schlacht zu schlagen war. Danilys schritt vor und brüllte so laut, daß sie durch den Kampfeslärm und den auffrischenden Wind zu verstehen war.

Bronwyn hatte gesehen, wie die Tür sich hinter Danilys schloß. Donal lehnte den Kopf an ihre Schulter. *Wenigstens kennt Danilys sich da draußen aus,* dachte sie. *Als wir beiden nach Cuillincrest kamen, habe ich immer auf sie eingeredet, es schicke sich absolut nicht für meine Cousine, auf die Zinnen zu klettern und mit Wachposten zu plaudern.*

Die Heilerin bat besorgt: „Wollt Ihr mir erlauben, Euch zu überwachen, *vai dom?* In Euch ist mehr an Schmerz und Schwäche, als sich durch diese Schwertwunde erklären läßt."

Er runzelte die Stirn, verlagerte leicht das Gewicht und versuchte, einen bestimmten Schmerz unter all den Prellungen und gezerrten Muskeln herauszufühlen. Es wäre nicht das erste Mal, daß er eine Wunde empfangen und nichts davon gewußt hätte, bis ihn jemand anders darauf aufmerksam machte. Seine Barriere sei zu gut, hatte ihm einmal eine Heilerin gesagt. Er änderte noch einmal seine Lage, entspannte sich bewußt, damit die Heilerin ihn gründlicher überwachen konnte.

Plötzlich faßte Margolys nach weiterem Verbandsmaterial. „Schnell, helft mir, ihn flach auf den Rücken zu legen!" befahl sie Bronwyn. Bronwyn warf ihren Mantel auf den Boden, und gemeinsam legten sie Donal darauf. Eine Wunde hoch oben an seinem rechten Bein war wieder aufgerissen, und Bronwyn war mit ihm von würgender, kalter Übelkeit gepackt worden.

„Versucht nicht, in Rapport zu bleiben, *vai domna*", warnte die Heilerin. „Ihr und Euer Kind könnt die Kraft nicht entbehren."

Zweifellos hatte Margolys recht. Gnädige Avarra, wie tat ihr der Rücken weh! *Und doch,* dachte sie, *was ich am meisten satt habe, sind das Warten und die Angst und meine Unfähigkeit, irgend etwas für irgend jemanden zu tun, nicht einmal für meine Töchter. Es scheinen weniger Verwundete hereinzukommen, aber ist das gut oder schlecht? Donal hat bestimmt nicht gewollt, daß Danilys so lange draußen bleibt . . .*

Mit dem Wunsch, sich nützlich zu machen, sah sie sich um. Nicht weit von ihr lag weiteres Verbandszeug, und es würde gebraucht werden. Sie stemmte sich hoch und holte es.

Als sie zurückkehrte, stellte sie voller Entsetzen fest, daß Donals Wunde noch stärker blutete und Margolys von der Anstrengung, ihn am Leben zu halten, bläulichweiß war.

Ganz gleich, was es mich kosten wird, entschloß sich Bronwyn, *ich werde nicht einfach herumstehen und zusehen, wie er stirbt!*

Sie warf sich in den Rapport und wich dabei Margolys zelltiefen Bemühungen, die Blutung zu stillen, aus. Trotz ihrer Verzweiflung wußte sie, daß sie dort nicht von Nutzen sein konnte; dazu brauchte man eine jahrelange Ausbildung. *Aber ich kann ihm helfen, gegen den Tod anzukämpfen,* dachte sie. *Sein Wille, immer so stark, darf ihn jetzt nicht im Stich lassen.*

Es war, als trete sie auf eine weite Ebene, wo alle Farben auf merkwürdige Weise verkehrt waren. In weiter Ferne sah sie ihn ganz deutlich. „Donal!" rief sie. „Donal, warte!"

Nichts war zu spüren als ein wortloses Gefühl des Ärgers und des Bedauerns, weil soviel ungetan geblieben war, und eine schreckliche Einsamkeit. Dann erkannte er sie, und seine Gedanken rissen sie in eine leidenschaftliche Umarmung. *Noch nicht!* riefen beide aus. Bronwyn kämpfte, um sie beide bei Bewußtsein zu halten und seine Schwäche zu besiegen. Ein helles Licht blitzte auf, und da saß sie und sah die Heilerin verwirrt an.

Margolys blickte ihr ins Gesicht. „Verzeiht mir, *domna.* Ihr konntet ihn nicht retten, und Ihr hättet Euch selbst verlieren können. Das habe ich schon miterlebt." Sie wartete, bis sie das Begreifen in Bronwyns Augen aufdämmern sah, und fuhr dann schnell fort: *„Domna,* Ihr dürft nicht um ihn weinen! Denkt daran, alle glauben, er leite den Kampf!"

Bronwyn nickte, wickelte sich in ihr Umschlagtuch und versuchte zu überlegen, was sie als nächstes tun solle. Dann wurde ihr klar, daß sich jemand anders mit dem Problem befassen mußte. Sie selbst würde vollauf beschäftigt sein . . . „Kommt zu mir, sobald Ihr die Verwundeten allein lassen könnt, Margolys", sagte Bronwyn.

Draußen brach der Sturm los, und Danilys fluchte. Dicke nasse Tropfen fielen nieder und gefroren beim Aufprall. Auf ihren Befehl hin entspannten die Schützen in aller Eile ihre Bogen, um die kostbaren Sehnen zu schützen. In diesem kreiselnden Wind konnte sowieso niemand zielen.

Der Angriff schien an Schwung zu verlieren. War es möglich, daß ihnen das Wetter zu Hilfe kam? Danilys spähte vergebens in das Unwetter hinaus, fluchte von neuem und ging zur Nordmauer. Dort würden die Angreifer den Wind im Rücken haben.

Auf halbem Weg begegnete ihr ein Bote. „Sie schleppen Sturmleitern heran!“ keuchte er.

„Woher haben sie die, in Zandrus Namen? Nein, laß nur, ich weiß, das kannst du nicht wissen. Sag Dhuglar, er soll seine Pikenträger hinüberschicken, vielleicht können sie die Leitern wegstoßen, falls die Räuber soweit kommen. Verdammt sei dieses Wetter!“ In ihrer Hast, selbst an die bedrohte Stelle zu kommen, rutschte sie auf einer vereisten Stelle aus und wäre beinahe gefallen.

Dann grinste sie. Sie war nicht die einzige, die ausrutschen und fallen konnte! „Bringe Dom Cerdic zu mir, schnell!“ befahl sie dem Boten, der ihr gefolgt war.

Ihr Glück hielt an; der Bote fand ihn in der Nähe. Der Anführer von Donals Leibgarde, dachte Danilys, würde noch am ehesten den merkwürdigsten Befehlen gehorchen.

„Cerdic, habt Ihr zehn Männern übrig, die unsere größten Wasserkessel an die Nordmauer tragen können?“

„Wasser, *vai dom?*“

„Ja, Wasser. Gießt es auf die Mauern, den Boden – bei diesem Sturm wird es so glatt werden, daß die Angreifer sich selbst nicht werden aufrechthalten können, von einer Sturmleiter ganz zu schweigen.“

Cerdic sah sie groß an, dann lachte er. „Richtig!“ schrie er und war, immer noch lachend, verschwunden.

Nach dem frischen wurde bald Schmutzwasser von der Nordmauer gegossen. „Langsam – laß es frieren!“ rief Danilys. Aber das Wasser, das nicht fror, floß nach unten und verwandelte den vorher schon nassen Boden in einen Sumpf. Von Eis und Schlamm behindert, unfähig, sich gegen die von oben geschleuderten Speere zu schützen, entflohen die Räuber.

Margolys hatte die Verwundeten ihren Helferinnen unter dem Burgvolk übergeben. Sie traf bei Bronwyn ein, als diese sich gerade tränenblind abquälte, ihr Übergewand auszuziehen. Dankbar überließ sie sich den Händen der Heilerin.

Diese Geburt war schwerer als die früheren. Der Lärm draußen hinderte Bronwyn daran, mit Margolys zusammenzuarbeiten, um ihre Atmung und ihre Anstrengungen abzustimmen. Ihr eigener Kampf und der Kampf der Männer schienen zu verschmelzen, und – gnädige Avarra! – sie war so müde. „Nur noch ein bißchen mehr, *domna,* nur noch ein bißchen. Jetzt, Herzchen, jetzt! Er ist beinahe da.“ Margolys log niemals. Also noch einmal.

Das Schreien von Bronwyns erstem Sohn ging beinahe unter im Siegesgebrüll von den Zinnen der Burg.

Unten kamen die Männer in die Halle zurückgetrampelt. Ausrufe des Triumphes und das Rasseln von Rüstungen mischten sich mit Forderungen nach Essen und dem Geklapper von Töpfen.

Danilys blieb ein Stück zurück und sammelte Kraft dafür, den Helm und damit ihre Verkleidung abzunehmen. Sie hatte gefühlt, wie der Glanz sie verließ, als die Räuber entflohen, und jetzt wurde ihr ihre Müdigkeit bewußt.

Zum ersten Mal seit mehreren Stunden fragte sie sich, wo Donal sei. Anfangs hatte sie gefürchtet, sein Bote werde erscheinen, wenn es unmöglich war, daß sie den Platz wieder mit ihm tauschte, und dann hatte der Kampf ihre ganze Aufmerksamkeit beansprucht.

Jetzt machte sie sich echte Sorgen, vor allem, als es in der Halle ruhig wurde. War Donal tot? Sie wagte sich aus einem Alkoven heraus und sah Margolys auf der Estrade stehen. Sie hob triumphierend ein Bündel in die Höhe, und das Bündel gab einen kräftigen Schrei von sich. „Wir haben unsere Schlacht auch gewonnen!“ rief die Heilerin. „Sehr hier Lord Donals Sohn!“

Von neuem brauste Jubelgeschrei durch die Halle. Danilys taumelte, als einer ihrer Nachbarn ihr herzhaft auf den Rücken schlug und etwas murmelte, das selbst Donal für ein wenig obszön gehalten hätte.

Sie erstickte fast unter dem Helm, aber sie behielt ihn auf. Sie brauchte Zeit zum Nachdenken. Die Menge schob sie auf die Estrade zu. Im Namen aller Götter und Göttinnen, was sollte sie sagen, wenn sie dort angekommen war?

Margolys kam ihr auf der obersten Stufe entgegen. Danilys

beugte sich vor, um ihr das Baby abzunehmen, und flüsterte dabei: „Donal?“ Ebenso leise antwortete Margolys: „Tot, *vai domna.*“

Die Trauer um ihn muß warten, dachte Danilys und zwang sich, die Estrade zu betreten. Wenn die Männer erfuhren, was sie getan hatte, würde sich ein Lärm erheben, neben dem das Schlachtgetöse leise war.

Nun, bisher hatte die Frechheit gesiegt, warum nicht auch jetzt! Danilys gab Margolys ihren kleinen Cousin zurück und nahm den Helm ab. „Hier ist die schlechte Nachricht nach der guten!“ rief sie. „Lord Donal ist tot!“

In der Halle wurde es für einen Augenblick vollständig ruhig. Dann füllte sie sich mit dem Gebrüll zorniger Männerstimmen, noch heiser vom Kampf, die einander fragten, was in den neun Höllen dieses Mädchen sich eigentlich denke, warum sie sie betrogen habe und was sie dagegen unternehmen sollten.

Es schien unmöglich zu sein, sie wieder zu beruhigen. Danilys' ersten beiden Versuche hatten keinen Erfolg. Sie fühlte sich einer Panik nahe. Irgendwie mußte sie die Kontrolle zurückgewinnen.

„Das ist mir egal!“ überbrüllte ein Mann die anderen. „Ich weiß nicht, was hier vorgeht, aber es riecht verdammt komisch, und ich reite nach Hause! Wir wissen nicht, wie und wann Lord Donal gestorben ist!“

„Sei kein Idiot“, entgegnete ein anderer. „Willst du im Sturm umkommen oder den Räubern in die Hände laufen? Möchtest du sie darauf bringen, daß sie nachsehen kommen, was an Verteidigern noch hier ist? Ich habe genug von deinen blöden Einfällen!“

„Ja! Denkt nach! Ihr alle!“ rief Danilys in die nun folgende relative Stille hinein. „Ihr alle wißt, daß es im Kampf einen Anführer geben muß. Eine einzige Stimme muß befehlen, oder die Heerschar löst sich auf, und die Feinde töten die Männer einen nach dem anderen. Ich gedachte, die Führerschaft nur für kurze Zeit zu übernehmen, damit Lord Donal sich seine Wunden verbinden lassen könne. In allem, was ich getan habe, bin ich seinen Anweisungen gefolgt. Als keine Boten mehr von ihm kamen, mußte ich weitermachen. Und wir haben gesiegt!

Mein Cousin ist tot, ja. Aber wollt ihr seine Familie mit ihm umbringen? Seine Frau, seinen Erben, den eben geborenen Sohn? Verlaßt uns jetzt nicht! Gebt uns ein paar Tage, daß wir entscheiden können, wie es jetzt weitergehen soll. Dann hört uns an und entscheidet euch, ob ihr den alten Treueeid erneuern oder neue Verbindungen eingehen wollt." Sie hielt inne, um Atem zu schöpfen, und beobachtete die Männer.

Sie waren weit davon entfernt, überzeugt zu sein, aber sie waren müde und bereit, die Sache eine Weile ruhen zu lassen. Der Mann von vorhin schüttelte jedoch den Kopf und empörte sich: „Geführt von wem? Von dir? Eine Frau kann keine Burg verteidigen."

„Diese Frau hat es soeben getan, Freund!" schoß sie zurück. „Und du warst unter den ersten, die gesprungen sind, um mir zu gehorchen! Doch nun – um der Liebe aller Götter und Göttinnen willen, wir wollen alle essen und uns säubern und uns versorgen lassen." Sie winkte Isolde, und die Haushälterin schickte ihre Mädchen mit Schüsseln voll gutem, dickem Eintopf, Nußbrot und Krügen mit Heidebier zwischen die Männer. Bald waren sie bereit, alle Probleme auf morgen zu verschieben.

Danilys zog Cerdic und die Häuptlinge der beiden größten Clans auf die Seite und erklärte ihnen, sie müsse erst mit Bronwyn sprechen, bevor sie eine feste Entscheidung über das, was zu tun ist, fällen könne. Sie sollten sie jedoch sofort benachrichtigen, wenn es ernsthafte Unruhe unter den Männern gebe, und sich keine Gedanken machen, ob sie sie störten.

Cerdic sah sie ernst an. „Ihr braucht Euch nicht zu sorgen, *vai domna*", sagte er. „Sie wären Narren, wenn sie jemanden verlassen würden, der beim ersten Versuch einen Kampf so guten leiten kann – und das werde ich ihnen auch sagen!"

Danilys murmelte eine Antwort, die auf schickliche Art bescheiden, aber nicht schüchtern war, und ging nach oben zu Bronwyn. Die Burgherrin lag auf der Seite und lächelte im Schlaf. Danilys zögerte, sie zu wecken. Vielleicht hatte es Zeit...

Aber Bronwyn war eine zu starke Telepathin, um lange weiterzuschlafen, wenn jemand im Zimmer so intensiv dachte. Sie starrte Danilys einen Augenblick verwirrt an, und dann lächelte sie. „Du hast es geschafft! Ich wußte, wir hatten gesiegt, aber ich schlief ein, bevor ich herausgefunden hatte, was mit dir war. Oh, Dani, ich hätte es nicht ertragen, auch dich zu verlieren!"

Danilys trat schnell an ihr Bett und beugte sich über sie. „Dani, deine Rüstung!" protestierte Bronwyn.

„Entschuldige, daran habe ich nicht gedacht." Danilys wand sich aus Donals Kettenhemd, und dann umarmte sie ihre Cousine.

„Wie geht es dir, *breda?* Fühlst du dich gut genug, um dich zu unterhalten?“

„O ja, ich habe mich vollständig ausgeruht, mir ist nur ein bißchen . . . schwindelig.“

„Nun, ich bleibe nicht lange, oder Margolys wird mich hinausjagen. Ich muß aber wissen, ob ich deine Zustimmung habe, wenn ich weiterhin den Befehl über die Männer führe – falls sie mich lassen –, zumindest solange, bis wir über die Zukunft eine Entscheidung getroffen haben.“

„Ja, natürlich, ich werde es unseren eigenen Hauptleuten morgen sagen.“ Keine von beiden war in diesem Augenblick geneigt, sehr weit in die Zukunft zu blicken. Schweigend saßen sie beieinander, bis Margolys kam und Danilys in ihr eigenes Zimmer und zu der gewaltigen Mahlzeit scheuchte, die Isolde hinaufgeschickt hatte. Danilys blieb gerade noch lange genug wach, um das Essen hinunterzuschlingen.

Ob durch die Gnade eines Gottes oder weil der Winter in der Tat schnell näherrückte, die nächsten paar Tage waren ruhig. Donal, Lord Rockraven, wurde beerdigt. Seine Lady weinte ein bißchen heftiger, als der Brauch es erforderte, zeigte aber mehr Vernunft, als einige, die sie kannten, erwartet hatten.

Drei Tage nach der Beerdigung traf ein Bote ein, was alle überraschte. Der Winter mochte in diesem Jahr bisher mild gewesen sein, aber kein Winter ist eine gute Zeit zum Reisen.

Der Mann bekam zu essen, und dann empfing Lady Bronwyn ihn in der kleineren Halle der Burg. Wie sie zu Danilys sagte, weigerte sie sich, in der großen Halle für irgendwen, der nicht der König selbst war, zu frieren.

So erwartete den Boten eine müde wirkende Frau in einem Raum, dessen verblichene Wandbehänge es kaum schafften, den kalten Zugwind fernzuhalten. Damit schien jedes Haus, in dem er auf seiner Reise gewohnt hatte, geplagt zu sein. Nur zwei Gardisten waren anwesend, und eine weitere Frau stand an der Stelle des Friedensmanns hinter der Lady.

Danilys sah den Boten mit grimmigem Stirnrunzeln an. Was hatte der Kerl zu grinsen. Bronwyn blickte ebenfalls finster. Sie wußte, der Bote war überzeugt, sie würden sich freuen, das huldvolle Angebot seines Herrn zu vernehmen. Da irrte er sich.

Immer noch lächelnd, überreichte der Mann ein in Wachspapier eingeschlagenes Päckchen. „Lord Serrais läßt durch mich zu Eurem Verlust kondolieren, *vai domna,* und bittet darum, Euch in Eurer schwierigen Situation beistehen zu dürfen."

Lady Bronwyn schlitzte das Päckchen mit dem kleinen Eßmesser auf, das ihr vom Gürtel hing, und nahm sich Zeit beim Lesen. Einen Augenblick lang saß sie ganz still. Dann zwang sie sich zu einem Lächeln.

„Sagt Lord Serrais, so sehr ich die Ehre der Botschaft zu würdigen weiß, ist es doch für mich zu früh, derartiges in Erwägung zu ziehen. Aber Ihr müßt müde sein. Dhuglas . . .", winkte sie einem der Gardisten. „Zeigt unserem Gast sein Quartier und sorgt dafür, daß er alles bekommt, was er braucht."

Danilys erkannte auch ohne telepathische Fähigkeiten, daß Bronwyn die Botschaft nicht in der Halle, wo alle Anwesenden zuhören konnten, diskutieren wollte. Eine erstaunliche Zahl von Leuten schien plötzlich Rat über normale Winterprobleme zu brauchen, und es dauerte ein paar Stunden, bevor die beiden Cousinen in Bronwyns Gemächer entfliehen konnten.

Dort hockte sich Danilys auf das breite südliche Fenstersims und sah Bronwyn fragend an. Bronwyn verzog angewidert das Gesicht.

„Ein Heiratsantrag! Er muß ihn abgeschickt haben, sobald die Neuigkeit Serrais erreichte, und außerdem muß der Bote Pferde zuschanden geritten haben, um so schnell hier zu sein. Dani, was soll ich tun? Ich will nicht wieder heiraten, und selbst wenn ich wollte, wie könnte ich?"

„Wir müssen uns etwas ausdenken, wie wir sie alle abweisen können, Bron", erwiderte Danilys. „Von Serrais ist es unglaublich taktlos, daß er dir so früh geschrieben hat, aber andere werden ihm nach höflicherem Abwarten folgen."

„Nun gut, dann suchen wir eine Lösung! Soll ich zum Studium nach Neskaya gehen und meine vier Kinder mitnehmen? ‚Verzeihung, ich möchte mich um Aufnahme bewerben, um mein *laran* auszubilden – ja, ich weiß, ich bin rund fünfzehn Jahre zu alt. Ja, ich habe ein paar Behinderungen; das ist Liriel, das ist Linnell, der Rotkopf ist Annilys, und hier ist Donal-Rafael, der Erbe von Cuillincrest. Die Ländereien von Cuillincrest? Oh, ich konnte mich nicht recht entscheiden, was ich damit anfangen sollte.' Oder vielleicht könnten wir das Gerücht ausstreuen, ich sei durch ein Fieber schrecklich entstellt worden – doch ich glaube nicht, daß das viele abschrecken würde! Was sie wollen, ist das Land!“ Bronwyn drehte sich um und sah ins Feuer. Ihre Schultern bebten.

Danilys sprang vom Fenstersims und lief zu ihr. „Bronwyn, nicht! Es tut mir leid, wenn ich dummes Zeug geredet habe. Ich habe nur einen Weg gesucht, dir einen Gedanken näherzubringen, der mir vorhin in der Halle gekommen ist, als mir klarwurde, was in dem Brief stand. *Breda?*“ Sie berührte zögernd Bronwyns Schulter.

Bronwyn sah sie an. „Mir tut es auch leid, Dani. Das hattest du nicht verdient. Was hast du denn für eine Idee?“

Sie hat nicht viel Hoffnung, dachte Danilys. *Immerhin, ich habe in letzter Zeit Übung darin bekommen, Skeptiker zu überzeugen . . .*

„Bronwyn, die einzige Möglichkeit, diese lästigen Freier loszuwerden, ist, daß du bereits verheiratet bist. Nein, laß mich ausreden! Es kommt heute nicht mehr oft vor, aber du weißt, daß Frauen sich immer noch in einer Freipartnerschaft zur Ehe nehmen können. Das geschieht, um eine Frau vor genau diesen unerwünschten Aufmerksamkeiten zu schützen. Ich – ich würde dich nicht wirklich binden, weißt du. Sobald Donal-Rafael alt genug ist, um allein zurechtzukommen, oder wenn du deine Meinung über eine Wiederverheiratung änderst, könnten wir die Freipartnerschaft leicht auflösen.“ Sie hielt inne und wünschte sich leidenschaftlich, die Gedanken hinter Bronwyns ausdruckslosem Gesicht lesen zu können.

Dann lächelte Bronwyn, und es war das erste richtige Lächeln seit Wochen. „Mich binden? Oh, Dani, du wirst der Verlierer dabei sein! Ich sollte es dir ausreden, aber das bringe ich nicht über mich!“ Lachend und weinend umarmten sie sich.

„Es wird Klatsch geben, das weißt du“, gab Bronwyn zu bedenken, als sie die Beherrschung zurückgewonnen hatten.

„Ja, sicher. Wir kennen die Wahrheit; manche werden glauben, wir tun es, um Donal-Rafaels Erbe zu schützen, und was die übrigen angeht, halte ich mich an das Sprichwort: ‚Sie reden. Was reden sie? Laß sie reden!‘“ Danilys grinste und strich sich die Haare aus den Augen.

Bronwyn schlenderte zu ihrem Nähkasten hinüber. „Dani, ich muß dir jetzt wohl doch ein Schwertgehenk sticken. Es kann ja ein Hochzeitsgeschenk sein.“

„O ja, bitte“, lachte Danilys. „Nur nicht mit *rosa* Blümchen. Ich hasse Rosa!“

Über Joan Marie Verba und „Dieses eine Mal“

Hier ist eine weitere Geschichte, in der es nicht um die „Amazonen“ als solche geht. Vielmehr ist es eine Heldensage, die auf der „Legende von Lady Bruna“ aufbaut – sie schildert die Kindheit der berühmten darkovanischen Heroine. Denen, die kleine Widersprüche zwischen Joans Bruna und meiner stören, schlage ich vor, das Schauspiel El Cid *von Racine und den Sophia-Loren-Film unter dem gleichen Titel mit dem spanischen Original* Cantar del mio Cid *zu vergleichen. Legenden wachsen und werden erweitert – deshalb sind sie ja Legenden.*

Joan Marie Verba ist eine bezaubernde junge Frau, die ich bei einem Con in Minneapolis, Minnesota, kennenlernte, wo das Klima fast wie auf Darkover ist. Sie hat bei allen drei Starstone-*Kurzgeschichten-Wettbewerben mitgemacht, und es sind Storys von ihr in* Starstone *erschienen, aber dies ist ihre erste professionelle Veröffentlichung. Sie hat einen Science-Fiction-Roman geschrieben und arbeitet an einem zweiten – genau das empfehle ich allen jungen Schriftstellern für die Zeit, in der sie Ablehnungen des ersten einsammeln.*

MZB

Dieses eine Mal

von Joan Marie Verba

Allira Elhalyn-Alton stand in der Eingangstür ihres Hauses und sah die Männer durch das Tor hinausreiten. Es war erst ein paar Stunden her, daß die Nachricht eingetroffen war. Dominic-Lewis, ihr Mann, hatte darauf gewartet. Baldric Kadarins Überfälle forderten einen hohen Zoll – die Menschen, die nicht auf der Stelle starben, verhungerten langsam, denn Baldric nahm Lebensmittel ebenso wie Leben. Die Ernte des vorigen Jahres war schlecht gewesen, und in diesem Jahr sah es nicht besser aus. Lord Alton hatte auf Armida Gardisten unter seinem Befehl vereinigt und ließ von Pfadfindern auskundschaften, ob Baldric wieder über die Kilghardberge komme. Endlich war es soweit. Nur ein paar jüngere Männer zurücklassend, ritt Domenic jetzt hinaus, entschlossen, daß dieser Überfall Baldrics letzter sein solle.

Alliras Älteste stand neben ihr. „Warum müssen *wir* immer zu Hause bleiben?“ bemerkte sie. Statt einer Antwort zuckte Allira resigniert die Schultern und wandte sich dem Innern des Hauses zu. Sie dachte oft, sie hätte diese Tochter Echo und nicht Bruna nennen sollen. Noch bevor Bruna *laran* entwickelte, war sie fähig gewesen, Alliras Gedanken auszusprechen, ehe Allira selbst sie hatte laut werden lassen.

„Lady Alton?“ fragte eine Stimme, als sie über die Schwelle trat.

„Ja?“ Sie drehte sich um.

Cathal di Asturien stand vor ihr, eine Stufe tiefer, so daß sie ihm auf gleicher Höhe ins Gesicht sah. „Lord Alton hat Befehl gegeben, das Tor verschlossen zu halten und ständig einen Mann Wache stehen zu lassen“, sagte er. „Bis zu seiner Rückkehr werde ich nicht ausreiten.“

Allira nickte. „Allerdings glaube ich kaum, daß Ihr Euch mit irgend etwas anderem als der Langeweile werdet herumschlagen müssen. Baldric ist zu weit weg, um uns Schaden zufügen zu können."

„Baldric ist nicht der einzige Räuber in den Bergen, Lady", erwiderte Cathal.

„Wir sind lange nicht von Räubern belästigt worden."

„Trotzdem, Lady ..."

Allira winkte ab. „Ich weiß, Ihr habt Eure Befehle."

„Ja, Lady." Cathal verbeugte sich und stieg die Treppe hinunter.

„Ich hätte mir die Haare abschneiden und Kennards oder Gwynns Sachen anziehen sollen", murmelte Bruna hinter Allira, sobald Cathal außer Hörweite war.

„Dein Vater hat uns gestattet, zu lernen, wie man mit einem Schwert umgeht, damit wir uns notfalls verteidigen können. Ich bezweifle, ob er dabei im Sinn hatte, wir sollten ihm in den Kampf folgen", antwortete Allira mit ironischem Unterton.

Bruna kreuzte die Arme und wies mit dem Kopf auf die entschwindende Reihe der Reiter. „Wenn ich ein Mann wäre, dann wäre ich Erbe von Alton und würde mit ihnen reiten."

„Und wenn ich ein Mann wäre, säße ich auf dem Thron in Thendara!" gab Allira heftiger zurück, als es in ihrer Absicht gelegen hatte. Sie seufzte, legte den Arm um Bruna und zog sie an sich. *Bruna, kleines Echo, warum mußt du mich immer an meine eigenen unerfüllbaren Sehnsüchte erinnern?* Sie küßte ihre Tochter und gab sie frei. Bruna sagte nichts, sie drehte sich nur um und ging ins Haus.

Allira saß, in eine Decke gewickelt, auf der Couch vor dem Kamin und starrte ins Feuer. Als Jungvermählte hatte sie des Abends hier gesessen, um allein zu sein, und im Lauf der Jahre hatte sie sich daran gewöhnt, dieses Fleckchen als ihr eigenes Sanktuarium zu betrachten, wo sie ungestört nachdenken konnte, wenn die Familie und die Dienstboten schliefen.

Was sollte aus Bruna werden? Auch Allira litt unter den engen Grenzen, die den Frauen gezogen waren, aber sie liebte ihre Familie, und vor ihrer Heirat hatte ihr die Arbeit im Turm Freude gemacht. Bruna zeigte weder für die Häuslichkeit noch für das *laran* viel Interesse. Aber eine andere Wahl hatte sie nicht. Es war unwahrscheinlich, daß Domenic noch sehr viel länger eine unverheiratete erwachsene Tochter im Haus duldete. Bruna würde sich für den Turm entscheiden müssen, wie es Allira in ihrem Alter getan hatte. Was gab es denn sonst ...?

Eine Tür knallte zu und riß Allira aus ihren Gedanken. Sie warf die Decke beiseite, glättete ihr zerknittertes Kleid und ging aus der Halle in den Eingangsflur, um nachzusehen.

„... alle Männer, die du erreichen kannst! Beeile dich!“ Damit schlug Cathal dem anderen Gardisten auf die Schulter. Der Mann, der mit dem Rücken zu Allira stand, nickte und eilte davon.

„Was ist los?“ fragte Allira ruhig.

„Männer kommen von den Höhen herunter, Lady Alton.“ Cathal sprach rasch. „Ich habe Lorenze gesagt, er solle die Dienerschaft wecken und die Männer zusammenholen. Die Frauen und Kinder müssen an einen sicheren Ort gebracht werden.“

„Räuber?“

„Ich weiß es nicht, Lady, aber Vorsicht ist immer gut. Sie ziehen nicht die Straße entlang, und sie geben sich Mühe, nicht gesehen zu werden, wenn sie sich dabei auch ungeschickt anstellen.“

„Wir haben einen Keller mit einem starken Schloß auf der Innenseite“, schlug Allira vor. „Es geht neben der Küche hinunter. Ich hole die Kinder.“

Ohne auf eine Zustimmung zu warten, lief Allira nach oben, riß die erste Tür auf, trat ans Bett der Kinderfrau und rüttelte sie wach. „Charlena, wecke alle Kinder und bringe sie nach unten in den Kräuterraum – auf der Stelle. Männer kommen in diese Richtung. Ich hole das Baby.“

Charlena sah sie mit großen Augen an, dann nickte sie, stieg aus dem Bett und zog sich einen Morgenrock über.

Die Tür zu ihrem eigenen Zimmer flog gegen die Wand und weckte Linnea auf. Sie war da, wo Allira sie zurückgelassen hatte, in dem Bettchen neben ihrem Bett. Von dem Lärm erschreckt, brüllte Linnea, bis Allira sie hochnahm. Wie üblich am Morgen war sie naß. Allira schlang ein Öltuch um sie und setzte sie auf das Bett. Sie griff nach ihrer Jacke und ihrer Hose aus festem Leder. Die Hose zog sie unter den Röcken an und band sie zu, die Jacke kam über das Kleid. Dann nahm sie ihr Schwert aus dem Schrank und gürtete sich damit. Linnea sah ihr versonnen zu und lutschte dabei am Daumen. *Nur gut, daß sie entwöhnt ist,* dachte Allira. Sie nahm Linnea mitsamt dem Öltuch auf den Arm, raffte eine Handvoll Windeln an sich und lief auf den Flur.

„Hier, Charlena, nimm das Baby." Sie übergab ihr Linnea und die Windeln und stieg als erste in den Keller hinunter, gefolgt von einer Schar verschlafenen Jungvolks.

„Mami, wohin gehen wir?"

„Warum trägst du dein Schwert, Mutter?"

Allira ignorierte die Fragen und strebte weiter dem Keller zu. Bruna tauchte auf, angezogen wie zur Fechtübung. Ihr Blick begegnete dem ihrer Mutter, und sie nickte.

Vor der Kellertür versammelten sich bereits die Diener mit ihren Familien. Allira entdeckte den alten Haushofmeister unter ihnen. „Eduin?"

Der Mann trat vor und strich sich mit seiner knorrigen Hand ein verirrtes Haar aus dem Gesicht. „Ja, meine Lady?"

„Sorge dafür, daß alle in den Keller gehen. Schließe die Tür von innen ab und komme nicht eher wieder heraus, bis jemand die Nachricht bringt, daß keine Gefahr mehr besteht."

„Kommt Ihr nicht mit, meine Lady?"

„Nein." Bevor Allira ein weiteres Wort hinzusetzen konnte, drängten sich Kindra und einige der anderen Kinder an sie und klammerten sich an ihre Röcke, so daß sie beinahe das Gleichgewicht verlor.

„Ich will nicht nach unten gehen, Mami, ich will hier bei dir bleiben", sagte Kindra, und ihre Brüder und Schwestern wiederholten ihre Worte.

Allira machte sich sanft los. „Ich weiß, ihr wollt bei Mami bleiben, aber ihr müßt mit Charlena und Eduin gehen. Nun los, hört auf sie!"

Eduin bückte sich und hob Kindra hoch. „Soll dir der alte Eduin erzählen, wie er einmal ein böses Banshee überlistet hat?" Damit trug er sie die Stufen hinunter.

„Du hast doch nie ein Banshee gesehen", meinte Kindra skeptisch.

„O doch!" Eduin drehte sich um und zwinkerte Allira zu. Dann verschwand er, sämtliche Kinder des Haushalts im Schlepptau.

Die letzte Person der Menschenmenge stieg die Treppe hinunter, und Cathal bog um die Ecke. Er stockte, als er Allira und Bruna bewaffnet und zum Kampf gekleidet sah, doch dann setzte er seinen Weg zu ihnen fort. „Auch ihr solltet in den Keller gehen, Lady Alton, Lady Bruna."

„Wie viele Männer habt Ihr, Cathal?"

„Neun, Lady Alton. Lord Alton hat beinahe jeden, der ein Schwert zu führen versteht, mitgenommen."

„Und wie viele Männer nähern sich uns?"

„Etwa ein Dutzend, schätze ich. Das läßt sich im Dunkeln schwer sagen, Lady."

„Mit Bruna und mir habt Ihr elf Kämpfer, und dann stehen die Chancen ungefähr gleich."

„Ja, Lady. Aber – habt Ihr jemals einen Menschen getötet, Lady?"

„Nein. Ihr?"

Cathal biß sich auf die Lippe. „Ich bin jetzt seit zehn Jahren in der Garde, Lady", sagte er einfach.

„Ich habe sechsunddreißig Jahre lang trainiert, um mich gegen eine Vergewaltigung oder einen Überfall wehren zu können. Ich bin nie in die Lage gekommen, das anzuwenden, was ich gelernt habe, aber ich bin mindestens so gut wie einige der Männer, die Ihr bei Euch habt." Sie wandte sich Eduin zu, der die Treppe wieder hochgestiegen war und im Eingang stand. „Geh hinein und verschließe die Tür. Wir kommen zu euch, sobald wir können."

„Ja, meine Lady", sagte Eduin und zog sich zurück. Die Tür fiel ins Schloß, und Allira hörte, wie ein Riegel zugeschoben wurde.

„Was wird Lord Alton sagen, wenn Ihr getötet werdet, Lady?" flehte Cathal.

„Was würde er sagen, wenn die Angreifer wegen ihrer größeren Zahl euch alle töteten und dann das Haus über den Köpfen von uns übrigen ansteckten?" gab Allira zurück und betrat die Halle. Dort umstanden sieben Männer den Kamin am anderen Ende des Raumes. Sie drehten sich um und starrten Allira und Bruna entgeistert an. Bevor jemand ein Wort sagen konnte, stürmte ein Mann durch den Vordereingang des Hauses herein.

„Sie haben meinen Anruf mit Steinwürfen beantwortet! Jetzt erklimmen sie die Mauer. Ich habe die erste Tür verriegelt, aber es gibt andere Möglichkeiten, ins Haus einzudringen."

Die Männer wandten sich Cathal zu. „Wenn sie schon so weit gekommen sind, ist es am besten, wir erwarten sie hier", meinte er.

„Was ist mit den Damen?" platzte einer heraus.

„Die Damen werden für sich selbst sorgen", erklärte Bruna sarkastisch.

Allira fing Brunas Blick ein und lächelte. Bruna hielt ihr Schwert bereits kampfbereit in der Hand. Anders als Allira, ließ sie sich nicht von Röcken behindern, sondern trug nur Jacke und Hose aus Leder und das Schwert. Obwohl diese Kleidung einen direkt nach unten geführten Hieb oder einen heftigen Stich mit einem schweren Langschwert nicht abhalten würde, war sie doch ein guter Schutz, wenn sie von einer Klinge nur gestreift wurde. Allira hoffte inständig, das Mädchen werde seine Fußarbeit nicht vergessen ...

Ein gewaltiger Knall dröhnte durch das Haus. Die Fenster ratterten von den Schwingungen.

„Die Türen müßten alles aushalten, was sie haben", bemerkte Allira.

„Ja, aber als nächstes werden sie es mit den Fenstern versuchen", antwortete Cathal. Das Geräusch wiederholte sich.

Dann hörte man, daß etwas zerschmettert wurde. „Sieht aus, als hätten sie die Fenster bereits entdeckt." Bruna richtete ihr Schwert nach dem Lärm aus, der in einem anderen Raum ertönte.

Von draußen klangen Rufe herein. Die Angreifer fuhren fort, Fenster einzuschlagen, aber sie rannten nicht mehr gegen die Tür an.

„Verriegelt die Türen der Halle!" befahl Cathal. Alle rannten zur nächsten Tür, warfen sie zu und sicherten sie. „Das wird uns zumindest ein bißchen Zeit geben", setzte Cathal hinzu.

„Wozu soll das gut sein?" fragte Bruna.

„Wenn sie auf Lebensmittel oder Geld aus sind", sagte Allira, „werden sie vielleicht das Haus plündern und uns in Ruhe lassen."

„Aye, Lady Bruna. Es ist immer besser, einen Kampf zu vermeiden, wenn es sich machen läßt. Noch nie ist ein Mann in einer Schlacht gefallen, die gar nicht erst angefangen hat."

Alle verstummten und lauschten auf die Schritte, die durch die anderen Räume des Hauses trampelten. Allira atmete tief durch, um ihre Ängste unter Kontrolle zu bringen. Als empfindsame Telepathin nahm sie die Spannung der Männer in der Halle wahr, die von normaler Furcht bis an die Grenze der Panik reichte. Domenic hatte ihr einmal gesagt, das sei für Männer, die vor einem Kampf stehen, normal, aber Allira fand darin nur einen geringen Trost. Sie fühlte sich krank. Mit aller Willenskraft schüttelte sie das Gefühl ab. Dieses eine Mal, auch wenn es nur dieses eine mal war, würde sie nicht beiseitegeschoben und beschützt werden. Sie würde die Verantwortung für ihre eigene Sicherheit tragen, und das in vollem Bewußtsein der Gefahren und Konsequenzen.

Die Sekunden schleppten sich hin. Es juckte Allira an schlecht zu erreichenden Stellen. Sie hörte Fußbodenbretter quietschen. Die Schritte näherten sich der Halle.

Plötzlich splitterte die Tür neben Allira unter einem Axthieb und flog auf. Allira trat zur Seite. Ein Mann stand auf der Schwelle, zeigte mit dem Schwert auf Allira und sagte: „Da ist die Zauberin!"

Allira drehte sich um, schlug mit dem Schwert nach links und fand sich einem zweiten Angreifer gegenüber, der wild auf sie einhieb. Sie parierte den Streich mühelos und klopfte dem Mann leicht auf die Schulter, wie sie es mit ihren Gegnern bei den Fechtübungen täglich tat. Überrascht, daß die Lady sich so wirksam verteidigte, hielt der Mann für einen Augenblick inne. Allira wiederum erschrak darüber, daß sie eine Geste, die im Training üblich war, bei einem Mann angewendet hatte, der sie vielleicht töten würde. Auch sie zögerte – lange genug, daß der Mann sein Erstaunen überwinden und den Kampf mit wilder Heftigkeit von neuem aufnehmen konnte. Allira setzte all ihre Fähigkeiten ein und blockierte ihn in jeder Bewegung. Gerade als seine Verteidigung schwächer zu werden begann, spürte sie etwas ihre Jacke streifen. Sie sah kurz hin und entdeckte zu ihrem Entsetzen, daß ein anderer Mann sein Schwert gegen sie drückte. Allira sprang zurück; sie beabsichtigte, sich im Sprung zu vergewissern, ob Blut auf der Klinge war oder nicht. Doch sie rutschte aus und fiel zu Boden.

Ohne nach unten zu blicken, immer mit einem Auge auf die Eindringlinge, gegen die jetzt weitere Burgleute vordrangen, kam sie wieder auf die Füße und stellte sich auf einen festen, trockenen Platz. Alle Männer und Bruna hatten zu tun; Allira sah einen Gardisten, der sich gegen zwei verteidigte, und nahm einen der Feinde auf sich. Mit Befriedigung stellte sie fest, daß sich ihr Körper instinktiv richtig bewegte und ihrem Geist die Freiheit ließ, die nächsten Handlungen zu planen. Langsam entfernten sie und ihr Gegner sich von der Masse. Beide kämpften sie aggressiv. Sie hatte kein Gefühl mehr für die Zeit, bis sie eine Öffnung für eine *balestra* fand, ihre Chance nutzte und ihr Schwert dem Mann schnell durchs Herz stieß. Sekunden, nachdem der Mann gefallen war, eilten zwei Gardisten herbei und beugten sich über ihn.

„Er ist tot, Lady", stellte einer von ihnen überflüssigerweise fest.

Allira blickte von dem Toten zu ihrem Schwert und wieder zurück. Dann drehte sie sich langsam um und zählte die Köpfe in der Halle. Sieben Personen standen auf den Füßen, und sie erkannte, daß sie alle zu der ursprünglichen Schar der Verteidiger gehörten. Bruna war unter ihnen.

„Bist du verletzt, Mutter?" rief sie quer durch den Raum.

„Nein", antwortete Allira und betrachtete ihre Kleider, die ganz voll Blut waren. Auch ihre Klinge war rot. Die Lachen vermeidend, die sich auf dem Fußboden bildeten, ging sie in die Mitte der Halle. Sie mußte an den Männern vorbei, die überall herumlagen. Im Turm und auf Armida hatte sie schon Verwundete versorgt, aber etwas Ähnliches wie hier hatte sie noch nie gesehen. Sie schluckte schwer und kämpfte gegen das Erbrechen an.

„Hier, Mutter." Bruna reichte ihr einen langen Lappen. Allira wischte sich Hände und Stirn ab, dann säuberte sie die Klinge und steckte sie in die Scheide.

„Lady Alton?" bat Cathal um ihre Aufmerksamkeit.

„Ja?" Allira wandte sich ihm zu.

„Könntet Ihr Euch um Caradoc hier kümmern? Er ist verwundet."

Allira ging mit ihm, sah sich den Jungen an, der kaum sechzehn war, und untersuchte ihn so behutsam wie möglich. Er stöhnte leise. Sie kam zu dem Schluß, daß ihm noch zu helfen war, und wollte sich aufrichten, um ihre Tasche zu holen, als Bruna damit leicht ihren Arm berührte. Allira nickte, nahm die Tasche, kniete sich wieder hin und verband den Jungen. Dann nahm sie sich der anderen Männer an. Sie hatte nur Gedanken für ihre Arbeit, und so fiel ihr nicht eher auf, daß niemand mit ihr gesprochen hatte, bis sie den Arm des letzten Verwundeten verband.

„Lady Alton?" fragte der Mann mit schwacher Stimme. Er war einer der Angreifer, nicht viel älter als Cathal. Was von seinem Hemd noch übrig war, sah verblichen und fadenkahl aus.

Allira nickte. „Ja", bestätigte sie freundlich und fuhr mit ihrer Arbeit fort.

„Ihr seid – nicht so, wie Baldric Euch beschrieben hat", stellte er fest.

„Oh?" fragte Allira neugierig.

„Er sagte, Ihr wäret eine böse Zauberin und würdet mit der

Macht Eures Sternensteins Dämonen ausschicken, die die Ernten vernichten."

Allira legte dem Mann die Hand auf die Stirn, die sich heiß anfühlte. Sie riß ein sauberes Stück von einer Bandage ab, tauchte sie in eine neben ihr stehende Wasserschüssel und wrang sie aus. „Eine Matrix ist ein Telepathie-Verstärker, sonst nichts", erklärte sie dabei leise. „Im Turm habe ich gelernt, die Telepathie zu benutzen, nicht aber, Dämonen heraufzubeschwören." Sanft legte sie das Tuch dem Mann auf den Kopf.

Cathal trat hinter Allira und sah scharf auf den Fremden hinunter. „Wenn du mich fragst, dann ist Baldric der Dämon, der in unser Land einfällt, uns die Nahrung raubt und unsere Leute tötet."

Der Mann blickte zu Cathal hoch. „Nein, Baldric ist ein guter Mann. Er hat uns Essen gegeben. Meine Kinder, meine Frau ... sie hungerten, bis Baldric kam. Er hat nur getötet, wenn es notwendig war ... nur wenn die Leute sich weigerten zu teilen ..."

„Sie weigerten sich, weil sie keine Lebensmittel übrig hatten, Mann! Auch wir hungern!"

„Aber wir haben gar nichts mehr! Unsere Vorräte sind aufgebraucht ... bis zur Ernte ... dauert es noch lange ... Wild ist rar. Baldric sagte, Lady Alton ..." Der Mann drehte den Kopf zur Seite und blinzelte müde. Das Tuch rutschte ihm von der Stirn; Allira nahm es und legte es ihm wieder auf.

„Paß auf, was du über Lady Alton sagst!" warnte Cathal.

Allira seufzte. „Baldric hegt seit langem Groll gegen die Altons. Er wurde in Unehren aus der Garde entlassen, weil er einen Offizier angegriffen hatte. Ihr habt Euch ausnützen lassen, mein Freund."

Der Mann schüttelte den Kopf und schloß die Augen. Allira erhob sich steif. Cathal faßte ihren Arm und half ihr auf die Füße.

„Ihr seht sehr blaß aus, Lady", sagte er. Als Allira nicht antwortete, setzte er hinzu: „Vielleicht solltet Ihr Euch jetzt ausruhen, Lady."

Allira streckte sich, und ein scharfer Schmerz durchfuhr ihre linke Seite. Sie legte die Hand über die Rippen und atmete flach, und da ließ er nach.

„Was fehlt dir, Mutter?" Bruna kam zu Allira und faßte ihren anderen Arm.

„Ich weiß es nicht, ich habe an der Stelle vorher nichts gespürt . . .“

„Wo, Mutter?“

„Auf der linken Seite.“ Sie sah über die Halle hin. „Was ist mit all dem Blut geschehen?“

„Wir haben den Boden gesäubert, während du die Verwundeten behandelt hast. Die Toten haben wir hinter die Ställe getragen. Cathal hat einige der anderen dazu angestellt, Gräber für sie auszuheben.“

Allira schüttelte traurig den Kopf. „Die armen Menschen.“

„Sie hätten Euch getötet, Lady“, gab Cathal zu bedenken.

„Ich weiß“, sagte Allira leise. „Bruna“, bat sie ihre Tochter, „sag Eduin, er könne jetzt herauskommen. Laß die Männer, die transportiert werden können, in den Aufenthaltsraum der Gardisten bringen. Geht es nicht, sollen hier Behelfsbetten aufgestellt werden, damit sie wenigstens vom Fußboden wegkommen.“ Allira sank vor Schwäche zusammen. Cathal und Bruna halfen ihr auf die Couch.

„Muß nur ausruhen“, flüsterte sie, legte sich auf die rechte Seite und schloß die Augen.

Allira hörte Stimmen. Ohne die Augen zu öffnen, blieb sie still liegen und kam zu dem Schluß, sie müsse geschlafen haben. Unter ihr war eine rauhe Oberfläche; sie mußte immer noch auf der Couch sein. Zu müde, um die Augen zu öffnen, lauschte sie.

„Das hast du gut gemacht, Bruna, daß du Verbindung mit mir über die Matrix aufgenommen hast“, sagte eine vertraute Stimme. „Bist du auch ganz bestimmt nicht verletzt?“

„Ich habe nicht einen Kratzer abbekommen, Vater“, antwortete Bruna.

„Viele meiner Männer halten sich bei ihrem ersten Kampf nicht so gut“, erklärte Domenic. „Vielleicht hättest du ein Mann werden sollen.“

Schweigen folgte. Allira versuchte, die Augen zu öffnen, und stellte fest, daß es anstrengender war, als sie gedacht hatte. Anfangs passierte nichts anderes, als daß die Lider leicht flatterten. Sie konzentrierte sich und schaffte es, durch einen Spalt auf ihre unmittelbare Umgebung zu spähen.

Langsam wurde das Bild scharf. Vor ihr stand im rechten Winkel zu ihrem Gesichtsfeld Gabriel. Er beugte sich vor, die Hände auf den Knien. Mit der typischen Taktlosigkeit eines Elfjährigen sprudelte er hervor: „Mutter, du siehst *schrecklich* aus!"

Allira versuchte zu lachen, aber heraus kam nur ein schwaches Schnauben, gefolgt von einem Schmerz in der Seite. Sie zuckte zusammen, schloß die Augen und versuchte, ihre Atmung zu kontrollieren.

„Hier, Liebste, trink das." Allira wollte den Kopf heben, doch sie schaffte es nicht, und dann hob ihr jemand den Kopf an. Jemand schob ihr ein Kissen unter.

„Wir mußten die Wunde an deiner Seite mit mehreren Stichen nähen, aber es hätte schlimmer sein können – deine Rippen scheinen die Klinge aufgehalten zu haben", sagte Domenic in aufmunterndem Ton. „Eine Narbe wird allerdings zurückbleiben."

Allira brachte ein schwaches Lächeln zustande. „Die Kleinen?"

„Allen Kindern geht es gut. Charlena hat die jüngeren über die Hintertreppe nach oben gebracht und ihnen erzählt, Mami schlafe. Die anderen sind hier – wie du zweifellos bemerkt hast."

Allira wandte den Blick von Domenic ab und sah die Gesichter ihrer Kinder, die sich um die Couch drängten und sie ängstlich beobachteten.

„Baldric?"

„Wir haben ihn erledigt", antwortete Domenic. „Die armen Teufel, die ihm folgten, waren ausgehungerter als unsere Männer. Einen richtigen Kampf kann man es kaum nennen."

„Und jetzt?"

Domenic zuckte die Schultern und kniete sich vor die Couch. „Ich weiß es nicht, Allira. Wir haben das bißchen Essen, das wir hatten, geteilt und die Überlebenden nach Hause geschickt. Wir haben nur wenig mehr als sie, und wenn das verbraucht ist..." Seine Stimme erstarb.

Allira versuchte, den Arm zu heben, um seine Hand zu fassen, brachte es aber nur fertig, mit den Fingern zu wackeln. Domenic sah die Geste, nahm die Hand, hob sie sanft und drückte seine Lippen darauf.

„Im Augenblick ist nur wichtig, daß du am Leben bist, Liebste." Behutsam legte Domenic die Hand seiner Frau wieder hin. Er streichelte ihr Haar. „Du hast es sehr gut gemacht, sagen die Leute."

„Bruna", begann Allira schwach.

„Sie hat es auch gut gemacht."

„So gut wie ein Mann, Vater?" neckte ihn Bruna, die hinter der Lehne der Couch stand.

„Ja", stimmte Domenic widerwillig zu. Für einen Augenblick sah sein Gesicht merkwürdig aus. Allira fragte sich, ob er eine Vorausschau habe, wie sie den Altons manchmal zuteil wurde. Schließlich seufzte er. „Du wirst es immer gut machen, Tochter." Er stand auf und sah sie an.

Bruna lächelte. „Die Absicht habe ich, Vater", meinte sie zuversichtlich.

Allira sah von ihrem Mann zu ihrer Tochter. Irgendwie beruhigt durch den Ausdruck, den sie hier wie dort sah, und die Gefühle, die sie wahrnahm, sank sie in friedlichen Schlaf.

Über Margaret Carter und „Ihr eigenes Blut“

Als ich Margaret Carters Geschichte angenommen hatte und sie um biographische Daten bat, antwortete sie mir auf lustigem Schreibpapier, das das Motto trug: „Auf die reine Theorie – möge sie niemals für irgendwen von Nutzen sein.“ Darauf trinke ich.

Margaret Carter macht augenblicklich ihren Doktor der Philosophie in Englisch. Ihre Dissertation schrieb sie über das Thema: „Teufel, Gespenst oder Täuschung; Zweifel am Übernatürlichen als literarischer Kunstgriff in Schauerromanen.“ Sie hat auch eine klassische Kollektion herausgegeben: Dämonenliebhaber und seltsame Verführungen *(Fawcett, 1972), und ihre Arbeit über C. S. Lewis wurde von der Kent State University für die Anthologie* Lewis als Kritiker *angenommen.*

Sie sagt, ihre ersten schriftstellerischen Versuche seien von Dracula *inspiriert gewesen, und ihr größter Ehrgeiz sei es, einen Roman voll übernatürlichen Horrors zu schreiben. Sie ist Ehefrau eines Navy-Mannes, reichte eine Liste ihrer früheren Adressen ein, die wie ein Reiseführer für Amerika aussieht, und hat vier Söhne im Alter zwischen zwei und siebzehn.*

„Ihr eigenes Blut“ spielt nicht unter Freien Amazonen, setzte aber neue Parameter für Frauen, die in einer von Männern beherrschten Gesellschaft einen Platz für sich selbst schaffen wollen – und darum geht es den Freien Amazonen ja. MZB

Ihr eigenes Blut

von Margaret L. Carter

Von dumpfem Kopfschmerz gequält, sah Gwennis über die Menge der Dienstboten und Freisassen hin, die sich in Dom Elric Serrais' Gerichtshalle drängten. Sie hatte immer noch keine klare Vorstellung davon, warum ihre Mutter Alanna sich heute morgen so unvermittelt entschlossen hatte, sie herzubringen. Sie beide hatten keine Eingabe und keine Bitte um Gerechtigkeit vor den kleinen Ridenow-Lord zu bringen, dem sie dienten. Oder hatte Alanna im Sinn, sich bei dem *vai dom* darüber zu beklagen, daß ihr Mann Gwennis geschlagen hatte? Das schien weit hergeholt, denn auch ein Hirte hatte soviel Recht über seine Nachkommenschaft.

Abgesehen davon waren die Prügel nur die letzten und schlimmsten von Hunderten gewesen. Als Gwennis am Morgen das einzige Milchtier der Familie gemolken hatte, war ihr plötzlich ein Schmerz durch den Nacken gefahren. Sie hatte gesehen, daß die Stallkatze ein Nagetier im Stroh ansprang. Nur hatte das Wissen, daß die würgende Qual in Wirklichkeit die des kleinen, zappelnden Wesens war, sie nicht davon abgehalten, sich aufschreiend zusammenzukrümmen, denn ihr war, als breche ihr eigener Hals. Die Wände des Schuppens drehten sich um sie, sie war sich vage bewußt, daß der Milcheimer umkippte und ihr Vater sie packte. Durch den neuen Schmerz der auf Kopf und Gesicht hämmernden Fäuste hörte sie ihn die gewohnte Beschimpfung brüllen: „Du von sechs Vätern gezeugtes Balg mit nichts als Federn im Kopf! Glaubst du, Milch kommt aus dem Boden wie Wasser?"

Nachdem ihr Vater an seine Arbeit gegangen war, hatte Gwennis die neuen Male ihrer Mutter gezeigt, deren einzige Bemerkung lautete: „Es wird schlimmer. Eines Tages wird er dich umbringen." Das wurde in sachlichem Ton gesprochen, denn der Vorfall war zu gewöhnlich, um Emotionen darauf zu verschwenden.

Manchmal fragte sich Gwennis, warum sie nicht bereits zu der Schwachsinnigen geworden sei, für die ihr Vater sie hielt. Diese Anfälle mit ihren unabhänderlichen Folgen plagten sie schon zwei Jahre lang, seit sie dreizehn geworden war. Ihre erste Erfahrung hatte die Geburt ihres jüngsten Bruders zum Anlaß. Während Alanna sich fast ohne ein Stöhnen unter den Händen der Hebamme keuchend abmühte, hatte sich Gwennis in ihrem Dachbodenbett zusammengekrümmt und bei jeder neuen Wehe geschrien. Ihr Vater Piedro, der auch vor dieser Nacht nie freundlich zu ihr gewesen war, hatte sie wegen des Lärms geohrfeigt und aus dem Haus gejagt. Bald war sie sich bewußt, daß sie den Schmerz einer jeden leidenden Kreatur, ob Mensch, ob Tier, innerhalb einer Entfernung von rund hundert Fuß mitempfand. Das einzige Gute an diesem Fluch waren seine begrenzte Reichweite und die Tatsache, daß er sich auf Wesen beschränkte, die ein Bewußtsein besaßen. Gwennis brauchte nicht den Tod von jeder Fliege und jedem Floh zu teilen. Gezwungen, sich selbst zu schützen, hatte sie gelernt (wenn ihr soviel Zeit blieb, sich zu sammeln), in das Zentrum der Qual hineinzugreifen und sie auf mentale Weise zu dämpfen. Trotzdem wurde sie mindestens ein- oder zweimal alle zehn Tage dafür bestraft, daß sie Geschirr zerbrochen oder, desorientiert, wie sie war, eine Gemüsepflanze anstatt eines Unkrauts ausgerissen hatte, so häufig waren die Attacken. Sie hatte auch festgestellt, daß sie es nicht länger über sich brachte, Fleisch zu essen. Wegen dieser Abneigung und wegen der Anfälle nannten ihre Mutter und ihre Schwestern sie kränklich und „wunderlich". Piedro hingegen beschuldigte sie, sich vor der Arbeit zu drücken und (was nicht recht verständlich war) „sich etwas einzubilden" – als habe man Anlaß, stolz zu sein, wenn man dauernd im ungeeignetsten Augenblick ohnmächtig wurde!

Im Lauf des Vormittags wurde Gwennis es bald müde, die Ohren anzustrengen, um die Einzelheiten der Beschwerden ihrer Nachbarn aus dem Stimmengesumm in der Halle herauszuhören. Sie und Alanna standen in einer Ecke, warteten darauf, daß sie an die Reihe kämen, nahmen ab und zu einen Schluck aus den Wasserschläuchen, die sie mitgebracht hatten, und knabberten ein paar Stücke Trockenobst. Gwennis hatte Dom Elric noch nie so aus der Nähe gesehen. Er war ein großer, magerer Mann, dessen bronzenes Haar fast völlig zu Grau verblichen war. Sie wußte nichts von ihm, was über das allgemeine Gerede hinausging, und es hieß, er sei gerecht und großzügig. Viermal verheiratet gewesen, war er jetzt Witwer mit nur einem überlebenden Kind, einem Jungen, noch keine fünf Jahre alt. Der Junge, so ging das Gerücht, litt an einer seltsamen Krankheit, an der er wahrscheinlich sterben würde, lange bevor er erwachsen war. Dom Elrics Besitz war klein, und es war nicht damit zu rechnen, daß er eine fünfte Familie fand, die ihm eine Tochter zur Frau gab. Sein mutmaßlicher Erbe war ein *Emmasca*-Cousin, und seine verwitwete, kinderlose Schwester führte ihm den Haushalt. Gwennis hatte die *vai domna* nie gesehen, aber gehört, nach dem frühen Tod ihres Gatten habe die Dame sich dem Befehl ihres Bruders, ein zweites Mal zu heiraten, widersetzt und statt dessen ein skandalöses Leben gewählt.

Um die Mittagszeit war die Halle bis auf Dom Elrics Hausdiener und ein paar Nachzügler, die ihre Kinder und Habseligkeiten zusammensuchten, leer. Alanna zog Gwennis nach vorn und hieß sie, sich vor dem Hochsitz des Lords zu verbeugen. „*Vai dom,* ich möchte unter vier Augen eine Gunst von Euch erbitten."

Er runzelte die Stirn, doch nicht unfreundlich. „Ich kann mich nicht an Euren Namen erinnern, *mestra*."

„Ich bin Alanna, die Frau Piedros, Eures obersten Hirten. Es geht um meine älteste Tochter hier."

Gwennis, die vom Kopfweh immer noch benommen war, wunderte sich, wie ihre Mutter hatte auf den Einfall kommen können, sich über Piedros Härte bei dem Herrn zu beklagen. Wenn ein Mann seine Kinder nicht gerade ermordete, hatte niemand das Recht, sich einzumischen. Gwennis spürte Dom Elrics hellgraue Augen auf sich ruhen, als könne er ihren Schädel öffnen und ihr ins Gehirn sehen. Erschauernd dachte sie, daß er es vielleicht wirklich konnte. Hatten nicht alle Angehörigen der Hastur-Sippe Zauberkräfte?

Nach kurzem Nachdenken sagte er: „Nun gut. Ich will mit Euch im Büro des *coridom* sprechen."

Ein paar Minuten später führte ein offensichtlich nicht damit einverstandener Haushofmeister Mutter und Tochter in ein kleines, einfaches Zimmer, dessen Möbel hauptsächlich aus einem Schreibtisch und zwei niedrigen Sofas bestanden. Dom Elric setzte sich und winkte ihnen, es ihm nachzutun. „Ihr braucht nicht zu stehen, wenn wir allein sind. Was ist das jetzt für eine wichtige

Angelegenheit? Ich hoffe, sie ist wichtig genug, um diesen Unsinn zu rechtfertigen."

„Ich wollte Euch nur eine Peinlichkeit ersparen, *vai dom*", erwiderte Alanna. Gwennis staunte über die schlaue Unverschämtheit, die sie an ihrer Mutter gar nicht kannte. „Das ist meine Tochter Gwennis. Sie wurde zu Mittwinter vor fünfzehn Jahren beim Fest gezeugt. In der Nacht lag ich bei mehreren Männern, einschließlich meinem Verlobten. Nur einer von ihnen kann ihr *dies* gegeben haben." Sie faßte nach einer Locke von Gwennis' feuerfarbenem Haar.

Gwennis stand da wie gelähmt, bestürzt über ihre eigene Naivität. Die ganze Zeit hatte sie Piedros Lieblingsschimpfwort „von sechs Vätern gezeugt" für eine Beleidigung ohne tiefere Bedeutung gehalten. Kein Wunder, daß ihr Vater – nein, Pflegevater – ihren Anblick verabscheute. Und ein fast ebenso großes Wunder wie ihre eigene Abstammung war, daß ihre abgearbeitete Mutter mit dem faltigen Gesicht und dem spülwasserfarbenen Haar einmal hübsch genug gewesen sein mußte, um einen Edelmann in Versuchung zu führen. Und wiederum, wer konnte sich vorstellen, daß dieser ernste Lord sich so leichtfertig amüsierte?

Dom Elric sagte: „Was ist Euer Begehren, *mestra?* Wenn Ihr wollt, daß ich sie anerkenne, dann hättet Ihr die Sache vor fünfzehn Jahren zur Sprache bringen sollen."

Alanna sah ihn ausdruckslos an. „Daran habe ich nie gedacht, *vai dom.*"

Das war die einfache Wahrheit, erkannte Gwennis. Alles, was die Frau wollte, war, ihre Tochter auf eine Weise loszuwerden, die ihr eigenes Gewissen entlastete. Alanna fuhr fort: „Sie hat Anfälle, sie ist zu kränklich für die Arbeit draußen. Mein Mann schlägt sie, und ich fürchte um ihr Leben. Ich bitte Euch, ihr irgendeine Stellung im Großen Haus zu geben, wo sie ohne Angst tätig sein kann. Sie ist nicht kräftig, aber sie hat geschickte Hände und ist nicht so einfältig, wie sie aussieht."

Gwennis wand sich bei der unfreundlichen Beschreibung. Wer würde sich einfallen lassen, ein Milchtier oder ein *chervine* aufgrund dieser Spezifikation zu kaufen?

Nach einer der nachdenklichen Pausen, die charakteristisch für ihn waren, rief Dom Elric den *coridom,* der gleich außerhalb der Tür wartete, und befahl: „Bitte Domna Calinda her."

Kurze Zeit später betrat eine Frau mittleren Alters, die ebenso groß war wie ihr Bruder, das Zimmer. Überrascht stellte Gwennis fest, daß ihr kastanienbraunes Haar kurz geschnitten war wie das eines Jungen, obwohl ihr Kleid das einer Lady war. „Calinda“, sagte Dom Elric, „kannst du ein neues Mädchen brauchen?“

Nach einem scharfen Blick auf ihn musterten die Augen der Dame Gwennis von oben bis unten. „Kannst du nähen, Mädchen?“

Alanna antwortete für sie.„Natürlich keine eleganten Sachen, aber in einfachen Näharbeiten ist sie gut.“

Domna Calinda wandte sich ihrem Bruder zu. „Wir könnten sie anstellen, das Leinenzeug auszubessern.“

„Sehr gut“, sagte Dom Elric. „Du bleibst hier, Kind. Geh mit Domna Calinda, und sie wird dich in deine Pflichten einweisen.“

Gwennis' Mutter umarmte sie steif. „Morgen bringe ich dir deine Kleider. Arbeite fleißig und mache der *vai domna* keinen Ärger.“ Sie war gegangen, bevor Gwennis ganz begriffen hatte, was sich abspielte.

Die Lady gab einen Ton von sich, den man fast ein Schnauben hätte nennen können. „Komm, Mädchen, bleib hier nicht mit offenem Mund stehen.“

Wenn Gwennis' neues Leben als Dienerin im Großen Haus einsam war, wurde sie sich der Tatsache doch nicht völlig bewußt. Sie hatte sich auch zu Hause einsam gefühlt. Noch bevor die Krankheit sie befallen hatte, war sie als die Älteste und als Zielscheibe von Piedros Mißmut von den jüngeren Kindern abgesondert gewesen. Und in den beiden letzten Jahren war die Entfremdung zwischen ihr und ihren Schwestern noch größer geworden. Sie grollten ihr, weil sie nicht so schwer arbeiten konnte, und ein bißchen war auch abergläubische Furcht vor ihrer „Wunderlichkeit“ dabei. Wirkliche Zuneigung gab es nur zwischen ihr und ihrem Baby-Bruder, der eher ein Schoßtier als ein Freund war. Die ständig überarbeitete Alanna hatte auch weder Zeit noch Lust, für ihre „merkwürdige“ Tochter besondere Fürsorge aufzuwenden. Was die materiellen Dinge betraf, so fand Gwennis ihr Bett im Schlafraum der Dienerinnen luxuriös, nachdem sie ihr Leben lang den Dachboden einer aus zwei Räumen bestehenden Hütte mit vier Schwestern geteilt hatte. Es gab auch mehr und abwechslungsreicher zu essen im Großen Haus. Die Arbeit fiel ihren geschickten Fingern leicht. Das Beste war, daß sie keine Angst mehr haben mußte, geschlagen zu werden. Unter Domna Calindas Regiment gab es keine körperlichen Mißhandlungen und nicht einmal Beschimpfungen. In den ersten acht Tagen ihrer neuen Tätigkeit hatte Gwennis tatsächlich nicht einen einzigen „Anfall".

An den Sommermorgen setzten sich die Mädchen, wenn die Sonne die dünne Decke des über Nacht gefallenen Schnees weggetaut hatte, mit ihrem Nähzeug oft in den Burghof unter die Obstbäume. Eines Tages erzählte eine der anderen beiden Dienerinnen, die mit Ausbesserungsarbeiten beauftragt waren, Gwennis etwas über die Familie des Lords.

Nach einem vorsichtigen Blick zur inneren Tür sagte Hilary, eine schmächtige Blondine: „Du bist nun beinahe zehn Tage hier, Gwen. Was hältst du von Domna Calinda?"

Die Zumutung, ein Urteil über die Dame des Hauses auszusprechen, entsetzte Gwennis. Bisher hatte sie für die Schwester des Lords nichts anderes als Dankbarkeit empfunden, denn wenn auch ihr Aussehen sie einschüchterte und ihre Stimme scharf war, grausam war sie nie. Gwennis murmelte: „Die *vai domna* ist immer freundlich zu mir gewesen."

„Natürlich, aber hast du dir noch nie Gedanken über ihr Haar und ihre – nun – diese männliche Art, die sie an sich hat, gemacht?"

Das hatte Gwennis tatsächlich getan, aber sie war viel zu schüchtern, um das geradeheraus zuzugeben. Sie räumte nur ein: „Ich habe noch nie gesehen, daß das Haar einer Dame auf diese Art geschnitten war." Dabei hielt sie die Augen auf das Bettlaken gerichtet, das sie säumte.

Hilary freute sich über die Gelegenheit, einer Neuen den Klatsch beizubringen, den das übrige Personal längst kannte. „Vermutlich hast du auch noch nie von den Freien Amazonen gehört."

So erschrocken, daß sie den Kopf hob, erwiderte Gwennis: „Ganz so unwissend bin ich nicht. Ich weiß, daß es sie gibt, wenn auch sonst nichts weiter. Frauen, die wie Männer leben – ist *das* der Grund . . .?"

Hilary nickte. „Domna Calinda ist eine von ihnen. Als ihr Mann jung gestorben war, wollte sie nicht wieder heiraten. Sie lehnte den Mann ab, dem Dom Elric sie versprochen hatte. Man sagt, er sei wütend gewesen, als sie weglief und sich den Amazonen anschloß."

Ysabet, das andere Hausmädchen, ein paar Jahre älter, setzte hinzu: „Dann starb die letzte Frau des *vai dom* im Wochenbett, und Domna Calinda kehrte zurück. Beinahe hätte er sie von seiner Tür vertrieben. Ich war hier – es war eine schreckliche Szene."

„Doch dann ließ er sie bleiben?" fragte Gwennis, wider Willen neugierig geworden.

Hilary zuckte die Schultern. „Ihm blieb nichts anderes übrig. Wie sollte er ohne Frau für ein Neugeborenes sorgen? Außerdem hatte sie bei den Amazonen gelernt, die Arbeit eines Schreibers zu tun."

„Sie ist nur des kleinen Lerrys wegen zurückgekommen", sagte Ysabet. „Ich glaube nicht, daß sie es sonst ertragen würde."

„Was denn?" fragte Gwennis.

„Der *vai dom* verzeiht ihr nicht, daß sie eine Amazone ist, und läßt sie nie vergessen, daß sie der Familie Schande macht. Ich nehme an, sie wird nur so lange bleiben, bis das arme Kind stirbt."

„Was nicht mehr lange dauern wird", seufzte Hilary.

Gwennis hatte immer nur flüchtige Blicke auf den Jungen erhascht, wenn er an schönen Morgen unter den Augen seiner Kinderfrau im Hof spielte. „Was fehlt ihm?"

„Was, weißt du das nicht?" Aus Ehrfurcht vor dem traurigen Thema dämpfte Hilary die Stimme. „Er leidet an einer Krankheit des Blutes. Bei jeder winzigen Schnittwunde besteht Lebensgefahr. Er ist schon mehr als einmal beinahe gestorben." In diesem Augenblick öffnete sich die Tür. Hilary warf einen Blick zurück und nahm ihre vernachlässigte Arbeit auf.

Lerrys Kinderfrau Mhari kam aus dem Haus und führte den jungen Lord an der Hand. Er war klein für sein Alter, nicht viel größer als Gwennis' Bruder, aber abgesehen davon hätte ein zufälliger Beobachter nicht erraten, daß er kränkelte. Trotzdem war diese Tatsache sofort an dem ängstlichen Geflatter der Kinderfrau zu erkennen, als er seine Hand aus ihrer befreite und begann, auf einem Fuß von einem Pflasterstein zum nächsten zu hopsen.

Mhari setzte sich auf eine Bank in die Nähe der drei Mädchen. „Wenn er nur begreifen würde, daß er vorsichtig zu sein hat", sagte sie. „Andererseits muß unbedingt vermieden werden, ihm vor allem Angst zu machen." Sie fuhr fort, jede seiner Bewegungen zu beobachten, während sie gleichzeitig über das bevorstehende Mittsommerfest redete. Dazwischen zwitscherte sie dem Jungen ständig Warnungen zu, die ihren Wunsch, ihm keine Angst zu machen, Lügen straften. Gwennis, die die Nervosität der Frau ansteckend fand, ertappte sich dabei, daß sie Lerrys verstohlen aus dem Augenwinkel betrachtete.

Seines Hüpfseils müde, kletterte er auf eine der Steinbänke an der Wand und versuchte, ein niedrig hängendes Büschel von Schwarzbeeren zu erreichen. „Lerrys, komm sofort herunter!" befahl Mhari. Ein scharfer Ton war an die Stelle ihrer gewohnheitsmäßigen Ermahnungen getreten. Wie jedes normale Kind schielte er zu ihr hin, ob sie es ernst meine, und kroch einen oder zwei Zoll höher. „Lerrys, ich habe dir gesagt, du sollst herunterkommen!" Mhari stand auf und ging zu ihm.

Da die begehrten Beeren immer noch außerhalb seiner Reichweite waren, setzte Lerrys ein Knie auf den unteren Sims der Wand. „Nein – laß das!" Er drehte sich grinsend zu seiner Kinderfrau um, und ein Fuß rutschte ab. Vergeblich versuchte er, sich mit beiden Händen an der rauhen Oberfläche der Wand festzuhalten, und Mhari streckte einen Augenblick zu spät die Arme nach ihm aus. Sich drehend, als wolle er sich abfangen, fiel der Junge auf das Kopfsteinpflaster.

Das Jammergeschrei des Kindes durchbohrte Gwennis, und gleichzeitig explodierte der Schmerz in ihrem Kopf. Lerrys schrie weniger aus Schmerz als aus Furcht – wenn er auch noch zu klein war, um zu begreifen, daß er vorsichtig sein mußte, war er doch groß genug, um sich an die Folgen früherer Verletzungen zu erinnern –, aber auch der Schmerz war real. Gwennis drückte die Hände an die Schläfen. Ihre Gedanken suchten nach der Quelle der Qual und quetschten sie zusammen, als wollten sie sie auslöschen. Der Schmerz war wie eine Lehmkugel in ihren Fäusten, und sie preßte sie zu einem Steinchen und dann zu einem Nichts zusammen. Irgendwie gehörte Blut dazu, das nicht gestillt werden konnte, bis sie es zu seinem Ursprung zurückzwang und ihm zu fließen verbot. Als endlich die rote Flut zu einem Tröpflein eingedämmt war, wurde sich Gwennis ihres eigenen Wimmerns bewußt und verstummte.

Gleichzeitig sah ein kleiner Teil ihres Ichs, wie Mhari das Kind an sich riß und rief: „Holt Domna Calinda – schnell!" Lerrys hatte sich die Lippe aufgerissen und die Nase angestoßen, und Blut strömte aus beiden Verletzungen. Nicht der Rede wert bei einem normalen Jungen, waren sie offenbar gefährlich für ihn. Die Dame des Hauses eilte herbei und sah erstaunt, daß die Blutung von selbst langsamer wurde.

Als ihr Anfall vorüber war, spürte Gwennis, daß Domna Calindas Augen auf ihr ruhten. „Du“, flüsterte die Dame.

Jetzt weiß sie von meiner Krankheit, dachte Gwennis unglücklich, und wird mich wegschicken. „Verzeiht mir, *vai Comna* – nur eine Sekunde der Schwäche – es wird nicht wieder vorkommen.“

Die Lady achtete gar nicht auf ihre Worte. „Wie lange hast du dieses *laran* schon, Mädchen?“

„Ich weiß nicht, was Ihr meint, meine Dame – *laran* ist nur für die Hastur-Sippe.“

Domna Calinda beugte sich vor und sagte in hartem Flüsterton: „Und wie nennst du dich selbst – mit diesem Haar? Meinst du, ich kann nicht erraten, warum mein Bruder so plötzlich Interesse für die Tochter eines Hirten zeigte?“

In der Verwirrung schien niemand diesen Wortwechsel bemerkt zu haben. Domna Calinda nahm Mhari den schluchzenden Jungen ab und zog die Beine seiner Lederhose hoch. „Avarra gebe, daß er diesmal keine blauen Flecken davongetragen hat. Am besten bringst du ihn nach oben ins Bett.“ Sie begleitete den Jungen und die Kinderfrau ins Haus, ohne einen weiteren Blick für Gwennis zu haben. Gwennis nahm ihre Näharbeit und versuchte, so zu tun, als sei sie nur beim Anblick des Blutes in Panik geraten.

In dieser Nacht wurde Gwennis von einer Hand auf ihrer Schulter geweckt. Sie fuhr in ihrem schmalen Bett hoch und sah Mhari, eingehüllt in einen abgetragenen Morgenrock, angestrahlt vom Licht einer Öllampe, die sie in der Hand trug. „Steh auf! Der *vai dom* will, daß du in Master Lerrys' Zimmer kommst.“

Gwennis streifte Jacke und Rock über und fuhr mit den Füßen in die Pantinen. Dabei murmelte sie bestürzt und nur halb wach: „Aber ich weiß doch gar nicht, wo es ist.“

Mhari führte sie durch dunkle Korridore in einen Teil der Burg, der ihr fremd war. Hier lagen die Räume des Lords. Dem Mädchen kam der Gedanke, Dom Elric habe von ihrer Anfälligkeit gehört und wolle sie hinauswerfen. Erst später erkannte sie, wie absurd die Vorstellung war, der Lord werde ein Hausmädchen höchstpersönlich entlassen, und das um Mitternacht. Mhari zog Gwennis in Lerrys' Schlafzimmer, ohne anzuklopfen. Domna Calinda und Dom Elric waren beide anwesend, letzterer noch vollständig angezogen. Es konnte also doch noch nicht sehr spät sein.

„Komm her, Mädchen", befahl die Dame, als Gwennis an der Tür stehenblieb.

Sie näherte sich dem Bett, in dem Lerrys bleich und in einem benommenen Halbschlaf lag. Irgendwo im Hintergrund spürte sie das dumpfe Pochen des Schmerzes. Dom Elric sagte: „Ich hörte von meiner Schwester, du habest ein *laran,* das die Leiden meines Sohnes lindern kann."

„Das hat sie – hat sie gesagt, *vai dom.* Aber ich weiß gar nichts über Zauberei."

„Nun, du mußt es versuchen." Er schlug die Bettdecke zurück, zog das Nachthemd des Jungen hoch und enthüllte ein Knie, auf dem sich ein Fleck in dunklem Purpur zeigte. „Wenn er sich verletzt, blutet er oft stundenlang unter der Haut. Kannst du diese Blutung stillen, wie du es mit der anderen gemacht hast?"

Gwennis taumelte fast körperlich unter dieser Forderung. Nie zuvor hatte sie versucht, ihren Fluch mit ruhiger Überlegung zu kontrollieren. Der Lord verlangte von ihr, nach dem Schmerz zu fassen, statt vor ihm zu fliehen. Sie war sich nicht sicher, ob sie den Mut aufbrachte, diese Folter durchzustehen. Aber sie sagte nur: „Ich weiß es nicht, *vai dom.* Das habe ich noch nie gemacht."

„Dann tu dein Bestes." Er seufzte.

Gwennis spürte Domna Calindas bohrenden Blick, wandte sich ab und konzentrierte sich auf das verletzte Bein des Kindes. Beinahe sofort verblaßten das Zimmer, das Bett und der Umriß von Lerrys' Körper. Sie sah nur noch den dunklen Klumpen des Schmerzes. Anders als bei den ersten Wunden war die Blutung nicht übermäßig stark. Gwennis hätte sich ohne Schwierigkeiten davon befreien und sich zurückziehen können. Statt dessen mußte sie hineintauchen. Mit einem langen, zittrigen Atemzug rückte sie in Gedanken näher heran, bis sie die Verletzung als eine sich träge in Spiralen bewegende Strömung in einem stagnierenden Teich sah, die sie anzuziehen, hinunterzuziehen, zu ertränken drohte. Gwennis brauchte alle Willenskraft, um nicht zu fliehen.

Jetzt war auch sie körperlos, nichts als ein schwebender Funke

Bewußtsein. Über die Oberfläche des dunklen Wassers dahingleitend, erkannte sie die Quelle von Schmerz und Blut als eine Lücke in dem Schlick auf dem Boden des Teiches, aus der ein Strom stinkenden Morasts gurgelte. Ihre Angst davor, verschlungen zu werden, konnte sie nur überwinden, indem sie freiwillig hineintauchte. Sie warf sich in die tiefe Mitte des Teiches und blockierte den Abfluß mit ihrem eigenen Sein – sie stellte es sich als einen Lichtpunkt vor, der ihr Ich enthielt. Obwohl das Gift sie beinahe erstickte, konzentrierte sie sich darauf, Licht auszugießen, um es zu neutralisieren. Einen Augenblick darauf versiegte der Strom. Das rhythmische Pochen des Schmerzes wurde langsamer und verschwand.

Sie hatte gewonnen! In einem Ausbruch von Freude stieg sie nach oben. Doch statt sich in ihrem Körper wiederzufinden, schwebte sie über Lerrys' Bett. Sie sah das Kind, Mhari, Dom Elric, Domna Calinda und sich selbst, zusammengesunken in einem Sessel. Sie bemerkte, daß ihre Augen glasig in Trance blickten und die Kinderfrau ihre Schultern stützte, als könne sie sich nicht allein aufrechthalten.

Domna Calinda sagte: „Sieh nur, sie hat es geschafft! Ich habe noch nie soviel Kraft in einem so jungen Menschen gesehen – und sie hat nicht einmal eine Matrix.“

Dom Elric faßte Gwennis' Schulter. In ihren Körper zurückgeschleudert, war sie blind vor Schwindel, und der Raum drehte sich um sie. Durch das Summen in ihren Ohren hörte sie ihn sagen: „Kind, du hast mir einen großen Dienst erwiesen. Dank dir wird mein armer Junge, ganz gleich, wie oft dies passiert, so lange leben, wie die Götter es ihm erlauben – auch wenn er vielleicht nicht zum Mann heranwachsen wird. Du bist meine *Nedestro*-Tochter . . .“

Die Lady unterbrach ihn. „Jetzt ist nicht der richtige Zeitpunkt, um von diesen Dingen zu sprechen. Siehst du nicht, in welchem Zustand sie ist?“

Er schüttelte sie ab. „Ich muß es sagen. Kind – Gwennis – du bist meine Tochter, und ich werde dich als solche anerkennen. Ich werde dafür sorgen, daß du eine gute Heirat machst, und dein Sohn wird mein Erbe sein.“

Domna Calinda half Gwennis auf die Füße. „Genug davon. Komm, Mädchen, du mußt schlafen.“

Gehorsam machte Gwennis einen Schritt weg vom Bett. Sofort schwoll das Summen in ihrem Kopf zu einem Brüllen an, und Gräue hüllte sie ein.

Als ihr Bewußtsein zurückkehrte, spürte sie sofort, daß die Bettwäsche an ihrer Haut nicht der grobe Stoff aus dem Schlafsaal der Dienstboten war. Sie zögerte, die Augen zu öffnen, denn sie hatte Angst, der Schwindel lauere auf sie. Deshalb lag sie ein paar Sekunden still und lauschte. Jemand, der neben dem Bett saß, wechselte mit raschelnden Röcken die Stellung. Gwennis wußte, bevor sie es sah, daß Domna Calinda da war. Sie befand sich in einem kleinen, aber gut möblierten Zimmer mit verblaßten Teppichen an den Wänden und Vorhängen um das Bett, auf dem eine Daunensteppdecke lag. Die Dame sah sie an und hielt eine Tasse mit etwas Heißem.

„Kannst du dich aufsetzen?" fragte sie. „Du mußt trinken und essen." Automatisch gehorchte Gwennis ihrer Herrin. Das Zimmer machte einen Satz, und ihr Magen tat es ihm nach. Sie wandte den Kopf von der ihr hingehaltenen Tasse weg.

„Du mußt", wiederholte die Lady. „Die Anwendung von *laran* entzieht dem Körper alle Kraft."

Das Mädchen nahm die Tasse mit dem dampfenden Rindentee und verzog das Gesicht, stellte aber schon beim ersten Schluck überrascht fest, daß seine Wärme beruhigte. Als sie die Tasse halb leer hatte, wurde ihr nicht mehr übel beim Anblick einer Schüssel Nußbrei mit viel Honig, die ihr als nächstes angeboten wurde. „Ist es wirklich *laran,* meine Lady?"

„Ja, und sehr starkes", gab sie herb zurück. „Würden andernfalls all diese Umstände gemacht?"

Langsam wurde Gwennis klar, warum sie in einem eigenen Zimmer lag und von der Dame des Hauses bedient wurde, aber sie war noch lange nicht so kühn, daß sie weitere Fragen gestellt hätte. Domna Calinda befahl ihr zu schlafen und ging, und nun fiel Gwennis das Versprechen Dom Elrics ein – er wolle sie anerkennen und ihren Sohn zu seinem Erben machen. Wenn sie je einen Sohn haben sollte – die ganze Situation kam ihr traumartig vor. Vor diesem Tag hatte sie selbst nur halb daran geglaubt, sie sei Dom Elrics Tochter. Jetzt hatte sie Leute ihrer eigenen Art, ihres eigenen Blutes gefunden oder war vielmehr von ihnen gefunden worden. Ein Platz würde für sie geschaffen werden, sie würde dazugehören. Ihre „Krankheit" war merkwürdigerweise nicht länger ein Fluch, sondern eine Gabe. Warum war sie dann nicht glücklicher? Vielleicht würde sie glücklich sein, wenn sie sich an die Idee gewöhnt hatte, wenn der Traum für sie Wirklichkeit geworden war.

Eine Weile schlief sie. Zwei Stunden später wurde sie von neuem aus dem Schlaf gerüttelt. Dom Elric und Domna Calinda standen beide an ihrem Bett. „Steh auf, Kind", sagte der Lord. „Lerrys hat wieder innere Blutungen – wir brauchen dich."

Auch diesmal, als Gwennis sich aufsetzte, drehte sich das ganze Zimmer um sie, schlimmer als zuvor. Sie hatte das Gefühl, es könne in jedem Augenblick anfangen, so schnell zu kreisen, daß es sich von dem Haus losreißen und durch die Nacht davonfliegen werde.

Domna Calinda sagte: „Du brauchst nicht zu kommen, Mädchen. Elric, man kann nicht von ihr erwarten, daß sie so bald schon wieder arbeitet."

„Hör auf, dich einzumischen!" fuhr er sie an. „Ich habe dir bereits gesagt, wir haben keine Wahl."

Gegenstand eines Streits zu sein, beunruhigte Gwennis noch mehr als die übelkeiterregende Desorientierung. Sie umklammerte den Bettpfosten und versuchte aufzustehen. „Ich werde kommen ..." Das Wirbeln verstärkte sich. Sie wurde mit Gewalt aus ihrem Körper geworfen. Sofort sah und hörte sie mit blendender Klarheit, während alle anderen körperlichen Empfindungen gnädigerweise ausgelöscht waren. Irgendwo unter der Decke hängend, sah sie auf Dom Elric und Domna Calinda nieder, die sich vor ihrem schlaffen Körper stritten.

„Siehst du?" sagte die Lady. „Wenn du so weitermachst, wirst du sie umbringen, ohne daß dein Sohn einen Nutzen davon hätte. Ich bin keine *leronis,* aber ich weiß recht gut, was die Schwellenkrankheit anrichten kann. Und es heißt, je stärker das *laran,* desto größer die Gefahr."

„Ihre Kraft ist das, was Lerrys in diesem Augenblick braucht", sagte Dom Elric. „Und für ihn werde ich alles riskieren."

„Einschließlich des Lebens dieses Kindes, das zu unwissend ist, um auch nur zu ahnen, was du von ihm verlangst? Und wenn sie stirbt, was wird dann aus deiner Hoffnung auf einen Erben?"

„In dieser Notlage bin ich nur, weil du nicht den schicklichen Begriff von der Loyalität gegenüber deiner Familie hast. Wenn du deine Pflicht getan und wieder geheiratet hättest..."

„Ich habe meine ‚Pflicht' einmal auf dein Gebot hin getan – einen Mann geheiratet, den ich kaum kannte, und eine Totgeburt gehabt, die mich beinahe das eigene Leben gekostet hätte. Als Lorills Tod mir die Freiheit gab, sah ich darin eine zweite Chance aus der Hand der Göttin."

„Und verschleudertest sie an diese Amazonen. Unnatürliche Weiber – es müßte gesetzlich verboten werden, daß sie Frauen lehren, selbstsüchtige Wünsche über die Belange des eigenen Blutes und Clans zu setzen."

Irgendwann während dieser Diskussion sah Gwennis, daß ihr Körper auf das Bett gehoben wurde, und spürte, wie ihr Bewußtsein in ihn einsank. Trotzdem war ihr, als höre sie die beiden Stimmen immer noch, während die Sprecher die Korridore entlanggingen, und sehe sie durch Wände, die vor ihren Blicken zu Transparenz zerschmolzen.

„Selbstsüchtig?" gab Domna Calinda zurück. „Ist es bei einer Frau Selbstsucht, wenn sie das Recht auf die freie Wahl ihres eigenen Schicksals verlangt, ein Recht, das allen Männern von Geburt an zusteht?"

„Was heißt hier freie Wahl? Meinst du, ich habe rein zum Vergnügen vier Frauen genommen? Aber ich weiß, wie wichtig es ist, einen Erben meines eigenen Blutes zu haben, auch wenn du es nicht weißt."

„Dann bist du ein Tor, Bruder. Und dieses Mädchen wird deiner Torheit geopfert werden, so wie ich beinahe geopfert worden bin. Das arme Ding, wahrscheinlich wird sie es für eine große Ehre halten, daß sie verheiratet wird, um dir einen Enkel zu geben!"

Gwennis folgte ihnen mit ihrem merkwürdig erweiterten Sehvermögen in Lerrys' Zimmer, wo Mhari am Bett des Jungen weinte. Gwennis spürte die Verletzung des Kindes als ein fernes, dumpf-rotes Pulsieren. Es war, als strecke sie Phantom-Fühler aus und streichele das wehe Glied, bis das Rot zu kühler Klarheit verblaßte.

Dann war sie zurück in dem Bett mit den Vorhängen, fest eingeschlossen in ihrem Körper, und ziellose Empfindungen fluteten wie Wellen über sie hin. Sie sehnte sich, wieder in diesen körperlosen Zustand zu entfliehen, doch sie konnte den Weg nicht finden und fühlte sich gefangen. Lautlos schrie sie ihre Qual hinaus, für wie lange, wußte sie nicht. Endlich faßte eine Hand die ihre.

Als ihr Kopf sich klärte, war es immer noch dunkel. Domna Calinda, deren Umriß eine einzige Kerze erhellte, saß wieder am Bett.

„Ich – ich glaube, ich habe Euch gerufen, meine Lady."

Domna Calinda nickte. „Ich habe dich gehört, obwohl mein eigenes *laran* nicht der Rede wert ist."

„Es tut mir leid, daß ich eine solche Plage bin."

„Plage?" schnaubte die Dame. „Mein Bruder hält dich für ein Geschenk vom Herrn des Lichts."

„Wie geht es dem kleinen Jungen?"

„Gut, zumindest im Augenblick."

Die Augen niederschlagend, zwang Gwennis sich, ihre neuen Zweifel auszusprechen. „*Vai domna,* ich bin mir nicht sicher, ob ich einen Edelmann heiraten möchte oder – oder was der *vai dom* sonst für mich plant."

Domna Calindas scharfer Blick verriet Gwennis, die Lady wußte, daß sie den Streit von vorhin belauscht hatte. „Und was möchtest du statt dessen tun, mein Mädchen?"

„Ich hörte Euch von den Freien Amazonen sprechen – daß sie die Frauen ihr Geschick wählen lassen."

„Dann möchtest du zu den Entsagenden gehen?"

„Ich weiß es nicht", sagte Gwennis. „Als Kriegerin zu leben – und den Männern für immer zu entsagen..." Obwohl, dachte Gwennis, ihre bisherigen Erfahrungen mit Männern in ihr keine große Sehnsucht geweckt hatten, sie besser kennenzulernen.

Die Lady sagte mit einem dünnen Lächeln: „Komme ich dir wie eine Schwertfrau vor? Wir üben alle ehrenhaften Berufe aus. Unser ganzes Glaubensbekenntnis besteht darin, daß alle Frauen unterschiedlich sind, ebenso wie die Männer. Du, zum Beispiel, bist vielleicht für die Heilkunst bestimmt."

Dieser Gedanke traf Gwennis wie eine Offenbarung; sie hatte sich nie irgendeine besondere Fähigkeit zugetraut. „Meint Ihr, das könnte ich?"

„Mag sein – wer weiß? Man braucht dazu mehr als nur *laran.* Was nun die Abwendung von allen Männern betrifft, so ist das auch ein Mißverständnis. Viele Entsagende gehen Freipartner-Ehen ein. Wir schwören nur, niemals das Eigentum eines Mannes zu werden oder Kinder für den Stolz eines Hauses oder Clans zu gebären."

Gwennis dachte kurz daran, daß Dom Elric, obwohl er es zweifellos gut meinte, sie nur ihres neu entdeckten *laran* wegen wollte. An ihr selbst war er ebensowenig interessiert wie ihr Pflegevater. Hier war eine Chance, zu lernen, was dieses Selbst wirklich war. „Ja – ich möchte gern zu ihnen gehen."

„Wenn das dein aufrichtiger Wunsch ist, kann ich dir den Weg zum Gildenhaus von Serrais beschreiben. Bringst du es fertig, einen Tag lang allein durch die Gegend zu wandern? Du mußt vor Sonnenaufgang gehen, ohne jede Begleitung, sogar ohne ein Reittier, wenn Elric nichts merken soll. Er wird außer sich sein vor Wut, wenn er feststellt, daß du verschwunden bist."

Gwennis erkannte die Warnungen als erste Prüfung ihrer Entschlossenheit, ihrer Bereitschaft, ohne den Schutz zu leben, den eine „schwache Frau" normalerweise beanspruchen konnte. (Sie nahm einen kurz aufblitzenden, unausgesprochenen Zweifel wahr: „Dieses Mädchen benimmt sich wie ein Rabbithorn in den Klauen eines Banshees. Das Gildenhaus ist kein Asyl für Unfähigkeit.") „Ich werde tun, was ich muß, meine Lady. Aber – aber Lerrys. Wenn ich jetzt gehe..."

„Dann ist er nicht schlimmer dran als in der Zeit, ehe du kamst. Ich bin nicht die Bewahrerin deines Gewissens, Gwennis, aber zweifellos weißt du nicht, wie gefährlich ein unausgebildeter Telepath sein kann. Später magst du in einer Verfassung sein, in der du ihm besser helfen kannst."

Zum ersten Mal hatte die Lady sie mit ihrem Eigennamen angeredet. Gwennis warf die Decke zurück und stand auf. Diesmal wurde sie nicht von Schwindel erfaßt. „Dann will ich ins Gildenhaus gehen. Und ich werde zurückkommen, falls Dom Elric mich haben will, um meinem Halbbruder zu helfen – nachdem ich meinen eigenen Weg gefunden habe."

Über Susan Holtzer und „Die Nase des Kamels“

Eine hervorstechende Eigenart der darkovanischen Kultur ist die ausgesprochene Technophobie. Das hat nicht allzu intelligente Leser zu dem Schluß verführt, ich selbst sei entweder Technophobin oder Libertarierin. Nichts könnte weiter von der Wahrheit entfernt sein. Ich verdanke die Fortsetzung meiner Existenz und die von mindestens zweien meiner Kinder der Technologie, und den Libertarianismus halte ich (wenn auch vielleicht nicht in der Theorie, so doch in der Praxis) für eine scheußliche Variante des sozialen Darwinismus mit der These vom „Überleben der Reichsten“.

Warum habe ich dann die Darkovaner mit soviel Abscheu vor der Technik und einer Regierung ausgestattet? Nun, damals schien es mir eine gute Idee zu sein; Darkover ist vor allem ein „Gedánkenexperiment“ (um in der Sprache der Philosophie zu reden), und zumindest auf dem Papier und in der Phantasie funktioniert die darkovanische Kultur. Susan Holtzer hat die darkovanische Technophobie hergenommen und mit ein bißchen Haarspalterei eine amüsante Geschichte verfaßt, wie man eine Bresche für die Technologie schlagen kann.

Susan sagt: „Ich habe jede vorstellbare Art von Non-Fiction geschrieben, auch während der drei unfruchtbaren Jahre, als ich einen Sauhaufen von mittleren Managern davon zu überzeugen versuchte, daß es das Wort Tutee nicht gibt.“ (Ist ein Tutee einer, um den sich ein Tutor kümmert? Das Wort sollte es dann aber geben; eine derartige Lücke fordert Wortneubildungen und Sprachschnitzer heraus.) Sie nennt sich „einen politischen Ausbrenner der Sechziger, der mehr Realität in der Science-fiction als im zeitgenössischen Amerika findet.“ (Nichtsdestotrotz ist sie ein Fan der Green Bay Packers und würde lieber ihren rechten Arm hergeben als ihr geliebtes New York. Okay, sie ist Linkshänderin, aber viel zeitgenössischer als das kann einer nicht gut sein.)

Doch wollen wir jetzt nicht weiter über die Natur der Realität in der Science Fiction und im zeitgenössischen Amerika, sondern über Susans Versuch nachdenken, auf Darkover (eine begrenzte) Technologie einzuführen.

MZB

Die Nase des Kamels

von Susan Holtzer

Elinda beugte sich tiefer über den Motor des Luftwagens, so daß ihr Gesicht nur noch ein paar Zoll von den sich drehenden Rotoren entfernt war. Benutze alle deine Sinne, hatte Sam gesagt. Nun, ihre Augen verrieten ihr nichts, und ihre Nase entdeckte nur den normalen Geruch von überhitztem Treibstoff. Sie legte den Kopf auf die Seite und lauschte.

„Nun?“ fragte der Mann hinter ihr ungeduldig.

„Ich glaube ...“ Sie zögerte. „Die Zündungseinstellung ist nicht in Ordnung.“

„Aye, aber warum?“

„Das muß doch am Mikroprozessor liegen, oder?“

„Ach ja?“

„Es liegt am Mikroprozessor, jawohl!“ erklärte Elinda. „Diagnose: Mikroprozessor ist zu ersetzen.“

„Verdammt!“ Sein Zorn ließ sie zusammenzucken. „Hör richtig hin!“ Er stieß sie nach vorn, bis ihre Nase den Motor fast berührte. „Hörst du schlecht, Mädchen? Dieser tiefe, schnurrende Ton – das ist Metall auf Metall.“

Sie konzentrierte sich, schloß die anderen Geräusche des Raumhafens aus. Nach einer Weile seufzte sie. „Natürlich. Und der Mikroprozessor spinnt, weil er versucht, die Bewegung der Stange zu kompensieren.“ Sie zeigte darauf. „Diese da.“

„Richtig!“ Sam McCanns sommersprossiges Gesicht strahlte sie an. „Aus dir wird doch noch ein Techniker, auch wenn du ein Mädchen und eine Barbarin bist.“ Elinda faßte seine Worte so auf, wie sie gemeint waren, als Kompliment, denn sie wußte, für den stämmigen Terraner war jeder ein Barbar, der Maschinen nicht liebte und nicht verstand. Das Wort wandte er unparteiisch auf Männer und Frauen, auf Darkovaner und Terraner an.

„Komm." Er schloß die Haube über dem widerspenstigen Motor. „Ertränken wir den Ölgeschmack in einem Glas guten terranischen Biers. Ich lade dich ein."

Sie schlenderten über die weite Betonfläche, und er musterte sie mit einem eigentümlichen Blick. „Du bist schon eine merkwürdige Darkovanerin, weißt du."

„Und ob ich das weiß", lachte Elinda. „Wenn mein Vater richtig böse auf mich wurde, pflegte er zu sagen, ich sei schon verkehrt aus dem Mutterleib gekommen."

„Jedenfalls bist du der einzige Mensch auf Darkover, der sich entschlossen hat, unsere Technik zu studieren. Ja, sicher, ein paar von euch Freien Amazonen arbeiten in unserer medizinischen Abteilung, aber außer dir ist keine auch nur entfernt an mechanischen Dingen interessiert. Ich kann mir bloß nicht vorstellen", sagte er ernsthaft, „wie du darauf gekommen bist, *daß* du dich dafür interessierst."

„Daran ist mein Bruder schuld", antwortete Elinda. „Als ich sieben Jahre alt war, kam er mit einem kleinen Modell eines Hubschraubers nach Hause, das er in der Handelsstadt gekauft hatte. Es war nur ein Spielzeug, eine Kuriosität; nach ein paar Tagen schenkte er es mir." Sie hielt inne. Die alten Erinnerungen stiegen wieder auf.

„Dann sah ich eines Tages einen richtigen Hubschrauber über uns hinwegfliegen, und ich konnte nicht verstehen, warum er flog und meiner nicht. Also zerlegte ich das Modell und setzte es wieder zusammen und versuchte, das herauszufinden. Danach nahm ich die Wasserpumpe auseinander, um zu sehen, wie *sie* funktionierte. Dafür bekam ich von meinem Vater zum erstenmal Schläge."

Sie setzte nicht hinzu, daß sie sich damals entschlossen hatte, den Eid der Entsagenden zu leisten. Jemand hat einmal gesagt, jede Freie Amazone habe ihre Geschichte, und jede Geschichte sei eine Tragödie. Nun, ihre war wahrscheinlich weniger tragisch als die meisten anderen. Sie suchte nach einem neuen Gesprächsthema und nahm eine flüchtige Bewegung wahr.

„Was, in aller Welt, ist denn das?"

„Wo?" Sie hatten die betonierte Fläche des Raumhafens verlassen und nahmen eine Abkürzung über den Hof der Unterkünfte für Durchgangsreisende. „Meinst du den Jungen auf dem Fahrrad?"

„Fahrrad?“ Elinda hatte zu Beginn ihrer Ausbildung einen umfassenden Schlafkurs in der terranischen Sprache erhalten, aber an dieses Wort erinnerte sie sich nicht.

„Ein Kinderspielzeug, auf dem man fahren kann.“

„Ich möchte es mir ansehen.“ Sie lief über den Hof bis zu der Stelle, wo sie einen Jungen beobachten konnte, der in Kreisen auf dem seltsamen Gerät herumkurvte. Es bewegte sich viel zu schnell, als daß Elinda den Mechanismus deutlich hätte erkennen können.

„Kannst du ihn bitten anzuhalten?“ fragte sie Sam, der gutmütig die Schultern zuckte und dem Jungen winkte.

„Macht es dir etwas aus, wenn sich die Dame dein Rad ansieht?“

„Nein, Sir.“ Der Junge hielt vor ihnen an und stieg mit Schwung ab. „Es ist ein Himalaja-Rennrad. Sehen Sie? Fünfzehn Gänge, hydraulische Bremsen und Filene-Getriebe. Diese Ausführung brauche ich auf Castel – dahin sind wir unterwegs.“

Elinda kniete sich neben dem Rad auf den Boden, ohne an ihre Würde oder das rauhe Pflaster zu denken, und untersuchte das Gerät. „Ich verstehe“, sagte sie mehr zu sich selbst als zu den anderen. „Alles wird mit diesen Kabeln bewerkstelligt. Antriebskette, Zahnrad-Übersetzung, Bremsen . . .“ Sie sah zu dem Jungen hoch. „Wie schnell fährt es?“

„Auf ebenem Boden beinahe 50“, erklärte er stolz.

„Fünfzig Stundenkilometer?“ Elinda stand auf und begegnete Sams amüsiertem Blick mit aufgeregtem Gesichtsausdruck.

„Sam, ich möchte mit Cholayna sprechen. Kommst du mit? – Hab vielen Dank“, sagte sie zu dem verblüfften Jungen. „Komm, Sam.“ Mann und Junge zuckten die Schultern und grinsten sich an, und Sam ließ sich von Elinda in Richtung des terranischen HQ fortziehen.

„*Was* möchtest du?“ Cholayna Ares beugte sich über ihren Schreibtisch und starrte das auf der anderen Seite sitzende Mädchen an.

„Fahrräder. Das sind mechanische Geräte mit Pedalen, die mit den Füßen getreten werden, und man kann damit fahren.“ Elinda nahm sich einen Schreibstift und fing an, eine Skizze zu zeichnen. Cholayna verkniff sich das Lachen und hob die Hand.

„Laß nur, ich weiß, was Fahrräder sind. Aber, um alles in der Welt, zu welchem Zweck brauchst du eins?“

„Nicht eins, mehrere. Für das Gildenhaus. Siehst du nicht, wie wunderbar sie uns zustatten kämen?“

„Am besten klärst du mich auf“, sagte Cholayna trocken.

„Denk doch nach!“ sprudelte Elinda hervor, ohne den Ton der anderen Frau zu bemerken. „Sie sind schnell, sie sind leise, sie sind sauber. Sie brauchen nicht gesattelt oder gefüttert oder gestriegelt oder in den Stall gebracht zu werden. Und sie werden niemals krank oder müde und bekommen keine Koliken.“ Ihre Worte prasselten wie die von einem Feuerwerkskörper wegstiebenden Funken. „Oh, natürlich können sie die Pferde nicht ersetzen, nicht auf langen Reisen, aber für unsere unaufhörlichen kleinen Besorgungen wären sie ein Geschenk der Göttin. Und einige Straßen in der Innenstadt von Thendara sind so überfüllt, daß man kaum zwei Pferde aneinander vorbei bekommt, während ein Fahrrad längst nicht soviel Platz beansprucht.“

Fahrräder! Cholayna Ares, Chefin des Nachrichtendienstes auf Darkover, was den zweithöchsten terranischen Rang auf dem Planeten darstellte, dachte über das Mädchen und seine Bitte nach. Sie wußte, Elinda n'ha Mardra besaß hinter ihrem unschuldigen Mondgesicht den wohl schärfsten Intellekt, den sie unter den Darkovanern gefunden hatten, und vielleicht, dachte Cholayna, den schärfsten Intellekt auf Darkover. Elindas IQ ging über die Werte der üblichen Skala hinaus, ihr Kreativitätsindex lag höher als Cholaynas eigener, und sogar ihre Geschicklichkeit auf technischem Gebiet lag um die 95 Punkte.

Aber Fahrräder! Schließlich war das Kind erst siebzehn.

„Bei Pferden ist das Problem, daß man soviel Zeit braucht, um sie fertig zu machen“, fuhr Elinda fort. „Ich habe schon erlebt, daß Marisela Minuten und Minuten verschwendete, weil sie sich nicht entscheiden konnte, ob sie schneller am Ziel sein würde, wenn sie zu Fuß ging, oder wenn sie sich erst damit aufhielt, ein Pferd zu satteln.“

„Hast du darüber mit anderen Mitgliedern deiner Gilde diskutiert?“ fragte Cholayna neugierig.

Elinda schüttelte den Kopf. „Ich habe heute nachmittag zum erstenmal ein Fahrrad gesehen.“

„Meinst du, deine Schwestern werden deine Begeisterung teilen?“

„Warum denn nicht? Freie Amazonen haben keine Angst vor

Neuerungen. Wenn etwas besser funktioniert, benutzen wir es." Cholayna nahm die unbewußte Arroganz des Mädchens zur Kenntnis und lehnte sich nachdenklich auf ihrem Stuhl zurück.

Unser größtes Problem hier ist der Widerstand der Darkovaner gegen Maschinen. Sie weigern sich nicht nur, sie selbst zu benutzen, sie verbieten uns sogar, daß *wir* sie außerhalb der terranischen Zone benutzen. Aber der Bann bezieht sich auf *motorisierte* Geräte. Soweit sie sich erinnern konnte, wurden Fahrräder im Vertrag nicht erwähnt. Innerlich schüttelte sie sich vor Lachen – wer wäre auch auf den Gedanken gekommen?

Also Fahrräder. Nicht als bedrohlich angesehene, nicht verbotene mechanische Geräte. Sie konnten die Straßen Thendaras füllen und sogar die konservativsten Darkovaner an die Anwesenheit von Maschinen gewöhnen.

„Die Nase des Kamels", murmelte Cholayna.

„Wie bitte?" fragte Elinda.

„Eine Sage, die wir auf Alpha haben", antwortete Cholayna. „Sie handelt von einem großen, stinkigen Wüstentier, das es mit List schaffte, in ein Zelt eingelassen zu werden, indem es in kleinen Abschnitten um Obdach bat."

„Ich verstehe", nickte Elinda, und Cholayna stellte mit einiger Überraschung fest, daß Elinda tatsächlich verstand.

„Fahrräder." Cholayna lachte. „Wird ein halbes Dutzend genügen?"

„Was wird der Alte – Verzeihung, was wird der Koordinator dazu sagen?" fragte Sam zweifelnd.

„Russ Montray? Keinen Ton. Haben Sie nichts davon gehört? Sein Versetzungsgesuch ist genehmigt; er wird gehen, sobald ein neuer Legat ernannt worden ist. Im Augenblick ist er so glücklich, daß er zu allem ja sagen würde." Sie wandte sich an Elinda. „Gib mir eine Woche Zeit."

Die Fahrräder, die Cholayna lieferte, waren eher eine Variante als eine Kopie des Himalaja-Rennrades. Elinda hatte um breite, nagelsichere Ballonreifen, einen stabilen Rahmen aus einer Magnesiumlegierung und eine Fünfgangschaltung gebeten. Das Modell war nicht so schnell wie das des Jungen, aber praktischer für das rauhe Kopfsteinpflaster auf den Straßen Thendaras. Sie hatte noch einen Tragekorb über dem hinteren Rad hinzugefügt und die waagerechte Stützstange niedriger anbringen lassen, damit Röcke, falls eine Amazone sie bevorzugte, nicht unschicklich hochgezogen würden.

Sie führte ihren Gildenschwestern die Fahrräder mit einem atemlosen Enthusiasmus vor, der zu ihrer Bestürzung nur in geringem Ausmaß geteilt wurde. Ein paar Frauen erklärten sich einverstanden, die fremdartigen Geräte auszuprobieren, und nach einer oder zwei Fahrten in die Stadt lehnten auch sie sie entschieden ab. Zehn Tage später mußte Elinda zugeben, daß ihre wunderbaren Fahrzeuge kein ungetrübter Erfolg waren.

„Ich möchte mir heute vormittag auf dem Markt neue Stiefel bestellen", sagte Torayza eines Morgens beim Frühstück. „Hat jemand Lust mitzukommen?"

„Ich fahre mit dir", meldete sich Elinda. „Ich bin dort mit Sam verabredet."

„Danke, aber ich gehe zu Fuß", erklärte Torayza fest. „Ich bin nicht in der Stimmung, mich verhöhnen und mir Steine nachwerfen zu lassen."

Elinda zuckte die Schultern. „Ignoriere diese *cralmacs*. Warum ärgerst du dich über sie?"

„Wir können sie nicht ignorieren, und du solltest es auch nicht tun", fiel Fellina ein. „Ehrlich, Eli, du machst uns alle zum Gespött." Rund um den Tisch wurden Zustimmungen gemurmelt.

„Das stimmt." Rafaella sah Elinda finster an. „Ich habe die Absicht, Mutter Lauria beim nächsten Haustreffen darum zu bitten, daß sie die Geräte verbietet."

„Ich habe nicht das Recht, einen solchen Befehl zu erteilen", fiel Mutter Lauria ein. „Es ist keine Eidesangelegenheit, und ich habe auch keine Autorität dieser Art über freie Frauen. Niemand wird gezwungen, die Geräte zu benutzen."

„Das tut auch niemand mehr außer Elinda", erklärte Rafaella zornig. „Trotzdem, wird eine von uns gedemütigt, bedeutet das eine Demütigung für uns alle."

„Solange Elinda sich anständig benimmt und keinen Ärger heraufbeschwört, steht es uns nicht zu, ihr Vorhaltungen zu machen."

„Es wird aber Ärger geben", behauptete Rafaella. „Die Leute verlangen schon, der Rat solle die Geräte aus der Stadt verbannen."

Elinda sah unglücklich auf ihren Teller nieder. Sie war so sicher gewesen, ihre Schwestern würden sich über die neuen Fahrzeuge ebenso freuen wie sie. Und nun stand zu befürchten, daß sie nicht einmal mehr ihr eigenes Rad benutzen durfte.

„Ich war überzeugt, sie würden begeistert sein“, sagte sie traurig zu Sam, als sie ihn auf dem Marktplatz einholte.

„Du bist deiner Zeit voraus, das ist alles.“ Er wendete sein Rad. „Los, fahren wir zum Raumhafen um die Wette.“

Lachend sausten sie durch die engen Straßen. Die Hohnrufe der Passanten, die Elinda immer ignoriert hatte, wurden für sie zu einer Herausforderung, ihre Geschwindigkeit zu steigern. An einer Ecke raste Sam, tief über den Lenker gebeugt, triumphierend an ihr vorüber und ging als erster in die Kurve.

Elinda hörte das Gebrüll, bevor sie sah, was passiert war. Sie entdeckte Sam in einem Durcheinander von Pferden und Männern und sich drehenden Rädern. Ein Tieflader lehnte schief an dem Gebäude zu ihrer Rechten, und seine aus Baumstämmen bestehende Fracht war über die Straße gerollt.

Elindas Fahrrad schleuderte wild. Sie riß verzweifelt an der Lenkstange und kämpfte darum, das Gleichgewicht zu bewahren. Endlich gewann sie die Kontrolle zurück. Sie schoß an einem mit offenem Mund dastehenden Arbeiter vorbei, auf den Lastwagen hinauf, in einem unmöglichen Winkel über die schrägstehende Oberfläche und gelangte mit scharrenden Reifen wieder hinunter auf die Straße. Jetzt hatte sie Spielraum und konnte anhalten.

„Sam!“ Sie sprang ab und kletterte über den Holzhaufen. „Bist du verletzt?“

Er lag auf dem Boden, halb unter und halb über seinem Fahrrad, und ein Bein hatte sich in der Kette verfangen. Rings um ihn schrie eine Gruppe von wütenden Arbeitern Flüche und Drohungen. Sam schüttelte benommen den Kopf und versuchte aufzustehen, aber das Fahrrad drehte sich und rutschte und warf ihn auf den Rücken. Die Arbeiter hörten mit ihren Schimpfreden auf und brüllten vor Lachen.

„Zandrus Höllen!“ rief Elinda auf Darkovanisch. „Ihr lacht, wenn ein Mann verletzt wird?“

„Mir ist nichts passiert“, sagte Sam, der mehr ihren Ton als ihre Worte verstand, mit schwachem Lächeln. Er entwirrte sich aus dem widerspenstigen Fahrrad, kam mit ziemlichen Schmerzen auf die Füße und massierte sich die Schulter.

„Und was ist mit meinen Männern?“ Ein bulliger, dunkelhaariger Mann trat vor und stellte sich, Sam verächtlich ignorierend, Elinda gegenüber. „Sollen sie wehrlose Zielscheiben für die Angriffe elender *Terranan*-Maschinen sein, die sämtliche Straßen unsicher machen?“

„Jeder kann einen Unfall haben, Dom Kennet, auch auf einem Pferd.“ Elinda sprach freundlich, sie war entschlossen, Streit zu vermeiden. Ausgerechnet Kennet, so ein Pech! Zu ihrer Bestürzung hatte sie in ihm einen hiesigen Baumeister erkannt, der die lauteste und feindseligste antiterranische Stimme Thendaras war. „Er hat die Xenophobie zu einer Kunstform erhoben“, hatte Cholayna einmal von ihm gesagt.

„Ein Pferd würde nicht rücksichtslos durch die Straßen trampeln und erwarten, daß ihm jedermann aus dem Weg springt, und es würde auch nicht blindlings in eine Gruppe Unschuldiger hineindonnern. Ein Pferd wird niemals zum Verräter an seiner Natur –“ er warf böse Blicke auf die Lederkleidung der Amazone „– und auch nicht an seiner eigenen Art, indem es sich mit ihren Feinden verbündet.“ Diesmal richteten sich seine Augen finster auf Sam, der hilflos die Schultern zuckte und eine Verbeugung andeutete.

„Elinda, was, zum Teufel, sagt er?“

„Das wirst du gar nicht wissen wollen“, entgegnete sie bitter auf Terranisch. Dann schaltete sie wieder auf Darkovanisch um. „Ich entschuldige mich bei Euch, Dom Kennet. Mehr kann ich nicht tun.“

„Aber der Rat kann mehr tun.“ Diesmal sprach Kennet mit grimmiger Befriedigung. „Nach diesem Vorfall wird er wohl einsehen, daß derartig unanständige, unnatürliche Maschinen aus Thendaras Straßen verbannt werden müssen. Oder wollt Ihr behaupten, Euer obszönes Gerät sei besser als ein Pferd?“ Die Männer hinter ihm zollten seinem Sarkasmus mit höhnischem Lachen Beifall.

„Unter bestimmten Bedingungen, ja“, erwiderte Elinda, rot im Gesicht vor Zorn.

„Unter bestimmten Bedingungen ...“ Kennet sprach langsam, auf Wirkung bedacht, und die Männer wieherten vor Vergnügen. „Vielleicht seid Ihr geneigt, diese Behauptung auch zu beweisen?“ In einer Reflexbewegung flog Elindas Hand an ihr Messer, aber Kennet grinste und schüttelte den Kopf. „Oh, nicht mit Stahl, *mestra.* Aber . . . wie wäre es mit einem Wettrennen? Eure obszöne Maschine gegen mein Pferd?" Sein Grinsen wurde noch breiter.

„Was ist denn jetzt los?" fragte Sam nervös.

„Er hat mich gerade zu einem Wettrennen herausgefordert – Fahrrad gegen Pferd", teilte Elinda ihm auf Terranisch mit.

„Das mußt du mit diesem Fahrrad verlieren. Vergiß es, Mädchen. Besser, wir entschuldigen uns und sehen zu, daß wir weiterkommen."

„Das kann ich nicht machen, Sam. Und auf jeden Fall . . ." Nachdenklich betrachtete sie die grinsenden Männer, das große Zugpferd, den Lastwagen, der wie betrunken an dem Gebäude lehnte.

„Elinda, mach keine Dummheiten. Dein Fahrrad kann ein Pferd nicht schlagen."

„Seht sie euch an!" rief Kennet mit lauter Stimme. „Sie muß sogar für eine Ehrenangelegenheit die Erlaubnis ihres terranischen Herrn einholen."

„Seine Ehre steht ebenfalls auf dem Spiel", gab Elinda auf Darkovanisch zurück, und dann sagte sie wieder auf Terranisch: „Sam, kann ich ein paar schwere Maschinen vom Raumhafen benutzen, um eine Bahn anzulegen?"

„Ja-a, ich glaube schon. Ach, sicher." Er warf die Hände hoch. „Aber du setzt dich dabei in die Nesseln, Mädchen."

„Vielleicht auch nicht." Und zu Kennet: „Ich sagte, unter bestimmten Bedingungen. Seid Ihr bereit, das Rennen unter bestimmten Bedingungen durchzuführen?"

„Unter allen Bedingungen, die es Euch gefällig ist, zu nennen, *mestra.*" Seine Augen glitzerten. „Und der Einsatz?"

„Wenn ich gewinne, werdet Ihr *und Eure Männer* viermal zehn Tage lang für jede Strecke, die kleiner ist als die halbe Länge der Stadt, Fahrräder statt Pferde benutzen. Und es wird nicht mehr davon gesprochen, daß sie aus der Stadt verbannt werden sollen."

„Aber setzen wir einmal den Fall, daß Ihr verliert?"

„Dann bekommt Ihr die Fahrräder. Alle. Wir wollen dann nicht mehr in der Stadt damit herumfahren, und Ihr erhaltet ein Vermögen an Metall, das Ihr zu Eurem Gebrauch einschmelzen könnt."

„Abgemacht! Wo und wann?"

„In fünf Tagen ab heute. Am Rand der Terranischen Zone, hinter dem Raumhafen."

„Su serva, mestra.“ Er verbeugte sich ironisch. „Bitte, sorgt dafür, daß die Maschinen dort sind, damit ich sie gleich zum Einschmelzen mitnehmen kann.“

„Oh, sie werden da sein, *vai dom,* damit Ihr und Eure Männer darauf wegfahren könnt. Komm, Sam“, fuhr sie auf Terranisch fort. „Machen wir uns an die Arbeit.“

„Um *was* hast du gewettet?“ fragte Sam. Sie schoben ihre verbeulten Fahrräder auf den Raumhafen zu. „Elinda, wie willst du das Cholayna beibringen? Du kannst doch nicht einfach terranisches Eigentum weggeben.“

„War das denn nicht unser Ziel? Wir wollten die Darkovaner an Maschinen gewöhnen!“

„Mädchen, Mädchen, du glaubst doch nicht etwa, daß du *siegen* wirst?“ ächzte Sam. „Was du da hast, ist kein Himalaja-Rennrad; es ist ein ungefüges, langsames Transportmittel.“

„Siegen werde ich trotzdem“, behauptete sie. „Und du wirst mir dabei helfen. Hör zu.“ Sie sprach in raschem Tempo auf ihn ein, und nach ein paar Augenblicken veränderte sich Sams Gesichtsausdruck. Als sie das Tor des Raumhafens passierten, grinste er breit.

Am Tag des Rennens erschien Kennet pünktlich, umgeben von einem prahlerischen Gefolge und nicht auf dem Zugpferd, sondern auf einem edlen Renner. Beim Anblick des schlanken Tieres verpuffte Elindas Selbstvertrauen.

„Oh, Sam! Das ist ein Syrtis-Rennpferd!“

„Ja, und ich möchte behaupten, daß dein Gegner damit einen schweren Fehler macht“, beruhigte Sam sie. „Dieses Tier ist an perfekte Bedingungen gewöhnt – eine schöne glatte Bahn, einen erfahrenen Rennreiter und all das. Es wird vielleicht schon vor deinem Fahrrad scheuen, ganz zu schweigen von der Bahn selbst.“

„Da magst du recht haben.“ Elinda betrachtete das große Oval und versuchte, ihren Optimismus zurückzugewinnen. „Ich wünschte, es wären ein paar von meinen Schwestern hier.“

„Sie hätten sich damit keine Verzierung abgebrochen“, murmelte Sam ärgerlich.

„Sie wollten meine Niederlage nicht mitansehen, hat Rafaella gesagt.“

„Nun, zumindest eine von ihnen hat ihre Meinung geändert.“

Elinda folgte der Richtung von Sams Blick zu der dunklen Haut und der schwarzen terranischen Uniform von Cholayna Ares. Neben ihr stand eine Frau in der Lederkleidung der Amazonen.

„Mutter Lauria! Die Göttin segne sie, sie muß es für ihre Pflicht halten, anwesend zu sein. Oh, Sam, ich muß siegen." Sie umarmte die ältere Entsagende. „Danke, daß du gekommen bist. Jetzt kann ich gar nicht mehr verlieren."

„Ich glaube, du würdest auch ohne mich siegen, *chiya,* obwohl ich mich freue, daß ich dabeisein kann." Sie lächelte freundlich. „Was mich betrifft, so habe ich volles Vertrauen zu deinem Verstand." Ihr Ton verriet, daß es Streit innerhalb der Gilde gegeben hatte, und Elinda bekam Gewissensbisse.

„Mutter, ich möchte nicht der Anlaß zu Zwistigkeiten unter meinen Schwestern werden."

„Das wirst du auch nicht", erklärte Mutter Lauria fest. „Sie werden einsehen, daß du niemals Schande über die Gilde bringen würdest."

„Komm, Elinda", unterbrach Sam. „Es geht los."

Elinda ging zu der Stelle, wo Flaggen die Startlinie markierten. Plötzlich wurde ihr bewußt, welche Verantwortung sie so unbekümmert auf sich geladen hatte, und das Rennen hörte auf, ein Spiel zu sein.

Kennet saß auf seinem Pferd und sah hochmütig über ihren Kopf weg. Ein großer Mann mittleren Alters in der rauhen Tracht eines *cristofero* trat vor und hob die Hand.

„Ich bin Vater Domiel, *mestra.*" Er verbeugte sich vor Elinda. „Man hat mich gebeten, als Zeuge an diesem Rennen teilzunehmen. Habt Ihr etwas dagegen einzuwenden?"

„Durchaus nicht", antwortete Elinda mit echter Erleichterung. „Ihr wißt doch, daß die Kampfansage ‚unter bestimmten Bedingungen' lautete?"

„Ja." Der Mann nickte, und Elinda entdeckte einen Schimmer von Rot in dem ergrauenden Haar. „Ich werde mir jetzt den Austragungsort ansehen, wenn es Euch recht ist."

„Natürlich." Elinda ging mit ihm zu der Bahn, und Kennet folgte ihnen zu Pferde, gleichgültige Blicke um sich werfend. Doch als er die Bahn erblickte, riß er an den Zügeln und stellte sich in den Steigbügeln auf.

„Zandrus Höllen! Was ist das für ein Trick?"

„Trick, Dom Kennet?" Elinda zuckte die Schultern. „Das sind die Bedingungen, die ich setze. Vater Domiel?" Sie blieb stehen, während die Männer sich die Bahn ansahen, die sie und Sam geschaffen hatten.

Sie war eher rund als oval und hatte einen Umfang von beinahe 300 Metern. Die Oberfläche der eigentlichen Reitbahn, sechs Meter im Durchmesser, war ziemlich glatt mit gerade genug Gras, daß Elindas Reifen griffen. Eine breite weiße Linie trennte die Oberfläche in eine innere und eine äußere Spur.

Und die ganze Bahn stand in einem Winkel von 30 Grad schräg.

„Meine Bedingungen", sagte Elinda. „Dreimal rund um die Bahn, Start und Ziel bei den Flaggen, die Teilnehmer dürfen die Mittellinie nicht überqueren. Vater Domiel stellt den Sieger fest."

„Das ist absurd!" polterte Kennet. „Wie kann jemand ein Rennen auf einer Bahn liefern, die schräg ist wie ein . . . wie ein Erdrutsch? Das Risiko für das Pferd ist nicht akzeptabel."

„Erklärt Dom Kennet also, daß es Bedingungen gibt, unter denen ein Fahrrad besser ist als ein Pferd?" fragte Elinda kühl. „Wenn ja, gibt er sich geschlagen."

„Nein!" tobte Kennet. „Meiner Meinung nach könnt Ihr mit Eurem scheußlichen Gerät ebensowenig auf einer solchen Bahn fahren!"

„Um das herauszufinden, sind wir ja hier. Vater Domiel?"

„Die Bedingungen sind nicht für beide Teilnehmer gleich", stellte der Mann fest. „Die innere Spur ist kürzer als die äußere."

„Ich überlasse die innere Dom Kennet", sagte Elinda sofort. Sie zog die Außenbahn auf jeden Fall vor – wenn das Pferd ausglitt und fiel, wollte sie sich nicht unter ihm befinden.

„Dann gibt es keine Einwände." Vater Domiel zeigte ein ausdrucksloses Gesicht, aber er sah Elinda mit nachdenklich zusammengekniffenen Augen an, und sie meinte, seine Unterlippe ganz kurz zittern zu sehen. Um keine weitere Diskussion aufkommen zu lassen, begab sich Elinda an die Startlinie.

Ihr Fahrrad zwischen den Beinen, stand sie am höchsten Punkt der Bahn, und die Räder zeigten beinahe senkrecht nach unten. Sie wußte, das war der schwierigste Teil – wenn sie ins Schleudern geriet und fiel oder für einen Augenblick die Kontrolle verlor, würde sie über die Mittellinie nach unten rutschen und hatte dann sofort verloren.

Kennet hielt mit wütendem Gesichtsausdruck die Zügel in beiden Händen. Hinter ihm brüllten seine Männer zotige Aufmunterungen.

„Haltet den Mund, ihr Trottel!“ rief er ihnen zu, als das Pferd auf der Bahn ausglitt und, ebenem Boden zustrebend, zurückweichen wollte. Er zwang sich zur Ruhe, klopfte dem Tier den Hals und lenkte es nach unten auf die innere Spur. Doch als er es seitlich zum Hang drehte, rebellierte es und tänzelte vor Unbehagen.

„Nehmt bitte eure Plätze ein.“ Vater Domiel hob die Flagge. Als er sie senkte, verlagerte Elinda ihr ganzes Gewicht nach vorn und schoß den Hang hinunter. Sie drehte die Lenkstange nach oben, fühlte die Räder rutschen, trat auf die Rücktrittbremse, um die Abwärtsfahrt zu verlangsamen, und dann war sie parallel zu dem Hang, die weiße Trennlinie befand sich zu ihrer Rechten, und sie bewegte sich auf der Bahn vorwärts. Sie beugte sich vor, erhöhte die Geschwindigkeit und spürte den Wind an ihren Ohren vorbeipfeifen. In einem unmöglichen Winkel an der schiefen Oberfläche der Bahn klebend, ging sie in die Kurve.

Erst nach der zweiten Kurve, nahe dem Ende ihrer ersten Runde, wagte sie, aufzublicken und Ausschau nach ihrem Konkurrenten zu halten. Sie sah ihn und bekam einen solchen Lachanfall, daß sie beinahe das Gleichgewicht verloren hätte.

Kennet hatte die erste Kurve noch nicht erreicht. Durch pure Willenskraft hielt er sein Pferd auf der Bahn, aber er konnte nichts tun, daß es diese unnatürliche Oberfläche akzeptierte. Mit protestierend zurückgelegten Ohren bewegte sich das Pferd in kurzen Stakkato-Ausbrüchen, und andauernd stieß es auf der vergeblichen Suche nach der Waagerechten den Kopf nach unten.

Elinda sauste an Pferd und Reiter vorbei in ihre zweite Runde. Natürlich würde Kennet nicht so leicht aufgeben. Aus der Kurve am anderen Ende sah sie, daß er dem Tier die Sporen unbarmherzig in die Flanken stieß. Es tat einen Satz und stolperte hangaufwärts. Dadurch ermutigt, benutzte Kennet die Sporen noch einmal. Das war dem Pferd zuviel. Es wieherte laut und versuchte, sich aufzubäumen. Dann rutschten beide nach unten gerichteten Hufe auf der glatten Oberfläche aus, das Pferd fiel und rollte dem Mittelpunkt der Bahn entgegen. Kennet sprang ihm verzweifelt aus dem Weg.

Elinda ging in ihre dritte und letzte Runde und beobachtete

voller Schadenfreude, wie Mann und Pferd auf dem staubigen Boden herumzappelten und beide versuchten, dem anderen auszuweichen.

Zum dritten Mal kam sie unter den triumphierenden Rufen von Sam und Cholayna an Vater Domiels Flagge vorbei. Sogar Mutter Lauria schwang die Arme und lachte laut. Elinda fuhr nach oben und von der Bahn hinunter und kam vor ihren Freunden wackelnd zum Halten. Plötzlich merkte sie, wie furchtbar erschöpft sie war.

„Geht es dir gut, *chiya?*“ Mutter Lauria stützte Elinda, und Sam nahm ihr das Fahrrad ab.

„Ja, danke.“ Die Reaktion ließ Elinda kichern.

„Du bist dir doch klar darüber, was du getan hast“, sagte Cholayna streng.

„Was?“ fragte Elinda ängstlich.

„Du hast alle deine Fahrräder verloren“, lachte Cholayna und zeigte auf die wütenden Gesichter von Kennets Männern. „Jetzt müssen wir noch einmal ein Dutzend von den Dingern anfertigen lassen, und wie, zum Teufel, soll ich *den* Posten des Budgets dem neuen Legaten erklären?“

Über Patricia Shaw-Mathews und „Mädchen bleiben Mädchen“

Pat Mathews wurde mit zehn Jahren Science-fiction- und 1963 Darkover-Fan (sie verrät uns nicht, wie viele Jahre dazwischen liegen). Als Fan aktiv ist sie seit 1975. Sie hat eine Reihe von Darkover-Erzählungen geschrieben. Als erste wurde die einen Markstein setzende Amazonen-Geschichte „Es gibt immer eine Alternative“ in Der Preis des Bewahrers *veröffentlicht; weitere Arbeiten von ihr folgten in* Schwert des Chaos *und der Anthologie* Greyhaven. *Ihre ersten Geschichten erschienen unter dem Namen Patricia Mathews; jetzt nennt sie sich Patricia Shaw-Mathews, um Verwechslungen mit der Schriftstellerin Patricia Mathews, der Autorin von* Love's Tender Fury *und vielen anderen Romanen dieses Genres zu vermeiden. Pat hat auch eine intelligente Studie über C. L. Moore in Tom Staicar's Anthologie* The Feminine Eye *geschrieben.*

Sie ist verheiratet und hat zwei Töchter, zwei Katzen, einen Hund und ein Meerschweinchen. Wenn sie gerade nicht für sie alle sorgt, ist sie Buchhalterin und bildet sich zur Buchprüferin aus. Sie gesteht, daß sie den Witz über das Steuerformular für außerirdische Lebewesen aufgebracht hat: 1040-ET. MZB

Mädchen bleiben Mädchen

von Patricia Shaw-Mathews

„Eure Kindheit hat euch Ketten angelegt“, sagte Gildenmutter Julienne von Port Chicago zu den frischgebackenen Amazonen, und Dalise n'ha Dionie stieß ein schnaubendes Lachen aus.

„Mir nicht“, zischte sie in scharfem Flüstern dem Karottenkopf zu ihrer Linken zu.

„Nun, versucht haben sie es“, räumte Catlyn n'ha Dorilys kichernd ein.

Ariane n'ha Linnet lehnte sich mit selbstzufriedenem Grinsen zurück. „Meine Leute kannten mich dafür zu gut“, sagte sie und lehnte sich noch ein bißchen weiter zurück. Ihr Stuhl kippte um und warf sie zweien ihrer neuen Eidesschwestern in den Schoß. Das ganze Zimmer wackelte vor Gelächter. Gildenmutter Julienne versuchte ohne Erfolg, Ariane, Catlyn und Dalise einen kalten Blick aus nur einem Auge zuzuwerfen.

Es war kein vielversprechender Anfang.

Catlyn war klein und schlank mit karottenfarbenem Haar und veilchenblauen Augen. Sie hatte das lose, beutelige Kostüm, das man ihr gegeben hatte, anprobiert, fünf Minuten lang versucht zu glauben, man erwarte tatsächlich von ihr, daß sie das Zeug trage, und sich dann daran gemacht, die offensichtlichen Mängel des Modells zu korrigieren. Wie die Gildenmutter widerstrebend zugeben mußte, sah sie beinahe schick aus.

Dalise hatte sich ihre Kleidung bequemer gemacht, indem sie die Hosenbeine hochrollte und die Jackenschöße um ihre eindrucksvolle Taille festband. Sie war eine große, verschlafen wirkende junge Frau mit einer Überfülle an dunklem Haar und farblosen Augen. Ariane, ihre unzertrennliche Gefährtin, hatte sich keine Mühe gegeben, ihre Tracht zu verändern. Sie sah die Gildenmutter mit all der leeren Hübschheit eines terranischen Werbeplakats an, und ihr vorzüglich durchtrainierter Körper war untadelig nach den Vorschriften des Gildenhauses bekleidet. Warum nur kam sich die Gildenmutter wie ein Jäger vor, der ein Banshee am Schwanz gefaßt hält?

Mit uncharakteristischer Zurückhaltung wartete Dalise, bis sie durch die Länge des Raumes von der Gildenmutter und der Versammlung getrennt war, bevor sie explodierte: „Sechs Monate hinter Mauern! Ich bin der Gilde beigetreten, um dem zu entrinnen!"

„Von der Falle in den Kochtopf", stellte Catlyn angewidert fest. „Nun, Kinder, wie gefällt euch unsere neue Erzieherin?"

„Ihr habt den Baum vor unserem Zimmer nicht bemerkt", sagte Ariane zusammenhanglos. „Diese Vorschrift mit den sechs Monaten ist für solche erlassen worden, die sich nicht zu benehmen wissen. Ihr werdet gehört haben, daß sie das gesagt hat. Na, wir wissen uns zu benehmen. Offiziell kann sie das natürlich nicht zugeben, also – was sie nicht weiß, tut keiner von uns weh."

Dalise kicherte. „Richtig!"

Eine ziemlich lange Zeit arbeiteten Ariane, Catlyn und Dalise abwechselnd in Küche und Stall, lernten zu lesen, zu schreiben und Waffen zu benutzen und befolgten die Hausregeln. Muster-Amazonen konnte man sie nicht nennen. Davon gab es, Avarra sei Dank, nur eine im Gildenhaus von Port Chicago, die den für sie bedauerlich unpassenden Namen Allegra n'ha Felicitas trug und sich die Aufgabe gestellt hatte, Mißstände aufzudecken. Die Fronten waren bald abgesteckt.

Gildenmutter Julienne war nichts anderes übriggeblieben, als die drei Neuen von der Anklage freizusprechen, sie hätten ihrer unseligen Schwester den Spitznamen „Allergica" angehängt; nur eine ihrer Frauen, die terranische Medizin studierte, konnte den Ausdruck kennen. Aber als Allergica-Allegra weinend in das Büro der Gildenmutter platzte und einen sehr schlechten Geruch von sich gab, richtete sich der Verdacht, ihr einen Streich gespielt zu haben, sofort auf sie. Unglücklicherweise wußte das Opfer es auch.

„Du mußt diese drei Unruhestifterinnen loswerden!" verlangte Allegra unter Tränen.

Man verlangte nicht, daß die Gildenmutter etwas tue. Mutter Juliennes Gesicht blieb ruhig, wie sie es durch lange Übung gelernt hatte. „Was haben sie angestellt?" fragte sie und faltete die Hände.

„Sie haben mir Stallmist auf die Matratze gelegt!" tobte Allegra.

Gildenmutter Julienne hielt die Lippen ganz fest zusammengepreßt. Als sie sich wieder traute zu sprechen, sagte sie: „Wenn ich das beweisen könnte, würde ich ihre Häute an die Wand nageln. Aber sie haben seit mehr als zehn Tagen keinen Stalldienst mehr gehabt, und eine Entsagende würde sich während ihrer hausgebundenen Zeit sehr verdächtig machen, wenn sie einen Eimer Mist durch das Port-Chicago-Haus trüge. Bring mir einen Beweis, mein Kind, und ich will gern etwas unternehmen."

„Du wirst ihn bekommen", versprach Allegra und stürmte hinaus.

Kurz danach forderte die Lehrerin im waffenlosen Kampf während des Trainings Allegra auf, ein paar Griffe vorzuführen. Allegras Augen glänzten unter ihrem kurzgeschnittenen Haar. „Eine von euch soll heraufkommen, damit ich es euch zeigen kann. Du da! Prachtstück!"

Ariane fragte nicht erst, wer Prachtstück sei, sondern stand sofort auf und schlenderte in den Ring. Allegra begann mit einem einfachen, aber wirksamen Griff – und fand sich flach auf dem Rücken liegend wieder. Ihr ordentlich gekämmtes Haar war ganz durcheinander. Ariane lächelte. „Das war's", stellte sie knapp fest und kehrte an ihren Platz zurück.

An diesem Abend zog sich Ariane in ihrem gemeinsamen Dachzimmer des dritten Stocks ihr bestes Amazonen-Kostüm an und nahm aus dem Kasten mit ihren privaten Besitztümern einen Beutel Kupfermünzen. „Ich finde, es ist Zeit für eine Feier, meint ihr nicht?" fragte sie.

Dalise grinste. „Ich habe auch etwas Geld übrig", erklärte sie triumphierend, „und bin dabei."

Catlyn, deren bester Anzug jetzt eine hochelegante Angelegenheit war, steckte eine Stoffblume in ihr lockiges rotes Haar. Dalise schmierte großzügig Butter auf den Fensterrahmen. Er öffnete sich ohne ein Quietschen.

Ariane, die Athletin, war als erste draußen, dann kam Dalise, bei der jeder Schritt auf einem Ast ein nervenzerfetzendes Wagnis war, dann Catlyn. Die beiden kleineren Mädchen halfen Dalise über die Mauer, und sie gingen, um Port Chicago zu erkunden.

Sie wanderten über den Flohmarkt, kauften Essen an Ständen, kicherten, als sie den Bezirk der roten Laternen durchquerten, und gelangten schließlich an die terranische Enklave, wo sie die seltsamen Lampen und Fahrzeuge betrachteten. Auch ein Raumschiff stand da. Plötzlich sagte eine Stimme auf Darkovanisch, aber mit schlechter Aussprache: „Hallo, möchtet ihr gern das Schiff ansehen?"

Sie drehten sich um. Zwei junge Männer in merkwürdigen Uniformen lächelten sie an. Nur Dalise dachte für einen Augenblick an die ständigen Warnungen der Gildenmutter, sich nicht mit fremden Männern einzulassen und keine Einladungen anzunehmen; Ariane und Catlyn hatten sie vollständig vergessen. Ariane streckte die Hand aus. „Ariane n'ha Linnet", sagte sie.

„Dave Mittelstadt, Chuck Baker, Linda Sanchez und Bob Johnson." Der erste junge Mann dehnte die Vorstellung auf zwei weitere Personen aus, die gerade das Schiff verließen. Alle waren gleich gekleidet.

„Wo ist hier ein nettes Lokal, in dem man ein Glas trinken kann?" erkundigte sich Chuck Baker.

Dalise, die in jedem Ort, an dem sie weilte, wußte, wo man etwas zu essen und zu trinken bekommt, führte sie in das Weiße Cralmac. „Wir sind Auszubildende im ersten Jahr beim Vermessungsdienst", erklärte Linda Sanchez unterwegs.

Drei Biere und eine unglaubliche Menge von Knabbergebäck später fragte Dalise: „Was macht der Vermessungsdienst?"

„Er erkundet neue Welten", antwortete Linda Sanchez. „Erforscht neue Zivilisationen. Sucht Planeten auf, die noch kein Mensch betreten hat. Und dabei fällt mir etwas ein. Wo ist eigentlich...?"

„Der Schuppen in der Gasse hinter dem Abfallhaufen", gab Dalise Auskunft. „Die Arbeit beim Vermessungsdienst muß Spaß machen. Ich wünschte, ich wäre Terranerin."

Bob Johnson stieß sie mit dem Ellenbogen an. „Halte darüber den Mund, Schätzchen, aber gerüchtweise verlautet, der Kommandeur denke daran, Eingeborenen den Eintritt in den Dienst zu erlauben. Das Problem dabei ist, daß die meisten planetengebundenen Völker auch kulturgebunden sind. Was mich daran erinnert..." Er trank sein Glas aus und bestellte noch ein Bier. „Warum kann niemand auf diesen gottverlassenen Grenzwelten eine anständige Pizza machen?"

Linda Sanchez kam von dem Häuschen hinter dem Weißen

Cralmac zurück und machte sich daran, einen vollen Krug und einen vollen Teller zu leeren. „Nimm ein bißchen ab, und ich glaube, du könntest es versuchen. Chuck, kannst du dem Skipper nicht von den dreien hier erzählen? Mal sehen, was passiert."

„Woher sollen wir wissen, ob sie dann auch kommen?" fragte Chuck Baker.

Catlyn und Ariane sahen sich an. „Wir kommen", versicherten sie den Terranern.

Alle sieben schwankten Arm in Arm die Straße hinunter und sangen: „Mutter war Bewahrerin in dem Turm von Arilinn...", als Allegra, die an diesem Morgen mit Melken an der Reihe war, mit zwei vollen Eimern aus dem Stall kam. Die Amazone kannte ihre Pflicht.

„Ariane! Catlyn! Dalise! Meldet euch sofort bei der Gildenmutter und gebt einen vollständigen Bericht über dieses schändliche Benehmen ab! Ihr seid euch wohl überhaupt nicht im klaren darüber, welche Folgen euer schändliches Benehmen..."

„Das ist das zweite Mal", stellte Catlyn mit Interesse fest. „Meint ihr nicht, sie sollte sich ein paar neue Wörter einfallen lassen?"

„Bedeutet euch der gute Ruf, den wir mit solcher Mühe in Jahrhunderten aufgebaut haben, denn gar nichts? Skandalös betrunken! Verkehr mit fremden Männern!"

„Zum Verkehr haben wir gar keine Gelegenheit bekommen", widersprach Ariane ihr in aller Gemütsruhe.

„Mit Terranern! Außenweltlern!"

Die vier jungen Vermessungsleute hätten es mit einem Mann aufgenommen, fanden aber, daß hier die Vorsicht der bessere Teil der Tapferkeit sei. Auf Darkovanisch konnten sie es mit Allegra, die die Nachbarschaft zusammenschrie, doch nicht aufnehmen. „Bis auf bald, Mädchen", sagte Dave Mittelstadt und entfloh.

Gildenmutter Julienne war nicht erfreut. Hinter geschlossenen Türen sagte sie: „Die Vorschrift einer Hauszeit von sechs Monaten hat ihren Grund. Frauen, die nicht unter dem Schutz ihrer Familien leben, müssen lernen, äußerste Diskretion walten zu lassen und absolut nichts zu tun, was möglicherweise einen Schatten auf den Ruf der Gilde werfen könnte. Andernfalls bekämen die Leute eine falsche Vorstellung von uns, und das bedeutete Ärger für alle

Beteiligten. Wir haben nichts dagegen, wenn ihr gelegentlich zusammen ausgeht – *nachdem* ihr gelernt habt, euch schicklich zu benehmen! Entsagende betrinken sich nicht in aller Öffentlichkeit, sie fangen keine Unterhaltung mit fremden Männern an und lassen sich nicht von ihnen einladen, und sie machen unserer Welt keine Schande, indem sie sich vor Terranern wie Straßenmädchen aufführen! Habt ihr mich verstanden?"

Ariane schloß den Mund, der während der ganzen Strafpredigt offengestanden hatte. „Ja, völlig, Gildenmutter!"

Julienne nickte. „Gut. Ihr habt euch wie Kinder benommen. Ihr werdet wie Kinder behandelt werden. Für die nächsten vierzig Tage bleibt ihr außer für die Unterrichtsstunden, die euch zugewiesene Arbeit und die Mahlzeiten auf eurem Zimmer. Ihr könnt gehen."

Diesmal warteten sie mit dem Explodieren, bis sie in ihrem Zimmer waren. „Aber wir haben doch gar nichts Böses getan!" jammerte Dalise.

„Doch." Catlyn zeichnete mit dem Schreibstift, den sie für schriftliche Hausaufgaben benutzte, eine am Galgen hängende Frau auf die Wand. „Wir haben die Sechs-Monats-Vorschrift gebrochen. Und wir haben uns erwischen lassen."

„Allergica ist ein Schmutzfleck auf dem Gesicht der Gilde", meinte Ariane matt.

„Kein Schmutzfleck, ein Haufen Scheiße", fiel Catlyn heftig ein. „Wißt ihr schon, daß sie mich dauernd meines *Haars* wegen meldet?"

„Das tut sie nur, weil ihres nicht so schön ist wie deins", antwortete Dalise. Sie sahen sich alle drei an und grinsten.

Ihre Tür war nicht abgeschlossen, und die Gildenehre verbot einen Wachposten. Catlyn, die kleinste und behendeste, öffnete sie mitten in der Nacht und schlich sich auf der Suche nach einem Rasiermesser, mit dem sie ihre Rache ausüben könnten, in die Abstellkammer. „Ich konnte keins finden", entschuldigte sie sich später. „Aber ich habe etwas mitgebracht, das uns davor bewahren wird, uns zu Tode zu langweilen."

„Wo willst du denn Papier hernehmen?" fragte Dalise praktisch.

Catlyn zuckte die Schultern. Ariane sah sich im Zimmer um. „Das ist ein sehr trister Raum", meinte sie. „Die Wände könnten ein bißchen Dekoration vertragen."

So staunte das ganze Gildenhaus über die Fügsamkeit, mit der die drei Übeltäterinnen die Strafe hinnahmen. Sie waren sehr fleißig beim Unterricht und kamen ihren verschiedenen Pflichten gewissenhaft nach. Den Plan, Allegra den Kopf zu rasieren, hatten sie für eine Weile zurückgestellt.

Zehn Tage, nachdem sie im Morgengrauen erwischt worden waren, rief die Gildenmutter sie zu sich. Sie war so zufrieden mit ihnen, wie sie es aller Wahrscheinlichkeit nach jemals würde sein können. „Der terranische Koordinator in Port Chicago hat mit mir darüber gesprochen, er wolle darkovanische Frauen zum Vermessungsdienst zulassen, *falls* wir ihm beweisen, daß wir uns zwischen den Welten zu benehmen wissen und befähigt sind, die Arbeit zu lernen. Anscheinend haben wir euch für die Idee zu danken. So ist doch noch etwas Gutes bei eurer Eskapade herausgekommen."

Die drei sahen sich voller Freude an. Dann fuhr die Gildenmutter fort: „Das erste versuchsweise Kontingent wird bestehen aus Allegra n'ha Felicitas, Bruna n'ha Callista . . ."

„Nicht Bücherwurm Bruna!" schrie Dalise auf.

„Dalise n'ha Dionie!" fuhr Gildenmutter Julienne sie an. „Wenn du nicht lernst, deine Impulsivität und dein Temperament zu zügeln, wirst du nie auch nur die Chance bekommen, mit dem Kommandeur des Vermessungsdienstes zu reden! Terraner legen großen Wert auf das Lesen und Schreiben. Ich habe die ausgewählt, die darin gut sind und uns bestimmt nicht durch eine unüberlegte Handlung Schande machen werden."

„Die Terraner, die wir kennengelernt haben, schienen sich nicht viel Gedanken über Ehre und Schande zu machen", sagte Ariane und lehnte sich auf ihrem Stuhl zurück. „Sie amüsierten sich, genau wie wir." Sie lehnte sich zu weit zurück, und ihr Stuhl kippte um. Treuherzig meinte sie: „Das ist mir kein einziges Mal passiert, während ich mit ihnen zusammen war."

Gildenmutter Julienne kam zu dem Schluß, es sei hoffnungslos. „Nun, ich dachte nur, ihr würdet es gern wissen wollen", sagte sie und entließ sie wieder.

Sie kehrten in ihr Zimmer zurück. Auf der Wand prangte jetzt ein Bild mit einem Paar beim Picknick, hinter ihnen ein wütender Bulle und in einer Ecke ein kleiner Junge, der nackt badete. Allegra war von dem Bullen in eine andere Ecke geschleudert worden und lag dort in sehr unwürdiger Stellung. Gedankenverloren zeichnete Catlyn ein Raumschiff mit einem Hintergrund aus Sternen und Monden.

Das Wandbild wurde fertig, kurz bevor die Zeit ihres Zimmerarrests zu Ende ging. Ariane zählte ihre wenigen noch übrigen Kupfermünzen. „Das muß gefeiert werden“, erklärte sie. „Und diesmal wird man uns nicht erwischen, da Allergica inzwischen Mißstände bei den Terranern aufdeckt.“

Dalise faßte nach ihrem besten gestickten Hemd. „Dann los!“ jauchzte sie.

Wieder kletterten sie den Baum hinunter und über die Mauer. Mit der schwachen Hoffnung, ihre Freunde oder auch andere Terraner zu treffen, machten sie sich zum Raumhafen auf. Sie mußten an dem Haus der roten Laternen vorbei, und ein draußen herumlungernder Zuhälter rief sie an: „Sucht ihr Arbeit, Mädchen? Ich kann euch welche beschaffen.“ Dem ließ er unter Gegacker Bemerkungen über ihr Aussehen folgen. Seine Mädchen, die aus den Fenstern hingen, zollten ihm durch ihr Lachen Beifall.

Ariane sah Dalise an. Sie näherte sich ihm von links, Dalise von rechts, und schon lag der Zuhälter am Boden. Er versuchte, ein Messer zu ziehen, und schleuderte ihnen eine Vielzahl phantasievoller Flüche entgegen, beginnend mit Verunglimpfungen ihrer sexuellen Neigungen. Die Mädchen riefen Schimpfwörter und machten unanständige Geräusche, verließen ihre Fenster aber nicht. Arianes Faust krachte gegen den Kiefer des Zuhälters, worauf er von neuem zu Boden ging. Inzwischen hatte Catlyn ein Töpfchen mit roter Farbe ergriffen und schmückte die Mauer des Bordells mit einem frechen Slogan: AMAZONEN AN DIE MACHT! Dann liefen sie davon.

Am Raumhafen angekommen, lachten sie immer noch. Als sie um eine dieser rechtwinkligen terranischen Ecken biegen wollten, kam ihnen von der anderen Seite ein Terraner entgegen und stieß mit Dalise zusammen, so daß beide umfielen.

Der Terraner stand auf. „Ich bitte um Verzeihung, *mestra*“, sagte er steif in formellem Darkovanisch.

Dalise rieb sich den Kopf. „Tut mir leid. Ich hätte besser aufpassen sollen. He! Wenn Ihr Terraner seid, kennt Ihr dann vielleicht Linda Sanchez, Bob Johnson, Dave Mittelstadt und Chuck Baker?“ Sie sprach die fremden Namen sehr sorgfältig aus. „Sie sind bei der Vermessung. Einer von ihnen wollte seinem Kommandeur über uns berichten."

Der Terraner sah die Mädchen nachdenklich an. Catlyn bemerkte plötzlich, daß ihre Hände ganz voll roter Farbe waren. Sie kicherte. „Nur ein kleines Kunstwerk."

Ariane reichte dem Fremden die Hand und sagte in dem reinen, flüssigen, formellen Darkovanisch des Hochadels: „Ihr ehrt unser Haus, Sir . . .?"

Randolph Lawrence, *mestra.* Gibt es noch eine Organisation ähnlich den Entsagenden von Port Chicago, von der ich bisher nicht gewußt habe?"

„Wir sind vom Gildenhaus in Port Chicago", antwortete Ariane. „Kennt Ihr unsere Freunde?"

Randolph Lawrence zog ein schwarzes, viereckiges Gerät aus der Tasche und berührte es. Eine Reihe Buchstaben des terranischen Alphabets kroch über den Schirm . . . Ihnen mit den Augen folgend, fragte er: „Kennt ihr Mestra Allegra n'ha Felicitas und Mestra Bruna n'ha Callista?"

„Den Bücherwurm und Allergica", nickte Dalise. „Besser, als mir lieb ist."

„Sie sind unsere Schwestern in der Gilde."

„Stiefschwestern. Böse."

Lächelnd bot Randolph Ariane den Arm. „Junge Damen, ich würde sehr gern einmal mit eurer Gildenmutter sprechen. Könntet ihr das arrangieren?"

Ein schriller Schrei zerriß die Nacht. „Da sind sie!" rief der wütende Zuhälter. Hinter ihm kamen zwei Männer in der schwarz und grünen Uniform der Stadtgarde und, mit grimmigem Gesicht, Gildenmutter Julienne.

„Ich glaube, das ist schon arrangiert", stellte Catlyn fest.

Gildenmutter Julienne preßte die Hände fest zusammen, als wolle sie sie daran hindern, die drei Übeltäterinnen mit Ohrfeigen einzudecken. „Ich fürchte, das bedeutet das Ende eurer Laufbahn in der Gilde", sagte sie sehr ruhig, „es sei denn, ihr könnt den Wunsch und die Fähigkeit nachweisen, Disziplin zu halten."

„Verzeiht mir, *mestra,* wessen haben sie sich schuldig gemacht?" fragte der Terraner.

Gildenmutter Julienne biß sich auf die Lippe. „Tut mir leid, das ist eine interne Angelegenheit, Sir. Nicht einmal der terranische

Koordinator darf über die Gildendisziplin richten. Beziehungsweise den *Mangel* an Disziplin."

„Mein Hurenhaus!" schrie der Zuhälter. „Sie haben mein ganzes Hurenhaus mit Amazonen-Slogans beschmiert, und ihr Lesben werdet dafür bezahlen!"

Der terranische Koordinator fing an zu lachen. „Ich schlage vor, daß sie es einfach säubern. Unter der Aufsicht ihrer Gildenschwestern natürlich. Ich bin sicher, zwei meiner Schülerinnen können dafür lange genug vom Unterricht beurlaubt werden. Und dann, *mestra,* würde ich mit Euch gern über die Möglichkeit reden, diese drei jungen Damen für den Vermessungsdienst anzuwerben. Ihre Fähigkeit, mit terranischem Personal auszukommen, haben sie gewiß unter Beweis gestellt!"

Kurze Zeit später sagte Randolph Lawrence unter dem Schild des Weißen Cralmacs: „Wir waren kurz davor, das Projekt abzublasen, und wollten den Gedanken, darkovanische Frauen für den Vermessungsdienst anzuwerben, fallenlassen, als diese drei auftauchten. Ihr müßt wissen, *mestra,* daß man im Vermessungsdienst mit allen Rassen und Kulturen arbeiten muß, von denen viele unterschiedliche Sitten und Verhaltensweisen haben. Dazu gehört die Fähigkeit, mit Leuten, die einem anderen Sittenkodex folgen, zurechtzukommen, und leider muß ich sagen, daß die Kandidatinnen, die Ihr mir schicktet, sich als viel zu kulturgebunden erwiesen."

Die drei Mädchen hatten den Ausdruck schon einmal gehört; Gildenmutter Julienne mußte nach seiner Bedeutung fragen. Der terranische Koordinator antwortete: „Starr, überkontrolliert, unfähig, die leiseste Verletzung dessen zu dulden, was die Heimatwelt unter Anstand versteht. Sie hatten nicht die kleinste Chance, über die Grundausbildung hinauszukommen. Diese drei hingegen..."

„Diese drei sind ganz und gar unfähig, Disziplin zu wahren", unterbrach die Gildenmutter ein bißchen traurig.

Der terranische Koordinator erinnerte sich an eigene Erlebnisse und lächelte. „Militärische Disziplin?" fragte er liebenswürdig.

Zum ersten Mal, seit Ariane, Catlyn und Dalise zu ihnen gekommen waren, grinste die Gildenmutter breit. „Ich glaube, wenn sie erst einmal ihre Grundausbildung bei uns abgeschlossen haben, wäre es eine ausgezeichnete Idee! Aber nur, wenn ihr mir schwört, daß ihr euch zusammennehmt, bis eure sechs Monate um sind!"

Ganz ernst erklärte Ariane: „Ich schwöre es, Gildenmutter." Schließlich waren es ja nur noch ein paar Monate, und *der Koordinator* hatte keinen solchen Eid von ihr verlangt. Sie fing an, sich zu überlegen, welche Streiche man wohl an Bord eines Raumschiffs veranstalten könne.

Über Susan Shwartz und „Wachsende Schmerzen“

Eine Geschichte von Susan Shwartz erschien zum ersten Mal im Preis des Bewahrers, *und seitdem war sie mit Arbeiten in dem Science-fiction-Magazin* Analog *und vielen Anthologien vertreten, darunter zweien, die sie selbst herausgegeben hat:* Hecate's-Cauldron *(DAW 1982) und* Habitats *(DAW 1984).*

Man könnte meinen, „Wachsende Schmerzen“ sei als Gegenpol zu einer anderen Geschichte in dieser Anthologie geschrieben worden, nämlich zu Pat Mathews' „Mädchen bleiben Mädchen“. Hier wiederholt sich das Thema aus Gildenhaus Thendara, *daß Außenseiter einer bestimmten Gesellschaft, die ins Gildenhaus eintreten, dort ebensolche Anpassungsschwierigkeiten haben können wie da, wo sie hergekommen sind. Die beiden Erzählungen kommen zu einem ähnlichen Schluß, sind aber so verschieden wie ihre Autorinnen.*

Susan Shwartz lebt als Single in New York und arbeitet in der Werbung und den Medien. MZB

Wachsende Schmerzen

von Susan Shwartz

„Sei still, Catriona, oder du mußt den Raum verlassen“, befahl Mutter Rayna.

Im Musikzimmer war es kalt, aber Catriona n'ha Mhari zitterte nicht deswegen, sondern vor Zorn. Sie sprang auf die Füße. Die anderen Entsagenden aus ihrer Schulungsgruppe drängten sich zusammen, und bei den meisten flossen bereits Tränen. Die Waffenmeisterin hatte Doria einen Feigling genannt. Die Köchin hatte Pavella der Faulheit beschuldigt. Und sie war eine Wichtigtuerin genannt worden, deren Zunge in der Mitte festhänge und an beiden Seiten plappere, nur weil sie Fragen gestellt hatte.

„Verwöhntes Baby, setz dich hin und halt den Mund, bis wir dir sagen, du sollst aufstehen!“

Catriona hatte es satt, im Haus eingesperrt zu sein, sie ertrug die Schulungssitzungen nicht mehr, und am meisten ging es ihr auf die Nerven, daß sie jederzeit angesprochen werden konnte, wenn sie lernen wollte. Man warf ihr vor, sie höre nicht zu oder denke nicht nach, und das nur, dachte sie grollend, weil sie die Dinge nicht auf ihre Art sah.

Der Zorn ließ das Bild vor ihren Augen verschwimmen, und sie mußte schlucken, damit ihre Stimme nicht bebte. „Ich habe genug davon! Und ich habe auch von euch genug! Ich glaube, es macht euch Spaß, uns zu Spielen mit euch zu zwingen, die wir nicht gewinnen können. Wenn Sheera sich die Haare bürstet, ist sie eitel, wenn sie es nicht tut, ist sie schlampig. Wenn ich Fragen stelle, bin ich unverschämt, aber wenn ich gehorche, tue ich es nur, um mich Liebkind zu machen. Glaubt ihr wirklich, wir müssen das erdulden, um frei zu sein? Ich habe schon freundlichere Worte von Trockenstadt-Händlern gehört!“

Die älteren Frauen reagierten mit empörten Ausrufen auf diese letzte Behauptung, von der Catriona selbst sehr wohl wußte, daß es nichts als Bosheit von ihr war. Aber das geschah ihnen recht, dachte sie. Sie hob ihre rauh gewordene Hand, warf ihr kragenlanges rotes Haar zurück und schrie ebenso laut: „Genug! Ich gehe weg von hier, und das könnt ihr euch in den Hals stopfen, bis ihr daran erstickt!“

Mutter Lauria, eine der ältesten Frauen im Gildenhaus Thendara, seit langem von ihrem Amt zurückgetreten und sehr geliebt, sah mit alterstrüben Augen auf.

„Wohin willst du gehen, *chiya?*“ fragte sie. Ihre Stimme war so sanft, daß Catriona fürchtete, sie werde anfangen zu weinen. Dann würde ihre Entschlossenheit dahinschmelzen, sie würde versprechen, es noch einmal zu versuchen, und man würde sie zu einer echten kleinen Amazone ummodeln, genau wie andere darkovanische Mädchen zu Ehefrauen erzogen wurden.

„Zu den *Terranan!*“ zischte sie. „Und wenn ich euch alle über den Rand einer Klinge wiedersehe, wird es früh genug sein.“

Manche Menschen lernen nur durch ihr Handeln. Aber, Kind, sei vorsichtig mit dem, was du dir wünschst. Du könntest es bekommen. Laurias Lippen bewegten sich nicht, und niemand sonst schien ihre Worte zu hören. Catriona erkannte, daß der seltsame, unausgebildete Teil ihres Verstandes sie den Gedanken der alten Frau entnommen hatte. Das war wieder *laran* gewesen. Das *laran* hatte sie als Kind kränklich gemacht, verwundbar gegen Anschuldigungen, sie spioniere. Als sie älter wurde, merkte sie, daß es nur eine andere Art des Sprechens war – und sie träumte davon, mehr darüber zu lernen, in Neskaya, das den Ruf hatte, auch solche mit *laran* begabten Personen aufzunehmen, die keine echten Comyn waren. Sie ging hin, und die *leroni* wollten nicht einmal mit ihr reden. Mit dem Aufstieg und Fall des Verbotenen Turmes hatten sich die Zeiten auf gefährliche Weise verändert.

Was war ihr da noch übriggeblieben? Sie war nicht Comyn; eine Heirat mit einem Mann, der ihre eigentümlichen Gaben teilte, lag außerhalb ihrer Reichweite, selbst wenn sie sich gewünscht hätte zu heiraten. Eine Ehe mit einem der Kopfblinden wäre wie eine Paarung mit einem Cralmac gewesen: unvorstellbar. Catriona hatte überlegt, welche andere Wahl sie hatte, und war ins Gildenhaus gekommen. Sie hatte gehofft, hier Wissen zu erwerben, das sie unabhängig von den Launen von Vormund, Turm, Hastur oder sonst jemandem machen würde. Entsagende lernten, was sie wollten, gingen, wohin sie wollten – sogar unter die Terraner. Catriona hatte einen Pflegebruder, halb Terraner und ganz im Stich gelassen, bis ihre Familie ihn aufgenommen und ernährt hatte. Glücklicher Ann'dra. Mit vierzehn war er zum Raumhafen gegangen, hatte seinen abgetragenen Kilt gegen schwarzes Leder und sein Messer gegen einen der verbotenen Laser des terranischen Imperiums eingetauscht. Jetzt sprach er sowohl mit Darkovanern als auch mit Terranern, vielleicht sogar mit den seltenen, exotischen Nichtmenschen, die durch die schmalen Straßen der Handelsstadt glitten.

Ann'dra hatte versprochen, ihr zu helfen, daß auch sie Arbeit bei den *Terranan* fand. Als sie das gegenüber den anderen Frauen erwähnte, hatte man ihr den Eid vorgehalten … *daß ich keinen Mann um Schutz bitten werde.* Das war kein Schutz! Ann'dra wollte nur die Chancen ausgleichen, aber das sahen sie nicht ein.

Sie hatte das Musikzimmer verlassen, und ihre Füße klapperten mit würdeloser Geschwindigkeit auf den breiten Stufen, die zur vorderen Halle führten. Sie rutschte aus und wäre beinahe der Länge nach gegen die schwere, dunkle Holztür gefallen. Das Wissen, wie lächerlich jemand aussieht, der treppauf fällt, gab ihr die Kraft, die Türflügel weit aufzustoßen und einen dramatischen Abgang zu bewerkstelligen. Der Krach, mit dem sie zufielen, ließ bei der Hälfte aller Häuser auf der Straße die Fensterläden klappern.

Leichter Regen fiel vom verhangenen, violetten Abendhimmel und kühlte ihr Gesicht. Kleine Monde leuchteten grün herab. Die durchscheinenden Fensterscheiben des Gildenhauses und die Pfützen auf der Straße warfen das letzte trübe Licht der blutigen Sonne zurück.

Und was jetzt? dachte Catriona.

Sie trat zurück und suchte nach dem Turm des terranischen Hauptquartiers. Obwohl die gedrungenen, überhängenden Dächer dieses Viertels von Thendara einen großen Teil des Himmels verdeckten, sah sie ihn schließlich in seiner ganzen arroganten Höhe emporragen. Sie brauchte ihn nur im Auge zu behalten. Hatte sie erst einmal das erreicht, was bei den *Terranan* als Tor galt, würde sie ihren Namen und den ihres Pflegebruders nennen. Er würde *ausgerufen* werden (so lautete das Wort), und dann würde er kommen und ihr helfen, eine anständige Arbeit zu finden, bei der sie mit Terranern reden und die großen Schiffe sehen konnte – vielleicht sogar die Welten, von denen sie gekommen waren. Sie hatte sich bereits ein bißchen Terranisch angeeignet, nicht nur die Flüche, über die sie und ihre Freundinnen gekichert hatten, sondern wichtige Ausdrücke wie *medizinische Technologie, Computer, Handelsbeschränkungen* und *Kolonien*. Der Göttin sei Dank, daß sie so schnell lernte!

In der Nähe der terranischen Zone veränderten sich die Straßenlaternen sehr merkwürdig. Zunächst einmal gab es mehr von ihnen, und sie leuchteten in einem bedrückenden Gelb, ganz anders als das gemütliche Dämmerlicht des Gildenhauses. Unter dem scharfen Licht warfen Männer (und ein paar Frauen) in dem glatten schwarzen Leder der Raumpolizei, anstößige Laser an den Hüften, unmöglich lange Schatten und starrten sie unverschämt an, eine Fremde, dünn für ihr Alter und – was uncharakteristisch für sie war – unsicher.

Die erste Frau, an die sie sich um Auskunft wandte, hatte Mitleid mit ihr. „Falls Ihr zum *Checkpoint* wollt“, sagte sie in katastrophalem *cahuenga,* „da geht es entlang.“

Der Wachposten beäugte sie mißtrauisch, bis er zu dem Schluß kam, sie sei tatsächlich ein Mädchen. Seine Gefälligkeit verbunden mit seiner Skepsis, was ihre Erklärung betraf, banden ihr die Zunge. Seine Augen musterten ihren dünnen Körper von oben bis unten, und sie versteifte sich vor Entrüstung. Glaubte er wirklich, sie sei schwanger und versuche Ann'dra hereinzulegen, daß er das Kind anerkenne? Sie blinzelte die Zornestränen weg und hielt sich vor, daß sie, mit seinen Augen betrachtet, in Wahrheit Ketten trug. Geduldig wiederholte sie ihre Geschichte, bis sie den Mann schließlich soweit hatte, daß er Ann'dra *ausrufen* ließ.

Und war es nicht Zandrus Pech, daß er dienstlich unterwegs war? Catriona entzog dem Wachposten ihre Hand, die er nicht gerade väterlich streichelte, und ging wieder. *Andrew* (wie man ihn hier nannte), wurde innerhalb von zehn Tagen zurückerwartet. Das hatte gerade noch gefehlt.

Was im Namen der Sieben Höllen sollte sie bis dahin anfangen?

Kein Wunder, daß die Entsagenden sie einen Hitzkopf genannt hatten. Sie war aus dem Gildenhaus fortgelaufen, ohne Mittel, ohne rechten Plan... oh, was hatte sie eine Menge zu lernen!

Vielleicht hatten die Frauen im Musikzimmer versucht, sie vor den Folgen ihrer Unbesonnenheit zu schützen. Vielleicht hatten sie recht, wenn sie sagten, unter diesem roten Haar stecke kein Gehirn, sondern nur Feuer und Rauch. Sie hätte ihre Flucht besser vorbereiten sollen. Jetzt würde sie Pläne machen müssen.

Catriona holte tief Atem und bereute es sofort. Ihr Magen knurrte und erinnerte sie daran, daß sie das Abendessen ausgelassen hatte, um sich an dem Apfelwein und den Kuchen, die üblicherweise nach den Schulungssitzungen verteilt wurden, gütlich zu tun. Ohne rechte Hoffnung steckte sie die Hand in die Tasche. Sie hatte sehr wenig Geld, und das, was sie hatte, mußte sie für eine Unterkunft aufbewahren, bis sie Arbeit fand. Welche Fähigkeiten konnte sie anbieten? Körperliche Kraft, Begabung zum Erlernen von Sprachen, Erfahrung mit dem Messer, mit Pferden und *chervines* – wenn es zum Schlimmsten kam, konnte sie Geschirr spülen. Das Gildenhaus hatte sie in all dem ausgebildet, und damit rührte sich zum ersten Mal ihr Gewissen, das sie ihr Leben lang quälen sollte, wegen des gebrochenen Eides.

Nachdenklich rieb sie sich das Ohr, und dann lächelte sie. Ihr Ohrring, wie ihn jede Entsagende trug, war das Geschenk einer Eidesschwester. Er war aus Kupfer und würde ein hübsches Sümmchen bringen, wenn sie ihn versetzte. Der Gedanke tat weh, ebenso ihre Überzeugung, dieser Schmuck stehe ihr nicht mehr zu. Sie gelobte sich, ihn wieder auszulösen, sobald sie eine legale Beschäftigung gefunden hatte, auch wenn sie den Ohrring wahrscheinlich nie wieder tragen würde.

In den Straßen um die Terranische Zone fand sie einen Händler, der zu arm, um wählerisch, aber den terranischen Sicherheitskräften zu nahe war, um ein Dieb zu sein. Er hatte ein kluges Gesicht und kastanienbraunes Haar, im *Terranan*-Stil kurz geschnitten, und er sprach Darkovanisch mit einem Akzent, der in Catriona den Verdacht hervorrief, es sei nicht seine Muttersprache. Er feilschte auch nicht, wie es ein normal betrügerischer Kaufmann tun würde. *Wenn du schon Pferde stiehlst, dann stehle reinrassige,* dachte Catriona und steckte nach einem Handel von fünf Minuten vergnügt die Münzen ein. Dann fiel ihr auf, wie er ihr Haar betrachtete, wie sein Blick von da auf ihren Hals niederglitt. Sie mußte sich beherrschen, daß sie nicht die Hand hob und die dünne Kupferkette berührte, die sie seit ihrer vergeblichen Reise nach Neskaya immer getragen hatte. *Soviel können wir dir nicht verweigern,* hatte die *leronis* gesagt. An der Kette hing ein Lederbeutelchen, und darin lag, obwohl sie sie nicht benutzen konnte . . .

Einmal hatte sie mitgehört, wie Domna Keitha und eine andere von der Schwesternschaft über die ungesunde Neugier der *Terranan* in allem, was *laran* betraf, sprachen. Sie war errötet, weil sie einen der Matrix-Kristalle trug: ein Spielzeug vielleicht, nutzlos, da sie nicht darin ausgebildet war, es zu benutzen, nicht einmal das Halbwissen besaß, das einem der Klatsch manchmal zuträgt. Die Unterhaltung brach in dem Augenblick ab, als Catriona in Hörweite kam. Sie spürte, daß viele Leute ungern über *laran* oder die Comyn sprachen, vor allem nicht vor ihr, die sie rothaarig und verkrampft und voller wunderlicher Vorstellungen war. Früher hatte sie nach einem wilden Traum oder bevor sie blutete Schwindelanfälle und Ohnmachten gehabt, doch das war, Evanda und Avarra seien gepriesen, vorbei.

Dieser Händler zeigte zuviel Neugier wegen der Kette. Er hob eine dünne Augenbraue, streckte den Zeigefinger aus und berührte mit ihm beinahe den in ihrer Jacke verborgenen Beutel.

Das Licht in dem schäbigen Laden wurde rot, Catriona fühlte Schweiß an ihren Rippen hinunterlaufen, hörte das Knistern von Flammen, und dann . . . *Der eine Mann war groß, und sein Haar war hell wie das eines Trockenstädters, wo es nicht schon grau war. Der andere Mann war schmächtiger, sein Haar zeigte das Rot der Comyn, obwohl es stark mit Weiß durchsetzt war. Sie standen neben Zwillingsschwestern, und Flammen umloderten sie und kamen näher und näher. Anfangs suchten die vier Menschen nach einem Fluchtweg, dann rückten sie eng zusammen und blickten in einen großen blauen Kristall, in dem das Gesicht einer dunkleren Frau erschien, warnend . . . und dann hüllten die Flammen sie ein.* Sie waren verschwunden . . .

Überwältigt von der Warnung, dem Bedauern und, ja, einem seltsamen Triumphgefühl schwankte Catriona und führte die Hand an die Stirn.

„So?" murmelte der Pfandleiher. „Noch eine vom Verbotenen Turm?"

Er hatte seine Hände unter der Ladentheke, und der Blick in seinen Augen gefiel Catriona gar nicht. Sie schüttelte den Kopf und ging schnell davon.

Gleich darauf verdammte sie ihre Schwäche. Offenkundig war sie in etwas hineingeplatzt, das sehr gefährlich aussah. *Mal sehen, ob ich verschwinden kann,* dachte sie. Dreimal bog sie unvermittelt ab und gab sich Mühe, daß es wie unabsichtlich aussah. Sie warf einen Blick zurück. Niemand schien ihr zu folgen. Sie ging an Verkaufsständen und schmalen Ladenfronten vorbei. Als sie der Feuchtigkeit wegen den Kragen hochschlug, hörte sie das alte Gemurmel hinter sich: *„Tallo"*, dazu bösere Wörter, gezischte Bemerkungen über Feuer, verbotene Kräfte, einen niedergebrannten Turm ... Sie mußte unbedingt ihr Haar bedecken.

Vor einem Kleiderladen blieb sie stehen und suchte in den Körben, die praktisch mitten auf der Straße auslagen, bis sie eine gebrauchte Mütze fand. Sie fragte nach dem Preis.

Zu ihrer Verwunderung sagte man ihr, man würde sich nicht im Traum einfallen lassen, Geld von ihr zu nehmen oder ihr eine so unwürdige Mütze zu geben ... süße Avarra, man wollte ihr tatsächlich die Marlpelzmütze schenken, die an der Wand ausgestellt war! Eine so vornehme Mütze würde sie verdächtig machen. Schließlich kam es zu einem Kompromiß. Catriona nahm eine dicke, warme Wollmütze an, die mit weniger prächtigem Rabbithornfell besetzt war. Nachdem sie ihr rotes Haar bedeckt hatte, machte sie sich auf die Suche nach einer Imbißstube.

Die Vorsicht verlangte, daß sie nachdachte, bevor sie einfach in die erste hineinspazierte. Die hier sah zu teuer aus. Wenn Ann'dra zehn Tage lang fortblieb, mußte sie auf ihr Geld aufpassen. Außerdem, dachte sie mit Galgenhumor, wenn sie ihr Haar bedeckte, mußte sie für Essen und Unterkunft bezahlen. Eine zweite Garküche wirkte schmutzig, und sie hatte keine Lust, von verdorbenem Essen krank zu werden. Die nächste war nur zur Hälfte besetzt und recht sauber, wenn auch schäbig. So ging sie hinein. Die Würste, die im Hintergrund kochten, dufteten wundervoll, aber sie bestellte Brei, heiße Milch und Honig zum Hineinrühren, lauter Dinge, die nahrhaft und billig waren.

Als sie den zweiten Becher der gesüßten Milch in Angriff nahm, hatten sich Hunger und Aufregung so weit gelegt, daß sie an andere Dinge denken konnte. Zum Beispiel an ihren gebrochenen Eid. An ihren Jähzorn, der sie häßliche Worte zu ihren Schwestern sagen ließ. Wenigstens war ihre Eidesmutter nicht dabei gewesen. Wie enttäuscht würde Devra sein, wenn man es ihr berichtete!

Catriona schniefte in ihren Becher. Dann wischte sie sich trotzig die Nase. *Fang jetzt bloß nicht mit Heimweh an,* ermahnte sie sich. *Zurückkehren kannst du nicht mehr.* Wie alle Predigten taugte auch diese wenig dazu, ihr neuen Mut zu machen. Göttin, wie würde sie die Zukunft vermissen, die sie weggeworfen hatte! *Ja, Mädchen, nun wirst du dir selbst Eidesmutter und Schwestern sein müssen!*

Sie gelobte sich, Freunde unter den *Terranan* zu finden. Auch das gab ihr nicht viel Auftrieb. Jemand hatte Wasser auf dem Tisch verschüttet und es nicht weggewischt. Die Pfütze spiegelte die Lichter wider und ihr angestrengtes, blasses Gesicht. Das Wasser kräuselte sich, und sie stellte mit Entsetzen fest, daß sie schon wieder weinte.

Denk an etwas anderes als an dein klägliches Ich, Catri! Sie sah sich um. An dem Tisch hinter der Familie mit den beiden kleinen Jungen saß ein großer Mann, der sich vorbeugte und mit einer Frau sprach, dessen konservative Kleidung ihren eindrucksvollen Zügen eigentlich nicht gerecht wurde. Sie kam Catriona bekannt vor, obwohl da ein Ausdruck von einem kürzlich erfahrenen, fast unerträglichen Leid war, den zu sehen weh tat. Die Frau rückte ihren Becher mit Apfelwein zur Seite und sah ihrem Gefährten in die Augen. „Ich habe dir gesagt, du sollst *cahuenga* sprechen." Sowohl der Blick als auch die Worte erregten Catrionas Aufmerksamkeit.

„Ich finde immer noch, es ist dumm, wenn wir uns in aller Öffentlichkeit treffen."

„Dummköpfe überleben bei dem Spiel nicht lange", fuhr die Frau ihn an. „Wo versteckt man eine Nadel am besten? Zwischen anderen Nadeln. Wo versteckst du einen Darkovaner? Zwischen anderen Darkovanern. In der Terranischen Zone wäre ich eine Kuriosität, die Spionin, die über die Mauer gestiegen und" – sie grinste zynisch – „aus der Kälte gekommen ist. Oder, was auch vorkommen mag, vor dem Feuer davongelaufen ist."

„Quäle dich nicht selbst, Mags", bat ihr Gefährte und legte die Hand über die ihre. Sie zog sie automatisch zurück. „Nun gut, du sagst, du habest gewußt, ihnen werde ein Unglück zustoßen. Nicht etwa, daß ich das glaube, aber gehen wir einmal von dieser Hypothese aus. Wenn du sie aufgesucht hättest, wärest du nur mit den anderen verbrannt..."

Die Hand der Frau ballte sich zur Faust, und ihre Lippen preßten sich zusammen. Halt... die Erscheinung in dem Kristall, der große Mann und der Lord sahen in den Kristall, und darin tauchte das Gesicht der Frau auf, die Mags genannt wurde... Das war kein richtiger Name.

Catriona machte sich auf ihrem Stuhl ganz klein. *Ihr seht mich nicht,* dachte sie in den Raum hinein. Für einen Augenblick blitzten Lichter auf, und ihr Gleichgewichtssinn versagte. Jetzt wußte sie, daß man sie nicht mehr sah.

„Was hast du vor?“ fragte der Mann. „Dieser neue Legat ist, was die Rückgratlosigkeit angeht, schlimmer als Montray. Der Mann würde sich auch dann nicht einmischen, wenn keine Comyn in die Sache verwickelt wären. Kann deine Gilde dich verstecken?“

„Du wirst meine Schwestern nicht hineinziehen!“ Die Frau sprach leise. Ihre dunklen Augen blitzten. „Ich kann mich ihnen jetzt nicht aufdrängen. Wie die politische Situation zur Zeit ist, muß man damit rechnen, daß Fanatiker jeden Außenseiter angreifen.“

„Dann ist dir vermutlich klar, Magda, was dir allein noch übrigbleibt.“

Die Frau ließ den Kopf sinken, als habe sie alle Energie, allen Kampfgeist verloren. „Ich weiß. Ich muß Darkover verlassen, nach Alpha gehen und vielleicht die nächste Generation von Nachrichtendienstleuten unterrichten. Und weißt du auch, was ich ihnen als erstes beibringen werde? Ich werde sie lehren, niemals die Menschen zu lieben, mit denen sie arbeiten.“

Exil... ein lebender Tod, fern von meiner Welt, meinen Erinnerungen, meinen geliebten Menschen... nein, ihrer Asche. Die Qual der Frau fachte Catrionas wildes Talent an und ließ sie zusammenzucken.

„Wahrscheinlich werde ich es überleben“, sagte die Frau.

„Ich verlange dein Wort, daß du an Bord des nächsten von hier startenden Schiffes sein wirst.“

Der Mann stand auf. Sie blickte zu ihm hoch. „Verlangst du auch einen Eid? Den des Dienstes oder den der Gilde?“

Er machte eine halbe Verbeugung. „Dein Wort genügt mir, Margali – wie immer.“ Damit entfernte er sich schnell. Catriona wußte, daß er mit der Menschenmenge draußen verschmelzen würde. Verstecke eine Nadel zwischen anderen Nadeln, wie die Frau Margali gesagt hatte. Dann fügte sich alles andere, was sie gesagt hatte, zusammen. Catriona erkannte, daß sie die legendäre Margali n'ha Ysabet belauscht hatte, über die ältere Entsagende viele Geschichten zu erzählen wußten – sie sei Mitglied des Verbotenen Turmes oder Comyn oder *Terranan* oder tot oder alles auf einmal. Catriona war es nicht gelungen, die Geschichten auf einen Nenner zu bringen.

„Komm heraus, kleine Spionin." Margalis Stimme traf Catrionas Ohren wie ein kalter Windstoß aus den Hellers. Es war unmöglich, ihr nicht zu gehorchen. Deshalb ging Catriona zu dem Tisch der anderen Frau hinüber.

„Du hast unser Gespräch mitangehört, und ich meine nicht, mit deinen Ohren", sagte sie. „Nein, du Dumme, nimm deine Mütze nicht ab. Ich weiß, welche Farbe dein Haar hat." Sie musterte Catriona. „Hat das Gildenhaus dich auf die Suche nach mir geschickt? Göttin, was für junge Dinger setzt man heutzutage dafür ein! Du siehst nicht alt genug aus, um den Eid vor mehr als drei Monaten abgelegt zu haben."

Catriona errötete und ärgerte sich über sich selbst.

„Wenn das wahr ist, was, bei allen kalten Höllen Zandrus, machst du dann außerhalb des Gildenhauses?"

„Ich bin weggelaufen", gestand Catriona. Margali sah sie an wie eine der Hausmütter und wartete auf den Rest der Geschichte. „Sie haben mich ständig kritisiert, ich würde lauschen, wenn es mein *laran* war. Sie sagten, ich solle Fragen stellen, und wenn ich es tat, sagten sie, ich solle den Mund halten. Was lernt man dabei anderes, als ihren Vorschriften zu gehorchen, und wie unterscheidet sich das davon, einem Mann zu gehorchen? Deshalb bin ich aus einer Schulungssitzung hinausgestürmt. Und jetzt bin ich meineidig geworden..." Sie endete mit einem jämmerlichen kleinen Schniefen.

Erstaunlicherweise lächelte Margali fast. „Da sitzt du tatsächlich schön in der Patsche. Es ist, als seiest du einer Lawine entronnen, nur um in ein Banshee-Nest zu stolpern. Was du gehört hast, könnte dich teuer..." Sie brach ab und legte der Jüngeren die Hand auf den Arm. „Ich hätte mich abschirmen sollen. Aber mach dir keine Sorgen, wenigstens nicht über die Gilde. Während meiner Hauszeit kam ein Mann – ich glaube, sein Name war Shann Mac-Sowieso, aber danach müßtest du Keitha fragen – und versuchte, seine Frau zurückzuholen. Er hatte Schwertkämpfer angeheuert und griff das Haus an. Der eine ergab sich, aber ich war so blind vor Zorn, daß ich ihn trotzdem tötete. Es war verdammt nahe daran, daß ich dafür hinausgeworfen wurde. Sag mir, *chiya,* hast du deinen Wutanfall jetzt überwunden? Könntest du zurückgehen und aus ehrlichem Herzen um Verzeihung bitten?"

Wenn das Mädchen nicht mehr gesehen wird, vergessen sie sie, und dann ist eine Unschuldige weniger in Gefahr. Es überraschte Catriona schon nicht mehr, daß sie Margalis Gedanken so deutlich las.

„Sie würden mich nicht wieder aufnehmen", sagte Catriona. „Aber mein Pflegebruder arbeitet bei den *Terranan,* und ich hatte die Absicht, zu ihm zu gehen. Nicht, um mir von ihm helfen zu lassen", erklärte sie voller Verachtung für diese Vorstellung, „er sagte jedoch, ich könne lernen, die gleiche Arbeit wie er zu tun."

Margalis Geist berührte den ihren, griff nach einer Visualisierung von Ann'dra und zog sich zurück. „Ich kenne ihn. Er wird tun, was er dir versprochen hat. Aber möchtest du nicht lieber in den Zivildienst eintreten, ohne ein solches Chaos hinter dir zurückzulassen?"

Catriona konnte nicht anders als nicken. Der Segen der Gilde bedeutete ihr sehr viel. Margali zögerte, als wäge sie die Risiken gegeneinander ab. Offenbar kam sie dann zu einer Entscheidung. „Komm mit. Ich werde dich zurückbringen. Abgesehen von der Peinlichkeit wird es nicht allzu schlimm werden. Und um dir die Wahrheit zu sagen, Kind, ich finde, daß du die Peinlichkeit verdient hast."

Catriona folgte Margali zur Tür hinaus. Sie hätte sich schämen müssen, daß sie die Frau erst belauscht und sie dann mit ihren kindischen Problemen belästigt hatte, während Margali selbst sich in Lebensgefahr befand! Aber ein tieferes Gefühl sagte ihr, auch Margali wünsche sich, ins Gildenhaus zurückzukehren... *Ich möchte Keitha und Lauria und all die anderen, die sich an meine Shaya erinnern, wiedersehen, bevor ich ins Exil gehe, vielleicht für immer.*

Sie hatten die Hälfte des Weges durch die nassen, engen Straßen zurückgelegt, die sich jetzt mit einer Art glitzerndem Nebel füllten, als Margali stehenblieb. „Hörst du das?"

Catriona brachte es fertig, nicht zu fragen: „Nein, was denn?" und Margali belohnte sie mit einem kleinen, anerkennenden Nikken. Sie stand ganz still, versuchte, mit all ihren Sinnen wahrzunehmen, was Margali alarmiert hatte, ein Rascheln von Kleidungsstücken oder Schritte weicher Sohlen oder Veränderungen in den Nebelschwaden.

„Dieses eine Mal wäre ich froh, die Stadtgarde zu sehen", flüsterte Margali. „Ja, ich weiß, *daß ich keinen Mann um Schutz bitten werde . . .,* aber es ist ihre Aufgabe. Ich habe keine Lust, mich hier von einer Bande Fanatiker aufspießen zu lassen, die entschlossen sind, die Letzte des Verbotenen Turmes auszulöschen. Und ich will verdammt sein, wenn ich zulasse, daß du mit mir getötet wirst. Ich glaube, es ist besser, wir ändern unsern Plan, Kind. Wenn sie uns angreifen und ich rufe, dann läufst du weg!"

Wollte sie ihr eigenes Leben wegwerfen? dachte Catriona. Margali versuchte, ihr zu helfen; sie mußte ihr beistehen. „Ich werde nicht gehen!" sprudelte sie trotz Margalis Stirnrunzeln hervor. „Ich bin kein Kind! Ich bin Catriona n'ha Mhari, und auch wenn ich in meiner Wut meinen Schwestern im Gildenhaus davongelaufen bin, dich werde ich nicht im Stich lassen."

Margali schüttelte den Kopf. „Also erziehen sie die Mädchen immer noch richtig", bemerkte sie. „Doch wie ich sehe, bist du unbewaffnet davongelaufen. Sehen wir einmal, wie gut du damit bist." Sie zog ein Messer aus ihrem Stiefel und reichte es dem Mädchen. „Wir gehen weiter, aber beim kleinsten Zeichen deckst du meinen Rücken, und ich decke deinen."

Catriona zwang sich, gemessenen Schrittes die Straße hinunterzuwandern, näher und näher an das Gildenhaus heran. Die Stelle zwischen ihren Schulterblättern, wo ein geworfenes Messer sie treffen würde, zitterte. Jetzt sah sie die geschnitzte Tür, die sie erst vor ein paar Stunden zugeschmettert hatte. Plötzlich überfiel Catriona eine Ahnung. Sie stieß Margali zur Seite. Dann hörte sie ein Messer dicht neben ihr an eine Mauer klirren.

„Zeigt euch, ihr Schufte!" rief Margali. Es klang beinahe, als sei sie erleichtert, daß das Schleichen und Horchen jetzt ein Ende hatte. Aber es waren sechs, und sie blickten entschlossen drein.

„Lauf zur Tür und läute die Glocke", befahl Margali und zog ihr langes Messer. Während die Agentin sich den Männern stellte, stürzte Catriona vorwärts und läutete die Glocke, die von Zuflucht suchenden Frauen benutzt wurde. Dann rannte sie zurück, um Margali zu helfen. Drinnen erklangen Schritte, sie hörte die Waffenmeisterin nach Schwertern rufen und erinnerte sich an ihren Schwur: „Wenn ich euch über den Rand einer Klinge wiedersehe, wird es früh genug sein."

Früh genug: genau das war es. Catriona war nie glücklicher gewesen, die grimmigen Gesichter der Waffenmeisterin und ihrer Schwestern zu sehen. Margali hakte den Fuß hinter das Knie eines Mannes und schickte ihn zu Boden. Dann beugte sie sich über ihn, um ihm den Todesstoß zu versetzen.

Rache. Catriona fing Margalis Gedanken auf. *Die Rache ist mein, aber wenn ich sie hier nehme, gefährde ich alle meine Schwestern.*

„Heb dein dreckiges kleines Schwert auf", zischte sie. „Es ist genug Blut vergossen worden." Sie spuckte auf den Boden und sah zu der Stelle hinüber, wo die anderen Entsagenden die übrigen Männer niederwarfen. Mit einer verächtlichen Geste rief sie: „Und jetzt verschwindet hier!"

Frauen umringten Margali und Catriona, drängten sie die Treppe hinauf und in die Eingangshalle. Margali erklärte, und Catriona hörte zu. Plötzlich kam Lauria, von Keitha geführt, in die Halle, und Margali schluchzte in ihren Armen. Sie klammerte sich an die kleinere, schwächere Frau wie ein Mädchen, das gerade eben den Eid abgelegt hat. Nach langer Zeit hob sie den Kopf.

„Ich konnte Jaelle nicht retten, aber wenigstens – diese junge Schwester. Erinnert ihr euch an sie?"

Catriona nahm ihre Mütze ab. Ohne den Ohrring fühlte sich ihr Ohr im Licht nackt an. „Ich habe ihn versetzt", gestand sie. „Ich wollte mit dem Geld Essen und Unterkunft bezahlen, bis ich Arbeit bei den *Terranan* fand . . . Ich wollte nur mit ihnen reden, von ihnen lernen, was ich kann, und . . . oh, das ist alles ganz gleichgültig, es tut mir *leid.* Und dann traf ich Margali, und . . ."

Wortlos umarmte die alte Frau Catriona. Ihre Wangen waren naß.

„Catriona hat die Angreifer gehört, bevor ich etwas merkte. Und nur ihretwegen ist es mir jetzt nicht mehr gleichgültig, ob ich lebe oder tot bin", erklärte Margali. „Sag mir, Keitha, erinnert sie dich an jemanden, den du einmal gekannt hast?"

„Ihr Temperament ist ebenso ungestüm wie deins", bemerkte Keitha. „Oder Jaelles."

„Das finde ich auch. Und ich finde, dieser ganze Planet ist

soeben zu heiß für sie geworden. Wenn ich heute abend ein Schiff besteige, sollte sie besser mit mir kommen. Ich werde ihre Schulung beenden, und ihr wird ihr Wunsch erfüllt. Vielleicht wird sie es sogar müde, mit Leuten zu reden – und fängt an, statt dessen zuzuhören. Sollte das geschehen, werden wir eine gute Arbeiterin gewinnen – und eine Schwester, auf die wir stolz sein können.“ *(Und anfangen, mein Mädchen, kannst du damit, daß du lernst, dein* laran *ein wenig zu kontrollieren – und dein Temperament auch!)*

Eine Reihe bewaffneter, wohlhabend wirkender Entsagender begleitete ihre Schwestern zum Checkpoint und ließ sie dort in der Sicherheit der *Terranan*-Wachposten und der gelben Lichter zurück. Margali und Catriona schlugen die Richtung zum Startplatz ein. Catriona keuchte auf, als der Gleitweg unter ihren Füßen anruckte, und klammerte sich ans Geländer, als er sie in steilem Winkel zur Eingangsschleuse des Schiffes brachte.

Im Innern des Schiffes zuckte sie nicht mit der Wimper angesichts des Sperrfeuers von Fragen und Untersuchungen. Ein Arzt impfte sie mit einer Schachtel voller Nadeln, die summten und stachen. Danach war ihr Arm heiß und geschwollen, und im Kopf fühlte sie einen dumpfen Schmerz.

„Du brauchst die Medikamente, um den Sprung durchzustehen“, erklärte Margali, Catriona war zu benebelt, als daß sie gefragt hätte, was „Sprung“ zu bedeuten habe.

„Möchtest du dich hinlegen?“ fragte Margali.

Es würde interessant sein, ihre Kabine zu erkunden, und der Gedanke an ein weiches, ruhiges Bett war ungeheuer verlockend. Trotzdem schüttelte Catriona den Kopf, bereute, das getan zu haben, und ging an ein Bullauge. Sie war kein Baby, und ihr würde nicht übel werden.

Aber als das Schiff in den violetten Himmel stieg und sie von Darkover wegtrug, füllten sich Catrionas Augen mit Tränen. Ganz plötzlich hatte sie schreckliche Angst. *Was habe ich getan?* fragte sie sich.

Ihr fiel ein, was die alte Lauria gesagt hatte: „Sei vorsichtig mit dem, was du dir wünschst; du könntest es bekommen.“

Dann sah sie aus dem Bullauge auf die unzähligen flammenden Sterne – und erkannte, daß sie es bekommen hatte.

Über Jaida n'ha Sandra und „Der Eid der Freien Amazonen: Terra, technische Periode"

Jaida, deren ursprünglicher Name Kim lautet, ist seit ihrem siebzehnten Jahr Mitglied meines Haushalts und meine Pflegetochter. Sie hat ihren Namen als erste amtlich *auf die Amazonen-Version abgeändert, wahrscheinlich wegen eines Familienstreits, ob sie im College den Namen ihres biologischen Vaters, ihres Stiefvaters oder den Mädchennamen ihrer Mutter tragen solle. Vernünftigerweise schickte sie sie alle zum Teufel und wurde einfach Jaida. Tochter Sandras.*

Bei einem Amazonen-Workshop, der vor ein paar Jahren hier in Berkeley stattfand, präsentierte Jaida eine „moderne" oder „terranische" Version des Eides, der in meinen Gedanken die Grundlage für die Brückengesellschaft und als Hintergrund für den jüngsten Darkover-Roman Die Schwarze Schwesternschaft *benutzt wurde.*

Jaida sieht mit ihrem roten Haar und ihren grünen Augen ganz wie eine Darkovanerin aus. Man könnte sie für die Romilly aus Herrin der Falken *halten. Sie ist Absolventin von UC Berkeley und für die höheren Fachsemester in Linguistik nach Australien gegangen.*

MZB

Der Eid der Freien Amazonen: Terra, technische Periode

von Jaida n'ha Sandra

Von diesem Tag an verzichte ich auf das Recht zu heiraten, außer als Freipartnerin. Kein Mann soll mich besitzen, und ich will in keines Mannes Haus als seine Mätresse wohnen. *Auch werde ich keinen Mann gegen seinen Willen an mich binden oder festhalten.*

Ich schwöre, daß ich bereit bin, mich zu verteidigen, wenn man mich mit Gewalt angreift, und daß ich mich an keinen Mann um Schutz wenden werde.

Ich schwöre, daß ich von diesem Tage an nie wieder unter dem Namen eines Mannes bekannt sein werde, sei er Vater, Vormund, Liebhaber oder Gatte, sondern einzig und allein als Tochter meiner Mutter.

Ich schwöre, daß ich mich von diesem Tag an keinem Mann hingeben werde, wenn es nicht mein freier Wille, mein eigenes Begehren und der von mir gewählte Zeitpunkt sind. Ich werde niemals mein Brot als Objekt der Lust eines Mannes verdienen, *und ebensowenig werde ich meine Sexualität dazu benutzen, ein menschliches Wesen zu manipulieren oder in eine Falle zu locken.*

Ich schwöre, daß ich von diesem Tag an einem Mann ein Kind nur dann gebären will, wenn es zu meiner eigenen Freude, zu dem von mir gewählten Zeitpunkt und aus freier Wahl geschieht. Ich werde niemals ein Kind aus Gründen gebären, die Erbe und Erbfolge, Haus und Clan, Stolz und Nachruhm betreffen. Ich schwöre, daß ich allein darüber bestimmen werde, wie und wo ein Kind von mir aufgezogen werden soll, und das ohne Rücksicht auf die Stellung oder den Stolz eines Mannes, aber unter Berücksichtigung des Bedürfnisses, Vaterliebe zu beweisen, das ein Mann haben mag.

Von diesem Tag an enden für mich alle Verpflichtungen, die ich gegenüber einer Familie, einem Haushalt, einer Gesellschaft oder einer Kirche hatte, sofern diese unbedingten Gehorsam von ihren Mitgliedern verlangen, und beschwöre, daß ich da, wo es mir mein Gewissen gebietet, kämpfen werde, um jene Gesetze zu ändern, die einer zu großen Anzahl lebender Wesen Schaden zufügen.

Ich werde an keinen Mann Rechtsansprüche stellen, daß er mich beschütze, mich ernähre oder mir helfe. Eine Treuepflicht habe ich nur gegenüber meiner Eidesmutter, *meinen bewährten Freundinnen* und meinem Arbeitgeber, solange ich bei ihm beschäftigt bin.

Jede einzelne Freie Amazone soll für mich wie meine Mutter, meine Schwester oder meine Tochter sein, geboren aus einem Blut mit mir, und keine Frau, die ernsthaft meine Hilfe sucht, soll sich vergebens an mich wenden.

Ich schwöre, daß ich von diesem Augenblick an nur den Gesetzen meines Gewissens und des göttlichen Geistes, den rechtmäßigen Befehlen meiner Eidesmutter, meiner wahren Lehrerinnen und meiner gewählten Anführerin gehorchen werde. Ich werde keinem Mann erlauben, über mich zu richten oder den Weg zu bestimmen, den mein Leben nehmen soll. Und wie ich immer wachsam sein will, damit ich alle Versuche, mich zu beherrschen oder Macht über mich zu gewinnen, vereitele, werde ich mich ebenso bemühen, immer ehrlich und ehrenhaft in meinem Umgang mit allen anderen Wesen zu sein. Wenn ich meinen Eid nicht halte, dann werde ich mich der Strafe unterwerfen, die meine Lehrerinnen über mich verhängen, und sollte ich das nicht tun, dann mag sich die Hand jeder Frau gegen mich erheben, und möge ich tapfer im letzten Gericht und in der Gnade der Göttin sein.

Bitte beachten Sie
die folgenden Seiten

Marion Zimmer Bradley

Landung auf Darkover

Roman

Moewig bei Ullstein
Nr. 63653

Mit ihrem DARKOVER-Zyklus hat Marion Zimmer Bradley nicht nur Weltruhm erlangt, sie begründete damit auch einen Kult.
Der vorliegende Roman schildert, wie alles begann. Terranische Raumfahrer werden auf den Planeten der blutroten Sonne verschlagen und müssen, um zu überleben, sich den dortigen Gegebenheiten anpassen. Sie begründen eine eigenständige Kultur, die von ihrem terranischen Erbe ebenso geprägt ist wie von den besonderen Kräften, die sich langsam von ihrer neuen Umwelt auf sie übertragen.